LES CRIMES DE NOS PÈRES

Åsa Larsson compte des millions de lecteurs à travers le monde. Originaire de Kiruna, où se déroulent également ses romans, elle a été avocate, comme son héroïne, avant de se consacrer pleinement à l'écriture. Sa série autour de Rebecka Martinsson est traduite dans de nombreux pays.

Paru au Livre de Poche :

EN SACRIFICE À MOLOCH

LES NOUVEAUX PROPHÈTES

LA PISTE NOIRE

LE SANG VERSÉ

TANT QUE DURE TA COLÈRE

ÅSA LARSSON

Les Crimes de nos pères

ROMAN TRADUIT DU SUÉDOIS PAR ANNE KARILA

ALBIN MICHEL

Titre original :

FÄDERNAS MISSGÄRNINGAR
Publié chez Albert Bonniers Förlag en 2021.

ISBN : 978-2-253-24400-4 – 1re publication LGF

Mardi 26 avril

Quand Ragnhild Pekkari décida d'en finir, la vie lui sembla plus légère.

Elle avait un plan. Partir à skis sur la croûte de neige qui s'était formée dans la nuit. Elle en aurait pour deux heures, au pire des cas. Arrivée à l'endroit choisi, une rivière de montagne au-dessus de laquelle apparaissait toujours un pont de neige, elle allumerait un feu et boirait sa dernière tasse de café. Puis elle remplirait son sac à dos de neige fondue, de sorte que mouillé et presque vide d'air, il pèse plus lourd. Ensuite elle s'avancerait sur le pont de neige enjambant le torrent. Si tout se passait comme prévu, il céderait. Sinon, elle atteindrait le vide d'une poussée sur ses bâtons.

Cela irait très vite. Lestée d'un sac à dos qui ne flotterait pas et chaussée de ses skis, elle ne pourrait pas faire machine arrière.

Tout serait enfin terminé.

Elle avait pris rendez-vous avec la mort. Et elle la trouverait bien sur son chemin, le jour qu'elle s'était fixé en secret, mais pas de la manière prévue.

Une fois sa décision arrêtée, elle se sentit plus légère. Tout en elle se redressa, comme les bouleaux dans la forêt. La neige hivernale les avait fait ployer tels des arcs couverts de givre. À présent, dans la douceur de cette saison entre hiver et printemps, ils se relevaient, libérés, abandonnaient le gris pour une teinte violette, couleur liturgique de la pénitence.

Elle était partie en retraite au mois de juin de l'année précédente. Le chef de service à l'hôpital avait manifestement improvisé son discours, il s'était trompé sur l'année de son entrée en fonctions, ça ne lui aurait pourtant rien coûté de vérifier. Ce petit con. C'était le genre de médecin que la grande taille de Ragnhild angoissait. Élisabeth, son bras droit au sein de la direction, avait acheté un cadeau : un décapsuleur en forme de dauphin argenté. Après toutes ces années, recevoir ça. Élisabeth, qui occupait un poste administratif depuis plus de vingt ans, n'avait absolument aucune idée de la réalité du travail des infirmières. Elle était du côté de la direction et leur imposait des plannings impossibles et des tâches supplémentaires. Ce dauphin argenté, c'était le pompon. Ragnhild avait exprimé du bout des lèvres d'hypocrites remerciements, après quoi elle n'avait plus songé qu'à rentrer chez elle et se laver à l'eau de Javel.

Le pot d'adieu avec les serviettes en papier premier prix et le gâteau de supermarché lui était resté en travers de la gorge. Quelques médecins avaient fait une apparition dans la salle de repos. Ragnhild et les autres infirmières avaient échangé des regards ; curieusement, les médecins ne répondaient jamais quand un patient allait mal, mais ils étaient toujours au rendez-vous pour grignoter. Un des internes avait demandé, la bouche pleine : « Qu'est-ce qu'on fête ? »

Après son dernier service, elle avait embrassé ses collègues. Elle était restée plantée un moment devant le casier-vestiaire qui avait été le sien pendant près de trente ans, l'avait refermé pour la dernière fois, puis elle avait quitté l'hôpital avec un sentiment d'irréalité et ce foutu dauphin dans un sachet.

L'été s'était déroulé comme d'habitude, lui laissant juste une impression de vacances prolongées. L'automne était arrivé, elle avait pris de nouvelles habitudes. S'était inscrite à un cours de tissage niveau confirmé, avec une ancienne collègue à la retraite. Faisait de l'exercice quotidiennement, allait dans une salle de sport ou marchait dans la forêt. Elle lisait, bien sûr, presque un livre par jour.

La première moitié de l'hiver s'écoula. Elle savait que dans le service ils étaient en sous-effectif, mais personne ne l'appela en renfort. Élisabeth la détestait et ne voulait évidemment pas qu'elle revienne.

Elle passa les fêtes de Noël en tête à tête avec elle-même. Fut surprise de se sentir aussi seule. Jusqu'à présent, elle avait toujours travaillé les deux jours fériés de Noël.

Début mars, un lundi, alors qu'elle rentrait du supermarché avec ses sacs de courses dans les mains, un souvenir d'enfance lui était revenu.

Elle n'était pas bien vieille, avait six ans, peut-être. Elle était allée sur la glace avec un de ses oncles, qui avait scié un trou pour jeter à l'eau un vieux moteur de bateau. Dans la journée, sa tante y avait rincé les draps et lui s'était débarrassé d'un tas de bric-à-brac. Il n'était pas rare, à l'époque, qu'on transporte ses vieux frigos et autres rebuts sur la glace. Quand celle-ci fondait, ils coulaient. Mais puisqu'il y avait un trou, autant en profiter pour jeter des bricoles avant qu'il ne se referme. Elle était restée assise au bord. Son oncle ne lui avait pas demandé de s'éloigner. Elle avait vu le lourd moteur plonger dans l'eau et s'enfoncer doucement, ondoyant pour ainsi dire, avant d'atteindre mollement le fond avec un bruit sourd.

Elle se rappela son sentiment de vertige à la vue des profondeurs. Le danger de se tenir si près, la danse lente et hypnotique du moteur en train de sombrer sous les rayons du soleil. Elle avait eu l'impression d'être attirée, qu'elle allait tomber en ondoyant jusqu'au fond elle aussi. Se rappelait le nuage de boue, quand le moteur avait atterri silencieusement.

Voilà. En revenant avec ses provisions après ses courses hebdomadaires, son moteur à elle avait touché le fond. Neuf mois après son départ à la retraite, elle s'était dit : « Maintenant, ça suffit. »

Son soulagement fut indescriptible. Elle décida de vivre un dernier début de printemps, puis d'en finir avant l'arrivée de la saison que l'on nomme saison des soupirs, parce que l'épaisse couverture de neige ne porte plus sans pour autant se rompre, et s'effondre par endroits sur elle-même avec des soupirs étouffés.

En mars et avril, elle partit tous les jours skier dans la forêt. Qu'il fasse beau ou que la neige tombe en rafales. Les jours ensoleillés, elle allumait un feu, s'installait sur un coussin plat en peau de renne, buvait du café et mangeait un sandwich. Elle ne lisait plus de livres. Elle se plongeait en elle-même, s'étonnait du calme qui y régnait. De la singulière capacité de sa décision à éliminer presque totalement l'obscure angoisse qui l'habitait.

Fin avril, elle entreprit de faire un grand ménage, l'ultime. Pas trop à fond toutefois. Un ménage qui ne devait pas trahir un suicide. Que les gens ne prennent surtout pas un air apitoyé pour dire en inclinant la tête : « Elle devait être tellement seule. »

Non, il fallait qu'on croie à un accident. Elle laisserait des denrées fraîches dans le frigo. Elle alla porter son manteau d'hiver au pressing. On n'apporte pas des vêtements au pressing quand on a l'intention de se suicider. Elle déposa le ticket rose bien en évidence sur le plan de travail, à côté de la bouilloire.

Dehors, les stalactites qui pendaient au chéneau fondaient, en un goutte-à-goutte monotone s'accélérant à mesure que le printemps progressait. La neige dégringolait des toits et ruisselait sur les chaussées asphaltées. Le jour J approchait. La croûte de glace nocturne était encore skiable, c'était une condition nécessaire.

En faisant le ménage, elle réfléchit longuement aux photographies de sa fille. Elle ne pouvait pas les laisser à leur place habituelle, insérées dans ses romans préférés sur les étagères de sa bibliothèque. Les livres risquaient d'échouer chez Emmaüs, pour cinq couronnes pièce. Il ne fallait pas que les photos de Paula en tombent. Les ragots que ça susciterait… « Pourquoi mettait-elle les photos de sa fille dans les livres ? Quelle personne bizarre ! » Ils s'apitoieraient. Non merci.

Alors que faire ? Les encadrer et les exposer ? Les brûler ? Elle les tint un moment entre ses mains. Paula quand elle avait deux ans, sourire radieux, visage barbouillé de glace et couronne de princesse sur la tête. À cinq ans, lors de sa première randonnée en montagne jusqu'au lac Trollsjö, par une chaude journée, la montagne était en fleurs et la petite n'avait sur elle qu'une culotte et un bob, elle se roulait dans les névés. Quand elle avait été fatiguée, Ragnhild l'avait portée sur ses épaules.

Qu'est-ce que j'étais résistante, un vrai bouleau de montagne, se dit-elle. Grimper là-haut avec un sac sur le dos et une gamine, c'était rien du tout pour moi.

Elle tira une autre photo prise un été au bord de la mer, à Pite Havsbad, Paula qui embrassait sa grand-mère ; et puis les habituelles photos de classe sur cet éternel fond bleu, avec un sourire qui n'en était pas un, juste une bouche enfantine déformée, en écho à la frayeur inscrite dans le regard.

Remplie d'une grande tranquillité, Ragnhild regardait les clichés lentement, la respiration légère. Un animal était toujours tapi en elle, qui pouvait se réveiller. Il lui fallait rester vigilante. Elle redoutait cet animal-maman. Avait peur qu'il ne sorte de son terrier, poils dressés, roulant des yeux. Méchant, blessé, sans discernement. Rempli du désir d'expliquer, d'arranger les choses, de quêter le pardon, montrer du doigt les complices. Téléphoner.

Finalement, elle rangea les photos de Paula dans un tiroir de son bureau.

Les carreaux étaient sales, mais ce n'était pas de ce ménage-là qu'il s'agissait maintenant. Il fallait juste écarter les choses intimes. Et puis, un intérieur trop propre la ferait apparaître comme une pauvre malheureuse sans aucune existence à soi. Non, que quelqu'un d'autre s'occupe des carreaux.

Le dernier jour, elle fit comme elle avait prévu. Dans la soirée, elle remplit son sac à dos d'affaires lourdes, qu'il devait cependant paraître normal d'emporter, un réchaud et des gamelles de camping Trangia, une vieille tente d'hiver, une bouteille de vin, un gros duvet, une peau de renne, une doudoune.

Elle arrosa les plantes encore une fois. Elles n'avaient rien fait de mal.

Elle tira sa bible de la bibliothèque.

« Tu as peut-être quelque chose à me dire », fit-elle à l'adresse de Dieu.

Elle ouvrit au hasard. Tomba sur le livre des Juges, là où Yaël tue Sisera, le chef de l'armée. Pendant que Sisera dort, Yaël s'empare d'un piquet de tente, le lui enfonce dans la tempe à l'aide d'un marteau et le piquet se plante dans la terre.

« Tu es drôle, tiens, dit Ragnhild au Seigneur d'un ton rude. Tu joues au rabat-joie dans ton grenier. Qui a un avis sur tout mais qui ne fait rien. »

Elle referma la bible sur ces versets absurdes.

Lorsque l'explosion de nuit fut déclenchée dans la mine, vers une heure du matin, son immeuble trembla légèrement. Ragnhild s'allongea sur son lit et s'octroya un petit somme.

À deux heures et demie, elle sortit de son appartement pour la dernière fois. Cela ne lui fit ni chaud ni froid. Elle prononça intérieurement sa petite ritournelle : « Rien qui coule, rien qui brûle », et ferma la porte à clé.

Elle fourra ses skis et son paquetage dans la voiture. La véritable saison du soleil de minuit commencerait dans trois semaines, mais les nuits étaient déjà baignées d'une faible clarté. Kiruna était plongé dans un silence seulement troublé par les bruits de la mine, bien plus distincts en pleine nuit, lorsqu'ils n'étaient pas couverts par la circulation. On entendait le grincement des trains de minerai qui ralentissaient, le sourd fracas des freins qu'on libérait et des convois lourds de fer qui s'ébranlaient. Le tapis sonore des ventilateurs de la mine.

Pourtant, elle était d'une discrétion étonnante, la mine, qui rongeait implacablement par en dessous cette ville à la con.

En quittant Kiruna, Ragnhild ne croisa pas un chat. La ville paraissait abandonnée, dépeuplée. Comme si elle avait déjà été évacuée.

Ragnhild rejoignit bientôt la Route européenne 10. Elle se demandait combien de temps s'écoulerait avant qu'ils appellent un serrurier et pénètrent dans son appartement. Il n'y avait plus les collègues pour prendre de ses nouvelles, mais elle pratiquait quelques activités chaque semaine, yoga, sport, et il y aurait le pot de clôture du cours de tissage. Il ne se passerait pas plus de quinze jours avant que quelqu'un s'inquiète sérieusement de son absence.

Elle bifurqua vers l'est, en direction de Vittangi. La route suivait le cours du Torneälven, ce fleuve qu'elle connaissait si bien. Elle pensa à la débâcle qui était proche, à la feuillaison, au pépiement des oiseaux, au soleil de minuit. Elle en avait la sensation, mais rien en elle ne réclamait à y assister, à vivre tout cela une fois encore.

Elle ne mit pas la radio. Hormis quelques camions de minerai il n'y avait aucune circulation. L'asphalte était sec et plein de trous dus au gel de l'hiver.

Elle se gara dans un renfoncement pratiqué par la déneigeuse. Ses skis sous le bras, elle remonta la départementale, cherchant un endroit où le remblai était moins élevé, afin de pouvoir le franchir en se hissant sur la glace et les bosses. Il ne manquait plus qu'elle se casse bras et jambes et reste coincée là.

Une fois de l'autre côté du remblai, elle se retrouva vite dans la forêt. Elle regarda autour d'elle, la voiture et la route avaient disparu, cachées par le haut mur de neige.

Les pinsons du Nord chantaient déjà. Il y en avait beaucoup, cette année. On se serait cru dans une forêt tropicale. Cela renforça le sentiment qu'elle éprouvait chaque fois qu'elle arrivait en forêt, de quitter un monde pour pénétrer dans un autre. Cette fois aussi, elle se dit que la forêt était semblable à une mère. Un dieu féminin, la Máttáráhkka des Sames peut-être, qui lui souhaitait la bienvenue. Comme lorsque l'on rentre à la maison en courant, chez une mère qui referme doucement la porte d'un refuge où personne ne peut plus vous faire de mal, loin des coups et des piques endurés dans la cour de récréation.

Juste elle et la forêt, à présent. Reflets cuivrés des pins. Vieux sapins élancés aux jupons gris. Le ciel virait du rose au bleu clair sous le pâle soleil rasant du matin, au sud-est, et la pleine lune blanche, au nord-ouest. Les deux astres rayonnaient l'un vers l'autre, entrelaçant leurs clartés à la manière d'une tresse d'étain same.

Elle boucla les fixations de ses skis de randonnée et s'élança d'une légère poussée de bâtons sur la croûte de neige. Celle-ci était dure et brillante, il fallait une certaine habileté pour garder l'équilibre quand les skis dérapaient. Sous les arbres, là où la neige avait goutté, la croûte était encore plus dure, telle une épaisse couche de verre granuleux. Si le soleil chauffait trop ce matin et que ses skis s'enfoncent, elle se déplacerait sur cette partie-là.

Mais pour l'instant, la croûte portait bien et la progression était merveilleusement légère. Les carres en acier de ses skis laissaient à peine une trace. Elle entendit quelques corbeaux. De loin, on pouvait facilement confondre leurs cris avec des aboiements, mais ils ne tardèrent pas à apparaître, volant en reconnaissance au-dessus d'elle en croassant.

Le temps fila, elle entendit un bruit de torrent et s'en étonna. Était-elle déjà arrivée ? Elle regarda sa montre. Cinq heures et demie. Dans la dernière partie de sa course, elle skia entre les saules et les osiers déjà couverts de bourgeons laineux.

Elle suivit la rivière vers l'aval jusqu'au pont de neige. Il était toujours là. Un joli pont de glace et de neige au-dessus de la chute d'eau.

D'abord boire un peu de café. Il y avait une petite éminence, à vingt mètres du pont, au sommet de laquelle poussait un joli pin sylvestre rabougri et noueux. Autour de sa base, la neige avait fondu et le sol était assez découvert pour qu'elle puisse s'asseoir et faire du feu.

Elle rassembla du bois mort et des petites branches de sapin grises, de l'écorce de bouleau, du lichen et des brindilles de genévrier pour l'allumer. Elle perça la croûte de glace et remplit de neige sa cafetière et sa gamelle. Elle n'osait pas aller prendre de l'eau à la rivière, les bords étaient trop glissants. Elle n'avait pas envie de tomber dans le courant. Le manque de logique d'une telle prudence la fit sourire et hocher la tête. Mais elle devait procéder selon son plan.

Elle utilisa sa pierre à feu. Elle cultivait une certaine fierté de savoir faire du feu n'importe où et par tous les temps sans sortir sa boîte d'allumettes inutilement. Elle avait d'ailleurs la même depuis plus de cinq ans, maintenant. Mais c'était ridicule, au fond, d'être fière de ce genre de choses.

Au moment où le café commençait à bouillir, son téléphone sonna. De surprise elle tomba presque à la renverse, retira la cafetière du feu et sortit l'appareil de sa poche intérieure. Il était six heures trois. L'appel provenait d'une ligne fixe. Qui téléphonait encore d'une ligne fixe, de nos jours ? Et le numéro avait pour indicatif 0981. Le secteur du village de son enfance.

Elle fixait son téléphone, méfiante. Cela faisait plusieurs années qu'elle n'avait plus eu de contact avec quiconque dans ce coin-là. Finalement, elle décrocha.

À l'autre bout du fil, un homme à la voix jeune demanda :

« C'est Ragnhild Pekkari ? Eh bien, je crois que j'ai de très mauvaises nouvelles. »

L'homme se présenta comme le propriétaire de la boutique du village de Junosuando.

« J'appelle au sujet de votre frère, Henry Pekkari, dit-il. Ça fait presque trois semaines que je ne l'ai pas vu au magasin. »

Ragnhild était bien consciente qu'elle devait répondre quelque chose. Mais elle avait l'esprit un peu ralenti, ses pensées se traînaient comme un patient bourré de tranquillisants. Pas un mot ne franchissait ses lèvres. Le commerçant poursuivit :

« Il n'y a pas forcément lieu de s'inquiéter. Mais Henry vient tous les jeudis, d'habitude, quand on reçoit la livraison d'alcool du systembolaget[1] pour le week-end. Allô, *oletko sielä* ?

— Oui, je suis là, réussit à dire Ragnhild.

— Ah, bon, je pensais qu'on avait été coupés. Donc, oui, ça lui arrive de ne pas venir, bien sûr. Comme maintenant, par exemple, quand la glace n'est plus assez fiable. Du coup, il reste coincé sur l'île. Ça peut durer des semaines. Enfin, d'habitude il appelle.

1. Systembolaget : chaîne de magasins d'État, seuls autorisés à vendre de l'alcool.

Il est tout seul à habiter là-bas, alors quand il ne peut pas traverser, il nous le signale. Les seules personnes qu'il voit et avec qui il parle, c'est nous à la boutique. J'ai bien essayé de l'appeler, hier et ce matin. Mais il ne répond pas.

— Ah bon », fit Ragnhild sur un ton qu'elle savait propre à susciter chez ses interlocuteurs la désagréable impression qu'ils étaient des témoins de Jéhovah plantés sur le pas de sa porte.

Un ton qu'elle avait employé parfois avec des familles bruyantes, et assez souvent avec le chef du service et sa clique.

Elle regarda sa gamelle de camping. Le café avait déjà refroidi. Elle pourrait le réchauffer, mais il aurait un goût de jus de chaussette.

Bien fait pour moi, songea-t-elle. Ma dernière tasse de café sera un *ice coffee*, comme ils disent.

« En tout cas, reprit le commerçant, je pensais que vous auriez peut-être des nouvelles.

— Ça fait trente et un ans que je n'ai eu aucun contact avec Henry, dit Ragnhild Pekkari. Vous êtes sûrement au courant. Comme tout le monde à Junis.

— N'empêche que vous êtes frère et sœur, alors je pensais qu'il fallait quand même vous appeler », se défendit le marchand.

Elle nota qu'il disait « je pensais » toutes les deux phrases. Alors qu'il ne pensait pas plus loin que le bout de son nez.

« Bon, eh bien, désolé de vous avoir dérangée, conclut le commerçant. J'ai d'abord appelé la police de Kiruna, en fait. Mais ils ont dit qu'il était impossible de se poser sur l'île en hélicoptère, avec cette neige, c'est une vraie purée. »

Il allait raccrocher. Elle se l'imaginait racontant à ses collègues : « Cette Ragnhild Pekkari, ça tourne pas rond dans sa tête, elle avait l'air de s'en foutre complètement. »

Et là, elle s'entendit demander :

« Juste une chose… Quand Henry venait faire des courses, est-ce qu'il achetait de la nourriture pour chien ?

— Aucune idée, répondit l'homme. Je suis rarement à la caisse. Attendez, je vais voir avec ma femme. Une minute ! »

Ne sentant plus d'hostilité, il avait aussitôt eu une voix plus gaie. Ragnhild regretta sa question, songea à mettre fin à la communication en éteignant son téléphone pour feindre qu'ils avaient été coupés.

Mais le commerçant était déjà de retour à l'autre bout du fil.

Oui, Henry achetait de la nourriture pour chien, rapporta-t-il.

Alors Ragnhild tourna son visage vers le ciel bleu clair. Elle essaya de refouler le souvenir de Villa, la chienne dont le nom signifiait « laine », dans la langue de son enfance.

Villa, avec ses gentils petits yeux et l'étoile blanche sur son poitrail. Villa qui repérait les oiseaux et pistait les élans, qui faisait rentrer les vaches et partait chasser le campagnol, les nuits d'été. Villa qui dormait au pied de son lit, l'hiver.

Villa qui était restée sur l'île avec Henry. C'était il y a… mon Dieu, il fallait qu'elle compte. C'était il y a cinquante-quatre ans. L'année où Henry avait eu dix-huit ans et repris la ferme familiale sur l'île. Elle-même en avait douze, elle et sa sœur adoptive Virpi étaient parties avec ses parents vivre en ville. Ragnhild avait pleuré et supplié qu'ils emmènent aussi Villa, mais en vain. « Villa ne peut pas habiter dans un appartement », avait dit son père. Sans comprendre que cette parole valait pour eux tous. Aucun d'entre eux n'était fait pour la vie citadine en appartement. Ce qui allait bientôt se vérifier.

Ragnhild ne put retenir la boule de sanglots qui se forma dans sa gorge au souvenir de la chienne Villa, qui était morte depuis si longtemps, maintenant.

À l'autre bout du fil, l'homme parlait toujours. D'une voix caverneuse, Ragnhild lui dit merci. Un mot inhabituel dans sa bouche. Ensuite elle raccrocha.

Elle versa le café sur le feu grésillant. Le marc se répandit telle une fourmilière. Elle arracha un peu de mousse du sol sans neige sous le pin et nettoya la cafetière. Puis elle remballa ses affaires dans le sac à dos et fixa ses skis.

Le pont resterait. La croûte de neige nocturne serait encore skiable pendant une semaine. Elle reviendrait. Mais pour l'instant, il y avait ce chien sur l'île. Elle ne pouvait pas l'abandonner à son sort.

Henry, espèce d'alcoolo, tu avais vraiment besoin de prendre un chien ?

En retournant à sa voiture, elle croisa un grand tétras femelle. C'était la période d'accouplement, ce qui rendait ces oiseaux beaucoup moins farouches que d'ordinaire. La poule courait dans le sillon de Ragnhild, passait par-dessus ses skis, donnait de temps à autre de puissants coups d'ailes pour ne pas se laisser distancer. C'étaient peut-être les bâtons de Ragnhild qui éveillaient en la pauvre bête un désir d'accouplement. Elle prenait tout ce qui voletait et s'agitait pour un coq en train de parader. Il n'était pas rare, à la saison des amours, que les oiseaux femelles de la forêt s'aventurent jusque dans les cours de récréation, attirés par les enfants qui s'y ébattaient joyeusement. La mère de Ragnhild avait coutume de dire que les volatiles aimaient les enfants. Comme si les oiseaux avaient un instinct maternel aussi envers les petits d'homme. Balivernes, estimait Ragnhild. La poule de bruyère la suivit sur presque deux kilomètres, victime insensée de ses émois.

« Ça suffit, maintenant, lui dit Ragnhild, ça ne sert à rien. »

Et elle continua à skier, laissant provisoirement la mort derrière elle. Du moins le croyait-elle. Car la mort attend toujours devant nous. Et elle était tout près, à présent.

Ragnhild Pekkari arriva au village de Kurkkio juste après neuf heures du matin. Elle se gara près du vieil entrepôt de Fredriksson, prit ses skis et ses bâtons sous le bras et descendit au bord du fleuve. La neige avait été déblayée jusqu'au sauna, près du rivage. Elle plissa les yeux vers l'île. Il faisait beaucoup plus chaud, maintenant, plusieurs degrés au-dessus de zéro. La glace était trompeuse, Ragnhild le savait, elle avait une épaisseur de plusieurs mètres, mais elle était molle. Si on passait à travers, on s'enfonçait dans une bouillasse de neige et de glace fondues.

Mais de vieilles traces de motoneige sillonnaient le fleuve gelé jusqu'à l'île. Elles étincelaient telles des routes de verre en plein soleil. Cela tiendrait peut-être. Sinon, Ragnhild devrait attendre le lendemain matin, skier sur la croûte nocturne. Or elle ne voulait pas attendre, impossible. Elle pensait au chien. À Henry aussi, évidemment, mais lui était mort. Elle en était sûre. Bon sang, il était temps.

Là-bas, à deux cents mètres seulement, se trouvait la maison de son enfance. De loin, rien n'avait changé. Enfin, même d'ici, Ragnhild voyait que le toit de l'étable s'était à moitié effondré.

Elle avait laissé son sac à dos dans la voiture, il s'agissait maintenant d'être le plus légère possible. Elle n'osa pas boucler les fixations sur ses chaussures. Si elle passait à travers la croûte neigeuse, elle n'avait pas envie de rester vissée à ses skis. Un petit test avec le bâton, et elle s'élança dans l'empreinte d'un scooter qui menait jusqu'à l'île.

La glace était mouillée et glissante, ses skis partaient dans tous les sens, ses pieds tenaient mal. Quelle idée, franchement, mais une fois qu'on s'est embarqué, il faut ramer jusqu'au bout. Elle avançait à l'aide de ses bâtons, en maintenant l'un des skis légèrement devant l'autre afin de répartir son poids le mieux possible.

Elle regardait du coin de l'œil les résidences secondaires le long du rivage. S'il y avait du monde à l'intérieur, ils étaient sûrement en train de l'observer à la jumelle en se demandant qui était cette dingue.

Elle transpirait abondamment sous son bonnet, la sueur coulait de son front et lui brûlait les yeux. Mais elle ne se risqua pas à s'arrêter pour enlever un vêtement, il ne fallait pas s'immobiliser et peser en un seul endroit. Il fallait rester en mouvement.

À mi-chemin entre l'île et la terre ferme, la croûte de glace devint plus mince. Ni les arbres en bordure de la forêt ni les berges ne projetaient leur ombre jusque-là, et cette zone avait été exposée au soleil des jours durant. Elle entendait la glace craqueler sous ses skis, se rompre avec de petits bruits secs effrayants qui se plantaient comme autant de coins dans sa détermination. Le lit du fleuve se situait par ici, et sous les traces de motoneige la glace était encore plus fine.

Mais il était trop tard pour faire demi-tour, elle serait obligée de déchausser ses skis et passerait à travers la croûte, c'est sûr. Elle s'efforça de repousser la pensée d'une eau noire et froide et de la bouillie neigeuse qui se refermerait sur elle. Avancer, c'est tout !

À quarante mètres de l'île, un de ses skis traversa la glace. Cela fit simplement « chloup » et sa jambe disparut au-dessous d'elle ; elle tomba sur le côté. Un cri lui échappa, perçant et solitaire. En rampant comme un insecte elle réussit à extraire sa jambe de la purée de neige, avec le sentiment qu'elle allait sombrer d'un instant à l'autre, impuissante. L'angoisse de mort d'un lièvre en fuite la tenaillait.

N'osant pas se redresser, elle se mit à quatre pattes et se traîna tel un animal blessé, un genou posé sur le ski sauvé des eaux, abandonnant ses bâtons derrière elle.

Elle avança en jurant.

« Putain de putain de putain de merde. »

En atteignant la rive, elle fut envahie par une telle fatigue qu'elle faillit s'endormir assise dans la neige. Pour la deuxième fois ce matin-là, sa peur de la mort l'étonna.

Elle s'était pourtant bien représenté les choses de cette manière. L'eau froide et noire. Mais confrontée à la situation, elle avait lutté comme un insecte aux pattes coupées pour gagner la terre ferme.

Finalement toi aussi tu avaleras peut-être des médicaments et de l'alcool, railla son petit procureur intérieur en robe noire. Comme une dégonflée.

Non, se défendit-elle. Ce n'est pas le moment. Ni le lieu. Pas en allant chez Henry.

Ragnhild pataugea jusqu'à la maison. Le soleil brûlait comme une flamme de chalumeau, il se reflétait en milliers d'éclairs sur la neige d'un blanc de craie. L'eau des flaques pénétrait à travers ses vêtements de ski et la neige fondue entrait dans ses chaussures.

Elle regarda autour d'elle, le cœur lourd. Cela faisait trente et un ans qu'elle n'était plus revenue. La dernière fois, c'était pour annoncer à son frère le décès de leur mère. Elle avait essayé de l'appeler, mais il n'avait pas répondu. Alors elle y était allée. Un voisin l'avait fait traverser dans son bateau.

La misère dans laquelle Henry se vautrait l'avait laissée de glace. Elle l'avait autorisé à venir aux obsèques, mais à la condition expresse qu'il soit à jeun. Il avait pleurniché quelque chose, avec l'auto-apitoiement habituel des alcooliques, et il avait promis. Promesse non tenue, cela va de soi. Un habitant du village l'avait déposé devant l'église de Junosuando. Une épave en costume élimé. Il n'avait même pas mis de chemise sous son veston. Le pasteur avait accepté de retarder la cérémonie, tandis que quelqu'un était allé lui chercher une chemise qui pouvait faire l'affaire. Le cercueil fut mis en terre et là, debout face au tombeau de leur mère, Ragnhild avait coupé les ponts, avec des « plus jamais » et des « tu n'es plus mon frère ».

Mais elle ne s'en était pas débarrassée pour autant, chaque jour lui fournissait l'occasion de penser à lui avec colère. Il occupait dans son esprit au moins un spacieux trois-pièces.

Virpi n'était pas venue à l'enterrement. Olle y était, lui, tiré à quatre épingles et propre comme un sou neuf, accompagné de sa femme filiforme, secrétaire de direction à la municipalité. Olle n'en voulait pas autant qu'elle à Henry. Mais ce n'était pas lui qui toute sa jeunesse était allé avec äiti un week-end sur deux faire le ménage chez lui et nettoyer ses vêtements crasseux. Finalement, à vingt ans passés, Ragnhild avait dit non. Mais äiti avait continué d'y aller. Jusqu'à ce qu'elle tombe malade.

Mon cœur est plein d'amertume, songeait Ragnhild. Que vais-je faire, maintenant qu'äiti et isä[1] sont morts ? Et Virpi aussi. Olle se porte comme un charme. Quel enfoiré. Il peut toujours se brosser pour que je lui annonce la mort d'Henry.

Encore qu'Henry n'était pas forcément mort. Elle allait peut-être le trouver complètement saoul et couvert de pisse.

Elle arriva à la maison peinte en rouge de Falun. Du côté exposé au soleil, la peinture s'était beaucoup écaillée. La dernière année de sa vie, äiti avait fait repeindre la maison à ses frais. Côté nord, le toit s'incurvait comme un hamac. Une série de bâtons longs comme le bras dépassaient du chéneau, Ragnhild mit un moment à comprendre qu'il s'agissait de jeunes bouleaux, ils avaient pris racine et poussé dans l'humus qui s'était formé à l'intérieur du chéneau jamais nettoyé.

---

1. *Äiti ; isä* (finnois) : maman ; papa.

Les granges à foin étaient toujours là, mais la neige y avait pénétré par les portes effondrées. On aurait dit de sombres créatures chancelantes, avec ces béances noires poussant leurs cris silencieux. Un jour, dans une autre vie, les granges avaient été bien entretenues, pleines de foin sec et odorant. C'est là que Ragnhild et Virpi jouaient. Faisaient des cabanes dans la paille, s'allongeaient et lisaient des livres pour adolescentes à la faible lumière qui filtrait à travers les planches disjointes. Sautaient partout, malgré l'interdiction des parents.

Maintenant, la ferme tout entière était ratatinée. Vieillie avant l'âge. Devenue laide.

Pourvu qu'Henry soit mort, pensa Ragnhild. Sinon, je finirai par devoir le tuer.

La cour était passablement déblayée. Çà et là des taches jaunes d'urine dans la neige.

Le chien ? se demanda-t-elle. Ou bien Henry ?

Elle secoua la neige de ses vêtements en tapant des pieds sur les marches du perron. La porte n'était pas fermée à clé. Quand elle ouvrit, la puanteur lui sauta à la gorge. Urine. Alcool. Crasse.

Elle s'appuya sur sa longue expérience d'infirmière, se boucha le nez et entra en respirant par la bouche.

« Henry ! » appela-t-elle.

Pas de réponse. Le petit vestibule menait à la cuisine. Les sols étaient couverts de saleté, on n'en distinguait plus la couleur. Les rideaux sales pendaient mollement. Des monceaux de mouches mortes jonchaient les appuis de fenêtre, les carreaux étaient constellés de chiures. La paillasse de l'évier était encombrée d'emballages de plats préparés, dans lesquels pourrissaient des restes de nourriture. Des verres vides et des canettes de bière absolument partout.

Sous le plan de travail, dans l'espace initialement conçu pour un lave-vaisselle, il y avait un rat mort. Le corps à moitié dévoré. Par ses congénères ? Ou par le chien, peut-être ? Deux écuelles vides traînaient par terre.

Koirariepu, pensa Ragnhild, pauvre clebs. Vivre là-dedans.

Il devait être habitué à de longues périodes de jeûne, avait dû apprendre à vivre d'expédients.

Elle siffla en direction de l'étage, mais aucun chien ne se manifesta.

Puis elle entra dans le séjour. C'est là qu'elle trouva Henry.

Allongé sur le dos, dans le canapé. Immobile. Visage tourné vers le dossier. Un corps si frêle, telle une carcasse de vieux canot enfouie dans les broussailles sur la berge, dont il ne reste que la quille et la membrure. Elle s'approcha. Il ne respirait pas. Elle vit son visage, et là, plus aucun doute : il était mort. Elle le reconnaissait à peine, cheveux hirsutes et visage hâve. Teint cadavérique. Elle le toucha, il était froid.

Elle aussi se sentit froide, sans vie pour ainsi dire. Ses vêtements mouillés pompaient la chaleur de son corps. Elle s'assit sur la table basse à côté de lui.

Elle plongea la main dans sa poche à la recherche du téléphone. Il fallait appeler une ambulance… Non, les pompes funèbres directement, inutile d'alerter les urgences puisqu'il était déjà mort. Et puis elle devait appeler Olle, il ne restait plus qu'eux deux à présent, frère et sœur dans la même ville, qui ne se téléphonaient jamais. Une vieille colère reflua en elle. Comme des vagues du fond de la nuit. Henry et Olle. À la mort d'isä, ils avaient pris leur héritage et l'avaient laissée s'occuper d'äiti et des obsèques.

Appeler. Mais pas tout de suite. J'ai besoin de rester seule ici un moment. La ferme, le souvenir de papa et maman, Henry, Virpi et Olle. La vie que j'avais ici et que j'ai perdue. Personne ne sait que je suis là. Qu'est-ce que cela peut bien faire, si je n'appelle que dans une heure ? Et puis il faut que je trouve le chien.

Elle se leva. Il lui semblait soudain essentiel de trouver cette pauvre bête. Si celle-ci était toujours en vie.

Devant la cuisine, elle réfléchit un moment. Des gens allaient venir prendre le corps. Et voir la maison familiale dans cet état de délabrement.

Après tout, c'est la déchéance d'Henry, se dit-elle, pas la mienne. Je refuse d'en avoir honte.

Elle ouvrit toutefois les fenêtres pour tenter d'aérer. Ensuite elle chercha le chien partout dans la maison.

Même dans les placards. Les pièces du haut étaient vides, il y avait trois matelas par terre, ce qui lui parut étrange. Étaient-ce les compagnons de beuverie d'Henry qui dormaient là ? Mais pas de chien, nulle part.

Elle retourna à l'air frais. Sous l'auvent du perron, elle respira profondément.

Il fallait qu'elle trouve une pelle pour évacuer le cadavre du rat. Elle pourrait le jeter dehors. Mais faire le ménage, ça, pas question.

Ragnhild appela, elle siffla. Aperçut des trous dans la neige, qui pouvaient être des empreintes de chien. Ou de renard ? Avec cette douceur, les traces se transformaient et devenaient difficilement identifiables.

Elle gagna la rangée de bâtiments annexes, ouvrit la vieille cabane des W-C extérieurs, le bûcher, les resserres et les dépendances. Il la rangeait où, sa pelle à neige ?

Elle constata qu'il n'y avait rien de valeur dans la ferme, juste du bric-à-brac. Les prétendus copains d'Henry avaient depuis longtemps emporté tout ce dont on pouvait tirer profit, avec force promesses ou même sans. Devant la maison était garée une motoneige, Henry avait aussi gardé son quad et son bateau, parce que sans eux, il ne pouvait pas faire ses provisions d'alcool. Mais le tracteur, les tronçonneuses, la moissonneuse-batteuse et le reste avaient été bus depuis belle lurette.

À côté de la cabane des W-C, la neige fondue dégouttant du toit avait mis au jour un vieux poste de télévision.

Cette désolation, tout ce fatras, la lumière éblouissante du soleil qui l'empêchait presque de garder les yeux ouverts, tout cela écrasa Ragnhild de fatigue.

Il faut que je m'allonge un moment, se dit-elle.

Mais où pouvait-on se coucher, ici ? Elle songea aux matelas à l'étage, mais jamais de la vie elle n'irait s'étendre là où ses immondes copains avaient dormi. Plutôt se coucher dans l'ancienne rigole à merde de l'étable.

L'étable, oui, il devrait y avoir une pelle là-dedans, pensa-t-elle. Je vais passer tous ces coups de fil, mais il faut d'abord que je sorte le rat.

Impossible d'ouvrir la porte de l'étable. Elle était bloquée par la masse de neige tombée du toit, dure comme du béton. Prenant appui contre le mur, Ragnhild commença à dégager la neige à coups de pied. Elle s'interrompit soudain au milieu d'un geste en entendant un bruit à l'intérieur. Quelque chose qui bougeait, des craquements.

Elle s'acharna sur le tas de glace jusqu'à en avoir les orteils douloureux. Changea de pied.

C'était son frère aîné Olle qui avait convaincu isä et äiti de confier à Henry la petite exploitation sur l'île.

Henry avait de mauvaises fréquentations. Il allait boire à Tärendö, Pajala et Kiruna. Revenait à la maison quand il avait besoin d'argent, mais rechignait à participer aux travaux de la ferme. « Je suis un domestique, ici », geignait-il dès qu'il devait remuer le petit doigt. Il manquait de respect. N'en avait ni pour l'école, ni pour l'église et le pasteur, ni pour la propriété d'autrui, le travail, la famille. Pas même pour isä, que l'insolent avait commencé à appeler pépé.

« Si Henry s'occupe de la ferme, il se sentira plus responsable », avait dit le grand frère aux parents.

Äiti et isä croulaient déjà sous les dettes à cause d'Henry. Enfant, il avait attrapé une otite, c'était en pleine période des foins et ils l'avaient emmené chez le médecin bien trop tard. Depuis, son ouïe était détériorée et il se plaignait fréquemment d'un sifflement continu dans la tête. Le maître d'école, qui n'avait aucune patience, lui donnait souvent des gifles parce qu'il n'écoutait pas.

Olle avait eu plus de chance. À vingt ans seulement, il avait déjà un emploi de contremaître à la mine de Kiruna et avait promis à isä qu'il lui trouverait du boulot.

« Ils ont besoin de gars habiles comme toi, à l'atelier de réparation », avait-il annoncé.

Et isä avait accepté. Il ne savait plus comment faire avec Henry. Querelles et menaces ne servaient à rien. Et ils ne pouvaient pas le mettre dehors, il n'avait nulle part où aller. Les occasions de travailler qu'il avait eues, il les avait gaspillées. Et à l'époque, déjà, isä commençait à avoir mal à la hanche. Alors ce fut décidé.

Ils croyaient que ça irait mieux, se souvenait Ragnhild. Un salaire, des vacances et un appartement.

Du haut de ses sept ans, Virpi n'avait à la bouche que l'aire de jeux au bas de l'immeuble, qu'elle n'avait jamais vue mais dont elle parlait comme d'un pays fabuleux. Seule Ragnhild pleurait et s'opposait à leur déménagement. À la fin, äiti avait perdu patience.

« *Heitä nyt*, ça suffit. Tu ne dois pas penser qu'à toi. Papa n'est plus tout jeune, il n'a plus la force de travailler à la ferme. On sera tous mieux en ville. Et tu seras plus près de tes copines. »

Le jour où ils avaient pris le bateau pour traverser le fleuve, la glace venait de rompre et les feuilles des arbres ressemblaient à des petites oreilles de souris. On avait lâché les vaches dans les pâturages d'été. L'appartement à Kiruna était meublé, il n'attendait qu'eux. Ragnhild s'était enfuie dans la forêt avec la chienne Villa. La forêt sur l'île n'était pas très étendue, Ragnhild entendait Virpi l'appeler de l'embarcadère en pleurant. Mais cela lui était égal, elle s'était cachée sous un sapin. Au bout d'un moment, isä était arrivé, d'un pas résolu et impatient. À son appel, Villa avait aboyé gaiement et trahi la cachette.

Ragnhild refusant de se mettre debout, isä l'avait empoignée par le bras puis traînée, en pleurs. Villa les avait suivis jusqu'au rivage. Mais on ne l'avait pas laissée sauter dans le bateau. Elle était restée sur le ponton à les regarder s'éloigner. S'était allongée. Pour attendre leur retour.

Ragnhild sortit de sa rêverie et s'aperçut qu'elle avait dégagé toute la glace devant la porte de l'étable. Elle était entassée comme du verre pilé autour de ses pieds. Ragnhild tourna la grosse clé et ouvrit.

« Villa », dit-elle tout bas en entrant.

Peu importait le nom qu'elle donnait à ce chien, puisqu'elle ne savait pas comment il s'appelait.

Ses yeux mirent un moment à s'habituer à l'obscurité. À l'intérieur, rien n'avait changé. Dans la pénombre elle distingua le box du cheval et les cinq petites stalles pour les vaches.

Elle huma l'air. Comment cela pouvait-il encore sentir le bétail après toutes ces années ? Elle inspira l'odeur, et les vaches lui apparurent, avec leurs têtes sans cornes, leurs queues bouclées et leurs yeux bruns, intelligents : Rose de mai, Oreille rouge, Fraise, Fleur de cassis et Belle. Leur dernier cheval, Ligne, avait rejoint les prairies éternelles quand Ragnhild avait neuf ans. Mais lorsqu'ils avaient déménagé, il y avait encore des vaches. Et maintenant, elles étaient presque à nouveau là. Le bruit de leur rumination, celui du lait touchant le fond du seau quand il jaillit de leur pis, la sensation de leur souffle chaud sur la peau, le tintement de l'écrémeuse dans la petite pièce attenante.

Quelque chose remua, plus loin, dans l'ancien box des veaux. Le chien. Des yeux noirs, brillants. Il ressemblait à Villa. Comment était-ce possible ? Un bâtard, avec une dominante de chien du Jämtland et de chien d'élan norvégien gris. Oreilles pointues cernées de noir et bavette blanche terminée par une petite étoile. Exactement comme Villa.

Ragnhild appela le chien comme on le faisait dans son enfance, par un bref : « Tjö ! » Il ne vint pas. Elle avança de quelques pas.

Quand elle s'approcha de l'entrée du box, le chien émit un bruit de gorge en signe d'avertissement puis il recula dans un coin, queue plaquée sur le ventre, oreilles rabattues en arrière et babines retroussées, avec un grondement menaçant.

Ragnhild resta sur le seuil.

Il a été battu, se dit-elle. Il a appris à se méfier des humains.

Elle regarda autour d'elle pour essayer de comprendre par où le chien était entré, puisque la porte était fermée.

Elle aperçut alors l'ancienne trappe à fumier. Elle était ouverte mais obstruée par la neige et la glace. Des traces de griffes étaient visibles dans la neige. Le chien était entré par là, un gros bloc de glace avait ensuite dégringolé du toit et bloqué l'ouverture. L'animal n'avait pas réussi à la dégager. Il avait peut-être l'habitude de se réfugier ici quand Henry était trop saoul et oubliait de lui donner à manger. Il se nourrissait alors de neige et de campagnols.

« Écoute, dit-elle d'une voix douce, moi je suis gentille. En tout cas avec les animaux. »

Elle retira son gant, s'accroupit et tendit sa main pour qu'il la flaire.

« Villa », répéta-t-elle.

Le chien lui donna aussitôt un coup de dents sur la main et s'enfuit par la porte de l'étable.

Ragnhild poussa un juron et se releva. Elle ne saignait pas. Sa main n'était même pas douloureuse. Ce qui faisait très mal, c'était surtout la honte d'avoir bousculé l'animal. Quelle idiote elle était !

Je te comprends, pensa-t-elle. Je suis comme ça, moi aussi.

Elle l'attirerait avec de la nourriture. Établirait la confiance. Elle sortit dans la cour. La lumière intense du soleil et la neige étincelante la firent cligner des yeux. Le chien s'était volatilisé.

Il fallait qu'elle lui apporte autre chose que des croquettes ordinaires. Qu'il ne puisse pas résister. Elle se rappela qu'il y avait trois congélateurs dans le séjour chez Henry. Typique. Ils étaient sûrement pleins de gibier à plume et de viande d'élan. La part que l'association locale des chasseurs lui donnait parce qu'ils chassaient sur ses terres. Mais lui-même n'ayant pas de femme, il ne mangeait que des plats préparés.

Elle retourna dans la maison, entra dans le séjour et la vue d'Henry dans le canapé la fit sursauter. Mon Dieu, elle avait totalement oublié qu'il gisait là, mort.

Je débloque, pensa-t-elle. Ça ne tourne vraiment pas rond dans ma tête.

Il fallait absolument qu'elle appelle les pompes funèbres. Comment feraient-ils pour venir le chercher, maintenant que la glace ne portait plus ? Et Olle, il fallait appeler Olle. Mais pour l'instant, la priorité numéro un, c'était le chien. Elle craignait qu'il tente de fuir sur le fleuve et reste embourbé dans la neige. Il mourrait de faim ou serait attaqué par des corbeaux et autres charognards sans pouvoir se défendre. Elle devait essayer de l'attraper.

Machinalement, elle se dirigea vers le plus vieux des congélateurs. Elle avait appris à préparer la pâtée des chiens avec la viande abîmée par une trop longue congélation.

Elle ouvrit le bac. Il ne datait vraiment pas d'hier, un miracle qu'il fonctionne encore.

Il y avait une telle épaisseur de givre qu'on distinguait à peine ce qu'il contenait. La glace se bosselait sur les parois. Ragnhild plongea le bras et fouilla. À son grand étonnement, elle sortit des paquets vides, d'antiques emballages de poisson pané, hamburgers, boulettes de viande et tartes aux myrtilles. Elle jeta les cartons par terre. Après avoir repêché une bouteille de ketchup vide, elle s'arrêta.

« Mais enfin, Henry ! » dit-elle, incrédule, en se tournant vers lui comme s'il pouvait lui répondre.

Il utilisait ce congélateur comme poubelle ou quoi ? se demanda-t-elle, penchée au-dessus du bac. Pourquoi le laisser allumé, dans ce cas ?

Elle continua à farfouiller furieusement, dégagea le givre, aperçut un bout de tissu à carreaux.

Qu'est-ce que c'est que ce truc ? Elle frotta le tissu. C'était une manche de chemise.

Il a mis des vêtements au congélateur ? Ma parole, il était devenu dingue ?

Le froid lui faisait mal à la main. Elle la réchauffa sous son aisselle, puis fourra ses doigts dans sa bouche, la vache, ils étaient complètement gelés, elle aurait dû enfiler un gant.

Elle se pencha un peu de côté, afin que la lumière du plafonnier éclaire le fond du congélateur.

Et avec une terreur grandissante, réalisa qu'il était inutile de continuer à déblayer. À l'intérieur de la manche, il y avait un bras. Et au bout du bras, une main racornie.

Elle ne cria pas. Ne recula pas précipitamment. Elle retira ses doigts de sa bouche, pensa qu'elle allait tomber dans les pommes, mais non. Avait-elle d'abord touché cette chose et mis ses doigts dans sa bouche ensuite ? Elle cracha sur le sol, cracha et cracha encore.

Puis elle composa le 112. Exposa la situation. Elle se trouvait sur une île au milieu du Torneälven avec deux cadavres dans la même pièce. Oui, ils avaient bien compris. Elle dut répéter. Un sur le canapé et un dans le congélateur.

Sa voix était trop calme. Tout cela, trop extravagant, ils ne la croiraient pas. Alors pour se donner plus de crédibilité, elle lança :

« Si vous appelez la police de Kiruna, prévenez Rebecka Martinsson, tant que vous y êtes, elle est procureure de la Chambre, là-bas. Parce que le type, dans le canapé, Henry Pekkari, c'est son oncle maternel. Et moi je suis sa tante. »

Elle regretta aussitôt.

« Excusez-moi, dit le standardiste de police secours, je n'ai pas bien compris, qui doit-on informer ?

— Personne, dit Ragnhild. Laissez tomber. »

La fille de Virpi serait avertie, de toute façon. Et Ragnhild n'avait vraiment aucune envie d'avoir affaire à Rebecka Martinsson.

La procureure Rebecka Martinsson était assise à son bureau à hauteur ajustable quand l'inspecteur Tommy Rantakyrö passa la tête par la porte.

« Quels soupirs ! » dit-il.

Rebecka ricana. Elle ne s'était pas rendu compte qu'elle soupirait.

« Signe de vieillissement, dit-elle. Je deviens comme ma grand-mère paternelle. Elle était tout le temps en train de soupirer. De vrais gros soupirs, du genre : "Ah, si seulement Notre-Seigneur pouvait me délivrer de ce monde." »

Tommy Rantakyrö rit et posa un sachet en papier sur le bureau.

« Pause goûter, annonça-t-il. Bouchées énergétiques, une à la réglisse et une gingembre-cannelle. Ça guérit des soupirs.

— Ah, super ! Comme ça Notre-Seigneur n'aura pas besoin de venir me délivrer tout de suite. »

Reconnaissante, elle huma le contenu du sachet pour lui faire plaisir. Tommy était gentil, alors elle faisait de son mieux pour l'être elle aussi. Sa petite amie l'avait quitté deux mois plus tôt et il mettait une grande application à se montrer le plus sympathique et prévenant possible envers les collègues. Il restait le jeunot de l'équipe. Dommage qu'il n'arrive pas vraiment à grandir. Depuis que sa copine avait rompu et que Sven-Erik avait pris sa retraite, il venait souvent discuter dans les bureaux du parquet, s'attardait un peu trop longtemps, elle était à chaque fois obligée de lancer un « Bon, maintenant je dois… » pour qu'il s'en aille.

« Tu t'en sors, avec la préparation des réquisitions ? » demanda-t-il en désignant de la tête les piles de dossiers sur son bureau.

Rebecka lui répondit par un nouveau soupir de grand-mère et leva les mains dans un geste implorant envers les puissances supérieures. Tommy soupira encore plus fort. Ils rirent tous les deux de leur petite comédie.

Le supérieur de Rebecka, Alf Björnfot, avait soldé ses congés et était parti pour deux mois en Alaska. Le voyage de ses rêves. Avec sa fille. Observer les ours et pêcher le saumon.

Dans l'intervalle, c'était le procureur Carl von Post, le collègue de Rebecka, qui le remplaçait. La veille de son départ, Björnfot était entré dans le bureau de Rebecka et avait collé un post-it sur son tableau d'affichage : « DÉCONNE PAS ! » C'était une plaisanterie, enfin pas tout à fait.

« Pas d'histoires avec Carl, avait dit Björnfot. Je sais que tu ne l'apprécies pas, mais c'est lui le plus senior, alors je suis obligé de le désigner comme suppléant. Mais je n'ai pas envie qu'on vienne m'enquiquiner au téléphone et qu'on me ruine mes vacances.

— Loin de moi l'idée de t'enquiquiner, avait répondu Rebecka. D'ailleurs tu devrais coller le même post-it dans le bureau de la Peste !

— Je sais, avait dit Björnfot. Enfin, il est comme il est, et les petits mots ne le changeront pas. Il va certainement te mener la vie dure. Il faut que tu te blindes, parce que si tu déconnes, il est capable de venir me chercher jusque dans le trou du cul du monde. Alors évite, s'il te plaît. »

Il avait fait un geste de supplication puis quitté le bâtiment. Avant même que la porte du hall ne se referme sur lui, von Post, en sa qualité de supérieur par intérim de Rebecka, avait donné à celle-ci de nouvelles tâches. Il avait posé sur sa table tout le dossier d'enquêtes préliminaires. Plus de cent cinquante affaires, la plupart concernant des vols à l'étalage, des escroqueries sur le Bon Coin ou des conduites en état d'ivresse. C'était à elle de décider s'il fallait entamer des poursuites judiciaires et, ensuite, de présenter tous les cas un par un au tribunal. Un boulot mortellement ennuyeux et solitaire.

« Alors, comment ça va ? » demanda Tommy Rantakyrö.

Rebecka serra les dents. Cela faisait trois semaines qu'elle était enchaînée à son bureau. Elle ne s'attendait pas à ce que la solitude la mine à ce point-là. Von Post ne s'était pas contenté de la charger de traiter les enquêtes préliminaires achevées, il avait de surcroît repris ses enquêtes en cours à elle. Afin qu'elle « se concentre sur la préparation des réquisitions ». Elle n'avait pas moufté. Le post-it de Björnfot guidait son existence tel un commandement divin.

Comme elle était délestée de ses propres enquêtes, plus aucun policier ne déboulait dans son bureau pour discuter des mesures à prendre dans les instructions en cours. Elle-même n'avait aucune raison non plus d'aller les voir pour mettre à jour ses informations ou leur donner de nouvelles directives. Son téléphone restait muet.

Je devrais être plus reconnaissante envers Tommy, se dit-elle. Il est attentionné. Pourquoi n'apprécie-t-on pas à leur juste valeur ceux qui sont réellement soucieux de nous ?

« Je prépare l'orientation des dossiers, dit-elle. L'audience commence lundi. On pourra peut-être juger les petits délits.

— C'est bon pour les statistiques », dit Tommy Rantakyrö.

Bon pour les statistiques de von Post, pensa Rebecka.

À peine avait-elle formulé cette pensée qu'elle entendit les pas de von Post dans le couloir. Quelques secondes plus tard, il apparaissait dans l'embrasure de sa porte. Coupe ébouriffée, chemise bien repassée, pas un gramme de brioche.

« Salut, Tommy, fit-il sur le ton de la camaraderie en lui tapant un peu trop brusquement dans le dos. Ça va, Martinsson ? »

Rebecka se figea. C'était là toute la différence entre elle et von Post, ou peut-être entre elle et la classe supérieure. Il affichait l'amabilité d'un présentateur de télé avec tout le monde, amis comme ennemis. Elle, en revanche, ne savait pas dissimuler ses véritables sentiments, elle se montrait peu causante et malcommode, nuque raide et lèvres serrées. Elle avait du mal à regarder dans les yeux les gens qu'elle n'aimait pas. Mais se méprisait d'être incapable de jouer le jeu, condamnée à toujours se sentir inférieure.

Carl von Post lui fit un sourire plein de sous-entendus. Le fait qu'elle le déteste ne lui posait aucun problème. Qu'elle ne lui réponde même pas lorsqu'il lui adressait la parole semblait l'amuser.

« On en est où, avec les surgelés ? demanda von Post en se tournant vers Tommy Rantakyrö.

— Le cadavre du congélateur ? Ouais, on a mobilisé un hélicoptère qui a réussi à se poser, finalement. Il a rapporté le congélo et le bonhomme qu'on a trouvé mort dans la maison.

— Quoi ? éclata von Post. Il y avait deux morts ? Homicide ?

— On ne sait pas encore. Les deux sont chez le médecin légiste, pour l'instant. Pohjanen appellera quand il aura quelque chose à nous communiquer.

— Bien, bien. Vous me tenez au courant de tout ce qui arrive sur ce front. Martinsson a suffisamment à faire avec…

— Oui, je sais, l'interrompit Tommy. Je suis venu lui apporter quelques friandises pour l'encourager. Elle a une pile d'enfer à écluser. »

Le sourire de von Post s'élargit encore un peu plus.

« Hum, ça lui fait le plus grand bien de traiter tous ces dossiers, vu qu'elle n'a pas suivi la voie habituelle pour accéder à sa fonction. Contrairement à elle, j'ai accompli mes neuf mois de stage puis mes deux ans en tant que procureur assistant. Il lui manque certaines bases, forcément. »

Rebecka serra les dents et fixa von Post. C'était tout de même incroyable qu'il parle d'elle comme si elle n'était pas là, et qu'en plus il fasse en sorte qu'on la croie moins qualifiée que lui. La vérité, c'est qu'elle était surqualifiée, et il le savait. Qu'elle ait abandonné une situation enviable d'avocate fiscaliste chez Meijer & Ditzinger pour ce job de procureure devait l'empêcher de dormir.

Et il s'imagine sans doute qu'ils m'accueilleraient encore à bras ouverts, si je voulais réintégrer le cabinet, pensa-t-elle. Pourtant rien n'est moins sûr.

« Allez, je vous laisse travailler tranquille maintenant », dit von Post à Rebecka en incitant du regard Tommy Rantakyrö à le suivre.

Tommy ne bougea pas. Rebecka s'appuya sur le dossier de sa chaise et prit une boulette énergétique dans le sachet en papier.

« On la partage ? » demanda-t-elle à Tommy.

Von Post s'éclipsa dans le couloir.

« Ah, celui-là », dit Tommy.

Rebecka garda son calme.

Pas de jérémiades, s'exhorta-t-elle intérieurement.

Dans la période qui avait suivi le départ de Björnfot pour ses longues vacances, elle ne pouvait s'empêcher de clamer que von Post était infernal, elle l'appelait la Peste et avait inventé l'« Ère de la Peste ». Tous ses collègues de la police étaient d'ailleurs passés voir le fameux post-it.

Cependant les gens en avaient assez de ses plaintes de femme amère et déprimée. Elle le sentait mais avait du mal à se retenir. Même si elle essayait de répondre que tout allait bien quand on lui posait la question et de parler de choses agréables, elle finissait toujours par radoter sur ce rat de von Peste. C'était désespérant.

Les policiers qui allaient voir von Post pour diverses raisons passaient désormais devant son bureau sans s'arrêter. Elle les soupçonnait de se dire que, tout compte fait, elle n'était pas commode elle non plus. Il n'y avait qu'à voir la façon dont elle avait traité leur collègue Krister Eriksson.

Elle et Krister avaient eu pendant un an et demi ce qu'il est convenu d'appeler une relation.

Mais elle déclarait sans cesse : « Nous ne sommes pas un couple. » Et il répondait : « Non, non », en souriant, embrassait sa chevelure et partait avec elle en forêt, à la pêche ou au lit. Il avait envie de plus. Elle voulait moins. Puis elle avait tout détruit. C'était elle la méchante. Tout le monde le savait.

Lorsque Krister avait claqué la porte, elle était retournée vers Måns Wenngren. Lui aussi voulait moins. Ils étaient amis, avec le sexe en prime. Måns ne la tannait plus pour qu'elle revienne à Stockholm, ce qui ne l'empêchait pas de la trouver idiote de rester au parquet de Kiruna. « Quand vas-tu te décider à quitter ce boulot ? lui demandait-il. Quand ce con de von Post t'imposera de nettoyer les toilettes en prétendant que ça entre dans tes missions ? »

Rebecka redescendit sur terre et s'efforça de décocher son plus beau sourire à Tommy Rantakyrö.

« Je me fous pas mal de von Post, dit-elle le plus gaiement possible. Mon Dieu, c'est bon ces trucs-là, on en partage un autre ? C'est quoi cette histoire de cadavre dans un congélateur ?

— On ne sait pas encore, mais il y est depuis longtemps, apparemment.

— En morceaux ?

— Non, il n'en a pas l'air. Dommage que ce ne soit pas toi qui diriges l'enquête préliminaire, von Post est excité comme pas deux.

— Je vois, eh bien vous allez vous amuser, avec un meurtre au congélateur, dit Rebecka. Pendant que moi je serai en train de coincer des chapardeurs, des tagueurs et des chauffards.

— Tu es une super procureure, dit Tommy. Nous le pensons tous, tu le sais bien.

— Tous, à une exception près, dit Rebecka. Mais je m'en fiche », s'empressa-t-elle d'ajouter.

Elle se mit à farfouiller dans le sachet avec une curiosité exagérée.

« Elle s'en remettra, dit l'inspecteur. Tu connais Mella. »

Rebecka laissa tomber le sachet et son contenu.

« Mella ? fit-elle.

— Ah merde, tu faisais allusion à von Post… »

Il s'interrompit au milieu de sa phrase, les yeux tournés vers le post-it sur le panneau de Rebecka.

« Mella ! éclata Rebecka. Anna-Maria m'en veut ? Pourquoi donc ?

— Laisse tomber, supplia Tommy. Je croyais qu'elle était venue se plaindre ici. S'il te plaît, oublie ce que je t'ai dit.

— Mais qu'est-ce que je lui ai fait, bon sang ? demanda Rebecka hors d'elle. On ne s'est pas vues depuis… »

Elle reposa le sachet sur son bureau et se dirigea vers la porte.

« Pas la peine de me dire quoi que ce soit. Je vais tirer ça au clair facilement. »

Ses pas retentirent bientôt dans le couloir.

Tommy Rantakyrö se demanda s'il devait la rattraper, mais se ravisa.

« Ça va chauffer, autant rentrer à la maison. »

À la cafétéria, l'inspectrice Anna-Maria Mella appuya sur le bouton de la machine à café, qui se mit en route avec un bruit de scie à bûches. Une fois la boisson prête, l'écran afficha : « Régalez-vous ». Anna-Maria fixa les lettres rouges.

« Ça ne vous rend pas dingues, vous, ce truc-là ? demanda-t-elle à ses collègues. Cette machine n'a pas à me dire de me régaler. Je me régale si je veux. »

Assis là, l'inspecteur Fred Olsson et deux nouvelles recrues en uniforme pouffèrent d'un air approbateur.

« Ça me rappelle un type avec lequel je sortais, à une époque, poursuivit Anna-Maria encouragée par leurs rires. Quand on était… comment dirais-je… en pleine action, il répétait sans arrêt : "Régale-toi. Savouuure !" Et moi je me disais juste : "Fais déjà ton boulot et moi je savourerai, d'accord ?" »

Elle récolta une nouvelle salve de rires, un peu gênée. L'anecdote était véridique mais laissait croire qu'elle avait de nombreuses conquêtes à son palmarès. En réalité, c'était la seule fois où elle avait couché avec un autre homme que Robert. Elle avait dix-sept ans, elle et Robert avaient rompu. Elle était malheureuse et saoule. Jalle, lui, n'était que saoul.

Il étudiait en filière mécanique et transports, habitait à Kiruna où il louait une chambre avec entrée séparée. Une semaine plus tard, elle et Robert s'étaient remis ensemble. Cela n'avait été qu'une brouille. Ils étaient faits l'un pour l'autre. Pourquoi diable avait-elle ressorti cette histoire avec Jalle ? C'était quoi, son nom de famille, déjà ? Dieu merci, elle l'avait oublié.

« Qu'est-ce qu'elles ont, ces machines ? » demanda l'un des nouveaux en uniforme, Karzan Tigris.

Il avait débuté comme policier adjoint un mois et demi plus tôt et possédait un compte Instagram très suivi ; il parlait de son métier, qu'il adorait, postait des photos de lui en train de boire le « café du jour d'un flic » ou de faire le poirier en tenue complète d'intervention. Anna-Maria trouvait qu'il avait l'air d'un collégien. C'était fréquent, maintenant. Médecins, profs, prêtres, on avait du mal à les prendre au sérieux. On leur donnait souvent à peine quinze ans. Bizarre.

Karzan continua :

« Le moindre appareil produit des signaux sonores. Tiens, ma machine à laver, par exemple, quand elle a terminé elle se met à biper, et ça ne s'arrête pas. Tu ne peux pas lancer une machine avant d'aller te coucher.

— Il doit y avoir des techniciens qui s'amusent à ajouter ce genre de trucs juste parce qu'ils savent le faire », hasarda le second uniforme, Magda Vidarsdotter.

Originaire de Flen, cette femme n'avait pas d'enfants, mais un cheval qu'elle avait mis en pension à Jukkasjärvi. Policière adjointe, elle aussi avait déjà un peu d'expérience. Elle avait travaillé à Eskilstuna et postulé à Kiruna pour son environnement. Elle et Rebecka pouvaient parler chevaux et chiens durant des heures, à croire qu'on se trouvait dans une ferme. Anna-Maria priait le ciel pour que Vidarsdotter et Tigris restent à Kiruna.

« Comment vous imaginez-vous l'avenir, lorsque toutes ces techniques qui utilisent l'intelligence artificielle ne coûteront plus rien ? demanda Magda Vidarsdotter, et elle poursuivit en imitant une voix de synthèse faussement enjouée. Ça donnera : "Bonjour, Anna-Maria. Ton taux de cortisol est plus élevé que la normale. Inspire trois fois profondément. Demande-toi si tu as besoin de boire du café !" »

Magda Vidarsdotter, d'ordinaire peu loquace, commençait à se dégeler et Anna-Maria rit à dessein un peu plus que nécessaire. Ils se regroupèrent, tels des chiens frétillant de joie. Anna-Maria était une meneuse efficace et ils deviendraient une fine équipe. Mais Sven-Erik Stålnacke laissait un grand vide, il n'y a pas à dire.

Et puis ça lui faisait tout drôle d'être la plus vieille du groupe, elle qui avait eu le sentiment d'avoir vingt ans jusqu'au départ à la retraite de Sven-Erik.

« Quand ce ne sont pas vos propres enfants qui vous éduquent, ce sont les appareils électroménagers, dit Anna-Maria, feignant la résignation. On aimerait bien que… »

Ses collègues ne surent jamais ce qu'elle aurait aimé car à cet instant Rebecka Martinsson apparut dans l'encadrement de la porte. À en juger par sa mine, il y avait péril en la demeure.

Anna-Maria sentit aussitôt son taux de cortisol s'élever anormalement. Elle n'avait pas besoin d'une machine à café pour le lui signaler.

« Salut, Martinsson », lança Fred Olsson d'un ton joyeux, complètement insensible aux variations de l'humeur ambiante.

Rebecka Martinsson le salua d'un bref signe de tête, puis elle alla droit au but.

« Il y a un problème ? demanda-t-elle à Anna-Maria. C'est ce que Tommy m'a dit. »

Les joues d'Anna-Maria Mella s'enflammèrent. Cet idiot de Tommy, est-ce qu'il avait besoin d'aller bavasser avec Rebecka ? Elle sentit le regard des autres dans son dos.

« Oui, répondit-elle, on va en discuter dans mon bureau ?

— On peut discuter ici et maintenant. De toute façon, tout le monde est déjà au courant sauf moi, apparemment.

— Non, en fait j'étais un peu chamboulée, hier, alors j'ai dû dire à Tommy que… »

Elle s'interrompit et se reprit.

« C'est à propos d'Eivor Simma. »

Haussement de sourcils interrogateur de Rebecka.

« Vol aggravé ! poursuivit Anna-Maria. Une de mes enquêtes préliminaires qui a atterri sur ton bureau. La mamie a quatre-vingt-huit ans. Elle a été victime d'un vol, à la Coop rue Trädgårdsgatan. Un type lui a demandé quelle sorte de riz prendre pour faire du riz au lait, et pendant ce temps-là, un complice lui a fauché son portefeuille, elle avait mis son sac à main dans le caddie. Hier, Eivor m'a appelée, elle avait reçu une lettre signée de ta main l'informant qu'il n'y aurait pas de poursuites.

— Ah bon ?

— Oui, ça m'a paru un peu bizarre. Les caméras de surveillance du magasin montrent les deux compères…

— Wróblewski et Harjula, dit sèchement Rebecka, je me souviens très bien de cette enquête.

— La caméra les montre quittant le magasin ensemble au moment où Eivor Simma y était. Lors d'une confrontation photographique, Eivor a désigné Harjula.

— Ah oui, cette confrontation, justement, dit Rebecka. Dix visages. Eivor Simma a désigné Harjula, le seul cliché qui était flou. Moi aussi j'aurais montré cette photo. N'importe qui l'aurait fait. Les pièces utilisées pour la confrontation n'étaient pas valables, Mella.

— Hum, enfin il me semble tout de même qu'il aurait dû y avoir des poursuites.

— Tu sais très bien que la photo du suspect ne doit pas se distinguer des autres, rétorqua Rebecka d'un ton qui donna à Anna-Maria l'impression d'être renvoyée sur les bancs de l'école. La défense aurait mis ça sur le tapis, il n'y avait aucune chance que les deux types soient condamnés. »

Mella grinça des dents. C'est elle qui avait pris la photo d'Harjula avec son portable. D'accord, elle avait peut-être fait ça à la va-vite. La photo était floue et elle n'en avait pas pris d'autre. Mais le cas était nettement établi, merde. Et voilà qu'elle avait droit à une engueulade devant les collègues, maintenant.

« Tu sais comment on se sent, dit-elle à Rebecka la voix nouée, quand une Eivor Simma vous appelle et qu'on doit lui expliquer que ces sales types ne seront même pas inculpés ? Alors qu'on est cent pour cent sûr que ce sont eux les coupables. Elle n'ose plus sortir faire ses courses. C'est dur à avaler pour nous, policiers. Ces histoires-là se répandent comme une traînée de poudre. Figure-toi qu'il y a eu un fil de discussion là-dessus sur "Nous, habitants de Kiruna qui osons dire ce que nous pensons". C'est nous qui prenons les coups, à l'extérieur. Pas étonnant que les gens crachent par terre à notre passage et qu'ils rayent nos véhicules. À quoi ça sert que la police fasse des enquêtes, si vous vous contentez de classer les affaires ?

— Donc c'est nous d'un côté et vous de l'autre, maintenant ? fit Rebecka. Et nous on se contente de "classer les affaires" ? Es-tu consciente que sur cent cinquante-deux affaires, c'est la seule que je n'envoie pas au tribunal ? Je n'ai pas l'intention de gaspiller l'argent du contribuable en faisant passer en jugement une affaire vouée à l'échec, juste pour que tu te sentes mieux.

— Ce n'est pas ce que je voulais dire, répondit Anna-Maria tout en se félicitant intérieurement de réussir à conserver une voix calme et posée. La question n'est pas que je me sente mieux. Mais que nous formions tous une équipe. Alors un peu de communication aurait été opportun. »

Rebecka regarda Anna-Maria comme si celle-ci était en train de lui citer un mauvais manuel de développement personnel.

« Très bien, dit-elle. Je vais améliorer ma “communication”. Et toi tu vas apprendre à utiliser un appareil photo. »

Sur ce, elle tourna les talons et parcourut le couloir en sens inverse.

Fred Olsson et les nouveaux uniformes se levèrent, soudain pressés d’accomplir leur bonne action quotidienne, à savoir pincer quelques chauffards. En un clin d’œil ils avaient disparu.

Anna-Maria resta seule dans la cafétéria. La machine à café se mit en veille avec un triste gargouillement. L’écran afficha un : « Bonne journée », puis s’éteignit.

Rebecka referma la porte de son bureau.

« Ils m’emmerdent… tous autant qu’ils sont ! » dit-elle à la cantonade.

Elle qui croyait qu’Anna-Maria et elle commençaient à être bonnes copines… Et pas seulement au travail. Mais pendant cette période d’audiences à la noix, elles s’étaient à peine croisées. Entre les nouveaux policiers et sa famille, Anna-Maria était très occupée. Rebecka le comprenait. Mais pourquoi Anna-Maria n’avait-elle pas abordé ce problème directement avec elle au lieu d’aller déblatérer à son sujet avec les collègues ? Quelle déception. Faire d’elle l’ennemie de la police !

L’envie la démangeait de shooter dans quelque chose, la corbeille à papier peut-être. Mais à quoi bon, elle serait obligée de tout ramasser ensuite.

Elle voulait rentrer chez elle, regarder une série à la télévision, sauf qu’il y avait du boulot à terminer. Elle ne supportait plus l’isolement dans son bureau.

Machinalement, elle sortit son portable et appela Maria Taube. À l'instant où son amie décrocha, elle regretta. Elle lui téléphonait sans arrêt pour évacuer son insatisfaction.

« Martinsson ! s'exclama Maria Taube. Je croyais que tu m'avais oubliée. On n'a plus l'occasion de se parler en ce moment, toutes les deux. »

Rebecka fut bien obligée de rire.

« On s'est parlé hier, dit-elle. Et avant-hier. Et c'est toujours moi qui te dérange dans tes occupations importantes.

— Ah bon, j'avais oublié, déplora Maria, je me sens complètement délaissée. Comment ça va ? »

Rebecka résista à l'envie de se lamenter. Elle était sûre que Maria lui dirait tout ce qu'elle souhaitait entendre. À savoir qu'Anna-Maria avait commis une erreur. Que von Post était un nul, comme toute sa famille, d'ailleurs. Car Maria Taube les connaissait. Elle répéterait que Rebecka était bien trop qualifiée pour moisir au parquet de Kiruna, qu'il était incompréhensible qu'elle ne soit pas en poste aux affaires fiscales du parquet de région.

En même temps, Rebecka entendrait à sa voix que Maria ne quittait pas son écran des yeux et travaillait tout en lui parlant. Elle s'interromprait au beau milieu d'une phrase, lui promettrait de la rappeler plus tard parce que là, elle avait une réunion, ou des centaines de mails à envoyer en urgence.

Rebecka resterait avec l'impression d'avoir été rejetée, elle sentirait germer en elle la honte d'être une pitoyable enquiquineuse. Et elle ruminerait le fait que Maria ne l'incitait plus comme avant à réintégrer le cabinet et à revenir s'installer à Stockholm. Rebecka savait très bien pourquoi. Il n'y avait plus de place pour elle chez Meijer & Ditzinger. Elle avait loupé le coche.

Ressaisis-toi, se sermonna-t-elle, et elle décida d'être amusante.

« Il se passe des choses ici, dit Rebecka. L'association locale de Kurravaara a investi dans un défibrillateur. Maintenant il faut organiser une assemblée extraordinaire pour décider de l'endroit où il sera placé. Et puis les travaux de construction du nouvel hôtel de ville se poursuivent.

— Ils sont complètement malades de déplacer la ville entière, dit Maria Taube. Il faudra qu'on en parle un de ces jours, sérieusement.

— Oh non, ça me fiche un de ces cafards ! »

C'était déprimant. Le nouveau Kiruna allait être bâti sur une ancienne tourbière. Dix degrés de moins, l'hiver, que sur la colline d'Haukivaara où la ville se trouvait actuellement.

« Mais à propos, je voulais t'appeler, justement, reprit Maria. Le deuxième week-end de mai, je vais faire du ski à Riksgränsen avec des copines. Il y a encore plein de neige, là-haut. Je me disais qu'on pourrait arriver à Kiruna dès le jeudi et s'incruster chez toi pour la première nuit. Ce serait cool, non ? Tu n'as pas besoin de t'occuper de quoi que ce soit, on apporte à manger et à boire. Tu n'auras plus qu'à mettre le sauna en route. »

Rebecka se sentit prise au piège. Elle aimait bien Maria Taube, mais ses copines de Djursholm[1] ?

---

1. Commune la plus fortunée de Suède, dans la banlieue nord de Stockholm.

« D'accord. Elles sont comment tes copines ? demanda-t-elle, un rire dans la voix. Pas du genre régime détox, j'espère.

— Non, non, pas du tout, la rassura Maria. Elles sont super gentilles, tu vas les adorer.

— "Super gentilles", tu dis ? *Gentilles* ? Ça s'annonce mal. Elles postent des trucs du style "Ne laisse pas tes amies manquer le yoga" sur Insta ?

— Absolument pas ! s'exclama Maria. Crois-moi, on est toutes des petites boulottes qui travaillent dur, des juristes et des économistes rouillées et surmenées. Aucune d'entre nous n'a le temps de faire du yoga.

— Vous mangez toutes de la viande rouge ? s'enquit Rebecka. Et des glucides ? Ou est-ce qu'elles considèrent que donner du sucre raffiné aux gamins est la même chose que leur injecter de l'héroïne ?

— Oui ! Oui ! Et non ! On mange de tout. Du gibier accidenté et du sucre raffiné.

— Bon, eh bien, venez faire un sauna ici, ça va être super, dit Rebecka. J'offre la bière et un peu de gibier accidenté. Mais si l'une d'entre vous veut manger des graines germées, qu'elle pense à les apporter. »

Puis elle se hâta de conclure.

« Allez, il faut que j'y aille, à plus.

— Ciao, ciao », gazouilla Maria Taube qui n'était pas du genre à se sentir abandonnée si ce n'était pas elle qui mettait fin à la conversation.

Je n'ai pas pleurniché, au moins, pensa Rebecka. Et c'est moi qui ai dit au revoir la première. Merde alors, dire que j'ai invité des filles de la haute à dîner à Kurravaara !

À cet instant, des aboiements lui parvinrent du parking. Elle regarda par la fenêtre. Le Morveux était dans sa cage, à l'arrière de la voiture laissée ouverte. La météo s'y prêtait parfaitement, il ne faisait ni trop chaud ni trop froid. Et dehors, les policiers s'arrêtaient pour lui parler et le caresser à travers la grille. Bien plus drôle que de rester sous le bureau de sa maîtresse. Le Morveux s'était levé et accueillait avec des jappements enthousiastes un véhicule qui entrait dans le parking. La jeep de Krister Eriksson.

On ne le voyait plus très souvent par ici. Il travaillait comme maître-chien sur tout le territoire du Norrbotten et était presque toujours en mission.

Dans sa cage, le Morveux remuait la queue. Krister Eriksson l'avait entraîné au pistage, quand lui et Rebecka étaient ensemble. Le Morveux lui vouait un amour sans limites.

Krister descendit de voiture et salua le chien à travers la grille. Puis il dirigea son regard vers le bureau de Rebecka. Elle ne lui fit pas un signe. Il hocha imperceptiblement la tête avant de baisser les yeux. Au même moment, sa petite amie sortit de la voiture.

Rebecka se força à rester à la fenêtre. Marit Törmä portait une tenue sportive qui lui allait comme un gant, anorak des années soixante-dix d'un rouge délavé, pantalon en peau de renne tannée. Cheveux blonds relevés en queue-de-cheval. Elle était d'un naturel joyeux. Jolie, aussi. Quand Krister et Marit avaient commencé à se fréquenter, toute l'équipe des policiers était émoustillée. Rebecka était déjà un bon parti, mais celle-là ! Marit Törmä avait remporté une médaille d'or au biathlon junior. Une vraie souris de montagne.

Dès qu'elle et Krister avaient du temps libre, ils montaient sur les hauts plateaux.

C'est très bien comme ça, pensa Rebecka. Ils ne vont sans doute pas tarder à se marier. Il mérite quelqu'un comme elle.

Soudain, Marit leva les yeux vers elle et fit de grands gestes.

« Salut, Rebecka ! » cria-t-elle.

Rebecka eut un sourire crispé et agita la main elle aussi. Elle les vit gagner l'entrée ensemble, d'un même pas.

Ça suffit, se dit-elle à elle-même. Tu es ridicule.

Son téléphone sonna. C'était le légiste Lars Pohjanen.

« Bonjour Martinsson, croassa-t-il. J'apprends que vous avez la vie dure en ce moment ? »

Rebecka s'éloigna de la fenêtre et s'installa dans le fauteuil des visiteurs, encombré de papiers.

« D'où tenez-vous ça ? »

Pohjanen prit quelques inspirations sifflantes avant de répondre.

« Des bruits qui courent : von Post vous a collé l'orientation des enquêtes de police et les audiences. J'appelle pour vous remonter le moral. Je voulais vous montrer un cadavre, si ça vous intéresse.

— Celui du congélateur ? Rantakyrö est passé et m'a mise au courant. Oui, c'est tout à fait le genre de chose qui peut remonter le moral d'une fille. »

Pohjanen rit, produisant un son épouvantable.

« Rappliquez alors !

— Je ne voudrais pas que vous pensiez…, dit Rebecka d'une voix hésitante, mais est-ce que c'est von Post qui…

— Celui-là, l'interrompit Pohjanen sur un ton irrité, il lira le compte rendu quand j'aurai terminé. Venez maintenant, Martinsson. Avant que je ne change d'avis. »

Elle replia son ordinateur portable et décida que cela suffisait pour aujourd'hui. Durant tout le trajet, elle pensa à Krister. Il avait regardé vers sa fenêtre. Qu'est-ce que cela signifiait ?

Elle était tiraillée entre « rien » et « quelque chose ».

Au commissariat, Marit Törmä salua les collègues de Krister. Celui-ci devait juste déposer un rapport, ensuite ils iraient en forêt tous les deux. Elle discuta entraînement avec Karzan et demanda à Magdalena des nouvelles de son cheval.

Avec Fred Olsson, la tâche était plus ardue. Marit savait qu'il avait rempli son garage de serveurs pour minage de bitcoins. Elle pouvait lui poser des questions, bien sûr, mais elle ne comprendrait pas un traître mot de ce qu'il lui répondrait.

Les policiers s'apprêtaient à partir faire un contrôle routier. Quant à elle, elle ne parvenait pas à chasser Rebecka Martinsson de son esprit, c'était comme une poussière dans l'œil. Krister avait à peine salué Rebecka. Il avait eu l'air tendre et triste quand le Morveux lui avait léché les mains à travers la grille de sa cage. Mais lorsqu'il s'était retourné vers elle, son visage était aussi lisse et neutre qu'un appartement à vendre.

Dans la cafétéria, à l'étage, ils tombèrent sur Anna-Maria. Marit lui demanda des nouvelles de ses enfants, et Anna-Maria lui précisa lesquels elle avait mis « à donner » sur le Bon Coin.

Pourquoi Krister ne pouvait-il pas se détacher de Rebecka ? D'accord, il avait des raisons de lui en vouloir. Mais cela faisait deux ans qu'entre eux c'était terminé. Maintenant il était avec elle, Marit.

Et puis je suis un bon parti, se dit-elle.

Elle avait eu l'embarras du choix. Jamais aucune raison d'être jalouse. Alors ce désir d'éloigner Krister de la cage du chien était pour elle un sentiment nouveau, éprouvant.

Rebecka parcourut les couloirs déserts de l'hôpital de Kiruna. Le conseil général avait fait fermer la maternité et les urgences chirurgicales. En revanche, il n'avait pas réussi à déloger le médecin légiste Pohjanen. « Allez-y, fermez, leur avait-il dit, déménagez le service, comme ça je pourrai enfin m'arrêter de travailler. » Cela ne s'était pas fait, et lui vivant cela ne se ferait pas. Il était encore maître dans son royaume souterrain.

Rebecka sonna à la porte du service des autopsies, et c'est Anna Granlund, la technicienne, qui lui ouvrit.

Elle sourit à Rebecka comme on sourit à un proche lorsqu'un décès est imminent dans notre entourage. Pohjanen n'en avait plus pour longtemps. Il travaillait seulement parce qu'il en avait envie. Granlund faisait en sorte que cela soit possible. Elle déshabillait ses morts, les ouvrait, pratiquait les incisions de manière aussi précise et soignée qu'il l'exigeait. Elle pesait les organes, tranchait des foies, des cœurs, des reins et des poumons, et les alignait proprement sur la paillasse en inox. Elle fendait des estomacs, sectionnait des intestins et en examinait le contenu, sciait des crânes, en extrayait le cerveau, elle changeait les piles du dictaphone de Pohjanen, l'obligeait à boire un peu de jus de pomme, et quand il avait terminé son travail, elle rédigeait le compte rendu et recousait les morts pour leur dernier voyage.

« Bonjour, dit Anna Granlund à voix basse. Il dort, mais il m'a demandé de le réveiller à votre arrivée. »

Pohjanen dormait sur son canapé pelucheux dans la salle de repos, sa respiration était agitée, irrégulière et courte. Il se réveilla avant même qu'Anna Granlund lui ait effleuré le bras. À la vue de Rebecka, son expression s'adoucit.

« Martinsson », dit-il satisfait, et il se mit debout en flageolant, avant de poursuivre d'une voix discordante : « Que vous est-il arrivé ? Vous avez une tête d'année de disette. »

Rebecka échangea un regard avec Anna Granlund. Il pouvait bien leur lancer autant de paroles blessantes qu'il le voulait. Du moment qu'il restait en vie.

Pour Pohjanen, l'attaque était la meilleure défense. C'était plutôt lui qui avait une tête d'année de disette. Sa peau ressemblait à du vieux papier jauni, il avait des cernes noirs sous les yeux, les joues creuses, et la canne appuyée contre le canapé trahissait son état. Pohjanen jeta un regard assassin à cette moucharde et, la dédaignant, il gagna tant bien que mal la salle d'autopsie.

« Je ne vais pas au tribunal avant la semaine prochaine, lui répondit Rebecka. Il sera toujours temps de prendre une douche, de mettre une jupe et un blazer. Peut-être de me brosser les dents. »

Dans la salle d'autopsie, le mort était étendu sur une table de métal.

Comme un objet trouvé par un archéologue dans une tourbière, pensa Rebecka.

Sur un plan de travail contre le mur, il y avait un tas de vêtements, ceux du mort, sans doute.

Pohjanen se laissa tomber sur son tabouret à roulettes en acier inoxydable et enfila ses gants de latex. Rebecka enfonça profondément ses mains dans ses poches. Une leçon apprise au début de sa collaboration avec le légiste. « Mettez vos mains dans vos poches. Fermez les poings. Gardez-les serrés. »

« Il ne date pas d'hier, comme vous voyez, dit Pohjanen. Visiblement il est resté longtemps dans le congélateur. Il est tout simplement lyophilisé.

— Tué par balle », dit Rebecka en observant le trou dans le thorax du mort.

Un tatouage sur sa poitrine représentait une strip-teaseuse portant autour du cou une paire de gants de boxe reliés par un lacet. La balle l'avait atteinte à la gorge.

« Venons-en à la cause du décès. *Älä hättäile*, pas de précipitation ! Il me semblait bien discerner des tatouages, alors j'ai gratté l'épiderme pour voir ce qu'ils représentaient. Les tatouages pénètrent dans le derme, donc au bout d'un moment ils sont apparus clairement. Question à dix mille couronnes : qu'est-ce qui vous vient à l'esprit quand vous les voyez ?

— Rien.

— Rien ? Cette strip-teaseuse sur la poitrine ? Les tatouages de marins sur les bras ? L'ours polaire, babines retroussées ? Les trois points en triangle sur la main ? Ah, vous êtes trop jeune. Ce type a les mêmes tatouages que Börje Ström !

— Le boxeur ?

— Ouais. Curieux, non ? Ström est tout ce qu'il y a de plus vivant. Je l'ai appelé. On est parents, en fait. Sa mère et mon père sont cousins. Voilà.

— Vous l'avez appelé… Vous ne pensez pas que c'est la police qui…

— Son paternel, Raimo Koskela, a disparu en 1962, quand Ström avait onze ans. Ström a confirmé que le bonhomme avait les mêmes tatouages que lui. Il n'a jamais mentionné cela dans une interview, pour autant que je sache. Personne, dans la famille, ne l'a évoqué non plus, enfin, on ne parlait pas tellement de lui, évidemment. »

Pohjanen rejeta brusquement sa tête vers l'arrière, comme s'il la sortait d'un seau d'eau glacée. Rebecka se demanda quelles pensées et quelles réminiscences il s'efforçait ainsi de chasser.

« J'ai examiné le congélateur où il se trouvait lorsqu'on l'a amené ici », poursuivit Pohjanen.

Il retira ses gants de latex et les lança avec une précision étonnante dans la corbeille à papier.

« Il est digne d'une de ces émissions de télé où l'on vend des antiquités. J'en ai envoyé une photo à une technicienne de la police scientifique. D'après elle, il est fort possible que l'appareil date de la fin des années cinquante ou du début des années soixante. Et c'est là que, hem, la situation se complique, hem… »

Rebecka attendit patiemment qu'il ait fini de se racler la gorge et repris son souffle. Près de la paillasse, Anna Granlund releva la tête, tel un renne flairant le danger.

« Bon Dieu de saloperie, jura Pohjanen, puis il cracha dans un mouchoir en tissu, le roula en boule et le fourra promptement dans sa poche.

— C'est là que la situation se complique, dit Rebecka d'un ton neutre, comme au tribunal lorsqu'elle voulait encourager un témoin à poursuivre son récit.

— Oui, dit Pohjanen en s'essuyant le front du revers de la main. Comme vous l'avez si bien observé, il a été tué d'une balle dans la poitrine. Le problème est que, pour ce meurtre, il y a prescription.

— Pas de chance pour von Post, dit Rebecka. Un mort dans un congélateur, il aurait aimé ça. Spectaculaire.

— Mais une chance pour vous, dit Pohjanen. Je me suis dit que vous pourriez vous pencher un peu sur ce meurtre. Pour le plaisir.

— Quoi ? fit Rebecka. Pourquoi faudrait-il que j'enquête sur une affaire prescrite, un meurtre qui date de plus de cinquante ans, "pour le plaisir" ? Je ne suis pas un détective du dimanche…

— Alors faites-le pour Ström, l'interrompit Pohjanen. Il a été affecté toute sa vie par la disparition de son père. Et voilà celui-ci qui réapparaît dans un congélateur. Vous croyez que c'est facile ?

— Ça doit être absolument terrible, dit Rebecka de sa voix la plus douce, celle qu'elle employait pour signifier à son interlocuteur qu'il pouvait aussi bien lancer une boule de neige dans les flammes de l'enfer. Mais vous comprenez que je n'ai pas l'intention de jouer les détectives privés simplement pour qu'il retrouve la paix intérieure, n'est-ce pas ? »

Sourire à peine esquissé, bras croisés, tête légèrement inclinée sur le côté. Rebecka avait pris sa posture « douce à l'extérieur, dure comme un roc à l'intérieur ». Pohjanen s'en rendit compte et cela le mit hors de lui. Il n'aimait pas qu'on le manipule.

« Non, je ne comprends pas, la rabroua-t-il. Tout ce que je vous demande est d'aller regarder un peu dans cette affaire pendant votre temps libre.

— Mon temps libre ? » Rebecka éclata d'un rire froid. « Quel temps libre ?

— Eh bien je ne sais pas ! aboya Pohjanen. Le temps que vous ne passez pas à aller chercher les gosses au jardin d'enfants ou à préparer les repas pour votre famille. »

Rebecka vit rouge. Elle écarta légèrement les lèvres pour reprendre de l'air.

Pohjanen regretta aussitôt ses paroles irréfléchies, mais présenter des excuses n'avait jamais été son fort. Au lieu de cela, il poursuivit sur un ton plus aimable :

« Vous pourriez prendre contact avec la sœur du type auquel appartenait le congélateur ? Le propriétaire, lui, est là-dedans, gloussa-t-il en faisant un geste de la tête vers la chambre froide. Il est trop tard pour lui parler. »

Puis il continua à discourir, comme s'il pouvait par des mots revenir en arrière, combler le fossé entre l'homme qu'il était et ses propos désobligeants sur la vie de famille de Rebecka.

« Il est mort il y a deux semaines, d'une mort on ne peut plus naturelle pour un vieil alcoolique. Troubles du rythme cardiaque ayant entraîné un arrêt. Son cœur pesait cinq cents grammes, c'est un petit miracle du bon Dieu qu'il ait atteint l'âge de soixante-douze ans. Sa sœur était allée chez lui à skis, le matin, pour voir où il en était et… bref, le frangin était mort, et dans un de ses congélateurs il y avait le père de Ström. Elle a prévenu la police, ils ont hélitreuillé le frigo jusque sur la rive et l'ont apporté ici par la route. La sœur s'appelle Ragnhild Pekkari. Elle devrait bientôt retourner sur l'île, a-t-elle dit. Il y a un chien, là-bas, dont elle doit s'occuper. Si je vous donne son numéro de téléphone… »

Il s'interrompit car Rebecka le fixait comme si elle avait vu un revenant.

« Ragnhild Pekkari ? articula-t-elle lentement. Comment s'appelle l'île, dites-vous ?

— Ça ne me revient pas là, tout de suite…

— Palosaari ? hasarda Rebecka. À Kurkkio ? Et le propriétaire du congélateur, c'est Henry Pekkari ?

— Oui, dit Pohjanen. Vous le connaissez ? Il est là-dedans. »

Il tendit un pouce par-dessus son épaule pour désigner la chambre froide.

« Vous voulez le voir ? »

Les joues de Rebecka reprirent des couleurs.

« Non. Mais Henry Pekkari est mon oncle maternel. Ragnhild est ma tante. Enfin, maman avait été adoptée et a passé son enfance dans cette famille.

— Que dites-vous ? éclata Pohjanen, méfiant. Oui, eh bien, raison de plus pour vous de…

— Pas question, l'interrompit Rebecka. En ce qui me concerne, la famille Pekkari peut aller au diable. »

Pohjanen se laissa tomber dans son canapé pelucheux. Rebecka avait filé après un au revoir expéditif. Il avait tenté de lui poser des questions sur sa tante, de la retenir, mais autant essayer de stopper un train de minerai.

Quel curieux hasard. Tout ce qu'il savait sur la famille maternelle de Rebecka se réduisait à… à rien, en fait. La mère de Rebecka était morte quand la petite avait douze ans, dans ce qui pouvait être aussi bien un accident qu'un suicide. Elle avait traversé la route alors qu'un camion arrivait. Mais il y avait une tante, donc. Enfin, la mère de Rebecka ayant été adoptée, quel était le terme dans ce cas-là ? Tante adoptive ? Ça sonnait vraiment faux. Plus un oncle adoptif mort. Sans compter un cadavre dans le congélateur de l'oncle.

« On n'a jamais fini de s'étonner, croassa-t-il à l'intention d'Anna Granlund qui était en train de vider le lave-vaisselle. Ils pourront écrire ça sur ma tombe. »

Anna Granlund apparut dans l'embrasure de la porte.

« Qu'est-ce que vous dites, quelle tombe ? » demanda-t-elle, inquiète.

Mais Pohjanen s'était rendormi. Son menton retomba sur sa clavicule. Anna Granlund s'approcha discrètement et lui glissa un coussin entre l'épaule et l'oreille.

Il se réveilla parce que quelqu'un le touchait doucement. Une infirmière qu'il ne connaissait pas. Il fut aussitôt de mauvaise humeur. Il n'aimait pas que des étrangers le voient dormir. Et encore moins qu'ils le touchent, nom d'un chien. L'infirmière était en tenue de travail, pantalon et chemise roses.

Depuis quand ressemblent-elles à des chewing-gums ? pensa-t-il. Mais où va-t-on !

Il consulta sa montre-bracelet. Dix-neuf heures quinze. Son épouse l'attendait pour le dîner.

« Quelqu'un voudrait vous parler, dit le chewing-gum. J'ai dit que vous n'étiez pas disponible, mais… c'est Börje Ström. Il s'est présenté à l'accueil des urgences. Il a fait la route depuis Älvsbyn[1]. »

Derrière elle, sur le pas de la porte, se tenait un homme aux épaules aussi larges qu'une entrée d'étable, avec de longs bras terminés par des pognes noueuses comme de la loupe de bouleau. Cheveux blonds, ondulés. Des yeux bleus comme la glace au printemps, qui tombaient légèrement, lui donnant un air triste. Nez cassé, naturellement, un signe distinctif chez les boxeurs.

Pohjanen se leva. Il se passa une main dans les cheveux, s'essuya les commissures des lèvres au cas où il aurait bavé, il rajusta sa blouse verte, s'assura d'un rapide coup d'œil qu'elle n'était pas tachée et qu'il avait refermé la bouteille de schnaps.

« Börje Ström, fit-il essoufflé. Ça alors ! »

---

1. Älvsbyn se situe à environ 350 kilomètres au sud de Kiruna.

Il tendit la main. Le chewing-gum en profita pour s'éclipser.

Börje Ström serra prudemment la main du légiste, comme s'il avait peur de lui briser les os.

Ils étaient de la même génération. Ström avait soixante-cinq ans, Pohjanen était son aîné de deux ans seulement, mais n'importe qui lui en aurait donné vingt de plus.

Le légiste se rendit soudain compte qu'il avait la bouche ouverte. Il déclara à Ström qu'ils étaient cousins. Issus de germains.

« Enfin, je vous l'ai déjà dit au téléphone, poursuivit-il sur le ton de l'excuse. Je suppose que beaucoup de gens se trouvent un lien de parenté avec vous.

— Ça arrive, convint Börje Ström. Voilà, je me suis dit que… après votre coup de fil… que j'allais monter et demander à le voir.

— Je comprends, dit Pohjanen. Cela va de soi. Ce n'est peut-être pas un spectacle très agréable.

— Non, bien sûr.

— Il a beaucoup changé, si j'ose dire. »

Il regretta aussitôt de ne pas s'être mordu la langue.

16 juin 1962

Le jour où le père de Börje disparaît commence comme un jour ordinaire. Börje se souviendra toute sa vie de chaque détail de cette journée, si banal soit-il. Telle une fusée éclairante, cette disparition a projeté sa lumière sur tout ce qui l'entoure.

Bien qu'on soit dimanche, Börje se réveille tôt, peu après sept heures. Il se faufile dans la cuisine et se beurre deux tartines. Sa mère dort encore. Le pain s'émiette parce que le beurre qui sort du frigo est trop dur.

Aujourd'hui, papa vient le chercher et ils vont passer une semaine entière ensemble.

Börje attend à la maison toute la journée, il regarde la pendule, les aiguilles bougent à peine. Ses copains sonnent à la porte, lui demandent s'il ne veut pas venir avec eux faire du vélo. Il refuse.

Assise à la table de la cuisine, maman fait des mots croisés. Elle s'est lavé les cheveux et a mis de gros rouleaux. Elle fume et, sans lever les yeux, elle lui demande :

« Pourquoi ne vas-tu pas jouer dehors ? Il ne viendra pas avant ce soir, de toute façon. »

Puis elle ajoute, pour elle-même :

« Et encore, s'il vient. Il me doit de l'argent. »

Mais Börje veut attendre son père, c'est tout. Il ne peut rien faire d'autre. Il est assis sur son lit avec une pile d'illustrés. *Donald Duck, Fantômas, Les Classiques illustrés*. Il n'arrive pas à se concentrer sur sa lecture. Il pense à papa, à la semaine à venir. Il essaie de ne pas oublier de tourner les pages, parce que de la cuisine maman peut le voir.

En temps normal, il aurait fermé la porte derrière lui. Il aurait aussi informé sa mère qu'à bientôt douze ans il ne va plus « jouer dehors ». Elle semble croire qu'il a toujours cinq ans. Mais aujourd'hui, il ne faut surtout pas énerver maman. Donc : pas de porte fermée et pas d'insolence.

« Alors tu vas bien t'amuser ? » lui demande-t-elle pendant le déjeuner. Ils terminent les restes du bon dîner de la veille, du kassler à l'ananas.

Börje entend qu'elle s'efforce d'adopter un ton léger. D'avoir l'air détaché. Mais il sait parfaitement ce qu'il en est. Maman ne se lave jamais les cheveux le dimanche. Or aujourd'hui elle a sorti ses bigoudis et mis sa plus belle robe de tous les jours.

« Hein ? » fait-elle en essayant de capter son regard. Mais il ne décolle pas les yeux de son *Donald Duck*. « Tu vas t'amuser un peu, non ? »

Börje s'empresse d'enfourner une bouchée pour ne pas avoir à répondre. Il hausse les épaules. Joue les indifférents, lui aussi.

Entre maman et lui, c'est à qui simulera le mieux que papa lui importe peu. Pour Börje, il s'agit de ne rien montrer. De ne pas avoir l'air trop content. Ou trop impatient. Parce que maman est capable d'éteindre subitement sa cigarette, de lui poser une main sur le front et de décréter qu'il a de la fièvre. Et quand son père arrivera, de se planter en travers de la porte les bras croisés et de tout annuler.

Mais cette fois-ci, maman le laisse hausser les épaules avec nonchalance. Elle est presque gaie, elle allume Radio Nord et s'attaque à la vaisselle en fredonnant les chansons diffusées.

Puis elle file chez la voisine. Pendant son absence, Börje regarde cent fois dans la cour par la fenêtre de la cuisine. Le temps passe. Maman revient et commence à nettoyer les stores sans même enfiler une robe moins jolie. Pour le dîner, Börje mange de la crème aux fruits secs et des tartines. À sept heures moins douze, on sonne enfin à la porte.

C'est papa.

Börje réussit à peine à le regarder, il a le souffle coupé. Papa est si imposant. Grand, les épaules larges. Taille svelte et chemise serrée sur ses bras musclés. Il a tout juste la place de se tenir entre le miroir et le portemanteau. Il reste sur le tapis du vestibule. Maman a retiré son tablier, d'un petit signe de la tête elle invite papa à entrer et il fait un pas vers l'intérieur. Il est bronzé, bien qu'on soit seulement au début de l'été. Ses cheveux coupés très court sont d'un blond presque blanc. Il a les dents blanches et régulières, des yeux bleus. Son nez est déformé, parce que papa fait de la boxe. Une de ses oreilles est peut-être un tantinet décollée, mais cela ne nuit en rien à l'impression d'ensemble.

« Le Finlandais typique », dit maman à ses amies chaque fois qu'il est question de lui dans la conversation. « Dieu sait ce qui m'est passé par la tête. Je me suis retrouvée en cloque sans avoir le temps de dire ouf. »

Mais là, dans l'entrée, les joues de maman sont en feu. Elle tend à papa le sac à dos de Börje, suspendu à son index et son majeur. Papa le prend.

« Tu emportes ça, aussi ? demande-t-il à Börje en désignant les sachets en papier avec le huit renversé de la Coop, que Börje tient dans ses mains.

— Oui.

— Je suis à bécane », dit papa, et il se frotte le menton d'un air perplexe.

Maman lève tellement haut les yeux au ciel que sa tête suit le mouvement vers le plafond. Sa mise en plis ne bouge pas d'un millimètre, elle s'est pulvérisé un casque de laque sur les cheveux.

« Je vais emballer tout ça autrement, dit-elle en s'emparant des sachets et du sac à dos. Tu croyais peut-être qu'il ne changerait pas de vêtements de toute la semaine ?

— Ça ira, maman, dit Börje. Je n'ai pas besoin de grand-chose. C'est l'été. »

Sa mère disparaît dans la cuisine. Ils l'entendent tirer rageusement sur le lacet du sac à dos et froisser les sachets.

« Tu me dois de l'argent, aussi, crie-t-elle à papa depuis la cuisine. Tu penses me rembourser quand ? »

Börje s'inquiète. Elle est en colère, maintenant. Mais papa sourit et lui fait un clin d'œil. Börje lui sourit à son tour.

C'est un sourire si large que ça tire la peau de son visage, et ses mains picotent de bonheur, comme si elles étaient remplies de limonade.

Dans la cour, les gamins sont déjà agglutinés autour de la moto de papa. Ils lancent à Börje des regards envieux en le voyant enfiler le blouson de cuir et le casque bol que papa a apportés pour lui. Papa plaisante et bavarde avec eux, il leur montre sa BSA Golden Flash 650 noire, modèle 1956. Comme Börje habite seul avec sa mère, c'est lui, d'habitude, qui a la poitrine serrée d'envie lorsque les pères de ses copains chargent leurs voitures avant de partir en famille dans leurs villages d'origine, dans le Tornedalen. Ou bien quand ils déblayent la neige devant les entrées et fartent les skis de leurs gosses. Mais en cet instant, dans la cour, tous les garçons sans exception aimeraient changer de place avec Börje. Avoir un père comme celui-là !

« Montrez-nous vos tatouages », dit l'un des plus jeunes.

Papa demande en riant lequel ils veulent voir. Les gamins plus âgés ricanent, embarrassés, mais l'un des petits précise avec aplomb :

« La nana, bien sûr. »

Papa déboutonne sa chemise et montre la fille nue assise au milieu d'un ring de boxe, avec de gros gants qui pendent à son cou, attachés par un lacet et qui cachent le bout de ses seins.

Les gamins posent un tas de questions. Est-ce que ça vous a fait mal ? Vous avez fait faire votre premier tatouage à quel âge ? Comment est-ce qu'on peut en avoir autant ? Est-ce que votre bite est tatouée aussi ? Le plus courageux appuie un doigt sur le torse de papa, comme pour s'assurer que le tatouage tient bien.

« Ça fait mal, oui, les avertit papa. Ne vous faites pas tatouer, les gars. Il n'y a que les marins, les taulards et les vagabonds qui se font tatouer. Si vous voulez avoir du boulot à la mine, préservez votre peau de ce genre de saletés. »

Ils n'ont absolument pas l'intention d'aller bosser à la mine comme leurs pères. Ils veulent avoir des tatouages. Faire de la boxe et conduire une moto.

Dans le soir de ce début d'été, Börje et son père filent le long de la départementale. Börje a son sac sur le dos et il entoure la taille de papa qui porte le sien sur le ventre. Ils passent devant des fermes, longent des forêts, des prairies avec des granges gris argenté. Papa s'arrête devant un troupeau de vaches qui rentrent au bercail. Elles occupent toute la route, impossible de les dépasser. Börje se rappellera toujours le son voilé des sonnailles au cou des meneuses, le mugissement insistant des bêtes qui attendent la traite du soir, leurs pis lourds et gonflés à éclater, tels des sacs sous leurs ventres. Il se souviendra des hirondelles qui chassaient pour nourrir leurs oisillons et des câbles téléphoniques rougeoyant dans le soleil du soir. Il se souviendra toute sa vie du fleuve, le long de la route.

À Junosuando, ils traversent le pont et continuent vers Kurkkio. La moto soulève des nuages de poussière.

Sur la dernière partie du trajet, ils empruntent un chemin forestier. La terre est sablonneuse, ils ont l'impression de rouler dans de la sciure. Enfin ils arrivent à destination.

C'est une petite maison marron au toit de tôle. La clé est cachée dans une boîte de conserve derrière la cabane des cabinets.

« On me la prête pour une semaine. En échange, on va fabriquer un nouvel escalier en bois devant la porte et peindre le bûcher, explique papa. On va arranger ça en un rien de temps, toi et moi. On est une bonne équipe, tous les deux. »

Börje opine.

« Tu as faim ? »

Börje secoue la tête. Il n'ose pas ouvrir la bouche. Il a l'impression très bizarre que, sinon, il va se mettre à pleurer. Pas parce qu'il est triste, non. Mais à cause d'un sentiment énorme qu'il n'arrive pas à définir. Il regarde timidement autour de lui. Le soleil s'est enfoncé dans l'eau calme du fleuve. Un peu plus haut, du côté de la forêt, il y a un canot retourné, le ponton est encore relevé, signe que l'été vient à peine de s'annoncer.

« Alors on va à la pêche, dit papa. Tu vois tout ce poisson ? »

Börje regarde les cercles grandissants qui troublent la surface de l'eau.

Le canot prend un peu l'eau, mais ce n'est pas très grave, et puis Börje n'a pas du tout peur. Ils pêchent en silence. On n'entend que de faibles bruits, le sifflement de la ligne que l'on jette, le ploc de l'appât au contact de l'eau, le cliquetis de la cuillère quand ils enroulent la ligne sur le moulinet. Le plongeon d'un animal, un peu plus loin, un campagnol peut-être. Un cri, au large.

« Une buse », dit papa.

Ils prennent deux perches et une truite saumonée. Papa sort du sel et un berlingot de lait fermenté de son sac à dos. Il allume un feu sur la berge et ils font griller le poisson, le mangent avec les doigts. Boivent le lait dans des petites tasses de camping en plastique. Papa va préparer le sauna.

En attendant qu'il soit chaud, ils somnolent devant le feu.

Puis ils entrent dans l'étuve. Börje s'assoit sur la marche inférieure et papa tout en haut.

Pour se rafraîchir ils nagent dans le fleuve. Börje plonge et parcourt de longues distances sous l'eau.

« *Ninku saukko*, dit papa, une vraie loutre. »

Ensuite ils font de la boxe un moment sur la berge. L'heure du coucher est largement dépassée, mais cela ne fait rien. La nuit est claire et papa dit que cette semaine on ira dormir quand on sera fatigués. Papa est un bon boxeur, mais un coup sur l'œil a mis fin à sa carrière.

« Tâche de voir venir le crochet du droit, explique-t-il à Börje, sinon c'est fichu. »

Il lève ses grandes mains et laisse Börje frapper sur ses paumes.

« Dirige ton jab vers la tête, l'exhorte papa. Comme ça l'adversaire lève sa garde et tu peux le frapper directement au corps. Le deuxième coup est le plus dangereux, l'adversaire voit venir le premier. Respire. Si tu ne respires pas, tu manques d'oxygène et tu te fatigues. Plus haut, la garde, surveille toujours ta garde. Dis donc, qu'est-ce que tu es vif ! Un direct dans les côtes inférieures. Pif ! Paf ! Joli ! »

« Non, encore ! » réclame Börje quand son père lui demande s'il n'est pas fatigué, s'il ne veut pas aller se coucher.

Alors ils s'entraînent à esquiver les coups, en décalant prestement la tête vers la gauche, la droite.

« Baisse-toi ! Ne relâche pas ta garde ! »

Soudain, papa saisit le bras de Börje, sans brutalité, juste pour l'immobiliser.

« Tu entends ? » dit-il en tendant l'oreille vers la forêt.

Börje distingue un bruit de moteur qui se rapproche rapidement. Le visage de papa a changé d'expression. Un frisson d'inquiétude traverse le corps de Börje.

Papa renverse le canot.

« Là ! dit-il. Glisse-toi là-dessous et ne bouge plus. Tu n'ouvres pas la bouche. Compris ? Tu ne sors pas de là tant que je ne suis pas venu te dire que la voie est libre. Surtout pas. Fais oui avec la tête pour montrer que tu as compris. »

Börje s'exécute. Papa s'éloigne à grands pas.

Börje est aux aguets. La voiture s'arrête devant la petite maison, le moteur continue de tourner. Börje distingue des voix mais ne comprend pas ce qu'elles disent.

Puis des pas. Quelqu'un fait le tour de la maison, entre, en ressort au bout d'un petit moment. S'approche de la berge. S'arrête près du canot sous lequel Börje est aplati comme une crêpe. Börje voit les chaussures. Ce ne sont pas celles de son père. Les jambes de l'inconnu sont si près qu'il pourrait les toucher. Sans un bruit, Börje glisse ses pieds sous le banc du canot à côté des rames et prend appui avec les mains sur la face intérieure du bateau, il se hisse, soulève les fesses, arque son dos, tremble sous l'effort.

Le type dehors pose les mains à terre et jette un œil sous le canot. Börje respire silencieusement, le souffle court, haletant. Le type s'est relevé, les pas se dirigent vers la maison. Börje retombe comme une masse sur le sol mou, presque sans un bruit. Après cette épreuve de force, son cœur explose dans sa poitrine.

La voiture repart. Börje voudrait bien sortir de là le plus vite possible, parce que maintenant tous les moustiques du coin semblent avoir trouvé sa cachette. Ils le piquent aux endroits où cela démange le plus, sur les chevilles, la plante des pieds et le dos des mains.

Mais papa lui a interdit de bouger avant d'avoir son feu vert.

Börje attend. Papa ne va pas tarder. Avant de dormir, ils feront du feu dans la cheminée, papa le prendra dans ses bras et lui racontera le match de Coupe du monde entre Ingo et Floyd. Il le connaît par cœur.

Börje attend très longtemps. Papa est peut-être allé faire du café dans la maison. Il aura oublié qu'il lui avait interdit de bouger sans son autorisation.

Finalement, Börje se glisse à l'extérieur. Il tend l'oreille. Tout est calme. On n'entend que les moustiques et le clapotis du fleuve sur le rivage.

Papa est introuvable. Ni dans la maison, ni au sauna, ni aux cabinets.

Börje se met à courir çà et là, sans but. Au bout d'un moment, il se risque à appeler.

« Papa ! Isä ! »

Pas de réponse. Seulement le froissement d'ailes des oiseaux, au bord de l'eau, qui s'envolent dans la claire nuit d'été.

Bien des années plus tard, Börje pensera que d'une certaine manière sa vie s'est arrêtée là. Qu'il est resté sur la rive du fleuve à appeler son père.

Le médecin légiste Lars Pohjanen précéda Börje Ström dans la salle d'autopsie.

Il se laissa tomber sur son tabouret métallique à roulettes. Börje Ström resta debout à côté de la table où se trouvaient les restes de son père. Il observa attentivement les tatouages puis fut contraint de faire un pas en arrière. De respirer dans sa manche.

« Ciel, dit-il en déglutissant. Enfin, vous devez être habitué à pire encore, n'est-ce pas ? »

Pohjanen se racla la gorge.

« Oui, depuis le temps, j'ai vu et senti à peu près tout ce qu'on peut voir et sentir.

— Abattu d'une balle dans la poitrine, chuchota Börje. Mon Dieu. Dans quoi avait-il trempé ? Que dit la police ?

— La police ? Ils ne disent rien. Le meurtre est prescrit. »

Börje Ström se gratta le crâne comme un ours.

« Prescrit ? J'ai le cerveau un peu ramolli, voyez-vous. Après tous les coups que j'ai pris sur la carafe. Mais je ne pensais pas qu'il y avait prescription pour les meurtres. »

Pohjanen fronça le visage, on aurait dit un lemming.

« Très juste. Plus maintenant. Mais cela ne s'applique qu'aux meurtres commis après 1985. La loi est passée il y a six ans, en 2010, afin que le meurtre de Palme[1] ne soit pas prescrit.

— Je comprends, dit Ström avec un sourire forcé. J'aurais dû avoir un père Premier ministre, alors. »

Pohjanen roula jusqu'à la paillasse où étaient entassés les vêtements du mort. Il retira la chemise du tas.

« Vous la reconnaissez ? » demanda-t-il.

Durant quelques secondes, Börje Ström considéra, comme envoûté, la chemise à carreaux bleus et blancs.

« C'est celle de papa », articula-t-il d'une voix tremblante.

Son visage commença à tressaillir.

Pohjanen était paralysé. Börje Ström allait-il se mettre à pleurer ? Lui-même n'était pas du genre à verser des larmes, hormis lorsqu'il voyait des rediffusions d'anciens événements sportifs à la télévision ou des émissions sur les Américains qui venaient en Suède rechercher leurs racines. Il tendit la main vers Börje Ström mais s'interrompit à mi-chemin et l'enfonça dans sa poche. Mains dans les poches. Ferme les poings. Garde-les serrés.

Börje Ström luttait. Tel un boxeur dans les cordes. Ses poings se soulevèrent légèrement. Habitude ancrée de protéger sa tête et son corps, son cœur aussi, en l'occurrence. Mais à quoi bon se mettre en position de garde contre cette douleur-là ? La tristesse frappe en profondeur.

---

1. Olof Palme : homme politique suédois, Premier ministre, assassiné en pleine rue à Stockholm le 28 février 1986.

« Prenez votre temps, dit Pohjanen en amorçant un mouvement pour se relever de son tabouret. Je vous attends… »

Il désigna du menton la pièce de repos.

Mais Ström secoua la tête.

« Ça va, dit-il, il faut juste que je m'habitue à cette idée, sans doute. Que personne n'a l'intention d'entreprendre quoi que ce soit. Qu'on ne saura jamais. »

Pohjanen ouvrit la bouche pour parler, mais il se ravisa. Le métier lui avait appris à ne rien promettre qu'on ne puisse tenir.

« Vous rentrez à Älvsbyn maintenant ? finit-il par demander.

— Je reste quelques jours, dit Börje Ström. Je vais devoir m'occuper de l'enterrement, je pense. »

Il remercia Pohjanen de lui avoir consacré du temps. Puis il partit.

Pohjanen resta assis à côté du mort.

Il n'était pas du genre sentimental, Pohjanen. Dommage pour les gens, mais l'homme est un loup pour l'homme. Et il avait tout eu entre les mains, lui. Femmes et enfants battus à mort, jeunes suicidés, accidents tragiques, meurtres et maladies. Au fil des ans tout cela s'était accumulé pour former en lui un fond de tristesse, une résignation que son épouse appelait cynisme. C'était devenu le fondement de sa personnalité professionnelle.

« Comment m'en serais-je sorti, sinon ? dit-il au mort sur la table de métal. Il faut de la distance pour faire du bon boulot. »

Il savait pourtant que tous les morts avaient emporté dans leur tombe quelque chose de lui. Qu'il aurait été un meilleur père et un meilleur mari s'il avait choisi une autre voie.

« Chirurgie de la main, dit-il en toussant. Ou que sais-je encore, ORL, j'aurais fait des implants de cochlée à la chaîne. »

Il n'avait pas coutume de s'adresser aux cadavres. Mais là c'était différent.

Il était en colère. Contre l'attitude inqualifiable de la Suède envers Börje Ström après le match des Catskill Mountains. Il avait honte. De la manière dont sa propre famille l'avait traité quand il n'était qu'un gamin, avant qu'il se lance dans la carrière de boxeur.

« Y compris mon père, dit Pohjanen au mort sur la table. Et moi aussi d'ailleurs. Est-ce que je ne pourrais pas oublier cette distance, pour une fois ? Faire quelque chose ? Me rendre utile ? Je le peux, après tout. Parce que je n'en ai plus pour longtemps. »

Rebecka Martinsson gara la voiture dans sa cour. Elle coupa le moteur, resta assise. Incapable de descendre.

Qu'est-ce que j'ai à être aussi fatiguée ? Il faut que je fasse un bilan de santé. Au moins l'hiver est fini, plus de neige à déblayer.

Le Morveux se redressa dans sa cage. Il voulait sortir faire un tour, renifler des pistes.

Rebecka posa un regard apathique sur sa maison, qui la fixa à son tour d'un œil mort. Il fallait qu'elle appelle quelqu'un pour le toit, mais pas aujourd'hui.

La sœur adoptive de maman, Ragnhild, donc. Et Henry, le frère de Ragnhild, mort sur l'île, là-bas. Et puis le cadavre du père de Börje Ström, dans le congélateur d'Henry.

Il y avait un autre frère, Olle Pekkari. À la retraite depuis longtemps, mais toujours actif dans l'entreprise familiale qu'il dirigeait avec son fils.

La mère de Rebecka avait été placée dans cette famille à l'âge de trois ans. De sa grand-mère maternelle, Rebecka ne savait rien. Une ou deux fois, sa mère lui avait dit : « Je ne sais rien moi non plus. Elle était encore une gamine quand elle m'a eue, alors elle m'a confiée aux Pekkari et elle est retournée à Sodankylä. » Les Pekkari étaient la seule famille de sa mère, mais ils n'avaient jamais entretenu de contacts. Quand Rebecka avait sept ans, sa mère était partie, la laissant avec son père. Après le décès de celui-ci, Rebecka alors âgée de huit ans était restée chez sa grand-mère paternelle, et elle en avait douze lorsque sa mère avait été renversée par un camion. Dans une ligne droite.

Seule sa grand-mère était encore là à l'époque. Et Sivving. C'étaient eux sa famille.

Une fois, le nom de Pekkari était tombé dans la conversation. Elle se souvenait vaguement que Sivving avait incité sa grand-mère à demander aux Pekkari une contribution pour Rebecka. Pour qu'elle puisse partir au ski, avoir un nouveau vélo.

« Jamais de la vie, avait dit grand-mère. Pas question que je leur demande quoi que ce soit ! Ils ont mis Virpi à la porte quand elle avait quatorze ans. »

À part cela, grand-mère ne parlait jamais de maman. Rebecka avait compris assez tôt que les questions sur ses parents la rendaient triste, elle se fermait comme une huître. Maman aimait-elle les boulettes de pomme de terre ? Je ne sais pas. Quelles étaient ses fleurs préférées ? Tu en as de ces questions. Comment s'étaient-ils rencontrés ? Sans doute à une soirée dansante, je ne me souviens plus vraiment.

Lorsque Rebecka était partie dans le Sud pour faire des études de droit, une bonne femme du village avait dit qu'elle avait de qui tenir, qu'elle était bien la fille de Virpi. Rebecka avait compris. Virpi était quelqu'un de particulier et Rebecka lui ressemblait.

Pour certaines personnes, c'était dur à digérer, évidemment. La fille de Mikko allait devenir juriste ! Ils étaient si peu considérés, dans le village. Ce Mikko, avec son entreprise qui tournait à peine. Quand les autres enfants embêtaient la petite Rebecka, il ne disait rien. Elle comprit mieux, plus tard. Les parents de ces gamins avaient eux-mêmes embêté Mikko autrefois. Tout se répétait sans cesse, comme un manège sans fin.

Ainsi passèrent quelques années où elle revenait en visite au village en bottes et manteau long. Qu'ils ouvrent de grands yeux, se disait-elle. Dans son manteau de chez Tiger, elle bousculait complètement l'ordre du monde.

Sa vie à Stockholm se transforma peu à peu en une véritable prison. Elle travaillait vingt-quatre heures sur vingt-quatre. N'était plus elle-même. Ne remontait plus qu'une semaine ou deux, en été. Et quelques jours à Noël. Ses manteaux venaient désormais de chez Prada.

Puis il y avait eu l'enterrement de sa grand-mère.

Elle aurait pu continuer à travailler là-bas. Fouler de luxueux tapis persans de ses chaussures hors de prix et s'effondrer devant des séries télé ineptes dans un appartement de plus en plus onéreux.

Quitter Stockholm pour la maison en fibrociment de sa grand-mère avait été pour elle une libération. Le piège d'une carrière d'avocate avec de longues journées de travail, des heures facturées qu'il fallait réclamer et des clients fortunés mais sans morale s'était refermé sur elle. Elle avait réussi à s'en échapper. Blessée, mais vivante. Elle avait retrouvé le chemin de son terrier, sur un versant exposé au sud, entourée de toutes ces vieilles choses qui lui rappelaient sa vie d'avant : rideaux tissés à la main, meubles maculés de taches, plantes anciennes apportées par ses voisins qui disaient en avoir eux-mêmes reçu des boutures de sa grand-mère.

Pourtant, aujourd'hui elle avait de nouveau l'impression d'être prise dans une souricière. Elle travaillait toujours comme une forcenée. Pour quoi ? Pour une part infime de son ancien salaire, un comble.

Alors se retrouver à la botte de von Post…

« Qu'elle aille se faire voir ! » lança Rebecka dans la voiture, sans vraiment savoir de qui elle parlait.

À cet instant, on frappa à la vitre. C'était Sivving.

« Tu dors dans ta voiture ? » demanda-t-il en ouvrant la portière.

Le soleil était bas, les oiseaux gazouillaient et la neige fondue gouttait du toit.

« Fatigue de printemps, c'est tout, dit-elle.

— Oui, on se sent complètement flagada à la fin de l'hiver, quand le soleil tape sur la neige et que le printemps approche. »

Elle libéra le Morveux qui se précipita aussitôt vers Bella, la chienne de Sivving, pour jouer avec elle. Il bondissait autour d'elle, collait son poitrail au sol et remuait la queue à se la détacher du corps.

Allez, viens ! semblait dire le chien.

Mais Bella, qui serrait dans sa gueule une moufle en laine, ne daigna même pas lever les yeux sur lui.

« Elle me rend marteau, dit Sivving, posant sur sa Bella un regard de tendresse en parfaite contradiction avec ses paroles. D'abord elle fait une grossesse nerveuse et maintenant elle adopte une moufle. Elle piaule, prépare un nid et fait un boucan de tous les diables. Depuis une semaine je ne dors presque pas. Je voulais te demander si tu pouvais la prendre un peu, d'ailleurs. Tu veux du ragoût de veau à l'aneth ? »

Il agita une boîte en plastique pour la tenter.

« Il n'y a plus qu'à mettre des pommes de terre à cuire. Dis donc, tu as amené ta voiture au contrôle technique ?

— Je vais le faire », assura Rebecka.

Elle était tellement épuisée qu'elle eut un léger étourdissement.

« Tu vas bien ? demanda Sivving.

— J'ai eu une journée bizarre au boulot, c'est tout.

— Tu as vu Krister ?

— Quoi ? Non, je… Ça n'a rien à voir avec Krister. »

Pourtant, le souvenir de Krister levant les yeux vers sa fenêtre lui traversa l'esprit.

« Ouais, dit Sivving. Tu me raconteras tout ça pendant le dîner. Tu as des pommes de terre, ou je dois en apporter ? »

Ils réchauffèrent le ragoût à l'aneth et firent cuire des pommes de terre. La fenêtre de la cuisine se couvrit de buée. Pendant le dîner, Rebecka parla d'Henry Pekkari qui était mort à Palosaari, et du père de Börje Ström qu'on avait trouvé dans le congélateur.

Les chiens étaient couchés par terre, heureux. Ils avaient eu un peu de sauce de ragoût sur leurs croquettes.

Bella avait fourré sa moufle sous son ventre et grognait quand le Morveux s'approchait trop.

« Depuis 1962, répéta Sivving en se curant les dents avec son ongle. Tu as contacté Ragnhild Pekkari ? Olle ?

— Non, le crime est prescrit. Et ils ne sont pas vraiment mon oncle et ma tante. Tu le sais bien, nous n'avons jamais... »

Rebecka haussa les épaules.

Tout à coup, les chiens bondirent en aboyant.

On entendit un bruit de moteur dans la cour.

« Qui est-ce ? demanda Sivving à Rebecka qui s'était postée à la fenêtre.

— Pohjanen, soupira Rebecka. Il vient pour me convaincre. »

Pohjanen accepta l'invitation à partager le dîner. Puis il poussa la viande et les pommes de terre tout autour de son assiette, on aurait presque pu croire qu'il avait mangé.

« Je ne vous ai jamais demandé quoi que ce soit, Martinsson, dit-il, et prenant ses aises il posa les pieds sur le Morveux allongé juste au-dessous de lui. Vous pourriez me rendre ce service. Il n'y a rien à boire, dans cet établissement ? »

Rebecka se dirigea vers le placard d'angle. Elle sortit trois verres à alcool et une bouteille en plastique.

Ils burent chacun deux verres. Puis Rebecka déclara :

« Je me lève tôt, demain matin. J'ai beaucoup de travail en ce moment parce que Björnfot est absent. » Elle jeta un regard noir à sa montre, mais aucun des deux hommes ne fit mine de partir ou de penser au lendemain. Ils se sentaient bien dans cette cuisine et n'étaient pas pressés. Ils se resservirent l'un l'autre de l'eau-de-vie. Une fois la bouteille vidée, Sivving alla de lui-même en chercher une deuxième.

Se penchant en arrière, il fit craquer légèrement les barreaux de sa chaise.

« Börje Ström, dit-il. Médaille d'or historique aux championnats de Suède de 68. Meilleure prestation que pour sa médaille d'or aux Jeux olympiques, si vous voulez mon avis.

— Tout à fait d'accord, dit Pohjanen. Il était encore en catégorie junior, ses adversaires tombaient comme des mouches.

— Et après le match aux Catskill Mountains… »

Sivving hocha la tête. Pohjanen l'imita.

Rebecka se retint de demander ce qui s'était passé après les Catskill Mountains et de quel genre de match il s'agissait. Elle n'avait qu'une envie : aller se coucher.

« Börje Ström méritait mieux, à l'époque, et il mérite mieux, encore maintenant, dit Sivving. En tout cas, on pourrait essayer de savoir ce qui est arrivé à son père. »

« On », pensa Rebecka. Qui ça « on » ?

« Rebecka, poursuivit Sivving d'un ton implorant. Tu ne peux pas donner un coup de main dans cette histoire ?

— Je croyais qu'il fallait que je m'occupe de Bella, répondit Rebecka sèchement. Je ne peux pas faire les deux…

— Bah, l'interrompit Sivving, et il balaya sa demande d'un ample geste de la main tout en remplissant son verre et celui de Pohjanen. Je prends les chiens. Tu prends le cadavre dans le congélateur.

— Il doit bien y avoir quelqu'un d'autre à qui vous pouvez demander, dit Rebecka à Pohjanen. Je ne suis pas inspectrice. »

Pohjanen partit d'un rire sardonique. Un bruit de boîtes de conserve vides qu'on secoue dans un sac.

« À qui devrais-je demander ?

— Je n'en sais rien », fit Rebecka en commençant à débarrasser.

Elle savait très bien ce qu'il en était. Les policiers du comté respectaient Lars Pohjanen mais ne l'appréciaient pas particulièrement.

Lui était agacé par leur comportement sur les scènes de crime. En salle d'audience, il les appelait mes-amis-des-forces-de-l'ordre-Dieu-soit-loué-identifiés. Il se félicitait en effet que les empreintes digitales et l'ADN des policiers soient enregistrés, parce que ceux-ci avaient une tendance notable à contaminer les lieux et les victimes. De leur côté, les policiers se vengeaient en se moquant allègrement de Pohjanen dans son dos, prétendant qu'on avait du mal à le distinguer des morts qu'il conservait dans sa chambre froide. Un beau jour, Anna Granlund lui découperait le crâne par erreur. Ils le surnommaient Gollum. Et ironisaient : « D'après Gollum, la mort est survenue immédiatement. »

« Vous savez ce qu'on pense d'un procureur qui se met à enquêter en dehors de son travail ? demanda Rebecka.

— Rien à foutre, de ce qu'on en pense », dit Pohjanen.

Sa voix se mit à trembler.

« S'il vous plaît, Martinsson, poursuivit-il. Je ne suis pas en état de m'occuper de ça. Vous devez m'aider. Ceci est la dernière volonté d'un homme en train de mourir. »

Il martela la table de l'index, comme pour montrer à Rebecka que sa dernière volonté se trouvait là, sous ses yeux. Son ton grincheux habituel avait complètement disparu.

Le Morveux se leva et posa sa tête sur les genoux de Pohjanen.

« Sérieusement, dit Rebecka, pourquoi cette affaire vous tient-elle tant à cœur ? »

Pohjanen se lança. Cela venait de loin.

« "Les crimes de vos pères", dit-il. Vous avez peut-être lu cela dans la Bible ? J'ai une dette. Et si je pouvais aider cet homme, eh bien… cela ne me libérerait pas de ma faute mais… »

Il se mit à tousser.

« … mais cela allégerait mon fardeau. Vous pourriez alléger mon fardeau, Martinsson. Avant mon dernier voyage.

— Quelle responsabilité vous me faites porter ! observa Rebecka avec un demi-sourire.

— Mouais, fit Pohjanen. C'est d'accord ? »

Il disparut soudain à moitié sous la table, pris d'un irrépressible besoin de gratter le Morveux derrière l'oreille, et le chien ravi frappait le sol de sa patte arrière, pour aider Pohjanen à continuer de gratter, c'était si bon.

Sivving lança à Rebecka un regard qui signifiait : « Arrête de le torturer. »

« Il est temps que j'y aille, dit Pohjanen en se relevant sur des jambes instables. Vous m'appelez un taxi ?

— Dacodac, dit Rebecka. Et demain je téléphonerai à Sven-Erik Stålnacke. Il s'ennuie peut-être un peu et pourra m'aider.

— Alors, vous allez faire ça pour moi », dit Pohjanen sans interrompre sa laborieuse opération d'habillage. Il fallait enfiler les bras dans les manches, enrouler l'écharpe autour du cou. « Eh bien je vous remercie. Attendez-vous à devoir user de persuasion avec M. Stålnacke. Je me suis laissé dire qu'il refusait de se rendre en ville depuis qu'il est à la retraite. Il ne supporte pas le chantier qu'est devenu Kiruna.

— Ils sont en train de déterrer la moitié de la ville, dit Sivving. On dirait que le maire cherche un trésor mais qu'il ne sait plus où il l'a enterré. Rebecka, emmène Börje Ström chez Sven-Erik. Qui peut dire non à Ström ? »

Quand Rebecka se retrouva enfin seule dans la cuisine, elle se remit à penser à Krister. À toutes les fois où ils avaient dîné ensemble avec Sivving. Elle se servit un grand verre de vodka et tout en faisant la vaisselle elle termina la bouteille.

Elle pensa aussi à Anna-Maria. Elles étaient amies, toutes les deux. Rebecka aurait dû s'abstenir d'être désagréable avec elle.

Du coup, Anna-Maria et les collègues déblatèrent à mon sujet, songea-t-elle. Et puis ce n'est pas simple pour elle, entre son boulot et sa famille, elle est débordée en permanence.

De la famille nombreuse d'Anna-Maria dans sa cuisine encombrée, ses pensées dérivèrent sur Marcus, le petit garçon placé en famille d'accueil chez Krister.

Elle laissa tomber la vaisselle et alla dans sa chambre. Le Morveux était majestueusement allongé pattes en l'air sur le lit. Dans ses rêves, il avait chassé de la maison tous les intrus. Lorsque Rebecka l'attira contre elle, il poussa un grognement ensommeillé.

Ragnhild Pekkari ouvrit la porte de son appartement et pénétra dans le vestibule. Le matin même elle avait quitté les lieux pour toujours et à présent elle était de retour. Tout lui était à la fois familier et étranger. Combien de milliers de fois avait-elle franchi ce seuil exactement de cette façon, regardé le séjour, le dos du canapé, les plantes sur l'appui de fenêtre, la porte du balcon ? Combien de fois s'était-elle déchaussée sur ce même paillasson, en s'appuyant sur le chambranle ? Il lui semblait que plus rien ici ne lui appartenait.

Cette histoire était terminée. Les liens qui l'attachaient à cet appartement, qui en avaient fait sa demeure à elle, étaient rompus. Elle et lui étaient devenus des étrangers l'un pour l'autre. Il lui paraissait mort. Comme les appartements restés longtemps inoccupés.

Elle se regarda dans le miroir de l'entrée. Curieuse journée, qui s'était achevée par un long entretien avec un inspecteur du nom de Fred Olsson.

Relater les événements, de la découverte de son frère à celle du cadavre dans le congélateur, avait été éprouvant.

« Donc vous n'avez averti ni la police, ni une ambulance, ni les pompes funèbres ? avait demandé Fred

Olsson. Mais vous avez cherché le chien, et c'est en cherchant de la nourriture pour le chien que vous avez découvert le corps dans le congélateur… »

Il lui avait proposé de parler à un psychologue. Elle avait refusé.

Ils pensent que je suis folle, c'est évident, se dit-elle. Elle ôta ses chaussures et suspendit son manteau. C'est possible. Les fous ne savent pas qu'ils sont fous.

Tel un intrus dans la salle de bains, elle se brossa les dents avec la brosse à dents de quelqu'un d'autre. Une bleue.

À la porte de la chambre, elle considéra le lit et eut le sentiment que s'y coucher serait incongru. Finalement elle s'y étendit, se couvrit d'un plaid et fixa le plafond.

Ses pensées dérivèrent vers l'île et la ferme. Vers le chien qu'elle avait appelé Villa et qui l'avait mordue avant de disparaître. Elle n'avait pas la force de résister, ses pensées pouvaient bien aller où bon leur semblait, quelle importance.

Elle songea à la vraie Villa, celle de son enfance. Les fois où Ragnhild allait s'allonger dans la carriole pleine du foin moelleux qu'isä avait rapporté des granges, pour les vaches. Avec un sachet de raisins secs, les jours de chance, et un livre lu et relu, pris à la maison.

Ainsi installée, elle lisait, écoutait les bruits provenant de l'étable, le cliquetis des chaînes des vaches. Villa surgissait de nulle part et se couchait à côté d'elle. Elles s'assoupissaient toutes les deux au soleil.

Sans s'en rendre compte, Ragnhild glissa dans le sommeil.

Mercredi 27 avril

Rebecka consacra son mercredi à examiner vingt-trois affaires et à en préparer les négociations. L'après-midi, elle alla chercher Börje Ström à l'hôtel Ferrum.

Ils parlèrent peu. Se serrèrent la main. Il n'y avait pas cette gaucherie que l'on peut parfois ressentir avec les vieux du Norrbotten. Après sa longue carrière de boxeur, Börje Ström était sans doute habitué aux poignées de main. Elle-même s'y était accoutumée, durant toutes ses années au cabinet d'avocats. Avec la bise, en revanche, ça déraillait toujours. On commençait du mauvais côté, on se cognait, on ne savait pas s'il fallait en faire une, deux ou trois.

Quand Rebecka était petite, on ne se serrait pas la main, on se saluait d'un signe de tête, éventuellement d'un bref *terve*, « salut ». Ou bien, si l'on était proche de la coutume læstadienne[1], d'un *jumalan terve*, « paix de Dieu ».

Rebecka avait tenté d'expliquer cela à Måns.

---

1. Lars Levi Læstadius (1800-1861) : prêtre luthérien à l'origine d'un mouvement religieux revivaliste très rigoriste qui se répandit dans tout le nord de la Scandinavie et en Amérique du Nord.

« Seuls les Suédois se serraient la main, lui avait-elle dit. Nous avons dû nous adapter.

— Pauvres de vous », avait ironisé Måns.

Alors elle s'était tue. Connaissant son caractère revêche il avait tout de suite enchaîné sur sa propre enfance. Dès son plus jeune âge, il avait appris à faire la révérence et à saluer poliment. Le regard dur de son père, par-dessus l'argenterie familiale et les serviettes en lin. Si l'on ne s'inclinait pas devant les invités, on avait droit à un soufflet sur le crâne. Si l'on mettait les coudes sur la table, le père arrivait discrètement par-derrière, vous soulevait le bras puis faisait claquer votre coude sur la table. C'était comme ça. Quelques règles de conduite en société ne pouvaient pas nuire, c'était le ciment de la vie sociale.

« Tu m'excuseras, avait dit Måns, mais il y a une différence entre le manque d'éducation et les particularités culturelles.

— Tu estimes que nous manquons d'éducation ? » avait rétorqué Rebecka. Et ils s'étaient disputés. Rebecka l'avait informé que, chez sa grand-mère à Kurravaara, il y avait des règles, on ne se conduisait pas n'importe comment.

Il faudrait que je rompe avec Måns, songea-t-elle.

Non pas que ce soit une nécessité absolue, ils ne s'appelaient que rarement, ne se voyaient presque plus. Il sortait vraisemblablement avec un tas d'autres filles.

À côté d'elle, Börje Ström l'arracha à ses pensées moroses par des murmures d'admiration. Ils étaient arrivés sur la route de Nikkaluokta et les sommets blancs du massif du Kebnekaise se découpaient devant eux, étincelants, sur un ciel sans nuages. Elle ralentit, non pour profiter de la vue, mais à cause d'une poignée de rennes errants qui n'étaient pas pressés de libérer la voie.

« Je ne peux pas m'en empêcher », dit Börje Ström en sortant son téléphone. Et il photographia les rennes qui passaient lentement. « C'est le plus bel endroit sur terre. »

C'est vrai, pensa Rebecka, et elle sentit soudain vibrer en elle l'appel de la montagne. Elle n'était pas allée randonner sur les hauteurs depuis… oui, c'était avec Krister. Ils avaient bivouaqué en hiver, avec les chiens.

Elle jeta un œil à la dérobée sur la main de Börje Ström. Les trois points bleu-vert, ceux des vagabonds. Il perçut aussitôt son bref regard. L'habitude, évidemment. Les regards précèdent les coups.

« Ces points sont mon premier tatouage, dit-il. C'est un camarade qui me les avait faits, avec une aiguille et l'encre d'un stylo cassé. Maman était folle furieuse. »

Juillet 1962

Cela fait deux semaines que son père a disparu. Börje est allé faire du vélo. À son retour, un policier est assis dans la cuisine et discute avec sa mère.

« Ah, tu es là », dit-elle.

Sa voix n'est pas naturelle, pense Börje. Ce n'est pas à lui qu'elle s'adresse, bien qu'elle soit en train de lui parler. Elle n'a pas cette voix-là quand ils ne sont que tous les deux.

Le policier pose des questions à Börje sur son père, tout en regardant plutôt sa mère. Börje doit raconter. Il n'y a pas grand-chose à raconter. Papa lui avait dit de se cacher. Une voiture est arrivée. Quelqu'un s'est approché du canot sous lequel il était caché. Puis la personne est repartie. La voiture aussi. Quand Börje est sorti, papa avait disparu. Il l'a cherché. Ensuite il est allé frapper à la ferme la plus proche. Ils ont appelé maman.

« As-tu entendu des voix ?

— Non, enfin si, mais pas très bien.

— Tu n'as pas entendu ce qu'ils disaient ? Ou combien ils étaient ? »

Börje secoue la tête.

« Je peux y aller, maintenant ? »

On l'autorise à se retirer.

Il s'incline et serre la main, il sait que maman apprécie. Surtout quand elle a cette voix-là. Ensuite, il s'installe dans sa chambre, un illustré *Donald Duck* sur les genoux. C'est marrant, parce que le policier, lui, s'appelle Plume. Comme s'il sortait d'un *Donald Duck*. À travers la porte, il entend sa mère proposer du café à l'inspecteur Plume. Celui-ci répond qu'il n'a pas vraiment le temps, mais il accepte quand même.

Ensuite, maman se met à parler plus bas, alors Börje descend discrètement de son lit et colle l'oreille à sa porte.

« Il protège son père, dit maman. Ah celui-là… Un Finlandais, vous voyez. Donc il faut que ça picole. Ce sont sûrement ses copains qui sont venus le chercher. Et il sera tombé dans l'eau. Ou retourné en Finlande. Vous allez voir, il va ressortir de son trou d'ici l'automne. Je n'aurais jamais dû le laisser emmener le petit. Enfin, qu'est-ce qu'on peut y faire ? Un garçon a besoin de son père, d'un modèle, et tout ça. Mais quel modèle c'est, celui-là ? Tatoué sur tout le corps. Pas d'emploi sérieux. »

Une fois que le policier est parti, Börje enfile ses chaussures. Maman surgit aussitôt dans l'entrée.

« Où vas-tu ? demande-t-elle.

— Dehors.

— Je vois bien. »

Maintenant elle a sa vraie voix.

« Où ça dehors ?

— Papa n'est pas parti avec ses copains, dit Börje.

— Qu'est-ce que tu en sais ?

— Pourquoi est-ce qu'il m'aurait demandé de me cacher si c'était ses copains ? Il ne m'aurait pas laissé là tout seul.

— Arrête de le défendre, dit maman d'un ton dur. Tu ne le connais pas. Comment le pourrais-tu d'ailleurs ? Je me suis occupée de toi toute seule.

— Tu as menti au policier. Tu as dit qu'il s'était tiré avec des copains. Mais tu n'étais même pas là. Tu ne peux… »

Börje n'a pas le temps de finir sa phrase, une gifle lui cingle la joue.

« Maintenant ça suffit ! Tu as compris ? »

Il porte sa main à sa joue. Puis il ouvre la porte et descend l'escalier en courant. Elle l'appelle, mais il s'en fiche.

Il arrive sur le terrain de jeu. Un de ses copains, Matti, est aux balançoires, il pousse sa petite sœur. Elle piaille et babille sur le pneu qui ballotte. La terre entière sent la poussière d'été. Tous ceux qui en ont les moyens sont partis en vacances, qui dans le Tornedalen, qui en Finlande. Il y a même quelqu'un dans sa classe qui est parti à Stockholm.

Börje s'avance lentement vers Matti.

« Tu vas jouer avec des filles toute la journée ou tu viens avec moi ? demande-t-il.

— Pour faire quoi ? » dit Matti en feignant l'indifférence. Mais il abandonne sur-le-champ la balançoire et fait la sourde oreille aux appels de sa petite sœur qui lui crie : « Plus haut ! Plus haut ! »

« Viens, je vais me faire tatouer, dit Börje.

— Quoi ? Qui va te tatouer ? demande Matti.

— Toi. Si tu as assez de cran. »

Börje rentre à la maison plusieurs heures plus tard. Sa main gauche est brûlante de douleur. Il est effrayé par son visage dans le miroir de l'entrée. Même ses lèvres sont blêmes. Mais il l'a fait. Il s'est tatoué les trois points des vagabonds. Les mêmes que papa. Il regarde son visage dur. C'est celui d'un homme, avec des lèvres pâles. Il n'est plus un gamin. Matti et l'aiguille ont aplani ses joues de petit garçon.

« Où étais-tu ? demande sa mère depuis la cuisine. Le repas est froid. »

Il tente de passer devant elle en dissimulant sa main, il dit qu'il n'a pas faim. Mais elle n'est pas si bête, maman. Aussi preste qu'un serpent, elle lui attrape la main gauche. L'ouvre de force. Elle croit qu'il y cache quelque chose, des cigarettes, peut-être. Mais lorsqu'elle voit et comprend, elle se met à crier, à beugler comme si elle était dévorée par des flammes. Elle le saisit par les cheveux, lui en arrache des touffes. Il se cogne d'abord au mur de la cuisine, puis contre la table.

« Tu es fou ? brame-t-elle. Complètement cinglé ! »

Elle le tient de la main droite tout en balayant le plan de travail de la gauche, à la recherche d'un ustensile approprié.

Elle choisit le grand rouleau à pâtisserie. Elle lui ôte rageusement son pull, change de main et, agrippant ses cheveux avec la gauche, elle lui appuie la tête contre la table, tandis que de la droite elle le roue de coups. Sur le dos, les fesses, la tête, la nuque, comme une forcenée.

Il commence à pousser des cris.

« Papa ! Isä ! »

Alors elle l'expédie dans sa chambre et ferme à clé de l'extérieur.

Il tombe sur son lit, hurle dans son oreiller, et lorsque, encore en sanglots, il lève la tête pour reprendre son souffle, il entend sa mère qui pleure comme une Madeleine dans la cuisine.

Elle est folle, se dit-il. Comment ose-t-elle s'attendrir sur elle-même ? N'est-ce pas lui qui vient de prendre une raclée ?

Maudite vieille bique, se surprend-il à penser.

Jamais de telles paroles n'ont traversé son esprit à propos de sa mère. Mais c'est un nouveau Börje qui les énonce. Celui que l'aiguille a façonné.

Börje se réveille en pleine nuit. Sa main est brûlante. Elle a doublé de volume. Sa langue colle à son palais. Il faut qu'il boive. Dehors il fait clair, l'appartement est plongé dans le silence. Lorsqu'il tente de se lever, il a des éblouissements et l'impression que son corps est complètement brisé. Il retombe sur l'oreiller et tout s'assombrit.

La deuxième fois qu'il se réveille, sa mère est près de son lit. Elle parle mais il n'entend rien. Comme s'il avait de la ouate dans les oreilles. Les fleurs sur les rideaux de sa chambre croissent et s'étiolent puis repoussent de nouveau. Il détourne la tête de la lumière qui pénètre par la fenêtre. Sent que son oreiller est trempé de sueur. Puis il s'abandonne à un sommeil bienfaisant.

Maman le réveille. Maintenant, les persiennes sont tirées, il fait sombre dans la chambre. Börje est en pyjama, ne se souvient pourtant pas de s'être changé. Il claque des dents. Maman lui tamponne le visage et le front avec une serviette éponge fraîche, elle lui passe un manteau sur son pyjama, lui enfile des chaussettes et des chaussures.

« Le taxi arrive, dit-elle. On va à l'hôpital. »

S'est-il écoulé un jour ? Plusieurs ? Un médecin est assis près de son lit. Sa main tatouée est entourée d'un bandage.

« Voyou, dit le docteur d'un ton clément en lui caressant les cheveux. Maintenant tu comprendras peut-être mieux que ces choses-là sont dangereuses. Tu as échappé de peu à la septicémie. Il faut que tu prennes de la pénicilline pendant une semaine. »

Börje ne dit rien. Il regarde sa main bandée du coin de l'œil.

« J'ai bien peur que tu doives garder ces petits points toute ta vie », dit le docteur.

Börje respire. À la vue du pansement, il avait craint qu'ils aient effacé son tatouage. Derrière le médecin, une infirmière entre dans la pièce. Elle a un air sévère, la bouche tombante et un nez pointu, mais elle déboutonne la blouse d'hôpital de Börje avec habileté et douceur. Le docteur laisse retomber ses lunettes sur son nez, il examine les zébrures rouges qui barrent le dos du garçon. L'infirmière ne fait aucun commentaire, elle écarte les mèches de Börje. Il a mal. Son cuir chevelu est dégarni par plaques, du sang a coagulé.

Le médecin se tourne vers la mère sans rien dire. Sa question emplit néanmoins toute la pièce. La loi autorise à corriger les enfants, mais pas à les maltraiter.

« Il était avec son père, dit la mère tout bas. Nous sommes séparés depuis longtemps. Il voulait le prendre une semaine, cet été. »

Puis elle porte la main devant sa bouche et laisse monter ses larmes.

Börje se tait. Plusieurs semaines se sont écoulées déjà, depuis qu'il était avec papa. C'était quand il a disparu. Mais ça, le docteur ne le sait pas.

Une fois qu'ils ont quitté l'hôpital, maman lui achète une glace. Börje la mange, bien qu'il n'en ait pas envie. Dès qu'il entend le bruit d'une moto, son cœur bondit dans sa poitrine. Mais lorsqu'il regarde, ce n'est jamais papa. Ça ne sera jamais papa.

Rebecka Martinsson frappa à la porte du pavillon de Sven-Erik Stålnacke. À côté d'elle, Börje Ström était vraiment très grand.

« Entrez, c'est ouvert ! cria Sven-Erik de l'intérieur. Inutile de frapper comme si vous étiez des huissiers ! »

Fidèle à lui-même, pensa Rebecka Martinsson en pénétrant dans le vestibule avec Börje Ström. Assis à la table de la cuisine, Sven-Erik leur fit signe d'avancer. Moustache en brosse, chemise de flanelle à carreaux, pantalon de bûcheron retenu par des bretelles, casquette posée à côté des mots croisés : la caricature parfaite du vieux villageois du Norrbotten.

Rebecka fut prise d'un coup de blues. Au travail, Sven-Erik lui manquait. Bien sûr, il y avait Anna-Maria. Mais lui et Rebecka formaient depuis mille ans un duo inséparable.

Ils prirent place dans la cuisine. Sven-Erik fit descendre deux chats de la table, qui remontèrent immédiatement.

« Évidemment, si certains ne leur donnaient pas le fromage de leurs tartines », dit Airi, la compagne de Sven-Erik.

Airi prépara du café et fit réchauffer des petites brioches au micro-ondes, en s'excusant qu'elles sortent du congélateur et pas directement du four.

« Je vous ai vu, en 1968, quand vous avez gagné la médaille d'or au championnat de Suède, punaise, vous n'aviez même pas dix-sept ans, dit Sven-Erik à Börje Ström. Vous avez stoïquement encaissé tous les coups. L'autre s'est usé à frapper et ça l'a déstabilisé. Et puis cette contre-attaque, ping, pang, peng.

— Oui, convint Börje. On était habitués aux Finlandais, on passait souvent la frontière. Eux se battaient comme des lions, et ils n'étaient pas non plus très regardants sur le rembourrage de leurs gants. Alors quand on rencontrait des Suédois, on se demandait tout le temps : "Quand est-ce qu'il va commencer ?" »

L'un des chats traversa la table et sauta sur les genoux de Börje Ström avant que Sven-Erik ait eu le temps de l'attraper. Il était gris tigré, avec un cercle noir autour de l'œil. Après avoir tourné en rond et pétri les cuisses de Börje Ström un moment, il s'installa et se mit à ronronner.

« Un vrai petit moteur, hein ? dit Sven-Erik gaiement. Et elle s'appelle Boxeuse. À cause de l'œil. C'est grâce à elle qu'Airi et moi sommes devenus un couple. Diable, elle ne vieillit pas. Elle n'a pas changé depuis qu'elle était un chaton. Comme toi, ma vieille. »

Ces derniers mots étaient adressés à Airi, et quand celle-ci se leva pour aller chercher la cafetière, Sven-Erik en profita pour lui donner une tape sur les fesses.

« Mais enfin, Sven-Erik ! intervint Rebecka. On est au XXIe siècle, on ne met pas la main aux fesses des femmes !

— Quoi ? fit Sven-Erik. Même pas à celles de sa propre femme ? Dans sa propre maison ?

— Je ne suis pas ta femme, dit Airi. Nous ne sommes pas mariés. »

Elle se tourna vers Rebecka.

« C'est bon, poursuivit-elle. Sven-Erik a le droit de me mettre la main aux fesses. Mon chef aussi. Et un de nos clients, qui est important pour l'entreprise, voilà. »

Elle ne put garder son sérieux que deux secondes avant d'éclater de rire.

« Je plaisante ! »

Börje Ström leva les mains pour signifier qu'il valait mieux ne toucher à rien, de toute façon. Même pas au chat.

« Asseyez-vous sur vos mains, comme ça vous n'aurez pas d'ennuis, dit-il.

— Sauf pour boire le café, dit Airi. Allez, servez-vous ! » Tous se servirent. Airi avait même sorti un peu de fromage. Börje Ström exposa sa demande, Sven-Erik Stålnacke l'écoutait en se lissant la moustache.

Rebecka balaya la pièce du regard. Une cuisine accueillante, comme celle de sa grand-mère. Les murs étaient ornés de vieux moules à gâteau en cuivre et de plateaux suspendus par des rubans. Un joli torchon bien repassé, brodé au point de croix de gracieuses linnées boréales et du mot « torchons », dissimulait ceux qu'on utilisait tous les jours. Des objets décoratifs partout, chevaux de Dalécarlie, petits coffrets traditionnels en bois plié à chaud, drapeau suédois hissé sur un mât de bois, boîtes peintes en fer-blanc datant des années quarante et cinquante posées au-dessus des placards, chandeliers, napperons au crochet, futailles, pochons en écorce de bouleau tressée et artisanat same. Dans des boîtes d'œufs sur les appuis de fenêtre, des demi-coquilles pleines de terre, d'où pointaient de jeunes pousses vertes. Des panonceaux fabriqués avec des cure-dents et des post-it signalaient soucis, pois de senteur, œillets d'Inde, pavots et némophiles, ainsi que des comestibles tels que courgettes, salades, trois sortes de tomates, carottes et bettes.

« Je vous paierai, évidemment, conclut Börje Ström.

— Jamais de la vie, dit Sven-Erik en caressant sa moustache comme si c'était un petit animal qu'il fallait apaiser. Mais un meurtre qui remonte à plus de cinquante ans… Vous savez, il y a des détectives privés, à Stockholm, spécialisés dans ce genre de missions.

— Je ne suis peut-être pas très subtil, dit Börje Ström en se tapotant la tempe. Tous ces coups qu'on prend sur la carafe, ça vous ramollit un peu, hein. Mais à mon avis, si quelqu'un de Stockholm débarque ici pour causer aux gens d'un meurtre aussi ancien, eh bien, je crois que j'aurai aussi vite fait de jeter mon argent à la mer.

— Exactement, confirma Rebecka. Et puis toi, tu les connais tous, Sven-Erik.

— N'exagérons rien », rétorqua Sven-Erik, visiblement flatté de recevoir des éloges devant Börje Ström.

Il regarda Rebecka. Pas facile de dire non au grand Ström, mais encore moins de lui dire non à elle. Une fois, il y avait longtemps de cela, lorsque Lars Gunnar

Vinsa avait tiré sur son fils et s'était tué ensuite, Sven-Erik avait retenu Rebecka, il l'avait tenue très fort pour qu'elle n'aille pas se jeter dans le fleuve. Maintenant, elle habitait au bord de ce fleuve, skiait dessus, l'hiver, et y pêchait, l'été.

« Vous savez, dit Rebecka à Börje Ström, quand vous êtes en ville avec Sven-Erik, avancer de dix mètres vous prend une demi-heure. Tout le monde le connaît et veut faire la causette avec lui. Et puis, poursuivit-elle en se tournant vers Sven-Erik, tu es parent avec la moitié d'entre eux. »

Sven-Erik agita la main dans un geste de refus.

« Je regrette, dit-il, mais je ne peux pas accepter. Je ne travaille plus. Et si la police n'a pas élucidé l'affaire à l'époque, c'est que les possibilités de la tirer au clair sont inexistantes. »

Il repêcha le fromage dans sa tasse[1]. Les chats se rassemblèrent autour de lui. Il partagea le fromage équitablement.

Airi tournait sa cuillère dans son café en silence. Rebecka s'en étonna, Airi avait coutume d'être plus loquace. Peut-être était-elle intimidée par la présence chez elle d'une célébrité.

« Vous savez, Sven-Erik, dit Börje Ström, la police n'a jamais essayé de faire la lumière sur la disparition de papa. Personne ne s'en est soucié. Pour finir, il a été déclaré mort. L'année de ma victoire aux Jeux olympiques. J'ai reçu une lettre m'informant qu'il n'y avait "pas d'héritage".

1. Il est traditionnel, en Laponie, d'ajouter à son café des petits morceaux d'un fromage spécial, le *kaffeost*.

— De toute façon… », le coupa Sven-Erik.

Il y eut quelques secondes de silence.

« De toute façon Airi a besoin de moi à la maison ! »

Airi ouvrit la bouche, prête à intervenir, mais elle se ravisa.

Börje Ström tendit la main par-dessus la table. Durant toute sa vie de boxeur, qu'il ait remporté une victoire ou essuyé une défaite, il avait serré la main de son adversaire.

« Merci quand même, Sven-Erik, d'avoir pris le temps de m'écouter, dit-il avec bonhomie. Et vous, Airi, merci pour les délicieuses brioches à la cannelle, les meilleures que j'aie mangées depuis des années. J'en fais moi-même, de temps en temps, mais elles ne sont jamais aussi réussies. Vous en avez de la chance, Sven-Erik.

— Une chance folle, convint celui-ci.

— Mettez du vrai beurre, dit Airi, et beaucoup plus que ce qu'ils disent dans la recette. »

Par la fenêtre, Sven-Erik vit Rebecka manœuvrer dans la cour. Il la guida de loin mais elle ne lui prêta pas attention et sortit sans incident en marche arrière.

« Börje Ström aurait dû obtenir la médaille d'or du Svenska Dagbladet, en 68, dit-il. Ou en 72, quand il a gagné aux JO. Ce qui s'est passé après les Catskill Mountains est un scandale. Quelle saloperie, cette histoire avec son père, hein ? Et dire que c'est quelqu'un de la famille de Rebecka qui l'a retrouvé. Dans un congélateur ! »

Derrière lui, Airi poussa un tel soupir qu'il se retourna.

Elle avait retiré son tablier et s'était assise, ses mains désœuvrées à plat sur la table. On aurait dit qu'elle s'apprêtait à lui faire passer un entretien d'embauche.

Il repoussa sa tasse de café. Qu'est-ce qui allait lui tomber dessus ?

« Mon chéri, commença-t-elle, je n'ai pas pour habitude de te donner des conseils sur ta façon de vivre, de te tenir à table ou de t'habiller. Je ne t'impose pas de changer de chaussettes ou de faire de l'exercice. Tu es un homme adulte et c'est ce que je veux. Je ne te considère pas comme un projet avec potentiel d'amélioration.

— Tu penses que je devrais changer de chaussettes plus souvent ? hasarda-t-il pour plaisanter.

— Non, encore que tu pourrais venir avec moi à l'aquagym de temps en temps. *No niin.* Peu importe. On est libres, tous les deux. Mais là, pour une fois, je te le demande : aide Börje Ström à comprendre ce qui est arrivé à son père !

— Ils vont bien se débrouiller tout seuls, dit Sven-Erik, Rebecka Martinsson a de la bouteille…

— Ce n'est pas pour lui, l'interrompit Airi. Fais-le pour moi. »

Sven-Erik la regarda, stupéfait.

« Qu'est-ce que tu veux dire ?

— Voilà ce que je veux dire, fit-elle en montrant du doigt la suspension au-dessus de la table. Sur chaque ampoule que tu as vissée dans cette maison, tu as écrit la date.

— C'est pour voir si elles durent aussi longtemps qu'ils le disent sur la boîte. Les ampoules coûtent une fortune, maintenant. Parfois leur durée de vie…

— Je me fiche de leur durée de vie ! Et cette histoire de temps solaire…

— Pourquoi faudrait-il que je m'aligne sur l'heure de la Suède, alors que je suis enfin à la retraite et que je peux régler ma vie sur le cycle du soleil ?

— Oui, bonne question ! Quand on peut consacrer une heure chaque jour à calculer le vrai temps solaire.

— Cela ne me prend pas une heure…

— Non, mais tu vois, ça me tape vraiment sur le système de ne pas pouvoir te demander de venir me chercher à deux heures avec la certitude que tu te pointeras bien quand il est deux heures à ma montre ou à celle de n'importe qui. »

Elle s'interrompit et prit une profonde respiration. Elle n'avait pas envie de se quereller avec lui. Elle vit qu'il allait bientôt se gripper comme un vieux moteur.

« Tu épies les voisins quand ils sortent les poubelles. Tu as une opinion sur leur manière de déblayer la neige devant chez eux. Tu t'énerves sur les gens qui traversent le village sans respecter les limitations de vitesse. Et ça ne fait qu'un an que tu es à la retraite.

— Qu'est-ce que tu es en train de me dire ? demanda Sven-Erik sans parvenir à cacher à quel point il était froissé. Tu ne me supportes plus ? Il faut que je parte ? Je peux retourner en ville, si c'est comme ça. L'isolation de la maison est terminée, donc tu n'as plus besoin de moi, à ce compte-là.

— Ne joue pas les victimes ! lui intima Airi. Tu n'as jamais été mon serviteur ici. »

Airi posa ses mains sur celles de Sven-Erik, pour l'empêcher de se lever et de s'en aller dans un mouvement de colère.

« Je veux t'avoir ici avec moi, dit-elle. Je t'aime et je veux que tu restes près de moi. Mais pas à longueur de journée. Je veux bien avoir les chats dans les pattes quand je fais la cuisine, la vaisselle ou le ménage. Mais je n'ai pas envie de trébucher sur toi. Ne te fâche pas, mon amour, mais quand je rentre du travail, je n'ai pas envie de retrouver quelqu'un qui m'a attendue toute la journée. »

Ces paroles le piquèrent au vif, il serra les mâchoires.

Airi lui saisit les doigts. Elle devinait sa peur. La peur de devenir un vieux dont personne n'avait plus besoin, hors circuit. Elle savait qu'aller à Kiruna était pour lui une véritable torture. La ville que Sven-Erik connaissait comme sa poche était en train de disparaître morceau par morceau entre les mâchoires de la mine. Et dans ce qui émergeait, il n'avait pas sa place. « On ne reconnaîtra bientôt plus rien », avait-il dit les rares fois où il avait fait le déplacement.

« Essaie pendant quelques jours, le supplia-t-elle. Fais-le pour moi. J'ai toujours adoré que tu me racontes ta journée, en rentrant à la maison. Ström t'a sollicité, toi et personne d'autre. Parce que tu es le meilleur. Si cela te pèse trop, je ne te forcerai pas à continuer. »

Sven-Erik luttait intérieurement. Une part de lui-même voulait se précipiter dans un abîme d'auto-apitoiement. Emballer quelques vêtements et monter dans sa voiture. Lui annoncer qu'il pouvait s'installer dans la chambre d'amis chez sa fille Lena jusqu'à nouvel ordre.

Mais il résista. Il ravala ses protestations. Il avait été des années sous les ordres d'Anna-Maria Mella.

Et on ne peut pas dire qu'elle s'était toujours montrée d'une grande souplesse. Il avait appris à encaisser les remarques de la part des femmes. L'orgueil blessé ne rapportait rien.

« Bon, dit-il à Airi. Je vais me pencher sur cette affaire. Si j'avais su que tu étais d'accord…

— Je suis d'accord », dit-elle en remerciant Dieu pour ce cadavre congelé sur une île du Torneälven.

Jeudi 28 avril

À quatre heures trente du matin, Börje Ström et Sven-Erik Stålnacke retrouvèrent Rebecka devant le commissariat. Sur le toit de la voiture, ils avaient chargé un canot pneumatique.

« Ragnhild Pekkari dit que la glace tient, mais je préfère être prudent, déclara Sven-Erik à Rebecka. On va faire comme les vieux autrefois, qui trimbalaient leur bateau. Si la glace rompt, on n'aura qu'à sauter dedans.

— Mon Dieu, dit Rebecka. On aurait peut-être dû rédiger nos testaments ? »

Avant même qu'ils soient sortis de la ville, Börje Ström s'endormit sur la banquette arrière.

Sven-Erik regarda Rebecka du coin de l'œil.

« Drôle d'histoire, hein, dit-il. Que ce soit ta tante qui ait trouvé le père de Börje Ström. Dans le congélateur de ton oncle, en plus !

— Comme je te l'ai expliqué, elle n'est pas ma tante, dit Rebecka. Et Henry Pekkari n'était pas mon oncle. Ma mère avait été adoptée par cette famille. Je crois qu'elle avait seulement six ou sept ans lorsqu'ils ont quitté l'île. Elle a grandi à Kiruna. Ils habitaient dans un trois-pièces rue des Charpentiers. Henry avait repris la petite exploitation et la ferme. Mais quand j'étais petite, on n'avait aucun contact avec les Pekkari. Ils ont fichu maman dehors quand elle avait quatorze ans. »

Encore que, pensa Rebecka, qu'est-ce qu'on en sait ? C'est toujours elle qui est partie. Moi je me suis débrouillée sans elle. Et je n'ai jamais eu besoin de la famille Pekkari.

« Je ne les connais pas, conclut-elle, je ne les ai même jamais rencontrés.

— Il y a un autre frère, dans la famille, non ? demanda Sven-Erik.

— Olle Pekkari, c'est l'aîné. Un coriace, celui-là. Il dirige une entreprise qui sécurise les plafonds des galeries dans les mines. Mais je suppose que son fils a repris le flambeau pour l'essentiel, maintenant.

— Il faut absolument qu'on parle avec Olle Pekkari, dit Sven-Erik. Sais-tu si lui et Henry étaient proches ?

— Comment veux-tu que je le sache ? dit Rebecka. Je viens précisément de t'expliquer que je ne suis pas parente avec les Pekkari et que je ne les connais pas…

— On demandera à Ragnhild, dit Sven-Erik à qui la mauvaise humeur de Rebecka ne faisait ni chaud ni froid. Elle a peut-être une idée des gens que fréquentait son frère en 1962, même si elle était beaucoup plus jeune que lui.

— Est-ce qu'elle… Elle sera là-bas ?

— Bien sûr. Je ne te l'ai pas dit ? Ça ne te dérange pas, j'espère. Vous n'êtes pas en bisbille, toutes les deux ?

— Non. »

À condition qu'elle ne me parle pas de maman, pensa Rebecka.

Pourvu que Rebecka Martinsson ne me parle pas de sa mère, pensait Ragnhild Pekkari.

Elle s'était levée vers trois heures et demie et avait roulé deux bonnes heures jusqu'à Kurkkio. Ensuite elle était restée dans sa voiture, au bord du fleuve, avait bu du café dans sa bouteille thermos et attendu Börje Ström, Rebecka Martinsson et ce policier à la retraite, dont le nom ne lui revenait pas.

Le soleil de fin d'hiver pesait encore sur l'horizon et le ciel avait la couleur flamboyante des jeunes mûres boréales. Il était à peine sept heures.

C'est monsieur le légiste Lars Pohjanen en personne qui l'avait appelée. Durant les années où elle était infirmière aux urgences, elle ne l'avait jamais rencontré, elle l'avait juste aperçu une ou deux fois de loin sur le parking. Mais elle savait qui c'était, évidemment.

Il avait une réputation de vieux grincheux, mais au téléphone elle l'avait trouvé aimable. Un peu triste. Il lui avait demandé la permission de venir sur l'île tant que c'était praticable. Il ne s'agissait pas d'une enquête au sens habituel du terme. L'homme du congélateur était le père du boxeur Börje Ström et le meurtre était prescrit. Mais un inspecteur à la retraite s'était engagé à examiner le cas d'un peu plus près, comment s'appelait-il déjà, elle fulminait d'avoir oublié, elle qui s'était toujours souvenu du nom des patients ; c'était un nom composé. Alors est-ce qu'il pouvait venir jeter un coup d'œil sur la maison ? Non ils ne s'attendaient pas à trouver grand-chose, après toutes ces années, mais on ne savait jamais. Il y aurait aussi une substitute du procureur avec eux, Rebecka Martinsson. D'après ce qu'il avait compris, elles étaient parentes.

« En fait, non », avait répondu Ragnhild.

Et elle avait à nouveau senti ce poids, à l'intérieur. Pas de la tristesse, seulement un poids, c'était ce moteur de bateau usé qui coulait, sombrait inexorablement vers le fond. La fille de Virpi allait venir sur l'île.

Difficile de mettre les mots justes sur ce qu'elle ressentait. Ce n'était pas de la peur. Ni de la colère. Peut-être avait-elle évacué les sentiments lors de son ultime ménage. Elle avait choisi de ne pas s'engager sur le pont de neige, mais de faire demi-tour et de se rendre sur l'île. Maintenant les choses allaient suivre leur cours. C'était très bien ainsi. Ragnhild espérait néanmoins que Rebecka ne lui poserait pas de questions sur Virpi.

Parce que je n'ai aucune réponse, songea-t-elle, pas une. Et rien ne m'oblige à lui raconter quoi que ce soit. *Ei se kannatte*. À quoi bon.

Une voiture déboucha en haut de la côte. Il y avait trois personnes à l'intérieur et un canot pneumatique sur le toit. C'était eux.

Quand Ragnhild Pekkari sortit de sa voiture, Börje Ström tressaillit. Il n'était pas prêt à une telle apparition. Grande, sûrement un mètre quatre-vingts. Grande, mais pas osseuse. Toute sa vie il avait aimé les boxeuses, et en regardant les bras de Ragnhild il se dit qu'elle avait une envergure étonnante. Il dut se forcer à détourner les yeux de ses fesses musclées. Elle avait de larges sourcils blonds, le teint hâlé caractéristique des skieurs, en hiver, et une tresse dépassait de sous son bonnet tricoté. La peau était blanche autour des yeux à cause des lunettes de soleil, et le reste du visage bronzé.

Il observa ses gestes légers quand elle ouvrit son coffre de toit et en retira sa pulka. Elle avait quelque chose d'un ours. Une fois, alors qu'il courait dans la forêt, il en avait vu un qui dormait sur une butte gelée, dans une tourbière, à côté d'une route forestière longeant le cours du Rautasälven. Juste au moment où il arrivait à sa hauteur, l'ours s'était redressé. À cinquante mètres de lui, seulement. Avec cette légèreté, malgré sa taille énorme. Telle une rivière coulant vers l'amont. Non, cette femme n'avait pas besoin qu'on l'aide à attraper quelque chose tout en haut d'un placard.

Il fit un pas vers elle pour la saluer et ressentit comme un flottement. Il était habitué à baisser la tête quand il regardait les femmes. Mais celle-ci avait la même taille que lui. Ses yeux étaient tout près. Gris comme un jour pluvieux. Il avait toujours aimé la pluie. Il n'y avait rien de plus agréable que la course à pied par un temps pluvieux, un matin d'été suédois.

Surtout après des années passées aux États-Unis à courir par une chaleur vibrante sur de l'asphalte poussiéreux, et à moucher noir ensuite.

Elle lui tendit une main sèche et calleuse. Rugueuse comme de l'écorce. Börje Ström se rappela un adage de son enfance : « Les gens travailleurs ont des cals aux mains, les paresseux des ampoules. »

Elle prononça quelques mots. Mais son esprit à lui demeurait fixé sur cette main rugueuse. Une main qui accomplissait des choses. Il se demandait lesquelles. Couper du bois ? Vider du poisson ? Rénover une maison ? Mener un attelage de chiens ?

Il avait le souffle coupé, l'impression d'être hors d'haleine. L'anorak de Ragnhild sentait le feu de bois. Il y avait une autre odeur, aussi, familière, mais il n'arrivait pas à l'identifier. Crème fouettée ? Bois poncé au papier émeri ?

Il eut soudain envie de coller son nez sur la peau de Ragnhild et de la humer.

Il n'avait pas vu le coup venir. Il lâcha la main de Ragnhild, qui se tourna vers Rebecka et Sven-Erik pour les saluer.

Il se rendit compte qu'elle s'était présentée, mais que lui-même avait omis de dire son nom. Il était trop tard.

Quand Ragnhild Pekkari salua Börje Ström, elle trouva qu'il avait une main épaisse, comme elle. Il la retira rapidement, comme s'il s'était brûlé. Elle sentit ses joues s'enflammer et la colère monter.

Mais qu'est-ce qu'il croit ? pensa-t-elle d'abord. Que c'est quelqu'un de la famille Pekkari qui a tué son père et l'a mis dans le congélateur ?

Ensuite elle recourut au mépris.

Ce type-là, se dit-elle, c'est le genre à s'être affiché toute sa vie entouré de femmes qui se pavanent. Vieux beau. Un Clint Eastwood. Qui s'imagine qu'il lui suffit de vous regarder pour que vous lui tombiez dans les bras. Une star qui n'est même pas fichue de se présenter.

Mais elle ne se jetait pas dans les bras de n'importe qui, elle, il en serait pour ses frais.

« Il aurait mieux valu prendre des skis, dit-elle d'un ton brusque en regardant le canot pneumatique sur la galerie de leur véhicule. La croûte de neige tient. La glace dans les traces de scooter aussi. Au moins le matin, en tout cas, avant que la température passe au-dessus de zéro.

— J'ai encore de nombreuses raisons de vouloir rester en vie, dit Sven-Erik avec bonhomie. Mais allez-y à skis, vous. »

Rebecka Martinsson la salua comme elle aurait salué n'importe qui. Ragnhild les aida à décharger le bateau.

Elle avait craint que Rebecka Martinsson ne l'aborde par une remarque du style : « Vous avez passé votre enfance avec ma mère. » Mais pas un mot là-dessus. Rebecka avait été calme et aimable. Apparemment détendue. Rien d'étonnant à cela, elle était procureure, après tout. Donc habituée à ne pas laisser ses sentiments s'emballer. À moins qu'elle n'en ait éprouvé aucun pour Virpi. Difficile de savoir.

Ragnhild sortit la thermos de café de sa voiture. Dans un mouvement de lassitude, elle repoussa loin d'elle les sentiments.

Un jour, elle avait croisé Rebecka au supermarché. On aurait cru un fantôme. C'était après l'affaire du policier qui avait tiré sur son fils handicapé mental et s'était tué ensuite. Rebecka ne l'avait pas reconnue, évidemment. Ragnhild avait lutté contre elle-même. Devait-elle l'aborder ? Lui dire qui elle était ? Lui demander comment elle allait, si elle avait besoin d'aide ? Mais elle n'avait rien fait. Après tout, elles ne se connaissaient pas.

Ragnhild se souvenait du jour où elle était allée voir Virpi, juste après l'accouchement de celle-ci. Elle travaillait, alors elle était montée dans sa tenue d'infirmière, pour une visite informelle. Virpi l'avait laissée prendre la petite dans ses bras. Elles avaient parlé du bébé, n'avaient pas eu besoin d'évoquer autre chose. « Tu salueras Isak et Helmi de ma part », avait dit Virpi d'une voix rauque. Elle appelait isä et äiti par leur prénom.

Cela faisait drôle : le nourrisson que Ragnhild avait pris dans ses bras ce jour-là était la femme qui se tenait devant elle maintenant.

La vie file à pas de géant, sans se soucier de nous, pensa Ragnhild. Peu lui importe que nous ayons le temps de mettre de l'ordre dans nos relations ou pas.

Elle offrit du café et évoqua le chien qui était toujours là-bas, sur l'île.

« J'ai fait cuire de la viande et je l'ai déposée sur le perron avant l'arrivée de l'hélicoptère. Espérons que les corneilles et les pies n'auront pas tout mangé. »

Rebecka tendit son visage vers le soleil pâle qui pointait à présent juste au-dessus des cimes. Elle flairait, en quelque sorte, tel un animal.

« On y va ? dit-elle. Comme ça on aura le temps de rentrer avant que la glace commence à fondre. »

Un instant, elle ressembla terriblement à Virpi. Les mêmes yeux malicieux lorsqu'elle se préparait à monter à l'assaut d'un arbre, son regard de défi avant de se bagarrer avec des garçons à l'école, à Kiruna.

Tuiskusapara, feu follet, la surnommait isä. *Tuiskusapara*. Quelqu'un qui s'embrase facilement. Ça, c'était du temps où ils vivaient tous sur l'île. Quand elle est partie, il s'est mis à la nommer autrement – les rares fois où il était question d'elle.

Ragnhild n'avait pas eu ce mot à l'esprit depuis plus de cinquante ans.

Tu n'es pas aussi calme que tu voudrais le paraître, songea-t-elle à propos de Rebecka Martinsson.

Elle accrocha les sangles de sa pulka à sa ceinture et partit sur ses skis, s'efforça de ne pas penser à Rebecka Martinsson ni à ce boxeur. Plutôt au chien. Était-il encore sur l'île ? Henry lui avait-il donné un nom ?

Les autres la rejoindraient quand ils voudraient, en tirant leur foutu bateau sur la glace. Ils lui importaient peu. Elle s'aidait de ses bâtons pour avancer. La pulka était lourde, mais la fatigue physique, cette sensation d'épuisement dans les muscles pectoraux, le ventre et le dos, était bienvenue. Elle se sentait observée et se demanda si Börje Ström la suivait des yeux. Elle n'osa pas regarder en arrière pour vérifier. Par chance, la distance rendait ses halètements inaudibles.

L'île approchait. Les granges délabrées la fixaient. Te revoilà. La fleur noire du chagrin se remit à éclore dans sa poitrine.

« Je reste là, dit Rebecka Martinsson en surveillant la course de Ragnhild vers l'île. Il faut bien que quelqu'un puisse appeler les secours si vous passez à travers la glace, précisa-t-elle avec un demi-sourire à l'intention de Sven-Erik.

— Hum », fit-il, l'esprit visiblement ailleurs.

Pourquoi jette-t-on un corps dans un congélateur ? se demanda Sven-Erik Stålnacke en s'engageant avec Börje Ström sur la piste de scooter qui filait vers l'île.

Il aurait aimé poser la question tout haut. Comme il avait coutume de le faire avec Anna-Maria Mella lorsqu'ils examinaient telle ou telle situation. Mais là, il s'agissait du père de Börje Ström, tout de même, le ton professionnel n'était pas opportun.

La journée s'annonçait belle. Le soleil se levait, le ciel bleuissait. Börje Ström marchait devant et tirait le bateau, Sven-Erik poussait.

Sven-Erik fut vite en nage sous son bonnet, même s'il ne fournissait qu'un effort modéré, Ström supportant presque toute la charge, c'était évident. Un type comme lui courait sans doute encore des kilomètres dans la forêt en traînant derrière lui un pneu de tracteur.

À mi-chemin, Börje Ström s'arrêta et scruta la rive du fleuve.

« La petite maison qu'on nous avait prêtée, à papa et à moi, est juste un peu en amont, dit-il. Mais d'ici je ne la vois pas. »

Ils continuèrent, et Sven-Erik reprit le cours de ses réflexions.

Oui, pourquoi se débarrasser d'un corps dans un congélateur ? Le père de Börje Ström avait disparu en plein été, il faisait donc jour vingt-quatre heures sur vingt-quatre. L'auteur du crime – en effet, il n'était pas certain que ce fût Henry Pekkari – ne voulait pas qu'on le voie jeter un cadavre dans le fleuve. Pourquoi ne l'avait-il pas enterré ? Parce qu'il – ou elle, rectifia Sven-Erik pour lui-même – n'en avait peut-être pas la force. Creuser était pénible. Pour enterrer un corps il faut faire un grand trou. Non, on fourre le corps au congélateur en se disant qu'à l'automne, quand il fera sombre dehors, on pourra l'emballer, le lester et le balancer dans le fleuve. Mais on ne le fait pas.

Le plus vraisemblable est que la victime a été tuée là-bas, probablement à l'intérieur de la maison. Mais il avait beau s'efforcer de raisonner librement, il revenait toujours au même point : Henry Pekkari avait conservé le corps chez lui durant toutes ces années. Pourquoi aurait-il fait cela s'il n'était pas l'assassin du père de Börje Ström ? Et s'il l'était, quels étaient ses liens avec Raimo Koskela ? Pourquoi l'avait-il tué ?

Ragnhild Pekkari était assise sur le perron quand les deux hommes atteignirent la ferme en progressant péniblement dans la neige.

Tiens, pensa-t-elle, Rebecka est restée de l'autre côté. *No, yhtä hyvä*, c'est aussi bien.

Sven-Erik retira son manteau et son bonnet, les lança sur les marches. Son visage était rouge tomate, après cet effort.

« On n'a plus dix-huit ans, dit-il haletant avec un sourire. Des nouvelles du chien ? »

D'un signe de tête, Ragnhild désigna les écuelles vides sous l'auvent.

« Ce sont peut-être les corneilles. Ou un renard. Il n'y a aucune trace dans la neige, alors c'est difficile à dire. »

Börje Ström regarda la maison. Une moue sinistre se dessina sur sa bouche.

Il doit penser que je n'ai pas de cœur, à parler du chien alors que son père mort est resté là toutes ces années, se dit Ragnhild.

Sven-Erik lui demanda s'il pouvait entrer.

« Allez-y, dit-elle. J'ai ouvert les fenêtres et les portes pour que l'air soit respirable. Je n'ai pas osé commencer à nettoyer ou à ranger. Je ne savais pas que le meurtre était prescrit, j'ai pensé que la police viendrait relever des empreintes, que le mieux était de ne toucher à rien. »

Elle se tut. Arrête de déblatérer, s'ordonna-t-elle sévèrement.

« Vous avez bien fait, dit Sven-Erik aimablement. Après, j'aimerais vous poser quelques questions sur votre frère Henry. Si vous êtes d'accord.

— Tout à fait. Vous croyez sans doute que c'est Henry qui a tué… Pardon, comment s'appelait votre père ? demanda-t-elle en se tournant vers Börje Ström.

— Raimo, répondit Börje Ström. Raimo Koskela.

— J'ai beaucoup de mal à penser cela, dit Ragnhild. Henry était un propre à rien et un ivrogne. Et méchant, avec ça. Mais de là à tuer quelqu'un. Enfin, c'est toujours ce que disent les membres de la famille.

— Savez-vous s'ils se connaissaient ? demanda Sven-Erik.

— Non, mais ce n'est pas exclu. Même si votre père était plus âgé. En 1962, Henry avait encore des copains. Ils venaient ici, sur l'île, et ils picolaient. Henry fréquentait surtout un tas de *ryökälhet*, des voyous, comme disait maman. C'est pour cette raison que papa et maman lui ont confié l'entretien de la ferme. Ils croyaient que le fait d'avoir une telle responsabilité l'aiderait à se ressaisir. Mais vous voyez comment ça a tourné. Après l'été 1967, papa a été obligé d'abattre les vaches.

— Mon père n'était pas un voyou », dit Börje Ström.

Qu'est-ce qu'il en sait, pensa Ragnhild. Il n'était qu'un enfant, lui, quand son père a disparu. Les gens idéalisent ou diabolisent, c'est tout. Ils ne prennent pas la peine de se faire une image complexe de quelqu'un.

Pendant une demi-seconde d'examen de conscience, elle réfléchit à l'image qu'elle-même avait d'Henry. De la gent masculine en général.

« Et votre frère aîné, Olle ? demanda Sven-Erik.

— Il avait déjà commencé à travailler à la mine, à l'époque, dit Ragnhild. Il était devenu contremaître, à vingt ans seulement. Finalement il a monté sa propre entreprise, qui a toujours bien marché. Maintenant c'est son fils aîné qui la dirige. »

Sven-Erik pénétra dans la maison. Börje Ström et Ragnhild restèrent sur le perron.

Ragnhild sortit de sa pulka un rouleau de sacs poubelles noirs et quelques boîtes de pâtée pour chien. Börje Ström l'observait en songeant que, seul avec cette femme, il ne saurait pas comment se comporter. Son corps pourrait décider de lui-même d'entreprendre quelque chose, s'imagina-t-il soudain. Faire un pas en avant et la saisir par le bras. Comme un ivrogne dans un bal, au moment de la dernière danse.

Il était sorti avec pas mal de femmes sportives, là n'était pas la question. Chez lui à Älvsbyn, nombreuses étaient celles qui s'inscrivaient à la boxe pour avoir un bon entraînement. Surtout quand elles venaient de divorcer. Certaines avaient voulu emménager chez lui. Alors il avait mis le holà. En général, l'histoire durait jusqu'à ce que leur chemin croise celui d'un type qui puisse satisfaire le besoin de sécurité et d'image paternelle de leurs enfants. Ou bien jusqu'à ce qu'elles se lassent d'une relation qui « ne menait nulle part ».

Mais cette ourse de femme. Avait-elle besoin de quelqu'un ? Une vie solitaire dans la forêt la comblait certainement.

Il se demanda si elle avait quelqu'un dans sa vie. Et quel genre ce serait, dans ce cas.

Lorsqu'elle voulut entrer dans la maison, il fit un grand pas en arrière pour la laisser passer.

Quand Ragnhild passa devant Börje Ström, il recula comme si elle était contagieuse. Sans comprendre pourquoi, elle fut blessée par ce geste d'aversion envers elle.

Pourtant, elle avait l'habitude que les hommes reculent devant elle, malheureusement. Surtout les petits bardés de diplômes. Un certain nombre de médecins avaient eu du mal à la supporter, durant toutes ces années.

Qu'est-ce que ça peut me faire ? se dit-elle au bout d'un instant. Qu'il pense de moi ce qui lui chante.

Sven-Erik frissonna. La maison d'Henry Pekkari comptait parmi ce qu'il avait vu de pire. Et il en avait vu. Sur les encadrements de portes et la rampe d'escalier, la crasse avait laissé sa propre couleur, plus sombre aux endroits qu'Henry touchait le plus souvent quand il se déplaçait. Il fallait avoir une réelle force de caractère pour poser le doigt sur les interrupteurs et saisir les poignées de portes. Sven-Erik fut reconnaissant envers Ragnhild d'avoir tout ouvert en grand pour chasser la puanteur.

Il entra dans la pièce principale et regarda autour de lui. Facile, en tout cas, de deviner où s'était trouvé le congélateur. À sa place, la couleur du sol en pin était intacte. Une surface rectangulaire que la merde n'avait pas recouverte. Lorsque le congélateur avait été emporté, la poussière accumulée en épais boyaux entre l'appareil et le mur avait roulé à l'intérieur de ce périmètre.

Quelle misère, pensa Sven-Erik. Mais apparemment, certaines personnes naissent avec des gènes vigoureux. Qui résistent au plus grand laisser-aller. Le fait qu'Henry ait atteint soixante-dix ans tenait du miracle.

Du coin de l'œil, il vit Ragnhild entrer dans la cuisine. Elle se mit à remplir bruyamment des sacs et des sacs d'ordures, de nourriture avariée, de bouteilles vides et autres emballages. On aurait cru qu'elle démolissait tout.

Il se concentra sur la salle de séjour. Le canapé était recouvert de plusieurs épaisseurs de couvertures. Malgré cela, on voyait qu'il était défoncé. Creusé par les corps. C'est là qu'Henry avait été retrouvé mort.

Là aussi, sans doute, qu'il somnolait devant la télé, se dit Sven-Erik.

Au-dessus du canapé était accrochée une reproduction dans un cadre doré. Les couleurs avaient passé avec le temps, il ne subsistait pratiquement que des tons bleus et verts. Le tableau représentait un berger qui découpait de la viande, appuyé contre un mur de pierres. À ses pieds, un chien mendiait un morceau. En arrière-plan, un paysage méditerranéen, cyprès et relief vallonné.

Il était placé vraiment très bas, ce tableau. L'endroit était mal choisi, si l'on était assis dans le canapé, on ne pouvait pas s'appuyer en arrière sans que la tête le touche.

Sven-Erik s'approcha. Un peu au-dessus du tableau il y avait un trou, comme si le tableau avait un jour été accroché plus haut.

Non, cela ne peut tout de même pas être aussi simple, pensa-t-il en le décrochant de son clou.

Mais si, c'était aussi simple que cela.

Derrière le tableau, il y avait un impact de balle.

Pourquoi a-t-il fallu que je les accompagne ? se demandait Rebecka Martinsson dans la voiture. Le soleil dépassait les cimes, mais il ne chauffait pas encore. Elle resserra son manteau et inclina son siège vers l'arrière pour faire un petit somme.

Ils ont intérêt à se dépêcher, pensa-t-elle en regardant sa montre. Dès que la température va monter, ils ne pourront plus traverser le fleuve à skis. Et ils n'ont pas l'intention de passer la nuit là-bas, j'imagine.

Elle essaya vainement de trouver le sommeil. Si seulement elle pouvait dormir une demi-heure, vingt minutes, même. Elle en aurait bien besoin, si elle voulait avoir assez d'énergie pour travailler tard ce soir.

Je n'arriverai jamais à préparer tous ces dossiers d'ici lundi, pensa-t-elle. Qu'est-ce que j'ai à être si fatiguée ? Je dois manquer de quelque chose. Il faudrait que j'achète des produits diététiques. Que je me mette aux jus detox et que je fasse de l'exercice.

« Hou hou ! »

Une voix lui fit rouvrir les yeux. Une toute petite bonne femme arrivait sur la route. Courbée en avant, elle poussait une luge-trottinette. Ici et là, des plaques de terre émergeaient de la neige fondue et les patins glissaient mal, elle avançait difficilement. Elle flottait dans un anorak orange bien trop grand pour elle. Ses deux jambes incroyablement minces étaient enfoncées dans de grosses bottes.

La vieille femme faisait de grands signes avec le bras, comme si elle était perdue en pleine mer dans un canot de sauvetage. Rebecka descendit de voiture. Adieu le petit somme.

« Hou hou ! » cria à nouveau la vieille.

Elle était visiblement à bout de forces. Elle s'arrêta, contourna laborieusement son spark et s'assit dessus. Encore une fois, elle cria : « Qui est-ce ? C'est quelqu'un que je connais ? »

Rebecka éclata de rire.

« Vous voulez que je vienne, pour voir ? » lança-t-elle.

La vieille l'invita d'un grand geste à venir vers elle.

« *Tule nyt !* Approche donc ! »

Rebecka s'avança.

« Bien, tu es la fille de qui, toi ? J'ai vu du monde aller chez les Pekkari. Qui c'était, ceux-là ? »

Rebecka lui expliqua qui ils étaient et pourquoi ils venaient sur l'île.

« Et moi qui dis toujours qu'il ne se passe rien au village. Je m'appelle Mervi Johansson. Alors Ragnhild est là aussi ?

— Oui, elle veut débarrasser un peu, je suppose, et… il y avait aussi un chien, qui a disparu.

— Ah oui, le chien, dit Mervi Johansson. Je vais ouvrir l'œil. Les chiens d'Henry ont l'habitude de venir chez moi. Il a des périodes, parfois, où il oublie de les faire rentrer alors qu'il fait moins vingt-cinq dehors. Il oublie aussi de les nourrir. Alors ils viennent chez moi. Il n'y a que lui et moi en permanence dans le village. Puis quand il tient à nouveau sur ses jambes, il vient les chercher. Je lui ai dit de ne pas les attacher. Imagine, s'ils sont enchaînés dans la cour et qu'il les oublie. Oui, oui, enfin, on n'a plus besoin de s'inquiéter pour ça, maintenant. Il n'y a plus que moi, ici. »

Rebecka en aurait bien profité pour lui demander si Henry Pekkari connaissait le père de Börje Ström, mais Mervi Johansson s'était lancée dans une énumération des familles qui vivaient au village quand elle-même y était arrivée, jeune mariée, au début des années cinquante. Noms et récits fragmentaires de destins tombaient en pluie de sa bouche – elle croyait sans doute que Rebecka savait de qui elle parlait. Puis elle s'interrompit.

« Me voilà à causer de l'ancien temps. Tu as sûrement autre chose à faire.

— Non, non, assura Rebecka. Savez-vous si Henry Pekkari connaissait Raimo Koskela, le père de Börje Ström ? »

La vieille femme regarda au loin vers l'île.

« Tu sais, quand les parents de Ragnhild sont partis du village, pour Kiruna… je les ai pleurés pendant plusieurs années. Tu as dit que tu t'appelais Martinsson ? Tu es d'où ?

— La famille de mon père est de Kurravaara, mais savez-vous si Henry connaissait…

— Tu es la fille de Viola Martinsson ?

— Non, la petite-fille de Theresia Martinsson. Viola était la tante de mon père. »

Mervi Johansson se leva de son spark. Elle saisit le bras de Rebecka pour s'assurer qu'elle était bien réelle.

« Alors tu es la fille de Virpi ! Virpi habitait ici, chez les Pekkari. Ça tu le sais, n'est-ce pas ? Elle et Ragnhild venaient très souvent chez moi, quand elles étaient petites. J'avais élevé un agneau au biberon, un été, et elles venaient le nourrir. Ragnhild prenait la barque et ramait, alors qu'elle n'était qu'une fillette. »

Les vieux yeux clairs de Mervi se fixèrent sur Rebecka.

« Tu ressembles à ta mère, dit-elle. N'est-ce pas, que c'est Virpi tout craché ? »

Rebecka se demanda à qui Mervi s'adressait. Elle-même avait coutume de parler au Morveux, alors de là à discuter avec les absents, il n'y avait qu'un pas. Et ensuite, on s'entretenait avec eux même en présence d'autres personnes bien vivantes.

Bientôt, je serai comme elle, pensa Rebecka.

Mervi garda le silence quelques secondes. Elle détacha lentement sa main du bras de Rebecka. Elle se souvenait peut-être des circonstances de la mort de Virpi.

« Non », dit Mervi Johansson au bout d'un moment, et pendant quelques instants d'intense réflexion elle fronça son visage déjà ridé. « Non, je ne sais pas si Henry connaissait Raimo Koskela. Henry ne fréquentait que des bons à rien. Excuse-moi d'être aussi directe. Et avec les années, les visites sont devenues de plus en plus rares. À la fin, il s'est retrouvé tout seul, ici. Tous ses vieux compagnons de beuverie sont morts depuis longtemps. Ah mais j'y pense, il y a un peu moins de trois semaines, dans la nuit du vendredi au samedi, un scooter est allé là-bas. La neige tenait encore bien. Après, on a eu une vague de chaleur presque tropicale. Le gars s'est amusé à faire du rodéo derrière ma vieille remise, c'est ça qui m'a réveillée. J'ai pensé que, bon, Henry voit encore du monde.

— Qui cela pouvait-il être ? demanda Rebecka. J'aimerais bien parler avec les amis d'Henry. Il a très probablement connu Raimo Koskela, d'une manière ou d'une autre. Et nous, nous voudrions savoir comment. »

Mervi Johannson secoua la tête comme pour mettre en place les pièces d'un puzzle, à l'intérieur. Une mèche de cheveux rose s'échappa de son *huivin*[1], Rebecka ouvrit de grands yeux. Des cheveux roses ? Mervi Johansson croisa son regard et éclata de rire.

« Mon arrière-petite-fille est passée me voir la semaine dernière. Elle s'est d'abord teint les cheveux elle-même puis elle a teint les miens. Une chance qu'il n'y ait plus de réunions de prière, de nos jours. Que diraient les prédicateurs læstadiens ?

— Le chemin de l'insouciance, dit Rebecka avec une voix de jour du Jugement dernier.

— Pardonnez-moi mes grands péchés », couina Mervi Johansson, hilare. Puis d'un air grave elle ajouta : « Non, je ne sais pas qui est allé là-bas en scooter. Nous n'avions aucun contact, Henry et moi. »

1. *Huivin* (finnois) : foulard.

Elle se laissa tomber sur son spark. Rebecka jaugea que le spark pouvait rentrer dans sa voiture. Il fallait qu'elle raccompagne Mervi chez elle, sinon elle mourrait d'épuisement sur le chemin du retour.

« Mais je me souviens de l'été où Raimo Koskela a disparu, poursuivit Mervi Johansson. Les gens disaient qu'il avait abandonné son garçon pour aller picoler et qu'il n'était jamais revenu. Le pauvre gamin est arrivé à pied au village en pleine nuit. Il a frappé chez les Poromaa, tout au bout, à l'entrée de la forêt. »

Elle montra le bout du chemin. Le village s'étirait en un étroit ruban le long du fleuve.

« Raimo Koskela avait de la famille dans le coin ? demanda Rebecka.

— Non, il avait emprunté la maison à Olga Palo. Enfin, peut-être pas emprunté, en fait. Elle économisait le moindre sou. C'était devenu très dur pour elle, après la mort de son August. Alors elle louait, je suppose. Elle possédait des bois, c'était pas la misère, mais elle était terrorisée par la pauvreté. La colère qu'elle a piquée, quand ils ont construit la route jusqu'au village, l'été d'avant. Nous autres, on était fous de joie. On faisait enfin partie du monde. Mais elle, Olga, elle a mis une barrière à l'entrée de la forêt. Elle ne voulait pas que les gens viennent cueillir des baies sur ses terres. C'était une vraie *visukinttu*. Tu parles la langue ?

— Non, répondit Rebecka en prenant des notes dans son téléphone. Mais je comprends assez bien, encore que là…

— Ça veut dire « radine », déclara Mervi Johansson d'un ton catégorique. C'est bien dommage que vous ne parliez pas, vous les jeunes. Tu veux des galettes au sang ? J'ai fait une pâte. À moins que tu sois une de ces vegans, là ?

— Je mange de tout, dit Rebecka avec un sourire. Même le gibier écrasé sur la route. D'ailleurs je donnerais un bras pour quelques galettes au sang. »

Ils se rassemblèrent dans la salle de séjour, devant l'impact de balle. Ragnhild resta dans l'embrasure de la porte.

Sven-Erik tira son couteau de sa ceinture.

« Vous n'avez rien contre le fait que je creuse pour chercher la balle ? demanda-t-il à Ragnhild. Je vais essayer de ne pas trop agrandir le trou.

— Allez-y, creusez, dit Ragnhild d'un ton sinistre. Je peux aller vous chercher la masse, si vous voulez. »

Sven-Erik enfonça son couteau dans le trou.

« Donc il a été tué ici », dit Börje, et il se racla la gorge plusieurs fois.

Ragnhild Pekkari se tourna vers Börje Ström, elle avait envie de lui demander pardon. Il n'y avait pas d'autre explication : Henry avait tué le père de Börje. Mais aucun son ne sortit de sa bouche.

Börje la regarda dans les yeux en secouant légèrement la tête. Ragnhild se dit qu'il comprenait son angoisse. Ses hochements de tête signifiaient qu'elle n'avait rien à se faire pardonner, ce n'était pas elle qui avait tiré. Mais l'instant d'après, elle était à nouveau persuadée qu'il considérait toute sa famille comme de la racaille.

« Heureusement que papa et maman n'ont pas vécu cela », dit-elle.

Pour se défendre. Pour expliquer qu'äiti et isä n'étaient pas comme Henry.

Sven-Erik sortit la balle du mur et la déposa dans une petite enveloppe de papier tirée de la poche intérieure de son manteau. Il se tourna vers Ragnhild.

« Nous vérifierons si elle correspond à une arme qu'Henry possédait. Savez-vous s'il a conservé une arme de cette époque-là ? On fera un essai, le cas échéant.

— Ni papa ni Henry n'avaient d'armoire à fusils, dit Ragnhild. S'il a gardé une arme, elle doit se trouver dans les combles. Emportez ce que vous voulez. »

Sven-Erik et Börje Ström se rendirent à l'étage. Un petit dégagement sombre, deux portes fermées dans le fond, et de chaque côté, deux portes de placard menant aux combles.

Sven-Erik ouvrit l'un des combles. Par terre, juste à l'entrée, se trouvait une couverture en laine rouge à carreaux dont la forme révélait clairement ce qu'elle recouvrait : un fusil et une carabine de chasse. Il cassa le fusil, aucun projectile, il vérifia que le chargeur de la carabine était vide puis enroula les armes dans la couverture.

« Tiens, c'est curieux, ça », dit Börje Ström derrière lui.

Börje avait ouvert une des chambres. Elle n'était pas meublée. La peinture du poêle était écaillée, les papiers peints gondolaient et le plafond était constellé de grandes taches d'humidité. À même le sol, trois matelas, un large et deux plus étroits. Les matelas étaient dépareillés. Il y avait aussi des couvertures et des oreillers. Pas de draps.

Le regard de Börje tomba sur l'appui de fenêtre, un tube de dentifrice et une brosse à cheveux semblaient avoir été oubliés.

« On se demande qui a passé la nuit ici, observa-t-il. Ses copains de beuverie ?

— Avec une brosse à cheveux et un tube de dentifrice ? » fit Sven-Erik, sceptique.

Il ouvrit la deuxième porte, qui donnait sur une salle d'eau étroite, tira un rideau de douche sale, aux motifs d'hirondelles sur fond de nuages bleus. Curieusement, la douche était à peu près propre. Un flacon de shampooing traînait par terre. Une marque qui promettait de préserver le lustre et l'éclat des cheveux teints.

Un shampooing pour femme, songea-t-il. Il alla chercher un cintre dans l'un des combles et retourna à la douche.

« Qu'est-ce que vous faites ? demanda Börje Ström.

— Je regarde un petit peu, c'est tout », dit Sven-Erik.

À l'aide du cintre, il retira la grille du siphon de la douche. De longs cheveux blonds étaient accrochés en dessous.

Visite féminine, pensa-t-il. Rétribuée, sans doute.

Mais quelque chose ne collait pas tout à fait. Trois matelas. Trois femmes ? Henry Pekkari n'était sûrement pas en état.

« Bon, quoi qu'il en soit, reprit Sven-Erik à haute voix en se relevant, on va essayer de tirer au clair ce qui s'est passé avec votre père en 1962. On ne poussera pas plus loin les investigations sur les distractions d'Henry Pekkari. Encore que j'aimerais bien savoir s'ils se connaissaient tous les deux. Est-ce que d'anciens amis de votre père sont encore en vie ?

— Papa faisait partie du club de boxe Nordpolen, dit Börje Ström. Comme moi. Et les deux entraîneurs sont toujours en vie. Sikke Fredriksson et Jussi Mäntynen, vous voyez qui ?

— Bien sûr, dit Sven-Erik. Le club existe toujours, dans les mêmes locaux. Il me semble qu'ils y sont, de temps en temps. Vous y êtes retourné ? L'endroit n'a pas du tout changé.

— Non, fit Börje Ström, je n'y suis pas retourné depuis le début des années soixante-dix. Mais j'ai l'impression que la première fois que j'y suis allé, c'était hier. »

Août 1962

Deux mois se sont écoulés depuis la disparition de papa, et l'école vient juste de recommencer. Börje se rend au club de boxe Nordpolen. C'est le club de son père. L'idée que celui-ci pourrait s'y trouver hante son esprit depuis un moment déjà. Papa est peut-être revenu. Maman lui a peut-être interdit de reprendre contact avec Börje. Il est peut-être au club en train de faire du sparring. Quand Börje entrera, papa s'interrompra et lui sourira de toutes ses belles dents blanches.

Le local du club se situe dans une cave, sous une boulangerie, à côté du château d'eau. La maison a deux niveaux, sa façade est en tôle ondulée peinte en vert et les encadrements de fenêtres sont marron. La cour, en grande partie asphaltée, est entourée d'une clôture. Des voitures et des motos bâchées y sont garées. Les bâches sont recouvertes de feuilles mortes. À la lueur des réverbères, on dirait que quelqu'un a lancé tout autour de lui des poignées de pièces d'or.

Börje hésite, puis il s'avance vers l'entrée.

C'est une porte marron, à quelques marches sous le niveau du trottoir. Au-dessus de la porte, une enseigne éclairée signale le club de boxe Nordpolen. Elle représente un ours polaire aux babines retroussées, muni de gants de boxe rouges.

La porte est entrebâillée. De l'intérieur parviennent des claquements de cordes à sauter, des coups rythmés, des grognements. Börje descend doucement les marches et jette un œil dans le local.

C'est un monde d'hommes. Une marmite bouillante d'odeurs masculines : transpiration, vêtements sales, liniment. Dans le ring au milieu de la salle, deux gars d'un certain âge font du sparring. Un peu plus loin, un type épais cogne sur un sac. Des hommes en short, torse nu, martèlent des punching-balls ou sautent à la corde. Beaucoup parmi eux sont tatoués. Börje regarde discrètement les points de vagabond sur sa propre main, ils ne feront pas grande impression, ici.

Bien que son cœur tambourine et que ses jambes brûlent de détaler, il pousse la porte. Entre. Reste sur le seuil, prêt à être chassé comme un chien errant.

Les murs sont ornés d'affiches de compétitions et de photographies dédicacées de boxeurs en position de combat. Juste devant la porte, un panneau avertit : « Celui qui crache au sol prend une baffe. »

Un entraîneur aux cheveux blonds coupés en brosse se tient près du ring. Il porte un pantalon et une chemise blancs, il a un chronomètre dans la main. Il crie sans arrêt aux gars qui s'entraînent : « Sors ta garde, Lassi ! Te recroqueville pas derrière tes gants comme une bonne femme qui a peur des coups. Bouge tes pieds ! T'es embourbé dans un marais ou quoi ? Encore vingt secondes. Allez, faut que ça fume, les gars ! Stop ! »

À son dernier cri, les types cessent aussitôt de combattre ou interrompent leurs exercices. Certains se mettent à bavarder. D'autres, penchés en avant, halètent après l'effort.

L'entraîneur aux cheveux en brosse aperçoit Börje. Lui a les jambes qui flageolent, il lève la main vers la poignée de la porte pour se retenir.

« Tu t'es perdu, gamin ? Tu cherches quelqu'un ? »

L'entraîneur regarde Börje d'un air pénétrant. Il a un nez épaté, comme celui de papa, un cou épais comme un tronc d'arbre. Sa peau est ferme, tel du cuir tendu sur les os de son visage. Une peau qui s'est déchirée, a cicatrisé, s'est à nouveau déchirée. Accordée à sa peau, sa voix est ferme, mais mélodieuse. Il a un accent finlandais prononcé, exactement comme papa, ça aussi. Ses yeux vifs sont animés d'une espèce de curiosité. Sans détacher son regard de Börje, il garde en permanence le contrôle sur tout ce qui se passe en périphérie de son champ de vision.

« Mon père fait de la boxe ici, parvient à articuler Börje.

— Ah bon ! Il s'appelle comment ton père ?

— Raimo. »

Les conversations cessent. Tous les regards se tournent vers Börje.

Börje a peur. Il essaie de s'appuyer contre la porte, mais elle n'est pas fermée et se dérobe sous son poids, il manque de perdre l'équilibre.

« Qu'est-ce que tu as dit ? demande le type aux cheveux en brosse. Raimo ? Raimo Koskela ? »

Il fait quelques pas vers Börje. Celui-ci confirme de la tête. Est-ce qu'il va recevoir des coups, maintenant ? Papa et ce bonhomme étaient peut-être des ennemis.

Un autre homme s'approche de lui. Lui aussi entraîneur, apparemment, il porte un pantalon et une chemise, tient un chronomètre à la main. Mais il est plus grand que l'autre. Et il a des cheveux bruns bouclés. Pas un nez de boxeur d'ailleurs. Des yeux gentils, qui s'attardent sur Börje. Börje s'apaise un peu.

« Le gosse de Raimo, dit le joli nez, avec un air heureux et triste à la fois. Bonjour, toi. Je m'appelle Sigvard. Tu peux m'appeler Sikke.

— Il s'appelle Sisu-Sikke, crie quelqu'un dans le local. Tu sais ce que veut dire *sisu* ? »

Oui, Börje le sait. *Sisu* signifie « combativité », en finnois. Mais il ne parvient à formuler aucune réponse. Maintenant, c'est l'homme aux cheveux en brosse qui examine Börje de la tête aux pieds, et un sourire chaleureux apparaît sur son visage.

« Et moi je suis Nyrkin-Jussi, dit-il. Mince alors, le gosse de Raimo. Tu sais boxer ? »

Rebecka arriva au bureau à midi moins le quart. Elle avait mangé des galettes au sang chez Mervi Johansson en guise de petit déjeuner. Vers neuf heures et demie, les autres avaient retraversé le fleuve. Personne n'était passé à travers la glace, on ne déplorait aucun noyé. C'était déjà ça.

Mais maintenant, les piles de dossiers qu'elle avait délaissées l'attendaient sur son bureau. « C'est à cette heure-ci que tu arrives ? » disaient-elles.

Une chose à la fois, se répéta Rebecka comme un mantra en jetant son manteau sur le fauteuil des visiteurs.

Au moins, elle n'aurait pas à sortir le Morveux, aujourd'hui. Sivving s'occupait de lui.

Eva Bergmark, la secrétaire de von Post, apparut dans l'entrebâillement de la porte, un sourire un peu trop large sur les lèvres. Le pas un peu trop hâtif. Mauvais signe.

« Bonjour Rebecka, dit-elle. Carl est à Gällivare. Réunion avec la responsable des infractions graves. Mais il avait une négociation au tribunal de première instance, aujourd'hui, et il voudrait que vous le remplaciez. Il n'y a rien à préparer, m'a-t-il dit. En principe il suffit d'y aller.

— Vous plaisantez ? dit Rebecka. Il m'a déjà refourgué toute la préparation des réquisitions et maintenant il faut que je prenne aussi ses négociations au tribunal d'instance ? »

Eva Bergmark ne plaisantait pas. Elle inclina la tête avec un sourire quémandeur.

« Il me manque toujours vos comptes rendus de permanence. Et votre réponse à l'enquête sur le bien-être au travail. Et puis vous êtes la seule à ne pas encore avoir posé vos congés pour cet été. »

Sur ce, elle repartit en claquant des talons.

Rebecka parcourut la prévention et les éléments de preuves du dossier. Il lui restait une demi-heure avant la négociation ; elle feuilleta les parties importantes de l'enquête préliminaire tout en enfilant le tailleur qu'elle avait toujours en réserve dans son bureau, et chaussa une paire d'escarpins. Le collant roulé en boule dans la poche du blazer avait filé, mais tant pis. Elle boutonna le blazer, espérant y emprisonner l'odeur de transpiration due à son aventure matinale. Elle releva ses cheveux en une queue-de-cheval.

Elle s'apprêtait à franchir la porte de son bureau quand Pohjanen appela.

« Rapport ! ordonna-t-il d'un ton sec.

— C'est un peu la course au boulot, aujourd'hui. Il faut que je sois au tribunal dans vingt minutes. Pouvez-vous appeler Sven-Erik, il vous…

— J'ai essayé, dit Pohjanen. Mais il a éteint son téléphone. Vingt minutes, c'est un océan de temps. Allez, je vous écoute ! »

Il avait attendu qu'elle l'appelle, cela s'entendait à sa voix. Ça commençait à chauffer. Il n'avait pas l'habitude qu'on l'oublie.

Rebecka s'installa dans sa voiture et lui fit le compte rendu des événements du matin tout en conduisant. Quand il apprit que Sven-Erik avait découvert une balle dans le mur, Pohjanen poussa un grognement de satisfaction.

« On peut donc supposer que c'est Henry Pekkari qui l'a tué, ou au moins qu'il était impliqué dans le meurtre d'une manière ou d'une autre, dit-il d'une voix rocailleuse. Comment se connaissaient-ils ?

— Bonne question. Mervi Johansson n'en a aucune idée, mais Sven-Erik va aller voir les anciens entraîneurs de Börje Ström. Le père faisait de la boxe dans le même club.

— Bien, très bien, dit Pohjanen en soupirant de contentement. On verra aussi ce que nous révélera cette balle.

— Il y a une chose encore… », dit Rebecka.

Elle gara la voiture, regarda l'heure au tableau de bord. Plus que sept minutes avant le début de la négociation. Elle n'avait pas le temps d'aborder ce point-là maintenant.

« Allez-y, dit Pohjanen gaiement.

— Très vite alors, dit-elle. Je vais être en retard. Mervi Johansson dit qu'un scooter a traversé le fleuve il y a un peu moins de trois semaines. D'autre part je ne peux pas m'empêcher de repenser à ces matelas, trouvés par Sven-Erik à l'étage, et à ces cheveux longs dans l'évacuation de la douche.

— Où voulez-vous en venir, Martinsson ? » demanda Pohjanen dont la voix avait perdu tout entrain.

— Reconnaissez qu'il s'agit d'une curieuse coïncidence quand…

— Vous faites fausse route ! l'interrompit Pohjanen. J'ai pratiqué une autopsie sur Henry Pekkari. La seule chose curieuse dans ce décès, c'est qu'il n'ait pas déjà eu lieu il y a vingt ans.

— Je ne vais pas vous demander de refaire l'autopsie, dit Rebecka. Mais…

— Tant mieux ! siffla Pohjanen. Parce que moi je n'ai pas non plus la moindre intention de la refaire. »

Il fut soudain pris d'une quinte de toux. Rebecka patienta, l'œil rivé à sa montre. Plus que trois minutes avant sa négociation. À travers les portes en verre, elle voyait tout le monde entrer dans la salle du tribunal. Les portes se refermèrent.

« Vous doutez de mes compétences professionnelles, c'est évident, dit Pohjanen quand sa toux fut calmée.

— Non, je voudrais juste que vous vous repenchiez sur le rapport d'autopsie, dit Rebecka. J'ai un très mauvais pressentiment.

— Ah, nous y sommes ! Encore vos pressentiments ! Gardez vos fantaisies pour vous, vous entendez ?

— Bon, il faut que j'y aille maintenant, dit Rebecka. Ma négociation… »

Elle n'eut pas le temps de terminer, Pohjanen avait raccroché.

Elle descendit de voiture et se hâta vers l'entrée.

À votre service, pensa-t-elle furieuse. Je me suis levée en pleine nuit et j'ai consacré presque une journée de travail à enquêter pour votre compte. Et le reste de la journée à faire le boulot de von Post. Mais c'est pas grave.

Au tribunal, elle s'acquitta péniblement de la négociation. Feuilleta ses papiers bien plus souvent que d'habitude. Donna l'impression de ne pas être préparée ni sûre d'elle. Elle se détesta.

Elle était en train de rassembler ses affaires et de mettre son manteau quand l'avocat de la défense s'avança vers elle. Il avait déjà essayé plusieurs fois de l'inviter à dîner. Elle n'eut pas le courage d'inventer un prétexte pour se dérober.

Ils se saluèrent, il était content de la voir.

« Je croyais que c'était l'affaire de von Post, dit-il.

— Il avait une réunion avec la responsable des infractions graves, répondit-elle. Je n'ai pas eu beaucoup de temps pour me préparer. »

Elle se tut. En colère contre elle-même. Qu'avait-elle donc à fournir des excuses à ce… cet avocat de province. La lie de la filière juridique.

« Non, ça m'étonnerait, dit l'avocat. Elle est en congé aujourd'hui et demain. C'est l'anniversaire de son mari, un chiffre rond.

— Ah bon, dit Rebecka. J'ai dû mal comprendre, alors. Carl était occupé en tout cas. »

Elle sourit à l'avocat comme si elle découvrait soudain qu'il avait un charme fou, manœuvre de diversion, puis se dépêcha de lui dire au revoir avant qu'il ait l'idée de tenter à nouveau sa chance en l'invitant à dîner.

La colère bouillait en elle comme dans un chaudron de sorcière, elle balança sa sacoche sur la banquette arrière. Salaud de connard de von Post ! Il lui avait refilé sa négociation rien que pour la faire chier. Car ça, il savait le faire, et Alf Björnfot lui en avait donné le pouvoir. Et il était où aujourd'hui, von Post ? Il était allé skier à Riksgränsen, probablement. Pendant qu'elle, elle bossait comme une dingue.

Elle rentra à Kurravaara, oublia sur le chemin de faire des courses pour le dîner, décida de ne pas retourner en ville et de manger ce qui lui tomberait sous la main. Du pop-corn au beurre fondu.

Furieuse, elle roula pied au plancher tout le trajet. Furieuse contre von Post, contre Pohjanen, contre Björnfot. Furieuse contre tous ceux qui comptaient toujours sur elle pour faire marcher la boutique.

« Allez vous faire foutre ! » dit-elle tout haut dans la voiture.

Sven-Erik Stålnacke rentra dans une maison où cela sentait bon le gratin de poisson et le pain frais. Airi l'accueillit dans l'entrée.

« Alors, fit-elle, comment ça s'est passé ? »

Mais elle avait bien vu déjà par la fenêtre de la cuisine que ça s'était passé pour le mieux. À sa démarche. Ses yeux pétillaient et il avait beaucoup de choses à raconter.

« Ah, toi ! dit-il en jouant les indignés. Il faut toujours que tu aies raison.

— Je sais, répondit-elle avec un large sourire, c'est agaçant. »

« Tu rentres déjà ? demanda Sivving à Rebecka. Il n'est même pas six heures. Je croyais que tu voulais profiter de ne pas avoir le chien pour travailler tard. »

Debout devant la cuisinière, dans la chaufferie, il se préparait une soupe toute faite. C'est là qu'il avait son lit et une petite table où il prenait ses repas. Il utilisait rarement les pièces du haut.

« J'en peux plus, dit Rebecka. Il y en a assez pour moi aussi ?

— Bien sûr qu'il y en a assez, dit Sivving. J'ai acheté un nouveau craque-pain. Avec ces trucs, là... »

Il attrapa le paquet et lut à haute voix : « ... graines de chia et sel de mer. Il faut que tu me racontes ta journée en détail. Tu es allée au contrôle technique ? Tu n'auras bientôt plus le droit de rouler. »

Rebecka regarda sous la table de la cuisine. Bella était couchée avec sa moufle de Lovikka.

« Où est le Morveux ? demanda-t-elle.

— Chez Krister. Tu n'as pas reçu mon message ?

— Quoi ? Non.

— Non ? Qu'est-ce que ça veut dire ? Tu as regardé ton téléphone, au moins ?

— Sans arrêt. Je le regarde en permanence, justement. Tu me le montres, ce message ?

— Non, mon téléphone est déchargé. Je t'ai écrit vers midi. Je ne pouvais plus garder le Morveux ici. Ça a tout de suite été la bagarre avec Bella, à cause de sa moufle. Elle la couve, mais lui essaie de la prendre pour jouer avec. Alors j'ai demandé à Krister de venir le chercher. Je lui ai dit que tu irais le récupérer.

— Chez Krister ? fit Rebecka qui sous le coup de massue faillit tomber à la renverse.

— Appelle-le, suggéra Sivving. Il ramènera le chien. Dis-lui qu'il y a de la soupe pour lui aussi.

— Mais enfin, dit Rebecka. Tu sais bien qu'il a une nouvelle copine maintenant. Tu ne peux tout de même pas l'appeler comme ça et lui demander qu'il s'occupe des chiens ou qu'il te rende un service.

— Tu ne vas pas me ressortir cette histoire de neige à déblayer du 5 avril ? Tu étais à Stockholm, et s'il n'était pas venu dégager la cour tu n'aurais pas pu y rentrer ta voiture. La neige avait fondu et regelé ensuite. Regarde, Anna-Lisa Aidanpää n'avait pas déblayé et après elle a été obligée de se garer sur la route. On ne pouvait presque plus passer. Un vrai danger public.

— Tu m'avais dit que tu t'occuperais du Morveux. S'il y a un problème, c'est moi que tu dois appeler en premier. Je trouverai une solution, d'accord ?

— Bon, je passe un coup de fil à Krister pour qu'il ramène le chien alors ? Je lui dirai qu'il n'y a pas assez de soupe pour lui.

— Non, par pitié. J'y vais. Mais il n'était pas déchargé, ton téléphone ? »

Rebecka Martinsson gara sa voiture devant chez Krister Eriksson. Il y avait un seul véhicule dans la cour. Ce n'était pas celui de Krister. Donc Marit Törmä roulait en Toyota Corolla. Rebecka essaya de déterminer ce que cela disait de Marit, de préférence en mal, mais elle ne trouva rien.

Devait-elle descendre de voiture, aller sonner, bavarder avec Marit et réclamer son chien ? Oui, il le fallait bien. Crétin de Sivving.

Elle prit une cigarette dans la boîte à gants et fuma à l'intérieur de l'habitacle, sans ouvrir son carreau.

Soudain elle réalisa que Marit ne manquerait pas de remarquer qu'elle sentait non seulement la transpiration mais aussi le tabac. Elle baissa la vitre et jeta son mégot. Puis elle farfouilla dans la boîte à gants et dans son sac à main, en quête d'un chewing-gum, dénicha finalement trois dragées au fond du porte-gobelet. Elle les fourra dans sa bouche et tout en les mâchant tel un broyeur de végétaux, elle se dit : « *Just do it !* » et descendit de voiture.

Au même moment, Krister déboucha dans la cour et se gara derrière elle. Une seule pensée lui traversa l'esprit : elle avait les cheveux sales. Pourquoi n'avait-elle pas pris de douche ce matin ? Parce qu'elle s'était levée à quatre heures. Mais quand même. Elle avala le chewing-gum.

Une seconde plus tard, ses cheveux étaient oubliés car trois chiens déchaînés fusaient hors de la voiture pour lui faire la fête, manifestant par leur corps tout leur bonheur de chiens. Ils remuaient la queue, leurs langues flottaient au vent tels des drapeaux de parade, ils aboyaient, se pressaient contre elle, la bousculaient presque. Le Morveux trouva un bâton qu'il lui rapporta au galop dans l'espoir de se faire bien voir. Le vieux Roy grognait sur les jeunes et se collait aux jambes de Rebecka pour qu'elle lui gratte les reins. Elle s'exécuta. Tintin poussa une fervente complainte. Rebecka n'avait pas assez de mains pour eux tous. Elle se pencha et les laissa lui lécher le visage. Ils s'en donnèrent à cœur joie puis, comme sur un signal, l'abandonnèrent. Krister approchait et tous bondirent autour de lui en jappant pour lui annoncer qu'ils avaient de la visite, est-ce qu'il avait vu ? Hé ho ! Hé ho, la plus belle visite du monde. Et à nouveau ils entourèrent Rebecka.

Leur manège était irrésistible. Krister et Rebecka éclatèrent d'un même rire. Les chiens balayaient tout ce qui coinçait entre eux, leurs vieux différends non résolus.

Rebecka se releva. Les chiens s'égaillèrent dans la cour, reniflant de-ci de-là pour voir s'il y avait du nouveau depuis leur dernier passage.

Il était très beau. De fait, elle n'avait jamais trouvé laid son visage de grand brûlé. Et son corps. Vraiment puissant. Pas de cette force acquise artificiellement sur un banc de musculation dans une salle de sport. Il lui adressa un bref bonjour. Lorsqu'elle entendit sa voix, quelque chose en elle se mit aux aguets. Comme un petit animal égaré dans la forêt qui entend soudain son maître l'appeler. Une voix familière. Rebecka déglutit. Lui rendit son bonjour. Demanda comment il allait. Il allait bien, très bien. À nouveau, elle pensa à ses cheveux sales.

De la maison surgit Marcus, qui se précipita vers elle, en chaussettes.

« Rebecka ! » cria-t-il.

Il l'entoura de ses bras et enfouit son visage dans sa poitrine sans cesser de parler.

Rebecka posa les mains derrière son crâne. Il avait encore des cheveux doux de petit garçon. Onze ans. Comment était-ce possible ?

« Je n'entends pas ce que tu racontes quand tu parles dans mes vêtements, fit-elle en riant. Mais c'est sûrement très intéressant.

— Je t'enverrai un SMS après, marmonna-t-il. Pour l'instant je dois te faire un gros, gros câlin.

— Tu n'as pas mis tes chaussures, dit Krister. Allez, rentre ! Le repas est prêt ? »

Marcus leva sa frimousse vers Rebecka.

« Marit a fait des lentilles à l'indienne. Tu veux manger avec nous, Rebecka ?

— Non, sinon Sivving va être triste, je lui ai promis de manger avec lui.

— On peut aller le chercher. Et puis le Morveux a envie de rester ici pour jouer avec Tintin et Roy. Alors, c'est oui ? »

Il lâcha Rebecka et se mit à courir dans tous les sens avec les chiens.

« Allez, rentre, maintenant ! dit Krister. Sinon, je mets tes chaussettes mouillées sur ta tartine, ce soir.

— D'accord, d'accord, esclavagiste ! »

Et il fila en gesticulant à l'intérieur de la maison.

Krister profita de ce que Rebecka avait les yeux fixés sur Marcus pour l'observer.

Elle était maigre. Avait des cernes sous les yeux. Mais cela n'avait pas d'importance. Elle était comme le mont Bira, sa montagne préférée, une solitaire entre Kårsavagge et Kärkevagge. Cette montagne, il l'avait vue par tous les temps. Par brouillard. Dans une tempête de neige. En fleurs sous un radieux soleil de juin. Aux prémices du printemps, nappée de neige fraîche, telle une incroyable meringue. Ou quand il tombait des grêlons gros comme des balles de ping-pong. Il ne se lassait pas du mont Bira. C'était sa montagne à lui, par tous les temps. Même chose avec Rebecka. Sous tous ses aspects. Il fut saisi d'un tel désir de la prendre dans ses bras qu'il fourra vite ses mains dans ses poches. Du coin de l'œil, il aperçut Marit à la fenêtre de la cuisine.

C'est avec Marit que je suis, se dit-il. Nous avons une belle vie.

Il se surprit à ressentir de la colère envers Rebecka. Eut envie de la bousculer.

« Ça se passe bien, pour Marcus ? demanda-t-elle. Avec ses camarades, à l'école, et tout ça ? »

À nouveau, il répondit : « Bien, très bien. » Quel idiot ! Il se trouvait stupide de toujours répéter : « Bien, très bien. » Que penses-tu de la crise climatique ? Bien, très bien.

« Je te remercie, dit-elle. Je suis désolée. Il n'était pas prévu que tu t'occupes du Morveux. C'est Sivving qui… »

Elle conclut sa phrase par un soupir accompagné d'un geste de résignation.

« Hum, c'est bon, dit-il. Il faut que je rentre, maintenant. »

Elle esquissa un sourire. Plus ou moins réussi. Ses lèvres tressaillirent malgré elle. Il éprouva une satisfaction particulière qu'elle ne sache pas dissimuler ses sentiments. Elle ouvrit le hayon et appela le Morveux, qui rappliqua comme un bon toutou.

« Grimpe ! » lui ordonna-t-elle.

Il devait y aller. Rejoindre Marit dans la maison. Au lieu de cela, il s'approcha du Morveux et le caressa derrière les oreilles.

« Il a un bon flair, dit-il. Je l'ai mis sur une piste. On aurait pu faire quelque chose de lui. »

Si tu n'avais pas…, poursuivit-il intérieurement, et il sentit ses mâchoires se serrer.

Tintin voulut elle aussi grimper dans la voiture de Rebecka. Celle-ci la repoussa et enferma le Morveux. La chienne lui lécha les mains et mit ses pattes de devant sur le coffre. Roy, lui, comprenait mieux. Il resta près de son maître.

« Viens là ! » dit Krister à Tintin, mais elle ne l'écoutait pas.

Il dut la traîner à la maison par le collier.

Rebecka reprit le volant. Elle se sentait lourde, pesait des tonnes. Et dehors il faisait beaucoup trop clair, malgré l'heure avancée. Elle aurait voulu qu'il fasse nuit. Que l'obscurité se referme sur elle. Elle avait l'impression que les automobilistes qui la croisaient la dévisageaient. Elle serra les dents.

La main posée sur la poignée de la porte, Krister luttait contre un vague désir maternel d'emmener Rebecka dans la forêt. De la voir fixer le feu ou s'assoupir sur une peau de renne pendant qu'il préparait un repas. Avec les chiens autour d'elle. Elle avait l'air tellement fatiguée et usée. C'était à cause de von Post, évidemment. Il profitait du long congé de Björnfot pour lui en faire baver.

Marit adorait partir en randonnée elle aussi. Mais – et il avait honte de penser cela – Marit était une célébrité. Elle avait remporté une médaille d'or au biathlon junior, elle était sauveteur en montagne, comme lui. Elle avait plus de trente mille followers sur Instagram. Lors de leur dernière excursion, elle lui avait demandé de la prendre en photo en train de puiser de l'eau à une source. Elle lui avait tendu son téléphone, avait retiré son chandail et porté les seaux en simple chemise. Ses bras minces et musclés, la montagne en arrière-plan. Un nombre incroyable de likes. Il était fier. Content pour elle. Mais il avait eu l'impression de ne pas être seul avec Marit dans la montagne. Il était avec elle et trente mille followers.

Ce n'était pas mieux avec Rebecka, se sermonna-t-il. Elle n'avait que le boulot en tête, était toujours plongée dans ses histoires.

Quand Marit avait annoncé sur son compte Insta qu'elle sortait avec lui, les réactions s'étaient déchaînées. Certains étaient dégoûtés par la vision de son visage brûlé, tacheté de rose, par l'absence de nez. Les commentaires étaient grossiers, des trolls s'étaient soudain introduits sur les fils de discussion de Marit et ils écrivaient : « Elle baise avec un alien, pouah ! » D'autres avaient déclaré, lapidaires : « Je me désabonne ! »

Marit s'était sentie obligée de le consoler et ça l'avait agacé. « Ne t'occupe pas d'eux », disait-elle. Bien sûr, il ne s'en occupait pas. « Tous ceux qui comptent t'adorent », lui assurait-elle. Il ne connaissait pas ces gens. Il se fichait bien de savoir s'ils l'aimaient ou s'ils le détestaient. « La plupart te trouvent formidable », poursuivait Marit. Ah, ça, ils étaient nombreux à le trouver formidable. Ils étaient presque pires, avec leurs commentaires du style : « La beauté est à l'intérieur et tu es formidable. »

Marit en avait écrit un peu trop à son sujet. Qu'il était sauveteur en montagne, lui aussi. Maître-chien.

Qu'il avait recueilli un petit garçon traumatisé. Comme s'il fallait qu'elle fasse l'article.

Il ouvrit la porte. Marit l'accueillit dans l'entrée et le prit dans ses bras. Il l'enlaça en se disant qu'il avait une sacrée chance. Elle était vraiment fantastique.

Il regretta d'avoir accepté de s'occuper du Morveux. Enfin, en réalité il avait dépanné Sivving. Pas Rebecka.

Les chiens rentrèrent docilement, saluèrent à peine Marit, l'air indifférent, reniflèrent et poursuivirent jusqu'à leurs gamelles dans la cuisine. Elle n'eut même pas le temps de les caresser.

Combien de fois Marit n'avait-elle pas déploré qu'il ait des chiens qui soient exclusivement attachés à lui.

Krister l'embrassa. Se rattrapa pour les chiens. La complimenta pour le fumet de cuisine indienne.

« Chéri, avant de te déchausser, dit-elle, peux-tu aller ramasser le mégot de Rebecka, s'il te plaît ? J'ai vu qu'elle l'a jeté par terre. Un mégot détruit toute vie microbiologique de sept litres de nappe phréatique. »

Il trouva le mégot et le mit à la poubelle. Il lui revint à l'esprit que Rebecka sentait le chewing-gum à la menthe. Qu'est-ce que cela voulait dire ? Qu'est-ce qu'elle s'était imaginé ? Qu'ils allaient s'embrasser ?

Ce moment de la nuit que l'on nomme l'heure du loup. Cette fine membrane entre la nuit et l'aube, ce laps de temps où meurent la plupart des gens, où naissent la plupart des enfants, durant lequel le sommeil est le plus profond et les cauchemars les plus réels. Les Allemands l'appellent *Hundewache*, Sirius brille alors intensément dans le ciel. Cette heure que la Bible désigne comme celle du chant du coq, quand Pierre comprend qu'il a trahi Jésus trois fois, comme celui-ci le lui avait prédit.

Dans sa chambre d'hôtel, Börje Ström est réveillé par le grondement souterrain de l'explosion nocturne dans la mine. N'ayant toujours pas retrouvé le sommeil à trois heures et demie, il sort courir dans la nuit claire. Le soleil levant fait de longues jambes à son ombre. Il n'y a plus de neige sur les chemins, mais le sable répandu pour l'hiver est encore là, il roule sous ses pieds et rend la course difficile même sur l'asphalte. Les premiers kilomètres sont laborieux, Börje a des douleurs ici et là. Avec l'âge, il lui faut plus de temps pour se mettre en train.

Il quitte la ville et court en direction de la montagne Luossavaara, où se trouve l'ancienne mine. C'est là que doivent être transportés certains bâtiments qu'on veut sauver de l'effondrement. La ville dans laquelle il a grandi est dévorée par la mine. Elle s'enfonce dans un trou de plus en plus vaste. Il faut extraire le minerai. Donner du travail aux jeunes. Il le comprend.

La pente devient plus raide. Il court en pensant à son père, resté toutes ces années dans ce congélateur sur l'île. Il veut savoir ce qui s'est passé. Si c'est possible. Tous ceux qui pourraient le lui dire sont peut-être morts. Tout comme la ville, la vérité se décompose et tombe en poussière.

Alors courir, seulement courir. Un pas à la fois, maintenant qu'il commence à avoir les jambes flasques. Il se souvient de Nyrkin-Jussi qui leur ressassait comme parole d'Évangile qu'il fallait courir. De préférence dans les tourbières et la neige profonde.

Août 1962

« Le fils de Raimo, ma parole, dit l'entraîneur aux cheveux bruns. Tu sais boxer alors ?

— Un peu. »

Börje ose à peine lever les yeux sur les hommes dans le local.

« Allez, gamin ! crie l'un de ceux qui sont dans le ring. Viens donc montrer ce que tu sais faire ! »

Rires épars.

« Reprenez, les gars ! crie le brun. Finies, les vacances ! »

Les deux entraîneurs observent Börje un moment, tandis que les autres retournent à leurs exercices, les cordes à sauter sifflent, les coups claquent sur les sacs de frappe. Börje retient sa respiration. Il a le curieux sentiment que son destin se joue ici. Il redoute qu'ils lui disent avec un haussement d'épaules : « C'est bon, petit, il vaut mieux que tu rentres chez toi, maintenant. » Il redoute cela comme la mort.

L'entraîneur trapu, celui qui a un nez de boxeur, Nyrkin-Jussi, s'éclaircit la voix.

« Ton père, il n'est pas encore revenu ? » demande-t-il.

Börje secoue la tête.

« Il m'a appris à taper sur un sac, dit-il tout bas.

— Tu veux t'entraîner un peu ? demande Sisu-Sikke. Tu peux prendre les gants de ton père. Je vais te mettre des bandelettes, comme ça ils seront à la bonne taille. »

Ainsi Börje se retrouve-t-il à frapper sur un sac. Au début, il cogne le plus fort possible, des fois que les autres le regarderaient. Mais le sac revient sur lui et l'envoie presque par terre. L'effort fait trembler ses bras et personne ne semble se soucier de lui, alors après cette entrée en matière offensive, il frappe moins fort. Le sac est un partenaire d'entraînement, pas un ennemi. Le corps de Börje se souvient de ce que son père lui a appris et il enchaîne les séries : direct-crochet-uppercut, jab-jab-direct du droit.

Personne ne lui adresse la parole de la soirée. Aucun des sportifs dans la salle n'est aussi jeune que lui. Ceux qui s'entraînent ont au moins quinze ans, beaucoup ont l'âge de son père. Leurs corps sont trempés de sueur, comme s'ils étaient restés nus sous la pluie. Les entraîneurs s'occupent d'eux. À un moment, Börje a l'impression qu'on l'observe, mais lorsqu'il se retourne, Sisu-Sikke et Nyrkin-Jussi ont les yeux fixés sur leurs chronomètres.

Puis Sisu-Sikke surgit derrière lui et pose une main sur son épaule.

« Ça suffira pour aujourd'hui », dit-il.

Il aide Börje à retirer ses gants et déroule doucement les bandelettes. Börje éprouve une agréable sensation de fatigue et de calme dans le corps. On prend soin de lui sans qu'il soit un petit garçon.

Sisu-Sikke lui demande : « Tu veux revenir ? »

Börje fait oui de la tête.

« Apporte une tenue de sport, alors. Tu pourras laisser tes affaires dans le casier de ton père. On est là les après-midi et le soir. Il suffit de pousser la porte. Mais ta mère doit t'attendre pour dîner maintenant… »

Sur le chemin du retour, Börje éprouve une sorte d'étonnement. Que le monde extérieur soit toujours là. Pendant plus d'une heure il a oublié l'existence de cet univers-là. Celui où il y a sa maison, sa mère et son école. Il sent encore les odeurs de la salle de boxe, en perçoit les bruits.

Et ils lui ont dit qu'il pouvait revenir.

Le Börje Ström d'aujourd'hui est parvenu au sommet du mont Luossavaara et il reprend haleine. Il sautille sur place pour éliminer l'acide lactique. Il est quatre heures et demie. En contrebas, la ville s'étale, vraiment jolie sur le Haukivaara, entre les montagnes minières du Luossavaara et du Kirunavaara.

Il évacue les mucosités de ses narines et sort son téléphone. Il a une compagne à Älvsbyn, elle s'appelle Lottie. Hier soir elle lui a envoyé un SMS. Lottie est belle. Bien conservée. Et elle fait bien la cuisine. Il lui répond par des petits cœurs et un smiley qui cligne de l'œil.

Puis il redescend en courant. Il pense à Ragnhild Pekkari. À ses mains rêches et son anorak qui sent la fumée. Il faut qu'il trouve un moyen de la revoir.

À l'heure du loup, Ragnhild Pekkari rêve de Börje Ström. Ils sont nus, en sueur, leurs peaux glissent. Ils s'étreignent comme s'ils voulaient se fondre l'un en l'autre. Elle le chevauche.

Elle se réveille en atteignant l'orgasme, se demande si elle a crié. Si les voisins l'ont entendue.

Espérons que Dieu n'existe pas, elle ne veut aucun témoin de ce qui vient de se passer.

En nage, elle reste allongée dans la pénombre, brûlante de son rêve et de honte. La clarté de la nuit s'infiltre par l'espace entre le store et le mur. Les contours des meubles se dessinent lentement. Elle a le sentiment enfantin qu'ils s'animent dans l'obscurité. Le bureau, la chaise, le valet de nuit et le panier à linge, tels des animaux noirs qui l'observent en silence, intrigués par cette créature.

Rebecka s'endort sur le divan de la cuisine. Elle se réveille à trois heures avec une haleine de fauve et ses vêtements collent à sa peau. Elle pose son verre et la bouteille de vin vide dans l'évier, ferme son ordinateur. Va faire pipi, se débarbouille le visage, mais n'a pas le courage de sortir son démaquillant. Résultat, elle a une tête de panda. Elle élimine tant bien que mal le maquillage en frottant avec une serviette éponge. Se brosse les dents. Il faudrait qu'elle dorme pour de bon, qu'elle se couche tôt, ne regarde pas de séries à la télé et laisse son téléphone hors de la chambre, toutes ces choses qu'on peut lire ici ou là.

Elle a peur de la dépression dont l'ombre menaçante rôde autour de sa maison, à pas de géant, lents et inexorables. Si elle continue comme ça à bousiller son quotidien, autant laisser la porte ouverte au géant pour qu'il vienne s'emparer d'elle.

Dans la chambre, le Morveux dort dans son panier. Il ne lève même pas la tête lorsqu'elle entre. Elle est triste qu'il ait préféré dormir ici tout seul plutôt que collé à elle sur le divan. Auparavant il s'installait toujours à ses pieds.

C'est parce que je suis trop morose, se dit-elle au bord des larmes en le voyant roulé en boule comme un renardeau, si mignon, le nez sous sa queue.

Il m'évite, songe-t-elle. Je ne lui fais pas de bien. Ma seule présence le torture, ma sinistrose est contagieuse.

D'un seul coup elle est prise d'une grande pitié pour le Morveux, qui est obligé de vivre avec une personne aussi détestable. Elle a pitié d'elle-même aussi, parce qu'elle est cette personne détestable et ne sera jamais quelqu'un d'autre.

Elle a envie de pleurer. Les commissures de ses lèvres se crispent, mais aucun sanglot ne vient la soulager. De cela non plus elle n'est même pas capable.

Froide, pense-t-elle d'elle-même. Insensible. Dérangée. Malade mentale. Toxique pour tout le monde.

Le mieux serait de donner le Morveux. Pour qu'il soit libéré d'elle. Sivving pourrait le prendre. Ou Krister.

Elle pense à Krister. Et automatiquement à sa nouvelle copine. Putain de Marit Törmä, tiens. La parfaite fille de la montagne. Superficielle. Ennuyeuse. Rebecka la déteste. De quoi peuvent-ils bien parler, elle et Krister ?

La voix sinistre en elle lui répond que Marit n'est sûrement pas du genre à fondre subitement en larmes quand ils sont en train de faire l'amour. Ou à être terrassée par ses idées noires au point de devoir s'isoler pendant une semaine.

Il a vraiment bien fait de se mettre en couple avec elle, pense Rebecka, submergée par le dégoût d'elle-même comme un vieux puisard par la pluie. Je n'ai plus rien et tout est de ma faute.

Puis elle s'endort.

Le légiste Pohjanen fume, assis sur son canapé pelucheux au sous-sol de l'hôpital. Il a ouvert sur ses genoux l'ordinateur dans lequel est consigné le rapport d'autopsie d'Henry Pekkari. Sa femme lui a envoyé cinq SMS furibonds, mais il n'a pas répondu. Elle sait très bien où il est, bon Dieu. Et qu'elle s'abstienne, bordel, avec ses « Dis-moi au moins que tu vis encore » !

Non, il n'est pas rentré chez lui ce soir, il est resté au boulot. Mais il est adulte, tout de même, ou bien cesse-t-on de l'être quand on approche de la mort ? Et elle, elle est toujours son épouse, non ? Ou bien est-elle devenue son assistante maternelle ? Son infirmière à domicile ? S'il meurt ici, un chewing-gum rose se chargera de l'avertir.

Son précédent accès de colère contre Rebecka Martinsson s'est estompé depuis un moment déjà.

Martinsson. Elle et ses foutus pressentiments.

Juste après lui avoir raccroché au nez, il s'était replongé, de rage, dans le rapport d'autopsie. Et elle avait raison. Henry Pekkari n'était pas mort de la mort naturelle d'un vieil ivrogne. Il avait été tué.

Mais cela aurait pu échapper à n'importe qui, songe-t-il en remontant ses lunettes sur son crâne. Elles tombent derrière lui, il les entend atterrir sur le sol, derrière le canapé.

Peu importe comment il les récupérera. Il se gratte la base du nez.

Je suis passé à côté, se dit-il.

Combien de types qui n'avaient pas eu l'intelligence d'arrêter de conduire n'avait-il pas dû autopsier ? Combien de leurs victimes ? Pour moi aussi, il est temps de raccrocher. De rentrer chez moi, près de ma femme. De m'allonger dans notre luxueux canapé, d'avaler des tranquillisants et d'écouter de la musique pendant le restant de mes jours. *Giant Steps*, de John Coltrane. *The College Dropout*, de Kanye West. *Serpentine*, de Björk. *Highway to Hell*, d'AC/DC. *Confessions on a Dance Floor*, de Madonna. Beethoven, la Cinquième et la Septième par l'Orchestre philharmonique de Vienne, sous la baguette de Carlos Kleiber, la progression agressive dans la Cinquième, l'allegretto de la Septième. Kiri Te Kanawa qui transforme tout en or, le duo des Fleurs, par exemple. On pourrait finir plus mal.

Il va faire un petit somme. Dans quelques heures ce sera le matin. Il appellera Martinsson.

Elle et ses foutus pressentiments.

Vendredi 29 avril

Pohjanen appela Rebecka Martinsson tôt le matin. Tandis qu'il s'éclaircissait la voix, elle se leva, le téléphone coincé entre l'oreille et l'épaule, la couette sur le dos, et descendit ouvrir au Morveux pour qu'il aille pisser. Elle s'accroupit elle aussi dans la cour, personne ne la voyait de toute façon, puis elle secoua les dernières gouttes et remonta sa culotte.

« J'ai relu le rapport d'autopsie concernant Henry Pekkari, dit Pohjanen. Tout porte à croire qu'il a été atteint de troubles du rythme et qu'il est mort d'un arrêt cardiaque consécutif à un abus d'alcool prolongé.

— D'accord, dit Rebecka. Je suis désolée de…

— Je n'ai pas terminé, Martinsson, l'interrompit-il. Il s'avère qu'Henry Pekkari a été victime d'un homicide, méthode Burke et Hare.

— Qu'est-ce que…

— N'importe qui d'autre serait passé à côté ! éclata Pohjanen avec de la hargne dans la voix. La zone des lividités cadavériques présente des taches violacées.

— Je ne comprends pas », dit Rebecka en faisant rentrer le Morveux.

Elle donna à manger au chien pendant que Pohjanen lui expliquait.

« De petits hématomes. Vous savez ce que sont des hématomes, Martinsson ?

— Oui, mais…

— Silence, bon sang, quand j'explique. Sinon j'appelle votre chef, à la place, enfin votre chef par intérim ! J'avais remarqué les taches, évidemment. Mais il n'y en avait que sur la partie supérieure du thorax, face antérieure. »

Il fut obligé de reprendre son souffle. Longues et pénibles inspirations, comme à travers une paille.

« Quelles qualifications ont donc ceux qui transportent les cadavres ? poursuivit-il. Ils ont gagné le concours du plus gros bouffeur de boulettes farcies à Överkalix ? Visiblement ils n'ont pas jugé utile de m'informer qu'ils avaient retourné le corps. J'en ai donc conclu qu'ils l'avaient trouvé allongé sur le ventre et que les hématomes étaient des lividités cadavériques. »

Rebecka, qui avait commencé à doser le café dans la bouilloire, perdit le fil.

Un meurtre, alors ? pensa-t-elle réjouie.

« De plus il avait deux hématomes temporaux, qui sont apparus alors qu'il était encore en vie.

— Intracérébraux », dit Rebecka, avec la gaieté d'une bonne élève.

Pohjanen émit un bruit discordant puis enchaîna d'un ton grave :

« Il faut que la police scientifique le voie.

— Qu'est-ce qu'un homicide méthode Burke et Hare ? demanda Rebecka en reprenant la préparation de son café.

— On appelle ça ainsi en référence à deux meurtriers du début du XIXe siècle, qui ont procédé de cette manière sur de pauvres diables marginaux dont ils revendaient les cadavres à des médecins anatomistes.

— Non, mais sans blague ! lança Rebecka, s'adressant autant à Pohjanen qu'au Morveux qui était allongé sur le dos dans son lit, la tête sur l'oreiller. En tant que roi de Kurravaara, il méritait bien cela.

— Je peux vous assurer que je ne suis pas d'humeur à plaisanter, dit Pohjanen. La victime est soumise à une compression du thorax, du fait que l'assassin s'assoit sur sa cage thoracique, par exemple. Naturellement mobile, celle-ci se comprime davantage à chaque fois que la victime expire, sans pouvoir se dilater à nouveau. Il n'en résulte aucun dommage visible, mais la pression à l'intérieur du thorax finit par être si élevée que le sang ne peut plus refluer vers le cœur. Au lieu de cela, il est comprimé dans les vaisseaux sanguins de la partie supérieure du thorax et du cou. En même temps, vous asphyxiez la victime en lui bouchant le nez et la bouche, ou en lui appuyant un coussin sur la figure. Des pétéchies apparaissent sur la face, le cou et la zone des épaules. Demandez aux techniciens de chercher des fibres sur son visage. Provenant d'un coussin.

— Pouvez-vous attendre cinq heures cet après-midi avant d'envoyer votre rapport ?

— Bien entendu. Ceci ne serait jamais devenu une enquête pour meurtre si ce n'était pas vous qui… »

Il se mordit les lèvres. À l'autre bout du fil, ce fut le silence. Rebecka finit de remplir de café le percolateur et le mit en marche.

« Je suis passé à côté, conclut Pohjanen. Je croyais qu'il s'agissait de lividités cadavériques.

— Vous avez dit que n'importe qui serait passé à côté, dit Rebecka.

— Mais je ne suis pas n'importe qui », répondit Pohjanen, et il raccrocha.

Mervi Johansson fut réveillée par le soleil qui éclairait sa chambre. Doux Seigneur, quelle heure est-il ? Passé sept heures ! Quand avait-elle dormi aussi longtemps pour la dernière fois ?

Elle se leva, se regarda dans la glace. Ses fines mèches de cheveux roses partaient dans tous les sens. Elle ne put s'empêcher de rire d'elle-même. Elle n'avait certes jamais été un canon de beauté, mais là… Elle prit un selfie et l'envoya à son arrière-petite-fille.

Quand elle était jeune, elle rêvait de pouvoir faire la grasse matinée. Mais avec sa mère, c'était plutôt debout et que ça saute. Une fois adulte, on commençait à travailler, et ensuite crac, les enfants arrivaient, et là plus question de dormir. Quand ils étaient petits, qu'elle les ait déjà dans les pattes ou encore pendus à ses seins, elle n'aspirait qu'à une chose : dormir. Faire la grasse matinée. Dormir tout son saoul, ne plus se sentir épuisée, être vraiment reposée. Elle avait attendu cela durant de nombreuses années. Mais une fois que ses enfants eurent quitté le nid, elle ne retrouva jamais le sommeil de sa jeunesse. Elle se réveillait tôt et ne traînait jamais au lit.

Elle trempa des biscottes dans son café en repensant à la veille. À Rebecka Martinsson, la fille de Virpi, et à Ragnhild. Tiens, Ragnhild aurait pu passer lui dire bonjour, d'ailleurs. Quoique, elle avait peut-être beaucoup à faire, maintenant, avec le décès de son frère. En tout cas, il y aurait bientôt un enterrement et Mervi s'en réjouissait. Même si les plus beaux enterrements qu'elle ait connus remontaient à ses soixante-dix, quatre-vingts ans. À l'époque, on y rencontrait des connaissances du même âge. On pouvait évoquer de vieux souvenirs sans avoir mauvaise conscience de passer un bon moment, parce que les défunts avaient rejoint le Seigneur avec leur content d'années. Mais aujourd'hui, aux enterrements, les plus âgés eux-mêmes étaient bien plus jeunes qu'elle. Ils n'avaient pas vécu les froids hivers de la guerre ni les rationnements, ni les villages incendiés par les Allemands du côté finlandais du fleuve, ni l'évacuation des enfants. Ils ne savaient rien et ne voulaient rien savoir.

« C'est à peine si l'on vous considère encore comme un être humain, maintenant. Et c'est la même chose avec les filles et Arvid. »

Ces paroles étaient adressées à son mari. Cela faisait vingt-sept ans qu'il était mort, mais elle lui parlait souvent. Elle préférait demeurer ici, chez elle, et parler aux morts, plutôt que d'aller habiter à Ängsbacken et essayer de faire la conversation à tous ces êtres qui avaient sombré dans le brouillard. Les enfants insistaient pour qu'elle parte en maison de retraite. « Allez-y vous-mêmes ! » disait-elle. Ils étaient eux aussi à la retraite désormais. Ils pouvaient bien passer la voir à Kurkkio de temps en temps.

Dehors, une pie donna des coups de bec dans la vitre. Elle venait chaque matin, habituée à recevoir quelque chose à manger. Mervi lui lança dans la neige une crêpe au sang de la veille. La pie fondit dessus et s'envola à tire-d'aile avec son butin.

La vieille femme entrevit son mari qui hochait la tête. Il lui avait toujours reproché de nourrir les bêtes sauvages, oiseaux, écureuils, renards. Dans son enfance, il avait souffert de la faim, alors elle le comprenait. Mais elle était libre de le faire, tout de même.

« Nous avons les moyens, lui disait-elle. Et puis il faut bien que je m'occupe de quelqu'un, sinon à quoi bon vivre ? »

Elle chercha des yeux la pie, mais celle-ci avait disparu, craignant sans doute que les corneilles qui faisaient du tapage derrière la vieille remise ne lui dérobent sa proie.

Mervi se pencha pour guetter dans cette direction.

C'était curieux. Les corneilles étaient très nombreuses à venir par ici, ces derniers jours, et très bruyantes. Il devait y avoir un animal mort, là-bas derrière. Un renne, peut-être.

Mervi Johansson décida d'aller y voir de plus près. Si c'était un renne, il faudrait prévenir le village same et demander à quelqu'un de l'enlever avant qu'il pourrisse quand la neige fondrait.

Elle enfila ses bottes de caoutchouc et passa une veste sur sa chemise de nuit.

En descendant les marches du perron, elle fit attention à bien se tenir à la rampe. Son spark était juste en bas de l'escalier, elle le poussa sur le sol déblayé de la cour puis s'engagea sur la neige.

Elle suivit une trace de scooter gelée qui menait derrière la remise. Lorsque ici ou là ses pieds menaçaient de s'enfoncer dans la neige, elle se penchait sur son spark, cela allait assez bien.

Quand elle arriva à l'angle de la remise, les corneilles se dispersèrent. Elles s'envolèrent dans les arbres avec force bruits d'ailes et criaillements stridents.

Oui, il y avait bien quelque chose par terre, tout près du mur, à moitié recouvert par la neige et la glace qui avaient dégringolé du toit.

Mervi Johansson s'immobilisa. Serra plus fort les poignées du spark.

Ce n'était pas un animal. C'étaient deux corps humains. Un bras plié avec un angle contre nature. Une tête. De longs cheveux blonds mêlés à de la neige agglutinée. Un peu plus loin, deux jambes émergeaient. Un jean et des baskets à paillettes. Une doudoune déchirée, dont la garniture était répandue dans la neige. Les corneilles avaient dû passer par là, à coups de griffes et de bec.

« Mais enfin, les filles, s'exclama Mervi en lâchant son spark. Pauvres filles ! »

La remise se trouvait juste en haut de la pente descendant vers le fleuve. Quand Mervi lâcha son spark, celui-ci se mit à glisser doucement. Pas très loin. À un mètre cinquante d'elle, une bosse l'arrêta.

Mervi fit un pas en avant pour l'attraper. Mais hors des traces du scooter, la neige était molle et sa jambe s'enfonça jusqu'au genou.

Contrariée, Mervi tenta d'extraire son pied, mais son autre jambe s'enfonça elle aussi.

Elle était coincée. Elle se souvint d'un garçon same de Porjus qui lui avait appris des mots désignant la neige. Ils en avaient un particulier pour ce genre de neige qui ne portait pas : *lärkádahka*.

Toutes ces choses qu'on avait apprises étant jeune, et dont on se souvenait ! À l'époque où les Sames passaient la nuit à la ferme, lors des transhumances des rennes. Ah, comme ils vous tournaient la tête, ces jolis bergers. Aujourd'hui, ils riraient s'ils la voyaient. Il y avait aussi un mot spécifique pour le pied coincé dans la neige ou dans une tourbière : *dihpput*. Et un autre pour la neige qui s'engouffre dans les chaussures : *själmmat*.

Elle ne parvenait pas à se relever. Elle essaya vainement de s'allonger en avant et de ramper. Son spark était tout près, mais hors de portée, c'était rageant. Et son téléphone était resté sur la table de la cuisine.

Elle appela plusieurs fois, le plus fort possible. Mais elle était toute seule dans le village. Personne ne l'entendit.

« Ah, les filles, dit-elle aux mortes dans la neige, qu'est-ce qu'on va faire, maintenant ? »

Un visage sans yeux était tourné vers elle.

Les morceaux de glace qui vous scient les jambes : *ruhtta*.

Rebecka arriva tôt au bureau. Avant d'entreprendre quoi que ce soit, elle se planta devant le post-it jaune de Björnfot, « DÉCONNE PAS », et tout en bas elle écrivit au stylo : « avec moi ». Après réflexion, elle déchira le papier en deux, replaça « DÉCONNE » sur le panneau, et jeta le reste à la corbeille.

Elle avait un plan. Elle pria Tommy Rantakyrö par SMS de rester un peu plus tard au boulot. Il ne posa aucune question, répondit que cela lui convenait, vu qu'il avait du retard dans le classement et les scans des documents à archiver.

Carl von Post s'éclipsa après le déjeuner. Il partait pour un week-end de ski à Riksgränsen avec sa famille.

Rebecka écrivit à Pohjanen : « Vous pouvez envoyer le rapport sur le meurtre d'Henry Pekkari maintenant. »

Une fois que Pohjanen eut expédié son rapport, Rebecka resta à côté de Tommy pendant qu'il rédigeait un avis d'homicide et l'adressait au parquet par voie électronique.

Puis elle monta en courant au parquet et ouvrit une enquête préliminaire. Elle fit en sorte que l'affaire soit attribuée à son équipe. Voilà ! Maintenant c'était son meurtre. Lundi, la Peste en aurait une attaque, mais ça en valait le coup. Elle envoya un regard assassin au post-it jaune. « DÉCONNE ».

« Si tu déconnes avec moi, j'en fais autant avec toi », dit-elle.

Elle repensa un instant à la manière dont von Post l'avait traitée ces derniers temps.

Elle savait aussi qu'il jasait derrière son dos, racontait qu'il se faisait du souci, que Björnfot était inquiet, qu'il regrettait de l'avoir recrutée. Il insinuait en outre qu'elle buvait trop et passait à côté de certaines choses dans son travail, ajoutait qu'elle n'avait pas suivi de thérapie après le suicide de Maja Larsson, qu'elle était lunatique et avait du mal à travailler en équipe, qu'elle détruisait ses relations, comme dernièrement avec Krister.

Ses cogitations l'amenèrent au même point que mille fois auparavant. Elle aurait pu devenir associée du cabinet Meijer & Ditzinger et gagner cinq fois plus que von Post. Comment se faisait-il qu'elle se retrouve ici au parquet à être humiliée par ce pauvre type sans couilles ? Comment se faisait-il, bordel, que Björnfot laisse systématiquement tout passer ? Comment se faisait-il qu'elle se remette elle-même toujours dans le même pétrin ? Mais pourquoi, nom de Dieu ?

Il y a vraiment quelque chose qui cloche chez moi, pensa Rebecka. Là-dessus, von Post a bien raison.

Mais c'est elle qui se chargerait d'élucider ce meurtre. Parce que ça, c'était la partie agréable de ce boulot, les enquêtes, le travail avec la police, prendre le coupable au collet et lui infliger une peine méritée.

Et puis ce meurtre était particulier, songea-t-elle. Cela aurait pu être un banal meurtre d'alcoolique, s'il n'y avait pas eu ces matelas, à l'étage. Et les longs cheveux dans la douche.

Rebecka consacra son vendredi soir au meurtre d'Henry Pekkari. Elle rédigea une note sur la visite dans la maison de l'île et le motif de cette visite, à savoir la découverte du cadavre de Raimo Koskela dans un congélateur.

Elle prit les mesures nécessaires pour geler la scène du crime et organiser la perquisition.

Elle adressa par mail à l'institut médicolégal de Luleå des instructions relatives au complément d'autopsie du corps d'Henry Pekkari et à l'examen de son domicile.

Elle ordonna qu'on établisse la liste des appels passés et reçus sur la ligne d'Henry Pekkari. Elle désirait également qu'on procède à un relevé de bornage pour voir quels téléphones se trouvaient dans cette zone au moment du meurtre. Et quand avait-il été perpétré ? Pohjanen ne pouvait pas donner d'indication précise sur le moment du décès.

Mais à y réfléchir, Mervi Johansson avait dit qu'un scooter était venu sur l'île presque trois semaines plus tôt. La nuit du vendredi au samedi, avait-elle précisé. C'est-à-dire la nuit du 8 au 9 avril.

Rebecka essaya d'appeler Mervi Johansson pour lui demander de confirmer la date, mais Mervi ne répondait pas. Elle était peut-être déjà allée se coucher. Rebecka regarda l'heure.

Huit heures. Vendredi soir. Il n'y avait plus personne au commissariat. Elle téléphona à Sivving. Il répondit d'une voix très gaie. Il y avait assez à manger pour elle aussi. Qu'elle se dépêche d'arriver.

Il ne l'embêta ni avec le contrôle technique ni avec la réparation de son toit.

Samedi 30 avril

« Ça m'est bien égal, dit Anna-Maria Mella. Enfin, je trouve ça quand même vraiment nul. »

Elle était à la table du petit déjeuner avec sa famille. Petter, son ado, s'empiffrait de yaourt liquide au muesli comme s'il avait décidé de battre un record mondial. Jenny se préparait dans le blender une mixture brunâtre à base de chou frisé, de graines de chia, de spiruline et de banane, tout en discutant avec ses copines sur Snapchat.

« Hum, répondit Robert, plongé dans son téléphone. N'oublie pas de laver tout ça, après, dit-il à Jenny.

— Pourquoi Pohjanen n'a-t-il pas fait appel à moi pour l'aider dans le meurtre du congélateur ? poursuivit Anna-Maria. C'est très bizarre que Rebecka et Sven-Erik bossent ensemble. D'ailleurs Sven-Erik n'est même pas venu me dire bonjour quand il était en ville. Et puis… »

Elle donna un coup de dents vengeur dans sa tartine et continua son discours la bouche pleine.

« … j'ai du mal à avaler qu'elle n'ait pas requis de poursuites pénales pour mon affaire. On met vingt ans à se construire sa réputation de policière dans une ville, et elle l'anéantit en trois minutes. Ces discussions sur

Facebook. Même si personne ne l'écrit, tout le monde sait qu'il s'agit de moi. Maintenant toute la ville va raconter que je ne suis pas fichue de prendre une photo ni d'organiser une parade d'identification valable, et que c'est à cause de ça que tous les délinquants de la ville circulent librement.

— Tu exagères, non ? objecta Robert sans lever les yeux de son téléphone.

— Et pourquoi n'est-elle pas venue me parler directement ?

— Demande-lui. Vous êtes copines, non ?

— C'est ce que je croyais, moi aussi. »

Anna-Maria se tourna vers son plus jeune fils, Gustaf, qui fixait d'un air apathique sa tartine et son verre de jus de fruits.

« Mange ! Tu as un match aujourd'hui.

— Peux pas, répondit-il. Je suis déprimé. »

Anna-Maria posa son mug de café.

« C'est un grand mot, ça, mon cœur, dit-elle. Il s'est passé quelque chose ? »

En croisant le regard malheureux de son fils, elle sentit son estomac se nouer. De nos jours les enfants étaient tellement durs entre eux, à l'école. Et Gustaf était un garçon gentil. Est-ce qu'on le harcelait ? Depuis combien de temps ? Pourquoi n'avait-elle rien remarqué ? Parce qu'elle travaillait trop. Ou bien avait-il un chagrin d'amour ? Anna-Maria étranglerait la petite briseuse de cœur, qui qu'elle soit.

« Tu te souviens, la semaine dernière, quand j'étais si content d'être "invited" sur un serveur Minecraft ? dit Gustaf.

— Oui, mentit Anna-Maria.

— Hier soir je suis allé sur le serveur et je devais construire ma maison. J'ai pas eu le temps d'abattre tous les arbres alors je les ai incendrés. Et il y a eu un feu de forêt. »

Il poursuivit d'une voix tremblante, prête à se rompre :

« Le feu a détruit beaucoup plus de choses que prévu et la maison de mon voisin a presque entièrement brûlé, elle était en laine et en bois, et deux blocs ont été incendrés, et c'est lui qui a construit la forêt et maintenant elle a brûlé. J'ai essayé d'éteindre le feu. Je vais être viré du serveur. Si tu ne m'avais pas obligé à fermer l'ordi hier et à aller me coucher, j'aurais pu reconstruire la forêt.

— Oh, mon chéri, dit Anna-Maria avec un tel soulagement qu'elle dut se mordre la lèvre pour ne pas éclater de rire.

— On dit “incendier” et pas “incendrer” », rectifia Petter.

Anna-Maria lui lança un regard noir.

« Ben quoi ? éclata Petter. Tu me corriges bien, moi, quand je fais des fautes.

— Merci, ma grande, dit Anna-Maria à Jenny qui venait de servir à chacun un verre de smoothie.

— Maintenant tu laves ce truc, dit Robert à sa fille quand il la vit mettre le bol du blender dans l'évier.

— Oui, je vais le faire, promit Jenny. Respire !

— Je veux pas de diarrhée comme petit déjeuner, dit Petter.

— Ça suffit ! lui ordonna Anna-Maria. On ne dit pas “diarrhée” en parlant de la nourriture.

— Tu manges bien de la viande, lança Jenny à son frère. Monsieur ne veut pas boire un smoothie parce que la couleur ne lui plaît pas, mais ça ne lui pose aucun problème de manger des morceaux de cadavre grisâtres ! Ah, et puis tu m'as piqué mon chargeur.

— Je respire, dit Robert à Jenny. Mais je te promets que si ce mixeur n'est pas nettoyé quand on rentrera du match, je le mets dans ton lit.

— Vas-y, fais-le ! répondit Jenny. Et moi je mettrai dans ton lit toute la vaisselle que tu laisses tout le temps traîner. »

Le téléphone d'Anna-Maria sonna.

« C'est le bureau, dit-elle. Je dois répondre. »

Elle se précipita dans l'entrée. La cuisine fut bientôt le théâtre d'une dispute généralisée entre tous les acteurs du feuilleton « Samedi matin en famille ». Anna-Maria entendit Gustaf se mettre à pleurer.

C'était l'agent de police Magda Vidarsdotter.

« Excuse-moi, dit Anna-Maria en plaçant sa main sur son oreille libre. Est-ce que tu peux répéter ? Je n'ai pas compris, à cause de l'harmonie familiale qui règne ici.

— Tout le monde sur le pont, dit Vidarsdotter. Tu sais, le mort du congélateur, à Kurkkio ?

— Oui ?

— Le propriétaire du congélateur, on croyait qu'il était mort de mort naturelle, eh bien Pohjanen a envoyé un rapport : il a été assassiné.

— Non ! s'exclama Anna-Maria. Qui dirige l'enquête préliminaire ?

— Martinsson. Et nous avons deux morts supplémentaires à Kurkkio. À moins d'un kilomètre de la maison, on a trouvé les corps de deux femmes dans la neige.

— Non, arrête ! Des meurtres, là aussi ?

— On fait le point ici dans un quart d'heure, alors…

— J'arrive ! » dit Anna-Maria, et elle raccrocha.

Le concert familial s'interrompit quand elle entra dans la cuisine.

« Qu'est-ce qui se passe ? demanda Petter.

— Trois meurtres, apparemment, dit Anna-Maria en sentant le rose lui monter aux joues. Quatre si l'on compte le meurtre du congélateur, qui est prescrit. Va y avoir de l'ambiance. »

Elle enfila son manteau et ses chaussures.

D'un seul coup, l'harmonie familiale fut rétablie.

« Il y a une *mob farm* dans ton serveur ? demanda Petter à Gustaf.

— Oui, dit Gustaf.

— Alors vous devriez avoir plein de poudre d'os, dit Petter. Avec ça on peut faire pousser des arbres vachement vite. Si tu veux, je vais t'aider à reconstruire la forêt.

— C'est délicieux ! dit Robert en avalant son smoothie fangeux en deux gorgées.

— Merci », fit Jenny. Elle enlaça son père et ajouta : « Mon petit papa, s'il te plaît, tu ne peux pas laver le mixeur ? Il faut que je révise aujourd'hui. »

Robert grommela un vague oui.

Anna-Maria observait sa famille. Comment se faisait-il que les disputes cessaient dès qu'elle sortait de l'équation ? Pourquoi ne pouvaient-ils pas être toujours aussi attentionnés les uns envers les autres ?

C'est à devenir chèvre, pensa-t-elle. Je les adore, mais ils me rendent dingue.

Avant de sortir elle leur dit au revoir, personne ne lui répondit.

Tandis qu'à Kiruna Anna-Maria partait sur les chapeaux de roues vers le commissariat, Mme von Post et son époux prenaient leur petit déjeuner dans le restaurant de l'hôtel Nikhus à Riksgränsen. Les garçons dormaient encore, ils avaient une chambre à eux et descendraient plus tard, elle espérait qu'ils ne sauteraient pas le premier repas de la journée. Elle ne comptait pas sur eux pour le déjeuner, sa seule exigence était qu'ils dînent ensemble tous les quatre. Contraints, les garçons faisaient acte de présence, avalaient leur repas sans prendre part à la conversation, regardaient leurs téléphones en douce sous la table. Carl les laissait faire. Elle-même ne réagissait qu'une fois sur deux. Au bout de dix minutes, ils avaient fini de manger et demandaient à sortir de table. Les vacances en famille, je t'en foutrais ! Famille, *f* comme *foutaise* et *fuck*.

Tiens, à propos.

La veille, elle était montée se coucher vers onze heures, et Carl était resté au bar. Oui, elle était barbante, mais elle n'en pouvait plus. Elle avait travaillé comme une esclave toute la semaine puis préparé les affaires, vérifié avec les garçons qu'ils n'oubliaient rien. Soleil, grand air, ski. Lorsque Carl lui avait proposé un dernier verre au bar pour bien terminer la soirée, elle était au bord des larmes d'épuisement.

Il était resté tout seul. Et de fait, il avait bien terminé la soirée. Avec une autre.

À trois heures et demie, il était rentré dans la chambre, sans même s'efforcer d'être discret. Le bar fermait à deux heures, elle le savait.

Il s'était écroulé sur le lit, sentait l'alcool, la sueur, le sexe, le parfum d'une autre femme.

Et là, au petit déjeuner, il manipulait son téléphone pour voir les commentaires et les likes de ses dernières photos sur les pistes, « De la vraie neige ». Aujourd'hui, ils avaient prévu cinq sommets, transport en hélico. Il aurait des choses intéressantes à poster sur Insta.

Son téléphone bipa et l'espace d'un instant elle pensa qu'il avait donné son numéro à sa conquête de la nuit.

« C'est Rebecka Martinsson, dit-il les yeux rivés sur l'écran. Ce poivrot sur l'île, là où on a retrouvé Raimo Koskela dans le congélateur, il a été assassiné, apparemment.

— Il faut que tu rentres à Kiruna ?

— Non. Quelle importance ? Une dispute entre ivrognes, ça dégénère et l'un tue l'autre par mégarde. *Be my guest*, Martinsson. Elle peut très bien s'occuper de ça. En plus des choix de poursuites. »

Elle remarqua qu'avant d'aller reprendre du café, il fourrait son téléphone dans sa poche au lieu de le laisser sur la table. Depuis quand s'arrangeait-il pour qu'elle ne l'ait pas sous les yeux ? Difficile à dire.

« Tu veux un autre café ? » demanda-t-il en regardant la tasse vide devant elle.

Elle secoua la tête.

Elle l'entendit parler avec une de ses connaissances, près des jus de fruits.

« Oui, enfin moi je déteste Kiruna. Surtout maintenant que toute la ville est en train de s'effondrer dans son propre trou de balle. Mais mars, avril et mai ici, à la montagne, franchement c'est le must. »

Il déteste Kiruna, pensa-t-elle. Il déteste Rebecka Martinsson. Pourquoi donc ?

Puis elle se surprit à penser : « Pourquoi me déteste-t-il, moi ? »

Cela avait été une telle agression ! Qu'il n'essaie même pas de passer inaperçu, qu'il ne prenne même pas de douche avant de s'écrouler dans le lit à côté d'elle… Elle lui avait tourné le dos, c'est tout. N'avait pas fait d'histoires, ne lui avait pas demandé des comptes. Elle connaissait par cœur leurs querelles, du début à la fin.

Il finissait toujours par lui dire qu'elle travaillait trop, pour lui c'était une sorte d'infidélité, que son chef passait toujours en premier, qu'elle était vraiment assommante à n'avoir aucun appétit pour le sexe, et maintenant : malade de jalousie, paranoïaque.

Elle regarda ses mains. Ce n'étaient plus des mains de jeune femme. Autour de son alliance, la peau plissait.

Il me déteste et déteste Martinsson pour la même raison, se dit-elle. Parce qu'il est un médiocre. Et j'en ai vraiment marre de faire comme s'il n'était pas un médiocre, devant les garçons, devant nos amis.

La vue de la file qui s'était formée devant l'appareil à gaufres fumant la déprima encore plus. Tout cela était si vain.

« Je veux divorcer », dit-elle.

Pas assez fort pour qu'on puisse l'entendre. Près des jus de fruits, là-bas, Carl discutait toujours et riait. Mais elle-même entendit sa propre voix. Une voix calme. Triste.

À onze heures et quart, ils étaient tous réunis au commissariat. La machine à café ronronnait et affichait son RÉGALEZ-VOUS rouge vif.

Anna-Maria salua son équipe, puis Rebecka prit la parole.

Elle commença par annoncer qu'Henry Pekkari avait été victime d'un étouffement selon la méthode dite de Burke et Hare.

« Par ailleurs, poursuivit-elle, quand je suis allée sur les lieux avec Sven-Erik, j'ai rencontré la voisine d'Henry Pekkari, Mervi Johansson. Ce matin, la fille de Mervi l'a trouvée dans la neige, derrière sa remise. Elle était inconsciente et en hypothermie sévère, mais vivante. En revanche, les deux autres qu'on a retrouvées aussi là-bas ne l'étaient plus. »

Elle projeta sur l'écran blanc une série de photos sur lesquelles on voyait nettement deux femmes mortes dans la neige. Toutes les deux avaient de longs cheveux blonds aux racines brunes. L'une avait le visage sérieusement mutilé. Un de ses bras était replié selon un angle impossible. Sa doudoune déchirée. L'autre n'avait pratiquement plus de visage. Et sur elle juste un chemisier léger à motif léopard. Toutes les deux portaient un jean et des baskets.

« Elles n'étaient pas en train de profiter du grand air, comme vous pouvez le constater, dit Rebecka. C'est le personnel ambulancier qui a pris les photos. Le policier le plus proche du secteur Est du Norrbotten était à Karungi, il a mis une bonne heure pour se rendre sur les lieux.

— Que leur est-il arrivé ? demanda Anna-Maria.

— Ce sont les oiseaux qui leur ont arraché les yeux ? s'enquit Karzan Tigris.

— Vraisemblablement. Il faut attendre l'autopsie, dit Rebecka Martinsson, mais dans l'état actuel des choses, nous présumons bien sûr qu'il s'agit d'un homicide. »

Elle exposa les mesures qu'elle avait prises. Anna-Maria se dit à part soi que Rebecka était compétente. Rapide et organisée. Elle dut se retenir d'opiner bêtement du bonnet, admirative, comme les collègues autour d'elle. On aurait cru que Martinsson prêchait l'Évangile à son troupeau ressuscité.

« Mais doit-on penser qu'il y a un lien avec le meurtre d'Henry Pekkari ? demanda Tommy Rantakyrö.

— Absolument, dit Rebecka Martinsson. Quand nous sommes allés chez Henry Pekkari pour le meurtre du congélateur, Sven-Erik Stålnacke a trouvé de longs cheveux blonds dans la douche. Nous allons voir si ça colle, mais il y a fort à parier que ces cheveux sont ceux de l'une d'entre elles. »

Au nom de Sven-Erik, une onde de bonheur tranquille se propagea parmi l'ensemble des policiers.

Leur cher Svempa, c'était lui, bien sûr, qui avait découvert les cheveux.

« D'autre part, poursuivit Rebecka, dans une chambre à l'étage il y avait des matelas. Sven-Erik, Börje Ström et Ragnhild Pekkari ont contaminé la scène du crime, évidemment, mais pour autant qu'ils savaient, Henry était mort de mort naturelle et le meurtre de Raimo Koskela était prescrit, alors... »

Elle soupira, ses joues se gonflèrent comme deux petits ballons.

« Bon, les techniciens de la police scientifique ne vont pas être contents, c'est certain. Mais ça, je m'en charge. C'est moi qui les ai envoyés là-bas, tous les trois. »

Rebecka marqua une pause, s'attendant sans doute à une remarque acerbe de la part d'Anna-Maria. Mais celle-ci n'avait rien à lui objecter. Les autres ne pouvaient pas savoir qu'ils marchaient avec des gros sabots sur la scène d'un crime récent.

« Dès que nous aurons les résultats du relevé de bornage et de la ligne de Pekkari, peut-être que l'un d'entre vous pourrait...

— Moi ! lança Fred Olsson en levant la main comme un écolier du premier rang.

— Et puis quelqu'un pourrait voir avec la brigade criminelle si des disparitions de femmes ont été signalées. »

Nouvelle main levée.

Rebecka lista sur le tableau blanc les mesures qu'elle avait ordonnées pour l'enquête préliminaire et inscrivit en face de chacune d'elles les initiales de ceux qui s'en chargeaient.

« Anna-Maria, dit-elle finalement, j'ai demandé un hélicoptère, il est dangereux de se rendre sur l'île par la glace. Pourrais-tu aller avec quelqu'un sur les lieux du crime afin d'examiner les environs ? »

C'était le boulot le plus important. Et le plus plaisant. Examiner la scène du crime. Parler avec les techniciens. Anna-Maria apprécia cette main tendue.

Elles se sourirent brièvement, déchiffrant le soulagement dans les yeux l'une de l'autre. Ce n'était qu'une brouille, on l'oublie. Anna-Maria savait que Rebecka s'était tuée à la tâche avec les choix d'orientation pour des affaires mineures. Elle-même avait du pain sur la planche avec les nouveaux venus dans l'équipe. Elle inviterait Rebecka à déjeuner dès que l'occasion se présenterait.

« Ouais, répondit-elle. Avec Tommy ?

— D'accord, fit celui-ci en se levant, mais d'abord il faut que j'aille acheter du tabac à chiquer. Partir sans son snus dans les forêts du Tornedalen, c'est *l'enfeeerrr*, comme on dit. »

Les autres éclatèrent de rire.

De chiot de la troupe, le voilà promu bras droit de la femelle alpha, pensa Rebecka.

« Et comment va la vieille dame, Mervi… ? demanda Karzan Tigris.

— Mervi Johansson, dit Rebecka. Elle a attrapé une pneumonie, elle est assez mal en point. Espérons qu'elle s'en sortira. Dès qu'elle sera en état, nous l'interrogerons. Je vais par ailleurs informer la famille d'Henry Pekkari. »

Ragnhild Pekkari prit son petit déjeuner le plus lentement possible. Elle lut le journal du début à la fin. Fit sa petite vaisselle. Essuya assiettes et couverts, les rangea, après quoi il n'y eut absolument plus rien à faire. L'appartement était d'une propreté effrayante.

Elle appela Olle.

« Il faut qu'on parle des obsèques, dit-elle après une brève entrée en matière.

— Fais comme tu veux, dit-il. Ce sera bien. »

Comment font les autres ? se demandait Ragnhild. Ils échangent des souvenirs, c'est naturel.

« Le fiston peut s'occuper de l'inventaire des biens, continua Olle. Ce sera vite fait. Tout est complètement délabré.

— Oui », dit-elle. Et elle pensa : Ah, je vois, ils veulent récupérer ma part sans dépenser un sou. Qu'à cela ne tienne. Elle songeait au pont de neige.

Le fiston, c'était le fils aîné d'Olle, Anders. Du genre à changer de voiture tous les deux ans et à dépenser des fortunes quand il emmenait sa famille en vacances à l'étranger, mais qui ne pouvait pas s'empêcher d'embarquer dosettes de sel et bûchettes de sucre en sortant d'un restaurant.

« Tu voulais me dire autre chose ? demanda-t-il.

— Non », dit Ragnhild.

La conversation était terminée.

Elle avait à peine posé le téléphone sur la table qu'il se mit à sonner. Elle ne connaissait pas le numéro affiché.

Mais elle reconnut tout de suite la voix au bout du fil. Börje Ström.

« Oui, bonjour… », commença-t-il, hésitant.

Elle le laissa bafouiller. Curieuse de voir comment il s'en sortait au téléphone, quand il n'avait que sa voix et ses mots. Qu'il ne pouvait pas compter sur sa fichue belle gueule.

« Je vais aller me renseigner sur les cercueils, pour mon père, poursuivit-il. Alors puisqu'il vous en faudra un aussi pour votre frère, peut-être que… »

Il s'arrêta là. Elle attendit, mais rien ne vint compléter la phrase.

« Peut-être que ? dit-elle, bien qu'elle ait parfaitement compris.

— Que nous pourrions y aller ensemble », parvint-il à articuler.

Elle se rendit compte avec effroi qu'elle débordait de joie.

Elle accepta. Aussitôt, le venin du soupçon lui fit penser qu'il avait juste besoin d'une femme pour l'accompagner. Qu'il était habitué, exactement comme Olle, à ce que les femmes prennent en charge les choses pratiques. Qu'il la sollicitait sans pour autant s'intéresser à elle.

Mais elle ne pouvait pas se permettre de pinailler. Elle était soulagée d'avoir de la compagnie. Pour être honnête, il était le seul dont elle souhaitait la compagnie.

Folie, dit-elle au bon Dieu dans le grenier.

Elle ressemblait à un animal qui hasarde ses premiers pas hors d'une cage. À l'extérieur, tout est extrêmement dangereux. Pourtant il ne souhaite qu'une chose : s'élancer sur ses pattes engourdies.

Börje fixait son téléphone, il n'en revenait pas : elle avait accepté. Il avait appelé sans vraiment y croire, mais en espérant, évidemment. Il repensa aux mains rêches de Ragnhild. À son anorak qui sentait le feu de bois.

Puis il pensa à l'enterrement. Le premier enterrement de sa vie. Son père n'en avait pas eu, il avait disparu, c'était tout.

Octobre 1962

La grand-mère de Börje meurt d'un cancer à l'estomac. La veille de l'enterrement, Börje et sa mère prennent le car pour Övertorneå. La première neige n'est pas encore tombée et l'automne ne semble pas décidé à lâcher prise, bien que les prés soient fauchés et les pommes de terre récoltées.

Les sièges sentent la poussière. Une pluie fine et froide cingle les vitres telles des milliers d'aiguilles. Ils passent devant des lieux familiers : les ruines de l'ancienne fonderie de Kengis, les petites boutiques de village et les stations-essence ESSO. La route longe le fleuve. Le niveau de l'eau est bas, au premier coup de froid la glace se formera. De l'amont vers l'aval, on quitte la pauvreté pour la richesse. Vers le nord, ce ne sont que berges escarpées, étroites bandes de terre cultivée, modestes fermes, granges et étables sans prétention. À mesure qu'ils descendent vers le sud, les rives sont plus plates, les champs plus larges et les fermes plus grandes, ornées de boiseries extérieures joliment travaillées et pourvues de luxueux perrons couverts.

Maman a trois frères aînés. Tout comme grand-mère et grand-père, ils ont embrassé la foi des Læstadiens de l'Ouest. Il y a les Læstadiens de l'Ouest et les Læstadiens de l'Est.

Ceux de l'Ouest sont les pires, dit-on afin de pouvoir différencier les doctrines. Ce sont les plus rigoureux. Aucune frivolité n'est permise, ils ne mettent donc ni rideaux ni plantes aux fenêtres. Ils ne possèdent ni téléviseur ni poste de radio. Les femmes portent de simples jupes longues de couleur sombre, le dimanche elles cachent leurs cheveux sous un foulard qu'elles nouent sous leur menton. Les hommes ne mettent pas de cravate. La cravate est un signe de légèreté et de vanité. Lors de leurs pieuses assemblées, ils chantent leurs psaumes avec une voix de crécelle et une lenteur insupportable, ils sont toujours en retard sur l'orgue. Leurs homélies sont interminables et ennuyeuses.

Maman est la seule de la famille à ne pas avoir choisi la foi qu'il faut. Elle ne va pas aux assemblées. Elle porte des pantalons et ne couvre pas ses cheveux, qui sont courts de surcroît – un péché ! Et pour couronner le tout, son métier est de les couper aux autres femmes – double péché !

Quand Börje était petit, les femmes de ses oncles l'emmenaient parfois aux réunions. Il détestait cela. Maman surnomme ses frères les « sans-cravate ». Il se rend soudain compte qu'elle ne parle jamais de son enfance.

Börje n'a pas envie de voir ses oncles. Le plus âgé, Erkki, a repris l'exploitation forestière et agricole après le décès de grand-père, il y a cinq ans. Il ne parle pas beaucoup, mais maintenant que grand-père est mort, c'est lui le chef de famille, chacun sait cela. Pendant la période des foins, tous, même maman, prennent des congés pour venir l'aider à la ferme. Et pourtant Börje n'a jamais entendu Erkki prononcer le mot « merci ». Au contraire, il a même l'air de considérer ceux qui sont là comme des parasites. Il entre dans la cuisine avec ses bottes boueuses, et sitôt qu'il est ressorti, une des femmes se précipite pour essuyer le sol. Il mange vite et en silence, les autres engloutissent eux aussi leur repas à la hâte, car lorsque Erkki a terminé, tout le monde doit se remettre au travail.

Son frère cadet, Daniel, est professeur de travaux manuels, il sait construire des canots et la menuiserie n'a aucun secret pour lui. Daniel a en permanence un projet en cours. Il demande à ses garçons de l'aider, il leur montre et leur apprend, mais il laisse Börje désœuvré, à regarder comme une fille, ou bien il le charge des tâches les plus élémentaires, retirer les clous de vieilles planches et les redresser au marteau.

Le plus jeune frère de maman, Hilding, est celui que Börje aime le moins. Il habite à Kiruna et creuse des galeries dans la mine. Hilding est aussi prédicateur dans la communauté læstadienne de l'Ouest. Tous les prédicateurs sont des laïques, ils subviennent eux-mêmes à leurs besoins, ne sont pas à la charge de leur paroisse comme les prêtres suédois.

De son vivant, même grand-mère craignait Hilding. Chaque fois qu'il venait la voir, elle cachait tout ce qui pouvait être considéré comme frivole. Elle remplaçait la nappe brodée à franges par une nappe toute simple, dissimulait tous les bibelots, ôtait les géraniums des fenêtres. Elle décrochait les tableaux, ne laissait que la photographie de son mariage.

Acheter des objets est un péché, on ne doit avoir que des tapis de chiffon, pas de tapis du commerce. Les futilités suédoises : amorales elles aussi. À la fenêtre, un court rideau suffit pour se protéger des regards extérieurs. Les longs rideaux à cantonnière sont inutiles et signes de péché.

Börje a de nombreux cousins. Limiter les naissances est un péché. Erkki a sept enfants, Daniel huit et Hilding cinq, plus un en route. Les enfants vouvoient leurs parents. Börje dit « tu » à sa mère.

Il se souvient d'un jour où maman lui avait acheté un cerceau de hula hoop. Il l'avait emporté à la ferme. Ses cousines et lui s'étaient entraînés à tour de rôle dans la cour à faire tourner le cerceau autour de leur taille. Hilding avait brusquement surgi de la maison. En un clin d'œil, il s'était retrouvé devant eux et emparé du cerceau avec une telle force qu'il avait fait tomber l'une des petites filles.

« Qu'est-ce que vous fabriquez à vous trémousser comme des putains ? » avait-il rugi.

Ses propres enfants s'étaient aussitôt mis à pleurer, ils criaient : « *Anteksi isä, anteksi* », pardon, père, pardon. Les autres étaient pétrifiés. Hilding était allé dans le bûcher et avait brisé le cerceau en mille morceaux avec sa hache. L'affaire était réglée.

Aujourd'hui, Börje et sa mère se rendent à l'enterrement de grand-mère et ils vont revoir toute la famille.

Börje a une boule dans l'estomac. Sa mère aussi, cela se voit. Elle a passé toute la matinée devant le miroir à changer de vêtements et à mettre des rouleaux, ils ont bien failli rater le car parce qu'au dernier moment elle est retournée essuyer le rouge à lèvres de sa bouche.

Börje aimerait lui dire qu'elle est jolie, mais cela ne changerait rien.

Pendant le trajet, elle parle toute seule à voix haute, il a honte. Les autres passagers doivent penser qu'elle est folle.

« Rien à foutre ! » glapit-elle tout à coup, et tout le monde l'entend.

Les obsèques durent une éternité. À Kiruna, il tombait une pluie fine, ici il fait plus froid. L'air scintille de cristaux de glace et Börje a les pieds gelés, mal aux orteils, ses belles chaussures sont bien trop fines. Il s'efforce de garder à l'esprit qu'au fond de ce trou il y a grand-mère. Il pense sans arrêt à son père. Bientôt quatre mois qu'il a disparu. À l'église ensuite, la puanteur des vêtements de laine mouillés lui donne la nausée.

Puis vient la collation dans la salle paroissiale pleine à craquer. On va enfin pouvoir parler. Le brouhaha augmente, les gens mangent des tartines et des biscuits, vont aux toilettes, prennent une chique.

L'oncle Hilding estime sans doute que l'atmosphère est trop légère. Il mâche sa tartine, la mine sévère, un sillon entre les sourcils, comme tracé à la hache. Il se lève subitement, balaie la salle du regard. Les conversations cessent aussitôt. Les femmes rassemblent les plus petits et les font taire.

Hilding les remercie tous d'être venus accompagner sa mère en sa dernière demeure. Il a la voix nouée par des larmes contenues, il évoque son souvenir. Une femme de labeur. Bonne épouse, bonne mère et bonne voisine. Une foi en Dieu inébranlable. Une foi qu'elle aurait aimé transmettre à tous ses enfants.

La mère de Börje pâlit. Elle écarquille les yeux, pleine d'appréhension. Elle sait ce qui va se passer. Chez les Læstadiens, il est d'usage durant le prêche de désigner certains paroissiens en particulier et de dénoncer leur vie de pécheur et leur impiété, de les exhorter à faire pénitence. Dans cette assemblée, c'est elle la plus grande pécheresse.

Les orthodoxes soupirent, poussent de petits cris. Larmes et mouchoirs ne vont pas tarder à apparaître.

Pauvre mère, se désole Hilding d'un ton vibrant. Elle qui souhaitait que tous marchent sur le chemin de vérité ! Et voilà son plus grand chagrin : que son unique fille, la plus jeune d'entre eux, celle qui aurait dû être leur joie céleste, n'ait pas suivi le reste de la famille sur l'étroit sentier qui mène à la vie éternelle.

Même si personne ne la regarde directement, l'attention de chacun est rivée sur maman, épaules rentrées et menton enfoncé dans la poitrine. Retranchée dans les cordes, elle attend que les coups cessent de pleuvoir. Hilding parle du large chemin de l'insouciance menant à un trou qui vous engloutit dans un marais.

Börje réfléchit : a-t-il déjà vu un chemin dans un marais ?

Après cela, personne ne fait une seule remarque sur la mise au pilori de maman. Les gens sont presque gentils, lui sourient aimablement. Ils semblent s'être déchargés d'un poids, qu'ils l'ont rejeté sur celle-là, là-bas, avec son gamin hors mariage, ses cheveux courts, ses tenues et son maquillage, son boulot dans un salon de coiffure. Maintenant qu'ils se sont délestés, ils peuvent se permettre un semblant d'amabilité. Le brouhaha augmente à nouveau. On ressert du café, il a eu le temps de refroidir dans les tasses.

Au moment où Börje s'apprête à prendre un petit pain, une main de fer lui saisit le bras. L'oncle Hilding a surgi derrière eux. Ses yeux sont bleu clair, comme la glace au printemps. Ses lèvres, minces. Il dit que Börje est chétif. Bâti comme une fille.

« Il fait de la gymnastique », l'informe maman.

C'est ce que Börje a dit à sa mère. Il fait de la gymnastique. Elle ne l'autoriserait pas à aller au club de boxe, il le sait.

La bouche de l'oncle Hilding devient encore plus mince. Un trait de crayon exsangue dans son visage. La gymnastique est une activité profane.

« Ah bon, c'est à ça qu'on s'occupe de nos jours ? Plutôt que de fournir un peu de travail physique honnête ? À six ans, mon petit Antti, lui, aide Erkki à la construction d'une nouvelle grange. »

Cette fois, maman a heureusement assez de jugeote pour la boucler. Le cœur de Börje se serre à l'éventualité d'être prêté à la famille comme domestique. Les enfants de ses oncles sont les copies exactes de leurs parents. Un regard austère et une bouche en trait de crayon. Börje remarque que les gosses d'Hilding s'arrangent toujours pour éviter leur père. Ils fuient à son passage comme les moutons de poussière se sauvent sous les meubles. S'il veut leur parler, Hilding est obligé de leur ordonner de venir.

Sur ce, quelqu'un entreprend Hilding et il s'éloigne.

« Allez, on file », dit maman à Börje en regardant l'heure.

Ils ont encore trois heures devant eux avant le départ du car. Maman aimerait aller voir la petite maison.

Quand les biens avaient été répartis à la mort du grand-père, les frères s'étaient partagé la forêt. Erkki avait gardé la ferme. Et maman, elle, avait hérité d'une maisonnette.

Börje et sa mère se changent, ils enfilent un jean, des bottes en caoutchouc et un anorak. Ils marchent une demi-heure à travers la forêt.

La maison ne paie pas de mine. Aucune isolation, simples vitrages aux fenêtres. Mais l'endroit est tellement joli ! C'est un versant exposé au sud-ouest, au pied duquel coule un ruisseau dont la source n'est jamais gelée. L'eau y est bonne et en été on peut s'y baigner. La forêt étant située sur une terre sablonneuse, il n'y a presque pas de moustiques. Le soir, leur petit perron est baigné par le soleil, et les vieux sapins, les beaux feuillus et les pins élancés se parent de reflets cuivrés et dorés. Maman adore ces grands arbres.

« Ah, cette forêt ! » dit-elle toujours.

Elle prépare du café sur la cuisinière à bois, bien qu'ils en aient déjà bu plusieurs tasses.

Ses épaules se détendent. Son visage s'adoucit. Elle est en train de penser que c'est le plus bel endroit au monde, se dit Börje. Et il est d'accord.

Il va se tremper dans le ruisseau. Une mince croûte de glace s'est formée sur les bords, il la piétine et sa mère rit, elle lui tend la serviette lorsqu'il remonte en s'ébrouant. Puis vient le moment de rentrer.

L'oncle Hilding les conduit à l'arrêt d'autocar. Quand il leur dit au revoir, il a de nouveau cette main de fer. Cette fois, elle agrippe la nuque de Börje et le ballotte un instant d'avant en arrière. Visiblement, l'oncle Hilding brûle d'envie de secouer Börje. De le bousculer sérieusement. De l'éduquer.

C'est précisément ce que maman lui donnera l'occasion de faire, même si personne ne s'en doute pour l'instant. Surtout pas maman.

Anna-Maria Mella et Tommy Rantakyrö arrivèrent à Kurkkio juste après le déjeuner, le samedi. Des voitures étaient garées dans la cour de Mervi Johansson. La police scientifique était déjà là.

Une technicienne s'avança et leur résuma rapidement la situation.

« C'est là-bas, derrière la remise, dit-elle en désignant l'endroit. On a eu un mal de chien. On n'aurait pas pu y aller sans détruire toutes les traces, il y a un mètre de neige et c'est une vraie purée. On a d'abord filmé le terrain avec des drones, puis on a pataugé jusque là-bas avec les brancards et on a récupéré les corps, ils sont dans la fourgonnette. Vous voulez les voir tout de suite ? »

Ils se dirigèrent vers le véhicule.

« On fouillera centimètre par centimètre pour trouver des indices, dit la technicienne. Martinsson a réquisitionné un hélicoptère afin que nous puissions aller sur l'île aussi, mais le pilote craint de ne pas pouvoir atterrir si la neige est trop molle : l'hélicoptère pourrait se renverser. Le transport d'Henry Pekkari et du congélateur avec le père de Börje Ström, l'autre jour, n'a déjà pas été une mince affaire, apparemment. Il paraît que Stålnacke y est allé à pied avec un canot pneumatique pour tout équipement de sécurité ?

— Vous le connaissez », dit Anna-Maria avec un sourire en coin.

La technicienne ouvrit les portes arrière de la fourgonnette et elles montèrent, se frayant un passage entre les corps.

« Pohjanen fera son expertise, dit la technicienne. Mais nous pouvons déjà vous dire que ce sont deux femmes de vingt-cinq, trente ans. Elles ont été percutées plusieurs fois par une motoneige – c'est ce que révèlent les traces de scooter que nous avons filmées avec le drone. En les soulevant, nous avons senti que la ceinture pelvienne n'était pas stable, elles ont certainement toutes les deux des fractures du bassin, ce qui suffit pour provoquer des hémorragies mortelles. »

Elle parlait tout en désignant alternativement les deux femmes. Anna-Maria enregistrait sur son iPhone.

« Ici le fémur est déplacé, et vous voyez comme c'est enflé, toutes les deux ont perdu du sang à plusieurs endroits du corps. Asymétrie thoracique, écrasement sur un côté, ici, et je parierais que celle-ci n'est pas morte sur le coup, car de l'air s'est infiltré dans le tissu adipeux, vous entendez les craquements, quand on appuie sur la peau. »

Elle pressa son doigt ganté de caoutchouc sur la peau de la morte. Anna-Maria et Tommy écoutaient.

« Écrasement de l'os nasal, oreille arrachée et graves lésions cutanées, la peau est totalement écorchée, en particulier sur le visage de l'une d'elles, comme vous le voyez. Ça va être coton à reconstituer.

— Nous devons absolument les identifier, dit Anna-Maria. Il me faut leurs fiches dentaires et leurs empreintes génétiques le plus rapidement possible. Et tout autre signe particulier.

— J'ai regardé, dit la technicienne. Pas de bijoux. Mais l'une d'elles a un parapluie rouge tatoué sur la cheville. Là. J'ai pris une bonne photo, je vous l'enverrai. »

Tommy Rantakyrö semblait en avoir assez vu. Il s'éloigna. Anna-Maria le suivit, observant son dos. Autant le laisser reprendre ses esprits. Certains morts sont plus répugnants que d'autres. C'était bien qu'il ait conservé sa sensibilité. Elle-même n'avait jamais été tellement sujette à la nausée.

Elle regarda l'île au loin.

Dans la maison d'Henry Pekkari, il y avait trois matelas, à l'étage.

Les femmes étaient en baskets et une seule portait un manteau. Vers où se dirige-t-on lorsque l'on s'enfuit ? Vers une maison, évidemment, dans l'espoir que quelqu'un vous sauvera.

Deux personnes en fuite, et une qui conduit le scooter ? Ou bien trois en fuite, dont une qui arrive à s'échapper ? Pouvait-il s'agir d'un accident ? Certes inhabituel, mais il y avait bien des gens qui se roulaient dessus avec leur propre véhicule. Si le scooter était resté coincé dans la neige, par exemple, et que les deux passagères en étaient descendues ? Non, elles avaient été percutées plusieurs fois. Par l'avant et par l'arrière. Un meurtre, sans aucun doute.

Un meurtre, c'était épouvantable. Mais enquêter sur des meurtres, oui, elle aimait ça, même si on ne pouvait pas clamer ce genre de chose sur tous les toits. Et puis, il ne fallait pas que les victimes soient des enfants ni des femmes battues à mort par leur conjoint, parce que là, ça dépassait les limites de l'horreur.

Elle pensa aux filles dans la neige. Puis à sa propre fille. Qui faisait des smoothies couleur de vase au petit déjeuner.

Anna-Maria travaillait depuis tant d'années. Elle ne devait pas oublier que ces mortes avaient eu des parents, elles aussi, il fallait toujours penser aux victimes avec compassion, sans perdre l'espoir en l'humanité.

Quel drôle de métier, se dit-elle. Les gens ont du mal à comprendre.

Elle remarqua soudain que Tommy s'était rapproché d'elle. Son silence était inhabituel, il paraissait déprimé. Il était pâle, avait les yeux cernés. Il traversait une période difficile, sa compagne l'avait quitté pour un plombier d'Altajärvi. C'est pour cette raison qu'Anna-Maria lui avait demandé de l'accompagner : elle pensait que cela le remonterait un peu. Mais cela avait peut-être donné l'effet inverse.

« Anna-Maria », dit soudain Tommy Rantakyrö comme s'il avait quelque chose à lui annoncer. Quelque chose qui lui pesait.

« Oui ? fit-elle.

— Non, rien », répondit-il seulement.

Puis la technicienne arriva, l'hélicoptère était en route.

Lundi 2 mai

Carl von Post arriva au bureau vers neuf heures le lundi matin. Sa secrétaire, Eva Bergmark, l'informa que l'enquête de Rebecka Martinsson avait pris de l'ampleur pendant le week-end. Trois morts, deux femmes non identifiées et l'alcoolique Henry Pekkari. Enfin quatre, si l'on comptait le meurtre de Raimo Koskela.

Les journalistes avaient commencé à se manifester. Le meurtre du congélateur suscitait de l'intérêt. « Découverte macabre dans un congélateur. Le père d'un célèbre boxeur retrouvé assassiné, cinquante-quatre ans après. » Cela avait fait le buzz sur Internet, les journaux télévisés et la presse papier s'en étaient emparés. Là-dessus il y avait eu les femmes dans la neige.

« Et personne n'a eu l'idée de me prévenir ? demanda Carl von Post avec mauvaise humeur.

— Je croyais que Martinsson l'avait fait, se défendit Eva Bergmark. Je le lui ai demandé, en tout… »

Elle n'eut pas le temps de terminer, von Post avait déjà filé vers le bureau de Rebecka Martinsson.

Il fut accueilli joyeusement par le Morveux qui lui tourna autour, lança son lapin en tissu tout baveux dans les airs, dans l'espoir que von Post attraperait Tinpin, qu'ils se le disputeraient en tirant dessus chacun par un bout, après quoi ils seraient les meilleurs copains du monde.

Von Post essaya de repousser le chien du pied. L'odeur aigre du lapin mouillé lui donna la nausée. Il se promit, lors du prochain recrutement au greffe, d'exiger que le candidat soit gravement allergique aux poils d'animaux. Ce qui permettrait enfin d'interdire formellement la présence des chiens dans les locaux du parquet.

« Il s'est passé des choses, ici, dit-il à Rebecka.

— Humm », répondit-elle sans lever les yeux de son écran.

Ses cheveux étaient propres et relevés en un chignon lâche. Elle portait un chemisier bien repassé, un pantalon de tailleur bleu sombre et des chaussures à talons.

Habillée pour s'afficher dans les médias, pensa-t-il, irrité.

« Vous me ferez rapidement une note sur l'avancée des investigations, ensuite on transférera les enquêtes à mon équipe », dit-il.

Rebecka leva la tête.

« Pourquoi devrait-on les transférer à votre équipe ?

— Parce que j'estime que vous n'aurez pas le temps de diriger une enquête portant sur trois assassinats et de traiter simultanément les choix d'orientation pour les affaires ordinaires. Je ne prends pas les assassinats de femmes à la légère. On ne peut pas bâcler ce genre d'enquête.

— J'y ai déjà consacré trois jours, dit Rebecka calmement. Je suis allée sur les lieux. J'ai organisé le travail. Vous passer la main serait du gaspillage de ressources. Je ne peux pas accepter.

— Vous garderez Henry Pekkari, alors…

— Henry Pekkari. Les femmes dans la neige. Je les garde tous. Il y a un lien entre eux. Nous pouvons affirmer avec quatre-vingt-dix pour cent de certitude que les cheveux que nous avons trouvés chez Henry Pekkari appartiennent à ces femmes. Apparemment, elles ont passé la nuit chez lui. »

Carl von Post sentit soudain qu'une affaire importante était en train de lui filer entre les doigts.

« Vu que c'est moi le chef…

— Chef par intérim, vous voulez dire, l'interrompit Rebecka. J'ai parlé avec Björnfot ce week-end. Il m'a assuré que, si vous décidiez de vous octroyer cette enquête, il reprendrait du service et remettrait les choses en ordre. »

Carl von Post déglutit, ce qui l'empêcha de parler.

Au début du xxe siècle, pensa-t-il, des hommes de science étaient venus dans la région mesurer le crâne des aïeux de Martinsson. Ils considéraient le métissage comme la plus grande menace contre la pureté de la race nordique. C'était effrayant, bien sûr. Mais après tout, ils n'avaient peut-être pas complètement tort.

« Vous avez contacté Björnfot, dit-il. Vous êtes sacrément pénible, Martinsson. »

Il tourna les talons et sortit.

Dégénérée, se dit-il. Dépressive. Instable. Et elle contamine tout le service.

Il serra les poings à l'idée d'être obligé de suivre toute l'enquête des tribunes.

Mais il y a plus d'une manière d'écorcher un chat, se dit-il. À la moindre erreur, Martinsson, on se retrouve pour le deuxième round.

Fred Olsson pointa la tête dans le bureau de Rebecka.

« J'ai le résultat du contrôle de bornage et la liste des appels téléphoniques passés sur la ligne d'Henry Pekkari. Je croyais que ce serait plus ardu, puisque nous ne sommes pas sûrs de la date du meurtre. Mais il plafonne à un appel par semaine, en moyenne. À la boutique de Junosuando.

— Sa commande hebdomadaire d'alcool, dit Rebecka.

— Exact. Mais ! Le vendredi 8 avril, il téléphone à vingt-trois heures treize, et pas à la boutique.

— À qui, alors ? demanda Martinsson.

— À son frère, Olle Pekkari.

— Joli ! fit Rebecka d'un ton encourageant. J'aimerais bien que quelqu'un s'informe sur le contenu de ces conversations.

— Autre chose, dit Fred Olsson. J'ai fait une recherche par Google Images pour savoir d'où vient ce tatouage sur l'une des femmes… »

Il s'interrompit pour jeter un œil dans le couloir, d'où leur parvenaient des voix enjouées. Son visage s'illumina.

« Hé, salut ! s'écria-t-il. Je croyais que tu étais mort.

— Les mauvaises herbes, tu vois ! »

L'instant suivant, Sven-Erik Stålnacke faisait son apparition sur le seuil de la pièce.

« Je dérange ? demanda-t-il. Je voulais savoir si tu avais envie de venir avec moi parler à l'ancien entraîneur de Börje Ström.

— Tu ne déranges pas, j'avais terminé, assura Fred Olsson. Continuez, tous les deux.

— Attends, Fredde ! dit Rebecka. Tu avais trouvé quelque chose sur le tatouage ? Le parapluie rouge ?

— Ah oui, le parapluie rouge, c'est l'emblème des militants pour les droits des travailleurs du sexe. *Red umbrella.*

— Les droits des travailleurs du sexe ? répéta bêtement Rebecka.

— Oui, pour que leurs intérêts soient pris en compte par la législation, des trucs comme ça. Je n'en sais pas plus. C'est nouveau pour moi, en fait. Tu n'as qu'à googler toi-même.

— Alors c'étaient des prostituées, dit Rebecka. Merde. »

Elle pressa le bout des doigts sur ses paupières et soupira.

Ils savaient tous que les prostituées bougent beaucoup. Elles mentent souvent à leur famille sur leur lieu de résidence et sur la façon dont elles subviennent à leurs besoins. Parfois elles n'ont même plus de contact avec leurs proches et, si elles disparaissent, personne ne les cherche.

Rebecka détacha les mains de ses yeux et fixa Sven-Erik comme s'il était un cadeau tombé du ciel.

« Mais si les filles ont travaillé à Kiruna et dans les environs, on doit pouvoir trouver pas mal de michetons qui les connaissent ! s'exclama-t-elle. Les michés racontent tout à leurs putes, pas vrai, Sven-Erik ? C'est ce que tu dis toujours. Et tu as…

— Je vois où tu veux en venir, mais la réponse est non ! l'avertit Sven-Erik.

— … une informatrice parmi les prostituées, poursuivit Rebecka. Enfin, tu en avais une, quand tu travaillais. Elle a peut-être quelques clients qui ne vont pas voir qu'elle. On pourrait retrouver l'identité des deux victimes par ce biais. En tout cas au moins leurs prénoms et leurs nationalités.

— C'est non, dit Sven-Erik.

— Regarde, dit Rebecka en lui tendant un cliché des femmes dans la neige. Un cinglé leur a roulé dessus en scooter. En avançant et en reculant. »

Sven-Erik jeta un bref coup d'œil aux photos, soupira sur la folie du monde et les rendit à Rebecka.

« Bon, d'accord », fit-il à contrecœur.

En fait il aime ça, pensa Rebecka. Se trouver au cœur de l'action. Mettre à profit son expérience et ses contacts.

Sven-Erik sortit son téléphone et envoya un texto. Un instant plus tard, un signal retentit.

L'ancien policier eut un grognement de satisfaction en lisant le message et rangea son téléphone dans sa poche.

« On y va, déclara-t-il laconique.

— Quoi ? dit Rebecka. Où ça, chez elle ? On ne peut pas lui poser ces questions par téléphone, plutôt ? J'ai une audience cet après-midi.

— Alors là, tu peux être sûre qu'elle refusera, dit Sven-Erik. On lui demande de nous mettre en contact avec ses clients. Or acheter du sexe est un délit. Nous allons donc devoir user d'un peu de persuasion. Elle est d'accord pour nous rencontrer et nous écouter. Cela ne va pas de soi. Tu seras rentrée pour ton audience.

— Pour ce qui est de la persuasion, tu es champion olympique, dit Rebecka en enfilant son manteau. Pourquoi veux-tu que je vienne avec toi ?

— Ne joue pas les idiotes, répondit Sven-Erik gentiment. Toute information obtenue de cette manière reste en dehors des pièces de l'enquête préliminaire, c'est clair pour toi, j'espère. Et en retour, un indicateur attend de l'argent, ou un service. C'est comme ça que ça fonctionne. Celle-là n'a pas besoin d'argent, mais d'un contact au commissariat, puisque j'en suis parti. »

Ils quittèrent la ville, passèrent devant des engins de chantier conduits par de jeunes gens, camions à benne, pelles mécaniques, excavatrices, dameuses. Neige mêlée de boue dans les congères mouillées.

Au volant, Sven-Erik jurait parce qu'il ne retrouvait plus son chemin. Nouveaux ronds-points. Routes barrées.

« Je ne sais plus par où je dois passer avec tous ces travaux ! »

Quand Rebecka essayait de l'aider il pestait, alors elle le laissa tourner en rond.

« On se demande si ça va durer encore longtemps, ce chantier, dit Rebecka.

— Jusqu'à la fin des temps ! C'est aberrant, de déménager toute une ville ! Les médias du monde entier parlent de Kiruna, la ville que l'on va déplacer pour que continue l'expansion de la mine. Mais la vérité, c'est que tout va être rasé. Rasé et reconstruit. Seuls quelques bâtiments seront transportés ailleurs.

— Oui, dit Rebecka. Mais sans la mine…

— … on n'existerait pas, compléta Sven-Erik. Je sais, je sais ! »

Ils se turent. Passèrent devant le chantier de l'hôtel de ville.

En tout cas, se disait Sven-Erik, les dirigeants politiques, eux, siégeront dans un bâtiment en or, un luxe qui va coûter plusieurs centaines de millions. Mais il garda cela pour lui de peur de passer pour un vieux grincheux.

De nos jours, on ne pouvait plus exprimer une opinion divergente sans être immédiatement catalogué. Homme blanc, la cinquantaine, qui ne comprend pas à quel point il est privilégié. S'il gagnait une couronne chaque fois que sa petite-fille de treize ans prononce le mot « mecsplication », il pourrait vite s'offrir… disons, un menu Burger XL avec tous les suppléments.

Anna Josefsson, l'ancienne informatrice de Sven-Erik, habitait à vingt kilomètres de Vittangi. Sven-Erik s'engagea lentement dans la cour pour ne pas défoncer le sol détrempé. Une grange, une étable. Et entre les deux, une vieille maison d'habitation en bois avec un perron couvert et accueillant.

« Joli, commenta Rebecka. Avec vue sur le fleuve !

— Oui, dit Sven-Erik. Autrefois, les paysans de Vittangi étaient riches et puissants. Le père d'Anna l'a aidée à retaper la maison. Mais il me disait souvent qu'il aurait mieux valu tout raser et mettre un pavillon en préfabriqué à la place.

— Hum », fit Rebecka. Elle se demandait quels liens Sven-Erik entretenait avec Anna Josefsson. Elle espérait vivement qu'il n'avait pas été son client quand sa femme Hjördis l'avait quitté. C'était il y a quinze ans, ou quelque chose comme ça… On sait si peu de choses sur les gens, pensa-t-elle. On ne connaît d'eux qu'un aspect et on s'imagine en avoir fait le tour.

Pour autant, ce n'était pas un sujet qu'on pouvait aborder.

Les mains dans les poches, se dit-elle. Et elle serra les poings.

Il y avait quelques chevaux dans un enclos. Quand Rebecka et Sven-Erik descendirent de voiture, l'un d'eux, un noir avec une longue crinière, vint au petit trot les saluer. Il tendit le cou par-dessus la clôture électrique, souffla affectueusement sur Sven-Erik et renifla ses poches en quête d'une friandise.

« Oh, mais en voilà un bon dada », dit Sven-Erik en caressant l'encolure du cheval. Des nuages de poils d'hiver s'envolèrent. Le cheval ferma les yeux de contentement.

Anna Josefsson sortit sur le perron. Jolie, d'allure sportive, elle portait un jean, un chandail islandais et de hautes bottes en caoutchouc. Une tresse brune particulièrement longue tombait de son bonnet tricoté.

« Rebecka Martinsson ! s'écria-t-elle. Tu as amené Rebecka Martinsson, Svempa ? Je croyais que tu viendrais avec un de tes collègues policiers. »

Elle les rejoignit rapidement, un large sourire sur le visage.

« Tu ne me reconnais pas ? demanda-t-elle. Je me suis fait refaire le nez, imagine-le un peu plus long. »

Rebecka fouilla fébrilement dans sa mémoire, mais c'était le désert.

« À l'école, je m'appelais Isa. Pour mettre fin aux "Anna Panna panait du porc en mille huit cent quatre-vingt-seize".

— Isa, dit Rebecka, l'air incrédule. Celle qui était en primaire avec moi ? »

Isa était alors une petite fille ordinaire, peu communicative.

« Vous étiez à l'école ensemble ? dit Sven-Erik en riant. Et Rebecka prétend que c'est moi qui suis parent ou ancien camarade de classe avec la terre entière.

— Nous étions de bonnes copines, dit Rebecka. Nous deux et…

— Maret-Anna et Lena, compléta Anna Josefsson. Tu te souviens que tu nous apprenais les tables de multiplication en sautant à la corde ?

— Non.

— Il fallait réciter toutes les tables jusqu'à celle de neuf sans s'arrêter de sauter. Aujourd'hui encore, lorsque je fais des calculs, il m'arrive de plier un peu les genoux. Et puis tu écrivais des histoires. Et des pièces de théâtre qu'on jouait. Tu te souviens ?

— Non, mon Dieu, j'ai honte.

— J'en ai une, dit Anna Josefsson, l'index pointé en l'air. Une histoire que tu avais écrite, sur l'élan Paiju.

— L'élan Paiju, dit Rebecka. J'ai écrit sur elle ?

— Eh bien, Svempa, tu as un nouveau pote ? demanda Anna Josefsson à Sven-Erik en voyant le cheval lui asticoter la moustache avec ses naseaux. C'est un vrai nounours, poursuivit-elle. Mais quand il est arrivé, il y a trois ans, il était maigre comme une trique. Il me mordait le dos à tout bout de champ. Il avait une peur bleue de l'étrille : un jour que je voulais le brosser, il m'a saisie par le bras et soulevée contre le mur du box.

— Quel est l'abruti qui t'avait maltraité ? demanda Sven-Erik au cheval en lui caressant le front. Tu as toujours Svante ? » Il chercha parmi les autres chevaux dans l'enclos.

Anna éclata de rire.

« Mon Dieu, j'ai adopté Svante il y a quinze ans et il en avait déjà vingt-deux. Ça fait un bail qu'il est à Trapalanda. Rebecka, je vais te donner cette histoire d'élan. Je crois savoir où je l'ai mise. »

Elle disparut dans la maison.

Sven-Erik continua à câliner son nouveau copain et Rebecka pensa à son élan. Elle l'avait complètement oublié. Un automne, son père avait tué une femelle élan. Son petit était sorti de la forêt une seconde plus tard. Rebecka n'avait pas assisté à la scène, mais le soir, elle avait entendu son père la raconter à grand-mère et elle était entrée dans la cuisine. « Il n'a plus de maman, maintenant », avait-elle dit en pleurs. Elle avait fait promettre à son père de sauver le petit faon en le nourrissant durant l'hiver. Ils l'avaient baptisé Paiju, saule.

Anna ressortit de la maison un cahier à la main, qu'elle tendit à Rebecka. Sur la couverture, une tête d'élan au regard chevalin et le titre, *Paiju*, en grosses lettres rouges.

« Je te le donne, dit Anna Josefsson.

— Et comment vous êtes-vous rencontrés ? » demanda Rebecka en fourrant le cahier dans son sac.

Sven-Erik cessa de caresser le cheval, qui le bouscula d'un coup de tête pour se rappeler à lui.

« Svempa et moi avons fait connaissance dans notre jeunesse, parce que j'avais des problèmes avec un client très envahissant, expliqua Anna. Il était amoureux de moi – le client je veux dire, pas Svempa –, enfin, c'est ce qu'il prétendait. Il m'offrait des vêtements, m'appelait pour savoir si je les portais, s'énervait si je ne les mettais pas, et s'énervait quand quelqu'un d'autre m'avait vue dedans. Il a commencé à me surveiller, venait ici, relevait les numéros d'immatriculation de mes autres clients, les menaçait. Puis il a voulu m'emmener en vacances. J'ai essayé de mettre le holà, alors il m'a menacée moi aussi. Il m'appelait et débitait des horreurs. Et si je n'étais pas "gentille" avec lui, il était prêt à me dénoncer à l'administration fiscale, à faire en sorte que je sois imposée sur estimation. Dans ce cas-là, j'aurais perdu ma maison et tout le reste. Heureusement, un de mes cousins connaissait Svempa. Tu as ramené le type à la raison.

— Un cinglé, dit Sven-Erik en secouant la tête à ce souvenir.

— Excuse-moi, je suis peut-être un peu naïve, dit Rebecka, mais la loi vous protège, il me semble. Il n'est pas interdit de vendre des prestations sexuelles, mais seulement d'en acheter. Pourquoi n'avez-vous pas porté plainte contre lui ? Il aurait été condamné pour menace et achat illégal d'actes sexuels.

— C'est une erreur d'interprétation, dit Anna Josefsson calmement. La loi sur l'achat d'actes sexuels ne me protège pas moi, elle protège l'"ordre public". Elle est faite pour que tu ne vives pas dans une société où l'on fait commerce du sexe. Si je vais voir les flics, ni une ni deux ils me confisqueront mon téléphone et passeront mes SMS au crible pour trouver les acheteurs de sexe à coincer. Ensuite ils exigeront que j'aille témoigner contre mes clients au tribunal. Puis ils surveilleront mon domicile. Si je suis locataire, ils arrêteront mon propriétaire pour proxénétisme. Ou bien ils se pointeront ici et embarqueront mes clients. Si je prends un taxi pour me rendre chez un client et que le chauffeur le sait, il se rend lui-même complice de proxénétisme, parce qu'il gagne de l'argent grâce à mon activité, vous le savez. Voilà pourquoi, nous les travailleurs du sexe, nous évitons autant que faire se peut de demander de l'aide à la police. »

Pourtant, le fait de connaître Sven-Erik, un policier en qui elle avait confiance, la sécurisait, pensa Rebecka. Et maintenant, elle voudrait que je prenne le relais.

En plus elles avaient été amies autrefois. Rebecka n'aimait pas être redevable envers les autres. Mais à chaque jour ses préoccupations.

Elle relata à Anna Josefsson la découverte des femmes dans la neige. Silencieux, Sven-Erik caressait le cheval, qui semblait s'être endormi la tête sur son épaule.

« Donc elles étaient peut-être trois ? Mais deux sont mortes, résuma Anna.

— Ont été assassinées », rectifia Rebecka.

La loi sur l'achat d'actes sexuels freine la demande, songeait-elle. Et depuis son entrée en vigueur, il n'y a pas eu de meurtre de prostituées. Si l'on ne tient pas compte des cas non recensés.

Anna Josefsson soupira.

« On ne veut pas savoir, dit-elle avec de plus grands gestes. Voilà le problème, si vous permettez que j'adopte un peu le point de vue de *Red Umbrella*. Le plus souvent, les travailleuses du sexe préfèrent exercer leur activité à l'étranger, pas dans leur propre pays, or le marché réclame de la variété. À Kiruna, les clients voudront un mois de jolies Russes, le mois suivant autre chose. C'est pourquoi les prostituées circulent. Et celles qui souhaitent s'établir ne peuvent pas passer une annonce pour trouver un local, ni employer un vigile, une femme de ménage ou un chauffeur, parce qu'ils seraient tous condamnés pour proxénétisme. Pour ce genre de services, elles sont donc obligées de recourir à des circuits criminels. Ce qui rend l'activité d'autant plus dangereuse. On dépend de types qui vendent de la came et des armes, qui ont une sale idée des femmes, et quand ils se mettent à escroquer les filles ou à les forcer, eh bien…

— Je comprends, dit Rebecka. Mais que faire alors ? »

Anna Joseffson baissa les yeux.

« Tu sais combien de crimes violents contre nous aboutissent à des arrestations et des condamnations ? » dit-elle tout bas.

Elle releva les yeux et sourit chaleureusement.

Son visage du boulot, pensa Rebecka.

« Je vais voir avec mes bonshommes, dit Anna. Certains d'entre eux ne sont pas clients seulement chez moi. Ils connaissent peut-être deux blondes qui ont travaillé dans le secteur, ces derniers temps. Le parapluie tatoué leur dira peut-être quelque chose. »

Anna se tourna vers Sven-Erik.

« Alors, c'est comment, la retraite ? lui demanda-t-elle. Tu passes tes journées à jouer au bingo et à faire des recherches généalogiques ?

— Nan, c'est… », dit Sven-Erik, et il se racla la gorge.

Il n'alla pas plus loin. Il se mit subitement à pleurer sans bruit. Ses lèvres se contractèrent, entraînant sa moustache dans une sorte de tressaillement. Les larmes coulèrent.

Anna et Rebecka échangèrent un bref regard stupéfait. Elles posèrent chacune une main sur les bras de Sven-Erik.

« Désolé, réussit-il à articuler. Je pensais à ma mère. À ses dernières années. Elle ne me reconnaissait plus. Ses souvenirs partaient dans tous les sens, sans aucune cohérence. Mon frère n'a jamais fait le déplacement de Karlstad pour venir la voir. “De toute façon elle ne sait plus qui nous sommes”, il disait. Mais moi j'étais là, près d'elle. »

Une prostituée, un cheval et une procureure déglinguée l'entouraient de toute leur sympathie.

Il rassembla ses esprits et leur fit un bref sourire, il avait fini de pleurer. Anna lui rendit son sourire, accompagné d'un murmure indistinct. Rebecka eut le sentiment qu'elle était habituée à voir des hommes pleurer.

« Je ne sais pas pourquoi j'ai pleuré comme une Madeleine, d'un seul coup, dit Sven-Erik. Peut-être à cause des chevaux. Ils en avaient, quand elle était enfant. Son père était transporteur. »

Sur le chemin du retour, dans la voiture, Sven-Erik repensa à ses larmes si soudaines. Étonnant, quand même, qu'une émotion puisse resurgir, puis disparaître à nouveau complètement. Au chevet de sa mère mourante, il avait appris des choses dont elle n'avait jamais parlé auparavant.

Elle avait évoqué son enfance. Les conditions de vie miséreuses. On ne peut pas s'imaginer, de nos jours, la vie de chien qu'ils ont eue. Plus tard elle avait été femme de ménage chez les riches et avait mendié des vêtements usés pour ses enfants. Une de ces bourgeoises sans cœur lui avait retiré des mains un carton de vieilles nippes, sous prétexte qu'il ne fallait pas donner "de si beaux vêtements aux pauvres, cela risquait de les rendre orgueilleux". Lorsqu'elle lui avait raconté cette histoire, ils avaient tous les deux versé des larmes.

Il abandonna ses cogitations quand Rebecka lui demanda de chercher ses lunettes de soleil dans la boîte à gants. Il ne les trouva pas.

« Elles ont dû rester au bureau, dit-elle. Ce soleil, ça vous fiche un mal de crâne ! Tu pourrais me rendre un service ?

— Demande toujours, tu seras peut-être exaucée, dit Sven-Erik.

— Henry Pekkari a appelé son frère aîné, Olle, le soir où il a été tué. J'aimerais interroger Olle sur le contenu de cette conversation téléphonique. Mais je ne veux pas marcher sur les plates-bandes de la police, tu comprends, c'est délicat de me pointer pour faire le boulot à leur place. Si tu es avec moi, personne ne le prendra mal, au contraire, ils seront très contents.

— Pourquoi ne demandes-tu pas à Anna-Maria ou à Fredde, ou à Tommy ?

— Ils ont beaucoup de boulot en ce moment », dit Rebecka d'une voix détachée.

Sven-Erik se lissa plusieurs fois la moustache, pensif, puis il partit d'un petit rire triste.

« Tu ne leur as pas dit que ta mère avait été placée chez les Pekkari quand elle était petite, devina-t-il. Et tu as peur que cela se sache. Bon sang, Rebecka, c'est pas possible, ça.

— Ce n'est un secret pour personne, dit Rebecka. Mais maman s'est enfuie de chez eux quand elle avait quatorze ans. Je n'ai jamais rien eu à voir avec cette famille, je ne les connais pas, ils me sont indifférents.

— Tu enquêtes sur un meurtre d'un membre de ta famille ! Tu n'es pas censée le faire !

— Je n'ai aucun lien de parenté avec les Pekkari. Je ne les connais même pas. De plus, Olle n'est pas soupçonné de meurtre ! Ni Ragnhild. D'ailleurs toi-même tu es parent avec la moitié de la ville, et l'autre moitié était en classe avec toi. Si tu n'avais pas pu enquêter sur des affaires dans lesquelles tu avais un lien avec l'une des personnes impliquées…

— À la différence près que moi je n'ai pas caché mes liens avec les gens. Et j'ai parfois dû me mettre en retrait. La transparence, Rebecka, tu en as entendu parler ?

— Je serai transparente, dit Rebecka conciliante. Mais pas maintenant.

— Taratata, tu veux être la première à tirer cette affaire au clair. Tu as peur que von Post te la fauche.

— Si je donne une occasion à von Post de reprendre les investigations sur ces meurtres, il le fera avant même que j'aie le temps de le traiter d'"excité médiatique", dit Rebecka d'un ton renfrogné. Alors ? Tu viens avec moi et tu parles à Olle Pekkari, oui ou non ? On pourra en profiter pour lui demander quels étaient les liens entre Henry et le père de Börje Ström.

— Oui, oui, je t'accompagne, dit Sven-Erik. Mais j'ai bien peur que tu te tires une balle dans le pied. »

Le téléphone de Rebecka émit un signal. Un message de Maria Taube.

« J'ai hâte, j'ai hâte, j'ai hâte ! » écrivait-elle. Suivaient des cœurs et des danseuses en robe rouge.

Rebecka soupira et répondit par une série de joyeux smileys.

« Mauvaises nouvelles ? demanda Sven-Erik.

— Non, j'invite des copines à dîner, jeudi soir. Une ancienne collègue de Stockholm et ses amies qui vont faire du ski, elles en profitent pour passer me dire bonjour. Je ne sais pas comment je vais trouver le temps de préparer un repas. Et de faire le ménage.

— Eh bien, achète du hareng fermenté. Le surströmming, ça convient pour toutes les occasions. »

Il dénicha sur YouTube une vidéo qui montrait une bande d'Américains invités à manger du surströmming. Rebecka regarda la séquence tout en s'efforçant de garder un œil sur la route. Sven-Erik l'assistait en surveillant devant et derrière eux. Ils riaient, la voiture oscillait. Complètement hors la loi.

Olle Pekkari habitait un pavillon en bois rue des Conducteurs. C'est sa femme qui leur ouvrit. Astrid Pekkari, née en 1942, la même année qu'Olle. Rebecka s'était renseignée. Elle avait consulté leur taux d'imposition sur le revenu ainsi que les bénéfices et le chiffre d'affaires de leur entreprise. Elle connaissait l'âge et les revenus moyens de leurs voisins. D'après l'état civil, Astrid venait d'une fratrie de trois enfants. En outre, Rebecka avait vu des photos sur sa page Facebook : les petits-enfants, chandails tricotés main ; Astrid et Olle en randonnée à Tenerife, l'année précédente.

Astrid avait une élégante coupe au bol gris clair avec une frange en biais, elle portait un chemisier bien repassé et un collier de perles, la jupe était un peu large. Une garde-robe classique, qui avait une bonne vingtaine d'années au compteur, observa Rebecka. Le cardigan était sobre mais cher, apparemment. Attendait-elle de la visite, ou y avait-il des gens qui s'habillaient de cette façon même quand ils restaient chez eux ? Rebecka songea à ses cheveux sales et aux vêtements informes qu'elle portait pour traîner à la maison.

« Entrez, dit Astrid Pekkari avec amabilité, une fois les présentations faites. Asseyez-vous dans le salon. »

Dans l'entrée se trouvait une corbeille en écorce de bouleau remplie de couvre-chaussures en plastique bleu.

« Voulez-vous que nous… », dit Sven-Erik en regardant la corbeille.

Astrid refusa d'un geste.

« Non, non. Olle est maniaque, mais je dis toujours que tant que c'est moi qui nettoie, c'est aussi moi qui décide. Inutile de vous déchausser. »

Son regard s'attarda sur Rebecka.

« Qu'est-ce que vous ressemblez à Virpi », dit-elle.

Il y eut un instant suspendu, mais comme Rebecka ne relevait pas, Astrid se tourna vers l'escalier et appela : « Olle ! » Cette ressemblance avec Virpi embarrassait Rebecka. Ça n'éveillait aucun sentiment en elle. Grand-mère et Sivving lui avaient toujours dit qu'elle ressemblait à son père.

En haut, personne ne répondait.

« Il écoute de la musique au casque, dit Astrid. Je vous en prie, entrez, je vais le chercher. »

Elle disparut dans l'escalier.

« Il vaut peut-être mieux, chuchota Sven-Erik en enfilant une paire de protège-chaussures. Si Olle y tient. »

Rebecka l'imita et ils gagnèrent la salle de séjour dans un froissement de plastique. Ils entendirent toquer à une porte à l'étage, puis des murmures indistincts.

Le salon était à l'image d'Astrid Pekkari. Meubles reluisants, de style gustavien. Des vitrines, un lustre en cristal. Aux murs, des huiles sur toile. On avait le sentiment que rien n'avait bougé depuis au moins trente ans. Pas un grain de poussière, tout était impeccable. Rien ne traînait et n'indiquait que la pièce était utilisée. Pas même un journal ou un livre. Ni tricot ni mots croisés.

Rebecka pensa à sa grand-mère. Quand petite elle habitait chez elle, toutes les deux dormaient dans la cuisine, grand-mère dans la banquette-lit et Rebecka sur un matelas par terre. L'actuelle chambre à coucher de Rebecka était l'ancien séjour, on n'y entrait pas et il demeurait toujours propre. C'est là que se trouvait le beau fauteuil, le seul qui était rembourré. Des nappes brodées à dentelle recouvraient la table à abattants. On n'utilisait cette pièce que pour les grandes occasions. Quand le prêtre venait en visite ; lorsque Rebecka quitta le lycée ; pour les cérémonies.

Il en allait de même dans de nombreux foyers du Tornedalen. Avoir une pièce que l'on n'utilisait pas était sans doute important pour se distinguer du bas peuple. On était pauvre, mais on ne logeait pas sous un sapin avec sa chèvre.

Elle parcourut des yeux les rayonnages de livres. Y avait-il des albums contenant des photographies de sa mère, ici ?

Ils s'assirent au bord du canapé en prenant soin de ne pas s'appuyer contre les coussins bien gonflés.

Quels propos Olle et Astrid tenaient-ils sur sa mère ? se demandait Rebecka. À supposer qu'ils parlent d'elle. Ils étaient peut-être le genre de couple qui avait cessé de se parler ? Lui là-haut, à l'étage, elle dehors, faisant de la marche nordique avec ses amies.

Tout le monde n'éprouve pas le besoin de parler, songea Rebecka. D'évoquer ce qui l'a formé, ce qui le pousse à courir dans la forêt, à se poster en embuscade, toutes griffes dehors. Que racontait Marit à Krister ? De quoi s'entretenaient-ils ? Sûrement de choses plus agréables.

Olle entra dans la pièce. Il était grand, comme Ragnhild. Alerte, pour un homme de près de soixante-quinze ans. Il se déplaçait avec aisance, ne souffrait visiblement d'aucun mal. Il s'assit dans le canapé sans se tenir aux accoudoirs. De visage aussi, il ressemblait à Ragnhild, quelque chose dans les yeux, l'arc de Cupidon de sa bouche. Il était bien habillé, comme son épouse, plis nets du pantalon et chemise blanche.

Rebecka et Sven-Erik se présentèrent.

« Je sais qui vous êtes », dit-il en les arrêtant d'une main levée.

Il accorda à peine un regard à Rebecka. Un regard fugace mais éloquent. À nouveau Virpi.

Il s'adressa exclusivement à Sven-Erik. Rebecka lui sut gré d'être venu. Les deux hommes bavardèrent un moment de la petite-fille d'Olle, qui faisait du hockey en catégorie junior dames.

« Nous aimerions vous poser quelques questions, dit Sven-Erik une fois le sujet du hockey épuisé. À propos de Raimo Koskela, que nous avons retrouvé dans le congélateur d'Henry Pekkari.

— Oui, mon Dieu, dit Olle Pekkari en se passant la main sur le visage. Vous pensez bien que je n'aurais jamais soupçonné…

— Le meurtre de Raimo Koskela est prescrit, dit Sven-Erik, mais nous aimerions apporter un peu de clarté là-dessus. Je suis à la retraite, à présent, et j'ai promis à Börje Ström de me renseigner un peu dans le coin. Vous comprenez, pour qu'il puisse enfin savoir…

— Je comprends, dit Olle Pekkari. Allez-y, posez vos questions. Mais ma famille et moi ne voulons pas être mêlés à cette histoire, parce que tout finit toujours par se retrouver dans les journaux.

— Savez-vous si Henry connaissait Raimo Koskela ? S'ils avaient un lien quelconque ? »

Olle Pekkari secoua la tête.

« Henry était, comment dirais-je, faible. Je pense parfois que j'ai pris bien trop de responsabilités quand nous étions jeunes. Nous l'avons gâté et il ne s'est pas forgé le caractère. Il buvait, était incapable de conserver un emploi. Il fréquentait un tas de voyous de Kiruna et des villages environnants. Raimo Koskela avait au moins dix ans de plus que lui. Je n'ai jamais entendu Henry mentionner son nom.

— Si quelque chose vous revient, n'hésitez pas à vous manifester, dit Sven-Erik. Ah, nous devons aussi vous dire… »

D'un regard, il passa la parole à Rebecka.

« Votre frère Henry a été assassiné », annonça-t-elle.

Droit au but. À côté d'elle, Sven-Erik en sursauta presque.

« Quoi ? éclata Olle Pekkari. Mais non, voyons, il est mort d'un infarctus. Ou d'un AVC.

— Oui, c'est ce qu'a montré l'autopsie dans un premier temps, dit Rebecka. Mais un examen approfondi porte à croire qu'il a été tué. Compression du thorax. »

Rebecka résuma les résultats de l'autopsie, parla des femmes retrouvées dans la neige. Olle l'écoutait, lèvres serrées.

« Oui, ces femmes dans la neige, on a lu cela dans la presse », dit-il.

Astrid Pekkari apparut sur le pas de la porte.

« Quelqu'un veut du café ? » demanda-t-elle.

Olle Pekkari la renvoya d'un geste, comme il aurait chassé un insecte importun.

« C'est sûrement une erreur, dit-il. Assassiné ?

— Quand avez-vous parlé à votre frère pour la dernière fois ? demanda Rebecka.

— Cela fait une éternité, dit Olle Pekkari. Henry était un grand alcoolique, ce n'est pas un secret. Nous n'avions quasiment aucun contact.

— Ah bon ? dit Rebecka. D'après la liste de ses communications téléphoniques, Henry a appelé chez vous, sur votre ligne fixe, dans la soirée du vendredi 8 avril, que nous supposons être le soir du meurtre. Se peut-il que quelqu'un d'autre que vous ait décroché le téléphone ? Votre épouse, peut-être ?

— Henry appelait parfois, quand il était saoul », dit Olle. Il prit plusieurs inspirations. « On comprenait à peine ce qu'il racontait, vous savez, il bafouillait, ses propos étaient confus. Je mettais fin le plus vite possible à ce genre de conversations. Et je m'empressais de les oublier.

— Je comprends, dit Rebecka. Votre épouse pourrait-elle simplement confirmer que ce n'est pas elle qui…

— Bien sûr. Astrid ! »

Astrid Pekkari réapparut dans l'encadrement de la porte.

« Vous voulez du café ? demanda-t-elle.

— Est-ce qu'Henry a appelé ? demanda Olle Pekkari. Tu as parlé avec lui ? Avant qu'il…

— Non.

— Bien, alors si c'est tout… », dit Olle en se levant pour signifier que leur entretien était terminé.

Blême, il esquissa un sourire qui s'éteignit aussitôt sur son visage. Comme s'il l'avait jugé inopportun. Il garda la bouche à peine entrouverte, Rebecka vit sa poitrine se soulever sous sa chemise.

Olle les raccompagna jusqu'à l'entrée, où les couvre-chaussures furent réexpédiés dans la corbeille. Astrid resta sur le seuil de la cuisine.

« Comme je vous l'ai dit, ma famille n'avait rien à voir avec Henry. Nous ne voulons pas être mêlés à cette enquête. »

Sven-Erik passa ses doigts dans sa moustache.

« Y a-t-il une raison pour que vous y soyez mêlés ? demanda Rebecka.

— Pas d'autre raison que votre rancune envers nous les Pekkari, répondit Olle.

— Olle ! intervint Astrid sur un léger ton de reproche.

— Votre mère, poursuivit Olle Pekkari d'une voix étranglée, elle aurait dû nous remercier de nous être occupés d'elle. Mais au lieu de cela, elle a tout fait pour emmerder nos parents. Une *kansainvälinen*. Elle les a précipités dans la tombe. J'en suis persuadé.

— Curieux, dit Rebecka. On pourrait plutôt croire que c'est sa vie à elle qui a été abrégée. »

Une main chaude se plaqua sur le dos de Rebecka. Sven-Erik la poussa hors de la maison.

« Ça veut dire quoi, *kansainvälinen* ? demanda Rebecka une fois qu'ils furent à nouveau installés dans la voiture.

— Qu'elle collectionnait les hommes, dit Sven-Erik. Tu devrais vraiment faire savoir aux gens que tu es parente… Bon, bon, d'accord ! Que tu as un lien avec la famille Pekkari.

— Il ment. »

Rebecka fit claquer sa main sur le volant.

« À propos des communications téléphoniques. Il a d'abord affirmé qu'Henry Pekkari et lui ne s'étaient pas parlé depuis longtemps, poursuivit-elle. Et devant les faits établis il s'est désavoué, en prétendant qu'Henry lui téléphonait de temps en temps quand il était saoul. Or la liste montre qu'Henry n'a passé aucun autre appel à Olle Pekkari durant les deux mois précédents.

— Oui, il y a quelque chose là, dit Sven-Erik.

— Je veux avoir la liste des communications d'Olle Pekkari, dit Rebecka, et elle envoya un texto à Fred Olsson. Je veux savoir s'il a appelé quelqu'un après avoir parlé à son frère. Et… »

Elle fit une capture d'écran de l'heure sur son téléphone.

« … je veux savoir s'il est en train de téléphoner en ce moment même.

— Hum, fit Sven-Erik, en tout cas, question propreté, on a échappé au bonnet résille, au moins. Encore qu'Astrid, elle, m'a plutôt fait bonne impression. »

Rebecka éclata de rire.

« La vache, comme j'aime ma maison en bordel ! dit-elle.

— Et moi donc ! renchérit Sven-Erik. Vivement que je retrouve le gravier de la litière éparpillé sur le sol de la salle de bains. »

Krister Eriksson buvait une tasse de rooibos dans la cuisine de sa sœur Linda.

Marit et lui allaient prendre l'avion pour Stockholm et passer une nuit dans un spa japonais. On leur avait consenti un bon prix, en échange de quoi Marit devait poster cinq photos de leur séjour. Linda s'occuperait des chiens.

Roy avait les yeux rivés sur le placard à balais. Linda rit.

« Il sait que les jouets et les friandises sont là-dedans. N'est-ce pas, mon bonhomme ? Tu le sais, hein, que je t'achète toujours quelque chose. »

Elle ouvrit le placard et tendit à Roy un canard en plastique qui faisait coin-coin. Le chien se jeta immédiatement dessus.

Tintin n'était nullement intéressée par les canards. Couchée près de la porte d'entrée, elle soupirait et lançait à Krister de longs regards de reproche.

« Comment peut-elle savoir que tu vas la laisser ici ? demanda Linda.

— Elle sait tout.

— Tintin, implora Linda. Tu seras très bien chez moi, tu le sais. Ton maître a besoin de changer d'air un petit peu. »

Krister avait dû faire une grimace, car elle lui demanda aussitôt :

« Tu n'es pas content de partir ?

— Si, ça va être bien. »

Sans lui laisser le temps de poser d'autres questions, il lui demanda des nouvelles de son travail. Elle lui raconta le chantier de sa future école, l'architecte qui avait eu l'idée lumineuse de pourvoir les salles de classe d'une vitre donnant sur le couloir.

« Comme si mes élèves n'avaient pas déjà assez de problèmes de concentration », dit-elle.

Ils avaient même poussé la stupidité jusqu'à commander des chaises à roulettes, avec ça on ne pourrait plus tenir les gamins en place. Et puis pour assembler les nouvelles tables, il fallait au moins être ingénieur. Allez savoir pourquoi les enseignants étaient tenus d'assister à toutes ces réunions avec l'architecte, vu que personne n'écoutait leur avis.

Elle remarqua que son frère n'avait pas l'air de l'écouter lui non plus.

« Coucou ? dit-elle doucement en posant sa main sur la sienne. Ça va ?

— Ça va », dit-il. Il marqua un moment de silence et reprit : « Que penses-tu de Marit, en fait ? »

Elle retira sa main.

« L'important, c'est ce que toi tu penses d'elle », éluda-t-elle.

Le silence se prolongea et Linda se sentit obligée de dire quelque chose.

« Je pense que Marit est… quelqu'un de bien. Elle est sérieuse et organisée, gentille avec les gens. Ouverte… »

Elle essaya de capter son regard fixé sur le plateau de la table.

« … gaie, ajouta-t-elle.

— Mais tu ne réponds pas à ma question, dit-il avec une pointe de colère dans la voix. Qu'est-ce que tu penses d'elle ? »

Elle tira de sa poche sa boîte de tabac à chiquer et s'en coinça une portion sous la lèvre. Elle lui en proposa, mais il secoua la tête. Il avait arrêté le snus pour Rebecka. Cela avait été un bon point dans leur relation.

« Mon avis est si important ? demanda Linda. C'est toi qui vis avec elle. »

Il se referma comme une huître. Repoussa Roy qui essayait de poser le canard mâchouillé sur ses genoux.

« D'accord, fit-elle d'un ton hésitant. Je n'ai absolument rien contre Marit. Mais je la trouve un peu superficielle, en fait. Je suis toujours assez stressée quand vous venez tous les deux, parce que je vais retrouver ma cuisine sur Insta, je me dis qu'il faut que je nettoie, que je me fasse belle. En plus avec ce truc, c'est comme si tout devait être transformé en likes. À se demander si ce qu'on fait a une valeur en soi. Tiens, le dîner que j'avais préparé pour son anniversaire, ici, c'était adorable de sa part de poster des photos avec "la meilleure des belles-sœurs", mais j'aurais préféré que ça reste un moment intime entre nous. On dirait qu'elle convertit les choses authentiques en une espèce de monnaie de popularité. »

Linda s'interrompit.

« Je deviens injuste, maintenant. Tu veux que je retire tout ? »

Elle imita le bruit d'une bande magnétique que l'on rembobine à la vitesse maximale.

Sans ciller, il demanda :

« Et que pensais-tu de Rebecka ?

— Tu sais que j'aime bien Rebecka. Mais elle est plutôt du genre montagnes russes. Elle t'a blessé, aussi, ça ne m'a pas échappé. Et personne n'a le droit de faire du mal à mon grand frère. Quand tu étais avec elle, j'ai parfois souhaité que tu en rencontres une comme Marit.

— Tu sais, dit-il d'un ton plus vif qu'il ne l'aurait voulu, quand Rebecka et moi étions ensemble, elle ne laissait même pas sa brosse à dents chez moi. Elle trimballait toujours un sac avec ses affaires pour la nuit. J'avais le sentiment qu'elle était prête à repartir d'une seconde à l'autre. Qu'en cas de rupture, elle n'aurait pas besoin de revenir chercher ne serait-ce qu'un pull-over. Ou sa fichue brosse à dents.

— Je comprends.

— Puis elle est allée à Stockholm et elle a baisé avec Måns. »

Dans l'entrée, Tintin se leva.

« Couché ! » lui ordonna Krister.

Il se souvint de ce jour-là. Rebecka était arrivée directement de l'aéroport. Sans son sac pour la nuit. Elle l'avait laissé dans la voiture. Il avait tout de suite compris. Elle était restée plantée dans l'entrée, raide, ne s'était pas déchaussée. Les chiens lui tournaient autour, fous de joie de la revoir. Il avait été pris d'une espèce de frayeur.

« Il faut que je te dise : j'ai couché avec Måns, avait-elle annoncé. Nous ne sommes pas ensemble, je ne me suis pas remise en couple avec lui.

— Et nous ? » avait demandé Krister.

Elle n'avait pas semblé pouvoir répondre à cette question.

Sans dire un mot, il avait ouvert la porte d'entrée, s'était écarté et, d'un geste, lui avait désigné la sortie.

Elle avait embarqué le Morveux et était repartie, c'est tout.

Ils ne s'étaient même pas disputés.

Il avait emmené les chiens en montagne. Cinq jours de bivouac sous la tente d'hiver, à dormir sur des peaux de renne. Tous les jours, il grimpait sur un sommet afin de capter du réseau, mais il n'avait jamais reçu aucun message d'elle.

Krister leva les yeux vers sa sœur.

« Marit est ce qui m'est arrivé de mieux, dit-il.

— Oui », dit Linda qui aurait aimé retirer chaque mot qu'elle avait prononcé.

Mais cela n'était pas possible. Ce qui était dit était dit, et ses paroles résonnaient comme d'assourdissantes cloches d'église.

Il déclina l'invitation de sa sœur à déjeuner, rassembla ses affaires et quitta les lieux.

En entrant dans la cantine du commissariat, Anna-Maria Mella entendit la voix de Sven-Erik.

L'air était chargé d'une odeur fade de gamelles réchauffées. Rebecka Martinsson et Sven-Erik s'étaient acheté un plat chez le traiteur thaï. Karzan Tigris et Magda Vidarsdotter mangeaient directement dans leurs boîtes en plastique. Fred Olsson dégustait un curry végétarien, à côté de son assiette il avait posé une feuille d'essuie-tout soigneusement pliée en guise de serviette.

Sven-Erik venait de lancer une bonne blague et ils étaient tous hilares. Magda avait un peu de nourriture au coin des lèvres.

Anna-Maria se sentit mollir comme une motte de beurre.

Sven-Erik Stålnacke. Il lui manquait terriblement. Bien qu'elle ait été sa supérieure hiérarchique, il lui avait d'une certaine façon apporté un sentiment de sécurité. Non seulement ils avaient toujours formé un parfait duo sur le plan professionnel, mais elle pouvait aussi lui parler des problèmes qu'elle rencontrait avec la hiérarchie ou les collègues, et même de ses soucis à la maison.

Or le manque n'était visiblement pas réciproque. Sven-Erik était là, à rigoler avec les autres, à débiter ses anecdotes. Il n'était même pas passé lui dire bonjour dans son bureau. Il n'y en avait plus que pour Rebecka, à présent.

Personne non plus ne l'avait prévenue qu'ils allaient déjeuner ensemble. Récemment, elle avait proposé à Rebecka de venir manger avec elle et les nouveaux. Mais c'était un souhait à sens unique, manifestement. Anna-Maria sentit resurgir son ressentiment envers Rebecka. Il lui collait à la peau comme du papier tue-mouche.

« Salut Anna-Maria, cria Sven-Erik, viens donc t'asseoir !

— Je ne veux pas vous déranger, dit-elle.

— Bah, qu'est-ce que tu racontes ? Tu ne nous déranges absolument pas. Allez, viens ! »

Sa voix était enjouée, il tira la chaise vide à côté de lui.

Anna-Maria se fraya un chemin vers la table. Elle sourit, chercha quelque chose à dire.

Karzan lui répéta la blague de Sven-Erik. La conversation reprit et Anna-Maria échappa un moment aux regards des autres. Sur la table, les journaux du matin étalaient en une le cadavre du congélateur et les femmes dans la neige. Bientôt ils écriraient aussi sur le meurtre d'Henry Pekkari.

« Tu comptes leur dire que nous avons trouvé du sang et des fibres de vêtements sous le scooter d'Henry Pekkari ? demanda Anna-Maria.

— Pas encore, dit Rebecka. Conférence de presse à cinq heures. J'aimerais que tu sois là.

— Je savais bien que j'aurais dû prendre une douche, ce matin », dit Anna-Maria, déclenchant une salve de rires.

Elle balaya la pièce du regard.

« Où est Tommy ? demanda-t-elle.

— Rentré chez lui, dit Magda Vidarsdotter. Il était mal fichu. »

Anna-Maria nota dans un coin de sa tête de penser à vérifier les jours de maladie de Tommy Rantakyrö. Il faudrait qu'elle lui en touche un mot.

« Tu réfléchis à ce que tu vas mettre pour le dîner de filles chez Rebecka ? demanda Sven-Erik.

— Quoi ? Euh, non, je ne suis pas..., commença Anna-Maria.

— Ce n'est pas vraiment un dîner, en fait, il y aura mon ancienne collègue et des copines à elle, expliqua Rebecka. Mais viens ! Elles sont sympas !

— Hum, merci », fit Anna-Maria.

Coincée. Anna-Maria comprit que Rebecka s'était sentie obligée de l'inviter. Idiot de Sven-Erik ! Qu'aurait-elle pu répondre, devant tous les autres ? "Non, je n'ai pas envie de passer une soirée avec tes copines juristes du cabinet de Stockholm…" »

Le téléphone de Sven-Erik sonna. Il s'éclipsa dans le couloir en faisant un signe entendu à Rebecka.

Il revint au bout d'un court moment.

« Ouais. Un de ses anciens clients croit savoir qui sont les filles mortes.

— Un client à qui ? demanda Anna-Maria sans obtenir aucune réponse.

— Tu veux que quelqu'un vienne avec toi ? demanda Rebecka. Karzan pourrait peut-être… »

Sven-Erik fit un geste de refus.

« Le type ne veut pas parler à la police, mais un flic retraité, ça lui va. Et j'ai promis de ne pas dévoiler son nom. Il ne veut ni être interrogé ni témoigner. Allez, je file.

— Ça nous arrangerait bien de les identifier », dit Rebecka. Elle regarda sa montre. « Ah, mon Dieu ! Il faut que je sois au tribunal dans un quart d'heure. Pour faire condamner les voyous.

— Oui, mais pas tous », dit Anna-Maria assez fort lorsque Rebecka quitta la cantine.

À l'hôtel Ferrum, Börje Ström descendit par l'escalier à la salle de restaurant et opta pour le cabillaud mimosa à la sauce béchamel. Le gardien de l'hôtel, un type aimable natif de Merasjärvi, lui tint agréablement compagnie tandis qu'il déjeunait. Les deux hommes se cherchèrent de possibles liens de parenté, en trouvèrent un qui remontait au milieu du XIXe siècle. Ensuite ils parlèrent de boxe, évidemment, et échangèrent pour finir quelques mots sur le père de Börje.

« Quelle sale histoire ! » dit l'homme d'un ton compatissant.

Börje lui confia qu'il préparait les obsèques. Il faillit parler de Ragnhild, mais se retint.

« Enfin, d'une certaine manière, vous serez content de mettre votre père en terre, observa le gardien.

— Oui, dit Börje. Mais pour cela il me faudrait une tenue correcte. »

Il tira sur son pull-over aux couleurs passées. Que penserait Ragnhild Pekkari ?

« Je n'ai pas pris le temps de me changer avant de quitter Älvsbyn, poursuivit-il. J'ai sauté dans ma voiture. Je ne suis même pas sûr d'avoir fermé à clé la porte de la maison. Il faut que j'aille m'acheter de quoi m'habiller.

— Venez donc avec moi dans la réserve, dit le gardien désireux de l'aider. Vous savez, les gens oublient parfois des vêtements dans leur chambre et ne les réclament jamais.

— Vous auriez quelque chose à ma taille ? » demanda Börje avec un sourire.

Il faisait une tête de plus que l'homme, qui n'était pas lui-même précisément petit.

Il y avait une chemise. Violette, en coton de médiocre qualité.

« Prenez-la, dit généreusement le gardien. Ça fait une éternité qu'elle est là. On l'aurait jetée, de toute façon. »

Börje ferma les boutons de manchette. Le gardien l'aida pour le droit. Comme un enfant, Börje, debout le bras tendu, repensa à Sisu-Sikke et Nyrkin-Jussi qui l'avaient aidé, pendant ses années à Kiruna. Toutes les fois où ils lui avaient bandé les mains et enfilé ses gants.

1962-1966

« Si vous ne tenez pas jusqu'au dernier round, autant raccrocher ! crie durant l'entraînement Nyrkin-Jussi aux boxeurs en train de sauter à la corde. Vous devez sauter et courir. »

Tel un prédicateur læstadien, il tonne : « Courez ! Courez tous les jours ! »

Puis il se réfère à saint Paul : « Tous les concurrents s'entraînent, vous le savez, rugit-il, mais un seul remportera la victoire. Courez pour la victoire. Quiconque dispute des compétitions renonce à tout le reste. Quand je cours, je ne perds pas mon objectif de vue, et quand je boxe, je ne frappe pas au hasard. Je mets mon corps à rude épreuve et je le force à obéir. C'est dans la Bible, les gars. *Päälle vain !* Du nerf ! »

Alors Börje court. Il a onze ans et il court tous les jours. En allant à l'école et en rentrant à la maison. (Courir, c'est gratuit, les gars, dit Nyrkin-Jussi. Laissez les autres rigoler, ils riront moins plus tard.)

Il a douze ans et il court dans les forêts autour de l'ancienne mine de Luossavaara. (De temps en temps, imagine que les bras maigres d'un *äpärä* sortent du monde souterrain des enfants morts pour t'y attirer, ça te donnera un petit coup de fouet, hé hé…)

Dans la salle d'entraînement, Börje tape sur les punching-balls. (Ne frappe pas comme un forcené, mise plutôt sur la rapidité, le coup doit être souple jusqu'à l'instant où il va toucher sa cible, et là, tu contractes le poing, comme si tu devais attraper une mouche en vol.)

Il a treize ans, il est au collège. Maintenant il est capable de monter en courant jusqu'au sommet du mont Luossavaara. (D'accord, mon gars, toi aussi tu vas courir sur le dernier tronçon jusque là-haut. À te voir, on a l'impression d'être un arrière-grand-père. « La force est la fierté des jeunes, les cheveux blancs sont l'honneur des vieux. » Je reprends juste mon souffle une minute.)

Vers quatorze ans, il grandit d'un seul coup, devient un beau jeune homme élancé. Sisu-Sikke lui donne un protège-dents. Ce truc a un goût de chambre à air. L'un des types plus âgés verse un peu de bain de bouche Vademecum dans son étui, mais les autres trouvent ça débile, alors Börje fait comme tout le monde, il s'habitue. Il finit même par aimer ce goût de caoutchouc, il y a des choses curieuses, parfois.

On lui donne aussi une protection pour la tête, mais aucun des gars n'en utilise, ça glisse sur les yeux quand on transpire. Maintenant il fait du sparring, même avec des seniors.

Nyrkin-Jussi et Sisu-Sikke travaillent comme facteurs, ils l'aident à obtenir des remplacements. Ils lui donnent les secteurs les plus costauds, là où il y a des côtes et des escaliers. Après l'école, Börje distribue le courrier du soir et le journal local gratuit, il fait sa tournée en courant. L'hiver il prend son vélo, qu'il laisse dans la neige pour foncer, sacoche à l'épaule, jusqu'en haut des immeubles, puis redescend en un temps record, effectuant à chaque palier de rapides translations de gauche à droite pour glisser, vif comme l'éclair, les enveloppes dans la fente des portes.

Il va s'entraîner au club tous les jours. Frappe des sacs, renforce ses abdominaux avec des médecine-balls, saute à la corde.

On l'autorise à présenter les coussins de frappe aux gars plus âgés. Une fois, l'un d'eux lui dit qu'il sent la pisse de chat. Qu'est-ce qu'il y peut ? Il ne possède qu'une tenue d'entraînement et sa mère fait la lessive tous les quinze jours.

Le lendemain, il retrouve son maillot et son short propres dans son casier. Et ça continue : toutes les semaines, ses vêtements sont lavés et sentent bon. Il comprend que c'est grâce à Sisu-Sikke, mais ils n'en parlent ni l'un ni l'autre.

Il tient les coussins de frappe aux plus vieux, apprend à décrypter leurs attaques. Il discerne les mouvements des muscles sous leur peau, voit venir un crochet, devient assez fort pour résister, parvient à maintenir sa garde.

Au printemps 1966, il a quinze ans et peut participer à des matchs du club. Il s'avère être un piètre combattant. Il ne sait pas frapper.

« Tu es trop défensif ! gueule Nyrkin-Jussi. Tu as les capacités, alors vas-y, cogne ! Réserve ta gentillesse à ta mère ! »

Il y a une différence entre faire du sparring ou tenir les coussins de frappe et boxer vraiment. Il n'a jamais su se battre. À l'école, rien n'a changé. Il évite le plus possible les durs à cuire. Parfois, il arrive à l'entraînement avec une lèvre fendue et un œil au beurre noir.

« Qu'est-ce que c'est que ça ? dit Nyrkin-Jussi en le dévisageant. Tu ne vas pas te pointer ici dans cet état, hein ? Quand tu repars du club, passe encore que tu aies cette tête-là de temps en temps. Mais tu dois rendre les coups ! »

Pas facile. La peur s'insinue en lui. Et à l'école, les ennemis sont nombreux. Un jour, l'un des pires harceleurs le force à se mettre à quatre pattes et à avaler une dose de snus qu'il vient de recracher. Börje n'a pas le choix, il est obligé d'obéir. Au milieu du préau, devant tous les autres. Ils le traitent d'affreux dégueulasse et rigolent. Après, il vomit ses tripes devant la salle de travaux manuels.

Mais tout cela s'efface lorsqu'il arrive au local d'entraînement. Là, il s'apaise. Odeur de sueur et de liniment qui imprègne les gants. Bruits rythmés des coups, de la corde à sauter. Voix rude de Nyrkin-Jussi qui beugle, tantôt comme un prédicateur tantôt comme un trafiquant d'eau-de-vie : « Tout ce que vous faites, faites-le avec de la puissance. De la puissance, les gars ! *Helvetin saatana piru*, de la puissance, nom de Dieu ! *Päälle vain*, du nerf ! »

C'est une bonne chose d'échapper aux femmes aussi. À la maison, il y a maman. À l'école, les filles de son âge commencent à se maquiller et à fumer. Elles sont complètement inaccessibles. Pas moyen de les regarder même incidemment sans qu'elles vous lancent un méchant : « Qu'est-ce que tu as à me reluquer, espèce de sale Finlandais boutonneux ? ».

Maman est contente que Börje travaille à la poste, elle ne lui demande rien, bien qu'il rentre souvent à la maison après neuf heures du soir. Il a abandonné le mensonge des séances de gymnastique. Elle est satisfaite, il lui remet la moitié de sa paie. C'est nécessaire, vu qu'il mange comme quatre et qu'elle ne gagne pas bien sa vie au salon de coiffure.

Une chose est sûre, cependant : elle finira par apprendre qu'il fait de la boxe, c'est juste une question de temps.

« Tu ne fais pas de bêtises, au moins ? » demande-t-elle en voyant son sourcil éclaté.

Juste une question de temps.

Mais peu importe, pense Börje Ström. Elle peut toujours me rouer de coups. Je n'arrêterai pas la boxe.

À deux heures pile le lundi après-midi, Börje Ström sonna à sa porte. Ragnhild avait déjà changé de vêtements plusieurs fois et s'apprêtait à essayer une nouvelle tenue. Maintenant il était trop tard.

Elle avait mis une jupe. En fait, elle détestait les jupes, qui l'obligeaient à porter un collant, or pour les femmes très grandes, les collants étaient un cauchemar. Ragnhild en achetait deux paires identiques de la plus grande taille, coupait à chacune une des jambes et enfilait les deux paires l'une sur l'autre. De cette manière, l'entrejambe tombait moins. Elle préférait les pantalons. Pourquoi avait-elle essayé cette saleté de jupe ? Et voilà qu'il sonnait, maintenant. Tant pis.

Elle jeta un coup d'œil dans le miroir avant d'aller ouvrir. Bon. Il y avait des femmes de soixante-six ans plus décaties qu'elle. Chandail islandais et jupe noire toute simple. Cheveux négligemment relevés. Ça ne faisait pas guindé. Elle referma la porte de la chambre pour dissimuler les vêtements entassés sur le lit.

Pendant le trajet à pied jusqu'aux pompes funèbres, ils parlèrent peu. Ils trouvaient particulièrement laide la période du mois de mai à Kiruna. Du sable partout sur les trottoirs et les routes. Une pellicule de saleté noire sur les restes de congères presque entièrement fondues. Encore aucune végétation. Dans le sud de la Suède, les gens postaient des photos de merisiers et de lilas en fleurs, de crocus et de narcisses.

Ne connaissant rien à la boxe ni à aucun sport, Ragnhild se disait qu'elle n'avait rien en commun avec cet homme. Et puis par tous les diables, où avait-il déniché cette affreuse chemise violette ?

Börje Ström méditait sur la grande bibliothèque pleine de livres qu'il avait aperçue dans le séjour de Ragnhild Pekkari. Il avait lu un livre à l'école autrefois, ne se souvenait même pas du titre. Marvin Hagler avait déclaré un jour dans une interview : « Si on ouvrait mon crâne rasé, on ne trouverait à l'intérieur qu'un gros gant de boxe. C'est tout ce que je suis. C'est ma seule raison de vivre. »

Au début, le silence entre eux les embarrassa. Puis ils s'y habituèrent. Ayant accordé leur allure, ils marchaient du même pas ample et énergique, tels deux vieux élans majestueux, et attiraient le regard des passants.

C'est ça, regardez, disait Ragnhild en pensée aux gens dans la rue.

Marcher au même rythme que ce géant lui procurait un bien-être qu'elle n'éprouvait sinon que dans la forêt.

Ils arrivèrent en un rien de temps devant le bureau des pompes funèbres. Seule, elle aurait eu l'impression de marcher des jours.

L'employé des pompes funèbres se souvenait de Ragnhild, infirmière aux urgences. Il avait fait une péritonite. À l'époque, la ville disposait encore d'un service d'urgences chirurgicales.

« Une chance, dit-il. Pas sûr que j'aurais survécu jusqu'à Gällivare. »

Elle regarda autour d'elle. Rideaux IKEA, meubles IKEA, affiches d'art IKEA aux murs, dans des cadres bon marché. Elle trouvait cela déprimant. Non pas parce que c'était laid, mais parce qu'on voyait toujours la même chose, partout. Chez les gens riches aussi, tout était uniforme, papiers peints William Morris et design Svenskt Tenn.

Elle pensa à la maison de son enfance, sur l'île. Aux meubles fabriqués par isä. Aux rideaux tissés par äiti. Olle et sa femme n'en voudraient pas. Les idiots.

Encore que moi non plus, je n'ai pas l'intention de garder les meubles ni le linge, songea-t-elle. Je vais juste enterrer Henry.

Börje Ström s'entretenait plaisamment avec l'homme des pompes funèbres.

« Il faut savoir s'y prendre avec les gens, n'est-ce pas, pour exercer ce genre d'activité, dit-il.

— Oui, reconnut l'entrepreneur. Quand j'allais à l'école, je ne comprenais pas que ma mère puisse aimer ce métier. Les week-ends, je devais l'aider et je détestais cela. Mais aujourd'hui je comprends. On fait beaucoup de belles rencontres, en réalité. Il faut parfois être un peu psychologue. »

Ils choisirent les cercueils et réglèrent les détails pratiques. Ragnhild regardait Börje. Il agissait sur son entourage comme un soleil printanier. Avec lui, les gens se déridaient, fondaient comme des bonshommes de neige. Ragnhild n'aurait pas pu dire si cela l'exaspérait ou pas.

Elle se souvenait de la mère de l'entrepreneur. Celle-ci les avait aidés, pour les obsèques d'isä et d'äiti. Une bonne personne.

« Pas de fleurs, dit Ragnhild. De toute façon, il n'y aura presque personne à part moi, notre frère aîné et sa femme.

— Mais vous serez là, vous, objecta Börje. Alors il faut qu'il y ait quelques fleurs, tout de même. »

Elle choisit une couronne parmi les moins chères, et Börje en prit une semblable pour son père.

Après quoi elle se sentit assez sereine.

Je fais cela pour äiti. C'est ce qu'elle aurait souhaité, pensa-t-elle. Pas pour Olle. Ni pour moi. Et certainement pas pour Henry.

Si cela n'avait tenu qu'à elle, elle aurait porté les cendres d'Henry à la déchèterie, dans une boîte à chaussures. Avec le verre, les vieux journaux et les déchets non recyclables.

L'homme des pompes funèbres prit note des commandes de café et de pains surprises.

« Y aura-t-il d'autres membres de la famille ? Votre fille va venir ? demanda-t-il à Ragnhild.

— Non, répondit-elle sans un tremblement dans la voix. Elle ne connaissait pas Henry.

— Elle n'habite plus à Kiruna, n'est-ce pas ? »

Tout le monde n'est pas au courant, se dit Ragnhild. On s'imagine que les gens savent tout, mais ils ont assez à faire avec leur propre vie.

Elle secoua la tête et sans lui laisser le temps de poser d'autres questions, elle conclut : « Nous avons terminé, alors ? »

En s'engageant sur le parking où il avait rendez-vous avec le micheton d'Anna Josefsson, Sven-Erik sentit son humeur retomber. Une trentaine de préfabriqués gris clair étaient empilés les uns sur les autres. Quand les avait-on mis là ? Il n'en avait aucune idée, il n'était pas venu dans la zone industrielle depuis longtemps. Cette vision lui serra la poitrine. Fallait-il que les gens vivent dans de telles conditions ?

Le micheton était un homme jeune, sans doute à peine trente ans. Il portait un bonnet tricoté et une doudoune coûteuse. Il toqua à la vitre.

« Vous êtes Sven-Erik ? »

Il s'assit sur le siège passager, ôta son bonnet. Il s'appelait Simon.

Vu la pâleur de sa peau, ce n'était pas le genre de type à aller se promener en forêt dès la fin de l'hiver, pensa Sven-Erik.

« Vous habitez là ? demanda-t-il en levant le menton vers les baraques.

— Oui. Sympa, hein ? dit Simon avec une ironie appuyée.

— Non, ça n'a pas vraiment l'air très cosy, reconnut Sven-Erik.

— Vous devriez voir l'intérieur, dit Simon. On partage la chambre avec un autre type, on travaille douze heures par jour, sept jours d'affilée, puis on a sept jours de libre. Alors chacun rentre chez soi. Et deux autres viennent loger dans la piaule. On est douze à partager la cuisine. On est censés nettoyer et ranger, mais c'est une véritable porcherie.

— Ah, et vous allez où, vous, lorsque vous rentrez chez vous ?

— À Tollarp, en Scanie. Enfin, maintenant, j'y vais plus.

— Ah bon. Vous voulez un Yoggi Yalla ? »

Sven-Erik se pencha au-dessus de Simon pour ouvrir la boîte à gants.

Et me voilà retombé dans mes vieilles habitudes alimentaires, pensa-t-il. Une bricole avalée en vitesse et c'est bon.

« Un véritable parcours du combattant, de nos jours, pour choisir le parfum de son yaourt, dit-il. Je peux vous offrir un… bon sang, c'est écrit quoi ?… Cactus-citron vert. À moins que vous ne préfériez fraise-citronnelle ?

— Non merci, dit Simon en ébauchant un sourire. Je préfère mon snus. »

Simon sortit sa boîte de tabac à chiquer et en plaça une dose sous sa lèvre.

« Oui, vous avez raison, soupira Sven-Erik. Moi j'ai arrêté il y a vingt-huit ans.

— La vache ! dit Simon en éclatant de rire. J'étais même pas né.

— Pourquoi ne rentrez-vous plus chez vous ? Si je peux vous demander.

— Ben, vous savez, fit Simon en se passant la main sur le visage, pendant que je bossais là-haut, ma compagne en a profité pour sortir avec un de mes potes. Ils étaient plus que des copains, si vous voyez ce que je veux dire. Un jour je n'ai plus eu nulle part où rentrer chez moi. Maintenant j'habite ici en permanence. Je fais les trois-huit.

— Vous ne pouvez pas déménager ? demanda Sven-Erik. Avoir votre propre logement ?

— On ne trouve pas d'appartement à Kiruna. Mais on m'a dit que la ville était belle.

— Quoi ? Vous n'êtes jamais allé en ville ?

— Ben, c'est-à-dire que j'ai pas eu l'occasion. Le bus de la mine vient nous chercher pour l'embauche et il nous ramène après. Et puis ça revient cher, un appartement. Surtout maintenant que j'ai la pension à payer pour nos deux gosses, et je dois garder de quoi aller les voir à Tollarp, tous les quinze jours. Et dormir à l'hôtel, là-bas. Bref.

— Vous faites quoi, à la mine ?

— Je transporte la gangue. »

Sven-Erik sentit qu'il devait en venir au fait. Autrement, Simon allait se mettre à pleurer et la conversation partirait à vau-l'eau. Les hommes qui pleuraient lui racontaient souvent n'importe quoi ensuite, ou bien ils se renfermaient définitivement sur eux-mêmes parce qu'ils ne supportaient pas de s'être montrés faibles.

Toutefois, Sven-Erik décida d'attendre un peu avant de sortir de sa poche la photo des femmes mortes.

« Vous avez vu les informations, nous avons trouvé deux prostituées mortes, dit Sven-Erik. D'après Anna Josefsson, vous les connaissiez.

— Elle m'a promis que j'aurais pas d'histoires si je vous parlais.

— Je ne fais plus partie de la police, dit Sven-Erik. Ça m'intéresserait juste de savoir qui étaient ces filles et qui… »

Il acheva son propos par un léger hochement de tête.

« Ben, j'ai été chez Anna plusieurs fois, dit Simon. C'est elle que je préfère, mais je suis obligé de louer une voiture pour y aller. Ça revient cher. Il y a quelques types, ici, qui se mettent à plusieurs et commandent des putes par téléphone. Elles viennent dans un mobil-home et s'installent sur le parking.

— Comment ça fonctionne ? D'un point de vue purement pratique, je veux dire.

— Il y a deux lits dans leur mobil-home. Donc elles sont deux à l'intérieur, chacune avec son client. Et il y en a une autre dans la cabine, devant. Si quelqu'un veut juste une branlette ou une pipe.

— Qui conduit le mobil-home ?

— Des Russes, je crois. Pour le tarif et tout ça, on parle anglais. Ce sont deux types qui conduisent et encaissent l'argent, en dollars ou en euros de préférence, *cash is king*.

— Et les filles ?

— Ces derniers mois, c'étaient trois gamines d'Europe de l'Est. Peut-être des Russes aussi, je sais pas. »

Trois, songea Sven-Erik. Mais seulement deux mortes. Où est passée la troisième ?

« Vous pouvez les décrire ?

— Deux blondes avec des nichons siliconés. J'aime mieux les naturels. La troisième, je suis jamais allé avec elle alors…

— Vous connaissez le nom de l'une d'elles ?

— Ouais, la dernière que j'ai eue devait s'appeler Mary. Comme la vierge Marie. Facile de s'en souvenir. Sérieusement, elles nous disent jamais leurs vrais noms. Et faut pas trop croire ce qu'elles racontent non plus. Elles vous débitent des salades, que dans leur pays elles font des études ou qu'elles ont des enfants à nourrir. Tout ça, c'est juste pour que leurs clients aient l'impression de les aider, d'une certaine manière. On préfère penser que son fric partira chez leurs familles nécessiteuses plutôt que dans la drogue et ce genre de saloperies, hein ? Certains gars ici sont crédules, mais si vous voulez mon avis, elles mentent comme elles respirent. Les filles, elles savent que je crois pas leur baratin, elles me respectent. Alors je suis un peu leur client favori, jeune et… Ouais, pas un vieux cul. »

Sven-Erik hésita entre la pitié et le mépris.

« Quand sont-elles venues ici pour la dernière fois ? » demanda-t-il.

Simon haussa les épaules.

« Il y a un mois, peut-être. Elles devaient être là le premier jeudi d'avril, mais personne n'est venu, alors… »

Sven-Erik consulta le calendrier sur son téléphone. Le premier jeudi d'avril, le 7, donc.

« Vous avez dit que vous les appeliez, vous avez le numéro ?

— Négatif. C'est plutôt l'information qui se met d'un coup à circuler, on sait qu'elles vont venir et on doit dire si on veut quelque chose. Du sexe ou de la drogue. Les types qui conduisent le camping-car vendent un peu de came aussi.

— Qui vous informe quand elles vont venir ?

— Ça, je le dis pas. Sinon j'aurai de gros problèmes, vous comprenez, hein ?

— Je comprends », dit Sven-Erik en tirant de sa poche la photo des femmes mortes.

Simon y jeta un œil, mais détourna aussitôt le regard.

« Oh merde, marmonna-t-il.

— Ce sont elles ? demanda Sven-Erik.

— Oui, possible, on ne voit pas bien. Les visages… rangez ça !

— Je pense qu'aucun d'entre vous qui avez été leurs clients, ici, ne leur voulait de mal, dit Sven-Erik en rangeant la photographie. Alors s'il vous revient quelque chose qui pourrait aider la police à les identifier ou à savoir d'où elles venaient, ou à mettre la main sur ces Russes… »

Il lui tendit un bout de papier avec son nom et son numéro de téléphone, avant d'ajouter :

« Et puis tiens, appelez-moi à l'occasion, je vous montrerai Kiruna. Il faut absolument que vous voyiez la ville. Avant qu'elle s'effondre dans la mine. »

La jeune pasteure avait les cheveux coupés court, des tatouages sur les avant-bras et un anneau dans le sourcil. Ragnhild et Börje mirent plusieurs secondes à comprendre qu'il s'agissait bien du ministre du culte et non d'un confirmand.

Elle s'en amusa.

« J'ai l'habitude, dit-elle. J'ai l'air d'une petite fugueuse de douze ans. C'est génétique. Maman, elle, paraît toujours vingt ans. »

Elle les invita à la suivre jusqu'à l'endroit de l'église où avait lieu le catéchisme dominical. Quelques chaises installées en cercle dans un coin. Une table avec les bibles des enfants et une bougie. La pasteure alluma la bougie et les pria de s'asseoir.

« C'est plus chaleureux ici, dit-elle. Parlez-moi d'abord un peu de vos proches que nous allons enterrer. »

Börje raconta son histoire. Un père qui avait disparu quand lui-même avait onze ans, et qui venait de réapparaître dans un congélateur. La pasteure avait vu cela aux informations, évidemment.

« Vous étiez proche de lui ? demanda-t-elle.

— Tout dépend de ce qu'on entend par là, répondit Börje. Je ne le voyais pas très souvent. J'ai grandi avec ma mère. Mais c'est lui qui m'a initié à la boxe. Et j'ai continué après sa disparition. Tous mes tatouages, je les ai fait faire d'après les souvenirs que j'avais des siens. »

Il remonta ses manches. Une ancre sur un bras, une rose des vents sur l'autre.

« Il semble avoir eu une grande influence sur vous », dit la pasteure en retroussant elle-même ses manches afin que ses propres tatouages soient visibles. Une croix sur un bras, un verset biblique sur l'autre.

« Il n'y a pas tant de différence, finalement, dit-elle avec un sourire. Le symbole de l'ancre remonte au christianisme. Avec son jas, l'ancre est une croix déguisée.

— Et la rose des vents nous indique le chemin », ajouta Börje.

Il sourit à Ragnhild pour l'inclure dans la conversation.

« C'est dingue quand on y pense, dit Börje, que de nos jours un pasteur puisse être tatoué. Du temps de mon père, seuls les criminels, les prostituées et les marins allaient se mettre sous les aiguilles. »

Le récit de Börje laissa Ragnhild en proie à un conflit intérieur.

C'est facile, pensait-elle, putain ce que c'est facile pour les hommes, de faire une apparition de temps en temps. Alors que c'est sa mère qui l'a élevé. Elle qui s'est débrouillée pour qu'il ait quelque chose dans son assiette et un toit sur la tête.

Ragnhild était prête à parier que la pasteure se croyait féministe. Mais où était l'esprit critique, aujourd'hui ? La jeune femme était là, souriante, à comparer des tatouages. Séduite. Par ce que racontaient des hommes sur les hommes.

Puis vint le tour de Ragnhild.

« Parlez-moi un peu de votre frère », dit la pasteure.

Ragnhild fut incapable de dire quoi que ce soit. Un bloc de granit d'une tonne empêchait les mots de sortir.

Son regard tomba sur un panneau de feutre sur lequel étaient fixées quelques figurines en carton. Un bateau et une baleine.

« C'est Jonas dans le ventre de la baleine ? demanda Ragnhild. Les enfants ne trouvent-ils pas cette histoire stupide ? »

Elle serra ses mains croisées pour ne pas trembler. Elle était un bloc de granit jusqu'au sommet de la tête.

« Oui, c'est Jonas, dit la pasteure. Nous suivons l'année liturgique aussi avec les enfants. Et personnellement, je pense que les légendes sont les récits les plus véridiques.

— Je ne me souviens pas, dit Börje. Comment Jonas a-t-il atterri dans le ventre de la baleine ?

— Jonas était un prophète, expliqua la pasteure. Et comme tous les prophètes de la Bible, il était malheureux, insatisfait et déprimé. Ça m'a toujours beaucoup plu, que les prophètes ne soient pas du genre "happy-happy-alléluia". Quoi qu'il en soit, Dieu demande à Jonas d'aller à Ninive pour inciter ses habitants à faire pénitence, car il a l'intention de les anéantir.

— Ça ne rigole pas, dit Börje avec bonhomie.

— Au lieu d'aller à Ninive, Jonas prend un bateau pour Tarsis. Là, une tempête se lève. Tous sont persuadés qu'ils vont périr. Jonas dit à l'équipage de le jeter à l'eau, car tout est de sa faute. C'est ce qu'ils font. La mer s'apaise. Jonas se retrouve dans le ventre de la baleine. Dieu l'a sauvé et il va prêcher à Ninive. Le peuple de Ninive s'amende, Dieu décide donc de ne pas l'anéantir. Alors Jonas est super en colère. Il estime que Dieu a sapé sa réputation de prophète en ne tenant pas parole. À la fin de l'histoire, Jonas fait la tête, Dieu essaie de le raisonner, il reste avec lui mais Jonas est récalcitrant. »

La pasteure se mit à rire.

« Excusez-moi, c'était un véritable prêche. Mais pour moi cette histoire est très vraie, car je fuis souvent mon propre Ninive, je fais autre chose à la place, et il m'arrive de préférer la mort – la mort spirituelle – plutôt que d'accomplir ce qui m'incombe.

— Quoi, par exemple ? » demanda Börje, curieux.

La pasteure haussa les épaules.

« Demander pardon à quelqu'un. Reconnaître mon véritable sentiment. Devenir sobre a été toute une affaire pour moi. J'ai pris cent fois le bateau pour Tarsis.

— On choisit les cantiques ? » demanda Ragnhild.

Ils choisirent les cantiques. En chantèrent deux. Au milieu du chant, le téléphone de Börje vibra. Ragnhild remarqua qu'il le tint loin d'elle pour lire le SMS et taper une courte réponse.

Bien entendu, pensa-t-elle. Une femme.

Après l'entretien avec la pasteure, le téléphone de Börje sonna. Ils étaient sur le parvis et Börje s'excusa en gagnant l'angle de l'église. Ragnhild entendait le murmure de la conversation.

Elle consulta sa messagerie. Une ancienne collègue lui envoyait ses condoléances. Ragnhild la remercia brièvement pour sa sollicitude. Tout cela ne signifiait rien. Ou si peu. Les gens étaient polis, c'est tout.

Börje et elle avaient prévu de dîner tôt ensemble. Non, elle ne pourrait pas supporter. Elle avait compris : pour lui, tout comme pour Olle d'ailleurs, elle était bien pratique. Bonne à prendre les rendez-vous avec la pasteure et le bureau des pompes funèbres.

Une bonne à tout faire, voilà ce que je suis, pensa Ragnhild. Et là, c'est la bonne à tout faire officielle qui appelle pour savoir quand il rentrera à la maison.

Elle partit, très vite mais sans courir.

Tandis qu'elle remontait à grands pas la rue des Lapons, elle reçut un appel du commissariat de Kiruna. Une policière nommée Anna-Maria Mella lui apprit qu'Henry avait été assassiné. Les obsèques étaient donc suspendues jusqu'à nouvel ordre, dit-elle, les techniciens devaient examiner le corps. La police voulait lui parler. Est-ce qu'elle pouvait passer ?

Börje Ström termina sa conversation avec Lottie à Älvsbyn. Quand il revint sur le parvis, Ragnhild avait disparu. Il eut l'impression d'avoir été mis K-O alors qu'il avait encore toutes ses forces. Le coup qu'on n'a pas vu venir. Pan sur le nerf maxillaire, et les jambes qui se plient.

Au commissariat, Ragnhild dut raconter une nouvelle fois sa course à skis jusqu'à Palosaari, la découverte de son frère mort puis de Raimo Koskela dans le congélateur.

Elle relata tout en détail, la conversation téléphonique avec le commerçant de la supérette, le chien. C'était pour lui qu'elle était allée là-bas. Elle n'avait pas réussi à l'aider. Il était peut-être mort. Dévoré par les corneilles et les renards.

C'est là qu'elle prit conscience de l'espoir qu'elle plaçait déjà en Börje Ström. Elle avait rêvé de lui, même éveillée.

Qu'est-ce que tu t'imaginais ? se dit-elle.

C'était quoi, la phrase de Moa Martinsson, déjà ? « Faire confiance à un homme, ça mérite des claques. »

L'inspectrice Anna-Maria Mella poursuivit son interrogatoire. Une partie de Ragnhild répondait tandis que l'autre avait envie de hurler sa honte d'avoir songé à l'éventualité d'une relation avec Börje Ström. Elle l'avait pris pour un séducteur. En réalité, il n'avait même pas besoin de se fatiguer à faire du charme. Il lui suffisait d'exister pour attirer des hordes de femmes perchées sur des hauts talons, marmites de ragoût dans les mains et cols de chemisier déboutonnés.

Elle était l'une d'elles. Tombée dans le panneau, la tête la première. Elle avait cent fois changé de vêtements pour se faire belle. En pensée, elle était déjà blottie contre son épaule, dans ses bras. Elle s'était dit que « oui ». Comme si elle avait eu le choix.

Elle n'avait pas une haute idée des hommes en général. Depuis toujours. Enfant, il fallait se méfier. Les garçons se battaient. Quand on prenait des coups à l'école, les adultes haussaient les épaules : « Les garçons sont comme ça. » Plus tard, ils se servaient d'une autre manière. Les hommes. Les garçons. Tout au long de sa vie, elle leur avait donné de nombreux qualificatifs. Il y avait les flemmards, les bons à rien, les tire-au-flanc. Les coureurs de jupons et les don Juan. Un trait de méchanceté chez certains, telle une rayure récurrente dans la trame d'un tapis. D'autres étaient gentils. La plupart des femmes de sa famille s'accordaient à dire que si l'on en trouvait un gentil, qui ne buvait pas et ne frappait pas, alors il fallait s'estimer heureuse. Oui. Du moment qu'il était travailleur et habile de ses mains. Un gars comme ça, on le nourrissait et on nettoyait derrière lui, on couchait avec de temps en temps. On avait des sentiments pour lui, à peu près comme on aime un bon cheval ou un chien fidèle.

J'aurais dû trouver un chien fidèle, songea-t-elle. Quand j'étais jeune. Un père pour Paula. Tout aurait été différent. Quelle pauvre conne je suis.

L'inspectrice Mella lui demanda qui Henry fréquentait habituellement. Personne, à sa connaissance. Avait-il des différends avec quelqu'un ? Avec tout le monde, sans doute. Mais tout ça était si loin, maintenant. Qui se souciait d'un type comme Henry ? Le tuer était tellement… inutile.

Elle repensa aux hommes. Même Henry était l'un d'eux.

« Dieu me préserve de la passion », disaient certaines femmes dans sa famille. Le désir charnel menait toujours au malheur.

Mais voilà. Le corps se mettait si vite à crier et à désirer. Börje Ström, celui-là était du genre à vous briser de l'intérieur. N'avait-elle pas déjà eu son compte ? Et pourtant elle s'était jetée dans la gueule du loup. Alors oui, elle avait bien fait de le planter devant l'église tout à l'heure.

Après l'interrogatoire, Ragnhild demanda :

« Avez-vous prévenu notre frère, Olle ? Sait-il qu'Henry a été assassiné ?

— Oui, il est au courant », répondit Anna-Maria Mella.

En rentrant du commissariat Ragnhild réalisa qu'Olle n'avait même pas pris la peine de l'appeler.

Une bonne à tout faire, une fois de plus.

« Donc elles étaient trois, dit Rebecka Martinsson, et elle but une gorgée de yaourt. Il est à quoi, celui-là… cactus-citron vert !

— Tu vois tout ce qu'ils inventent, dit Sven-Erik Stålnacke avec un regard amoureux pour le sien au goût orange-vanille. Santé, satanée procureure ! »

Il leva la petite bouteille, en engloutit le contenu d'un trait puis s'enfonça confortablement dans le fauteuil des visiteurs.

Il avait offert un yaourt liquide à Rebecka après sa séance de négociations. Elle était euphorique. Le tribunal avait entériné toutes ses requêtes. Top-top-top-top !

« Deux des filles ont été écrasées… tu sais qu'on a trouvé des traces sous le scooter d'Henry ? Mais où est passée la troisième ? demanda Rebecka. Si j'obtiens un volet d'heures supplémentaires, tu pourrais envisager de revenir travailler sur cette enquête ? »

Sven-Erik balaya la proposition d'un geste de la main.

« Il faut bien que quelqu'un s'occupe du meurtre de Raimo Koskela aussi, dit-il. Toi tu n'auras pas le temps, je présume ?

— On en est où, avec cette affaire ?

— Eh bien, je voulais voir si Pohjanen a du nouveau concernant la balle. Et puis j'irai parler aux anciens entraîneurs de Börje Ström. Ils connaissaient Raimo. »

On frappa un coup bref à la porte, Fred Olsson pointa la tête dans l'entrebâillement.

« Salut, Svempa ! » lança-t-il.

Il brandit une petite liasse de fadettes en direction de Rebecka, comme s'il s'agissait de tickets à gratter gagnants.

« Et voilà ! dit-il.

— C'est Noël ! répondit-elle blagueuse. Ou mon anniversaire ? »

Rebecka baignait dans le bonheur. Elle faisait à nouveau partie de la bande. Les policiers passaient sa porte, livraient leurs rapports, lui demandaient de prendre des mesures. Et tous ces dossiers au tribunal, aujourd'hui. Le bruit s'était répandu dans les locaux qu'elle était une bête de travail. La conférence de presse était allée comme sur des roulettes. Tout cela pendant que von Post rongeait son frein, enfermé dans son bureau.

« Là ! dit Fred Olsson en désignant les lignes surlignées en jaune sur le relevé des communications. Le vendredi 8 avril, Henry Pekkari appelle son frère Olle. Ils ont à peine raccroché, tu vois, il ne s'écoule même pas une minute, qu'Olle Pekkari téléphone à Frans Mäki.

— Putain ! s'exclama Sven-Erik. Il est encore vivant ?

— Qui ? demanda Rebecka.

— Voyons ! lança Sven-Erik. Tu as certainement entendu parler de lui. Quel âge peut-il bien avoir maintenant ? Cent ans ?

— Quatre-vingt-huit, dit Fred Olsson. Il habite du côté d'Esrange. Marié pour la cinquième fois, à ce que j'ai entendu dire. Avec une Russe qu'il a trouvée sur catalogue.

— Sur catalogue, dit Rebecka. Ça s'appelle encore comme ça ?

— Il a toujours plus ou moins trempé dans la criminalité, dit Sven-Erik. Il possédait un tas de restaurants et de clubs dans toute la région. Des immeubles, aussi. Dans les années soixante, soixante-dix, il était dans la cambriole et la drogue. Mais par la suite, le business de la drogue a été repris par d'autres. »

Sven-Erik vissait et dévissait le bouchon de son yaourt liquide. Rebecka se dit qu'il appartenait à cette catégorie d'hommes qui réfléchissent le mieux les mains occupées. Elle pensa aussitôt à Krister dont les mains étaient toujours en action. Quant à elle, il lui fallait courir après ses pensées pour qu'elles ne lui échappent pas.

« Il avait la criminalité dans les gènes, poursuivit Sven-Erik Stålnacke. Il lui venait sans cesse de nouvelles idées. Un vrai génie des affaires. Au début des années quatre-vingt par exemple, il possédait un atelier de mécanique, achetait des voitures de luxe accidentées. Complètement bousillées, j'entends. Il dévissait les plaques minéralogiques et balançait les épaves dans des puits de mine remplis d'eau, un peu partout dans le Norrbotten. Ensuite, ses acolytes volaient des berlines de luxe du même modèle, auxquelles ils vissaient les vieilles plaques d'immatriculation, et ils se faisaient passer pour les champions de la réparation d'épaves. Il y a quelques années, le nouveau propriétaire de l'atelier a voulu s'agrandir, et en creusant le sol ils ont découvert les plaques d'immatriculation de plus de trente voitures volées, enterrées sous les plates-bandes. Mais les délits étaient prescrits depuis belle lurette.

« Il était encore en activité au début des années deux mille, compléta Fred Olsson. À l'époque il faisait du trafic de diesel en provenance de Finlande. Les affaires étaient juteuses parce que les gens en achetaient pour chauffer leurs baraques. C'était avant que les Hells Angels montent jusqu'ici et se mettent sur le coup.

— Si le Suédois moyen pouvait comprendre cette simple équation ! éclata Sven-Erik. Quand tu achètes bon marché des cigarettes de contrebande, de l'alcool ou du gasoil, c'est la porte ouverte à une quantité d'escrocs qui s'emparent d'un business lucratif. Ce sont les mêmes, après, qui tirent sur des gens dans la rue et vendent de la drogue dans les cours de récréation. Et là, tu peux être sûr que les gens appellent la police.

— Pourquoi Olle Pekkari lui a-t-il téléphoné ? s'interrogea Rebecka à voix haute.

— Par la suite, il a été mêlé plusieurs années à ces histoires de cueilleurs de baies, continua Sven-Erik

Stålnacke qui était descendu dans les archives de sa mémoire. Il faisait venir des gens de Thaïlande et de Bulgarie. Leur promettait monts et merveilles avec la cueillette. Mais quand la neige arrivait, ils se retrouvaient bloqués ici sans un sou. Ils lui devaient de l'argent pour le billet d'avion et la nourriture. Alors qu'ils avaient bossé tout l'été. À la fin, c'est la commune qui payait leurs billets de retour.

— C'était lui que les journaux appelaient le Roi des airelles ? demanda Rebecka.

— Ah, tu vois, je savais bien que tu avais entendu parler de lui, dit Sven-Erik. Il avait été surnommé « le Roi » pendant plusieurs années. Mais avec cette histoire de cueilleurs de baies, le sobriquet « Roi des airelles » s'est imposé. À l'époque il était sur la pente descendante. Depuis un moment déjà. Alors il n'a pas apprécié. Il a écrit aux journaux, les a menacés de traîner en justice le journaliste qui avait inventé ça. Mais ils ont publié sa lettre. »

Sven-Erik leva les yeux au plafond et fouilla dans sa mémoire.

« Ils avaient titré : "Un sobriquet peu flatteur associé aux ragnagnas", ou quelque chose dans le genre.

— Oh, mais c'est terrible, dit Rebecka avec une gravité feinte. Faire le lien avec une chose aussi honteuse que la semaine des airelles pour les femmes.

— Tu voulais aussi savoir si Olle Pekkari avait appelé quelqu'un après votre visite, à toi et Sven-Erik, dit Fred Olsson. Eh bien oui, c'est le cas. »

Il feuilleta les fadettes et pointa une partie surlignée en jaune.

« Voilà, dit-il. Tout de suite après votre départ il a appelé son fils. Leur échange a duré sept minutes et trente-deux secondes.

— Ça ne veut pas forcément dire quelque chose, dit Sven-Erik. Il venait d'apprendre que son frère avait été assassiné. Il avait peut-être besoin d'en parler.

— Mais ça peut aussi bien vouloir dire quelque chose, objecta Rebecka. Olle nous a menti, ne l'oublie pas. D'abord il nous raconte qu'il n'a pas eu de contact avec Henry, puis il se reprend quand on lui fait remarquer qu'Henry l'a appelé ce soir-là. Je veux voir le Roi des airelles. Tu viens avec moi, Fredde ?

— J'ai rendez-vous chez l'ostéo. Tu pourrais y aller avec Mella, non ? C'est elle, la responsable de cette enquête. »

Börje Ström retourna à son hôtel. Il était un peu plus de cinq heures. Il rappela Ragnhild Pekkari mais elle ne répondit pas.

Il s'assit dans un fauteuil à la réception et lut le journal local du début à la fin. Puis il ressortit en ville et s'acheta des pulls, des caleçons et des chaussettes.

Il était presque six heures quand son téléphone sonna. C'était Sven-Erik.

« Et si on allait voir vos anciens entraîneurs ? Qu'en dites-vous ? Ils savent peut-être si votre père connaissait Henry Pekkari. »

Börje rentra en courant à l'hôtel, monta à sa chambre par l'escalier, ôta l'étiquette d'un des pulls neufs. Quand il redescendit à la réception, Sven-Erik était là, son téléphone à l'oreille.

« Pohjanen », articulèrent ses lèvres muettes.

Ils franchirent les portes à tambour de l'hôtel, gagnèrent le parking.

« Börje vient d'arriver, dit Sven-Erik. Je mets le haut-parleur. »

Börje et Pohjanen se saluèrent.

« Alors, ça en est où ? croassa Pohjanen d'un ton autoritaire.

— Börje et moi allons voir ses anciens entraîneurs, dit Sven-Erik. Tout va pour le mieux.

— Bien. Maintenant écoutez-moi. J'ai obtenu des renseignements concernant la balle que vous avez trouvée dans le mur, Sven-Erik. Elle a été tirée d'un pistolet de calibre 9 millimètres.

— La vache, dit Sven-Erik.

— Oui. Ça limite nos recherches, hein… »

Suivit une toux grasse. Sven-Erik et Börje se regardèrent en hochant la tête. Ce n'était pas bon signe.

« Qui avait accès à des pistolets dans les années soixante ? demanda Pohjanen une fois sa toux calmée. Les officiers et sous-officiers des chasseurs alpins de Laponie. Les gradés de la garde locale. Je suppose qu'il y avait un club de tir.

— Ce serait bien que la population nous aide un peu, dit Sven-Erik.

— Tout à fait d'accord, réussit péniblement à dire Pohjanen en luttant contre une nouvelle quinte de toux. J'ai appelé les journaux, le *Nordländskan* et le *Kuriren*. Les réseaux sociaux en parlent aussi, alors espérons que l'information va se diffuser. »

Ils mirent fin à la conversation.

« Vous avez entendu ? dit Sven-Erik à Börje. La balle a été tirée par un pistolet. Un projectile identique à ceux utilisés par l'armée. »

Börje s'abîma dans ses réflexions tandis que Sven-Erik manœuvrait pour sortir du parking.

« Dans quoi mon père était-il impliqué ? demanda-t-il finalement.

— Bonne question, dit Sven-Erik. Et à ce propos, le Roi des airelles, vous le connaissez sûrement, non ? Enfin, vous en avez entendu parler ?

— Oui, encore que de mon temps on l'appelait seulement le Roi. C'est à lui qu'appartenaient les locaux du club. Il y traînait souvent. Son fils avait juste un ou deux ans de plus que moi. »

Janvier 1966

Dehors se déchaîne une terrible tempête de neige, ça siffle et ça hurle. Toute la ville est paralysée. Des paquets de poudreuse chassés par le vent rendent les routes impraticables. Seuls quelques rares courageux sont venus s'entraîner. Le local baigne dans une atmosphère de quasi-somnolence. Un radiateur soufflant ronronne bruyamment, mais les sportifs ont quand même tous enfilé des maillots à manches longues. L'un boxe dans le vide devant la glace. Deux autres font du sparring dans le ring. On entend ici et là frapper sur des sacs ou des punching-balls. Börje sautille d'avant en arrière et donne des coups dans le sac de sable.

Au moment où le Roi pénètre dans le local avec son fils Taggen, la neige s'engouffre à l'intérieur en telle quantité qu'il est impossible de refermer la porte, elle fond puis gèle en quelques secondes sur le chambranle. Un jeune boxeur se précipite pour gratter la glace et repousse la porte. Les fenêtres du local en sous-sol sont complètement occultées. La tempête s'arc-boute contre le mur de la maison.

Le Roi tape des pieds pour se débarrasser de la neige, le sol à l'entrée est mouillé, bien qu'on y ait étalé des serpillières et des serviettes. Au regard que le Roi jette autour de lui, les boxeurs ravalent leurs salutations.

Börje tourne furtivement la tête, mais continue à frapper son sac de sable. Récemment, il est allé au Palladium voir un documentaire animalier tourné en Afrique. Le lion fixait la caméra avec des yeux vides, indéchiffrables, qui semblaient de verre. On n'avait qu'une certitude : on était de la chair fraîche. C'est la même chose avec le Roi. Pour lui, en une fraction de seconde, on n'est plus que de la chair fraîche. Et on le sait.

Le Roi avait été poids moyen, en son temps, mais il avait raccroché. Se battre pour des points n'était pas son truc, comme il dit régulièrement aux jeunes boxeurs du club. Il y a bien trop d'imbéciles parmi les arbitres. « Moi je montais sur le ring pour aller au knock-out, répète-t-il souvent. Genre boxeur professionnel. »

Quand il est sur ce registre, on baisse les yeux, parce qu'il lit dans vos pensées : il n'est nullement interdit de mettre l'adversaire K-O dans des matchs amateurs, il suffit de cogner comme un sourd, si on en a envie. Et qu'on en est capable.

Mais on baisse les yeux. Parce qu'on ne veut pas sentir ce regard carnassier posé sur soi, qui prend acte qu'on n'a pas le *sisu* de dire tout haut ce qu'on pense tout bas. Le Roi veut qu'on le déteste mais qu'on n'ose pas la ramener. Le Roi possède le local. C'est un type bien, il ne réclame qu'un petit loyer. Il y a peu, un des camions du Roi est venu livrer des nouveaux sacs au club. Un cadeau. C'est bien, pour le Roi, d'avoir le BK Nordpolen ici, car personne ne pose de questions à propos des voitures sous les bâches, dans la cour. Et plusieurs gars, dans le club, vont récupérer des créances pour son compte ou bien l'accompagnent à des rendez-vous délicats. Mais de cela, personne ne parle. En tout cas pas avec Börje. Pourtant, depuis trois ans qu'il s'entraîne ici, il en a compris des choses.

Aux yeux de Taggen aussi, on est de la chair fraîche. Mais en général, son regard est loin d'être dénué d'expression. Deux fentes étroites qui laissent passer tout son mépris pour les minus. Il a deux ans de plus que Börje. Quand il fait du sparring, il frappe toujours trop fort. Et une fois que l'entraîneur a sifflé la pause et qu'on baisse la garde, il faut s'attendre à un coup en rab.

Or aujourd'hui, le regard de Taggen est vide. Il reste planté à fixer le sol, sans même secouer la neige de ses vêtements. Elle fond sur lui. Ses cheveux coiffés à l'iroquoise, qui lui ont valu le surnom de Taggen, l'Épine, retombent tristement, telles de maigres touffes d'herbe après une pluie d'automne.

Le Roi s'avance vers Nyrkin-Jussi en poussant Taggen devant lui, une poigne paternelle sur sa nuque. Il va droit au but.

« Jussi ! Pourquoi tu ne laisses pas mon garçon aller à la compétition de Gamla Karleby ce week-end ? »

Il parle fort. Afin que nul ne s'imagine qu'il est du genre à racler le sol avec son pied pour s'excuser d'exister.

Nyrkin-Jussi retire ses coussins de frappe et demande au boxeur qu'il était en train d'entraîner d'aller sauter à la corde un moment. Il s'approche du Roi et de Taggen.

« Parce qu'ils sont trois à y aller, répond-il doucement. Et que Taggen n'en fait pas partie. »

Quelques athlètes ont interrompu leurs exercices et écoutent. Börje continue de frapper son sac dans son coin. Personne ne remarque qu'il ouvre grand les oreilles.

« Je sais que Taggen n'en fait pas partie. » Le Roi parle toujours très fort, bien que les deux hommes soient maintenant face à face. « Tu comptes me raconter encore beaucoup de choses que je sais déjà ? Me manquer de respect quand je viens te poser une question ? »

La face de cuir de Nyrkin-Jussi se resserre en une moue circonspecte.

« Les Finlandais ne sont pas des novices, dit-il d'une voix dont tous dans le local perçoivent la maîtrise. Ils sont sacrément forts. Je ne pense pas que Taggen soit en condition pour…

— Moi je dis qu'il est en condition, l'interrompt le Roi. Je ne l'ai jamais ramenée à ce propos, je ne voulais pas faire d'histoires, mais tu es complètement con d'avoir jeté l'éponge lors du dernier match. Taggen s'est retrouvé au tapis, alors qu'il aurait pu gagner. Je me trompe, Taggen ?

— J'aurais gagné », répond Taggen en plantant son regard de carnassier droit dans les yeux de Nyrkin-Jussi. Le seul à pouvoir transformer Taggen en morceau de viande, c'est son père, se dit Börje.

Nyrkin-Jussi serre les lèvres et respire bruyamment à travers son nez aplati de boxeur.

Le Roi fait un geste de la main qui signifie : « Ou bien tu considères peut-être les choses autrement ? »

« Tu t'es remis sur pied à la septième seconde et tu n'as relevé les mains qu'à la huitième, dit Nyrkin-Jussi d'une voix contenue. Bien trop hésitant, à mon avis. Je veux bien que mes gars perdent, là n'est pas la question. Mais autant qu'ils évitent les coups.

— Il ne va pas prendre de coups, dit le Roi. Il ne perdra pas non plus. »

Il lève un doigt, prêt à le pointer dans le torse de Nyrkin-Jussi, mais quelque chose dans l'œil de l'entraîneur fait dévier son geste. Désignant le local autour de lui, le Roi déclare :

« Vous êtes bien ici, hein ? Rien que du nouveau matériel. Une chance que j'allonge un peu de pognon, hein ? Beaucoup de place et un petit loyer.

— D'accord, dit Nyrkin-Jussi. Il n'a qu'à venir avec nous, mais c'est ta responsabilité. »

Maintenant que le Roi a obtenu satisfaction, il devient soudain l'amabilité en personne. Il part d'un rire chaleureux, comme si tout cela n'avait été qu'une plaisanterie. Il tape dans le dos de Nyrkin-Jussi.

Puis il salue les hommes qui sont en train de s'entraîner, échange quelques mots avec eux, ouvre la porte contre la tempête et disparaît. Taggen derrière lui. Le silence s'abat sur le local.

La face de cuir de Nyrkin-Jussi est dénuée de toute expression. Ses gros poings, auxquels il doit son surnom – *nyrkki* signifie « poing » –, pendent le long de ses flancs. Mais ses épaules se soulèvent et s'abaissent au rythme de sa cage thoracique qui enfle et rétrécit, enfle et rétrécit. Il tourne les talons et part vers les vestiaires. En passant devant Börje qui vient d'exécuter une longue série de coups contre le sac suivis de quelques solides crochets, il lui pose la main sur l'épaule et le tire vers l'arrière. Börje doit faire un pas pour ne pas tomber. Le sac le percute lourdement.

« Et ton équilibre ? le rabroue Nyrkin-Jussi. Ne te penche jamais en arrière, mon gars. Combien de fois je te l'ai dit ? »

Il s'éclipse dans le vestiaire, en ressort au bout de dix minutes, ses gants sous le bras, et demande à Börje s'il veut faire du sparring.

Börje acquiesce. La contrariété de l'instant précédent est oubliée dès qu'il farte ses semelles. Nyrkin-Jussi n'a encore jamais fait de sparring avec lui.

« Tu as une gauche rapide, gamin, mais où est ta droite ? Active ta droite, tu aurais pu m'envoyer un crochet sur la tête. Et ensuite la gauche sur le foie. Allez, vas-y, le bonhomme est encore résistant. Si tu arrives à placer ce coup, l'adversaire ne s'en remettra pas. Le foie, c'est le coup mortel. L'adversaire est nase tout le reste du match. »

Börje cogne avec sa gauche dans Nyrkin-Jussi. Le coup n'est pas dur, mais plus vif que Nyrkin-Jussi l'aurait cru. Börje voit la surprise dans son regard.

« "Tu les briseras avec une verge de fer", psalmodie Nyrkin-Jussi. Lève ton droit maintenant ! "Tu les briseras comme le vase d'un potier[1]." »

Börje reste en mouvement, esquive et se baisse face aux jabs de l'entraîneur. Puis quand celui-ci le force à reculer, il frappe de toutes ses forces.

« Tu ne dois pas arrêter ! hurle Nyrkin-Jussi. Continue toujours à gêner, utilise-moi ce poing gauche aussi quand tu recules. Tu dois continuer à te battre même en reculant. Je déteste les types qui se retranchent dans les cordes et s'accroupissent, les bras enroulés autour de la tête. »

Börje sue par tous les pores, comme un ruisseau perçant la neige au printemps. La voix rauque de Nyrkin-Jussi est la voix de Dieu sur le mont Sinaï.

« Lève ta garde ! Baisse le menton ! Détends les épaules ! Ne bloque pas ta respiration, tes muscles n'auront plus d'oxygène. Personne n'y arrive sans oxygène. Respire ! Respire ! Pas trop de torsions du corps, tu vas perdre l'équilibre. Imagine que quelqu'un t'a embroché du crâne aux testicules, et ça descend jusqu'au sol. Tourne autour de cette broche. »

Après cette séance de sparring, Börje tremble comme un veau qui vient de naître. Il crache son protège-dents et souffle, penché en avant, les mains

1. Psaumes 2, 9. Traduction Louis Segond. Toutes les citations de la Bible sont données dans la traduction de Louis Segond (*NdT*).

appuyées sur les genoux. Nyrkin-Jussi est rouge et hors d'haleine, lui aussi.

« Tu es prêt, dit-il en donnant à Börje une petite tape sur le dos comme s'il lui apposait un cachet attestant de ses bons résultats. De toute façon, on devra prendre une voiture en plus pour aller en Finlande ce week-end. Tu viens avec nous faire un match à Gamla Karleby ? »

Börje reste pantois. Est-ce une plaisanterie ? En Suède, il n'aura pas le droit de participer à des matchs avant ses dix-sept ans. Il n'en a même pas quinze. En Finlande, les règles ne sont pas aussi strictes, il le sait. Et là-bas, ils ne sont pas aussi pointilleux pour la déclaration des matchs.

Pour autant qu'il sache, jamais un gars aussi jeune n'est allé disputer une compétition pour le BK Nordpolen.

Qu'est-ce qu'il va dire à sa mère ? Il devra inventer un mensonge, une virée avec un copain dans le Tornedalen.

Il se relève. Son regard dérive vers le miroir sur le mur. Il y voit un grand type. Pas très robuste, mais élancé, aux épaules larges. Ses cheveux blonds sont bien coupés, forcément, avec une mère coiffeuse. Un short, un polo trempé de sueur. Des yeux qui voient venir les coups, de la droite et de la gauche. Un boxeur. Un gars qui ressemble à son père. Il n'a plus qu'à se faire faire d'autres tatouages. Il regarde les trois points sur sa main.

Börje passe la frontière et va se battre. Les Suédois trouvent que les Finlandais cognent dur. De nombreuses années plus tard, on découvrira que le peuple frère utilisait de vieux gants dont le rembourrage était enfoncé dans la partie inférieure. Mais à ce moment-là, personne ne le sait. La seule chose que savent les gars de Kiruna c'est que, quand les Finlandais leur mettent un coup, ils ont l'impression d'être frappés par une barre de fer. Ils sont couverts de bleus.

Mais le problème de Börje ne réside pas tant dans les gants des Finlandais que dans sa tête.

« Tu dois aller jusqu'au bout ! gueule Nyrkin-Jussi entre les rounds. Je sais que tu le peux. Envoie tes coups, et quand l'adversaire est un peu sonné n'attends surtout pas qu'il se ressaisisse. *Päälle vain !* Du nerf, bordel ! Toi tu t'écartes et tu le laisses sortir des cordes. Non, tu dois continuer à… comme Josué pour conquérir Jéricho. Ils ont d'abord fait chaque jour une fois le tour des murailles, pendant six jours. Puis ils ont augmenté, jusqu'à sept tours le septième jour. Et après ? »

Börje hausse les épaules. Il attend le coup de gong.

« Après, les murailles se sont écroulées, les guerriers sont entrés dans la ville et ont tout détruit, hurle Nyrkin-Jussi. Ils sont allés jusqu'au bout ! »

Sisu-Sikke, lui, est peu loquace. Il a plutôt l'air soucieux. Börje se dit qu'il ira jusqu'au bout. Qu'il le peut. Qu'il le veut. Mais ce que pense le cerveau ne suffit pas toujours. Le corps pense parfois différemment. À Karleby, Börje perd aux points.

Au début du printemps, il dispute des matchs à Rovaniemi, Kemi, Kajani et Otanmäki. Il n'a aucun souvenir de celui de Kemi. Il se rappelle seulement que Sisu-Sikke l'a aidé à lacer ses gants. Et après, il se revoit dans la neige devant la salle de sport, il cherche ses skis. Visiblement le match est déjà terminé. Sisu-Sikke l'attend : « Qu'est-ce que tu racontes, mon gars ? T'es pas venu ici avec tes skis. » Ensuite, couché sur un banc devant les douches pendant que les autres sont dans le sauna, Börje arrête de divaguer à propos de ses skis. Il entend Nyrkin-Jussi dire que le gamin a une bonne technique. Mais qu'il manque de punch.

Börje n'a pas de punch, et en plus il saigne facilement. Dès qu'on lui frappe l'arcade sourcilière, ça saigne et il ne voit plus rien.

Toutes ces nuits à l'arrière de la voiture. Traverser la frontière au milieu de forêts enneigées pour rentrer en Suède. Avoir mal partout. Mais les douleurs dans le corps ne sont rien. D'une certaine manière, c'est même presque agréable d'être complètement moulu.

Ce qui mine Börje, ce sont les maux de l'âme. Quand on sait qu'on est meilleur que l'adversaire, mais qu'on ne gagne pas. Lorsque Nyrkin-Jussi vous lâche, qu'il ne vous sermonne plus.

« Quand avez-vous vu vos anciens entraîneurs pour la dernière fois ? demanda Sven-Erik lorsqu'ils approchèrent de la maison de retraite Brittsommargården. Ça remonte à loin ?

— Je ne les ai pas vus depuis ma médaille d'or aux Jeux olympiques. Et après le match aux Catskill Mountains, je n'ai pas eu envie de revenir ici. Je me suis installé à Älvsbyn. Je ne sais pas si… »

Il ne put terminer sa phrase.

Est-ce qu'ils voudront me revoir ? pensa Börje Ström. Au début, on est jeune et bête. Ensuite, les années passent.

Börje s'inquiétait inutilement. Lorsque Sven-Erik Stålnacke et lui firent leur entrée dans la résidence, ce fut la fête.

Sisu-Sikke et Nyrkin-Jussi prirent Börje dans leurs bras et lui ébouriffèrent les cheveux.

« Bienvenue chez les vieux croûtons ! » dit Nyrkin-Jussi.

C'était Sisu-Sikke qui vivait dans la maison de retraite. Il se déplaçait en fauteuil roulant, avait pratiquement perdu l'usage de la parole et d'un bras, mais son regard était limpide comme un lac de montagne.

Nyrkin-Jussi, lui, était toujours alerte. Sec comme une trique, grosses pognes. Börje et lui mimèrent un bref échange de coups.

Le personnel s'exclama : « Du beau monde ! » et fit du café. S'ensuivit une interminable séance photo avec les résidents prenant la pose aux côtés de Börje Ström, poings droits dressés en l'air. Même la plus décrépite, un raisin sec de quatre-vingt-dix-sept ans aux cheveux blancs cotonneux, vêtue d'un gilet rose vaporeux, réussit à serrer les doigts dans une vague attitude de boxeur. Elle fixa d'un œil vide l'objectif du portable.

Sven-Erik, qui avait appréhendé l'odeur de détergent couplée à celle de corps avariés, les plantes en plastique aux fenêtres et les existences naufragées criant « à l'aide, à l'aide » du fond de leur brouillard, était de bonne humeur. Ce genre de situation serait tout à fait supportable, le temps venu.

Une fois l'agitation retombée, ils roulèrent Sisu-Sikke jusqu'à sa chambre pour pouvoir discuter tranquillement.

Börje Ström resta figé sur le seuil. Sur les murs s'étalait toute sa carrière. Placards de journaux datant de sa médaille d'or aux championnats de Suède. Calembours sur son nom, qui signifiait « le fleuve, le courant » : « Les coups tombent à flots », « Knock-out ! Ström court-circuite Adolfsson ». Des articles de presse et des photos dans des cadres. Il reconnut ses vieux gants, suspendus à un crochet. Aucune affiche des Catskill Mountains. Tant mieux.

Il s'était souvent demandé ce qu'ils avaient réellement ressenti lorsqu'il était devenu professionnel. Qu'il les avait abandonnés. Mais la réponse était là. Il était toujours leur gamin.

« Lar… lar…, articula Sisu-Sikke en désignant du doigt Nyrkin-Jussi qui s'essuya promptement les joues.

— Bah, arrête de bredouiller, dit Nyrkin-Jussi. Ce ne sont pas des larmes. J'ai une poussière dans l'œil, c'est tout. Asseyez-vous, les gars. »

Nyrkin-Jussi refit du café. Sven-Erik commençait à avoir des brûlures d'estomac. Ce soir, ce serait régime camomille. Ils parlèrent de boxe un moment avant de passer aux sujets plus graves.

« Bien sûr, ton père a un peu travaillé pour le Roi, dit Nyrkin-Jussi. Mais il n'a jamais été impliqué dans aucune magouille. Ce n'était pas son genre, ça je te le garantis.

— Qui était au courant qu'ils étaient dans le chalet à Kurkkio ? demanda Sven-Erik.

— Nous, on le savait, évidemment, dit Nyrkin-Jussi. C'est la belle-sœur d'une tante de Sikke qui leur avait prêté la maison. Olga Palo. Mais Raimo l'avait clamé sur tous les toits. Tu le rendais heureux, ton père. Il se réjouissait de cette semaine avec toi, vu que ta mère n'était pas toujours d'humeur à favoriser vos rencontres.

— Ouais, je n'avais pas un an quand ils se sont séparés, dit Börje. Ils ne s'étaient jamais mariés d'ailleurs. Ma mère était la honte de la famille, pour ainsi dire.

— Est-ce qu'il connaissait Henry Pekkari ? demanda Sven-Erik.

— En fait, Henry venait à Kiruna de temps en temps, dit Nyrkin-Jussi. Il picolait, traînait au club avec certains des gars. Mais il ne faisait pas de boxe.

— Le Ro… Ro…, dit Sisu-Sikke. Fu… mier !

— Oui, traduisit Nyrkin-Jussi, le Roi des airelles était un fumier, déjà à cette époque. Alors bien sûr, il y avait aussi des voyous au club. Ils faisaient parfois leurs propres matchs, le week-end, ça levait le coude et ça pariait à tire-larigot. Mais nous, on se tenait à l'écart de tout ça. On s'occupait de nos affaires. Et comme je te l'ai dit, ton père, il traînait pas avec Henry Pekkari, bon sang. »

Il haussa les épaules et secoua la tête.

« Il a été tué par balle, dit Sven-Erik. Pistolet militaire. Il y avait un militaire ou un réserviste dans votre groupe ? »

Nyrkin-Jussi se gratta le crâne.

« Un pistolet, dit-il. Seuls les gradés en avaient. Aucun officier de métier n'aurait sali sa réputation en faisant de la boxe. On avait une autre vision de ce sport à l'époque. Et au sein de la garde, les gradés c'était du beau monde, des patrons, des directeurs d'école, ce genre-là. Ils ne venaient pas au club non plus. »

Les gens de la bourgeoisie n'étaient pas les seuls à estimer que la boxe était un péril, songea Börje Ström dont les pensées dévièrent vers sa mère. Et son oncle.

Février 1966

Börje fait de la boxe en cachette. Mais sa mère finit par l'apprendre. Et là, le drame éclate. Plus terrible que ce qu'il s'était imaginé.

C'est un client du salon de coiffure qui a cafardé.

« Rien que ça, déjà, crie sa mère : Que je l'apprenne par un client ! Je vais passer pour une mère indigne qui n'a aucune idée de ce que fabrique son propre fils. »

Börje n'a même pas eu le temps d'ôter son manteau. Sa mère est plantée au milieu de l'entrée et elle braille. Dire qu'il a menti ! Il a fait ça au nez et à la barbe de sa mère, et pendant plusieurs années ! Elle qui lui faisait confiance. Il la prend pour une dinde ou quoi ? Ils doivent bien se moquer de sa naïveté, lui et ses copains de la boxe. Trop crédule, trop gentille, trop idiote !

Elle le poursuit jusque dans sa chambre et hurle que c'était l'aubaine pour lui, une mère aussi dupe. Oui, c'est pratique de se mettre les pieds sous la table et de dormir dans un lit propre.

« Un bon hôtel, ici, hein ? »

Son père tout craché : Raimo la traitait aussi comme une bonniche. Maintenant Börje fait la même chose.

Après les cris viennent les pleurs. Est-ce qu'il va suivre le même chemin que son père ? Ne jamais avoir de boulot digne de ce nom, fréquenter la racaille de ce club, se détruire le nez et le cerveau, biberonner et se faire tatouer.

Sa mère attend qu'il réagisse.

« Dis quelque chose, enfin ! »

Face au silence de Börje, elle décrète que maintenant, la boxe, c'est terminé. Et lui défend d'y retourner tant qu'il vit sous son toit.

Börje secoue la tête.

« Tu ne pourras pas m'en empêcher », dit-il.

Tout d'abord, il s'attend à ce qu'elle lui donne une gifle. Il la laissera faire, se contentera de tourner un peu la tête pour que le coup atteigne la pommette au lieu de l'oreille. Il n'aura pas mal. Il va bientôt avoir quinze ans et la dépasse d'une tête. Elle a assez râlé de devoir lui acheter tout un tas de nouveaux vêtements.

Mais la gifle ne vient pas. Sa mère s'appuie contre le mur et colle ses mains sur son visage.

« Pourquoi ? sanglote-t-elle. Raimo n'a jamais donné un centime. Il nous a quittés. Et tu fais tout pour lui ressembler. Tu me traites comme de la merde. »

Börje l'observe. Ses larmes n'ont pas de prise sur lui, elle peut toujours continuer à pleurer et à beugler. Il se demande comment il a eu la force de s'entraîner en secret si longtemps. Il remonte la fermeture Éclair de son manteau, met son bonnet et franchit tranquillement la porte. Il descend l'escalier quatre à quatre, rejoint le club à petites foulées. La neige craque sous ses pieds, une aurore boréale spectaculaire ondoie dans le ciel. Espèce de vieille folle, on l'entend jusque dans la cour.

Lorsqu'il rentre de l'entraînement, il trouve son cartable et une valise dans l'entrée. Dans le séjour, l'oncle Hilding est installé au milieu du canapé. Bouche en trait de crayon, bras croisés. Maman est assise tout au bout.

C'est Hilding qui prend la parole. Il lui dit que sa mère n'en peut plus. Toute son enfance, Börje a manqué d'une main paternelle, il est grand temps que quelqu'un endosse cette responsabilité. Börje habitera donc un moment chez l'oncle Hilding. Jusqu'à ce que tout rentre dans l'ordre. La voix d'Hilding est douce et calme. Il parle d'amour. Du véritable amour. Le véritable amour est sévère. De la même manière que l'enfant peut trouver dure la main qui l'arrache de la voie ferrée une seconde avant que le train passe.

Sa mère a l'air de regretter, mais il est trop tard. Elle attend sans doute que Börje lui demande pardon pour ses mensonges. Qu'il l'implore de pouvoir rester chez elle. Curieusement, tout ce qui se passe ici laisse Börje indifférent. Il prononce à peine quelques mots. Porte sa valise jusqu'à la voiture d'oncle Hilding. Il est sûr de deux choses. Premièrement : rien ne rentrera dans l'ordre, si cela veut dire qu'il doit arrêter la boxe. Deuxièmement : il ne retournera jamais habiter chez sa mère. Jamais.

L'oncle Hilding vit avec sa femme et leurs sept enfants dans un trois-pièces sur la place Tallplan. En pénétrant dans la cage d'escalier, Börje entend des voix d'enfants qui proviennent de l'intérieur de l'appartement. Dès qu'ils franchissent le seuil, les voix se taisent.

Chez son oncle, il n'y a pas de radio. Pas de rideaux. Pas de plantes aux fenêtres. Aucune frivolité. Et tout est très propre, on a peine à croire que des enfants habitent là. Börje pose sa valise dans leur chambre. Il y a deux paires de lits superposés. Les couvre-lits sont impeccablement tirés sur les matelas.

L'épouse d'Hilding, Maria, prépare un couchage à même le sol pour Börje. La petite dernière dort avec les parents. Les deux aînés dans le séjour.

Puis la famille dîne frugalement en silence. Les enfants lorgnent vers Börje. On n'entend que les babillements incompréhensibles du bébé, qui montre à tout le monde sa tartine de plus en plus semblable à une boule de papier trempé.

Börje, lui, observe Maria du coin de l'œil. Sa peau nue, lorsqu'elle tend les bras pour attraper le fromage et que les manches de son chemisier remontent. L'ecchymose autour de son poignet. Les marques jaunâtres sur son cou. Un pinçon violacé sur la joue.

Le soir, étendu sur son matelas, il n'arrive pas à dormir. Alors il s'autorise à penser à son père, ce qu'il fait plus rarement, avec l'âge. Il a compris qu'un souvenir trop souvent convoqué finit par s'estomper. Il prend des couleurs curieuses, qu'il n'avait pas au début, puis s'efface. Exactement comme les bleus. Mais ce soir, Börje entoure son père de ses bras, il appuie la joue contre son dos. Ils roulent à moto à travers le Tornedalen. Vert tendre des bouleaux, vaches qui traversent la route en rentrant pour la traite. Soleil déclinant et vent de la vitesse. Le dos de papa. Le dos large de papa.

Börje manque l'entraînement pendant une semaine. L'oncle a fixé des règles. En sortant de l'école, il doit se rendre directement à son travail à la poste et rentrer tout de suite après. Pas de détours. Le dimanche, il va avec eux à la chapelle. En dehors de cela, il reste à la maison.

Börje n'a pas envie d'obéir, mais il n'a pas le choix. Il doit réfléchir, trouver un plan. Pour l'instant il n'a pas d'idées.

La nuit, il rêve qu'il est enfermé dans une maison obscure avec un ours qui grogne et le flaire partout où il se cache, dans les placards et sous les lits. Il se réveille. Dans la chambre, l'air est étouffant, c'est insupportable. Bruits des petits garçons en train de rêver. Odeur aigre et chaude de leur sommeil. Cette semaine, il a joué à la lutte avec eux sur le sol de la cuisine. Les a poursuivis entre l'entrée, la cuisine et leur chambre. Et il a entendu le rire de Maria.

Mais un quart d'heure avant le retour d'Hilding, la famille défroisse les tapis de chiffon, peigne les franges avec les doigts pour qu'elles soient bien alignées. Tout replonge dans un silence et une austérité tels que Börje peut à peine respirer. Il a envie de s'enfuir en courant. De rentrer à la maison… pas chez sa mère, non, chez lui au club. Voilà ce qu'il ressent.

Et un soir, il y retourne. Après sa tournée de courrier.

Nyrkin-Jussi et Sisu-Sikke hochent la tête. Leurs visages sont graves, mais encourageants. Ils sont au courant.

Börje fait du sparring toute la soirée, jusqu'à ce que son corps soit fatigué et apaisé, jusqu'à ce que la boule qui a pesé sur son estomac toute la semaine ait disparu. Il est plus de huit heures quand il range ses gants et son protège-dents dans son casier. Ensuite il rentre à pied à Lombolo. L'hiver lui mord la peau.

Il arrive chez l'oncle Hilding après neuf heures. Celui-ci l'appelle depuis le séjour. Debout, les mains dans le dos, il lui ordonne de s'asseoir sur la chaise qu'il a avancée au milieu de la pièce. Maria et les enfants sont alignés dos au mur, pâles et silencieux. Börje s'assoit. Il a le sentiment que cela se passe toujours ainsi, dans cette famille. L'un est dans le ring avec l'oncle, et les autres sont forcés de regarder.

Börje est habitué à la colère de sa mère. C'est une marmite bouillonnante qui déborde, un volcan en fusion. Et puis ça se calme.

La colère de son oncle, c'est tout l'inverse. Une colère froide, impassible. Elle s'infiltre en profondeur, comme le gel. Fait éclater la pierre. Ne tolère aucune résistance.

Oh, comme sa voix est douce. Un duvet de neige. Mais sous la neige, il y a une épaisse croûte de glace. Une croûte qui affame les rennes. La voix duveteuse demande à Börje où il était. Börje ne répond pas. Ne sont-ils pas convenus qu'il doit rentrer directement à la maison sitôt sa tournée terminée ? Börje se tait.

L'oncle Hilding marche autour de Börje. Il dit que Börje est dépravé. Que Satan, le grand destructeur, a planté ses griffes dans son âme. Qui d'autre que Satan peut inciter un être humain à désirer démolir son prochain ? Et dans quel but ? Pour une coupe de métal brillant ? Pour la gloire de ce monde ?

Maintenant, l'oncle veut entendre de la bouche de Börje qu'il ne retournera plus au club de boxe. Qu'il fera la sourde oreille chaque fois que le vieux serpent de la tentation l'incitera à manger du fruit qui empoisonnera ses veines. L'oncle n'entend pas laisser Börje s'engager sur le large chemin, la route dorée, la voie insouciante qui mène au supplice éternel, à l'enfer. L'amour de l'oncle est trop fort pour qu'il laisse advenir cela.

« Dis-le, l'exhorte oncle Hilding, dis que tu ne retourneras pas là-bas. »

Börje regarde Maria et les enfants. À califourchon sur la hanche de Maria, la petite dernière suce son pouce. Les garçons se sont plaqués contre le mur, accroupis.

Il est possible que Satan ait planté ses griffes dans l'âme de Börje. En tout cas, dans sa tête, quelqu'un constate que l'oncle Hilding est entouré de gens qui courbent l'échine. Dans la paroisse. Dans la famille. Personne n'ose s'opposer à lui.

Mais au travail ? songe Börje. Parmi les autres employés de la mine, les communistes, les Finlandais et le peuple ordinaire, là c'est sûrement différent.

Le vieux serpent souffle à Börje qu'à son travail, Hilding doit moins en imposer. Börje l'imagine silencieux, drapé dans sa dignité au milieu des grandes gueules de la mine vite exaspérées par la bigoterie. Et soudain, il n'a plus peur.

« Allez, insiste l'oncle. Dis que la boxe, c'est terminé.

— Non », répond Börje en amorçant un geste pour se lever, car il n'a pas l'intention de s'éterniser ici.

S'il se dépêche, il y aura peut-être encore quelqu'un au club. Il pourra dormir par terre dans le vestiaire.

Mais son oncle le repousse violemment d'un coup dans la poitrine et Börje retombe sur ses fesses, chute presque de la chaise.

« Tu ne vas nulle part avant que nous ayons fini de parler.

— Si, je vais où je veux, dit tranquillement Börje. Tu n'es pas mon père. »

Il se lève à nouveau. L'oncle avance une main vers lui. Il est plus grand, mais pas de beaucoup. Et cette fois, Börje est prêt. Il esquive, son oncle le manque et perd l'équilibre, il est obligé de faire un pas en avant et se cogne la jambe contre la chaise. Il se retourne vers Börje, un bref grognement s'échappe de ses lèvres minces.

Maria pousse un cri d'effroi. Börje a le temps de tourner la tête vers elle. Il voit les taches jaunâtres sur son cou. Croise le regard de l'aîné des enfants, Antti.

Pendant les matchs, il arrive que certains boxeurs cherchent le regard de l'arbitre. Lorsqu'un combattant est en très mauvaise posture, qu'il reste dans les cordes en ne sachant plus où il se trouve, mais que ses jambes ne veulent pas fléchir, alors celui qui a le dessus implore l'arbitre des yeux : « Siffle l'arrêt maintenant ! Tu veux vraiment que je l'achève ? » Börje a déjà vu cela.

Maintenant c'est lui qui cherche un appel dans le regard d'Antti. Un appel à mettre fin au combat. Mais le garçon de dix ans n'implore rien, ses yeux se plantent dans ceux de Börje et disent en silence : « Termine ! »

Qu'on en finisse avec l'obligation de ramper, de s'abaisser, avec le silence docile. Assez de la soumission, de l'anéantissement, d'être forcé à avaler une chique de tabac qu'un autre a mâchée. Ça suffit. C'est terminé, maintenant.

L'oncle essaie d'agripper le bras de Börje mais il ne saisit que sa chemise. Börje serre ses abdominaux, baisse le menton, il a les genoux élastiques, les pieds rivés au sol. Pas question de se laisser déséquilibrer ou repousser sur sa chaise une nouvelle fois.

« Assieds-toi, souffle son oncle, immédiatement ! Tu t'assois, enfant du diable, fils de pute ! »

La main gauche de l'oncle se lève, ouverte, vers la joue de Börje. Celui-ci bloque le coup de sa main droite, qu'il abaisse, et retourne un uppercut contre le menton de son oncle. Paf !

Hilding tombe à genoux. Maria pose la petite par terre et retient son mari afin qu'il ne s'effondre pas en arrière.

Börje demande aux garçons de l'aider à rassembler ses affaires. En moins d'une minute, il est dehors.

Le lendemain de la bagarre avec l'oncle Hilding, Börje quitte l'école et entre à plein temps à la poste. Il emménage dans un studio près du château d'eau, pas loin du club.

Une semaine plus tard, il dispute un match contre Jari Kuusela, une armoire à glace de Kittilä. Kuusela a dix-huit ans. Mais on sait que les Finlandais ne sont pas regardants sur l'âge.

Au deuxième round, Kuusela pénètre la garde de Börje et lui mouline une série de coups sur la tête. Le dos de Börje est à moitié écorché par les frottements contre les cordes, son arcade sourcilière saigne. Il n'y voit plus grand-chose. Le sang coule sur son œil.

Entre le deuxième et le troisième round, Sisu-Sikke lui pose de la glace sur le sourcil et lui applique son baume maison à base de vaseline. Cela ne s'arrête pas de saigner. Saloperie d'arcade sourcilière qui s'ouvre tout le temps. Quand on ne voit plus venir les coups, on est cuit.

Sisu-Sikke marmonne quelque chose que Börje ne saisit pas. Mais il comprend que Sikke est en train de parler à son arcade sourcilière, non, il parle à son sang. On dirait même que le sourcil répond. Comme la marée qui se retire, ou quelqu'un qui prend une longue inspiration. Et le sang de Börje s'arrête de couler. On lui fourre le protège-dents dans la bouche et il est à nouveau sur pied.

Kuusela fait pleuvoir les coups, il poursuit Börje autour du ring, va bientôt le renvoyer dans les cordes. Il frappe sur la tête. Vise le sourcil.

Börje se baisse. Il commence à être groggy, à cause de tous les coups qu'il a pris sur le crâne. Un brouillard obscurcit la périphérie de son champ de vision. Soudain, il entend le Finlandais l'appeler fils du diable et fils de pute. C'est la voix de son oncle, mais ça, il ne le comprendra que plus tard. Il ne s'étonne pas non plus que Kuusela parle suédois.

La suite se passe très vite, par réflexe. Il y a un trou dans la garde de Kuusela. Quand le Finlandais frappe du gauche, sa droite est légèrement emportée par le mouvement. La mâchoire est à découvert.

Börje contre-attaque à toute vitesse. Le crochet du gauche arrive d'en haut. Comme le coup de patte d'un chat. Tellement vite que, plus tard, certains diront même qu'ils ne l'ont pas vu.

Kuusela se retrouve allongé par terre, l'arbitre compte. Le combat est terminé. Nyrkin-Jussi prend la tête de Börje entre ses mains et crie : « Voilà comment ça doit se passer, gamin ! La main de Dieu. La puissante main de Dieu. Tu as du punch ! »

Sisu-Sikke est toujours assis dans l'angle du ring, pâle. Il sourit. On dirait qu'il n'a pas assez de force dans les jambes pour se lever et embrasser son jeune boxeur.

Sven-Erik Stålnacke observait Sisu-Sikke en train de pencher dangereusement dans son fauteuil roulant.

« Il va falloir y aller, dit-il. Airi m'attend pour dîner.

— Revenez, dit Nyrkin-Jussi, il ne se passe pas grand-chose ici, au terminus de stockage des déchets.

— Term… term…, répéta Sisu-Sikke.

— Terminus de stockage des déchets, compléta Nyrkin-Jussi en posant la main sur l'épaule de Sisu-Sikke.

— Tu devrais lancer un club de boxe dans la salle commune, suggéra Börje Ström. Vous y allez de temps en temps, au club ?

— À l'occasion, oui, dit Nyrkin-Jussi. Mais tu sais, les jeunes savent à peine qui on est.

— Term… termine, prononça Sisu-Sikke d'une voix tourmentée.

— Je crois qu'on est un peu épuisé, dit Nyrkin-Jussi en regardant Sisu-Sikke avec une certaine inquiétude. Merci de votre visite, en tout cas. »

En sortant de la chambre, Börje Ström et Sven-Erik Stålnacke trébuchèrent sur un petit homme en fauteuil roulant. Il était mal fagoté et une grosse tache ornait sa chemise au milieu de la poitrine. Dès qu'il les aperçut, il fourra son dentier dans sa bouche. La prothèse claqua légèrement quand l'homme se mit à parler.

« Bonjour, bonjour, dit-il. C'est bien Börje Ström ? »

Celui-ci confirma.

« J'ai lu les journaux, sur votre père », dit le claqueur de dents, et il essuya sur sa manche de chemise un filet de salive brunie par la chique, qui coulait au coin de ses lèvres.

À en juger par sa manche, c'était une habitude.

« Je sais pourquoi il a été liquidé ! Je peux vous le raconter pour, disons, deux cents balles !

— Baratin, dit Sven-Erik. Les gens qui savent vraiment quelque chose ne demandent pas d'argent. Ceux qui veulent du fric racontent des bobards, c'est tout. Venez, Börje, on s'en va.

— En tout cas, merci, dit Börje Ström avec un grand sourire. Allez, on se serre la pince. »

Il serra la main de l'homme en fauteuil roulant, qui eut enfin l'idée de se présenter.

« Larre Grahn, dit-il. J'voulais pas te vexer ! Mais c'est vrai, j'ai connu ton père. Et je sais pourquoi ils l'ont descendu. »

Il lança un regard noir à Sven-Erik.

« Je ne peux pas payer, dit Börje Ström en se grattant le crâne. Je suis peut-être un peu ramolli, hein, avec tous ces coups que j'ai pris sur le cigare. Mais si je payais les gens qui ont des tuyaux sur mon père, j'aurais une belle collection de racontars à la fin. Svempa a raison.

— Bon, laisse tomber le fric, dit Larre Grahn. Suivez-moi ! »

Il roula devant eux jusqu'à sa chambre.

Börje et Sven-Erik se regardèrent.

« Et puis merde, dit Sven-Erik avec un léger haussement d'épaules. On n'a rien à perdre. »

Les stores de la petite chambre étaient baissés. Larre Grahn se hissa hors de son fauteuil roulant et s'affala lourdement sur un siège face à l'écran de télévision mural.

« *Istu*, asseyez-vous, les gars », dit-il avec un geste large vers le lit défait.

Sven-Erik et Börje s'assirent sur le bord du lit.

« On ne peut pas rester longtemps », le prévint Sven-Erik en regardant sa montre.

Airi attendait avec le repas. Il soupçonnait Larre Grahn de ne rien savoir sur Raimo Koskela. La tentation de passer un moment en tête à tête avec le légendaire Börje Ström était sans doute son seul et unique motif de les retenir ici.

« Vous connaissiez mon père ? demanda Börje Ström.

— On se fréquentait pas vraiment, mais il faisait des transports en camion pour le Roi. On allait au club, tous les deux. J'avais une sacrée gauche, à l'époque.

Poids moyen. Åke Forslind conduisait aussi pour le Roi. Voyez qui ? »

Le nom de Forslind ne disait rien ni à Börje Ström ni à Sven-Erik.

« Forslind, putain celui-là, si vous voulez mon avis, dit Grahn, il a été impliqué dans une histoire de faux biftons en 1960. L'État américain avait vendu des presses d'imprimerie à… merde, c'était où déjà ? »

Grahn farfouilla dans sa poche, ouvrit sa boîte de snus mais, se souvenant visiblement qu'il devait choisir entre son dentier et une chique, il referma la boîte et la mémoire lui revint :

« Bahreïn, dit-il. C'est ça. Les Amerloques renouvelaient leurs méthodes d'impression pour la fabrication des billets. Changeaient les machines. Le vieux parc devait partir à Bahreïn. Ils ont fait appel à un tas d'entreprises pour la livraison. Entre autres une boîte suédoise où Forslind était employé. Pendant les convoyages, une des plaques qui aurait dû être détruite, évidemment, est restée dans un des camions. Forslind s'est dit qu'il pourrait peut-être en tirer quelque chose, il l'a emportée chez lui. Il connaissait un type de la haute à Stockholm. Un avocat, je crois. Genre qui collectionnait les belles bagnoles et avait une petite imprimerie. Ouais.

— Alors ils se sont lancés dans l'impression de billets ? intervint Börje Ström.

— Oui, le monsieur distingué de Stockholm fabriquait le dos des billets, vu que la plaque qu'ils avaient, la vraie, c'était seulement le recto. Ils ont imprimé quelques kilos de coupures de cent dollars. Les ont revendues à des spéculateurs dans l'Union soviétique de l'époque. Mais ce con d'avocat a commis deux erreurs. Premièrement, ils ont imprimé leur bazar sur un papier merdique. »

Grahn s'interrompit, saisit son dentier par les incisives et le fit bouger d'avant en arrière. La prothèse devait le gêner.

« Et l'autre erreur ? demanda Sven-Erik, se disant qu'au moins il aurait une histoire à raconter à Airi ce soir.

— Et deuxièmement, il a envoyé en Finlande un Forslind sur les nerfs, avec deux valises remplies de faux billets de cent dollars. Sur le ferry, Forslind s'est mis à picoler pour se calmer. Alors à la frontière, il n'y avait pas que les valises qui étaient pleines, ha ha ! Les douaniers finlandais l'ont pincé tout de suite. Enfin, dans leur malheur ils ont eu la chance que les billets aient été imprimés sur un aussi mauvais papier, du coup ça n'a pas été jugé comme un grave délit, visiblement. Bref, Forslind a seulement écopé d'une bonne année. L'avocat a dû ramasser une peine lui aussi, je sais plus trop, mais ce genre de petit malin s'en sort toujours.

— Je suis peut-être un peu ralenti, dit Börje Ström, mais quel rapport avec mon père ?

— Ton père était dans le coup, dit Grahn. Lui et Forslind avaient reçu de l'argent pour ces fausses devises, mais après, il ne l'a pas restitué. Il avait sûrement tout claqué. Les Russes étaient furibards. Finalement, c'est la mafia soviétique qui est venue le liquider. »

Sven-Erik regarda Börje Ström du coin de l'œil. Il avait l'air d'avoir assisté à une catastrophe ferroviaire.

« Vous avez raconté ça à la police ? demanda Sven-Erik. J'imagine qu'on vous a interrogé, au club, quand il a disparu.

— Ouais, fit Larre Grahn. J'ai vu l'agent Adrian Fjäder. »

« Eh bien, nous vous remercions », dit Sven-Erik en se levant. Il poussa Börje Ström devant lui jusque dans le couloir.

« Incroyable, hein ? cria Larre Grahn derrière eux. T'aurais pas imaginé ça de ton père ! »

« Larre Grahn raconte n'importe quoi, dit Sven-Erik Stålnacke lorsque les deux hommes furent sortis du Brittsommargården.

— Hum, fit Börje Ström, et il s'écarta de sous le chéneau qui gouttait dans son col. Vous le savez, tout ce que je désirais, c'était être comme mon père. Je me suis fait tatouer comme lui. Mais la vérité, c'est que je ne le connaissais pas.

— Merde, dit Sven-Erik Stålnacke. Merde de cheval. Merde d'éléphant. »

Börje Ström secoua la tête, envahi par un sentiment de dévastation. Une forêt abattue. Autour d'un pauvre chalet à la con qui ne valait rien.

Juin 1966

Börje reçoit un coup de fil de sa mère. Ils s'appellent de temps en temps et c'est une bonne chose.

« Tu viens avec moi au village ? » lui demande-t-elle.

Depuis son départ de la maison, il l'a parfois accompagnée là-bas. Il y a toujours quelque chose à réparer dans le chalet, et quand ils y sont, entourés de la vieille forêt, ils s'entendent bien, malgré tout ce qui s'est passé. Comme dit maman : « On ne peut pas être complètement malheureux quand on entend le vent souffler dans la cime de ces arbres. »

Börje emprunte une des voitures de la poste. Il n'a pas encore le permis de conduire, mais personne n'est très pointilleux là-dessus. Pendant le trajet, ils ne disent pas grand-chose. Cet automne, Börje participera à son premier championnat de Suède catégorie junior. Mais sa mère ne veut pas parler de boxe.

Ils garent la voiture et continuent à pied jusqu'au chalet. Börje adore ce sentier. Enfant déjà, il ressentait quelque chose de particulier lorsque sa mère et lui endossaient leurs lourds sacs à dos et entamaient leur marche vers le versant est de la montagne. Ils perdaient presque aussitôt la notion du temps, les jours ôtaient leurs habits de la semaine et s'étiraient, peuplés de vent, de forêt, d'animaux.

Ils passent devant tous les rochers où ils faisaient halte, dans son enfance : le rocher du jus de fruits, le lézard, le trône du roi, le rocher au troll. Maman n'était jamais pressée alors, elle le laissait, délesté de son sac à dos, escalader les grosses pierres. Elle allumait une cigarette et, le visage tourné vers le soleil, elle attendait qu'il ait exploré son domaine avant de repartir.

Dans la gorge, ils entendent le bruit de la cascade. Maman dit qu'il fera bon se faire un peu de café.

Mais lorsqu'ils arrivent, ils restent pétrifiés d'horreur.

La parcelle sur laquelle se trouve leur chalet a été entièrement déboisée. On dirait un champ de bataille. Ce qui était une forêt primaire a été coupé à blanc.

Les grands saules, habillés de leur beau lichen à la si jolie teinte verte sous la pluie. Les trembles, dont le bruissant feuillage rappelle l'eau d'un ruisseau. Morts, à présent. Sur les bouleaux abattus, les jeunes feuilles luisent encore d'un vert printanier. Elles ne prendront plus jamais leurs flamboyantes couleurs d'automne. Les hauts sapins, les pins vieux de plusieurs siècles avec leurs couronnes de nuages et leurs nids de rapaces gisent sans vie sur le sol. Le chalet se dresse telle une remise dénudée au milieu de la dévastation.

Börje est muet de stupeur. Cette forêt, c'était leur foyer. Les descentes du coteau à skis à toute allure entre les arbres. Les animaux. Les coins à myrtilles. La mousse tendre. Tout est irrémédiablement anéanti.

Sa mère pleure. Elle sort une cigarette qu'elle fiche entre ses lèvres, elle fait tomber la boîte d'allumettes.

Cela sent fort le bois fraîchement coupé. Hormis l'odeur du club de boxe, Börje ne connaît pas de meilleure senteur que celle du bois frais, mais là, elle se plante en lui comme un poignard. Il se penche et vomit sur le sentier.

C'est l'oncle Hilding. Inutile d'échanger un seul mot pour comprendre. C'est sa vengeance pour avoir été envoyé au sol par Börje. La parcelle appartient aux frères. Maman ne possède que la petite maison. Sur le papier, la forêt est à eux, ils peuvent en faire ce qu'ils veulent.

Je vais le tuer, se dit Börje dans la voiture sur le chemin du retour. Même s'il sait parfaitement qu'il n'en fera rien.

Sven-Erik Stålnacke toucha l'épaule de Börje pour le ramener au présent.

« Écoutez ! Si c'est la mafia soviétique qui a tué votre père, pourquoi ne l'ont-ils pas fait directement là-bas, près de la maison où vous étiez avec lui, à Kurkkio ?

— Ils voulaient peut-être… vérifier s'il avait de l'argent pour eux, suggéra Börje Ström.

— Et ils seraient allés jusqu'à Palosaari ? Qu'est-ce qu'ils auraient eu à faire sur l'île ? Non, ça ne colle pas. Allez, tu viens dîner à la maison ? proposa Sven-Erik se faisant plus familier.

— Merci, l'ami. Une autre fois peut-être. Là, il faut que je… »

Börje Ström s'interrompit. Il allait dire qu'il avait besoin d'être seul, mais ce n'était pas la vérité.

« Que sais-tu de Ragnhild Pekkari ? » demanda-t-il.

Ah, c'est donc ça, pensa Sven-Erik tout content.

« Eh bien, je dirais que c'est une vraie harpie. Dans les années quatre-vingt, elle faisait du rafting, elle était la seule femme à avoir descendu les rapides de Kengis. Ancienne infirmière aux urgences. Pas eu de chance avec les hommes, d'après ce que j'ai entendu dire. Le père de sa fille buvait trop. Mais il s'est ressaisi après leur séparation. »

Ils prirent congé. Ils se rappelleraient bientôt. Börje Ström resta un moment à écouter les gouttes d'eau qui tombaient du toit.

Il fut un temps où il attendait les matchs avec impatience. Dans le ring, il n'y avait pas de place pour les complications. C'était la vie ou la mort. C'était lui et son adversaire, des corps brûlants d'épuisement. Il laissait tout le reste à l'extérieur.

À certaines périodes, il avait été porté sur la bouteille aussi. Après les Catskill Mountains, et quand il s'était installé à Älvsbyn. Mais c'était terminé depuis longtemps.

Il y avait eu des femmes, bien sûr. Beaucoup. Qui se pavanaient à moitié nues, brandissant des pancartes pendant les pauses entre les rounds. Qui étaient assises au premier rang, très maquillées. Qui avaient partagé son lit. Auxquelles il avait payé des bijoux, des robes et des fourrures, selon ses moyens.

Il ne savait pas pourquoi, mais il avait très envie de retrouver Ragnhild, ses mains rugueuses, son odeur de feu de bois, ses yeux couleur de pluie.

Elle l'avait abandonné devant l'église. Mais tant que l'arbitre n'a pas fini de compter jusqu'à dix, la partie n'est pas terminée, pensa-t-il.

Il se mit à marcher vers chez elle.

Dans la maison de retraite Brittsommargården, Sisu-Sikke avait éclaté en sanglots. Il hoquetait :

« Term… term… termine !

— Qu'y a-t-il ? demanda Nyrkin-Jussi inquiet, essayant de lui prendre les mains. Qu'y a-t-il, mon cœur ? »

Sisu-Sikke le repoussa d'un geste brusque.

La tasse de café se brisa sur le sol. Les soignants échouèrent eux aussi à le calmer. On jugea finalement son état dangereux pour lui-même et une infirmière vint lui faire une injection. Il fallut Nyrkin-Jussi et une autre personne pour le maintenir.

Que s'est-il passé ? s'interrogeait Nyrkin-Jussi un peu plus tard, allongé à côté de Sisu-Sikke endormi.

Il ignorait lui-même s'il faisait allusion à l'incident qui venait de se produire ou bien à juin 1962, quand le père de Börje Ström avait disparu.

Rebecka dut attendre dix minutes dans sa voiture qu'Anna-Maria Mella sorte du commissariat en jetant des regards derrière elle, comme un enfant qu'on expédie à l'école. Elle s'installa sur le siège passager, lança un bref « salut ».

« Ça te va si c'est moi qui conduis ? demanda Rebecka.

— C'est ta voiture », répondit Anna-Maria avec un haussement d'épaules.

Puis le silence tomba. Pendant tout le trajet, Rebecka rumina sa question. « Ça te va si c'est moi qui conduis ? » Qu'est-ce que c'était que cette attitude servile ? L'ambiance était glaciale.

Elles arrivèrent à Esrange. La maison du Roi des airelles était un pavillon préfabriqué, de plain-pied, datant des années quatre-vingt. Peint en bleu clair. Composé de deux constructions accolées, l'ensemble avait une forme de fer à cheval avec des angles. Elles se garèrent à l'intérieur du fer à cheval.

Les bâtiments latéraux ressemblaient à des remises. L'extrémité de l'un était pourvue d'une grande porte de garage, neuve ; l'autre se terminait par un chenil vide.

Elles descendirent de voiture.

Toutes les fenêtres des annexes étaient barrées par des planches d'aggloméré. Outre trois véhicules ordinaires et un quad équipé d'une pelle à neige, la cour était pleine de bric-à-brac. Une carcasse de voiture rouillée sans les roues, un monceau de détritus, des cartons détrempés, un vieil aspirateur, des bouteilles en plastique et autres choses diverses et variées que toute personne sensée aurait emportées à la déchèterie. Une grande tache rouge dans la neige.

Mella toucha le bras de Rebecka et lui fit signe de regarder vers le haut. À chaque angle était installée une caméra de surveillance.

« Ils nous surveillent », dit Mella en agitant la main vers la caméra.

Rebecka sonna. Pas de réponse. Elle insista. On n'entendait que la neige fondue qui gouttait du toit et les trilles d'un oiseau dans le lointain.

« Qu'est-ce que tu en penses ? » demanda Rebecka.

Anna-Maria s'approcha de la tache rouge dans la cour. Elle était parsemée d'épais poils d'animal.

« Un élan, dit Mella. Mais bon sang, on n'est pas en période de chasse en ce moment. »

Rebecka avança jusqu'aux fenêtres de l'habitation et tenta de regarder à travers les persiennes. Elle fut gagnée par la désagréable impression qu'elles n'étaient pas seules sur les lieux.

Elle frappa rudement à la porte.

« Non, ça ne sert à rien, dit Mella. Je vais voir par-derrière. »

Mella eut énormément de mal à avancer dans l'épaisse couche de neige.

Son jean et ses chaussures prirent l'eau. Elle n'était pas du tout habillée pour ce genre d'aventure. Et elle allait rater le dîner en famille.

Je vais rester coincée là-dedans, se dit-elle.

Depuis l'an dernier, elle avait tenu sa bonne résolution de faire du sport trois fois par semaine dans le gymnase du commissariat. Elle redoubla donc d'efforts et atteignit enfin une fenêtre.

Son regard plongea dans une salle de séjour. Une femme était allongée sur un canapé de cuir brun, un ordinateur portable sur le ventre. Anna-Maria cogna à la fenêtre.

« Bonjour ! Ouvrez ! Police. »

La femme leva les yeux. Anna-Maria sortit sa plaque de police et pointa du doigt la porte d'entrée. La femme quitta le canapé et Anna-Maria refit le tour de la maison dans la neige.

« Elle arrive », haleta Anna-Maria en rejoignant Rebecka.

La porte s'ouvrit.

Rebecka s'attendait à voir une personne en survêtement d'intérieur, les cheveux sales. Mais celle-là valait le déplacement en matière de mauvais goût.

Jeune, mince, longues jambes. Leggins noirs, hauts talons et chemisier léopard en soie, entrouvert sur un aperçu de dentelle de soutien-gorge noire. Longue chevelure bouclée, blond et rouge pâle. Lèvres charnues traitées au botox, figées. Des faux cils pareils à d'épaisses pattes d'insecte et des ongles démesurément longs, griffes bleues à paillettes.

« *Yes ?* s'enquit-elle.

— Police », dit Anna-Maria. Et elle s'éclaircit la voix, le temps de remettre en route son anglais de collège. « *We want to speak to Frans Mäki. Can we come in ?* »

Avec un geste machinal de soumission, la femme plaça la main sur sa poitrine.

« *I can't... I don't... Wait a minute*[1] », dit-elle en refermant la porte.

Au bout d'un instant, celle-ci s'ouvrit à nouveau et une autre femme apparut. La trentaine, cheveux relevés en un chignon serré. Aucun maquillage, pas de bijoux. Elle toisa rapidement Anna-Maria et Rebecka. Anna-Maria eut l'impression d'être scannée et jaugée par un androïd.

« Que puis-je faire pour vous ? » demanda-t-elle dans un anglais irréprochable mais avec un accent.

Anna-Maria répéta qu'elles souhaitaient parler avec Frans Mäki.

« Que lui voulez-vous ?

— On le lui dira, dit Anna-Maria en essayant de scruter l'intérieur de la maison. Il est là ?

— Mon mari est malade. Il ne reçoit aucun visiteur. Attendez. »

Elle s'éclipsa et revint moins d'une minute plus tard avec un papier qu'elle agita sous leur nez. Il était rédigé en russe, mais l'intitulé était en anglais : *Medical certificate*.

« Je suis à votre disposition », dit-elle.

Rebecka et Anna-Maria échangèrent un regard.

---

1. « Nous voulons parler à Frans Mäki. Pouvons-nous entrer ? — Je… Eh bien… Attendez un instant. »

« D'accord, fit Rebecka. Le soir du 8 avril, Olle Pekkari a téléphoné ici. Nous aimerions connaître l'objet de cette conversation. »

La femme alluma une cigarette. Tira une bouffée. Haussa les épaules.

Au même moment, Anna-Maria se retourna. Dans la cour, deux hommes se tenaient à côté de la voiture de Rebecka. Deux costauds. Elle les examina. De vrais paquets de muscles, des cous comme des pneus de tracteur. Des types qui avaient peut-être un peu relâché leur entraînement ces derniers temps et fait du gras, mais dont la force physique n'avait pas faibli, de toute évidence. Ils avaient tous les deux le crâne rasé. Occiput luisant, rose et squameux pour l'un d'eux.

On prend vite des coups de soleil, au début du printemps, songea Anna-Maria. Même sur le crâne.

Ils avaient surgi de nulle part. L'un des malabars tenait en laisse un genre de pitbull dont les oreilles n'étaient plus qu'un bout de chair dentelée et qui avait des cicatrices visibles sur le corps.

L'autre homme était en train de s'installer au volant de la voiture de Rebecka.

« Hé, vous, dit Anna-Maria, ça va pas, non ? Sortez de cette voiture ! »

Elle s'avança. L'homme descendit et fit un pas vers Anna-Maria. Il s'adressa en russe à la femme, qui leur répondit en russe également. Rebecka et Anna-Maria saisirent le mot *politsiya*, « police ». Le pitbull émit un grognement menaçant.

« Éloignez votre chien ! » ordonna Rebecka.

L'animal commençait à s'agiter. L'homme rétrécit la laisse. Le chien griffait l'air, babines retroussées, il aboyait d'une voix rauque, le cou serré par la chaîne.

Anna-Maria prit peur. Le bestiau pesait sûrement aussi lourd qu'elle. Elle recula de quelques pas sur le côté, sa jambe heurta la voiture.

Les deux hommes se regardèrent puis regardèrent la femme d'un air entendu. Comme s'ils avaient attendu un signal. Ils se mirent tranquillement en mouvement, mais en une seconde, Rebecka se retrouva cernée, l'un devant elle et l'autre derrière.

Des pros, songea Anna-Maria.

Du genre à couper les doigts de leurs victimes avec un sécateur en guise d'avertissement. À leur enfiler un sac sur la tête avant de les abattre, pour éviter d'être éclaboussés. Et à prévoir que le cadavre tombe sur un tapis bon marché, facile à rouler.

Le type au chien portait une simple chemise. L'autre, une doudoune noire fermée au milieu par un bouton-pression. Il faisait bien quinze degrés au soleil, dans la cour. Pourquoi avait-il mis une doudoune ?

Pour dissimuler une arme, pensa Anna-Maria. Mais nous sommes de la police. Ils sont informés. Qu'est-ce qu'ils vont faire ? Ils n'oseront quand même pas… ?

Elle avait son arme de service sur elle. Mais avec ses mains gelées et ses doigts qui picotaient, elle ne pourrait pas la tenir.

La femme rentra dans la maison et referma la porte. Rebecka et Anna-Maria se retrouvèrent seules avec les deux types aux cous de taureau.

Ils échangèrent quelques mots en russe. Anna-Maria sentit la peur l'envahir.

Les hommes firent quelques pas en arrière. D'un mouvement de la tête vers la voiture, l'un d'eux enjoignit à Rebecka et Anna-Maria de partir. Debout sur ses pattes arrière, le molosse aboyait sans relâche. Son maître le maintenait avec peine, malgré ses bons cent vingt kilos.

« On s'en va », dit sèchement Rebecka.

Elles montèrent en voiture. Plantés dans la cour, les hommes suivirent des yeux le véhicule qui faisait demi-tour et s'éloignait.

« Putain, c'était quoi, ce truc ? » fit Anna-Maria au bout d'un moment.

Rebecka secoua la tête, les mains crispées sur le volant. Elle avait du mal à garder une pression constante sur la pédale d'accélérateur, la vitesse était irrégulière.

« Non mais sans blague ! éclata Anna-Maria. C'était qui, ces types ? Comment se fait-il que la police ne les ait pas repérés ? Je n'ai pas entendu parler d'une bande de mafieux russes par ici. Ils font du business à Kiruna ?

— Et ce pauvre chien, dit Rebecka.

— Tu es complètement… », Anna-Maria ne termina pas sa phrase.

Un chien pareil, il faut l'abattre sur-le-champ, c'est tout, pensait-elle.

Elles restèrent silencieuses pendant deux ou trois kilomètres, encore sous le choc d'avoir mis le pied sur quelque chose d'énorme. Plus ou moins par mégarde. Comme lorsqu'on bêche le potager et que ça fait soudain « pling ». Qui étaient ces gens ?

« On tient une piste, là, dit Rebecka. Henry Pekkari a appelé son frère Olle le soir du meurtre. Une minute plus tard, Olle Pekkari téléphone au Roi des airelles. Et comme par hasard, c'est chez lui qu'habitent ces Russes. »

Elle ralentit à l'approche d'une poignée de rennes qui avançaient avec indolence sur la chaussée.

« Il y avait une maison pas très loin, dit-elle. On y retourne. Il faut qu'on voie les voisins.

— On n'appelle pas de renfort ?

— Du renfort ? répliqua Rebecka. Pour parler avec les voisins ? »

Anna-Maria ne dit rien et ravala sa colère d'avoir été ridiculisée.

Espèce d'imbécile, pensa-t-elle tandis que Rebecka faisait demi-tour. Et si les cous de taureau nous repèrent ? Tu n'as pas d'enfant, toi. Facile de jouer les audacieuses.

Les voisins étaient chez eux. Il était déjà sept heures moins dix. L'homme qui leur ouvrit avait une longue barbe blanche et de grosses chaussettes de laine par-dessus son jean.

Anna-Maria se présenta et sortit sa plaque de police.

Assise sur la banquette de la cuisine, un tricot dans les mains, la femme cria :

« Qui est-ce ?

— La police », répondit l'homme en tournant la tête, puis il invita Rebecka et Anna-Maria à entrer.

La femme arriva dans le vestibule, son ouvrage à la main.

« Dieu du ciel, s'exclama-t-elle, sa main libre devant sa bouche.

— Rassurez-vous, nous ne venons pas vous annoncer un décès, dit Anna-Maria. Désolée de vous avoir effrayés. Nous aimerions juste vous poser quelques questions, si c'est possible.

— C'est à quel propos ?

— Au sujet de vos voisins », dit Rebecka Martinsson.

Leurs visages se refermèrent aussitôt.

La femme pinça les lèvres. L'homme lissa sa barbe et secoua la tête d'un air de regret.

« On ne les connaît pas, dit-il.

— On ne les connaît pas, répéta la femme en serrant contre elle son tricot.

— Vous devez bien savoir quelque chose, tenta Rebecka. Leurs noms, au moins. Il n'y a qu'eux et vous sur cette partie de la route.

— Nous ne pouvons pas vous aider.

— D'accord, fit Anna-Maria en tendant sa carte de visite. Nous voudrions savoir quel genre de personnes ce sont et… Bref, tout renseignement nous intéresse, si vous avez quelque chose, appelez-moi. D'accord ? »

L'homme prit la carte de visite.

« Inspecteur Anna-Maria Mella, lut-il tout haut. C'est vous ?

— Ouais, et mon nom de jeune fille c'est Nygård. »

L'homme éclata de rire.

« Mon Dieu, je ne vous avais pas reconnue. Vous avez coupé votre tresse ? Vous ne vous rappelez pas, visiblement, mais c'est vous qui vous êtes occupée de notre fils, une fois où il avait fait une fugue. Vous ne vous en souvenez pas ?

— Non, avoua Anna-Maria.

— Cela remonte à plus de quinze ans, dit l'homme. Crénom, il n'arrêtait pas de fuguer ! On disait qu'il avait des fourmis dans la culotte. Un jour, une femme vous l'a ramené au commissariat. On ne pouvait pas laisser un gamin de six ans se balader tout seul, s'indignait-elle. Dans l'énervement, il s'était même pissé dessus. »

À ce souvenir l'homme sourit intérieurement, non sans une pointe de mélancolie.

« Quand j'ai déboulé au commissariat, mort d'inquiétude, il était assis sur vos genoux, en train de manger des petites brioches et de boire du chocolat. Vous lui aviez donné un porte-clés représentant une moto de la police. Vous et lui étiez devenus les meilleurs copains du monde. Vous vous êtes souvent croisés dans le centre-ville par la suite.

— Ah, oui, dit Anna-Maria en fouillant fébrilement sa mémoire, elle qui avait déjà tant de mal à se souvenir des premiers pas de ses propres enfants.

— Vous n'aviez fait aucune remarque sur ses fesses mouillées. Votre pantalon était trempé. Pas un mot, je vous dis. Le gamin a échappé à l'humiliation.

— N'empêche qu'il a quand même eu très souvent honte à cause de ça, dit la femme. Il s'est fait pipi dessus bien plus longtemps que ses petits camarades.

— Mais vous, vous avez fait semblant de rien, dit l'homme à Anna-Maria. Je n'oublierai jamais vos genoux mouillés. Vous aviez de quoi vous changer, j'espère.

— Sûrement, dit Anna-Maria. Il fait quoi, votre fils, aujourd'hui ?

— Il travaille comme auxiliaire de vie scolaire à l'école primaire Raketskolan. »

Il y eut un moment de silence.

« Si nous vous parlons des voisins, vous nous promettez que ça n'ira pas dans les médias ?

— Je protège mes sources », dit Anna-Maria.

Et on remettra à plus tard toute éventuelle mise au point sur l'obligation de témoigner, pensa-t-elle.

« Entrez et venez vous asseoir, dit la femme. Inutile de vous déchausser. La neige est propre, dans la cour.

— Oui, ce n'est pas comme en ville, dit Anna-Maria. L'hiver est encore très présent, chez vous. »

Malgré les protestations du couple, elles retirèrent leurs chaussures.

« Du café ? demanda la femme. Je viens d'en faire pour le dîner. »

Elles prirent place dans la cuisine. La femme leur servit des petits sablés et du café fort de son percolateur.

« Parle-leur de Bengt, dit-elle à son mari.

— Bengt, c'est votre fils ? demanda Anna-Maria.

— Non, non, dit l'homme. Bengt, c'était notre chien.

— Un barzoï, précisa la femme. Le plus gentil du monde.

— Oui, ils l'ont tué.

— Vos voisins ?

— Non, leurs chiens. »

L'homme se couvrit la bouche de sa main. Sa femme enchaîna :

« Je m'apprêtais à aller en ville, Bengt était déjà dans le coffre. J'ai dû retourner dans la maison chercher mes lunettes et je n'ai pas refermé le hayon, vu qu'il ne sautait jamais de la voiture sans permission. Ils ont surgi de nulle part. Deux bêtes fauves. J'ai seulement entendu l'effroyable hurlement. Par la fenêtre j'ai vu ces monstres sauter dans la voiture et déchiqueter Bengt. Je me suis précipitée dehors, j'ai hurlé tout ce que j'ai pu. Alors ils sont partis. Et Bengt… »

Elle remua sa cuillère dans sa tasse de café, le temps de se ressaisir avant de poursuivre.

« Il a clopiné jusqu'à moi. Son ventre était entièrement déchiré, les boyaux pendaient à l'extérieur. Il s'est couché à mes pieds et il est mort dans mes bras. Cela a été très rapide en tout cas. Puis tu es descendu, conclut-elle en s'adressant à son mari.

— Oui, dit-il. Tout ça est encore tellement… Mon sang n'a fait qu'un tour. J'ai pris mon fusil de chasse et j'y suis allé.

— J'ai essayé de le retenir, ajouta l'épouse.

— On ne réfléchit pas, dit-il. J'y suis allé, et un des types qui habitent là-bas était dehors. Il avait enfermé les chiens dans le chenil. J'avais à peine fait un pas vers l'intérieur de la cour qu'il a dégainé un pistolet et l'a braqué sur moi. Le cran de sûreté de mon fusil n'était pas enlevé.

— Mon Dieu, dit Anna-Maria émue.

— Ouais, on peut le dire. Le type a crié quelque chose en russe en direction de la maison et une femme est sortie. Elle m'a demandé en anglais ce que je voulais. J'ai commencé à pleurnicher, j'avais une trouille bleue, tiens. J'ai dit que leurs chiens avaient tué le mien et que j'allais appeler la police. Elle m'a fait signe d'attendre, elle est rentrée dans la maison puis en est ressortie avec une liasse de billets. Trente mille. Comme ça.

— Qu'avez-vous fait ? demanda Anna-Maria.

— J'ai pris l'argent, je n'osais rien faire d'autre, parce que le type me braquait avec son pistolet. Elle a répété plusieurs fois : "*No police. Remember, no police.*"

— Ça s'est passé quand, tout ça ? demanda Anna-Maria.

— Il y a six mois, dit la femme. On a pensé vendre et aller s'installer ailleurs, mais on n'a pas les moyens. On a un gros emprunt pour cette maison, on a dû aider notre garçon pendant un moment, il était empêtré dans des soucis d'argent. Maintenant il s'est rangé. »

Elle secoua la tête, résignée.

« Ils n'avaient qu'un chien, là-bas, tout à l'heure, dit Rebecka.

— L'autre doit être mort, dit la femme. Ils organisent des combats de chiens, parfois. Pour de l'argent, je suis sûre.

— Comment le savez-vous ? » s'enquit Anna-Maria.

L'homme et la femme échangèrent un regard puis se levèrent d'un commun accord.

« Suivez-nous à l'étage, dit la femme. Mais surtout, ne dites rien de ce que nous vous aurons raconté ou montré. »

Ils montèrent à l'étage. Le couple précéda Rebecka et Anna-Maria dans la chambre à coucher. Lit bien fait, dessus-de-lit au crochet et coussins décoratifs. À la fenêtre, derrière le rideau, une caméra pourvue d'un gros objectif était vissée sur un pied. On voyait distinctement le pignon de la maison voisine et le chenil.

« Je fais de l'observation ornithologique, dit la femme. C'est pour cette raison que nous nous sommes installés ici, il y a vingt-trois ans. On a vu des étourneaux roselins, des gros-becs casse-noyaux. Il nous arrive d'observer d'autres choses aussi. Et on prend des photos.

— Je comprends », fit Anna-Maria, sentant grandir en elle son amour pour cette société de détectives amateurs. Chers, très chers citoyens détectives.

Un quart d'heure plus tard, Anna-Maria et Rebecka quittaient les lieux avec un paquet de photographies imprimées. Des images nettes des deux femmes et des deux cous de taureau qui habitaient dans la maison. Un des clichés montrait un vieil homme maigre en fauteuil roulant, vraisemblablement Frans Mäki, coiffé d'une casquette publicitaire et avec une couverture sur les genoux.

« Très bien, tout ça », dit Anna-Maria en feuilletant les photos.

En son for intérieur, elle déplorait que Rebecka n'ait pas l'élégance de lui témoigner un peu de reconnaissance ; après tout, c'était grâce à son professionnalisme envers le petit fugueur de six ans qu'elles avaient obtenu les photos. Apparemment, Rebecka ne voyait que le boulot mal fait. Anna-Maria se raidit.

« Franchement, tu ne dois pas te sentir obligée de m'inviter à ta soirée, dit-elle, regrettant amèrement de ne pas avoir trouvé de prétexte valable dès le début.

— Je souhaite vraiment que tu viennes », dit Rebecka d'une voix dénuée de tout sentiment.

Ensuite elles n'échangèrent plus un mot.

Aucune chance d'y couper sans avoir l'air grossière, songeait Anna-Maria. Elle n'était pas loin de commencer à gémir tout haut à la seule perspective de passer une soirée entière en compagnie de Rebecka et de ses charmantes copines juristes. Qu'est-ce qu'elle allait mettre ? Rien que l'idée de devoir s'acheter une robe neuve…

Rebecka, elle, était plongée dans ses pensées. Olle Pekkari savait qui étaient ces Russes. Aucun doute là-dessus, il avait appelé chez le Roi le soir du meurtre de son frère. Elle ne le lâcherait pas tant qu'il ne lui aurait pas dit de quoi ils avaient parlé.

Vêtu d'un peignoir, Krister Eriksson traversa le couloir du spa sur la pointe des pieds, une petite corbeille sous le bras contenant son téléphone et autres objets de valeur. Il s'était dispensé de la séance de méditation sonore et se réjouissait d'avance d'un petit somme tout seul dans la chambre, avant le dîner.

Le sommeil ne voulait pas venir ; sur un coup de tête il envoya un SMS à Rebecka :

Tu es débordée, je suppose. J'ai l'impression de m'être débiné, mais qu'est-ce que mes pieds sont doux, après la fish-pédicure ! Les poissons leur grignotent les callosités. Peut-on s'aventurer à manger des sushis ici ?

Ragnhild Pekkari était étendue sur son lit, elle pensait aux hommes et à l'amour.

D'ailleurs c'était quoi, l'amour ? Une peur de la solitude. L'instinct de reproduction. La répétition des manques de l'enfance. Je n'ai pas pu sauver mon frère du malheur, alors je tente de sauver d'autres hommes qui lui ressemblent. Mon père a été incapable de m'aimer, donc je cherche à satisfaire des hommes qui ont un cœur de pierre.

Elle avait depuis longtemps décidé de tirer un trait sur cette folie que l'on appelle l'amour.

Au fil des années, elle avait vu ses collègues femmes servir leurs maris, élever les enfants, faire le ménage, entretenir la maison, cultiver les relations, s'occuper des parents, les leurs et ceux de leurs hommes. Dans le meilleur des cas, ces femmes avaient le sentiment d'être invisibles et mal-aimées, au pire elles étaient usées, harcelées, maltraitées psychiquement et physiquement. Mais elles persévéraient. S'arrangeaient pour ne jamais apprendre à changer un fusible ou monter des pneus neige, afin de pouvoir vivre dans l'idée qu'elles ne sauraient pas se débrouiller toutes seules.

Sans compter toutes celles qui arrivaient aux urgences parce qu'elles étaient tombées dans l'escalier, ou qu'elles avaient glissé dans la salle de bains. La terreur dans le regard et les lèvres closes sur ce qui s'était vraiment passé.

Elle avait mis longtemps à comprendre qu'elle-même avait été programmée pour détruire sa vie avec l'aide d'un homme.

Quand ils avaient quitté l'île pour s'installer à Kiruna, äiti s'était métamorphosée. Du jour au lendemain, tout son savoir était devenu caduc. Sur l'île, elle avait été une femme forte, qui savait soigner par les plantes, s'occuper des animaux, les abattre, faire des conserves, du pain, battre le beurre, faucher, carder, filer, tisser, tricoter.

À Kiruna, de telles compétences étaient inutiles. Isä travaillait à la LKAB, la compagnie minière de Kiruna, et ils achetaient la nourriture au supermarché Konsum. À la moindre douleur on appelait le médecin, et on achetait les vêtements dans des boutiques. Äiti était devenue une femme au foyer, elle nettoyait et changeait les rideaux au printemps et en automne. Elle s'étiola.

Ragnhild se rappela un soir, quand elle avait quatorze ans. Elle était couchée et écoutait äiti et isä dans la cuisine tandis que Virpi dormait profondément dans le lit d'à côté. Äiti faisait la vaisselle, isä parlait de son travail à l'atelier de réparation, tout en feuilletant le *Norrländskan*. Ragnhild attendait qu'ils soient couchés pour filer en douce. Elle avait commencé à sortir la nuit. À fréquenter des garçons et à boire.

Isä racontait son calvaire avec les chronométreurs qui poursuivaient les ouvriers, leurs feuilles de papier pincées sur une plaque d'isorel et leurs crayons noirs à la main.

« Ils chronomètrent le temps qu'on met à aller chercher un tournevis, se plaignait isä. Ils comptent le nombre de pas qu'on fait, notent si entre nous on parle du travail ou de la pêche. Ils font le planton devant les chiottes avec leur chronomètre, nous surveillent quand on s'assoit pour souffler ou qu'on part chercher du matériel. Si on dépasse le délai normal, on a une retenue sur salaire. »

Saletés de comptables, foutu système de surveillance, se lamentait isä. Il ne servait qu'à diviser les ouvriers et, finalement, on avait avantage à bâcler le boulot. La seule chose qui comptait était que ça aille vite.

Et Henry, par-dessus le marché, qui ne s'occupait pas bien de la ferme. Qui vendait des bois pour faire rentrer de l'argent.

« Je ne suis pas fait pour ce genre de vie, avait dit isä. J'ai l'impression d'avoir perdu pied. »

Et la voix d'äiti, nouée, froide :

« C'est toi qui l'as voulu. »

À l'époque, Ragnhild avait depuis longtemps cessé de pleurer pour qu'ils retournent sur l'île. Elle voulait s'échapper, la nuit, fricoter avec des garçons et se saouler. Elle continuait d'accompagner äiti sur l'île pour faire le ménage chez Henry, parce qu'elle y était obligée. Mais elle s'employait déjà à construire son propre malheur.

Ragnhild chassa les souvenirs de sa jeunesse et se leva. Elle se sentait un peu faible. Déjà sept heures. Elle aurait dû être en train de dîner avec Börje, à cette heure-ci.

Elle tira une bible de sa bibliothèque, chercha l'histoire de Jonas. Celui qui ne voulait pas aller à Ninive et qui avait pris le bateau pour Tarsis.

Quand elle lut la prière de Jonas, Ragnhild dut s'asseoir dans le canapé. « Les eaux se sont refermées sur ma gorge » et « J'ai sombré jusqu'au pays dont les portes devaient se clore derrière moi pour l'éternité ».

Chacun d'entre nous a son Ninive, songeait Ragnhild, auquel il cherche à tout prix à échapper. On préfère demander à l'équipage de nous jeter par-dessus bord.

Elle s'agenouilla près du lit et se recueillit. Elle n'avait pas prié depuis son enfance. Elle eut l'impression de crier dans un grand entrepôt vide.

Elle pensa à Rebecka Martinsson. Et à Virpi. Puis son esprit vogua vers Paula, son Ninive à elle.

Elle pria comme bon nombre de néophytes avant elle :

« Je ne sais pas si je crois en toi. Mais je ne sais pas où aller. »

À cet instant, on sonna à la porte.

À travers l'œilleton, elle vit Börje Ström sur le palier, un sac rempli de provisions à la main.

Je n'ouvre pas, décida-t-elle.

Sa main ouvrit, malgré elle.

Elle le fixa. Ses yeux avaient perdu toute leur assurance. Ni l'un ni l'autre ne détourna le regard.

Deux égarés qui se rencontrent par hasard l'hiver, en pleine tempête, pensa Ragnhild.

« Bonjour, petite, dit-il. Tu m'as laissé tomber.

— Oui.

— J'ai fait des courses », dit-il en montrant le sachet.

Elle ouvrit la bouche, voulut lui dire qu'elle n'avait pas faim. Qu'il pouvait s'en aller. Est-ce que sa femme savait qu'il cavalait par ici ?

Mais ses lèvres ne lui obéirent pas. Au lieu de le bannir, elles s'épanouirent en un sourire reconnaissant. Ses jambes firent un pas de côté pour le laisser entrer.

Petite. Personne ne l'avait appelée ainsi depuis ses onze ans, âge où elle avait déjà dépassé en taille tous les garçons de l'école. Et où l'on avait commencé à lui infliger toutes sortes de sobriquets, de « grande sauterelle » à « montagne » en passant par « gorille ».

Petite. Elle se souvenait de tous ces types, dans sa jeunesse, qui s'approchaient pour l'inviter à danser. Ils ne comprenaient pas qu'elle reste assise. Mais elle, voyant qu'ils étaient trop petits, déclinait gentiment. Ils se fâchaient, proféraient des grossièretés. « Tu te crois trop bien pour moi ? Qu'est-ce que tu fous là si tu ne veux pas danser ? » Ils insistaient, devenaient importuns. Elle finissait par céder et se levait. Et là, ils chiaient presque dans leur froc. Regardaient vers le haut, sur leurs pattes branlantes. « Nan, putain, s'exclamaient-ils parfois, le monstre ! »

Petite, donc. Elle avait envie de se blottir dans ce mot.

Börje Ström ôta ses chaussures pointure 51 et la précéda dans la cuisine. Elle lui emboîta le pas comme un chien abandonné.

« Ah, ça c'est une cuisine à ma taille, dit-il en tapotant les plans de travail surélevés d'un air satisfait.

— J'ai fait pareil dans la salle de bains, dit-elle d'une voix étranglée. Surélevé le miroir et le lavabo. Je n'ai pas envie de m'accroupir dans mon propre appartement. »

Il hacha des oignons, battit des œufs pour une omelette. Il la fit dorer et râpa une bonne quantité de fromage du Västerbotten dedans avant de la replier. Il prépara aussi de la salade.

Elle bataillait contre ses ruminations. Elle l'avait d'abord soupçonné de ne pas savoir se faire cuire un œuf, d'être un homme gâté, jugeait maintenant que tout ceci n'était qu'une stratégie de séduction : des centaines de femmes avant elle l'avaient à coup sûr regardé concocter la même omelette.

L'instant d'après, elle était persuadée de l'avoir toujours attendu. D'avoir fait fausse route en permanence, d'être obstinément passée à côté de ce qu'aurait dû être sa vie. Mais elle avait finalement retrouvé le bon chemin. En rencontrant cet homme aussi grand qu'elle. Sur l'île, là où avait toujours été sa vraie vie. Était-ce un hasard ? Ou la main de Dieu ?

Il évoqua ses souvenirs de Kiruna, raconta ses rencontres en ville, comme s'ils se connaissaient depuis longtemps. Au moins, il ne portait plus cette chemise hideuse.

Ils dînèrent. Elle but plusieurs verres d'eau. Recouvra ses forces.

Ils firent la vaisselle. Puis il lui prit les mains.

Elle le laissa faire. Le contact, toucher une autre personne. Cela faisait si longtemps. Elle n'avait même plus ses patients, de tout l'hiver, elle n'avait touché que ses livres.

Sa peau réclamait. Ragnhild était littéralement affamée de contact humain. Elle laissa les picotements de ses doigts se propager dans tout son corps, jusqu'à son sexe.

Il en avait une autre. Mais on verrait ça plus tard.

Il avait posé la main sur ses cheveux. Elle éprouvait une telle peur qu'elle dut se retenir de le repousser.

« Je ne sais pas si je vais y arriver, dit-elle pour ne pas rester seule avec son appréhension.

— Mon père était un bandit », dit-il.

C'était venu de nulle part. Elle comprit que cela couvait en lui depuis longtemps. Il lui parla de la visite à ses anciens entraîneurs, du vieux Grahn avec son histoire de faux billets.

« J'avais une si haute image de lui, dit Börje Ström. Pour moi, il était… Et en fait, tout ça n'était qu'un mensonge.

— Bienvenue au club, dit-elle avec un rire sans joie. Mon frère… Pourtant je n'ai jamais eu une haute opinion de lui. Enfin, nous, ce n'est pas eux.

— Pas tout à fait, dit Börje Ström en regardant les tatouages sur ses bras.

— Tu veux t'allonger ? dit-elle. On n'a pas besoin de… »

Il acquiesça de la tête avec gratitude.

« On peut se reposer un peu, dit-il. On n'a pas besoin de se déshabiller. »

Ils gagnèrent la chambre. Toutes les tenues qu'elle avait essayées le matin jonchaient le sol telles des mues.

Elle se coucha, posa la tête sur son épaule. De sa main libre, il lui caressa doucement l'oreille, cela résonnait comme un bruit d'eau, sur une berge peut-être. Ou bien comme ce qu'entend l'enfant dans le ventre de sa mère.

« Un jour à la fois, dit-elle.

— Une chose à la fois, tu veux dire », répondit-il.

Elle ne discuta pas, s'assoupit dans le bruissement apaisant de sa main contre son oreille.

Mardi 3 mai

Le Morveux réveilla Rebecka avant que la sonnerie de son téléphone ne se déclenche. En dix minutes, elle mit du café sur le feu, prit sa douche et se coiffa. Aujourd'hui elle allait au tribunal, mais elle était prête, connaissait bien les cas, elle pouvait donc s'octroyer un moment sur le perron avec un petit café.

Ça fait partie de la vie, ça aussi, pensa-t-elle en s'asseyant sur les marches, son mug entre les mains. Le soleil matinal ne chauffait pas encore. Mais la journée promettait d'être chaude. Dans la cour, le Morveux cavalait après un bout de bois. Il le lançait en l'air puis le poursuivait, dérapant sur les flaques verglacées. Son bonheur de chien contamina Rebecka.

Elle repoussa son téléphone hors de portée pour éviter de consulter par réflexe le compte Instagram de Marit Törmäs.

Il faut décider soi-même à quoi on veut penser, se dit-elle, et elle leva le nez vers le soleil. Tout cela me suffit : mon travail, les chiens, Sivving, un peu de soleil, du café.

Elle emmena le Morveux chez Sivving qui l'obligea à manger une tartine avant de se mettre en route.

Une heure plus tard, il y avait une réunion au commissariat. Rebecka Martinsson et Anna-Maria Mella rendirent compte de leur visite chez Frans Mäki le Roi des airelles, décrivirent sa femme russe et les deux hommes avec leur chien de combat.

« Mais qui est la jeune femme ? s'interrogeait Anna-Maria. La petite copine commune des deux mecs ?

— Elles n'étaient pas trois, les filles qui tapinaient dans le mobil-home ? demanda Karzan Tigris. On peut supposer que c'étaient ces types-là qui le conduisaient. Deux femmes sont mortes, celle-ci pourrait-elle être la troisième ?

— On les convoque pour un interrogatoire ? s'enquit Magdalena Vidarsdotter.

— Si on n'a rien de concret les concernant, ils vont nier, dit Rebecka. En bloc. Ou garder le silence pendant tout l'interrogatoire. Vous connaissez la chanson.

— Bizarre qu'on ne sache absolument rien sur eux, dit Anna-Maria. Aucune plainte n'a été déposée, il n'y a aucun soupçon, rien.

— C'est peut-être tout simplement une bande de perturbateurs qui s'est installée ici, suggéra Tommy Rantakyrö.

— La succession des communications téléphoniques n'est pas due au hasard, dit Rebecka. Elle ne peut pas l'être. Le soir du meurtre d'Henry Pekkari et des deux femmes, Henry ou quelqu'un d'autre qui se trouvait chez lui a appelé Olle Pekkari. Moins d'une minute plus tard, le Roi des airelles reçoit un appel d'Olle ou d'une personne qui utilise son téléphone.

— L'un des types cachait une arme sous son manteau, dit Anna-Maria. Et tu peux me croire, c'était plus qu'une simple bande de trublions. Ils m'ont plutôt fait l'impression… »

Elle chercha le mot juste.

« … de professionnels, conclut-elle.

— Je suggère qu'on fasse une pause, dit Rebecka Martinsson. Vous appelez tous vos informateurs et les gens qui connaissent des gens dans les bons circuits, si je peux m'exprimer ainsi. Il y aura bien quelqu'un qui a entendu parler d'eux. »

Tous partirent passer leurs appels. Rebecka relut le message de Krister. « Peut-on s'aventurer à manger des sushis ici ? »

Elle avait attendu pour lui répondre. Un laps de temps assez long s'était écoulé à présent.

« Le Morveux te fait dire qu'il mangera volontiers ces poissons pédicures tout droit sortis de leur pédiluve », écrivit-elle.

On peut quand même rester amis, pensa-t-elle.

Ensuite elle guetta la réponse de Krister, ne décollant pas les yeux de son téléphone jusqu'à la reprise de la réunion avec les policiers, quarante minutes plus tard.

Personne n'avait d'information sur les Russes. Mais Fred Olsson avait décelé de la peur dans la voix d'un de ses indics.

« Il sait de qui il s'agit, dit Fred. J'en ai eu le sentiment, en tout cas, même s'il a prétendu n'en avoir aucune idée. Ah, une chose, encore. Rosa Larsson et Heikki Vinberg ont quitté la ville.

— C'est qui, ceux-là ? demanda Magda Vidarsdotter.

— Ils ont fourni aux habitants de Kiruna toutes sortes de substances addictives, ces vingt dernières années, dit Anna-Maria.

— Hormis pendant quatre ans, au début des années deux mille, quand Rosa était en taule, ajouta Fred Olsson.

— Donc ils sont partis ! s'exclama Anna-Maria. Quand ça ? Où ça ? »

Fred haussa les épaules.

« Il y a plus de six mois. Hors du Norrbotten, en tout cas, d'après ma source.

— J'ai du mal à y croire, dit Anna-Maria. À ma connaissance, Heikki Vinberg n'a jamais poussé plus au sud que Gällivare. Je ne sais pas ce que vous en pensez, mais quand les petits poissons se planquent dans les roseaux et que les moyens foutent le camp…

— … ça veut dire qu'un gros poisson est arrivé dans le lac, compléta Fred Olsson.

— Nous devons essayer d'en débusquer quelques-uns, en leur fichant la trouille pour les amener à parler, dit Anna-Maria avec une pensée nostalgique pour Sven-Erik qui estimait, lui, que la peur était rarement une bonne méthode.

— On est sûr que les femmes mortes étaient des putes ? demanda Tommy Rantakyrö.

— Difficile de faire abstraction de ce tatouage avec le parapluie rouge, dit Rebecka.

— Est-ce qu'on ne pourrait pas tout simplement convoquer le Roi des airelles à un interrogatoire ? avança Magda Vidarsdotter. Comme témoin dans l'enquête préliminaire…

— Il faut d'abord que je vérifie ce certificat médical qu'ils ont agité sous notre nez, dit Rebecka. Quoi qu'il en soit, je vais commencer par délivrer un mandat de perquisition et faire saisir la comptabilité d'Olle

Pekkari, tous ses contrats et documents comptables, toutes les pièces relatives à son activité commerciale. S'il trempe dans une magouille avec le Roi des airelles, je vais secouer le cocotier. Ça le rendra peut-être un peu plus loquace.

— On a quelque chose de nouveau pour l'identification des deux femmes ? demanda Anna-Maria.

— Leurs relevés dentaires sont à la brigade criminelle, dit Fred Olsson. Sinon, est-ce que je peux avoir les photos de ces voyous ? J'aimerais les passer dans un programme de reconnaissance faciale.

— Elles sont sur mon bureau, dit Anna-Maria. Fouille, tu les trouveras.

— Du nouveau à propos du scooter d'Henry Pekkari ? » demanda Rebecka.

Anna-Maria Mella secoua la tête.

« Pas d'empreintes digitales hormis celles d'Henry. Mais c'est bien ce véhicule qui a roulé sur les femmes dans la neige. »

Si nous n'avions pas découvert qu'Henry Pekkari avait été assassiné, se dit Anna-Maria, on l'aurait présumé coupable de les avoir écrasées avant de mourir lui-même. Que s'est-il passé là-bas, en réalité ?

« Je crois que nous sommes tombés sur un gros morceau, dit Rebecka Martinsson. Crime organisé, qui a réussi à passer sous les radars pendant pas mal de temps. Nous devons absolument nous faire une idée de son ampleur. Et de leur terrain d'action. Seulement la drogue et le sexe, ou quelque chose de plus vaste ? Plus longtemps nous pourrons travailler sans qu'ils se sentent menacés, mieux ce sera. Là, ils ont déjà eu une visite de la police. »

Rebecka regarda l'heure. Son audience au pénal approchait, mais auparavant, elle devait délivrer le mandat de perquisition et se rendre à l'entreprise d'Olle Pekkari. Il en sortirait bien quelque chose.

Elle avait un appel manqué de Pohjanen et un de Sivving.

Oui, oui, je m'en occupe, promit-elle sans même savoir ce qu'ils voulaient. Je m'en occupe !

Marit Törmä porta son regard vers le téléphone de Krister, dont l'écran venait de s'éclairer sur le lit de leur chambre d'hôtel. Ils avaient bien profité de ces vacances éclair, coupé avec le quotidien. Ses photos pour Instagram, elle les avait prises lorsqu'il n'était pas dans les parages. Elle sentait toujours en lui un agacement contenu quand elle postait des trucs. Pour être tout à fait franche, cela l'attristait. Les frais de ce séjour étaient en grande partie couverts grâce à son compte Insta. Les mecs des autres influenceuses ne rechignaient pas à tenir la caméra quand elles faisaient du yoga ou de la gym. Marit, elle, se sentait obligée de tout faire en catimini et à la hâte. Qu'y avait-il de mal à avoir un compte très suivi ?

Dans la salle de bains, Krister tira la chasse d'eau.

Message de Rebecka. Marit se pencha sur le téléphone et lut : « Le Morveux te fait dire qu'il mangera volontiers ces poissons pédicures tout droit sortis de leur pédiluve. »

« Je vais à mon massage », cria-t-elle, et elle sortit sans lui laisser le temps de répondre.

Elle avait envie de courir, alors qu'il lui restait une demi-heure avant son rendez-vous. Elle se força à marcher. Ces couloirs étaient interminables.

En face arrivait le groupe de femmes qu'ils avaient croisées, Krister et elle, en revenant du petit déjeuner. Une clique qui jacassait allègrement. Quand elles avaient aperçu Marit avec Krister, elles s'étaient tues. Mais là, elles continuèrent à papoter et à rire, l'une d'elles la salua.

À Kiruna, il était très respecté. Tout le monde savait qu'il était sauveteur en montagne et maître-chien dans la police. Au sud de Luleå, c'était différent. Soit les gens le fixaient avec insistance, soit ils s'efforçaient de ne pas le regarder. Des enfants lui demandaient tout de go, à la grande honte de leurs parents : « Pourquoi es-tu si laid ? » ou « Pourquoi n'as-tu pas d'oreilles ? » Il avait une patience et une gentillesse infinies avec les enfants. Leur racontait l'incendie. Elle l'admirait pour cela. Adorait ça.

Le masseur loua son corps d'athlète et lui posa des questions sur sa pratique sportive. Il était trop bavard. Marit aurait préféré ne pas parler du tout, mais elle se sentait obligée de lui répondre aimablement.

Donc Rebecka et Krister s'envoyaient des messages, maintenant. Cela n'aurait pas dû la préoccuper, mais il ne lui avait rien dit. Quand il recevait des SMS de sa sœur ou de Marcus, il lui en faisait part.

C'était Marit qui avait pris l'initiative avant qu'ils deviennent un couple. Il ne sortait plus avec Rebecka depuis un moment. Marit l'avait contacté parce qu'elle prévoyait d'aller aux grottes de Björkliden et avait besoin de renseignements sur le passage dans le siphon. C'était elle qui avait envoyé le dernier message de leur échange. Puis elle l'avait recontacté, par instinct de compétition ou par curiosité, elle ne savait pas. Elle n'avait pas l'habitude que les hommes ne la relancent pas lorsqu'elle leur témoignait de l'intérêt. Elle lui avait envoyé une photo de son sac à dos rempli, avec un petit mot : « Viens si ça te tente. »

Elle avait consacré deux ans de sa vie à cette relation. Avait été patiente. Lui préférait attendre avant d'emménager avec elle, à cause de Marcus. Le petit garçon avait besoin d'un environnement stable. Mais il fallait que ça bouge, à un moment ou à un autre. Elle voulait aussi avoir des enfants, plus tard. Des enfants à elle.

Même si elle n'aimait pas avoir ce genre de pensées, elle estimait que Krister avait de la chance d'être avec elle. Or il envoyait des SMS à Rebecka. S'occupait de son chien. Et Marcus partageait des clips YouTube avec Rebecka. Quand le Morveux et Sivving manquaient trop au garçon, on l'emmenait là-bas.

Est-ce que tout ça en vaut la peine ? se demandait-elle.

En retraversant le couloir, elle vit que le masseur avait liké vingt photos sur son compte Insta.

Après le petit déjeuner, Ragnhild Pekkari partit en voiture pour l'hôpital de Gällivare. Il y avait trois cents kilomètres, mais si Mervi Johansson devait ne pas s'en sortir, Ragnhild voulait au moins lui avoir dit au revoir. Elle s'en voulait de ne pas s'être arrêtée chez Mervi quand elle était allée sur l'île, ni la première ni la deuxième fois. Rebecka Martinsson y était allée. Mervi avait dû se poser des questions.

Au service de pneumologie, Ragnhild obtint d'une infirmière l'autorisation d'entrer dans la chambre sitôt les soins terminés. En attendant, elle tua le temps à la cafétéria. Sirota un café en feuilletant un journal de la veille. Regarda passer les familles et le personnel de l'hôpital, tous plongés dans leurs pensées. Le travail, l'inquiétude face à la maladie. Elle se sentait dans son élément. La fille à la caisse rangeait des sandwichs dans le comptoir réfrigéré. Elle avait été aimable, sans obséquiosité. Ragnhild regarda sa montre, il était déjà dix heures et quart.

La peau de Mervi était fine et douce comme de la soie. Ragnhild lui prit les mains. La vieille femme était devenue toute petite. Elle flottait dans sa chemise de nuit d'hôpital.

« Je suis Ragnhild Pekkari, tu me reconnais ? La fille d'Isak et d'Helmi.

— Ah oui, Ragnhild », dit Mervi Johansson d'une voix distraite, comme si elle était absorbée par d'autres pensées.

Elle ferma les yeux.

Elle ne se souvient peut-être pas de moi, songea Ragnhild.

Les persiennes filtraient la forte luminosité du printemps. La pénombre de la pièce était reposante. Ragnhild se demandait si Mervi s'était rendormie.

Mais la vieille femme rouvrit les yeux.

« Tu as fait la route depuis Kiruna ?

— Oui, ce n'est pas si long. J'ai mis la radio.

— Je te rembourserai l'essence.

— Tu plaisantes ! Tu t'es teint les cheveux ? En rose ? »

Mervi se redressa avec peine. Ragnhild prit le temps d'arranger son oreiller.

« Tu vois, dit Mervi, je te recommande chaudement le rose. On te regarde autrement. Un des infirmiers, ici, a des dreadlocks. Et il m'a dit que j'étais très jolie. On n'est jamais trop vieux. »

Elle fit un clin d'œil malicieux.

« Tu as quelqu'un d'autre ? »

Ragnhild démentit d'un geste de la main.

« Non, Dieu m'en préserve.

— Tu n'as vraiment pas eu de chance avec ce Tord. Oh là là. Mais tu t'es bien débrouillée, toutes ces années. »

Ragnhild sentit sa mâchoire se contracter douloureusement. Elle avait envie de secouer la tête, non, elle ne s'était pas bien débrouillée.

« Et comment va Paula ? demanda Mervi.

— Bien. »

Paula allait bien. Ragnhild le voyait sur Facebook. Mais elles n'avaient aucun contact. Ragnhild envoyait des cadeaux à ses petits-enfants pour leur anniversaire. Parfois elle se demandait s'ils les recevaient. Si Paula ne les jetait pas sans les ouvrir. Il n'y avait jamais un merci.

« Ragnhild Pekkari ! lança une voix derrière elle. Ça fait un bail. »

Une femme de son âge se tenait dans l'encadrement de la porte. Cheveux gris clair, les yeux de Mervi.

« Stina, la fille de Mervi. Bonjour maman, je t'apporte quelques vêtements et des bricoles. Comment vas-tu ?

— Très bien, répondit Mervi. On rentre à la maison ? »

Stina se tourna vers Ragnhild en levant les yeux au ciel.

« Mes propres enfants veulent me caser dans une résidence à Pajala, dit Mervi à Ragnhild.

— Ils ont une place, dit Stina. Elle ne peut plus vivre toute seule au village. On s'inquiète pour elle.

— Est-ce que je ne me suis pas inquiétée pour eux toute ma vie, moi ? demanda Mervi à Ragnhild. Je décide moi-même de ce qui me convient. Ou bien m'a-t-on mise sous tutelle ? »

Stina poussa un soupir résigné et déballa d'un sachet en papier des vêtements et une trousse de toilette.

Ragnhild resserra sa main sur celle de Mervi.

« La police est venue ici, dit Stina. C'est terrible, pour ton frère. Mais maman n'a rien pu dire, si ce n'est qu'un scooter était passé derrière sa remise.

— Quand ils m'ont redemandé la même chose pour la troisième fois, je leur ai dit que ça suffisait, à la fin », dit Mervi.

Elle clignait des yeux de fatigue, comme un enfant. Ragnhild caressa son bras, ainsi qu'elle le faisait avec Paula pour qu'elle s'endorme.

« Et tu sais, dit Stina à Ragnhild, quand Leif et moi sommes allés chercher les affaires chez maman, la chienne était là. La chienne d'Henry, maman ! poursuivit-elle d'une voix plus forte parce que Mervi avait refermé les yeux. Elle était couchée sur ton perron quand je suis arrivée avec Leif.

— La chienne, dit Ragnhild. Où est-elle maintenant ?

— On l'a embarquée dans la voiture, dit Stina. Leif ira dans la forêt avec son fusil ce soir et il la tuera. Sinon, elle va crever de faim. Ce serait de la maltraitance. Maman tu dors ? »

Stina continua en chuchotant.

« Elle ne peut pas rester chez elle, elle a failli mourir. Et si elle tombe ? Elle n'est plus capable de faire le ménage, alors est-ce à nous d'aller là-bas pour le faire ? Et puis il ne manquerait plus qu'elle ait une intoxication alimentaire. Je lui ai carrément dit que son refus était de l'égoïsme. Enfin tu sais, têtue comme une mule. »

Ragnhild acquiesça de la tête. Elle pensait à la chienne.

Ah, mon Dieu. Mais qu'est-ce que je peux y faire ?

« Je comprends que maman veuille rester chez elle, ce n'est pas la question. Elle vit toujours dans l'ancien monde. Nous, nous sommes partis et nous avons fait des études. Nous avons appris le suédois. Bien sûr, je me souviens de la vie simple que nous menions au village. Les vaches, la fenaison, le poisson, papa qui rentrait de la forêt, les jeux avec mes frères et sœurs. Mais les temps changent. Il faut s'adapter. Nous n'avons manqué de rien, en fait.

— Non », dit Ragnhild en pensant à son äiti à elle, dont le visage s'illuminait et qui redevenait elle-même quand elles s'arrêtaient un moment chez Mervi pour bavarder entre femmes et boire une goutte de café, après le ménage chez Henry.

Puis elle ajouta :

« La chienne. Ne la tuez pas. Je vais la prendre.

— *Älä houraa*, mais qu'est-ce que tu vas faire avec ? Elle est redevenue complètement sauvage… »

Leif, le mari de Stina, attendait dans la voiture, sur le parking de l'hôpital.

Qu'est-ce qu'ils ont, ces hommes ? se dit Ragnhild. Pourquoi n'est-il pas venu dans la chambre avec elle ?

Leif considérait lui aussi que c'était une folie de garder la chienne.

« Elle ne peut pas vivre en appartement. »

Mais il était soulagé de ne pas avoir à tuer un chien en bonne santé. Et Ragnhild ne devait pas hésiter à l'appeler si elle changeait d'avis.

Leif transféra la chienne, docile mais raide de peur, dans la voiture de Ragnhild, et remit à celle-ci une corde en guise de laisse.

« Tu peux utiliser ça, j'ai fait un nœud qui se resserrera si la chienne tente de filer, sinon il est assez lâche. Comme une laisse de retriever.

— C'est vrai, dit Stina à Ragnhild, tu as toujours aimé les animaux. Tu te souviens de ce petit veau avec lequel vous jouiez, toi et Virpi, un été ? Il vous suivait partout, sauf dans le bateau. Vous aviez dressé des obstacles et le faisiez sauter par-dessus. Il s'appelait comment déjà ?

— Je ne me rappelle pas », répondit Ragnhild avec sincérité.

Tout le trajet du retour vers Kiruna, la chienne resta couchée à l'arrière comme un prisonnier résigné. Ragnhild lui parla.

« Je ne sais pas si je t'ai rendu service, dit-elle. Il est parfois difficile de faire la part des choses entre l'amour et l'égoïsme. »

Parvenue à la hauteur de Puoltikasvaara, elle se souvint que le petit veau s'appelait Onnenkukka, Fleur de bonheur. Virpi et elle lui donnaient du lait dans un seau. Une fois qu'il avait tout bu, elles mettaient leurs doigts dans sa bouche puissante et il tétait. Sensation de plaisir quand les doigts étaient pressés entre le palais et la langue rugueuse.

Ragnhild se demandait si la chienne pensait aussi à l'île. À chasser le campagnol et courir librement à travers la campagne.

Börje Ström ne s'était pas manifesté. Il était peut-être rentré chez lui à Älvsbyn.

Le mardi matin, Sven-Erik Stålnacke se rendit en ville, sans rien avoir de particulier à y faire. Peut-être par égard pour Airi. Afin de ne pas passer toute la journée à la maison, dans le canapé.

Spontanément, il fit un crochet jusqu'au sommet du Luossavaara, là où l'on allait déménager du centre-ville quelques-unes des belles bâtisses anciennes en bois.

Là-haut, il resta dans le vent à regarder Kiruna. La maison dans laquelle il avait grandi, seul avec sa mère. L'église où Hjördis et lui s'étaient mariés. Le quartier pavillonnaire où ils habitaient quand Lena était à la maternelle. Il connaissait chaque rue, presque chaque édifice. Savait à qui avaient appartenu les immeubles, qui y avait habité. Il se remémora sa vie de policier, si intimement liée à la ville elle-même. Les rues où ils avaient pincé des conducteurs en excès de vitesse, les foyers où il avait rapporté des chiens fugueurs, annoncé des décès, où il était intervenu dans des cas de violence, d'ivrognerie, de consommation de stupéfiants, pour des cambriolages. Certaines maisons, on ne voulait pas les regarder trop longtemps. Celles où ils étaient allés chercher des enfants. Ou bien celles où ils avaient procédé à des expulsions. Tout cela donnait peut-être l'impression d'une misère sans fin, mais il avait toujours conservé malgré tout une vision assez lumineuse de ses contemporains. Il avait aussi assisté à beaucoup de belles choses au fil des ans. Des gens qui soutenaient leur prochain dans les épreuves. Des témoins qui bravaient leur peur des représailles et faisaient ce qu'il fallait faire. Ceux qui, dans les écoles et les services sociaux, se battaient pour les jeunes. Le Kiruna qu'il connaissait et gardait en mémoire était en train de disparaître dans un glissement de terrain parfaitement organisé. Le fondement même de ses souvenirs allait être rasé. On allait construire de nouvelles maisons et de nouvelles rues qui lui resteraient toujours étrangères.

Il avait quand même bien fait de monter jusqu'ici pour contempler la ville. Ça ne le fichait pas aussi à plat qu'il l'avait cru.

Il est inutile d'essayer de fuir ses chagrins, pensa-t-il. Ils vous poursuivent de toute façon. Les chagrins, il faut attendre qu'ils s'assèchent, il n'y a pas d'autre moyen.

Pendant deux minutes il pleura sa ville, puis son téléphone sonna dans sa poche. Un numéro qu'il ne connaissait pas.

On voulait à coup sûr lui vendre quelque chose. Enfin, c'étaient aussi des êtres humains.

Ce n'était pas un marchand.

« Bonjour Sven-Erik, c'est Simon. »

Le petit gars de Scanie avec lequel il avait eu une conversation, sur le parking des baraquements. Celui qui lui avait parlé des prostituées et des Russes du mobil-home.

« Ouais, vous vouliez des infos sur la troisième fille, dit Simon. Je sais où elle est. Elle bosse à l'hôtel de la Martre, à Riksgränsen. Elle s'appelle Galina, apparemment.

— Merci, Simon, dit Sven-Erik. Elle a un nom de famille aussi ?

— J'sais pas.

— Qui vous a donné ces informations ?

— Un des types, ici, j'peux pas dire qui. Mais Galina avait son numéro, elle l'a appelé parce qu'elle avait des ennuis et il l'a aidée à trouver un boulot. C'est plein à craquer là-haut pendant la saison. »

Ils raccrochèrent. Ça valait toujours le coup de rencontrer les gens personnellement, se dit Sven-Erik. Il essaya de joindre Rebecka et Anna-Maria, mais tomba sur leurs répondeurs. Il laissa un message à Anna-Maria. Pendant un moment béni il était rentré dans sa peau de policier.

Karzan Tigris et Tommy Rantakyrö accompagnèrent Rebecka Martinsson chez Olle Pekkari pour saisir sa comptabilité et tout document concernant l'activité de l'entreprise. Son bureau jouxtait la villa de son fils, Anders Pekkari, dans la rue Kengisgatan.

Briques blanches à l'extérieur et plantes en pots faciles à entretenir à l'intérieur. Meubles clairs et sols nus, aucun risque de se prendre les pieds dans des tapis.

Anders Pekkari s'apprêtait à sortir déjeuner, mais il raccrocha son manteau.

La cinquantaine à l'allure sportive, il était aussi impeccablement vêtu que son père. Grand, comme le reste de la famille. Il lut le mandat de perquisition que Rebecka lui tendit, parut garder son calme. Toutefois, quand il sortit son téléphone pour appeler son avocat, les ailes de son nez se dilatèrent, trahissant une respiration accélérée. Il pria ensuite sa secrétaire, qui était la seule autre personne présente dans le bureau, de bien vouloir aider la police à trouver ce qu'elle cherchait.

Karzan et Tommy transportèrent les classeurs contenant les vérifications de comptabilité, les déclarations annuelles et tout le bazar, jusqu'à la voiture de Rebecka. Elle-même resta dans le bureau pour veiller à ce que rien ne se volatilise soudainement pendant l'opération.

Karzan et Tommy ressortirent, Anders Pekkari termina sa brève conversation téléphonique et fusilla Rebecka du regard.

« Ça me fait drôle de penser que toi et moi on aurait pu être un peu comme des cousins », dit-il.

Rebecka garda le silence.

« Mais la merde coule vers le bas, comme on dit. Mes grands-parents ont donné à Virpi un bon foyer. Et elle n'a même pas été foutue de venir à leur enterrement, cette traînée. Seulement capable de cavaler d'un type à un autre jusqu'à ce qu'elle en trouve un assez naïf pour la mettre en cloque. »

Rebecka pensa à son père. Il avait peut-être été naïf, mais il était mort avant qu'elle-même soit assez grande pour pouvoir en juger. Il venait rarement la border, le soir. Il préférait regarder la télé en buvant une bière. Parfois, à force de réclamer, elle obtenait qu'il vienne s'allonger un moment à côté d'elle. Alors elle posait la tête sur son épaule et l'écoutait lui raconter la vie de l'élan Paiju dans la forêt. « L'été est revenu, Paiju est très contente. Elle est entrée dans un lac et broute des nénuphars sous l'eau. On dirait qu'elle est en train de plonger. Elle disparaît sous la surface puis ressort pour respirer et mâcher. »

Je t'aimais papa, pensa Rebecka. Je t'aimais tellement.

« Tu étais avocate à Stockholm, avant, n'est-ce pas ? reprit Anders Pekkari. Qu'est-ce qui s'est passé là-bas, au juste ? Il paraît que tu as couché avec ton patron et qu'il t'a virée, c'est ça ? Et maintenant tu prends ton pied à abuser de ton pouvoir au parquet. On voit bien que vous êtes de la même famille, toi et Virpi. »

Rebecka remarqua les efforts de la secrétaire pour avoir l'air de ne pas entendre. Sur ce, Karzan Tigris revint.

« C'est le dernier, celui-là ? demanda-t-il en pointant un carton du doigt.

— C'est le dernier, dit Rebecka. Ou bien y a-t-il autre chose ? ajouta-t-elle à l'adresse d'Anders Pekkari.

— Oh, il y aura autre chose, répondit-il. Tu peux compter sur moi. »

« Heureusement qu'on n'y connaît rien, à tous ces trucs ! dit Karzan Tigris quand ils furent à nouveau dans la voiture. Ça va te prendre combien de temps de lire tout ça ?

— Je n'aurai pas besoin de tout lire, dit Rebecka. Je vais seulement… »

Elle eut un haussement d'épaules dérisoire.

… chercher une aiguille dans une botte de foin, termina-t-elle en pensée. À supposer qu'il y ait une aiguille.

Il y en a une, et je la trouverai. Et je l'enfoncerai dans cette famille imbue d'elle-même comme dans un ballon.

Elle regarda Tommy du coin de l'œil, attendant un mot d'encouragement de sa part, mais il était silencieux et scrutait la ville qui semblait se dissoudre dans l'humidité printanière.

Je cherche des histoires à des gens bien, pensa-t-elle. Il n'aime pas ça.

Elle se défendit contre le sentiment pesant d'être seule. Essaya de rester en colère.

Une fois les forces de l'ordre reparties, Anders Pekkari ferma la porte à clé. Il renvoya sa secrétaire chez elle, puis il passa trois appels téléphoniques. Le premier à Carl von Post. Ils étaient tous les deux membres du Rotary, après tout.

« Nous avons de très gros problèmes avec elle », lui dit von Post après l'avoir écouté.

Il promit qu'il allait s'occuper de cette histoire.

Anders Pekkari joignit ensuite un journaliste du *Norrländska Socialdemokraten*, dont la fille jouait dans la même équipe de hockey que la sienne. L'entreprise des Pekkari avait soutenu financièrement cette équipe durant de nombreuses années.

Enfin, il téléphona à Maria Mäki, l'épouse du Roi des airelles. Parce qu'il y était obligé. Il l'informa de ce qui s'était passé et des mesures qu'il avait prises. Elle lui répondit de manière concise, sur un ton sec.

« Ils n'ont rien, fit-elle. Gardez votre calme. Tout ça, ce ne sont que des trous d'air. Comme en avion : on les sent dans l'estomac, mais ce n'est rien. »

Il aurait voulu la contredire, crier dans le combiné. Comment ça ce n'est rien ?

« Dites-moi plutôt, reprit-elle, comment va votre fille, toujours dans son équipe de hockey ? Et votre fils, il travaille bien, à l'école ? »

Une terreur glaciale lui serra les entrailles.

« Bien », dit-il en suffoquant. Et ils raccrochèrent.

Il resta assis à son bureau dans la pièce déserte, le téléphone à la main. En voyant les gouttes tomber sur l'appareil, il se rendit compte qu'il pleurait. Comme un petit garçon apeuré.

Rebecka Martinsson déposa Karzan Tigris et Tommy Rantakyrö devant le commissariat. Elle commencerait dès ce soir à éplucher les classeurs empilés à l'arrière de sa voiture. Avant le dîner, elle pourrait peut-être aller courir un peu, si elle trouvait ses baskets.

Attention, ça va chauffer, pensa-t-elle en sentant sa bonne humeur revenir.

Bonne humeur qu'elle se hâta de guérir par une visite sur le compte Instagram de Marit Törmä. Marit et Krister dans un spa japonais sur fond d'archipel de Stockholm (3 572 likes), leur séance de massage aux bambous (6 213 likes).

Elle consulta son téléphone. Aucune nouvelle de Krister.

Sur un coup de tête, elle appela Måns.

« Martinsson ! s'exclama celui-ci l'air enjoué. Il s'en passe des trucs à Kiruna ! Des cadavres dans des congélateurs, des putes dans la neige…

— Eh oui, c'est ici que les choses se passent, dit-elle.

— Taube va venir te voir avant son week-end de ski, à ce qu'il paraît.

— Hmm », répondit-elle.

Il attendait peut-être qu'elle lui propose de se joindre à elles, c'était difficile de savoir, avec Måns. Elle changea de sujet.

« Tu connaîtrais quelqu'un qui travaille sur la criminalité organisée ? Et qui soit vraiment bon dans ce domaine ?

— Vous n'avez pas cette expertise, au parquet ?

— Si.

— Mais les meilleurs sont ailleurs, dit Måns. Eh oui, tu as toi-même choisi de jouer dans l'équipe de remplacement. Qu'est-ce qui se passe là-haut, au juste ? »

Il fallait lui lancer un os à ronger. Les juristes aiment avoir une longueur d'avance sur les médias. De vraies commères, ils ont ça dans le sang. Ils veulent connaître avant tout le monde le nom de la célébrité qui a été arrêtée pour conduite en état d'ivresse, être au cœur de l'information, savoir ce que cache la défection de tel ou tel homme politique pour « raisons familiales ».

Mais elle n'avait aucun os à lui lancer.

« Je crois que nous avons trouvé quelque chose », dit-elle.

Elle regretta ses paroles.

« Enfin, nous sommes sur une piste, plutôt. »

Elle raconta la visite chez le Roi des airelles, les hommes qui leur avaient fait si peur, le chien Bengt.

« On peut dire que tu as gagné le gros lot, avec cette famille d'adoption, dit Måns ragaillardi. Je connais quelqu'un à qui tu pourrais parler. Ancienne experte en criminalité organisée auprès des services de l'administration fiscale. Une fille dont l'adresse était tenue secrète à cause de son boulot. Ensuite elle est partie dans le privé. Elle est enquêtrice dans une compagnie d'assurances. Je peux lui demander, mais ne te fais pas trop d'illusions.

— Je ne me fais jamais trop d'illusions en ce qui te concerne, dit Rebecka. Toi et tes relations, un bel emballage, mais pas grand-chose à l'intérieur. »

Il éclata de rire.

« Sacrée Martinsson ! »

Trop peu de gens dans sa vie osaient l'interpeller de cette manière irrespectueuse. En revanche, ils étaient de plus en plus nombreux à avoir peur de lui. C'était ennuyeux, à la longue.

« Qu'est-ce que tu fiches là-haut ? demanda-t-il. J'ai du mal à te comprendre.

— Je ne sais pas. Tu n'as qu'à venir me kidnapper. »

Dans une tasse abandonnée sur le porte-gobelets il y avait un fond de café de la veille. Elle en but une gorgée. Froid, mais pas encore tout à fait dégueulasse.

Måns se remit à rire, mais il ne parla pas de monter la voir. Elle ne l'avait pas vraiment invité non plus. Et elle avait cessé de dire qu'il lui manquait.

Je n'ai pas envie d'être toute seule, voilà tout, songea-t-elle.

De son côté, il n'insistait plus pour qu'elle revienne s'installer à Stockholm.

Il l'aimait bien. Mais il l'aimait telle qu'elle était maintenant : pleine d'énergie, une chasseresse. Jolie, sortant de la douche.

Et les autres aspects de moi-même, alors ? pensa-t-elle. Qui va les aimer ?

Måns et elle, c'était fini. Enfin, bientôt fini en tout cas.

Il se lança dans la description d'une montre qu'il venait de s'acheter. Une montre GoS, modèle Skadi. Cinq exemplaires seulement, acier Damas noir, or rouge et nacre.

« Quarante-deux mille dollars plus les taxes. »

Elle l'écouta patiemment. Elle n'avait jamais pu comprendre qu'il accorde une telle importance aux objets. Montres, voitures, bateaux, maison à Majorque. Sans parler des costumes confectionnés par un tailleur iranien avec lequel il buvait le café et fumait des cigarettes. Il parlait souvent de cette petite amitié, dans les dîners et les soirées. Måns était de ceux qui ne fréquentent que leurs semblables, c'étaient eux, les gens importants. Mais dans sa clique, tous comptaient volontiers parmi leurs connaissances quelques exemplaires de « vraies gens », un paysan à la campagne, un boulanger de la pittoresque région d'Österlen, un tailleur originaire d'Iran.

« Je t'envie », se surprit-elle à lui dire.

Måns perdit le fil des subtilités techniques de sa montre.

« Quoi ? fit-il, un rire dans la voix, prêt à parer toute éventuelle gravité.

— Tu as l'air satisfait, dit-elle. Satisfait de la vie. »

Moi je ne tiens pas en place, pensait-elle. Aucune vie ne me convient. Dans toutes celles que j'essaie, il y a toujours quelque chose qui me gêne.

« Mon Dieu, Martinsson, dit-il. Je n'ai pas été satisfait un seul jour de ma vie. » Puis il s'empressa d'ajouter : « Il faut que j'y aille. Déjeuner de travail. »

Il raccrocha avant qu'elle ait le temps de lui dire au revoir. Comme toujours.

Carl von Post s'absenta deux heures pour le déjeuner. Il passa une heure et demie à la salle de sport, fit trois kilomètres au rameur puis un entraînement corporel complet avec son coach. Il transpirait à grosses gouttes, les encouragements pleuvaient et il se sentait une force d'enfer.

Après quoi, serviette autour de la taille, il contempla sa silhouette dans le miroir des vestiaires. Pas de poignées d'amour.

Il se trouvait beau, faisait plus jeune que les hommes de son âge.

Il était prêt. Il allait faire tomber Rebecka Martinsson.

Et il n'avait même pas eu à bouger le petit doigt. Ou si peu. Elle avait elle-même creusé sa tombe, et maintenant elle allait s'y coucher.

Tu t'es carrément ridiculisée Martinsson, pensa-t-il. Tu t'imaginais pouvoir déconner avec moi impunément. Il est temps que tu goûtes un peu aux conséquences.

« Ouvre le bec et avale, Martinsson », dit-il tout haut.

Il était seul dans les vestiaires.

À l'audience de l'après-midi, Rebecka déblaya le terrain comme une souffleuse à neige. Elle eut à peine besoin de consulter ses documents. Elle enchaîna les descriptions d'infractions, plaidoiries et demandes de sanctions telle une machine de guerre. Le tribunal la suivit dans toutes ses requêtes. Assis à leurs places, les avocats fatigués étaient préparés à la défaite avant même que les jugements soient prononcés, ils se consolaient en pensant à leurs honoraires. La moitié des personnes poursuivies ne s'étaient même pas présentées.

Tout au fond de la salle, Stefan Oja, journaliste indépendant, assistait à l'audience. On le voyait au tribunal de temps en temps. Les entrefilets sur des infractions de moindre importance étaient un élément constitutif de la presse locale. À l'occasion, lorsqu'un différend avait un caractère amusant, Oja vendait une story aux journaux du soir. Pendant les négociations, il prit quelques notes dans son carnet. À un moment il s'interrompit, apparemment pour lire un message sur son téléphone. Il lança à Rebecka un regard difficile à interpréter, puis se replongea fébrilement dans son portable. Rebecka n'y prêta pas davantage attention, mais lorsque le dernier jugement fut prononcé et que tout le monde commença à rassembler ses affaires, Stefan Oja se dirigea vers elle.

« Bonjour Rebecka, bien travaillé aujourd'hui, dit-il en guise d'entrée en matière. Dites-moi, un journal national m'a demandé un papier sur vous, on vous accuse de harceler des membres de votre famille.

— Mais je n'ai pas… D'où ça sort, ça ?

— Vous avez un commentaire à faire à ce sujet ?

— Vous êtes en train d'enregistrer ? demanda Rebecka les yeux fixés sur le téléphone dans la main de Stefan Oja.

— Je vais toucher quinze mille en plus pour ce papier-là, Rebecka. Vous êtes tout de même un genre de célébrité, hein. Ne le prenez pas personnellement.

— Je n'ai harcelé personne. La police de Kiruna mène une enquête préliminaire relative à trois meurtres. »

Rebecka se pencha de manière démonstrative vers le téléphone de Stefan Oja.

« Et je n'ai aucun lien de parenté avec les Pekkari ! déclara-t-elle.

— Donc, vous considérez que seuls les enfants biologiques doivent être comptés comme membres d'une famille, dit Stefan Oja. Votre mère était la sœur adoptive d'Olle Pekkari.

— Ça suffit, dit Rebecka. Ça suffit, maintenant. »

Elle rassembla rapidement ses affaires, sortit de la salle d'audience en martelant le sol, et roula un peu trop vite jusqu'au commissariat.

Rebecka jeta son cartable sur le fauteuil des visiteurs. La porte du bureau de Carl von Post était fermée.

Il est en train de faire une connerie, pensa-t-elle.

Il ne restait plus qu'un quart d'heure avant leur dernier débriefing de la journée. Elle abandonna ses hauts talons pour une paire de tennis et traversa à la hâte le couloir qui menait chez les policiers.

Le premier qu'elle croisa fut Fred Olsson.

« J'ai quelque chose, dit-il en agitant une liasse de feuilles de papier. Ça devrait t'intéresser, avant qu'on commence.

— Vas-y ! » dit Rebecka, et elle le suivit jusqu'à son bureau.

Le reste du groupe se rassemblait dans la salle de conférences. Tommy Rantakyrö et Magdalena Vidarsdotter se dirigeaient vers la machine à café.

« Je te prends un café, Rebecka, dit Tommy.

— D'abord, commença Fred Olsson en étalant ses feuilles sur le bureau, je crois que nous avons l'identité de la femme au tatouage de parapluie. Adriana Mohr, elle vient de Balvi, en Lettonie. Sa sœur l'a déclarée disparue au bout de trois semaines sans nouvelles d'elle. Nous avons demandé son relevé dentaire. La sœur a confirmé qu'Adriana était travailleuse du sexe et qu'elle bossait dans le nord de la Scandinavie. Elle avait arrêté la drogue et pendant une certaine période s'était engagée pour les droits des prostituées. Quand sa fille est née, il y a dix ans, elle s'est fait tatouer un parapluie rouge sur la cheville droite.

— Ça pourrait bien être elle, en effet, dit Rebecka l'air abattu. Elle a une fille, donc.

— Putain ! La sœur est seule avec deux gosses. Et en plus elle s'occupe de… »

Il chercha le nom de l'enfant dans ses papiers.

« … la fille d'Adriana Mohr. Apparemment, c'est Adriana qui pourvoyait aux besoins de tout le monde. Elle rentrait chez elle une fois par mois. Elle aurait dû revenir le week-end dernier.

— Bon boulot, Fredde, le félicita Rebecka, songeant que si elle avait continué à travailler dans le droit des entreprises chez Meijer & Ditzinger elle ne serait pas confrontée en permanence à toutes les horreurs de ce monde. Tu avais autre chose ?

— Oui, écoute, dit Fred Olsson, et il poussa un long soupir tout en pianotant sur ses lèvres avec les doigts d'une main. C'est un peu bizarre, mais je t'en parle quand même. Les photos que Mella et toi avez obtenues des voisins, avec les malabars et les deux femmes chez le Roi des airelles. Je les ai passées dans un programme de reconnaissance faciale.

— Et alors ?

— J'ai un résultat pour l'une des femmes. Enfin, il n'est pas sûr à cent pour cent, ne l'oublions pas. »

Il ouvrit son ordinateur portable et afficha à l'écran un cliché en noir et blanc, probablement tiré d'un journal. Le titre et le chapeau étaient en russe.

La photo représentait un groupe de personnes qui descendaient un large escalier devant un bâtiment imposant, pourvu de grandes fenêtres à meneaux, de colonnes et d'arches.

« Là, fit Fred Olsson en désignant une femme. Il existe trois clichés de cet événement et le programme la pointe avec une certitude de soixante-douze à quatre-vingt-quatre pour cent.

— C'est elle, dit Rebecka, sûr et certain. Non ? »

Elle compara les images.

« Elena Litova, juré dans le fameux procès de Novosibirsk, dit Fred Olsson. Je n'ai pas compris tous les détails, mais il s'agissait du détournement d'une grande entreprise belge de télécommunications qui s'était établie là-bas. Le P-DG, belge, a affirmé dans une interview qu'ils avaient siphonné son entreprise de presque deux cents millions de dollars américains. »

Tommy Rantakyrö apparut dans l'encadrement de la porte.

« Vous venez ? dit-il. Tout le monde est là.

— T'en as une tête, dit Fred Olsson à Tommy. Tu te laisses pousser la barbe ?

— Envoie-moi un lien sur ce détournement d'entreprise », dit Rebecka à Fred Olsson.

À cet instant, Carl von Post arriva dans le couloir.

« Vous êtes prêts ? demanda-t-il. Je veux voir tout le monde. »

Rebecka entra derrière lui, avec un mauvais pressentiment.

Carl von Post se planta face aux policiers. Rebecka Martinsson s'assit sur une chaise sur le côté, bras et jambes croisés, épaules relevées. Une parfaite illustration de la position de « défense », selon l'encyclopédie du langage du corps.

Carl von Post, lui, se sentait détendu. Avant de quitter son bureau, il avait tombé la veste et enfilé sur sa chemise un pull en cachemire bleu marine. Un chef décontracté.

« Je n'irai pas par quatre chemins, dit-il. Rebecka Martinsson est dessaisie de cette enquête, avec effet immédiat. »

Il fit une courte pause et Rebecka Martinsson réagit exactement comme il l'avait prévu :

« Vous plaisantez ? Pour quelle raison ?

— Je crois que nous pourrons en parler en privé, vous et moi », dit Carl von Post en lui lançant un regard où se mêlaient compassion et gravité.

Oh, ce qu'elle est prévisible ! pensait-il. Il suffit de remonter le ressort dans son dos, et la voilà qui fonce juste là où on le voulait, droit vers le précipice.

« Dites-le ici et tout de suite, lança Rebecka. Tout le monde est concerné, donc tout le monde sera au courant.

— Vous faites l'objet d'une plainte à la Commission nationale pour le respect de la vie privée, dit Carl von Post. Vous avez autorisé une surveillance téléphonique sans motif suffisant.

— Qui affirme cela ?

— Celui qui a déposé la plainte, l'avocat de la famille Pekkari.

— Mais cela n'émane pas de la Commission, n'est-ce pas ? dit Rebecka. N'importe qui peut être signalé pour n'importe quoi.

— Nous considérons… (von Post semblait chercher ses mots) tout cela très sérieusement. La décision de vous retirer l'enquête est validée en haut lieu. D'une part, vous avez omis de mentionner votre étroite parenté avec la famille Pekkari, Olle Pekkari et votre mère étaient frère et sœur.

— Ils n'étaient pas frère et sœur…

— Elle avait été adoptée par la famille, alors oui, vous êtes récusée pour cause de parenté.

— Cela est évalué au cas par cas, le coupa Rebecka. On ne considère pas automatiquement qu'il y a un lien de parenté.

— Votre mère était en conflit avec la famille, dit Carl von Post.

— En conflit ? Quel conflit ?

— D'autre part, vous avez ordonné une surveillance de la ligne d'Olle Pekkari sans qu'il soit soupçonné de quelque infraction que ce soit. De plus, vous avez attendu trois jours avant d'informer la famille qu'Henry Pekkari avait été assassiné.

— Raisons techniques inhérentes à l'enquête, dit Rebecka.

— Ou bien vous ne souhaitiez peut-être pas que vos liens de parenté soient divulgués ? » suggéra von Post d'une voix mielleuse.

Les policiers regardaient Rebecka Martinsson d'un air sceptique.

« Mais enfin, Rebecka ! éclata Anna-Maria Mella.

— C'est une accusation sans fondement, dit Rebecka. Je vais en parler à Björnfot.

— C'est ça, répondit Carl von Post. Je viens juste d'avoir une conversation avec lui. Il veut que vous l'appeliez. »

Rebecka se leva.

« Eh bien je vais le faire sur-le-champ », dit-elle en se précipitant vers la porte.

Le départ de Rebecka Martinsson plongea l'assistance dans l'abattement. Carl von Post, lui, contrôlait scrupuleusement sa propre expression. Difficile de ne pas sourire.

Oui, difficile de ne pas exploser de joie.

« L'enquête se poursuit normalement, dit-il en se frottant le menton, geste par lequel il signalait qu'il avait endossé ses responsabilités et redressé une situation dont il se serait bien passé. Je prends en main la direction de l'enquête préliminaire, et les pièces relatives à la surveillance téléphonique illicite seront retirées du dossier. Je ne tiens personne ici pour responsable des erreurs commises. Mais maintenant on agit correctement. Nous repoussons la réunion d'une heure, Anna-Maria me fera un débriefing. »

Il regarda son téléphone.

« Nous nous voyons donc à… »

Il fut interrompu par Sonja, du standard, qui pointait la tête à la porte.

« Bonjour tout le monde, dit-elle. Excusez-moi de vous déranger, mais on vient de nous annoncer un décès à Riksgränsen. Un suicide, apparemment. »

Elle consulta son bloc-notes.

« Il s'agit d'une femme. Le directeur de l'hôtel de la Martre ne se souvenait pas de son nom de famille, il était complètement bouleversé. Mais elle se prénommait Galina. Elle était en période d'essai depuis trois semaines. Elle n'était pas de nationalité suédoise. Et maintenant… »

Anna-Maria Mella se leva, blanche comme un ciel d'hiver. Elle sortit son téléphone.

« Galina, dit-elle. Sven-Erik m'a envoyé un message. Selon son indicateur, l'une des trois prostituées qui travaillaient dans ce mobil-home s'appelait Galina et avait trouvé un boulot à Riksgränsen.

— Quand comptiez-vous nous dire cela ? demanda Carl von Post.

— Maintenant ! J'avais l'intention de communiquer l'information pendant la réunion. »

Imbécile, pensa von Post. Je suis vraiment entouré d'imbéciles.

Rebecka entra en trombe dans son bureau et referma la porte derrière elle. En composant le numéro d'Alf Björnfot, elle fit tomber son téléphone, fut obligée de recommencer.

Bande de cons, pensa-t-elle. Je vous emmerde, bande de cons.

Alf Björnfot décrocha à la première sonnerie. On n'aurait pas cru qu'il était aussi loin.

« Ah tiens c'est toi, Rebecka, fit-il. Il y a quand même eu un problème alors. Tu ne t'en rends peut-être pas compte, mais c'est aussi pour ton bien que je te retire l'enquête.

— Merci pour cette sollicitude, dit Rebecka.

— Inutile d'être sarcastique. Tu ne vois vraiment pas que ça ne va pas, ce que tu as fait ? Tu as ordonné la surveillance téléphonique d'une personne sur laquelle il n'y a aucun soupçon. Tu as omis d'évoquer votre lien de parenté. La presse suit déjà cette affaire de près.

— Ah, donc tu t'inquiètes à cause de la presse.

— Non, je m'inquiète de ce que certains, au sein de l'appareil judiciaire, outrepassent les règles en vigueur.

— J'outrepasse les règles, moi ?

— D'après toi ? En outre je m'inquiète parce que tu mens et que tu manipules les gens.

— Quoi ?

— Tu t'es octroyé cette enquête de manière tout à fait arbitraire. Tu as menti à Carl en lui disant que s'il essayait de t'en dessaisir j'interviendrais pour que tu la récupères.

— C'était un mensonge, en effet, dit Rebecka, car tu ne prendrais jamais parti pour moi contre Carl von Post : les mecs se serrent les coudes, c'est connu.

— Arrête ! rugit Björnfot. Abstiens-toi de rejeter ça sur moi, s'il te plaît. Et ne me chante pas le couplet du patriarcat. C'est toi qui as commis une faute professionnelle. Et c'est nous qui essayons de réparer les dégâts.

— Les dégâts. Tu veux voir les dégâts ? demanda Rebecka. Je peux t'envoyer les photos des deux travailleuses du sexe, et là tu les verras les dégâts. Mais tu sembles avoir défini clairement tes priorités. »

À l'autre bout du fil, ce fut le silence. Les secondes s'écoulèrent. Quand Björnfot reprit la parole, sa voix était calme, presque flegmatique.

« Tu es en train de dire des choses terribles sur moi, Rebecka. Et je crois que tu n'en es pas vraiment consciente. Mais j'aimerais te demander quelque chose avant que nous terminions cette conversation.

— "Déconne pas" ?

— Ne te débine pas. Ne pars pas en vacances. Ne te fais pas porter pâle. Nous avons besoin de toi.

— Évidemment. Il faut bien que quelqu'un vide les corbeilles à papier et nettoie les toilettes. Tu es au courant que ton chouchou m'a refilé tous les choix de poursuites des affaires traitées par la police ? Dès que tu es parti. »

Un profond soupir lui parvint de l'autre côté de l'Atlantique. Elle comprit qu'il n'avait pas été informé.

« On en reparlera, dit-il. Prends soin de toi, maintenant.

— Bien sûr », dit Rebecka, et elle raccrocha.

Elle regarda son téléphone, avec la vague idée d'appeler Maria Taube.

Je ne veux pas qu'elles viennent, pensa-t-elle. J'annule la fête

Mais elle fut incapable d'appeler.

Fred Olsson lui avait envoyé le lien vers une interview du P-DG belge dont l'entreprise de télécommunications avait été détournée. Elle la lut.

Un véritable imbroglio. La mafia russe, affirmait le P-DG. Il n'y avait aucune raison de ne pas le croire, d'ailleurs, un tas de gens étaient impliqués, policiers, juges, employés de l'administration fiscale, tous corrompus. Les mafieux avaient subtilisé les documents de contrôle et les sceaux électroniques de l'entreprise, conclu de faux contrats avec la société détournée, si bien que celle-ci s'était soudain retrouvée avec des dettes gigantesques. Ensuite, les faux créanciers avaient traîné l'entreprise en justice pour de fausses dettes. Le tribunal et les jurés n'avaient pas vérifié l'authenticité des contrats, mais tranché en faveur des créanciers. Ainsi, comme l'entreprise de télécommunications travaillait à perte, l'administration fiscale russe dut rembourser une avance sur impôts monstrueuse, presque deux cents millions de dollars. La somme fut versée sur les nouveaux comptes bancaires de l'entreprise escroquée, et orientée ensuite vers les nouvelles sociétés écrans des créanciers.

« C'est dingue », dit Rebecka tout haut.

Elena Litova, jurée corrompue. Elle et la femme du Roi des airelles étaient peut-être une seule et même personne. Celle qui d'après l'état civil s'appelait Maria Mäki. Pas vraiment une épouse sur catalogue.

Mais qu'est-ce qu'elle fabrique ici ? se demandait Rebecka Martinsson.

À cet instant les voix d'Anna-Maria Mella et de von Post lui parvinrent depuis le couloir. Ils entraient dans le bureau de von Post. La porte se referma.

Rebecka s'aperçut qu'elle était assise par terre, adossée au fauteuil des visiteurs. Il fallait qu'elle se relève. Elle n'en avait pas la force.

C'est terminé pour moi ici, se dit-elle. Ils se débrouilleront comme ils peuvent avec tout ça. Je ne remettrai plus jamais les pieds dans ce bureau, jamais. Rageusement, elle envoya valser sa corbeille à papier.

« C'est tellement absurde. Je n'arrive pas à y croire. »

Le gérant de l'hôtel de la Martre, à Riksgränsen, se tenait sur la terrasse pavée, derrière l'annexe. Il passa sa main sur son visage hâlé par le soleil du printemps puis rajusta le bandana noué serré sur sa tête. Il portait un tablier bleu avec une poche en cuir et exhalait une légère odeur de cuisine. Les pointes de son élégante moustache rebiquaient vers le haut. La plaque sur son tablier indiquait qu'il s'appelait Mange Eriksson.

Ils étaient cools, tous ces montagnards qui travaillaient dans le tourisme, pensa Anna-Maria Mella. Elle-même n'était pas montée sur des skis depuis… oui, c'était avant d'avoir les enfants.

La femme morte était étendue par terre sous une couverture. Les ambulanciers avaient attendu leur arrivée pour partir dîner ailleurs, le restaurant de l'hôtel étant trop cher pour eux. Ils viendraient chercher le corps une fois que les policiers auraient terminé.

Anna-Maria souleva la couverture gaufrée jaune. La femme était petite. Mince, comme sa fille Jenny avant sa puberté. Il y avait une petite flaque de sang sous sa tête.

Je retire ce que j'ai dit, songea Anna-Maria. Je n'aime pas travailler sur des meurtres. Je veux pincer des automobilistes en infraction. Faire plus d'administratif.

« Donc elle travaillait là-haut ? demanda-t-elle en désignant une fenêtre ouverte au troisième étage.

— Oui, elle faisait le ménage.

— Et personne n'a rien vu ?

— Non, l'heure du déjeuner était passée depuis longtemps. Les clients étaient repartis sur les pistes, il fait un temps formidable, alors... Le personnel vaquait à ses affaires, rangement, nettoyage, préparation du dîner.

— Mais c'est une cliente qui l'a trouvée ?

— Oui, elle était allée fumer derrière le bâtiment. Là elle est partie faire une randonnée en traîneau à chiens, mais elle a laissé son nom pour vous, je l'ai écrit. »

Anna-Maria réprima un soupir de découragement.

« Comment s'appelait-elle ?

— La cliente ?

— Elle aussi, mais Galina, je veux dire. Quel est son nom de famille ?

— Euh, Galina Ko... Ku... non, je ne sais pas.

— Vous l'avez peut-être sur un document d'embauche, non ? »

Le gérant se balançait d'un pied sur l'autre. On entendait le bruit d'un scooter dans le lointain.

« Oui, c'est-à-dire que... il y a un petit problème. En fait elle était... genre en période d'essai, quoi. On devait faire les papiers et tout ça, mais avec la haute saison, on est complètement débordés.

— Je comprends, dit Anna-Maria. Elle n'était pas déclarée, donc.

— Et merde, on ne va tout de même pas avoir de problèmes à cause de ça ! On devait s'en occuper, c'était seulement une question de… retard dans les formalités. Elle n'a pas passé d'entretien d'embauche, je veux dire. Elle avait de gros ennuis, il lui fallait immédiatement un lieu où dormir et un boulot.

— Quel genre d'ennuis ?

— Ça je ne sais pas. »

Anna-Maria laissa s'écouler les secondes. Elle aurait aimé que Tommy Rantakyrö soit près d'elle et prenne le relais, mais il se tenait un peu à l'écart et regardait ailleurs.

« Je crois qu'elle était prostituée, finit par dire le gérant. Mais je n'en sais pas plus.

— Vous n'en savez pas plus ? Mais vous avez peut-être entendu aux informations que la police de Kiruna est justement en train d'enquêter sur deux meurtres de prostituées ? Vous ne vous êtes pas demandé s'il pouvait y avoir un lien ?

— Non.

— Ah non. Quand a-t-elle commencé à travailler ici ?

— Il y a moins d'un mois.

— Elle est venue d'elle-même jusqu'à vous ?

— Non, non, c'est un gars qui travaillait ici en extra pendant les travaux dans le restaurant qui m'a parlé d'elle.

— Nous avons besoin de son nom et de son numéro de téléphone, naturellement, dit Anna-Maria.

— Pourquoi ça ? »

Anna-Maria regarda son bloc-notes avec un haussement de sourcils. Le gérant leva légèrement les mains dans un geste de capitulation.

« Bon, bon, il s'appelle Kristoffer Westman. »

L'homme sortit son téléphone et dicta le numéro à Anna-Maria.

« Qu'a-t-il dit lorsqu'il vous a contacté ?

— Pas grand-chose. Qu'il connaissait une fille qui cherchait du boulot. À cette période de l'année on a toujours besoin de personnel.

— Est-ce qu'elle était déprimée ? Parlait de se tuer ?

— Elle ne parlait pas beaucoup. Pas avec les gens d'ici. Quand elle avait fini son service, elle allait parfois sur Face-Time… Quoique si, elle était vraiment déprimée, en fait. Je l'ai vue assez souvent pleurer. Quand elle faisait les chambres et qu'elle était toute seule.

— Alors vous pensez qu'elle s'est suicidée ? demanda Tommy Rantakyrö.

— Oui, évidemment. Vous ne croyez quand même pas que… Hein ?

— Une chose à la fois, dit Anna-Maria. Tommy, tu peux aller me chercher une paire de gants en caoutchouc dans la voiture ? Pourquoi était-elle déprimée ? reprit-elle en s'adressant au gérant.

— J'sais pas. Elle a seulement dit qu'elle était tombée sur des vrais sales types. Elle ne voulait pas en parler. Mais c'est facile à deviner. »

Tommy revint avec les gants. Anna-Maria les enfila et remonta la couverture de manière à pouvoir tâter les poches de la morte.

« Pas de téléphone, dit-elle en remettant la couverture en place et en regardant autour d'elle. Elle en possédait un ?

— Ouais. Je l'ai vue quelquefois aller sur FaceTime, comme je vous disais. Elle utilisait notre réseau. »

Anna-Maria Mella demanda à voir la chambre où avait logé Galina.

La pièce était petite. Le lit défait. Quelques culottes et un T-shirt portant l'inscription « Neige naturelle Bonheur naturel – Riksgränsen » séchaient sur le radiateur.

Sur la table de nuit se trouvaient quelques photos découpées dans des magazines au papier glacé, qui représentaient de jolis intérieurs, des jardins, une femme en robe longue mollement allongée sur un canapé. Sinon, la pièce était complètement vide, hormis quelques papiers de bonbons dans la corbeille.

Dans la salle de bains, une brosse à dents et un mini-tube de dentifrice dans un gobelet en plastique, un kit d'hôtel vraisemblablement. Une brosse à cheveux. Sur un papier replié au-dessus du miroir était écrit au crayon : « *Smile, breathe and go slowly*[1] ».

« Où sont ses affaires ? demanda Anna-Maria sans quitter des yeux le message affiché sur le miroir.

— Elle n'avait rien quand elle est arrivée, dit le gérant. Même pas de sac à main. »

Ils soulevèrent le mince matelas et trouvèrent un passeport.

1. « Souris, respire, et vas-y doucement. »

« Galina Kirejevskij, déchiffra Anna-Maria. De Kurtjaloj. Mais pas de téléphone. Peut-on jeter un œil dans la chambre qu'elle était en train de nettoyer ? »

Le couloir était désert. Le gérant ouvrit la chambre, devant laquelle était abandonné un chariot de ménage. À l'intérieur, les draps gisaient en tas sur le sol. Un chiffon traînait juste sous la fenêtre ouverte.

« Vous êtes entrés ici après sa chute ? demanda Anna-Maria.

— Ben non, je sais qu'il faut éviter, je l'ai vu à la télé, dit le gérant. J'ai tiré les manches de mon pull sur mes mains, aussi, pour fermer la porte.

— La porte était ouverte quand vous êtes arrivé ?

— Oui.

— On boucle, dit Anna-Maria. Et on appelle les techniciens.

— Bon, je ne voudrais pas chipoter, mais ils vont venir quand ? On a de nouveaux clients, ce soir. Et l'hôtel est plein à craquer.

— Difficile à dire.

— Je vais me débrouiller alors, dit le gérant. Mais vous croyez qu'il s'est passé quelque chose, je veux dire, elle a sauté, non ? »

Anna-Maria ne répondit pas. Elle avança jusqu'à la fenêtre et regarda le corps, en bas. Deux adolescents, un garçon et une fille, s'approchaient.

« Hé, là-bas, cria Anna-Maria. Éloignez-vous ! »

Tommy se pencha lui aussi et leur cria de se tirer.

Le garçon jeta un rapide coup d'œil vers le haut tout en donnant une bourrade à la fille. D'un geste vif, elle retira la couverture et le gars prit des photos avec son téléphone.

« Bon sang mais ça va pas, non ! » hurla Anna-Maria.

Elle se précipita dans l'escalier, immédiatement suivie par Tommy.

Je vais les étrangler, pensa-t-elle. Lorsqu'elle passa l'angle du bâtiment, le garçon et la fille avaient disparu. Tommy partit en courant.

Les mains appuyées sur les genoux, Anna-Maria reprit son souffle. Elle replaça la couverture sur le corps. Des cris retentirent, provenant de l'autre côté du bâtiment. Elle courut rejoindre Tommy.

Elle le retrouva devant l'entrée de l'hôtel, avec les deux adolescents. Assis à califourchon sur le garçon, Tommy lui ouvrit brutalement son manteau et s'empara du téléphone dans la poche intérieure.

« Arrêtez, beuglait la fille. Vous êtes fou ?

— C'est vous qui êtes fous ! cria Tommy. Prendre un mort en photo ! Un être humain ! Qu'est-ce que vous vouliez faire ? Les poster sur Facebook ?

— Tommy, cria Anna-Maria en le tirant par le bras.

— Facebook tu parles, qui l'utilise ? dit le garçon en se remettant debout. Rendez-moi ce portable ! »

Tommy jeta le téléphone contre la façade de l'hôtel. Le bruit de verre brisé signala que l'appareil avait rendu l'âme. Alors Tommy le ramassa et le lança le plus loin possible. Il atterrit dans la neige profonde entre des bouleaux.

« Voilà, tu peux aller le chercher ! haleta-t-il.

— Vous êtes fou, brailla le gamin. C'était un S6 Plus !

— Va t'asseoir dans la voiture ! ordonna Anna-Maria à Tommy. Tout de suite. »

Elle dut le lui répéter plusieurs fois avant qu'il s'éloigne.

« Je vais porter plainte contre vous, hurla le garçon. Vous pouvez être sûr que je vais le faire ! »

Sans se retourner, Tommy Rantakyrö lui fit un doigt d'honneur.

« Tu veux porter plainte ? demanda Anna-Maria.

— Oui ! Vous êtes de la police ? Et lui, il est de la police ?

— Exact. Quel âge as-tu ?

— Dix-sept ans.

— Alors on va appeler tes parents. Ils sont là ? »

La fille et le garçon se calmèrent d'un seul coup.

« Ils sont sur les pistes », dit la gamine d'un ton bourru.

Anna-Maria remarqua qu'ils étaient frère et sœur. Peut-être des jumeaux.

« On va leur raconter ce que vous avez fait.

— C'est illégal ? demanda la fille.

— Non, pas encore, dit Anna-Maria. C'est amoral, répugnant, on se demande quel genre d'individus fait des choses pareilles. Je vais demander à vos parents ce qu'ils en pensent. Mais ça ne tombe pas sous le coup de la loi. »

Les deux adolescents la fixaient, l'air mauvais. Comme Jenny quand elle n'obtenait pas ce qu'elle voulait. Finalement, le garçon haussa les épaules et tourna les talons. La fille courut derrière lui.

Anna-Maria regagna la voiture. Elle bouillait de colère.

Pendant les dix premiers kilomètres, ils ne dirent pas un mot. Tommy était assis à la place du passager, le col de sa veste remonté, son bonnet baissé sur le front. Caché dans une tanière, pour ainsi dire.

Un vrai chiot fougueux, pensait Anna-Maria, depuis toujours.

Elle s'était réjouie de le voir emménager avec Milla, croyant que la jeune femme lui donnerait la stabilité qui lui manquait.

Un peu comme les élèves-modérateurs à l'école.

Elle-même en avait été une. On la plaçait à côté des garçons turbulents pour qu'ils se calment.

Anna-Maria se sentait paralysée, elle ne savait pas quoi dire. Dans l'officine de son cerveau, les préposés aux bonnes paroles avaient visiblement terminé leur journée.

Il fallait bien apprendre un jour ou l'autre à surmonter les difficultés de la vie, pensa-t-elle. Divorce, maladie, mort. On ne peut pas simplement laisser tout tomber quand ces choses-là arrivent. Picoler et rester au fond du trou.

Il était temps qu'elle lui parle. Cela ne pouvait plus durer ainsi.

Mais elle devait y aller doucement. L'écouter. Ne pas le pousser dans ses retranchements.

Elle laissa son regard errer sur le lac Torneträsk. Douces silhouettes des montagnes blanches, ombres bleu clair, soleil étincelant. C'était beau. La seule contemplation de ce paysage aurait dû la rendre aussi sereine que ces types qui font chanter les bols de cristal.

Et en plus il se permettait de rester muet comme une carpe. C'était tellement puéril !

Excuse-toi, au moins, pensa-t-elle. C'est vraiment si difficile ? C'est ça aussi, être adulte. Reconnaître que tout n'est pas toujours de la faute des autres.

Une plainte pour voie de fait contre l'un de ses hommes était vraiment la dernière chose dont elle avait besoin en ce moment. Elle espérait que ces sales gosses se tairaient. En même temps, ça ne serait pas juste non plus.

Elle respira. Compta jusqu'à cinq sur l'inspiration, et cinq sur l'expiration.

Robert la taquinait à ce propos. Comme ils avaient cinq enfants, il lui disait : « Respire », et comptait : « Un idiot, deux idiots, trois idiots… » Jusqu'à cinq.

« Putain, quels tarés ! dit soudain Tommy.

— Les jeunes ? demanda Anna-Maria. Le gars avait dix-sept ans, Tommy. »

Comme il ne répondait pas et s'enfonçait encore plus dans son col, elle poursuivit :

« Ce que tu as fait est absolument inacceptable. Tu le comprends, hein ? Je leur ai parlé, alors en supposant que tu aies une veine de cochon, il ne portera pas plainte. Mais ça ne peut plus continuer comme ça. »

Elle s'interrompit. Son ton devenait bien trop accusateur.

« Je me fais du souci pour toi, dit-elle. Beaucoup de souci. »

Puis tout jaillit dans un flot de paroles. Qu'il était souvent en arrêt maladie, qu'il sentait l'alcool au travail, qu'il devait se ressaisir, se coiffer, faire un effort, et pour l'amour du ciel aller parler à quelqu'un.

« À un professionnel, j'entends. Parce que moi, je ne sais pas quoi te dire. Je ne suis pas ta mère.

— Pourtant tu parles exactement comme elle », dit-il des profondeurs de son manteau.

L'attaque la laissa muette. Ils parcoururent vingt kilomètres avant qu'elle déclare :

« Je te ramène chez toi. Tu restes à la maison jusqu'à la fin de la semaine. Je te prends des rendez-vous avec un psychologue pour la semaine prochaine. Et si tu en annules un seul, on appelle les RH. »

Ils gardèrent le silence tout le reste du trajet. Anna-Maria alluma la radio. À un moment, Tommy tourna la tête et passa rapidement la main sur son visage.

Elle le déposa devant son immeuble et en le regardant marcher lentement, les épaules rentrées, elle pensa : Bien, tu as réglé ça de manière magistrale, Mella. Tu l'as écouté, tu ne l'as pas brusqué, il ne s'est pas replié dans ses retranchements.

Elle redémarra en trombe.

Elle revoyait le corps frêle de Galina Kirejevskij sous la couverture et réfléchissait.

Est-ce qu'on n'enlève pas ses gants de ménage quand on va se suicider ? Et où est passé son téléphone ?

Tommy Rantakyrö pénétra dans son appartement. Enfin, dans leur ancien appartement, à Milla et à lui. Tout ce qu'elle avait emporté et qu'il n'avait pas remplacé laissait un grand vide autour de lui. À la place du miroir de l'entrée, il restait une vis dans le mur. Par terre dans la chambre, un matelas pneumatique. Tommy ne comprenait pas que le nouveau petit ami de Milla n'ait rien contre le fait de coucher avec elle dans le lit où elle et Tommy… Non, Tommy, lui, n'aurait jamais accepté. C'est ce qu'il se répétait, tout en sachant très bien que ce n'était pas vrai. Il aurait accepté n'importe quoi. Elle avait emporté la table du séjour et le grand tapis. Lui avait laissé la moitié des plantes vertes. Toutes avaient péri.

Il pensa à Galina Kirejevskij. Aux jeunes qui l'avaient prise en photo. Il n'avait jamais été du genre à recourir à la violence, jamais.

Anna-Maria estimait qu'il buvait trop, que c'était ça son problème, elle était furieuse qu'il ait perdu patience avec ces adolescents. Elle ne savait rien. Il avait fait une chose bien pire. Une chose terrible.

Les photos des femmes retrouvées dans la neige derrière la remise de Mervi Johansson lui revinrent à l'esprit. Son cœur battait la chamade.

Il n'aurait jamais dû devenir policier. Il n'était pas fait pour ça. Mais il en rêvait depuis l'âge de dix ans. Une fois, un policier était venu dans sa classe. Même les plus durs à cuire avaient été impressionnés par l'homme en uniforme et s'étaient agglutinés autour de lui. Tommy avait pris sa décision à ce moment-là. Un jour, il serait cet homme en bleu marine que tous admiraient. Il avait intégré la police à la deuxième tentative.

Après sa formation, il avait obtenu un poste à Kiruna. Sa mère débordait de bonheur. Son père aussi, même s'il ne le montrait pas de la même manière. Il se tenait toujours en retrait, papa. Entré à quinze ans au Banverket, la Compagnie des chemins de fer, il y avait travaillé pendant quarante-trois ans. Cela s'appelait désormais Trafikverket, mais c'était la même chose, et quand il partirait à la retraite, le paternel aurait pile cinquante ans de service. Cinq jours d'arrêt maladie dans toute sa carrière. Il aurait pu faire entrer Tommy au Banverket. Alors tout aurait été différent.

Tommy était fils unique. Ses parents étaient toujours ravis de le voir. Sa mère avec son sempiternel « mets-toi donc les pieds en l'air un moment », qui l'incitait à faire un petit somme sur le divan de la cuisine. Et quand elle le réveillait en lui tapotant doucement les jambes, il y avait toujours quelque chose à manger sur la table, du café et des tartines, une pile de petites crêpes, de quoi dîner ou déjeuner, selon l'heure de la journée.

Que diraient-ils maintenant, s'ils savaient ?

Il avait bousillé une belle vie de policier, avec Anna-Maria comme cheffe et Sven-Erik, son ancrage au commissariat. Il était le gamin du groupe, il le savait mais avait volontiers endossé ce rôle. Il charriait sans arrêt Sven-Erik à propos de ses chats, un bon sujet, disant qu'ils ne se frottaient pas à lui par affection, uniquement pour marquer leur propriété.

Il se souvint des paroles de Milla, lors d'une de leurs nombreuses disputes : « C'est mignon, un type de vingt-trois ans qui joue les petits garçons, mais quand il en a trente-trois, c'est moins excitant. »

Quelques mois plus tôt, pendant un contrôle routier, Karzan Tigris et lui avaient arrêté l'un des anciens gros durs de son école. « C'est bon, Tommy, laisse tomber ! » avait réclamé le gars, une pointe d'autorité dans la voix. Si cela n'avait tenu qu'à lui, Tommy l'aurait certainement laissé repartir. Mais Karzan Tigris avait ricané, ce n'était pas négociable, et le petit camarade avait écopé d'une amende. Celui-ci avait silencieusement articulé le mot « enculé », Tommy n'avait pas relevé, espérant que Karzan ne s'était aperçu de rien.

Karzan était plus jeune que lui, deux fois plus costaud, et c'est lui qui avait ce compte Instagram avec le hashtag « Café du matin chez les flics ». Il avait doublé Tommy, pour ainsi dire. Alors Tommy avait commencé à se sentir mal à l'aise dans son rôle de chiot turbulent. Sven-Erik était parti en retraite. À nouveau la voix de Milla : « Deviens adulte, bordel ! »

L'angoisse l'envahit. Ces femmes, dans la neige. Ce n'était pas de sa faute. Si, c'était de sa faute. Il se balança d'avant en arrière, respirant par le nez de manière saccadée, se labourant le visage du bout des doigts, des pommettes jusqu'au cou, sa peau brûlait.

Il n'avait pas l'étoffe d'un policier. Ne l'avait jamais eue. Et là, il venait de le prouver. Il s'était ridiculisé, il n'y avait plus moyen de s'en sortir. Comme mille fois auparavant, il pensa qu'il fallait tout raconter à Anna-Maria. Mais comme mille fois auparavant, il ne s'en sentit pas capable. C'était juste impossible.

Il eut soudain un haut-le-cœur et gagna la cuisine. Se cogna la tête dans le robinet en se penchant pour boire et s'asperger le visage.

Il s'épongea avec la lavette, le rouleau d'essuie-tout était vide.

Le téléphone sonna. Son second téléphone, le nouveau. Celui qui était crypté. Sûrement Jurij, c'est avec lui qu'il parlait. L'autre ne disait jamais un mot. Tommy ne répondit pas. Par conséquent ils allaient bientôt rappliquer. Ils n'aimaient pas qu'on les ignore.

Il devait partir d'ici. Immédiatement. Il s'arrêterait au systembolaget pour acheter de l'alcool. Il avait besoin de se calmer. D'empêcher ses pensées de tourner en rond.

« Allez, viens ! dit Ragnhild Pekkari d'une voix douce. Je ne bouge pas. Vas-y, lance-toi ! »

Villa était sur le seuil entre le vestibule et la cuisine. Assise par terre, Ragnhild tenait une boule de pâtée humide dans sa main tendue. La chienne renifla, fit un pas hésitant en avant, puis recula, s'effaçant du champ de vision de Ragnhild. Puis elle réapparut dans l'encadrement de la porte. Deux pas en avant. La faim luttait contre la peur.

Le téléphone de Ragnhild sonna. Börje Ström. Elle ne l'avait pas enregistré dans ses contacts mais elle reconnut le numéro.

Elle décrocha et mit le haut-parleur.

« Qu'est-ce que tu fais ? demanda-t-il.

— J'établis la confiance », répondit-elle, avant de lui raconter comment elle avait hérité d'un chien. « Cela prend un peu de temps. »

La veille, à cette heure-ci, elle s'endormait dans ses bras. À son réveil, il n'était plus là. Elle s'était sentie très seule. Mais maintenant, il y avait Villa.

« Tu es dehors ? » demanda-t-elle.

Elle entendait à sa respiration qu'il était en train de marcher.

Oui, répondit-il. Est-ce qu'il pouvait passer la voir ? Ils pourraient peut-être dîner ensemble. Il irait faire des courses.

« Je ne sais pas », dit-elle d'un ton hésitant.

Il n'était pas rentré à Älvsbyn. Elle sentit naître un sourire sur son visage.

« Tu attends peut-être quelqu'un ? demanda-t-il.

— Pas vraiment. » Les mots lui avaient échappé.

Elle se rappela sa dernière relation. Quinze ans auparavant. Elle avait tout juste cinquante ans, était encore jolie. Il enseignait les sciences à Gällivare. Ils avaient commencé à se voir tous les quinze jours, le week-end, puisque ses filles habitaient chez lui une semaine sur deux. Elle n'avait pas envie de les rencontrer. Pas d'enfants, avait-elle dit. Et surtout pas de filles, avait-elle pensé. Il faisait la route jusqu'à Kiruna, cent vingt kilomètres le vendredi, et cent vingt kilomètres pour rentrer à Gällivare le dimanche.

Ils se voyaient toujours chez elle, jamais chez lui. Elle faisait le ménage, achetait des fleurs pour la table de la cuisine, passait chez le charcutier. Au bout de trois mois, il avait suggéré qu'elle paye la moitié de ses frais de carburant. Elle avait dit non. Lui avait expliqué qu'elle aussi avait des frais supplémentaires quand ils se voyaient. Il avait cédé, mais il était manifestement contrarié. Cela avait tenu deux ans. Par la suite, elle avait réfléchi à cette histoire. Si l'essence coûtait environ dix couronnes le litre, il ne dépensait pas plus de deux cents couronnes à chacune de ses visites chez elle, vu que sa voiture ne consommait pas dix litres aux cent. Les fleurs pour la table coûtaient déjà ce prix-là. Pourtant elle ne lui avait jamais réclamé de participation pour les fleurs, ni pour la nourriture. Et le papier-toilette ! Quel constipé celui-là ! Il restait des heures sur le trône.

Et comme il s'était permis d'afficher sa mauvaise humeur, elle n'avait jamais osé après cela lui demander d'acheter quoi que ce soit sur le chemin. Elle s'était également abstenue de tout commentaire lorsque, à chaque fois qu'il apportait une bouteille de vin, il lui en donnait le prix en même temps qu'il remplissait leurs verres. Elle ne voulait pas s'abaisser à son niveau. Elle n'avait jamais parlé de cela à personne. Sa honte de ne pas avoir rompu tout de suite avec un tel rapiat était trop grande.

Le prof de sciences se sentait aussi comme chez lui dans l'appartement coquet de Ragnhild, parmi ses tableaux, ses jolis coussins et ses livres.

Elle en avait eu assez, ne supportait plus ce déséquilibre. Elle n'avait ni la force de s'y opposer, ni celle de l'endurer. Il n'existait pas de plus grande solitude que la solitude à deux.

« À quoi penses-tu donc, maintenant ? » demanda Börje.

Elle se lança dans le récit désordonné de sa relation avec Kenneth, le professeur de sciences. Sans se soucier d'apparaître comme une personne faible, effrayée par la solitude.

Son histoire fit rire Börje Ström.

« Quel abruti ! » se contenta-t-il de dire.

Elle rit à son tour. Il prenait les choses avec plus d'insouciance et c'était contagieux.

Insouciant, songea-t-elle, et la voix ténébreuse en elle ajouta : Aussi insouciant que gâté.

Pourtant, être assise par terre dans la cuisine à attendre patiemment Villa tout en parlant avec lui au téléphone était ce qu'elle avait fait de plus agréable depuis une éternité.

Il parut rassembler ses idées.

« J'aimerais te parler, dit-il. J'avais quelqu'un. À Älvsbyn. Oui, nous n'habitons pas ensemble, mais… Bon, en tout cas, je l'ai appelée. Voilà, c'est terminé. »

Ragnhild tomba des nues. Dans sa poitrine déboula une joyeuse troupe de jeunes gymnastes virevoltantes en costume rose. Elle leur cria de s'asseoir sur les bancs au pied des espaliers.

« Je suis amoureux de toi », dit-il.

Le dédain de Ragnhild pour cette manière sommaire de se déclarer claqua comme un disjoncteur. Mais aussitôt elle s'en voulut d'être si susceptible au choix d'un mot.

Un silence s'ensuivit. Villa apparut dans l'encadrement de la porte. Ses mouvements étaient plus assurés. La curiosité l'emportait sur la peur. Elle pointa ses oreilles en avant, inclina la tête d'un côté, puis de l'autre.

Ragnhild attrapa sa bible et ses lunettes sur la table.

« Dans le premier livre de la Genèse, il est écrit que lorsque Adam et Ève ont mangé le fruit défendu dans le jardin d'Éden, Dieu les a maudits, il a maudit le serpent, l'homme et la femme. À la femme, il dit, entre autres… »

Elle chaussa ses lunettes et lut à haute voix :

« "Tu enfanteras dans la douleur, et tes désirs se porteront vers ton mari, mais il dominera sur toi."

— Ah, dit Börje Ström, c'est une réponse comme une autre. »

Pauvre homme, pensa-t-elle, il ne comprend rien.

« Tu vois, dit-elle, ce n'est pas un commandement. C'est une malédiction. Nous vous désirons. Vous régnez sur nous. En ce qui concerne l'amour, ou la passion, eh bien l'expérience m'a appris qu'ils surviennent souvent lorsque l'on est en train de fuir. De fuir la dépression ou le chagrin. »

Villa s'assit. Elle semblait observer sa nouvelle maîtresse.

« Et que dit Dieu à l'homme ? » demanda Börje.

Ragnhild parcourut les versets suivants.

« "C'est à la sueur de ton visage que tu mangeras du pain, jusqu'à ce que tu retournes dans la terre, d'où tu as été pris ; car tu es poussière, et tu retourneras dans la poussière."»

Elle reposa ses lunettes sur la table.

« Nous sommes maudits, dit-elle. Nous essayons de vivre ensemble, mais nous ne pouvons pas rompre la malédiction.

— Alors, toi et moi ? dit-il. Sommes-nous déjà maudits ? »

Eh oui, pensa Ragnhild. Peut-être déjà maintenant. Seulement du fait que j'essaie de le lui expliquer. Expliquer, expliquer sans cesse à quelqu'un qui ne comprend pas.

« À Älvsbyn j'ai un petit appartement que je loue, dit Börje. Du coup j'ai dû apprendre à bricoler. Et à mon avis, tant que les choses fonctionnent, on n'a pas besoin d'y toucher. Si un locataire vient me dire qu'une canalisation est bouchée, là je sors ma caisse à outils.

— Alors raconte-moi. Dis-moi comment ça s'est passé pour toi, avec les femmes. Est-ce qu'il t'est arrivé d'aller chercher ta caisse à outils ? »

1970

Elle s'appelle Marjut et vient de Kemi. Börje fait sa connaissance à la salle des fêtes. C'est une vraie beauté, au sens ancien et authentique du terme. Les jeunes filles modernes se coupent les cheveux et se les crêpent, elles portent des combinaisons pantalons et des jupes courtes avec des bottes laquées. Marjut, elle, est coiffée comme Rita Hayworth. Elle se confectionne elle-même des robes et des blazers qui épousent parfaitement ses formes. Elle a un rire généreux, elle aime la boxe – « même si je dois parfois fermer les yeux », dit-elle – et ne raconte pas n'importe quoi sur la guerre du Vietnam et sur Nixon.

Nous sommes en septembre 1970. Börje se balade en héros dans Kiruna. Il a remporté trois ans d'affilée le championnat de Suède dans la catégorie poids mi-lourds. Cette année, il a gagné par K-O. Quand il sort, il ne paie jamais rien, les gens se bousculent pour l'inviter. Même le pire harceleur du lycée a surgi un jour dans un café, un verre de bière à la main, mais Börje l'a envoyé promener devant tout le monde avec un : « Dégage ! On n'est pas copains, toi et moi. » Le type est reparti penaud.

Il boit beaucoup, le mercredi, le vendredi et le samedi, au bas mot. Et il n'est pas du genre à refuser un verre les autres jours non plus. Les femmes qui écartent les cuisses ne manquent pas. Il ne les compte plus.

Il demande à Marjut si elle veut faire un tour avec lui. Mais non, la demoiselle ne veut pas. Elle ne le laisse même pas lui offrir un verre.

« Je suis là pour danser, dit-elle en sirotant sa limonade avec une paille.

— Mais moi je ne danse pas, dit Börje, alors je me suis dit qu'on pourrait aller prendre un peu l'air.

— Apprends plutôt à danser », dit Marjut avec un clin d'œil espiègle, puis elle s'éloigne vers la piste avec un gars de Tuolluvaara qui n'a jamais dû gagner mieux qu'un concours de pêche à la trembleuse.

Börje ne s'avoue pas vaincu. Un peu plus tard, il s'approche à nouveau de Marjut d'un pas nonchalant.

« J'ai réfléchi, dit-il. Je vais apprendre à danser. Si tu me donnes des leçons. »

Ils dansent passablement. Elle rit beaucoup. Pendant une semaine ils se promènent, puis finissent au lit, dans l'appartement de Börje. Il a changé ses draps. Marjut vient d'avoir dix-huit ans et habite chez une tante, alors ils ne peuvent pas se voir là-bas.

« C'est qui, celle-là ? demande-t-elle avec une indignation feinte lorsqu'elle découvre la pin-up sur le torse de Börje, presque la même que celle de son père.

— C'est toi, bien sûr », dit Börje.

Elle rit, décroche du mur les gants qu'il portait lors du dernier championnat de Suède et les passe autour de son cou, les laissant pendre sur sa poitrine. Elle lui pose des questions sur ses autres tatouages aussi, il en a un certain nombre à présent. Après sa victoire en compétition internationale à Berlin il s'est fait tatouer un ours polaire babines retroussées, l'emblème du club ; le tatouage *Man's ruin*, avec la fille, les cartes à jouer et la bouteille d'alcool, date du précédent championnat de Suède. Quand il remportera la médaille olympique, il se fera tatouer sur le dos un grand bateau avec un serpent enroulé autour. Elle rit de sa vanité. Et des fichus points de son premier tatouage. Des points qui, au fil du temps, ont donné naissance à une histoire plaisante : le copain qui le tatoue avec une aiguille à repriser, la terrible raclée, puis la fièvre, et depuis, toute une vie de dix-neuf ans à se faire tatouer et à encaisser des coups.

Le jour de Noël, Marjut lui annonce qu'elle est enceinte. Börje lui achète une bague. Et ils n'en parlent plus. Au mois de juillet, leur petite fille vient au monde à la maternité de Kiruna. Aucun tatouage cette fois-ci.

« Que s'est-il passé ensuite ? » demanda Ragnhild quand Börje eut terminé son récit.

Les yeux fixés sur le numéro de téléphone affiché à l'écran, elle hésitait à l'enregistrer. À écrire le nom Börje Ström dans la liste de ses contacts.

« Eh bien, dit-il. Je picolais sec. Le reste du temps, je m'entraînais pour les Jeux olympiques, ou bien je travaillais. Elle a fini par se lasser et est retournée chez elle à Kemi. Aina venait de faire ses premiers pas. »

Il n'entra pas dans les détails. Ne précisa pas qu'il était souvent tellement ivre en rentrant à la maison que Marjut devait l'aider à monter l'escalier. Que les voisins entrebâillaient leur porte parce que, tout saoul qu'il était, il ne se privait pas de les invectiver. Il crachait par terre. Il ne raconta pas non plus la fois où aucun de ses copains n'avait accepté de le prendre dans sa voiture alors qu'il était incapable de rentrer chez lui par ses propres moyens. Ils l'avaient ramené dans une brouette empruntée sur un chantier, et déchargé devant son immeuble. Ils s'étaient relayés, leur fardeau avait versé plusieurs fois sur la chaussée. Cette anecdote-là aussi avait circulé et fait rire les gens.

« Tu as des contacts avec ta fille ? demanda Ragnhild.

— Oui, on s'appelle. Elle vient me voir avec les enfants à l'occasion. Ils ont quatorze et vingt ans. Le temps passe. »

Villa s'enhardit jusqu'à venir manger dans la main de Ragnhild. Elle engloutit la pâtée puis recula.

« Bonne fille », dit Ragnhild que les paroles de Börje avaient rendue mélancolique.

C'était si facile, pour les hommes. Ils pouvaient faire n'importe quoi, on le leur pardonnait toujours. Börje avait bu. Entre deux cuites, il s'était entraîné et avait travaillé. Jusqu'à ce que cette Marjut n'en puisse plus.

« Et toi ? demanda-t-il. Tu as une fille, aussi. C'était comment ?

— Eh bien, dit-elle. Oui, c'était comment ? »

Elle s'éclaircit la voix. Sa gorge brûlait.

« Je venais de terminer ma formation d'infirmière quand j'ai rencontré Todde. Et je faisais du rafting. Lui aussi. Voilà. »

Il était nouveau dans la bande, se souvenait Ragnhild. Gai, drôle, sociable. Il avait toujours des tas d'anecdotes à raconter. Grand, mignon.

Pourtant dès le début, elle avait remarqué qu'il était très porté sur la bouteille. C'était toujours lui le plus saoul. Il s'endormait n'importe où. Tombait à l'eau.

Mais moi, songea-t-elle, je me suis installée avec lui, mariée avec lui, j'ai fait un enfant et créé une entreprise avec lui.

« Cela n'a pas tenu ?

— Non », dit-elle sèchement.

À la vérité, cela avait tenu bien trop longtemps. Todde était incapable de garder un emploi. Ses patrons étaient toujours des imbéciles. Curieux, comme la vie semblait systématiquement lui mettre des bâtons dans les roues. Finalement, ils avaient monté une boîte de rafting tous les deux. Ragnhild s'occupait de l'administration et participait de temps en temps à des sorties, le week-end. Todde devait assurer la logistique. Cela n'avait même pas fonctionné deux saisons. Les hôtels qui vendaient les excursions en ont eu assez de ses histoires. Au bout d'un moment, cela ne faisait plus rire personne que tout un groupe ait eu une intoxication alimentaire et que les gens aient chié dans leurs sacs de couchage parce que leur repas avait été conservé dans un endroit trop chaud.

Il a épuisé tout le monde, pensa-t-elle. Et moi avec. J'étais usée jusqu'à la moelle par nos disputes, rien n'était jamais de sa faute, il promettait que les choses s'arrangeraient et rien ne changeait. À part son ivrognerie, qui empira. J'étais lasse de moi-même, de celle que j'avais été obligée de devenir, celle qui rafistolait ses relations à lui, celle qui faisait toujours la gueule, l'agent de police, la gestionnaire, la maman d'un homme adulte.

L'entreprise était allée à vau-l'eau. Ils avaient revendu le matériel pour une bouchée de pain, parce qu'il ne l'avait pas entretenu. Il laissait les canots pneumatiques dehors sous le soleil, avait renversé dans l'un d'eux un pot de goudron pour toiture. Elle avait commencé à prendre des heures supplémentaires de nuit, à l'hôpital, pour pouvoir joindre les deux bouts. Lui partait faire du rafting avec ses anciens amis à elle.

Je croyais qu'il avait besoin de ça pour se remettre sur les rails, pensa Ragnhild.

Le rapprochement avec son frère Henry était tellement facile à faire qu'elle aurait pu en rire, si cela n'avait pas été aussi tragique.

« Ce type n'était pas un cadeau », dit-elle.

Puis elle se tut, elle avait trop d'amertume. Que disait le livre des Proverbes, déjà ? « Une gouttière continue dans un jour de pluie et une femme querelleuse sont choses semblables. » Elle ne put s'empêcher de penser à Paula. Paula à l'âge de six mois. Le son perlé de ses premiers éclats de rire, elle ne marchait pas encore mais pouvait s'étouffer de rire. Ragnhild se rappelait l'odeur de son crâne, sa petite main qui lui agrippait les doigts. La succion sur ses tétons, cette sensation jusque dans le bas-ventre lorsqu'elle l'allaitait. Pourquoi, mais pourquoi n'avait-elle donc pas compris combien ce petit être la comblait de bonheur ?

J'aurais dû partir, pensa Ragnhild, les yeux brûlants. J'aurais dû prendre ma gamine sous le bras comme la forte Marjut et m'en aller. Mais j'ai tenu bon, encore et toujours. Jusqu'à ce que ce soit lui qui parte.

Börje Ström exprima sa compassion par un petit bruit qu'elle ne supportait pas, ne méritait pas. Une espèce de grognement de consolation. Comme une maman renne qui apaise son petit.

Il fallait qu'elle raccroche. Que cette conversation prenne fin.

« Ma petite », murmura Börje, comme si elle était réellement un tout petit enfant.

Alors elle éclata. Se déchira comme une feuille de papier. Les sanglots montèrent avec une telle force qu'elle eut du mal à respirer. Elle ne put opposer aucune résistance. Elle ne pleurait pas, ses larmes pleuraient d'elle. Telle la débâcle. Les digues se rompirent et les flots déferlèrent.

Elle pressa son dos contre le radiateur. Enfonça ses ongles dans son avant-bras.

« Tu veux que je monte et que je te serre dans mes bras ? demanda Börje. Je suis devant chez toi. »

Elle dit oui. Une minute plus tard, ils étaient tous les deux debout dans l'entrée, elle pleurait et il la tenait enlacée. Il resserra son étreinte, pour qu'elle ne se disloque pas complètement. Il la berça, comme elle était, sans prononcer de vaines paroles ni poser de questions. Elle ne parla pas de Paula. N'en avait pas la force.

Tandis que ses larmes coulaient, elle était tiraillée par la pensée que ces bras étaient une rédemption et qu'ils étaient un piège.

Quel prix une femme est-elle prête à payer pour ne pas pleurer seule ? se demanda-t-elle en s'appuyant contre lui.

Anna-Maria Mella se dirigea vers le canapé du séjour. En passant dans la cuisine où traînaient des cartons de pizza elle vit que sa famille avait dîné. Elle fit abstraction de la vaisselle dans l'évier et des restes de nourriture ramollie dans le filtre de la bonde. Elle ne vida pas le lave-vaisselle, décida que la pizza c'était aussi bon froid que chaud et se coupa quelques morceaux de ce qui restait. Elle s'affala contre les coussins et alluma la télévision.

Un dernier coup de fil professionnel et ensuite, merci pour aujourd'hui et bonne nuit. Elle appela Sven-Erik Stålnacke.

« On est en train de faire un osso buco. C'est Mella ! » cria-t-il.

Dans le fond Airi la salua.

« Il faut que ça cuise trois heures, dit Sven-Erik gaiement. Les chats en sont dingues. Je leur ai donné un peu de viande tout à l'heure.

— Quoi ! dit Anna-Maria en riant. Et vous avez aussi sorti une bouteille de vin rouge ?

— Oui, bien vu ! »

Elle lui parla de Galina Kirejevskij à Riksgränsen.

« La vache, dit Sven-Erik. Pauvre fille.

— Je ne crois pas qu'elle ait sauté, dit Anna-Maria. On devrait aller chercher ces Russes et les interroger.

— Bien sûr, mais sur quels motifs ?

— Eh bien, parce que c'étaient des Russes qui conduisaient le mobil-home avec les putes.

— Mais on ne peut pas les emmener juste parce qu'ils sont russes.

— Ce ne sont pas n'importe lesquels, dit Anna-Maria.

— Très juste. Mais attends plutôt le rapport de Pohjanen. Si vous les interrogez sans motif, ils risquent de filer dès que vous les aurez relâchés.

— Je sais. Mais toi, tu as un contact, ce type de Scanie. Tu pourrais lui montrer les photos des Russes ? Il saura peut-être les identifier.

— Entendu, dit Sven-Erik. Comment va Rebecka ? Il paraît que la Peste et Björnfot l'ont écartée de l'enquête.

— Elle n'était pas toute seule à travailler sur cette affaire, dit Anna-Maria d'un ton tranchant.

— Non, ce n'est pas ce que j'ai dit.

— Rebecka n'a pas l'esprit d'équipe, dit Anna-Maria Mella. Elle part de son côté, prend des décisions et sème la zizanie, et après c'est à nous de réparer les dégâts.

— Possible », dit Sven-Erik songeur.

Il se tut. Anna-Maria savait qu'ils pensaient tous les deux au jour où elle-même avait agi de manière arbitraire en pénétrant arme au poing dans le domaine de Regla[1], la propriété du financier Mauri Kallis.

1. Voir *Piste noire*, Albin Michel, 2015 ; Le Livre de Poche, 2016.

Sven-Erik avait été obligé d'abattre quelqu'un. Il avait mis longtemps à s'en remettre.

« Mais Rebecka ne pense pas qu'à sauver sa propre peau, reprit Sven-Erik. Et quand elle donne un coup de pied dans la fourmilière, il en sort toujours quelque chose d'utile pour nous, tu dois bien le reconnaître, hein ? »

Rebecka par-ci, Rebecka par-là, pensait Anna-Maria, l'humeur morose.

« Je suis épuisée, c'est tout, dit-elle. Toi et moi, on travaille ensemble depuis de nombreuses années. Est-ce que je suis une bonne inspectrice ?

— La meilleure qui soit, dit Sven-Erik chaleureusement. Une bonne cheffe, une bonne collègue, une bonne enquêtrice.

— Le boulot te manque ? demanda-t-elle plutôt que de lui demander si elle-même lui manquait.

— J'ai eu un mal de chien à m'arrêter et à rester à la maison. Airi en sait quelque chose.

— Bon, dit-elle, il faut que je raccroche. Ça va pas être régalo-buco, ici, ce soir. Je suis dans le canapé avec ma pizza froide sur les genoux.

— Tu auras tout le temps de mijoter de bons petits plats quand tu seras à la retraite, la rassura Sven-Erik. Allez, relève la tête, Mella. »

Ils raccrochèrent. Abattue, Anna-Maria plia un bout de pizza couvert de graisse figée et le fourra dans sa bouche. Elle se sentait inutile, et puis qu'est-ce que c'était que cette émission à la télé ?

Jenny apparut dans l'encadrement de la porte.

« Bonsoir maman ! Je ne t'ai pas entendue rentrer. Comment ça va ? »

Elle vint s'asseoir à côté de sa mère.

« Ça va, dit Anna-Maria en essayant d'arborer un sourire crédible. La vie n'est pas rose tous les jours, au boulot.

— C'est la fille qui est morte à Riksgränsen ? demanda Jenny. J'ai lu ça sur Internet.

— Entre autres. »

Jenny lui caressa les cheveux, jeta un œil sur l'écran de la télé.

« Qu'est-ce que tu regardes ?

— Ben, je ne sais pas. Cette bonne femme doit être médecin, elle enlève d'énormes boutons d'acné aux gens. Allez, dis-moi de me lever de ce canapé et de faire quelque chose de sensé.

— Non, dit Jenny, on a parfois besoin de rester vautré à regarder n'importe quoi à la télé. On ne peut pas être efficace en permanence. »

Voilà où on en est, songea Anna-Maria. Quand elle était petite, elle réclamait constamment que je la prenne dans mes bras. Maintenant c'est moi qui tends les miens vers elle. Qui ai soif de ces instants. Son esprit à elle est ailleurs, elle aspire à être avec d'autres.

« Promets-moi d'être prudente, dit Anna-Maria.

— Quoi ? Prudente avec quoi ?

— Tout. La vie. Quand tu doubles un camion. Les hommes. »

Jenny sourit. Elle était tellement jolie lorsqu'elle souriait. Anna-Maria en avait le cœur serré.

« Au fait, tu as un dîner de filles chez Rebecka, après-demain. Alors demain je t'emmène en ville pour acheter une robe. Allez, maman ! Ça fait combien de temps que tu ne t'es rien acheté ? »

Après le dîner, Sven-Erik appela Simon. Accepterait-il de regarder quelques photos pour dire s'il reconnaissait les hommes qui conduisaient le mobil-home avec les prostituées ?

« Je ne me souviens pas d'eux, dit Simon. J'étais bien trop bourré. »

De toute évidence il mentait. Il ne voulait pas se mouiller. Sven-Erik fit une autre tentative. Simon pouvait jeter un œil sur les photos, ça ne l'engageait à rien. Il avait tout de même vu les types à plusieurs reprises. Maintenant c'est Galina Kirejevskij qu'on avait retrouvée morte. On n'était pas sûr que ce soit un accident. Qui était au courant qu'elle travaillait là-haut, à Riksgränsen ?

Mais Simon campa sur ses positions.

« Je vous ai dit que je voulais rester en dehors de tout ça, déclara-t-il au bord de la colère. Je ne sais absolument pas à quoi ressemblaient ces types. Faire le tapin est un métier à haut risque. Elles le savaient. »

Sven-Erik fut tellement écœuré qu'il ne put répondre. Il comprenait que Simon ait peur. Mais cela ne changeait rien.

Les gens sont de sacrés lâches, pensa-t-il.

Anna-Maria Mella s'extirpa du canapé et fit quelque chose de sensé. Elle nettoya l'évier, vida le lave-vaisselle tout en appelant Kristoffer Westman, l'homme qui avait aiguillé Galina Kirejevskij vers le job à Riksgränsen. Il était électricien à la compagnie des mines de Kiruna, la LKAB, habitait un pavillon à Lombolo avec sa femme et leurs deux enfants adolescents.

« Qui vous a donné mon numéro ? s'enquit Kristoffer Westman une fois qu'Anna-Maria lui eut exposé l'objet de son appel. C'est Mange Eriksson ?

— Oui, dit-elle. Donc si vous vouliez bien répondre à quelques questions sur Galina Kirejevskij…

— Je ne sais pas d'où sort cette nana, lui hurla-t-il dans l'oreille. Je ne l'ai jamais vue, je ne la connais pas.

— Alors comment se fait-il qu'elle vous ait appelé, vous, et que vous lui ayez trouvé un boulot ?

— Qu'est-ce que j'en sais ? gueula Kristoffer Westman, obligeant Anna-Maria à réduire le volume de son téléphone. Quelqu'un lui avait refilé mon numéro. Et non, elle ne m'a pas dit qui. Sûrement quelqu'un qui sait que je connais du monde là-haut. Voilà ce que ça rapporte, d'être gentil et d'aider les gens. Les poulets rappliquent et vous passent les menottes.

— Personne ne veut vous passer les menottes, mais si vous préférez poursuivre cette conversation au commissariat, c'est possible. Dites-moi qui savait qu'elle se trouvait là-bas !

— Ben voyons ! Venez me chercher et emmenez-moi au commissariat. Avec le gyro si ça vous chante ! Vous aurez exactement la même réponse. Et rien d'autre. Je la connaissais pas, je sais pas qui lui a donné mon numéro ni qui était au courant qu'elle bossait à Riksgränsen. Je voulais seulement être gentil. Trop gentil. C'est un crime, dans votre code de lois ? »

Anna-Maria était intimement convaincue que Kristoffer Westman en savait plus qu'il ne voulait bien le dire, mais il était inutile d'insister, elle abandonna. Les gens l'énervaient. Quand il y avait un problème ils appelaient la police, mais il ne fallait surtout rien leur demander. Parce qu'ils avaient peur pour leur peau et pour leur couple, peur de ce qu'allaient raconter les voisins, parfois seulement parce qu'ils n'avaient pas envie.

On est l'ennemi jusqu'à ce que ça s'envenime, pensa-t-elle, découragée.

Sven-Erik Stålnacke et Airi Bylund s'assirent sur le perron, chacun avec un verre de vin. Le soleil était bas. Ils se réjouissaient à la vue des premières plaques de terre nue, sans neige. On pourrait bientôt marcher dans la forêt. Ils parlèrent de choses et d'autres, d'une randonnée jusqu'à la cabane à Satmalajärvi, des pommes de terre germées dans la cave qui attendaient d'être mises en terre, du travail d'Airi, encore deux ans et elle aussi serait à la retraite.

« C'est le meilleur régalo-buco que j'aie jamais mangé, dit Sven-Erik satisfait.

— Pauvre Rebecka, lança soudain Airi. Son travail est tellement important pour elle. Pas comme moi qui ne fais que compter les jours. »

Sven-Erik acquiesça de la tête.

« On pourrait peut-être l'inviter à dîner, poursuivit Airi. Tu crois qu'elle accepterait de passer une soirée avec des vieux comme nous ? »

À cet instant, une voiture apparut sur la route et ralentit à la hauteur de leur maison ; la vitre se baissa. Une femme d'une cinquantaine d'années avec des lunettes de soleil sortit la tête.

« Sven-Erik Stålnacke ? demanda-t-elle. Il habite où ?

— Ici ! Et il est chez lui », répondit Airi en désignant Sven-Erik qui fit un salut de la main.

La femme lui rendit son salut puis s'engagea dans la cour. Un vieil homme était assis à l'arrière de la voiture. La femme descendit et ouvrit sa portière.

« Bonjour, dit-elle, j'espère qu'on ne vous dérange pas. Là, papa, attends une seconde. »

Elle aida le vieillard à se mettre sur pied. Il s'appuya sur sa canne et repoussa la femme.

Il chancelait mais avait de l'allure. Chemise repassée, pardessus. Rasé de frais, cheveux gris bien coupés. Sa fille ne s'éloignait pas de lui, prête à le rattraper en cas de chute. Il s'approcha lentement du perron.

« Sven-Erik Stålnacke ? demanda-t-il avec une voix qui avait vingt ans de moins que ne laissait paraître sa personne. J'ai lu dans le journal que vous faisiez des recherches sur le meurtre de Raimo Koskela, le père de Börje Ström. J'ai une déclaration à faire. »

Il s'appelait Karl Andersson, était natif de Piilijärvi. Sa fille se nommait Emma, épouse Lindskog. Karl accepta un demi-verre de vin, Emma dut assurer à trois reprises qu'elle ne désirait qu'un verre d'eau. Airi posa une bière sans alcool sur la table, au cas où elle changerait d'avis.

Ils admirèrent la vue et le fumoir fabriqué par Sven-Erik, dans la cour. Puis Karl Andersson prit la parole.

« Si je ne me trompe, le père de Börje Ström a disparu le 16 juin 1962, commença-t-il. Et on l'a retrouvé récemment dans un congélateur à Palosaari. Abattu d'une balle de pistolet.

— C'est juste, dit Sven-Erik Stålnacke.

— À cette époque-là, j'étais officier, continua Karl Andersson. Le 16 juin, nous nous étions entraînés au tir sur cible, avec quelques camarades, sur le champ de tir du régiment. Après quoi je suis reparti chez mes parents à Piilijärvi. L'été, nous séjournions toujours là-bas. Quoi qu'il en soit, j'ai emporté mon arme, je n'ai pas fait le détour par la maison pour la mettre en lieu sûr. Je l'ai laissée dans ma voiture, sur le siège passager. Cela paraît inconcevable, mais… »

Il but une gorgée de vin, tira un mouchoir de sa poche et s'essuya la bouche. Il secoua la tête comme pour chasser ses souvenirs.

« … c'était une autre époque, papa », dit Emma Lindskog en posant sa main sur celle de son père.

Le vieil homme retira sa main.

« Je ne suis pas né au Moyen Âge, rugit-il. Il y avait aussi des règles à ce moment-là, bon sang, quoi que vous en pensiez, vous les jeunes. Un officier conservait son arme chez lui, démontée en trois parties. Le pistolet, la culasse et les projectiles devaient être séparés. Je n'ai aucune excuse. »

Il fit une pause et sa respiration s'apaisa.

« Le soir, en allant chercher mes cigarettes dans la boîte à gants, j'ai constaté que le pistolet avait disparu. »

Airi et Emma échangèrent des regards de mères à la dérobée. Et si un enfant était tombé dessus ?

« Le véhicule n'était pas fermé à clé ? » demanda Sven-Erik.

Karl Andersson partit d'un rire triste.

« Fermer la voiture à clé ? Dans la cour de ses propres parents ? Personne ne fait cela, même de nos jours. Eh bien, j'ai été pris d'une peur bleue, je vous le garantis. J'ai interrogé ma femme, elle n'avait pas vu le pistolet. Notre fils aîné, Ville, commençait à peine à marcher à quatre pattes, quant à Emma, elle n'était pas née. Donc ça ne pouvait pas être ça. J'aurais dû en référer à mes supérieurs, je le savais, mais j'ai attendu. Mon Dieu, je n'ai presque pas dormi. Je maudissais mon idiotie. Mais qui aurait imaginé ?

— Puis-je vous demander…, commença Sven-Erik.

— Laissez-moi terminer, le coupa Karl Andersson. Le lendemain matin, le pistolet était à nouveau dans la voiture. Sur le siège avant.

— Vous êtes sûr que c'était bien le 16 juin ? demanda Sven-Erik Stålnacke.

— Évidemment. Le Brésil a remporté la finale de la Coupe du monde contre la Tchécoslovaquie le 17 juin. Toute la famille était réunie dans la cuisine pour écouter le compte rendu, et moi je ne pensais qu'au pistolet. Le voleur avait peut-être eu des remords. Ou bien un adolescent avait voulu jouer les durs en l'essayant dans la forêt. Mais ça… »

Il tambourina du bout des doigts sur la table pendant un bref instant de réflexion.

« … quelque chose ne collait pas. Il manquait une seule balle. S'il s'était agi de jeunes qui voulaient s'amuser avec l'arme, ils auraient vidé le chargeur, il me semble. Quoi qu'il en soit, j'ai décidé de ne pas déclarer l'incident, persuadé qu'il ne s'était rien passé de grave. J'ai remercié ma bonne étoile et n'ai jamais plus laissé traîner mon arme. Comprenez-moi bien, les journaux n'avaient pas parlé de la disparition de Raimo Koskela, aucun meurtre n'avait été commis. À ma connaissance, personne ne s'était servi de ce pistolet pour faire un mauvais coup.

— Et voilà que Raimo Koskela réapparaît, intervint Airi. Assassiné.

— Quel modèle de pistolet était-ce ? demanda Sven-Erik.

— Un Kamrat 40, répondit Karl Andersson. C'est-à-dire, un pistolet modèle 40, pour être précis.

— Vous ne l'avez plus ?

— Non, non, il a été détruit il y a longtemps.

— Avez-vous pensé après coup à quelqu'un de particulier dans le village, qui aurait eu un lien avec Koskela ou le club de boxe ?

— Non, non, ce sont tous des honnêtes gens. J'ai dressé une liste de tous ceux qui habitaient dans le voisinage. »

Il tira de sa poche une feuille de papier à lignes format A4, pliée en quatre. Sven-Erik parcourut les noms écrits à la main. Ils ne lui disaient rien.

« Je les connaissais tous, dit Karl Andersson. Vous ne trouverez aucun meurtrier parmi eux.

— Merci d'être venu nous parler, dit Sven-Erik. Merci à vous deux. Le meurtre est prescrit, mais pour Börje Ström, il est important de savoir. Et puis, dites-vous que l'erreur est humaine. »

Karl Andersson se releva avec une certaine difficulté.

« J'ai commis deux erreurs, dit-il. La première a été de ne pas rentrer chez moi démonter mon arme et la ranger à sa place. La seconde a été de choisir une vérité qui me procurait une paix intérieure illusoire. En me persuadant qu'il n'était rien arrivé, je me suis épargné d'aller déclarer l'incident. »

Ils remercièrent leurs hôtes pour leur accueil et partirent. Sven-Erik relut les noms sur la liste : Lindmark, Olsson, Nilsson, Nutti, Järvinen. Ils n'éveillaient en lui aucun souvenir, et pourtant… Quelque chose lui échappait.

Rebecka Martinsson termina sa journée au lit, le téléphone à la main. Le Morveux était déjà en train de rêver sur sa couverture, la langue pendante. Sa queue frappait le sol et ses pattes tressautaient.

Elle alla sur le compte Facebook de Linda, la sœur de Krister. Une vidéo montrait Tintin et Roy faisant la fête à Krister comme s'il revenait du front alors qu'on le croyait mort. On voyait ses jambes, les chiens entraient et sortaient du champ, d'une voix rieuse Krister les exhortait à se calmer. Linda leur répétait : « Qui est-ce qui est content ? Qui est-ce qui est content ? »

Elle se connecta ensuite sur le compte Instagram de Marit Törmä. Aucune photo d'elle la bague au doigt, en tout cas.

Elle retomba en arrière et fixa le plafond. Parfaitement vide et blanc.

Mercredi 4 mai

Pohjanen appela juste au moment où Anna-Maria descendait de voiture, devant le commissariat.

« Je suis désolé, grinça-t-il sans entrée en matière, rien ne permet de conclure que Galina Kirejevskij a été victime de violence. Tout indique qu'elle est tombée ou qu'elle a sauté par la fenêtre.

— Merde, dit Anna-Maria, sentant le découragement planter ses griffes en elle. Aucune lésion qui montre qu'elle s'est défendue ? Pas d'ecchymoses ? Rien sous les ongles ? »

Elle passa son badge sur la serrure et ouvrit la porte.

« Est-ce que j'aurais dit que rien ne laissait conclure à autre chose qu'à un accident ou à un suicide si j'avais trouvé sur elle des lésions ? la rabroua Pohjanen. Ne faites pas perdre son temps à un homme en train de mourir, Mella ! »

Il se racla la gorge et changea de ton.

« En tout cas, c'est allé très vite, dit-il presque avec douceur. Elle… » Il toussa bruyamment « … s'est fêlé l'os temporal dans sa chute. Hémorragie péridurale. L'épanchement s'est étendu et a comprimé le cerveau du côté opposé, le faisant finalement descendre vers la nuque, là où il aboutit à la moelle épinière. C'est là… »

Il s'interrompit pour reprendre son souffle.

« … c'est là, malheureusement, que se trouve le centre nerveux de la respiration, et lorsqu'il a été comprimé, la mort est intervenue instantanément, conclut-il.

— Quelle consolation ! »

Anna-Maria pensa aux deux Russes. Rien de plus facile pour eux que de défenestrer une femme au corps d'enfant sans qu'elle ait le temps de leur opposer une quelconque résistance.

« Faut-il exclure qu'elle ait été poussée ? demanda-t-elle.

— Bien sûr que non, graillonna Pohjanen. J'ai bien dit qu'il n'y avait aucune trace de violence. Mais je vais vous apprendre quelque chose sur les ecchymoses, Mella.

— Oui ?

— Elles prennent leur temps. J'ai eu une femme sur ma table, un jour, son salaud de mec lui avait détruit tous les organes à coups de pied. Elle n'avait pas un bleu, alors qu'elle était complètement bousillée à l'intérieur. Elle était morte si vite que les hématomes n'avaient pas eu le temps d'apparaître. Vous avez des nouvelles de Martinsson ?

— Non, vous savez que…

— Oui, oui, j'ai lu ça sur Internet, elle a été virée de l'enquête. J'imagine que la Peste a apporté un gâteau pour fêter ça. Dites-lui de m'appeler, si vous la voyez. Elle ne répond pas au téléphone. Elle va pouvoir se consacrer au père de Börje Ström, maintenant. Je voudrais que cette histoire soit tirée au clair. Vous allez dîner chez elle demain, n'est-ce pas ? Dites-le-lui.

— C'est-à-dire, je ne sais pas si j'ai envie... », commença Anna-Maria.

Mais Pohjanen avait déjà raccroché.

« ... d'être votre secrétaire », acheva-t-elle dans le vide.

Elle regarda le ciel. Il s'était couvert, pesait lourd au-dessus de sa tête.

Nyrkin-Jussi entra dans la résidence Brittsommargården et se dirigea vers la chambre de Sisu-Sikke en saluant le personnel dans le couloir. Tout était paisible ici, le matin. Odeur du café préparé par les soignants à la cuisine.

« Je viens de lui apporter son petit déjeuner, l'informa Hiba. Il n'avait pas faim.

— Je vais essayer de lui faire avaler quelque chose », dit Nyrkin-Jussi.

Hiba lui passa la main sur le bras. Nyrkin-Jussi pénétra dans la chambre.

Sisu-Sikke était assis dans son fauteuil roulant, face à son petit déjeuner découpé en petites bouchées. Il portait une chemise propre, était bien coiffé. Les plantes vertes avaient été arrosées.

Comme toujours, Nyrkin-Jussi fut ému par toute l'attention dont Sikke était entouré ici.

« *Rakastan*, mon chéri, dit-il. Il faut que tu manges un peu. Sinon tu vas t'écrouler dès le premier round. »

Sisu-Sikke sourit, mais son regard était plein de tristesse.

« J'ai pensé à une chose, dit Nyrkin-Jussi en allumant toutes les lampes pour égayer la pièce par ce temps gris. Si on invitait Börje Ström à dîner à la maison ? »

Sisu-Sikke secoua la tête.

« Je m'occuperai de tout, insista Nyrkin-Jussi. On commandera un véhicule de transport pour toi. Tu peux bien dormir une nuit à la maison, le lit est tellement vide. On évoquerait les vieux souvenirs avec lui, ce serait amusant. Il n'a jamais… oui, on aimerait bien l'entendre raconter lui-même sa médaille d'or aux Jeux olympiques. Cesse donc de secouer la tête, tu vas perdre tes cheveux, à la fin. Qu'est-ce qui se passe ? »

8 septembre 1972

Nyrkin-Jussi va avec Sisu-Sikke chez les parents de celui-ci, à Kuoksu, pour la récolte des pommes de terre. Fin juillet, il était déjà venu aider à faire les foins. La famille de Sisu-Sikke l'aime bien. Les frères de Sikke disent qu'ils ont un nouveau frangin et jouent à se plaindre qu'il est le chouchou de leur mère.

Officiellement, Jussi et Sikke sont de très bons copains et tous les deux entraîneurs au club BK Nordpolen. La famille en sait peut-être davantage. C'est probable. Les parents de Sikke ne le tannent plus pour qu'il rencontre quelqu'un. Sa mère leur prépare le canapé-lit et un matelas par terre dans la chambre de la resserre, tandis que les autres adultes doivent se caser ici et là dans la grande maison. Ce que Jussi et Sikke font la nuit, c'est leur affaire, du moment qu'en famille ils ne montrent que de la camaraderie.

Tous apprécient la force de Nyrkin-Jussi, il abat du travail pour trois alors que c'est plutôt un « petit modèle ». Il a bon caractère et l'esprit d'équipe. De plus il mange comme quatre, sans doute la plus louable des qualités aux yeux de la mère de Sisu-Sikke. « Mange, si tu as aimé, lui répète-t-elle en le resservant, tu picores comme un oiseau. »

Les fanes des pommes de terre ont gelé. La tâche est rude, il faut d'abord piocher la terre, courbé en avant, puis arracher les feuilles fanées, elles sont froides, et enfin trier les pommes de terre. On garde les grosses, les petites vont aux animaux. Une besogne pénible pour le dos. Les enfants ont été dispensés d'école jeudi et vendredi, on a besoin de tous les bras. Le soir, on chauffe le sauna et on va exsuder la fatigue de la journée.

Aujourd'hui pourtant, on s'arrête de travailler plus tôt. Börje Ström est parvenu en finale aux Jeux olympiques, et à cinq heures ce sera le grand moment. La Suède a déjà remporté quatre médailles d'or, une avec Ulrika Knape en plongeon, deux avec Gunnar Larsson en natation et une avec Ragnar Skanåker en tir. Mais une finale de boxe en catégorie poids mi-lourds, c'est le sommet. Tout le pays est en ébullition, le Norrbotten s'est déjà pratiquement évaporé. Au moment où Börje Ström venait d'assurer sa médaille d'argent, un attentat était perpétré dans le village olympique de Munich. Le 5 septembre, l'organisation terroriste palestinienne Septembre noir assassinait deux athlètes israéliens et prenait neuf autres Israéliens en otages. Les jeux furent interrompus, et le 6 septembre la police ouest-allemande et des tireurs d'élite ouvraient le feu sur les terroristes. Ceux-ci abattirent leurs otages et un policier allemand. Cinq membres de l'organisation Septembre noir furent tués. Après avoir envisagé l'annulation des compétitions restantes, on a finalement décidé de les maintenir, il ne fallait pas céder face au terrorisme. Le match de finale devait avoir lieu. Les titres ne pouvaient pas être imprimés en plus gros caractères. « Börje Ström va gagner ! Pas le terrorisme ! »

Ils abandonnent leurs travaux à deux heures et vont se laver au sauna. À quatre heures ils mangent des perches grillées et des pommes de terre.

À cinq heures, tous s'installent dans la grande pièce, sur la banquette-lit ou sur des chaises qu'on apporte de la cuisine, les jeunes s'éparpillent sur les tapis de chiffon. On place le poste de télévision sur la table pliante. La veille, les frères de Sisu-Sikke ont bricolé l'antenne sur le toit afin d'avoir la meilleure réception possible.

L'aîné distribue des bières aux adultes, les adolescents ont droit à du soda Trocadero à condition de promettre de ne pas en renverser une goutte. Les enfants, tout excités par la gaieté ambiante, lisent à haute voix la case de bande dessinée en danois qui orne les canettes de Tuborg : « Dis Perikles, quel est le meilleur moment pour déguster une Tuborg ? — Tous les moments sont bons ! » Ils se tordent de rire et répètent « Tous les moments sont bons ! » jusqu'à ce que le frère aîné de Sikke se mette à hurler qu'il va les chasser de la pièce.

« Nous aurions dû y aller aussi », dit Nyrkin-Jussi pour la centième fois lorsque Börje Ström apparaît à l'écran.

Normalement, les concurrents aux Jeux olympiques sont accompagnés de leurs entraîneurs. Mais la fédération suédoise de boxe a délégué un entraîneur de Stockholm, estimant que cela suffirait vu que le poids welters envoyé par les Stockholmois n'a aucune chance de gagner. On n'a rien pu y faire. Börje leur a téléphoné avant la demi-finale : cet entraîneur, il l'a à peine vu. Finalement, c'est aussi bien comme ça, parce que le gars n'a aucune idée de son style, pendant le match il lui crie des tas d'âneries et le gêne. Mais après la victoire, une fois que la médaille d'argent était assurée, ce petit con n'a pas hésité à poser devant les caméras, le bras sur les épaules de Börje.

Le gong retentit.

Le Cubain Emilio Martinez ouvre le combat à toute vitesse. Il mesure un mètre quatre-vingt-cinq, pèse quatre-vingt-un kilos, rien que du muscle. Sa droite est dévastatrice, il sort sa gauche pour gêner puis sa droite fuse comme un piston. Börje est repoussé vers l'arrière, il ne parvient pas à contrer. Être obligé de reculer le stresse. À la deuxième minute, il abaisse un peu sa garde pour parer un coup du gauche et crée exactement l'ouverture dont Martinez a besoin. Le Cubain lui décoche avec une parfaite précision un direct du droit tranchant. Un hurlement s'élève dans le stade de Munich au moment où Börje Ström tombe au tapis.

Un même hurlement retentit aussi dans la grande pièce à Kuoksu. L'arbitre compte. Börje se relève à la troisième seconde et Martinez repart à l'assaut, une véritable tempête de grêle. Jusqu'à la fin du round, Börje bloque les coups avec ses avant-bras placés haut. Le Cubain arrive à le toucher plusieurs fois. Un coup l'atteint au-dessus de l'œil gauche.

Deux des belles-sœurs quittent la pièce, c'est trop horrible, elles ne supportent pas. De la cuisine, elles crient : « Il saigne ? Que se passe-t-il ? » Leurs maris les menacent de divorcer si elles ne la ferment pas.

Börje arrive au deuxième round le sourcil enduit de pommade cicatrisante. Maintenant il connaît ce piston du droit qui continue à se déchaîner. Mais Börje avance doucement, il bloque et gêne son adversaire, lui envoie quelques crochets apparemment inoffensifs dans l'épaule droite. Nyrkin-Jussi et Sisu-Sikke échangent un bref regard satisfait. Bonne tactique. Ça ne rapporte pas de points, mais il faut neutraliser cette droite. La fin du round approchant, les deux concurrents accélèrent. Le public, tant à Munich qu'à Kuoksu, est debout et acclame leur prestation. Börje insère ses uppercuts, balance ses crochets, frappe vers les reins. Martinez, lui, vise clairement l'arcade sourcilière déjà entaillée de Börje. Il sait que Börje saigne facilement et son entraîneur lui a certainement conseillé d'ouvrir largement la blessure.

Les spectateurs dans la grande pièce beuglent jusqu'à couvrir la voix du commentateur.

Puis arrive le coup tant redouté : Martinez réussit à atteindre le sourcil de Börje. Un flot de sang coule dans son œil gauche. Börje bat en retraite. Martinez le frappe alternativement à la tête et sur la taille. Börje s'accroupit, recule. Il guette d'un seul œil.

Nyrkin-Jussi hurle à l'arbitre dans le poste de télé de donner un avertissement pour le coup sous la ceinture, bon sang ! Puis il crie à Sisu-Sikke :

« Tu as vu ? Tu vois l'épaule du Cubain ?

— Je vois. »

Les muscles de Martinez tressautent juste avant chaque coup du droit.

Nyrkin-Jussi rugit et s'arrache les cheveux, impuissant :

« L'épaule, l'épaule ! »

Mais inutile de compter sur l'autre abruti d'entraîneur pour qu'il s'en aperçoive et aide Börje.

Les secondes s'écoulent sans fin dans cet embourbement avant que le gong retentisse. Börje rejoint l'angle du ring. Il saigne comme un cochon égorgé, ses gants blancs sont fichus. Sisu-Sikke utilise en général des gants rouges afin que l'adversaire ne puisse pas évaluer les dégâts. Mais il n'est pas sur place. Il est à plusieurs centaines de kilomètres. Les médecins examinent la blessure. Est-ce la fin, maintenant ? Y aura-t-il même un dernier round ?

Sisu-Sikke se lève et s'approche de la télévision. Il se place sur le côté afin de ne pas gêner les autres. Il regarde Börje. Seulement lui. Et quand Börje disparaît de l'écran, il le voit intérieurement. Ses lèvres bougent, elles forment des mots que les autres ne peuvent pas entendre.

La mère de Sisu-Sikke se lève à son tour, les yeux dilatés par l'inquiétude. C'est la première dans la pièce à comprendre ce que Sisu-Sikke est en train de faire. Dans la famille, on sait arrêter le sang depuis des générations. On raconte que le père de sa grand-mère maternelle, un colon de Sockenträsk, a soigné un cheval de bataille après l'occupation russe en 1808-1809. Le cheval avait reçu vingt-huit coups de sabre et allait au-devant d'une mort atroce, mais l'arrière-grand-père a arrêté l'hémorragie et soigné l'animal tout l'hiver qui a suivi la capitulation. Après cela, l'homme ne fut toutefois plus jamais lui-même. Il devint l'excentrique à qui l'on apportait les animaux malades, et sa femme, elle, s'occupait de la forêt, des terres et de la maison. Lui passait le plus clair de son temps dans l'étable à cogiter. Il est mort d'anémie, l'année où naquit son quatrième enfant, la grand-mère de Sisu-Sikke. Le cheval est devenu plus que trentenaire et a aidé la veuve pour le transport du bois et les travaux de printemps. Il passait l'été en liberté dans la forêt, mais du vivant de son maître, il revenait à la ferme saluer ce paysan qui lui avait sauvé la vie. La grand-mère de Sisu-Sikke elle-même a toujours eu du mal à refuser son aide aux villageois qui venaient la consulter pour leurs maux. Après cela, elle dormait pendant plusieurs heures, les enfants devaient la remplacer pour la traite du soir. Chez la mère de Sikke, ce don n'a jamais été notoire, elle ne l'a utilisé que quand les enfants étaient petits. Mais elle sait que son fils Sigvard le possède.

« *Varota*, sois prudent ! » dit-elle maintenant à son fils qui tente de stopper l'hémorragie de Börje Ström, debout près du poste de télévision.

Le gong retentit pour annoncer le dernier round.

Börje entre dans le ring avec un visage presque neuf. Sur son sourcil, un pansement à la résine semble avoir endigué l'écoulement. Il paraît concentré. Il lui manque des points, tout le monde le sait. Il dispose de trois minutes.

Libéré de sa cécité, il attaque. Commence par un court et puissant avant-gauche puis un droit vers la tête, enchaîne sur un gauche vers la tempe et à nouveau le droit vers le corps. Martinez esquive en dansant et il s'aide de sa droite, il n'a pas besoin de faire plus pour remporter la victoire. Mais voilà que Börje l'envoie dans les cordes. Il va au corps à corps.

« Il attend le coup du droit, il attend le droit », s'écrie Nyrkin-Jussi.

Enfin il arrive. Or Börje a remarqué ce tressaillement à l'épaule, qui précède chaque coup.

Vif comme l'éclair, presque en même temps que le piston de Martinez, Börje insère sa courte droite et frappe un coup net sur le menton de son adversaire. La jambe de Martinez se plie comme dans une séquence au ralenti, son bras droit est toujours tendu quand Börje lui assène un bon dernier-crochet-pour-la-route. Le Cubain tombe. Pas comme un pin, non, il s'étiole comme une petite fleur. Le tapis l'accueille charitablement. L'arbitre compte. Le stade de Munich beugle à en décoller le toit. Dans la grande pièce, à Kuoksu, tous retiennent leur souffle jusqu'à ce que l'arbitre ait fini de compter.

Le match est terminé. L'arbitre lève la main de Börje vers le ciel. Les commentateurs braillent sur le miracle venu de Suède.

Nyrkin-Jussi ne cache pas ses larmes. Les femmes reviennent de la cuisine.

Debout près du téléviseur, Sisu-Sikke a les jambes flageolantes, il est blanc comme un linge. Il parle peu et va se coucher tôt.

Cette nuit-là, Nyrkin-Jussi se réveille, Sisu-Sikke n'est pas à côté de lui.

Il est deux heures vingt, Jussi enfile des vêtements et sort pieds nus dans l'obscurité de la nuit d'automne.

« Sikke ! » appelle-t-il doucement.

La porte de l'étable est ouverte. Le sol est glacé. Jussi songe un instant à rentrer chercher ses chaussures, mais l'inquiétude le ronge.

Il trouve Sisu-Sikke à l'intérieur, assis parmi les vaches sur une bassine en plastique retournée, le front appuyé sur le flanc d'Omena. Les vaches ruminent dans le noir, on leur a donné une portion de foin, probablement pour qu'elles ne se mettent pas à meugler en pleine nuit. Sisu-Sikke ne répond pas lorsque Nyrkin-Jussi prononce son nom.

Il est en train de reprendre des forces auprès d'Omena, il ne faut pas le déranger.

Nyrkin-Jussi étale une poignée de foin par terre et s'assoit, adossé à l'un des box pour les veaux, juste assez près pour pouvoir distinguer la silhouette de Sikke dans l'obscurité.

Le souffle des vaches et leur rumination le bercent, il s'endort en pensant que Sikke ne court aucun danger, Omena s'occupe de lui maintenant.

Quand il se réveille, à l'aube, Sisu-Sikke n'est plus là. Il se lève, les jambes engourdies, quelle idée imbécile de dormir assis sur un sol de béton. Il fait craquer son cou et regagne discrètement la chambre dans la resserre. Sisu-Sikke est endormi sur le canapé-lit.

Ce n'est que plus tard, au cours de l'automne, que Nyrkin-Jussi remarque un changement chez Sisu-Sikke. Celui-ci a toujours été un boxeur ambidextre. Même rapidité et même puissance à droite qu'à gauche, un avantage remarquable lorsqu'il s'agissait de préparer un gars du club contre un gaucher. Mais depuis la finale des Jeux olympiques, il est droitier. Ils n'en parleront jamais, pas même trente ans plus tard, lorsque Sikke a sa première attaque et perd l'usage de son côté gauche, ce qui l'oblige à apprendre à accomplir certaines tâches simples avec sa seule main droite. Il maugrée en boutonnant sa chemise, renonce au fromage sur sa tartine du petit déjeuner car il n'arrive pas à le trancher, il lace ses chaussures et dévisse les bouchons en jurant comme un charretier. Et malheur à Nyrkin-Jussi s'il essaie de l'aider.

« Pourquoi ne veux-tu pas que nous invitions Börje à la maison ? demanda Nyrkin-Jussi en se servant une tasse de café. Tu es fâché contre lui ? Allez, il faut que tu manges un peu.

— Pas fâ… pas fâ… »

Sisu-Sikke secoua de nouveau la tête et roula jusqu'à l'étagère où était posée la tablette alphabétique qu'un de ses petits-neveux avait fabriquée en cours de travaux manuels. Une simple tablette de bois sur laquelle étaient pyrogravées les lettres de l'alphabet. Une petite baguette y était attachée par une ficelle, ainsi on ne risquait pas de l'égarer. Sisu-Sikke posa la tablette sur la table de la cuisine et désigna l'une après l'autre les lettres de son message.

PAS FÂCHÉ MA FAUTE SI PAPA DE B MORT TU VAS ME QUITTER

En se réveillant le mercredi matin, Rebecka Martinsson médita sur sa décision de ne pas retourner travailler au parquet. La vie semblait si simple pour les autres, une ligne droite sans culs-de-sac, des relations solides…

Le Morveux posa la tête sur le bord du lit et la fixa. On sort ? Tu vas te lever, maintenant ? On fait quelque chose ?

« Oui, j'arrive », dit-elle en souhaitant une vie où personne, pas même une plante verte, ne lui réclamerait quoi que ce soit.

Elle avait deux messages de journalistes encore curieux de commentaires relatifs à son dessaisissement de l'enquête.

« Allez, debout ! » dit-elle à elle-même.

Faire du café, puis le ménage. Maria Taube et ses copines arrivaient demain et la maison était dégueulasse.

Elle lança une machine de linge, rassembla les innombrables bouteilles vides. Elle en mit la moitié dans un sac poubelle noir qu'elle fourra dans le coffre de sa voiture, et porta le reste dans l'ancienne étable :

impossible de se débarrasser de tout en une seule fois à la déchèterie, trop de gens avaient l'œil sur elle.

Connue comme le loup blanc, pensa-t-elle. Mais le loup est en train de faire une dépression et il ronge son frein dans sa cage.

Le Morveux batifolait, fouinait ici et là sous la neige. Elle songea à l'enfermer, Dieu sait ce qu'il pourrait dénicher et se mettre sous la dent, maintenant que ça fondait. Cadavres de souris et autres friandises dont la nature abondait.

Elle secoua les tapis de chiffon, épousseta les meubles avec un torchon humide, elle entendait la voix de sa grand-mère lui dire : « Le plumeau, pouah, ça ne fait que remuer la poussière. » Elle sua à passer l'aspirateur, le canapé et les coussins étaient recouverts de poils de chien.

Quand la machine à laver émit son signal de fin, Rebecka chaussa ses skis, alla tendre la corde à linge entre les arbres, revint charger la lessive dans un panier et retourna l'étendre. Elle s'enfonça à plusieurs reprises dans la neige molle. Enfin, au moins tout était propre maintenant.

« Bientôt je fabriquerai moi-même mon savon avec de la cendre de bouleau et de la graisse », dit-elle au Morveux qui se plantait sans cesse sur ses skis afin de ne pas s'enfoncer lui non plus.

Elle scruta le ciel : pourvu qu'il ne neige pas !

Elle pensa à sa grand-mère. Comment celle-ci trouvait-elle le temps d'avoir une maison si bien tenue et agréable ? Elle ne s'était jamais débarrassée de ses plantes vertes, faisait des semis chaque printemps, pas seulement pour cultiver des légumes, mais aussi pour le plaisir d'avoir des fleurs. Ses placards étaient toujours bien rangés, les taies d'oreiller repassées et les rideaux changés.

Rebecka, elle, avait systématiquement du retard pour tout, pour payer les factures, faire le ménage, acheter des collants. Son travail passait toujours avant le reste.

Elle se demanda quel genre de personne était sa mère. Prétentieuse, aux dires des gens de Kurravaara. Et c'est sans doute ce qu'ils pensaient d'elle également. Certains continuaient de l'appeler l'avocate, depuis qu'elle était partie faire ses études de droit.

Ne pense pas à cela, chuchotait sa grand-mère dans sa tête. *Ei se kannatte*, ça n'en vaut pas la peine.

Sa grand-mère avait vécu selon ce genre de principes. Inutile de ressasser. À chaque jour suffit sa peine. La nuit porte conseil. Elle avait un dicton ou une citation biblique pour chaque situation.

Cela fonctionnait, songeait Rebecka. C'était peut-être une bonne méthode.

La vie de grand-mère avait été pleine de pertes. Ses frères et sœurs, son mari, son fils, tous étaient partis avant elle. Et à l'époque, il n'était pas question de thérapie, de pleine conscience ni de yoga. On allait pleurer dans la forêt, on se ressaisissait et on retournait au travail. On n'avait pas cette foi des temps modernes en la parole qui guérit tout.

Est-ce que je ne suis pas comme elle ? se demandait Rebecka en frottant le sol de la cuisine à quatre pattes.

Quand j'ai arrêté la thérapie – enfin, c'est tout juste si j'avais commencé d'ailleurs, se dit-elle en trempant la brosse de chiendent dans l'eau chaude savonneuse –, n'est-ce pas exactement ce que je ressentais ? À quoi bon remuer tout ça ? Le passé c'est du passé. Papa et maman ont été deux personnes avec leurs manques et leurs pertes. Ils ont tendu les bras l'un vers l'autre tels deux naufragés et aucun des deux n'a pu sauver l'autre.

Bientôt il n'y aura plus personne pour me parler d'eux. Sauf Sivving.

Et Ragnhild Pekkari.

Elle chassa Ragnhild Pekkari de son esprit tout en poussant dans un coin les cartons d'archives de l'entreprise d'Olle et Anders Pekkari. L'odieux von Pest n'aurait qu'à envoyer quelqu'un les chercher une fois la perquisition invalidée.

Pourquoi faudrait-il absolument ouvrir tous ces cartons et éplucher tous ces documents ? se dit-elle. On peut aussi s'en foutre.

La maison commençait à sentir le propre. Elle mettrait des rameaux de bouleau dans le grand vase.

Le Morveux s'était réfugié sur la banquette de la cuisine. Il soupirait et lui lançait des regards malheureux. Tu comptes être ennuyeuse comme ça encore longtemps ? disait-il.

La machine à laver émit un nouveau signal. Rebecka allait étendre la seconde tournée de lessive avant de prendre un café, puis elle appellerait Sivving et lui proposerait de venir passer un moment avec elle.

« J'ai horreur de ça ! »

Penchée en avant dans la cabine d'essayage, Anna-Maria Mella tentait d'extraire le haut de son corps d'une robe trop étroite coincée à mi-chemin. Elle ne voyait plus rien, avait l'impression d'étouffer, le tissu collant à son corps en sueur.

Si je force elle va craquer, se disait-elle, et ça me coûtera cher.

« On laisse tomber, dit-elle à Jenny qui attendait à l'extérieur. Allons déjeuner ! »

Jenny écarta le rideau et entra dans la cabine.

« Tire le rideau, tire le rideau ! s'écria Anna-Maria de sous la robe.

— Mais maman, je l'ai tiré ! s'esclaffa Jenny. Attends, je vais t'aider. Reste tranquille !

— Sors-moi de cette saleté de robe ! criait Anna-Maria.

— Tout va bien ? s'enquit de l'autre côté du rideau une vendeuse à la voix claire. Vous désirez une autre taille ?

— Non, plutôt un pied-de-biche », haleta Anna-Maria.

Avec l'aide de Jenny elle parvint à s'extirper de la robe, qu'elle considéra d'un regard haineux pendant que Jenny la remettait sur le cintre.

« Tu aurais dû me la montrer sur toi, dit Jenny. Tu ne la trouvais pas jolie ?

— Magnifique, dit Anna-Maria. Suspendue, elle était parfaite.

— Essaie celle-là, alors. Tu as des épaules superbes. »

Jenny lui tendit une robe longue à fleurs, qui s'attachait au cou.

« Elle est trop longue, grommela Anna-Maria.

— Je t'aiderai à la raccourcir. Allez, maman, c'est sympa d'essayer des vêtements.

— Non, répondit Anna-Maria l'index pointé vers sa fille. C'est sympa quand on a vingt ans. Pas quand on a le cul qui descend jusqu'aux genoux…

— Arrête ! lui ordonna Jenny sévèrement. Pas de haine de ton corps ! »

Obéissante, Anna-Maria passa la robe. Dans le miroir, une folle la fixait.

« Chhhut ! dit Anna-Maria. Je suis en contact avec ma déesse intérieure. Vite, brûlons un peu d'encens.

— Bon, bon, retire-la, dit Jenny. Et arrête de faire la gueule ! »

La robe numéro trois la métamorphosa en une pâtisserie meringuée. La numéro quatre, trop courte, gonflait dans le dos.

Anna-Maria refusa d'essayer la robe numéro cinq.

« Putain, j'ai des pulls plus longs que ça, gémit-elle.

— J'abandonne ! déclara Jenny. Oublie cette soirée, si c'est un tel calvaire.

— Je suis obligée d'y aller, répondit Anna-Maria morose. Surtout maintenant que Rebecka a été écartée de l'enquête. Si je n'y vais pas, elle le prendra très mal. Il faut que tu m'aides.

— Alors fais un effort ! Celle-là !

— Elle n'a qu'une manche… Bon, bon, d'accord. »

La robe, d'un bleu crépusculaire, lui allait comme un gant.

« Super belle ! » trancha Jenny.

Anna-Maria confirma. Elle se regarda de dos également. Puis examina l'étiquette.

« Mille neuf cents ! Ils ont cousu des pierres précieuses dans les ourlets ou quoi ? »

Jenny entama les manœuvres de persuasion. Quand Anna-Maria s'était-elle acheté une robe pour la dernière fois ? Et puisqu'elles faisaient la même pointure, Jenny pourrait lui prêter ses escarpins.

À court d'arguments, la jeune femme appela Robert, qui approuva l'achat.

« Bon, d'accord ! concéda enfin Anna-Maria en espérant qu'elle avait assez d'argent sur son compte. Mais cette soirée me coûte cher ! »

Mais le prix de la robe fut déjà à moitié amorti par le baiser affectueux que sa fille posa sur sa joue. Elles rirent. Et avant que Jenny retourne au lycée, elles eurent le temps d'aller déjeuner.

Le fils du Roi des airelles, Taggen Mäki, avait tellement vieilli que Börje Ström en ressentit un certain malaise. Grand mais sans aucun muscle, un teint blafard et des cernes sous les yeux. Le peu de cheveux qu'il lui restait étaient trop longs. Börje ne l'aurait jamais reconnu s'il n'était pas venu à sa rencontre.

« Ström ! C'est moi ! Taggen ! »

Dans l'atelier où l'on fabriquait des bungalows de chantier, trois hommes munis de casques anti-bruit étaient postés devant des machines. La voix de Taggen couvrit les fraiseuses :

« Eh ben, ça fait un bail. Les gars ! Les gars ! »

Les machines se turent l'une après l'autre. Les casques antibruit furent rabattus sur le cou ou repoussés plus haut sur la tête.

« Venez saluer une star ! » cria Taggen, et de la main droite il serra celle de Börje Ström tout en lui secouant l'avant-bras de la gauche. « Börje Ström, médaille d'or olympique en 1972, trois médailles d'or aux championnats de Suède. »

Les hommes s'approchèrent. L'un d'eux avait une cousine dont le fils faisait de la boxe dans le club Nordpolen. Il voulut prendre un selfie avec Börje. Taggen se glissa entre eux et mit son bras sur les épaules de Börje pour être lui aussi sur la photo.

« Et je peux vous dire qu'à l'époque je lui ai envoyé quelques coups bien sentis, à ce champion. » Il mima une attaque et Börje Ström eut la gentillesse de contrer, sans relever la remarque.

Taggen n'avait jamais été un boxeur très talentueux. Il était certes en bonne condition physique autrefois, mais il avait une mauvaise allonge et ne savait pas déchiffrer son opposant. Comme tant d'autres. À les croire, ils auraient tous pu devenir des stars, si seulement ils avaient donné un petit coup de collier ou s'ils n'avaient pas été entravés par des parents incompréhensifs, et ainsi de suite. Börje avait depuis longtemps cessé d'être agacé par ce genre de verbiage.

« Vous pourriez faire un match », suggéra l'un des hommes.

Les autres ricanèrent discrètement.

« Certainement, dit Taggen en riant. On est de vrais poids lourds à présent.

— C'est terrible, pour votre père », dit l'un des types.

Börje marmonna un mot reconnaissant.

« Bien, je pars déjeuner, annonça Taggen. Nous allons évoquer les vieux souvenirs, alors ne m'attendez pas avant minuit ! »

Taggen avait réservé une table au restaurant Ripan et insisté pour inviter Börje. Il salua la serveuse en l'appelant par son prénom.

« Vous avez un invité de marque », constata-t-elle.

Ils s'installèrent à une table près de la fenêtre.

« La meilleure place, dit Taggen avec un geste exubérant. On me connaît ici, j'ai droit à un traitement de faveur. »

Börje balaya la pièce du regard, il avait du mal à distinguer en quoi leur table était différente des autres.

Maintenant il pouvait observer Taggen. C'était chez lui une habitude bien ancrée : étudier son adversaire sur le ring, le jauger. Taggen était bavard, Börje ne se souvenait pas si c'était déjà le cas à l'époque. De temps à autre, leurs regards se croisaient et Börje crut discerner en son interlocuteur de la ruse, quelque chose de peu fiable.

Pas seulement à son égard, mais envers lui-même aussi. Börje se demanda quel véritable personnage se cachait derrière ce type qui pérorait sans répit et plaisantait abondamment sur son propre poids. Quelque chose ne collait pas.

« Si tu décides de revenir à Kiruna, dit Taggen en tendant la main vers la corbeille de pain, je peux te fournir du travail et un appartement. L'entreprise marche très bien. »

Börje l'écoutait d'une oreille lui raconter qu'ils vendaient des bungalows de chantier, des bâtiments modulaires et des minibus dans tout le nord de l'Europe. Ils avaient du mal à honorer toutes les commandes ; de plus en plus d'ouvriers venaient à Kiruna pour y travailler, mais sans s'y établir, alors les quartiers-dortoirs de préfabriqués s'étendaient. Taggen ne se plaignait pas. C'était l'avenir : main-d'œuvre très mobile, familles sédentaires quelque part. Bien sûr, ils payaient leurs impôts ailleurs, mais la commune n'avait pas besoin de financer pour eux une école et ce genre de choses. Tous étaient gagnants. Enfin, pas les écologistes ni la gauche, évidemment, eux étaient toujours opposés à tout.

« *Adapt or die*, n'est-ce pas ? dit Taggen, la bouche pleine de pain. S'adapter aux changements de l'époque ou disparaître. »

Certaines personnes semblaient être constituées d'un assemblage de propos stéréotypés, de phrases toutes faites, pensa Börje Ström. Comme ces voitures bardées d'autocollants.

Dehors, le temps s'était couvert. Les ombres s'effaçaient. De maigres bouleaux essayaient de percer hors du paysage laiteux.

La serveuse prit les commandes.

« Boulettes d'élan, décida Taggen. Et…

— … ne lésinez pas sur la sauce et les pommes de terre, compléta la serveuse avec un sourire. Je sais.

— J'allais dire "et votre numéro de téléphone" !

— Mon téléphone est déchargé, rétorqua l'employée avec un clin d'œil avant de s'éloigner.

— Je suis un bon parti, lui cria Taggen en se tapant sur le ventre. Deux pour le prix d'un. »

Taggen continua à palabrer. Il expliqua qu'à cet endroit se trouvait autrefois le lavoir du vieux Kiruna. Börje le savait-il ? Les femmes venaient y faire leur lessive, l'hiver. Puis le plan d'eau avait été une piscine pendant quelques années, avant que le camping Ripan soit transformé en hôtel.

« Kiruna est en pleine expansion, et on ne veut pas rater le coche. »

En attendant leurs plats, Taggen avait fait un sort au pain frais et enfournait à présent du pain craquant beurré. Il s'empara du pot de beurre sur la table voisine. Börje guettait une pause dans son monologue. La situation lui rappelait la finale poids lourds de 1952, entre Ingo Johansson et le géant de Los Angeles Ed Sanders. Rien ne se passait, Ingo esquivait, reculait, faisait des bonds de côté, dansait, espérant que Sanders se fatiguerait. Celui-ci s'était élevé jusqu'en finale grâce à des victoires par K-O, mais là il ne réussissait pas à frapper. Ils tournicotaient dans le ring, et au bout de deux rounds aucun n'avait encore porté un seul coup à l'adversaire.

On servit les boulettes d'élan. Quand elles furent englouties et que le déjeuner touchait à sa fin, Börje, n'ayant pas encore pu placer un mot, coupa Taggen au beau milieu d'une description des gisements dans le nouveau filon entre Luossa et Nukutusjärvi :

« Dis-moi, mon père… »

Taggen s'interrompit, consulta son téléphone.

« Tu es plus vieux que moi, poursuivit Börje. Il a fait de la boxe au club pendant un moment. Tu l'as connu ? Il a un peu travaillé pour ton père je crois savoir. »

Taggen se passa la main sur le visage.

« Ouais, ton père avait dans les trente et quelques à l'époque, dit-il. Les vieux, on ne les connaissait pas vraiment. Je ne me souviens plus.

— J'ai parlé à un dénommé Larre Grahn, il vit dans la même maison de retraite que Sisu-Sikke. D'après lui, mon paternel a trempé dans des histoires de fausse monnaie avec un certain Forslind. C'est la mafia russe qui aurait tué mon père. Tu vois, j'ai beau être un peu ralenti après tous les coups que j'ai encaissés, ça me paraît quand même très bizarre.

— Ouais, mais on est loin de tout savoir sur nos pères », dit Taggen.

Il éloigna son assiette et commença à déplacer son verre, la bouteille de bière et la salière çà et là sur la table.

« Crois-moi, en tant que fils du Roi des airelles, j'en ai entendu, des choses que je voudrais pas savoir. J'ai souvent pensé que j'aurais dû quitter cette ville et… oui, recommencer à zéro. C'était carrément le Far West, à l'époque. Tous les gars un peu plus vieux du club étaient parfois mêlés à des trucs plus ou moins louches. C'était comme ça.

— Donc, tu penses que Grahn m'a dit la vérité ? »

Taggen haussa les épaules.

« C'est-à-dire que j'avais quatorze ans quand Raimo a disparu…

— J'aimerais parler à ton père, dit Börje Ström. Mais il est protégé par une petite armée, apparemment. »

Taggen secoua lentement la tête.

« Il aura bientôt quatre-vingt-dix ans. Et sa santé n'est pas brillante. Nos rencontres durent dix minutes, après il est fatigué. Et puis ce n'est pas une armée, dit-il en riant. Il y a sa femme et quelques personnes qui veillent au grain. C'est nécessaire. Les vieillards qui habitent dans des coins isolés sont la proie des voleurs.

— Accorde-moi cinq minutes avec lui.

— Je ne peux rien t'accorder. Tu devrais plutôt laisser tomber tout ça. »

Taggen regarda le bras tatoué de Börje et partit d'un rire creux.

« Franchement, à quoi ça t'avancera de savoir s'il a trempé dans une sale affaire ? Tu te feras enlever tous tes tatouages au laser si c'est le cas ?

— Et toi ? Tu as fait comme ça, avec ton père ? Simplement laissé tomber ?

— Pour autant que j'ai pu. »

Une fois encore, la salière changea de place avec le verre à bière.

La serveuse revint pour encaisser. Taggen lui donna un pourboire généreux qu'elle empocha en poussant un « Oh, merci ! » de surprise.

Dès qu'elle eut tourné les talons, Taggen se leva et prit son manteau sur le dossier de la chaise.

« Bon, si je veux encore travailler un peu aujourd'hui… Ça te dérange pas de rentrer à pied à l'hôtel ? demanda-t-il. C'est pas si loin.

— Non, pas de problème. Merci pour le déjeuner.

— Oui, oui, il faudra remettre ça, dit Taggen en détournant les yeux.

— Tu peux toujours lui demander s'il accepte de me voir, insista Börje tandis qu'ils gagnaient la sortie. Cinq minutes. J'irai chez lui. »

Ils étaient maintenant devant la voiture de Taggen.

« Tu ne comprends pas, dit celui-ci. Ne va pas chez mon père. Promets-le-moi ! »

Börje resta sur le parking à regarder la voiture s'éloigner.

Le temps s'assombrissait. Il se pourrait bien qu'il neige.

Il repensa au match pour le titre à Helsinki. Au bout de deux rounds, l'arbitre avait levé le bras de Sanders. Ingo avait été disqualifié et on ne lui avait même pas remis sa médaille d'argent alors qu'il était arrivé deuxième. Börje fut saisi par un sentiment d'impuissance.

On a envie de croire que les combats sont justes, se dit-il. Et on croit être honnête. Mais le pouvoir se situe tellement loin en dehors du ring qu'il est inaccessible. Voilà pourquoi nous nous bourrons de coups les uns les autres.

Il appela Ragnhild. Elle répondit aussitôt.

« Viens prendre le café, dit-elle.

— Bien que je sois une malédiction ? plaisanta-t-il.

— Une malédiction de plus ou de moins, répondit-elle. Allez, rapplique ! »

Assise à son bureau, Anna-Maria Mella laissa errer son regard vers le sac aux poignées en tissu posé contre le mur. Elle alla fermer la porte et sortit la robe de son papier de soie. Était-elle vraiment aussi belle que dans son souvenir ? Ou bien Anna-Maria avait-elle dépensé mille neuf cents couronnes pour le seul plaisir de faire du shopping avec Jenny ?

Elle déboutonna son pantalon, le laissa glisser sur ses chevilles, ôta son pull et enfila la robe. Puis elle se tourna vers le miroir.

Au même instant, on frappa à la porte et Sonja la standardiste pointa la tête dans l'entrebâillement.

« Oh, Anna-Maria ! s'exclama-t-elle. Comme tu es belle ! Quelle robe !

— Elle a coûté une fortune, dit Anna-Maria en remontant son pantalon. Quand est-ce que je vais la porter ?

— Pour le dîner de Rebecka demain soir ?

— Oui, mais après ? Tu rappelleras à Robert que je veux être enterrée avec cette robe. Elle aura au moins servi à quelque chose.

— Je vais te passer une communication, dit Sonja, je voulais juste te dire que tu dois la prendre.

— D'accord, qu'est-ce que… ? »

Mais Sonja était déjà en bas de l'escalier.

Le téléphone sonna et un voyant s'alluma en même temps. Anna-Maria décrocha.

« Inspectrice Mella.

— *Hello*, dit un homme dans un anglais à l'accent russe prononcé. J'ai des renseignements sur Galina Kirejevskij. Je parle à la bonne personne ? »

Anna-Maria confirma, en ramassant à la hâte son bloc de post-it et un vieux stylo qui bavait, avant d'en dénicher un plus récent dans un tiroir.

« Sa famille a été informée qu'on l'avait retrouvée morte à la suite d'une chute, dit l'homme.

— C'est juste, j'étais l'une des premières personnes sur les lieux. À qui suis-je en train de parler ?

— Je suis un ami à elle. *Just listen, please*. Quand j'ai su que sa famille avait appris sa mort, j'ai été obligé de… Je veux seulement vous dire qu'elle m'avait appelé juste avant de mourir. Pour me raconter qu'elle se prostituait à Kiruna. Je le prononce comme il faut ? Kiroona ?

— À peu près comme il faut.

— Elle travaillait avec deux autres femmes dans un mobil-home. Et les macs qui conduisaient le véhicule étaient des sales types, selon ses propres mots. Des Russes. »

Le cœur d'Anna-Maria bondit sous sa robe ruineuse.

« Continuez.

— Elle m'a raconté qu'un soir, il y a peut-être trois semaines, elles devaient travailler à Kiruna, mais il y a eu un changement de programme à la dernière minute : à la place les macs les ont emmenées quelque part sur une île. Ils les ont installées au premier étage d'une maison, chez un type, un vieil alcoolique. Là, elles ont surfé sur Internet, mangé et pris une douche. En bas, une dispute a éclaté. L'une d'elles est discrètement descendue pour voir ce qu'il se passait. En remontant elle a dit aux autres : « Ils sont en train de le tuer, ils sont en train de le tuer. Ils vont nous tuer nous aussi. »

— Qui était en train de tuer qui ?

— Les macs étaient en train de tuer le vieil homme. Ils l'étouffaient dans le canapé. »

Ça y est, pensa Anna-Maria. On les tient.

« Pourquoi les femmes croyaient-elles que les souteneurs les tueraient elles aussi ? De toute façon, elles ne seraient jamais allées voir la police, n'est-ce pas ? »

Il y eut quelques secondes de silence.

« Et pourquoi ne seraient-elles jamais allées voir la police si elles avaient été témoins d'un meurtre ? Parce que c'étaient des prostituées ? Donc, elles n'ont aucun sens moral, c'est ça ? Je n'aurais pas dû appeler…

— Excusez-moi ! dit Anna-Maria. Ce n'est pas ce que je voulais dire.

— Elles étaient terrorisées, vous comprenez ? Elles pensaient que ces types étaient du genre à éliminer tout témoin. Elles ont été prises de panique, m'a dit Galina. Elles ont enfilé leurs chaussures et sauté par la fenêtre dans la neige. Les deux autres ont couru en direction du rivage, mais Galina est restée coincée dans la poudreuse, et quand elle a réussi à se dégager, elle a couru vers l'autre rive, la forêt était plus près. Elle était juste à la lisière lorsqu'elle a entendu un scooter démarrer. Elle ne s'est pas retournée, a poursuivi à l'intérieur de la forêt et a fini par déboucher sur la route. Elle a marché jusqu'à ce qu'une voiture la prenne en stop. Elle a appelé un de ses clients, qui lui a trouvé du boulot dans un restaurant, je ne sais pas où. Dans les environs, je crois. Elle comptait travailler le temps de réunir assez d'argent pour aller en Allemagne.

— J'ai beaucoup de questions à vous poser, dit Anna-Maria. Quel est votre nom ?

— Je ne peux pas vous le dire, répondit l'homme à l'autre bout du fil. Mais croyez-moi, elle n'avait pas l'intention de se suicider.

— J'aurais besoin d'enregistrer vos déclarations. Vous comprenez que ces informations sont importantes.

— Je suis désolé, mais je ne peux pas vous aider. La police ici est très dangereuse pour nous.

— Nous ?

— Je suis gay. Galina l'était aussi. Et je n'en sais pas plus que ce que je viens de vous raconter. Elle ne m'a jamais dit le nom de ces hommes, ni rien d'autre d'ailleurs. Je lui avais conseillé d'être prudente, de partir. Mais son sac avec tout son argent était resté dans la maison sur l'île. Elle voulait juste travailler avant d'aller ailleurs. On devait s'appeler, mais…

— On n'informera pas la police de votre pays, implora Anna-Maria. Nous pouvons…

— Non, désolé, répéta l'homme. C'était une bonne amie à moi. Je suis vraiment désolé.

— Allô, dit Anna-Maria. Allô ! »

Son interlocuteur avait raccroché.

« Non, non, et non ! » cria Anna-Maria à son téléphone.

Puis elle traversa le commissariat en courant et entra dans le bureau de Carl von Post au parquet.

« Aïe, dit-il en la voyant. Asseyez-vous, Mella.

— Je ne peux pas m'asseoir. »

Elle lui relata la conversation téléphonique qu'elle avait eue à l'instant.

« On va les chercher », dit-elle.

Carl von Post posa les coudes sur son bureau, appuya son menton sur ses mains jointes.

« Et ensuite ? » demanda-t-il.

Anna-Maria resta bouche bée, avant de se ressaisir.

« Mais ce sont eux ! Ils ont tué Henry Pekkari et Galina Kirijevskij, et Adriana Mohr, et celle qui n'est toujours pas identifiée. Quatre personnes !

— Je suis absolument persuadé que vous avez raison. Mais on n'a toujours rien à avancer contre eux. Si on les arrête maintenant, ils ne parleront pas, c'est couru d'avance. Et lorsqu'on les relâchera, ils fileront. Quitteront le pays *forever*.

— On ne fait rien, alors ? »

Von Post se passa la main sur le visage.

« Nous allons essayer de localiser cette communication, dit-il. Mais votre correspondant n'est pas en mesure d'identifier les hommes. Il faut au moins dénicher un témoin qui fasse un lien entre eux et le mobil-home. Où en est-on avec le porte-à-porte dans le quartier des baraques ?

— On n'en est nulle part, répondit Anna-Maria découragée. Personne ne sait rien. Étonnant, non ? »

Ce n'est pas possible, se dit-elle en quittant le parquet. Je ne supporte pas que ces types continuent d'étendre sur la ville leurs activités criminelles pendant que moi je poursuis des chapardeurs et des chauffards.

Et pourquoi ont-ils tué Henry Pekkari ? Que s'est-il passé sur l'île, nom d'un chien ?

C'est seulement une fois de retour dans son bureau qu'elle s'aperçut qu'elle avait toujours sa belle robe par-dessus son jean. Von Post n'avait fait aucune remarque.

Il doit vraiment croire que je suis barjo, pensa Anna-Maria.

« Allez, faut s'y mettre, dit Sven-Erik Stålnacke en regardant par la fenêtre de la cuisine. Je vais déblayer la neige du potager. Sinon on n'aura pas de pommes de terre nouvelles pour ton anniversaire.

— C'est vrai qu'il a beaucoup neigé cet hiver, confirma Airi. J'en planterai dans des seaux pour qu'on ait une première récolte un peu plus tôt. Mais tu as raison, il faudrait déblayer la neige. Je vais t'aider. »

Ils débarrassèrent la table, Airi fit la vaisselle et la rangea. Les chats eurent chacun droit à une tranche de fromage. Comme à son habitude, la Boxeuse enfonça ses griffes dans la manche de Sven-Erik pour s'assurer qu'il ne l'oublie pas. Il leur donnait le fromage morceau par morceau, dans sa main. C'était chaque jour un moment béni qu'il aimait faire durer.

« Une tranche chacun ! le sermonna Airi en gagnant le vestibule pour mettre ses bottes. Ne lui en donne pas plus à elle, ce n'est pas juste. »

Il la rejoignit à pas lourds. La Boxeuse poussa un miaulement accusateur car il avait rompu leur contrat, d'habitude elle en avait une tranche de plus.

Déneiger le potager ne fut pas chose facile. La neige était lourde d'humidité. Sven-Erik souleva à nouveau la question d'une souffleuse et Airi lui demanda pour la énième fois s'il ne voulait plus vivre avec elle.

« Le travail physique nous maintient en forme, dit-elle. Tâte un peu là, j'ai toujours déblayé le jardin et retourné la terre à la main. »

Il pressa l'avant-bras musclé d'Airi.

« Je veux vivre encore cent ans avec toi, dit-il. Au moins.

— Alors tu fais bien de déneiger, répliqua-t-elle en riant. Ne soulève pas de telles pelletées ! Mieux vaut prendre plusieurs fois de petites quantités. Je n'ai pas envie de m'occuper d'un bonhomme avec un lumbago. »

C'est vrai, pensa Sven-Erik, et il chargea sa pelle d'une quantité de neige raisonnable. En suivant la méthode des femmes, on accomplit davantage de choses. Il se souvint de son grand-père, qui transportait du bois et de l'eau avec son cheval. Il cultivait aussi sa propre terre, avait élevé ses enfants et était devenu le doyen du village. « C'est remplie de peines et de dur labeur que la vie est la meilleure », avait-il coutume d'affirmer sur le ton de la plaisanterie, et il ajoutait : « Par chance, ma vie n'a pas toujours été la meilleure. » Mais tout le monde savait bien que cette boutade reposait sur un fond de vérité.

Et pourtant, c'est grand-mère qui s'occupait de tout, des bêtes et des enfants, de la maison et des vieux parents. Elle encore qui se levait la première, et quand grand-père rentrait d'une dure journée de besogne, la table était dressée, le repas servi, et après il pouvait se reposer sur la banquette de la cuisine. Pendant que grand-mère débarrassait, faisait la vaisselle, nettoyait le poisson pour le lendemain et se chargeait de la traite du soir. Chaque instant vacant était aussitôt rempli par une tâche, si petite fût-elle, comme courir à l'orée de la forêt pour cueillir quelques myrtilles dans une tasse à café, ou tricoter un rang.

« Et elle savait nous mettre à contribution, nous les enfants, poursuivit Sven-Erik à voix haute. Juste ce qu'il fallait pour qu'on ne s'écroule pas. Et avec beaucoup de louanges. Maman était pareille. Quand grand-père nous emmenait pour l'aider, on rechignait, sachant que le soir on rentrerait complètement épuisés.

— Où t'ont donc mené tes pensées, maintenant ? demanda Airi en riant.

— Ne t'occupe pas, répondit Sven-Erik en riant à son tour. Mon Dieu, voilà que j'ai atteint l'âge où on ne se rend même plus compte qu'on pense tout haut. »

Il lui fit néanmoins part de ses réflexions, tandis qu'ils continuaient à pelleter. Ils évoquèrent leurs grands-parents respectifs. Sven-Erik remerciait sa bonne étoile qu'Airi et lui aient eu une éducation analogue. Ainsi il n'avait jamais besoin de se perdre en explications.

« Où en est l'enquête ? demanda Airi.

— J'ai l'impression qu'il n'y a plus beaucoup de pierres à retourner », dit Sven-Erik. Il s'appuya sur sa pelle et remonta son bonnet. « Cette histoire de pistolet "emprunté", à Piilijärvi, ne mène nulle part. Le Roi des airelles, oui, mais après l'aventure de Rebecka et Anna-Maria, je n'ai pas l'intention de solliciter audience auprès de lui. Börje a vu son fils, Taggen Mäki, qui était lui-même très jeune en 1962, alors ça n'a rien donné de ce côté-là non plus. Quant à ce fou de Larre Grahn qui a déliré sur la mafia russe et les faux dollars… Non, il n'y a aucune chance.

— Et l'enquête de police de l'époque ? Il n'y a vraiment pas moyen de mettre la main dessus ?

— Elle a été détruite depuis longtemps. Il s'agissait seulement d'une disparition. Et Koskela a été déclaré mort au bout de dix ans. L'année où Börje a remporté la médaille d'or aux JO.

— Mais il y avait un policier, celui qui a enquêté sur cette disparition, comment s'appelait-il déjà ? Ce Larre Grahn, il n'avait pas parlé d'un certain Adrian Fjäder ?

— Ouais, Stålnacke ça sonne quand même mieux, non ? Au cas où tu songerais à changer de nom. »

Elle s'approcha de lui et l'enlaça.

« Tu aimerais me voir avec une traîne et une couronne ? »

Ça aussi, pensa Sven-Erik. Le contact physique permanent avec elle, pas seulement dans la chambre à coucher. Lui et Hjördis ne s'embrassaient jamais de cette manière en plein milieu de la journée. Airi, elle, allait même jusqu'à s'asseoir sur ses genoux lorsqu'il était aux toilettes. La première fois, il était tombé des nues, puis il s'y était habitué. Pour elle, tout ce qui avait trait au corps était naturel. Elle était comme ses chats, leurs chats. Eux aussi lui sautaient sur les genoux quand il était aux cabinets, ils se couchaient sur son journal, ce qu'Airi ne faisait pas, évidemment, mais c'était tout comme. Elle s'interrompait souvent en pleine occupation et lui disait : « Prends-moi dans tes bras un moment ! »

« Eh ben, ça donne faim, tout ça, dit-elle. Je vais râper quelques vieilles pommes de terre, on pourra faire des croquettes.

— Avec de la confiture d'airelles », ajouta-t-il.

Airi enleva ses bottes sur le perron. Elle observa Sven-Erik qui continuait à manier la pelle à neige dans le potager. Une véritable bénédiction, cette enquête sur le meurtre prescrit de Koskela. Son Sven-Erik était à nouveau lui-même. Et il dormait bien. Cet hiver, quand il s'était retrouvé désœuvré, son sommeil avait été très agité, il remuait furieusement dans le lit, poings levés, et les faisait bondir, elle et les chats. Comme s'il protestait parce que la vie ne lui donnait plus suffisamment de raisons de se reposer.

Fjäder, donc, se dit-elle. Cela valait sûrement la peine de chercher un peu.

Après avoir déblayé un tiers du potager, Sven-Erik cessa de pelleter. Dès qu'il y aurait quelques jours de chaleur, le sol serait totalement dégagé. Il scruta les montagnes. Malheureusement, la neige s'annonçait. S'il en tombait plus de dix centimètres, il irait emprunter sa souffleuse au voisin. N'en déplaise à Airi et à ses biceps.

Lorsqu'il rentra, elle était dans la cuisine, la Boxeuse sur les épaules, et elle avait terminé de râper les pommes de terre.

« Je vais te montrer quelque chose ! dit-elle en s'essuyant les mains sur un torchon. J'ai posté une question sur Facebook, eh bien ce policier, Adrian Fjäder, il vit encore.

— Qu'est-ce que tu dis ?

— Il a toute sa tête, selon ses petits-neveux. Il habite à Parkalombolo. »

Sven-Erik se frotta la moustache.

« Parkalombolo… Ils ont une équipe de football, enfin, ils en avaient une. Arrivée onzième en division 4 du Nord-Norrland en 2006 et retombée en division 5.

— Tu vois ! Ça vaut la peine d'y aller. Que dirais-tu d'une petite excursion là-bas, demain ? Je ne suis de service que le soir, alors si nous partons assez tôt…

— Et le potager ?

— J'imagine qu'il sera toujours là quand nous rentrerons. Tu devrais t'inscrire sur Facebook.

— Même pas si on me donnait un million. »

L'humeur en berne, Carl von Post était en train de tâter un avocat lorsque son téléphone sonna. Il avait une telle nostalgie de Stockholm, du marché couvert d'Östermalm ! Il se voyait y déambuler sans but à travers les allées, acheter un peu de poisson ou de viande, de la salade, de la sauce et une garniture. S'asseoir devant un verre ou un café, avant de rentrer à la maison avec des sacs remplis de bonnes choses.

C'était Anders Pekkari.

« Bon boulot ! dit celui-ci en guise d'entrée en matière. Ça fait du bien de remettre Rebecka Martinsson à sa place, hein ? Bon, euh, la compta de la boîte, on la récupère quand ? »

Instantanément, l'humeur de Carl von Post baissa d'un cran supplémentaire. Premièrement, il n'appréciait pas de recevoir des compliments d'Anders Pekkari comme s'il était son garçon de courses.

Tu peux crier « Bon boulot ! » à tes employés, espèce de petit con, pensa-t-il.

Deuxièmement, il n'appréciait pas non plus de s'entendre dire par Anders Pekkari que ça faisait du bien de remettre Martinsson à sa place. Et puis quoi encore ? Comme s'il était notoire que lui, von Post, se trouvait en position d'infériorité par rapport à Martinsson. Comme s'il avait besoin de s'affirmer face à elle.

Et troisièmement, Anders Pekkari était prié de s'abstenir d'appeler le parquet et de lui dicter ce qu'il devait faire. Pour qui se prenait-il, celui-là ?

Non, von Post n'avait pas d'ordres à recevoir de ses frères rotariens de Kiruna. Ces néandertaliens à moitié incultes qui avaient à peine le baccalauréat et gagnaient maintenant quatre fois plus que lui, dînaient au restaurant et emmenaient leur famille en Thaïlande aux frais de l'entreprise. Et qui se vantaient ensuite ouvertement devant lui de frauder le fisc dans les grandes largeurs.

Il ne faisait jamais aucun commentaire là-dessus, mais eux, tous autant qu'ils étaient, n'avaient pas intérêt à rappliquer en claquant des doigts ni à essayer de fourrer leur nez dans son travail.

Il jeta l'avocat dans son panier et se dirigea vers un rayon désert.

« Nous allons très vraisemblablement invalider la décision de perquisition, dit-il.

— Très vraisemblablement ? répéta Anders Pekkari à l'autre bout du fil avec une voix haut perchée. Mais elle était illégale, bordel ! Il faut l'invalider immédiatement ! »

Carl von Post sourit. Il était presque touchant de recevoir des leçons de droit de ce petit cerveau.

« La Commission nationale pour le respect de la vie privée ne s'est pas encore prononcée. Note bien que si elle le fait aux dépens de Martinsson, la décision d'invalidation devra être prise très rapidement, ton avocat t'expliquera cela en détail. J'essaierai d'y jeter un coup d'œil dans le courant de la semaine prochaine. Mais nous avons quelques meurtres sur les bras, comme tu le sais.

— Mais Carl, bon sang ! » le supplia Anders Pekkari.

Ah, je préfère ça, pensa von Post réjoui. Ce n'était pas si difficile.

« Bon, il faut que je…, conclut-il en s'abstenant à dessein de préciser ce qu'il devait faire ou ne pas faire. On se voit lundi au bandy ! »

Il coupa la communication. Parfait ! Durant quelques secondes, il sentit revenir sa bonne humeur. La vue de l'avocat le ramena à la réalité. Sa femme lui avait demandé de faire les courses pour le dîner et de rester manger à la maison. Il fallait qu'ils se parlent, avait-elle dit. Les garçons étaient chez des copains. Paraît-il pour réviser. Mais ils étaient sûrement en train de jouer sur leurs consoles, tous rideaux tirés.

Vers l'heure du dîner, le mercredi, il se mit à neiger à gros flocons qui tombaient dru.

Par la fenêtre du séjour, Ragnhild Pekkari voyait les voitures avancer au pas, équipées de leurs pneus d'été. Les essuie-glaces fonctionnaient à la vitesse maximale.

Villa entra furtivement dans la chambre à coucher.

Ragnhild vit une ombre traverser la rue en courant vers son immeuble. C'était Börje Ström.

Il n'avait pas été effrayé qu'elle pleure dans ses bras.

Elle repensa au pont de neige.

Cela faisait une semaine à présent qu'elle aurait dû s'y engager, mettre fin à ses jours.

Ce n'était pas la lâcheté qui l'avait menée au pont de neige, et elle ne s'en était pas non plus écartée par lâcheté. Il s'était simplement produit des choses imprévues.

Sa vie professionnelle avait été pleine de sens. Elle avait sauvé des gens, de la souffrance et de la maladie, de la mort.

Une fois à la retraite, elle n'avait plus eu que le reste. Et elle ne le supportait pas.

Les différentes pertes au cours de sa vie avaient damé en elle un fond dur et implacable, face auquel elle se retrouvait seule.

J'ai toujours eu une telle colère en moi, pensa-t-elle. Chaque jour de ma vie. Une colère terrible.

Contre äiti et isä, contre Henry et Olle. Contre Virpi.

Contre tous les médecins qu'elle détestait profondément pour leur manque d'empathie envers les patients, pour leur incompétence et leur suffisance, leur incapacité à reconnaître la valeur des infirmières.

Contre le père de Paula. Elle repensa à tous les fantasmes de vengeance qu'elle ressassait pendant ses nuits d'insomnie. Par exemple, elle arrivait à bord d'une ambulance sur le lieu d'un accident et Todde était bloqué avec sa nouvelle femme dans une voiture en feu. Les secours tardaient. Elle plantait son regard dans les yeux écarquillés de Todde, entendait le crépitement des flammes. Les secondes passaient, la voiture explosait.

Todde avait arrêté de boire quand Paula avait treize ans. Un de ses amis du rafting l'avait emmené chez les Alcooliques anonymes.

Ragnhild avait refusé d'aller aux rencontres organisées avec les proches. Tout, absolument tout avait d'abord tourné autour de son alcoolisme, et ensuite autour de sa sobriété. Ses réunions, la rédaction de son récit de vie – une des étapes du processus –, son examen de conscience.

Il avait trouvé du travail grâce à son parrain aux Alcooliques anonymes. Et il avait quitté Ragnhild. Elle le soupçonnait d'avoir rencontré quelqu'un dans le groupe. Ce qui, plus tard, se confirma.

Paula naviguait entre Ragnhild et sa nouvelle famille. Elle allait aux rencontres avec les proches, estimait, elle aussi, que Ragnhild aurait dû venir. Paula était jeune, elle savait tout sur tout. « C'est toi qui as favorisé son alcoolisme », lui avait-elle dit. « Il me semble que c'est moi qui payais les factures, qui faisais les courses et le ménage », avait répondu Ragnhild.

Tout cela était profondément injuste. Paula avait soudain décidé d'habiter à plein temps chez son père. Elle allait de plus en plus rarement voir Ragnhild. « C'est l'âge, lui disaient ses amis. Elle reviendra. » Mais elle n'était jamais revenue. Elle s'était effacée, se murant dans un silence hostile. Ragnhild se sentait jugée et critiquée en permanence.

À dix-huit ans, Paula était partie à Luleå. Elle ne lui téléphonait jamais. Lorsque Ragnhild se manifestait, elle sentait qu'elle dérangeait. Alors elle avait cessé d'appeler, s'imaginant dans son orgueil que sa fille finirait bien par éprouver le besoin de renouer.

Paula l'avait acceptée comme amie sur Facebook. Ainsi Ragnhild voyait-elle des photos de ses petits-enfants. Avec Todde et sa nouvelle femme, parfois. Elle cliquait sur l'icône « J'aime ». Une piqûre de poison à chaque fois.

Comment en était-on arrivé là ? se demandait-elle. Comment Todde était-il devenu un saint martyr et elle un démon ? Un jour, elle s'était abaissée à l'appeler.

C'était l'anniversaire de Paula, un chiffre rond, et elle n'avait pas été invitée. « Explique-toi avec Paula », lui avait-il dit en l'exhortant une fois de plus à se rendre aux rencontres des Alcooliques anonymes. « Tu étais franchement plus sympa quand tu buvais », avait-elle répondu.

Elle en avait assez d'être en colère. Assez de cette vieille amertume. De cette éternelle rengaine. Toujours la même pesanteur, le même moteur de bateau qui sombre dans l'eau et s'enfonce.

Le pont de neige était certainement encore là, au-dessus du torrent.

Il y avait une puissance formidable dans cette pensée. La possibilité existait. Le pont était là. D'une manière ou d'une autre.

Je n'ai pas besoin d'endurer plus que l'instant présent, pensa Ragnhild.

Dehors, les flocons tourbillonnaient, ils dansaient, effectuant l'essentiel de leur bref voyage. Demain ils seraient eau. Après-demain brin d'herbe.

On frappa à la porte. Börje.

Elle alla ouvrir. La vie à deux n'offrait aucune libération, elle ne croyait pas en l'actuel culte de l'amour. Mais échapper à la solitude adoucissait l'existence. Un jour elle vivrait selon ses convictions, quand elle serait forte.

Anna-Maria Mella déclencha une opération coup de poing dans sa cuisine. Elle mit un poisson au four, une casserole de pommes de terre sur le feu, déblaya la table de la cuisine, jeta les journaux dans le sac de collecte et posa le courrier sur le tas grandissant des choses-à-traiter-plus-tard.

Elle vida le lave-vaisselle, le remplit, secoua le sac poubelle pour tasser les ordures et pouvoir le fermer. Se poissa les doigts.

Nouer un sac poubelle requiert-il tellement plus d'efforts que d'y balancer des détritus jusqu'à ras bord en attendant que quelqu'un d'autre le remplace ? Cela coûte-t-il tant de descendre un sac d'ordures à la benne ? Est-ce vraiment plus difficile que de l'enjamber plusieurs fois par jour en faisant semblant qu'il n'existe pas ? Et quelle énergie économise-t-on à remettre au frigo des briques de yaourt vides au lieu de les jeter ? Autant de questions auxquelles les chercheurs feraient bien de s'atteler.

Elle composa le numéro de Tommy Rantakyrö, mit ses oreillettes, sauta dans ses sabots et traversa la cour en dérapant sur la neige, pour aller jeter le sac poubelle poisseux.

Tommy Rantakyrö ne décrochait pas, elle laissa un message. Elle lui avait dit de rester chez lui jusqu'à la fin de la semaine, mais cela ne l'empêchait tout de même pas de répondre quand elle l'appelait.

Une fois rentrée, elle avait oublié le ménage en cours dans la cuisine et se mit à trier le capharnaüm dans le vestibule. Inutile de remiser les chaussures d'hiver au grenier vu qu'il recommençait à neiger. Mon Dieu, quelle saleté, le mois de mai !

Elle passerait chez Tommy le lendemain, histoire de voir où il en était.

Elle tira l'aspirateur du cagibi exigu et le manche du balai-brosse lui tomba sur le crâne.

Quoique… Je ne devrais peut-être pas aller chez lui, justement, se dit-elle. Je me comporte comme une mère. C'est ce que nous avons tous fait. Quelle connerie de l'avoir laissé arriver au travail avec la gueule de bois. Et prendre des jours de congé maladie quand il avait trop fait la fiesta. Drôle d'expression, d'ailleurs, comme si se saouler avait quelque chose de festif en soi.

Il était peut-être temps d'arrêter de le surprotéger. Cependant, pourquoi vouloir aider quelqu'un signifierait le surprotéger ? En quoi l'indifférence serait-elle une marque de plus grand professionnalisme ? Pourquoi se décharger sur la société de la responsabilité envers ses semblables ?

Elle ressortit son téléphone et envoya un message à Tommy :

« S'il te plaît, appelle-moi ! Maintenant. Je veux juste prendre de tes nouvelles. »

Jenny descendit l'escalier, sa musique dans les oreilles. Anna-Maria la suivit jusqu'à la cuisine.

« Tu peux passer l'aspirateur ? » dit-elle.

Jenny écarta un des coussinets de son casque audio.

« Quoi ?

— Est-ce que tu peux passer un coup d'aspirateur ? répéta Anna-Maria. En bas seulement. Dans la cuisine et l'entrée. J'ai rangé les chaussures et…

— Mais maman, dès que tu me vois, tu me donnes quelque chose à faire. Pourquoi est-ce que tu ne demandes jamais à Petter ou à Gustaf ?

— Je le fais. Ça suffit !

— Non, c'est toujours à moi que tu demandes. Tu me donnes des ordres. Tout le temps ! Tu nous éduques au patriarcat, ma parole. Bravo ! »

Elle tourna les talons et remonta l'escalier.

« Hé, dis donc ! lui lança Anna-Maria. C'est encore moi qui vais passer l'aspirateur ? Où est l'égalité, ici ?

— Je le ferai ! cria Jenny. Tout à l'heure ! Est-ce que tout doit être fait à la minute où tu le dis ? Tu es vraiment hystérique. »

Je quitte cette maison, se dit Anna-Maria. Dès que j'aurai arrosé les plantes et sorti le dîner du four.

Rebecka Martinsson épandit une pelletée de neige fraîche sur ses tapis de chiffon et les frotta avec le balai-brosse. Elle les étala sur le plancher récuré et alluma le poêle pour qu'ils sèchent.

Le téléphone sonna. Sûrement un journaliste.

Vivement qu'ils aient d'autres sujets à traiter, pensa-t-elle.

C'était Måns Wenngren.

« Tu cherchais quelqu'un qui s'y connaisse en criminalité organisée, dit-il d'emblée. Elle t'appellera dans les heures qui viennent, d'un numéro masqué. Réponds. Elle n'était pas particulièrement disposée, si j'ose dire.

— Merci, dit Rebecka en s'asseyant sur le bord de la banquette pour ne pas déformer les coussins. Enfin, tu sais qu'on m'a retiré l'enquête ?

— Oui, oui, c'est ce qu'on lit partout, dit-il en riant. Mais tu ne t'arrêtes pas à ce genre de détails, n'est-ce pas ? »

Ils discutèrent encore un moment. Il prévoyait un week-end de voile avec des amis. Elle lui raconta qu'à Kiruna on ne voyait pas à un mètre tellement il neigeait.

« La vache », fit-il, compatissant, et elle entendit à sa voix qu'il ne regrettait pas le moins du monde l'époque où il passait ses week-ends avec elle à Kurravaara.

Après leur conversation, elle se réchauffa un reste de café. Il faudrait qu'elle prenne un semblant de repas. Elle feuilleta les journaux en humant l'odeur du café et de sa maison fraîchement récurée. Le Morveux était agité, il tournait en rond.

« Qu'est-ce que tu as ? demanda-t-elle. Couche-toi ! »

Le téléphone sonna à nouveau. Numéro masqué.

« Rebecka, dit-elle en attrapant le Morveux par le collier pour l'obliger à se coucher.

— Bonsoir, ici Eva Johansson. Måns m'a priée de vous appeler.

— Oui, je vous remercie. Je suis procureure à Kiruna et…

— Il m'a dit de quoi il s'agissait. Et j'ai lu la presse sur vous. Et sur les meurtres, là-haut. »

Rebecka entendit Eva Johansson allumer une cigarette et tirer la première bouffée.

« Bien. En quoi puis-je vous être utile ? J'ai une demi-heure à vous consacrer, nous n'aurons plus d'autre échange ensuite. »

Rebecka lui parla de Frans Mäki, le Roi des airelles.

« Il approche des quatre-vingt-dix ans, dit-elle, il vient d'épouser une Russe d'une trentaine d'années. Grâce à un programme de reconnaissance faciale nous avons découvert qu'elle a certainement trempé dans une gigantesque escroquerie, il y a quelques années. Un véritable sac de nœuds, avec de la corruption à tous les niveaux, policiers, procureurs, juges, fonctionnaires de l'administration fiscale. Chez lui habitent aussi deux nervis et une jeune femme du style… fesses, seins, faux ongles, fausses mèches et lèvres au Botox. Nous sommes convaincus que les deux malabars étaient au volant d'un mobil-home dans lequel travaillaient trois prostituées. Et qu'ils vendaient de la drogue. »

Elle parla du chien Bengt, que leurs molosses avaient déchiqueté.

« Ils ne se sont pas évaporés, après les meurtres ?

— Non.

— Kiruna est une ville en pleine mutation, si je ne me trompe ? observa Eva Johansson. Ils vont déménager toute la ville pour étendre l'activité minière, n'est-ce pas ? Une ville pareille en Suède, c'est du pain bénit pour les criminels de tout poil. Quel genre d'entreprises ce Roi des airelles possède-t-il ?

— Eh bien, il en a une quantité. Dans le bâtiment, le bois, les puits, ces choses-là…

— Il y a beaucoup de criminalité organisée dans le secteur de la construction. La direction du Logement et de l'Aménagement du territoire a estimé que la fraude dans la construction coûte à la société entre quatre-vingt-trois et cent onze milliards de couronnes chaque année. De l'argent qui devrait revenir à l'aide aux personnes âgées, à l'éducation et aux services médicaux. Si comme vous le pensez, cette femme a des liens avec le crime organisé, alors… enfin je ne fais que des suppositions… »

Elle tira à nouveau une profonde bouffée de sa cigarette. Rebecka en profita pour aller chercher son tabac dans le tiroir à bric-à-brac de la cuisine. Le Morveux se posta aussitôt près de la porte de l'escalier. Il se mit à gémir, mais elle n'y prêta pas attention.

« Si elle a ces contacts, alors elle dispose d'un réseau très bien huilé pour blanchir de l'argent, poursuivit Eva Johansson. Des liens dans les banques, des sociétés écrans à Chypre, des sociétés dans des paradis fiscaux. Mettre le grappin sur une ville comme Kiruna est très tentant pour ce genre d'individus véreux. Cela signifie pléthore de contrats juteux, de grands projets qui ne peuvent pas attendre. En épousant ce Roi des airelles, elle se lie à une entreprise locale, n'a donc pas besoin de monter une activité sur place en partant de zéro. Elle a embauché des gros bras pour l'aider, deux professionnels chargés, entre autres, d'assurer sa sécurité et de persuader les personnes qui détiennent des positions clés, les décideurs au sein de la commune et les sociétés commanditaires. Comme il peut devenir lassant de rester longtemps dans un trou, on met une fille à la disposition des types, voire du Roi des airelles, selon ce qui lui fait plaisir à l'automne de sa vie, et on organise aussi quelques combats de chiens. »

Rebecka trouva son tabac, du papier à cigarettes et sa rouleuse.

« Apparemment, ils ont déjà la main sur la prostitution et la drogue, dit-elle. Marché florissant pour ce genre d'activités. Des gars qui ne résident pas à Kiruna, dont la vie et la famille sont ailleurs, qui logent dans des quartiers ouvriers sinistres et font les trois-huit.

— Oui, dit Eva Johansson. Mais cette union avec le Roi des airelles oriente sans aucun doute vers le secteur de la construction. Ils veulent gagner de l'argent sur de gros contrats, qu'ils obtiennent grâce à des pots-de-vin et par la menace. Ensuite ils salopent le boulot. Vous savez : main-d'œuvre non qualifiée employée au noir par le biais de sous-traitants sur lesquels ils ont eux-mêmes le contrôle, mauvais ciment à moindre coût dans les structures porteuses, pas de barrières anti-humidité… Je pourrais énumérer des dizaines et des dizaines de choses. À Spånga, par exemple, il y a environ un an, un chantier de onze cents logements. Au moment où les locataires devaient emménager, il n'y avait ni eau, ni chauffage, ni électricité.

— Vous plaisantez !

— Pas du tout ! Et dans tout ce micmac, un chef de projet a été assassiné par balle à Lindingö. C'était un meurtre commandité, le tueur a été arrêté mais il n'avait aucun lien avec la victime. Il a refusé de parler. Alors personne n'a été poursuivi pour instigation au meurtre puisqu'il était impossible d'établir qui était le commanditaire. Ce genre de chose se produit tout le temps, mais la presse en fait très peu écho parce que, évidemment, tout est toujours embrouillé et très complexe. Les lecteurs préfèrent les histoires de célébrités qui se sont ridiculisées ou qui attendent le bébé de l'amour.

— Mais vous-même, vous travaillez pour une compagnie d'assurances… Que faites-vous au juste ?

— Quand la construction d'un tunnel est interrompue ou qu'un pont s'est écroulé, que les réparations coûtent deux cents millions mais que l'entreprise responsable a fait faillite et que l'argent s'est évanoui loin, très loin, eh bien le maître d'ouvrage se tourne vers son assurance, n'est-ce pas ? Mon travail consiste à trouver les décideurs qui sont en cause. La personne qui a signé un contrat avec un entrepreneur douteux, celle qui a fermé les yeux et n'a pas tiré le signal d'alarme bien qu'étant au courant d'irrégularités. Ensuite, la compagnie d'assurances intervient : "Nous avons des preuves ou des indices que vous et un certain nombre de personnes autour de vous avez touché des pots-de-vin. Nous pouvons transmettre notre enquête au procureur, ou pas. Libre à vous de retirer votre déclaration de sinistre auprès de l'assurance, ou pas." Aucun homme politique ni aucun fonctionnaire n'a envie de se retrouver dans la merde, un scandale sur le dos. Donc tout est discrètement enterré. Et la compagnie d'assurances pour laquelle je travaille n'a pas à débourser des sommes astronomiques.

— Ce sont les contribuables qui le font à sa place, remarqua Rebecka sèchement.

— Oui, si l'État ou la commune sont les donneurs d'ordre. Ce qui est souvent le cas. »

Un bruit obligea Rebecka à se retourner. On aurait dit que quelqu'un pressait une bouteille de ketchup. Accroupi près de la porte, le Morveux se trémoussait tel un Charlot fait chien, la merde giclait de son derrière sur le sol et les tapis, éclaboussant les murs.

« Sale cabot ! hurla Rebecka. Non, non, arrête !

— Que se passe-t-il ? demanda Eva Johansson.

— Mon chien a la chiasse, dit Rebecka. Attendez, ne raccrochez pas ! »

Elle attrapa le Morveux par son collier, le traîna toujours en train de chier jusqu'en bas de l'escalier et le ficha dehors.

« Oh, mon Dieu, soupira-t-elle dans le téléphone, je venais juste de faire le ménage.

— Il y a deux ans, mon précédent labrador s'était roulé dans des excréments humains, raconta Eva Johansson, nous nous étions arrêtés sur une aire d'autoroute en allant à… enfin peu importe. Bref, je l'ai essuyé tant bien que mal avec deux lingettes parfumées au citron avant de reprendre la route. Il nous restait encore deux cents kilomètres. Depuis, je ne supporte plus l'odeur des lingettes au citron.

— Mais les chiens, vous les supportez ?

— Je ne peux pas vivre sans.

— Pourquoi ne s'entiche-t-on pas plutôt de poissons rouges ? dit Rebecka en observant le Morveux qui continuait sa danse à la Chaplin dans la neige fraîche, effrayé par ce qui sortait de son postérieur.

— Allez vous occuper de votre chien, dit Eva Johansson. Et si vous souhaitez changer de boulot un jour, reprenez contact avec moi par l'intermédiaire de Måns. Il m'a parlé de vous.

— Ah bon ? fit Rebecka.

— Bien mieux payé que ce que vous gagnez en tant que procureure. Et vous pourriez habiter où vous voulez. Mais il y a beaucoup de déplacements. Et la menace est inhérente à la mission, vous le comprenez, alors il faut garder profil bas. Ce en quoi vous n'excellez pas. Mais vous pouvez peut-être évoluer.

— D'accord, dit Rebecka. Est-ce que je peux vous rappeler pour…

— Non, je suis désolée. J'ai suffisamment à faire avec mes propres sacs de nœuds.

— Eva Johansson, c'est votre vrai nom ? »

La femme à l'autre bout du fil se mit à rire.

« Bien sûr que non. Mais Måns et moi sommes de vieux amis, alors si vous êtes intéressée par le job, faites-le-moi savoir. Bonne chance avec votre chien, maintenant. Ah, une chose encore… »

Elle sembla hésiter un instant.

« Ces personnes sont vraisemblablement liées à trois meurtres, voire quatre. Ce sont des gens capables de se volatiliser d'une minute à l'autre. Ils ne l'ont pas fait. Pourquoi, à votre avis ?

— Parce qu'ils ont investi ici et qu'ils ont beaucoup à perdre.

— Hmm, poursuivez vos réflexions. Je n'aime pas cogiter sur les enquêtes des autres. »

Elle mit fin à la conversation. Abruptement. Comme Måns avait coutume de le faire.

Ils doivent être de la même famille, pensa Rebecka. Ou alors ils ont fréquenté la même école privée. Appris à expédier les gens.

La proposition d'emploi l'avait tout de même un peu revigorée.

Pourquoi pas ? songea-t-elle.

Après cela, elle nettoya la merde de chien dans la cuisine et l'escalier. Deux tapis refirent un tour dans la machine à laver.

Elle pensait beaucoup à Krister. Dans pareil cas autrefois elle l'aurait appelé pour lui raconter ses déboires. Il aurait ri et serait venu l'aider à nettoyer.

Jeudi 5 mai

Les intempéries se déchaînèrent encore toute la nuit et le jeudi matin. Les routes étaient boueuses et creusées de sillons. Les présomptueux qui avaient monté leurs pneus d'été se voyaient maintenant contraints de rouler au pas. La visibilité était pratiquement nulle, on avançait à l'aveuglette dans un épais brouillard, la neige s'amoncelait au bas des pare-brise.

La tempête empoisonnait les gens qui habitaient dans des maisons individuelles. Qu'elles soient exposées au nord ou à l'abri du vent, leur porte d'entrée était bloquée par la neige accumulée. Les gens postaient sur les réseaux sociaux des photos de vélos, voitures et poussettes ensevelis. Même les informations télévisées en parlèrent.

Sven-Erik Stålnacke et Airi Bylund riaient de leurs efforts ruinés pour déblayer le potager. Ils annulèrent l'excursion prévue à Parkalombolo, Sven-Erik préférant joindre l'ancien inspecteur de police Adrian Fjäder par téléphone.

Après les présentations, ils se plaignirent de concert sur l'air de « Bienvenue chez nous, joli mois de mai », car il neigeait aussi à Parkalombolo. Ils échangèrent des souvenirs d'hivers mémorables puis discutèrent de la police locale et de la transformation de Kiruna pendant trois quarts d'heure.

Enfin Sven-Erik aborda l'objet de son appel.

« Je me souviens de la disparition de Raimo Koskela, dit Fjäder. J'avais consacré pas mal d'énergie à cette affaire, en effet, j'étais jeune et ambitieux. Son ex-femme était très belle. Selon elle, Koskela avait tout simplement abandonné le gamin pour aller se cuiter, et il était rentré en Finlande. C'était le genre à faire des petits boulots à droite à gauche. Il avait une moto et des tatouages sur la moitié du corps. Plutôt inhabituel à l'époque… J'ai appris par les journaux qu'il avait été retrouvé dans un congélateur, vous avez pu tirer l'histoire au clair ?

— Non, mais l'arme était très probablement un Kamrat 40 qu'un militaire a perdu. Il n'a jamais été déclaré manquant car il a été restitué. Un seul coup avait été tiré.

— Merde alors.

— Aviez-vous pu déterminer si Koskela trempait dans quelque chose de louche ? demanda Sven-Erik.

— Oui, quelqu'un m'avait informé qu'il était impliqué dans une histoire de faux billets qui a mal tourné. Ils avaient vendu des dollars à la mafia russe.

— Qui vous avait donné l'information ? demanda Sven-Erik.

— Si seulement je m'en souvenais, dit Fjäder.

— Larre Grahn ? suggéra Sven-Erik.

— Mais oui, c'est ça, dit Fjäder. C'est quand même marrant, le fonctionnement du cerveau. Quand vous m'avez posé la question, j'ai eu un grand blanc. Grahn. Je n'avais pas poussé les investigations plus avant. Il s'agissait d'une simple disparition. Mais plusieurs années plus tard, ça devait être en 82 ou 83, j'ai parlé à un malfrat qui était recherché par la police de Gävle parce qu'il avait volé deux cents kilos de curcuma chez Kockums.

— Quoi ?

— Oui, c'était un de nos gamins, Kjell-Fredrik Esko, il avait tenté sa chance dans le Sud, il est mort depuis longtemps, maintenant. Bref, apparemment on donne du curcuma aux trotteurs et les gars avaient eu l'idée de se faire un peu d'argent avec ça. Chez lui à Kiruna, Esko travaillait pour le Roi des airelles. Au moment de la disparition de Raimo Koskela, le Roi aurait perdu un sac en plastique rempli d'argent. Esko pensait que Koskela s'était tiré avec le pognon, mais vu qu'on vient de le retrouver tué par balle, il y a de quoi se poser des questions.

— De l'argent dans un sac en plastique !

— Oui, oui, ces garçons n'étaient pas du genre experts-comptables. »

Après cette conversation, Sven-Erik sortit son dossier sur Raimo Koskela. C'était décourageant. Des petits points à relier pour faire apparaître une image. Mais les points étaient si peu nombreux.

Il faut absolument que je parle au Roi des airelles, pensa-t-il. Que peuvent faire ces Russes ? S'ils me fichent dehors et m'empêchent de le rencontrer, eh bien au moins j'aurai essayé.

Vers quatre heures de l'après-midi ce jeudi, Anna-Maria Mella s'engagea en dérapant dans l'allée de son garage. Les sept secondes qu'il lui fallut pour passer de sa voiture à l'intérieur de la maison suffirent à la transformer en bonhomme de neige.

« Saleté de neige, dit-elle à Robert et Jenny assis à la table de la cuisine. Il ne me manque plus qu'une carotte sur le nez. »

Personne ne lui répondit, ils étaient tous les deux plongés dans leurs portables. Devant Jenny se trouvait un verre vide qui avait visiblement contenu du cacao. Elle mangeait toujours des sucreries avant le dîner, n'avait plus faim ensuite et chipotait dans son assiette. Et soudain, elle ne jurait plus que par une alimentation saine et concoctait des smoothies diététiques ou des gâteaux aux graines.

Ils deviennent des adultes qui se conduisent comme des gamins, mais qu'on n'a pas le droit de traiter comme tels, pensait Anna-Maria.

Elle tapa des pieds pour faire tomber la neige sur le tapis de l'entrée et accrocha son manteau mouillé au robinet du radiateur.

« Je vais appeler Rebecka pour lui dire que je ne viendrai pas ce soir, dit-elle. Je n'ai pas envie de faire la route jusqu'à Kurra par ce temps. Elle comprendra. »

D'un même mouvement, Jenny et Robert levèrent les yeux de leurs téléphones.

« Tu plaisantes ! s'exclama Robert. Je t'y emmène et je reviendrai te chercher, évidemment.

— Tu dois y aller, maman. Je vais te maquiller et te coiffer. Et ta robe !

— Sérieusement, objecta Anna-Maria en ouvrant le frigo pour trouver de quoi composer un dîner, je ne manquerai à personne.

— Je t'interdis d'être aussi mal embouchée ! » dit Jenny.

Elle dirigea son portable vers Anna-Maria et la prit en photo.

« Voilà, fit-elle. Une photo "avant". »

Anna-Maria se regarda sur l'écran du téléphone.

« Mon Dieu, on dirait un chat errant qui est passé dans la machine à laver.

— Tu vas y aller, trancha Robert. Quitte à ce que je t'y conduise avec le scooter de mon frangin. »

C'était décidé malgré elle. Anna-Maria était tellement rebutée par l'idée de cette soirée qu'elle n'éprouvait aucun autre sentiment.

Et de quoi est-ce que je vais parler avec ces filles-là ? se demandait-elle.

« Bon, maintenant tu vas être très mignon », dit Rebecka au Morveux quand le taxi des invitées entra dans la cour. Elle était déjà légèrement embrumée, n'avait bu que deux bières, mais rien avalé de consistant.

Leur avion avait été retardé par la tempête de neige. Maria Taube avait posté sur Instagram des photos d'elle et de sa clique à l'aéroport d'Arlanda.

Rebecka s'était répété les noms des trois copines taguées par Maria sur la photo. Sofi, Clara, et encore une Sophie, écrite différemment.

Le Morveux les accueillit comme si elles venaient de le libérer d'un chenil ; elles eurent toutes les peines du monde à payer la course et à récupérer leurs bagages. Rebecka tentait de le retenir par son collier.

Les salutations furent un peu chaotiques, mais peu importait, elles se déroulèrent au moins sans raideur, même si Rebecka n'avait pas encore assez bu pour se livrer aux mêmes débordements que le Morveux. Elle et Maria se firent la bise et Rebecka dit aux autres un mot de bienvenue, contente de vous rencontrer, j'espère que ce sale temps va passer et que vous aurez un beau week-end de ski. Puis elle les poussa vers l'appartement du rez-de-chaussée, où elles allaient dormir.

C'était là que Rebecka habitait avec son père, lorsqu'il était encore vivant. Grand-mère logeait au-dessus, là où Rebecka était installée à présent.

« Superbe ! » s'écria Sophie.

Rebecka trouva d'emblée que Sophie était la plus sympathique. Elle était grande et un peu bruyante, si bien qu'en sa présence les autres se détendaient, n'avaient pas besoin de s'impliquer.

L'appartement d'amis était vraiment agréable. Rebecka avait conservé les placards de cuisine et les meubles des années cinquante, elle avait juste acheté des lits chez IKEA. Du temps où elle sortait avec Krister, elle avait tout repeint dans un sursaut d'énergie, pour que l'appartement soit plus gai ; il y avait du rose, du turquoise, du jaune, du rouge et du bleu clair. Elle voulait qu'on y entre comme dans un livre d'images et c'était réussi. Ce lieu vous rendait joyeux. Et il effaçait le souvenir de son père traînant sa déprime à la table de la cuisine.

Elles allèrent dans le sauna. Le Morveux se coucha devant la cheminée dans la pièce attenante à l'étuve. Rebecka avait chauffé tout l'après-midi, mis des bouteilles de bière au frais dans la neige. Elle avait découpé de la viande de renne fumée et complètement oublié sa bonne résolution de ne plus boire avant les repas.

Elles versèrent de l'eau sur les pierres, soupirèrent d'aise quand s'éleva la première vague de vapeur brûlante. Entre chaque tour, elles trinquaient et se roulaient dans la neige en poussant des cris. Elles firent connaissance sans difficulté. Sophie était gestionnaire, elle gérait en fait la fortune familiale.

« Je ne comprends toujours pas pourquoi ils m'ont obligée à faire des études de droit, dit-elle. Ils ont plutôt besoin de médecins pour leur prescrire des calmants ! »

Et elle se lança dans une chronique amusante de sa famille à moitié folle, tant du côté paternel que maternel.

L'autre Sofi était juriste fiscaliste, comme Rebecka, spécialisée dans la TVA internationale, récemment divorcée elle aussi, ce qui alimenta la conversation. Maria rapporta les derniers potins du cabinet où Rebecka travaillait avec elle autrefois. Quant à Clara, son mari et elle étaient en train de faire construire une résidence secondaire à Åre.

« Je veux que ce soit exactement comme ici », dit-elle en embrassant d'un geste le sauna et la maison.

Rebecka retint un commentaire ironique sur les valeurs respectives du « chalet de vacances à Åre » et de la « bicoque en fibrociment à Kurravaara ». Elle versa une bonne louche d'eau sur les pierres brûlantes, Clara et Sofi se retranchèrent sur la marche inférieure.

Ils étaient toujours comme ça, ces gens de Djursholm, la crème de la société, songeait Rebecka dans son brouillard. Ils parlaient de leurs parents fous, exhibaient un lointain ancêtre pauvre qui n'était pas de Stockholm, s'efforçaient de minimiser leur origine sociale, ou bien discutaient chiens, tout ça pour… oui, pour quoi au juste ?

« Quelqu'un en veut une autre ? » lança-t-elle en sortant pieds nus dans la neige.

Pour tenter de masquer le fossé, se dit-elle, et elle attrapa cinq bières. Pour que je n'aie pas honte, que je ne me sente pas inférieure. Pour parler paysan avec les paysans.

Allez toutes vous faire voir, pensait-elle, pour aussitôt se corriger : Assez, maintenant, ça suffit, elles sont sympathiques et elles ne t'ont rien fait.

« Encore une demi-heure, ensuite on arrête, annonça-t-elle en rentrant dans l'étuve. Anna-Maria va bientôt arriver. »

Elles restèrent un petit moment devant le feu puis sautèrent dans leurs chaussures, à moitié habillées, et coururent vers la maison. Maria glissa et se retrouva les quatre fers en l'air, Rebecka se frotta une poignée de neige sur le visage pour essayer de dessaouler.

Elle appela Sivving, l'informa que le sauna était chaud et débarrassé de la gent féminine, s'il voulait en profiter.

« Nom d'un chien, qu'est-ce qu'il tombe ! dit Anna-Maria quand ils furent sur la route de Kurravaara. Tu es sûr que tu pourras venir me chercher, après la soirée ?

— La vache, qu'est-ce que tu es belle ! dit Robert en lorgnant vers elle.

— Regarde la route !

— Tu ne me facilites pas la tâche. »

Anna-Maria se contempla dans le miroir du pare-soleil. Oui, elle était belle, Jenny l'avait maquillée et coiffée, elle lui avait fait les ongles et prêté ses escarpins contre la promesse solennelle de les récupérer en parfait état. « Tu ne mets pas les pieds dehors avec ! Tu ne laisses pas le chien de Rebecka marcher dessus ou pire encore. »

Robert s'engagea prudemment dans la cour de Rebecka et s'arrêta près de l'escalier. Anna-Maria attrapa sur la banquette arrière la pochette dorée contenant le cadeau et suspendit soudain son geste pour se blottir contre l'épaule de Robert.

Il lui caressa doucement les cheveux pour ne pas déranger sa coiffure.

« Allez, ma bébête, dit-il avec tendresse. C'est une fête, ça va être sympa.

— Mais moi j'ai envie de rester à la maison à regarder *SOS sages-femmes* emmitouflée dans une couverture.

— Allez, ouste, maintenant, dit-il. Appelle-moi quand tu veux que je revienne te chercher ! »

Elle l'embrassa du bout des lèvres pour que le rouge ne s'efface pas, puis elle sortit de la voiture d'un pas résolu et gravit l'escalier quatre à quatre.

Elle changea de chaussures dans le petit vestibule. De la musique et des éclats de voix lui parvenaient du dessus. Le Morveux se mit à aboyer. La porte s'ouvrit et Rebecka cria :

« C'est toi, Anna-Maria ? Monte ! »

Il y avait de la neige fondue dans l'escalier. Une main agrippée à la rampe pour ne pas glisser et l'autre tenant le sachet doré du cadeau, Anna-Maria monta, chaussée des escarpins de Jenny.

Sur le seuil de la pièce, elle fut prise de panique, comme pour un jour de rentrée des classes : aucune des convives ne portait de tenue habillée. Pire, elles étaient même à peine vêtues.

Leurs sous-pulls séchaient, disséminés sur les radiateurs et sur l'étendoir au-dessus de la cuisinière à bois. Elles étaient en caleçon long et soutien-gorge, cheveux humides et traces de mascara sous les yeux, deux d'entre elles avaient passé un tablier.

Anna-Maria réussit tant bien que mal à mémoriser leurs noms quand elles se présentèrent. Elles étaient toutes affairées à la préparation du dîner.

« J'ai mal compris quelque chose à propos du dress-code ? demanda Anna-Maria, mais sa plaisanterie tomba dans le vide.

— Dis donc, qu'est-ce que tu es belle ! s'exclama Rebecka éméchée.

— Alors c'est toi qui m'as subtilisé Rebecka, remarqua Maria Taube. Elle ne m'aime plus. Elle ne parle que de toi, tout le temps. »

Anna-Maria se fendit d'un sourire. Cette femme mentait, c'était évident. Rebecka ne parlait sûrement jamais d'elle avec ces copines-là.

« Ah bon, et qu'est-ce qu'elle dit de moi ?

— Que des choses gentilles. »

Ouais, c'est ça, pensa Anna-Maria en déposant le cadeau sur l'évier.

Elle espérait que Rebecka ne sortirait pas la bouteille, qui avait coûté bien trop cher, comme la robe.

Aucun risque. Suspendue au cou de Maria, Rebecka lui assurait qu'elle l'aimait encore un peu.

« Et tu t'es maquillée, continua-t-elle en se tournant vers Anna-Maria. Tu es super jolie ! »

Anna-Maria eut soudain très envie de la frapper. Est-ce qu'elle allait arrêter son cinéma, à la fin ?

« Merci, se contenta-t-elle de dire. Je peux vous aider à faire quelque chose ?

— Euh, assieds-toi et prends une bière », lui suggéra la grande. Comment s'appelait-elle, déjà ? Sophie ? « Il va falloir rattraper ton retard pour arriver à nous supporter.

— Je peux boire en mettant la main à la pâte, ricana Anna-Maria reconnaissante. Fille de Kiruna, tu vois. Il faut juste que je fasse attention à mes chaussures. Ce sont celles de ma fille, si je fais la moindre tache dessus elle me tuera, d'une manière sophistiquée et à petit feu.

— Quel âge a-t-elle ? » demanda Clara.

Anna-Maria se demanda si cette femme maigre comme un clou prenait des coupe-faim aux amphétamines. D'emblée, elle ne l'apprécia pas. Il y avait quelque chose de froid en elle, un air de fouineuse.

« Elle aura vingt ans cet été. »

Exclamations de toutes parts :

« Vingt ans ? Mais tu avais quel âge quand elle est née ? Douze ans ? »

Anna-Maria était habituée à ce genre de réflexions et elle leur servit sa réponse standard :

« Mon père a dû demander une dérogation au roi pour que nous puissions nous marier.

— Anna-Maria a cinq enfants, dit Rebecka en écartant les doigts d'une main. Cinq ! »

Et une seconde plus tard tout le monde sut qu'Anna-Maria et Robert étaient ensemble depuis le lycée.

Les « Ouahh ! », les « C'est beau ! » et les « À l'amour ! » fusèrent.

Anna-Maria avait l'impression d'être un animal dans une cage. Une petite bestiole grise en robe et hauts talons.

Elles mangèrent de l'omble chevalier avec des champignons shiitake et des petits pois. Sophie fit un beurre blanc qu'elle agrémenta d'œufs de truite.

« Quand on pense qu'ils vont déménager toute la ville, dit Clara à Anna-Maria. Ça te fait quoi ? »

Anna-Maria amorça une réponse, mais au bout d'une phrase et demie, Clara tourna la tête pour intervenir dans la conversation de l'autre côté de la table. Anna-Maria se tut.

Il paraît que les femmes viennent de Vénus et les hommes de Mars. Foutaise, pensa-t-elle tout en écoutant les échanges. Robert doit être de la même planète que moi.

Celles-là, en revanche… Elles ne passaient pas leurs vacances dans leur village natal : elles allaient « à la campagne », dans les propriétés que possédaient leurs familles depuis des générations, où elles appelaient volontiers un vieux tracteur leur « fidèle serviteur » et enfilaient des bottes en caoutchouc et des cirés verts usés. Elles avaient trois enfants, pas deux. Ni cinq ! Quand elles prenaient un chien, c'était un terrier ou un labrador. Elles achetaient leur café à des petits torréfacteurs, mangeaient dans des restaurants où le personnel portait de longs tabliers froissés en lin. Elles avaient toutes vécu à l'étranger mais ne voyageraient jamais en charter. Elles inscrivaient leurs enfants sur les listes d'attente des meilleures écoles alors qu'ils n'étaient encore que des têtards dans leur utérus, et les murs de leurs maisons étaient ornés de portraits d'ancêtres. Elles mangeaient bio et du pain au levain, sauf Clara-fil-de-fer évidemment, qui pour sa part était sans doute, ou plutôt à coup sûr, intolérante au gluten. Elles faisaient de la voile et du ski, mais s'orienter d'après une carte ou allumer un feu dans la forêt n'était pas leur fort.

Anna-Maria se souvenait d'une fête de fin d'année à Tromsö à laquelle elle avait assisté avec sa famille quelques années auparavant. Une des cousines de Robert, mariée avec un type du Nord, habitait là-bas. Les enfants étaient venus chercher leur bulletin scolaire en costume traditionnel. C'était tellement joli qu'elle en avait eu les larmes aux yeux, jusqu'à ce que la cousine de Robert lui chuchote à l'oreille que tout cela, les costumes brodés à la main avec incrustations d'argent, coûtait soixante mille couronnes au bas mot. Sans compter les robes de bal et tout le reste. Ensuite, un des élèves était monté sur la scène vêtu d'un jean et d'un T-shirt. Anna-Maria avait définitivement cessé de pleurer. Elle avait eu mal au ventre à la place. Elle s'était demandé si le garçon en question était allé au bal et aux autres festivités. Probablement pas. Lui et sa mère avaient quitté la salle les premiers.

Elle regarda Rebecka, à l'autre bout de la table. Était-ce vraiment cela qu'elle désirait ? Fréquenter ces filles-là ? Que s'imaginait-elle représenter pour elles ? Croyait-elle pouvoir faire partie de leur groupe ? En avait-elle envie ? Voulait-elle leur ressembler ? Être une privilégiée joyeusement inconsciente de ses privilèges ?

Anna-Maria repensa au garçon qui était venu en jean et en T-shirt à la remise des bulletins. Elle pensa à tous ceux qui n'avaient pas les moyens d'acheter de beaux vêtements à leurs enfants, pas les moyens de les inscrire au sport, de leur payer des leçons d'équitation, de les envoyer en vacances. Tandis que les rejetons de ces femmes, plus tard, claironneraient qu'ils n'avaient rien obtenu gratuitement. Qu'ils étaient les artisans de leur propre réussite.

Elle a honte de moi, pensa Anna-Maria, blessée que Rebecka l'ait présentée comme une « collègue ». Et non comme une copine. Ou une amie.

On débarrassa le plat principal pour passer au dessert. Crème glacée maison et confiture de mûres polaires.

Les autres femmes essayaient d'inclure Anna-Maria dans la conversation. Elles lui posaient des questions sur l'obscurité et le froid en hiver, n'était-ce pas terrible d'être privé de soleil pendant si longtemps ? En tout cas elles voulaient absolument voir des aurores boréales et le soleil de minuit. Et des rennes ! Il devait y en avoir là-haut, à Riksgränsen, non ? Et les moustiques ? Et était-ce intéressant de travailler dans la police ? Sofi connaissait un policier, elle pouvait en parler.

« C'est un métier important, dit Anna-Maria. Je suis fière de faire partie de la grande famille des flics. »

Les autres approuvèrent. Vraiment important, oui, bien plus que leurs métiers à elles.

Anna-Maria se mura dans le silence.

Pourquoi devrais-je faire des efforts ? se disait-elle.

Sa vie professionnelle lui avait appris que derrière les belles façades se cachaient parfois des choses peu reluisantes. Maltraitance, tentatives de suicide, empoisonnements, ça devait bien exister autour d'elles également.

Elles ont leurs propres soucis, pensa-t-elle. Elles sont humaines. C'est moi qui suis injuste.

Pourtant, Anna-Maria ne parvenait pas à s'extraire du trou où elle était tombée. Elle avait mangé trop vite, terminé le plat de résistance et le dessert bien avant les autres. Les années avec des enfants en bas âge laissaient des traces.

Rebecka était de plus en plus saoule, elle parlait fort et gesticulait. Sophie eut envie de goûter à un alcool maison, alors après le repas une bouteille en plastique apparut sur la table. Rebecka leur fit répéter une chanson à boire finlandaise qui disait : *Nyt !* « Maintenant ! » Elles apprirent à dire : *Kippis !* « Santé ! » Ensuite elles étalèrent leurs brillantes connaissances en finnois : *Ei saa peitää !* « Ne pas couvrir ! » Elles avaient toutes lu cela un jour sur un radiateur.

Anna-Maria avait du mal à regarder Rebecka. Celle-ci jouait les rustres, mais en réalité elle se donnait un genre devant ses invitées. Anna-Maria aurait mis sa main au feu que la bouteille contenait une vodka ordinaire provenant du systembolaget.

On servit les fromages que les invitées avaient apportés. S'ensuivit une conversation sur les fromages, les vins et les villages français. Anna-Maria alla aux toilettes juste pour regarder l'heure. Elle pissa contre l'émail afin que ça ne s'entende pas de la cuisine. Une plaie de plus après cinq grossesses : on pissait comme une vache.

« Vous croyez que le temps va s'éclaircir ? demanda Clara-fil-de-fer quand Anna-Maria revint à table. C'est tellement beau ici, on a envie de voir la montagne, maintenant. »

Elles consultèrent les prévisions météorologiques sur leurs téléphones, Rebecka dit que le temps était instable, mais qu'à cette période de l'année les chutes de neige ne devraient pas durer. Pas vrai ?

Tous les regards se tournèrent vers Anna-Maria comme si elle était capable de lire l'avenir dans un estomac de renne.

Elle haussa les épaules sur le registre j'en-ai-aucune-idée.

« La région est vraiment belle, dit Clara qui était déjà venue skier à Riksgränsen autrefois. Je paie volontiers des impôts pour que le Norrland soit vivant.

— Qu'est-ce que tu entends par là ? » intervint Anna-Maria.

Sa question avait jailli avec plus de virulence qu'elle ne l'aurait pensé. Toutes tendirent l'oreille.

« Eh bien que c'est précieux pour tout le monde en Suède d'avoir des campagnes vivantes, dit Clara. Même pour nous, les enfants du bitume. »

Enfant du bitume, pensa Anna-Maria. Ben voyons !

Clara avala son verre de gnôle et resservit tout le monde. L'espace d'une seconde, Rebecka sembla dégrisée. Anna-Maria évita de croiser son regard tout en remuant son verre d'un air pensif.

« Je ne sais pas vraiment ce que tu entends par Norrland, dit-elle. Le Norrland représente soixante pour cent de la superficie de la Suède. Personnellement, j'essaie en général de faire la différence entre Stockholm, Malmö et Västerås. Mais pour en revenir à Kiruna, je peux te dire qu'ici en tout cas on manque de logements et que le taux de chômage avoisine zéro. La mine appartient à l'État, et ces dix dernières années la compagnie LKAB a rapporté à peu près trente milliards. Tout cela ainsi que l'impôt sur les sociétés revient à l'État qui, lui, est à Stockholm. Alors ceux qui payent pour que toute la Suède vive, ce n'est pas vous. Nous sommes contents qu'il y ait du travail, là n'est pas la question, mais plutôt amers de n'en avoir que de minuscules retombées et qu'on nous colle sur le cul l'étiquette de "bouffeurs de subventions". C'est la même chose avec les forêts et l'énergie hydraulique. Il n'est pas gravé dans le marbre qu'il doive en être ainsi. Dans certains pays, une partie de l'impôt sur les sociétés est redistribuée aux régions où les sociétés sont implantées. On ne peut pas se contenter d'exploiter les ressources sans rien donner en échange. N'est-ce pas, Rebecka ? Toi qui es fiscaliste. »

Trois secondes incroyablement longues s'écoulèrent.

« Je ne suis pas experte en taxation internationale des entreprises », finit par dire Rebecka.

Le manque de courage de Rebecka jeta Anna-Maria dans une telle consternation qu'elle dut fermer les yeux et presser ses doigts un instant sur ses paupières.

Maintenant j'en ai soupé de ces amies-là, pensa-t-elle.

« Merci pour le dîner, dit-elle. Mais je dois y aller, si je ne veux pas rester ensevelie sous la neige à Kurra. »

Elle se dirigea vers la porte de l'escalier.

« Ne pars pas », dit Rebecka en se levant d'un bond.

Sa chaise se renversa derrière elle.

« Salut ! » crièrent les autres d'une voix claire.

Anna-Maria attrapa son manteau. Parvenue à la porte elle se retourna.

« Je vais vous dire, glapit-elle, tous les services publics devraient se trouver dans des petites villes. Cela nous ferait économiser des milliards, à nous les contribuables, rien que sur les loyers que l'État paie aux propriétaires fonciers pour ses locaux. Mais non, on n'en fait rien parce que, sinon, les jeunes gens diplômés risqueraient de rentrer dans leurs régions et d'y trouver du travail. Alors comment la valeur de toutes vos villas et de tous vos appartements pourrait-elle grimper autant ? »

Elle appuya son propos en levant sa main vers le ciel.

Puis elle dévala lourdement l'escalier. Rebecka la suivit.

« Reviens ! supplia-t-elle. Qu'est-ce qui te prend ? »

Anna-Maria fit voler la porte d'entrée et descendit les marches du perron en canard pour ne pas glisser. Rebecka essaya de la retenir.

« Reste ! Tu ne peux pas partir comme ça ! Et tu vas rentrer comment ?

— Je vais appeler Robert, dit Anna-Maria, il viendra me chercher. »

Elle sortit son téléphone. Rebecka le lui arracha des mains.

« Tu pourras prendre un taxi plus tard. Je te le paierai.

— Arrête, siffla Anna-Maria. Rends-moi mon téléphone ! »

Rebecka le fourra dans sa poche tout en écartant la main d'Anna-Maria.

La colère d'Anna-Maria explosa tel un airbag. Elle poussa Rebecka qui tomba à la renverse dans la neige. Elle se pencha pour récupérer son portable, mais Rebecka lui saisit la main et l'entraîna par terre.

« Tu es complètement… Donne-moi ce téléphone ! »

Elles luttèrent. Rebecka résistait comme une gamine de trois ans qui refuse de s'habiller, mais l'ébriété la rendait maladroite. Anna-Maria la ceintura et lui bloqua le bras dans le dos.

La porte s'ouvrit et les quatre autres femmes sortirent en trombe dans la cour en criant.

Anna-Maria avait récupéré son téléphone. Elle s'éloigna et jeta un coup d'œil en arrière pour s'assurer que Rebecka ne la suivait pas. Arrivée près de la route, elle appela Robert.

« Tu peux venir me chercher maintenant, dit-elle. Je marche vers Kiruna.

— Quoi ? fit Robert. Mais pourquoi ? Tu ne peux pas m'attendre à l'intérieur ?

— Je t'expliquerai. Tu veux bien t'arracher du canapé tout de suite, s'il te plaît ? J'ai les jambes gelées. »

Elle raccrocha, regarda ses jambes seulement protégées par des collants fins. Et constata qu'elle était toujours chaussée des escarpins de Jenny.

« Et merde ! Putain mais quelle conne ! » hurla-t-elle.

Sa voix se perdit au milieu de nulle part, absorbée par la neige qui tombait dru.

« Il faut que je l'appelle », dit Rebecka.

Elle était à nouveau trempée, après sa bagarre dans la neige avec Anna-Maria.

Maria Taube lui prit le téléphone des mains.

« Il ne faut pas essayer de régler les conflits quand on est saoul, dit-elle d'un ton catégorique. Et pas après dix heures du soir.

— Dans ma famille, on a pour principe de ne pas les régler du tout, dit Sophie en riant. On se contente de… »

Elle souffla sur un objet imaginaire, comme pour en chasser la poussière.

« Tu arrangeras ça demain, dit Maria Taube.

— Ou après-demain, dit Sophie avec un sourire amical. Santé, tout le monde ! Il s'en passe des choses à Kurakiki ! Récemment, j'étais à un dîner où les gens se disputaient pour savoir quels étaient les meilleurs pianos de cuisson, les Lacanche ou les Aga. Personne ne s'est battu dans la neige !

— Je l'appellerai aussi demain, promit Clara, la main sur le cœur. Je ne voulais pas…

— Demain ! ordonna Maria Taube. Maintenant on danse ! »

Oh, et puis je m'en fous, pensa Rebecka en découvrant que les objets autour d'elle avaient un double plus ou moins transparent. Toutes mes relations partent à vau-l'eau, de toute façon. Je vais déménager. Ou faire un truc comme ça.

Tandis qu'elle sortait toutes ses bouteilles d'alcool du placard d'angle, les autres mirent les chaises sur la table et poussèrent les tapis de chiffon. Maria Taube avait une play-list pour danser, elle brancha son téléphone sur les enceintes. Le Morveux s'installa confortablement sur les tapis, comme s'ils avaient été entassés exprès pour lui.

Rebecka buvait directement au goulot. L'alcool enveloppait d'ouate ses pensées et ses sentiments. C'était tellement merveilleux d'être bourrée. Son ivresse était une douce étreinte. Tous les petits moi qui se déchaînaient en permanence en elle, faisant des ravages avec leurs longues griffes tranchantes, étaient à présent neutralisés. Ils s'étaient recroquevillés, le nez dans la queue. Elle se réchauffa en dansant avec ses invitées.

« Je savais bien que ça finirait mal, dit Anna-Maria à Robert dans la voiture.

— Elle avait trop bu, ça arrive.

— Mais enfin, tu ne peux pas être de mon côté, pour une fois ? fulmina Anna-Maria. Tu veux que je te dise ? Elle renie son milieu, c'est tout.

— Elle doit se sentir inférieure, elle aussi, avança Robert.

— Comment ça "elle aussi" ? Je ne me sens pas inférieure, moi ! Je suis furieuse parce qu'elles se sentent supérieures, elles ! Il y a une différence ! »

Anna-Maria essuya la buée sur le pare-brise. L'humidité de ses vêtements mouillés et la chaleur de la climatisation avaient transformé l'habitacle en étuve.

« Et les escarpins de Jenny, gémit-elle, ils coûtent au moins mille balles, je suis sûre. Rebecka aurait pu prévenir : "Tenue souhaitée : leggins et soutien-gorge." C'était bien la peine que j'achète cette foutue robe, tiens. Je ne me suis jamais sentie autant à côté de la plaque. Mais tu vois, c'est le genre de personnes qui te disent : « On *peut* lécher son couteau quand on *sait* se servir de ses couverts. » Qu'est-ce que ça signifie ? Que la classe supérieure a le droit de se comporter comme elle veut. Et vous autres, restez à votre place ! Est-ce que mon maquillage a coulé ? J'ai l'impression d'avoir du mascara sous la poitrine. »

Robert lui jeta un regard en coin.

« Non, tu es super sexy !

— Arrête, je t'en prie. Mais où vas-tu ? Ce n'est pas la bonne direction !

— Chut, fit Robert qui avait bifurqué à gauche au rond-point et laissé le vieux Kiruna derrière eux. Je vais te montrer quelque chose.

— Quoi ? Qu'est-ce que tu veux me montrer ? Un chantier dans le coin du nouvel hôtel de ville ? On ne peut pas faire ça une autre fois ? De toute façon on n'y voit rien. »

Il lui fit à nouveau signe de se taire et lui sourit en clignant de l'œil. Elle tenta par deux fois de lui demander où ils allaient, de lui dire qu'elle voulait rentrer à la maison. Mais il l'en empêcha avec un « tss tss ».

Il traversa le village de Kauppinen, malgré l'interdiction.

« Tu te souviens ? demanda-t-il.

— Tu es complètement dingue ! » répondit-elle.

Mais elle ne put réprimer un sourire.

Bien sûr qu'elle se souvenait. Et comment ! Il avait dix-huit ans, elle seize. Ils habitaient tous les deux chez leurs parents, mais Robert avait une voiture. Ce premier été, avant que lui n'emménage dans son studio rue des Charpentiers, ils descendaient en voiture jusqu'à la gravière sur la route de Poikkijärvi, se garaient à l'écart de la route et faisaient l'amour.

« Quand on traversait Kauppinen je commençais à te chauffer en tchatchant, ensuite ça roulait tout seul.

— Dis, beau parleur, le coupa Anna-Maria en riant, tu te souviens de notre toute première fois ? »

C'était pendant une nuit d'été chaude et claire. Ils s'étaient embrassés et caressés fougueusement, avaient rabattu les sièges et s'étaient extirpés de leurs jeans. Mais ils avaient oublié de remonter les vitres, enfin, elle avait oublié. Lui s'en était aperçu, mais n'avait pas voulu casser l'ambiance, comme il le raconta plus tard, et puis il avait déjà assez à faire avec le préservatif. En un clin d'œil, la voiture s'était remplie d'une nuée de méchants moustiques. Robert en avait été bon pour au moins cent piqûres sur les fesses.

« Et même entre les cuisses ! » se rappela-t-il. Tous les deux connaissaient l'histoire, ils n'avaient pas besoin d'entrer dans les détails.

Anna-Maria essuya des larmes de rire.

« Pendant trois jours, dit Robert, j'ai eu l'impression d'être comme le chien de ma tante, qui avait eu des vers et se frottait le cul sur le sol de la cuisine tellement ça le démangeait.

— Je me demande bien si on arrêtera un jour de rigoler de ça », gloussa Anna-Maria.

Il se rangea derrière la gravière. Laissa le moteur tourner.

« Tu es sérieux ? s'étonna-t-elle. On ne le ferait pas plutôt à la maison ? Notre lit est largement sous-employé.

— Pas question », dit-il en détachant leurs ceintures de sécurité.

Il se pencha vers elle, l'embrassa comme elle aimait, sur la tempe, sous la mâchoire. Il lui lécha le lobe de l'oreille, pinça ses tétons à travers la robe. Elle écarta les genoux et se souleva pour remonter sa robe et baisser son collant.

« Comment va-t-on…, dit-elle en regardant derrière eux. Ça va être difficile avec tout ce fatras. »

La banquette arrière était remplie de bric-à-brac qui attendait d'être apporté à la déchèterie.

« Chut, murmura Robert. Reste tranquille. »

Il connaissait sa femme. À ses yeux, elle était toujours la fille cool de seconde au lycée, et il avait une chance incroyable de l'avoir conquise. Ses seins étaient lourds et chauds dans sa main. Il les pressa doucement. Elle ouvrit la bouche, se mit à haleter. Il ne quittait pas son visage des yeux. Il voulait la regarder avoir du plaisir, presque souffrir, jouir. Il ne s'en lassait pas.

Sa main glissa entre ses cuisses, ses doigts avancèrent.

« Tu n'as pas retiré ta culotte, dit-il en jetant un œil dans le collant tire-bouchonné.

— Non, j'avais même acheté de la lingerie fine », dit-elle en souriant.

La neige avait recouvert la voiture. Il n'y avait plus qu'eux au monde. Les dents d'Anna-Maria luisaient dans l'obscurité, comme celles d'un petit animal malicieux.

Il introduisit ses doigts sous la culotte. Elle poussa un petit cri. Avec cinq enfants dans la maison, ils avaient l'habitude d'être silencieux. Mais là, il voulait l'entendre. Il trouva ses points, son sexe se mouilla, il frotta là où elle voulait tout en l'embrassant. Sa bouche merveilleuse, douce, sa langue. Il espérait seulement ne pas se faire une élongation, sa position tordue sur le siège conducteur ne serait pas reconnue par l'inspection du travail.

Elle contracta, il accéléra, elle s'arc-bouta, gémit, le plus beau son du monde.

Puis plaqua sa main sur la vitre quand elle atteignit l'orgasme. Il sentait la pulsation sous ses doigts et elle cria : « Maintenant, ouiii ! »

Robert se mit à pleurer d'émotion. Plissa les yeux pour chasser ses larmes. Comment était-il possible qu'elle l'ait choisi, lui ? Et qu'elle soit restée avec lui, toutes ces années, les enfants, toutes les nuits passées à côté d'elle. Et là, son visage, son visage de jouissance authentique, ses grimaces de plaisir que lui seul connaissait.

Anna-Maria glissa dans une douce torpeur.

« Oh, bon sang de bonsoir », soupira-t-elle, et il rit de son juron enfantin.

« Et toi ? demanda-t-elle.

— On verra plus tard », dit-il, et il sortit de la voiture pour dégager la neige des vitres.

Puis ils partirent de leur cachette, il la ramena à la maison et lui fit prendre un bain. Il dénicha un flacon de mousse, couvert de poussière, mais le contenu faisait l'affaire.

« Je vais te garder encore un peu, dit Anna-Maria en s'enfonçant dans l'eau chaude.

— Tant mieux », dit-il.

Vendredi 6 mai

Rebecka apparut en titubant dans la cuisine vers dix heures du matin. Déjà debout, ses invitées applaudirent son entrée.

« Aïe, aïe », fit-elle en agitant la main. Elle s'écroula sur une chaise. Maria Taube posa une tasse de café noir devant elle.

« Ça ne va pas ? » demanda Sophie.

Rebecka grogna.

« J'ai très mal dans la nuque. J'ai dû dormir dans une mauvaise position.

— Oh non, la nuque, dit Sophie en ricanant.

— La nuque ! dit Clara. C'est peut-être à cause de ton oreiller. Il te faudrait un oreiller ergonomique.

— Bande de peaux de vache, dit Rebecka. Dire que je vous ai invitées à un dîner gastronomique hier ! Et maintenant vous me cherchez des poux dans ma propre maison. »

Devant la cuisinière, Sivving faisait des crêpes. Bella était couchée sous la table avec sa moufle. Le Morveux l'observait à distance. Elle ne le laissait pas approcher, alors que cet endroit était justement le seul où il aurait voulu être. Et cette moufle, la chose qu'il convoitait le plus au monde. Sivving lança un regard mi-amusé mi-réprobateur à Rebecka.

« Ouh là, dit-il, heureusement que ta grand-mère ne te voit pas.

— Elle me voit, soupira Rebecka. Elle me regarde de son ciel et me juge. Qu'est-ce que vous faites ? »

À travers ses paupières lourdes, elle considéra la table, la banquette et le sol jonchés de papiers et de classeurs ouverts. La comptabilité de la famille Pekkari.

« On va t'aider à examiner tout ça, dit Sofi. (Elle but une gorgée de café.) Tu as parlé de ton affaire, hier. De toute façon, on ne peut pas faire de ski, il va neiger toute la journée apparemment. On a commencé, mais l'adorable Sivving est arrivé pour préparer le petit déjeuner.

— Ce n'est plus mon affaire, dit Rebecka. Et puis vous avez la force de bosser, vous ? Si je lis une seule ligne, je vomis. »

Sophie s'approcha d'elle et posa une coupe de champagne sur la table. Les bulles pétillaient à la surface. Dans le fond du verre voguait un jus épais de couleur jaune. Sophie déposa un comprimé blanc à côté de la coupe.

« Mets ça dans ta bouche et bois, dit doucement Sophie. Tu iras tout de suite mieux. Je t'assure.

— C'est quoi ?

— Du Valium. Et ça, du champagne avec du jus de mangue. Je l'avais emporté pour Riksgränsen, mais c'est maintenant qu'on en a besoin.

— Je ne sais pas si c'est mon truc, le remontant au petit déjeuner, protesta Rebecka.

— Oh, allez, dit Sophie. On n'en est pas encore à avaler le gel hydroalcoolique à l'entrée des urgences. Tu n'en mourras pas. Au contraire. Fais confiance à sœur Sophie. »

Rebecka envoya le comprimé dans son gosier et vida la coupe.

De retour près du fourneau, Sophie enlaça Sivving et lui fit une bise sur la joue.

« Et si on se mariait, tous les deux ? demanda-t-elle. Il faudra bien oublier ta Maj-Lis un jour.

— Ouh là ! » dit Sivving l'air satisfait.

Rebecka se sentit effectivement tout de suite mieux. Elle considéra son verre vide comme si elle venait d'absorber une potion magique.

« Vous avez trouvé quelque chose ? demanda-t-elle en pointant le menton vers les papiers éparpillés.

— Oui, dit Maria Taube. Mange quelques crêpes, je te dirai ça après. »

Raimo Koskela, le père de Börje, allait être enterré le vendredi matin. Il neigeait toujours abondamment, on aurait cru que Dieu, là-haut, laissait tomber des petits bouts de papier.

Börje Ström et Ragnhild arrivèrent à l'église. Ils attendirent un moment dans la voiture que le corbillard les rejoigne avec le cercueil.

Cela aurait pu être moi, songeait Ragnhild.

Paula serait-elle venue à mon enterrement ? Quelle vie a-t-on eue si personne ne verse une larme lorsque l'on meurt ?

Ils étaient six porteurs. Ragnhild, Börje, Sven-Erik Stålnacke, Taggen, Nyrkin-Jussi et un Pakistanais du club de boxe.

Le sacristain avait largement sablé l'allée pour que personne ne glisse et se casse le cou.

La pasteure accueillit le cortège à son entrée dans l'église. L'assistance clairsemée se leva.

Les porteurs s'assirent. Les roses pour le cercueil attendaient sur les chaises. Ragnhild posa la sienne sur ses genoux.

Elle parlait bien, cette jeune pasteure aux airs d'adolescente. Faire l'éloge funèbre d'une personne qui avait disparu en 1962 et la rendre vivante, c'était pour ainsi dire faire de la soupe au clou. Mais la jeune femme souligna combien Raimo Koskela avait compté pour le petit Börje Ström. Celui-ci avait senti la présence de son père toute sa vie, tant au-dehors par les tatouages sur sa peau qu'à l'intérieur de lui. Son père avait vécu en lui. Après une sorte de transition musicale on en vint évidemment à notre père qui êtes au ciel et la vie éternelle et tout le tralala. Mais dans l'ensemble ce fut un beau discours. Car tu es poussière et tu retourneras dans la poussière. Qu'aurait dit la pasteure concernant Ragnhild ? Qu'elle avait été une bonne infirmière, qui se souciait de ses patients et les respectait.

Ragnhild observa le retable derrière l'autel. C'était un tableau du prince Eugène de Suède. Un paysage du Sörmland avec de grands arbres feuillus que l'on ne trouvait pas dans le Norrbotten. Peut-être était-il censé représenter les célestes prairies éternelles ?

Quel mépris, pensa Ragnhild. Les régions riches du centre de la Suède comme modèle du paradis.

Lorsque l'église avait été construite, au début du XXe siècle, le pasteur s'était plaint qu'il n'y ait pas de croix. Le diocèse en avait finalement commandé une. Une petite sculpture fabriquée par l'artiste Christian Eriksson, un ami du directeur de la compagnie minière, avait été placée sur l'autel. Elle figurait quelques Sames devant une croix. Certains à genoux, d'autres debout les bras croisés. L'Église était furieuse. La sculpture dut être remaniée plusieurs fois. Avec à chaque fois de plus en plus de personnages à genoux, et de moins en moins de bras croisés.

Naturellement, pour le directeur de la mine et ses riches amis, la croix n'avait pas grand intérêt. Ils se débrouillaient aussi bien sans le Dieu de souffrance, ce garçon de basse condition qui avait transpiré du sang et été crucifié.

Mais on avait besoin de la croix pour le petit peuple. Elle lui donnait de l'espoir. Le maintenait à sa place.

Non, Ragnhild n'avait jamais été attirée par les nefs d'église qui résonnaient et sentaient la poussière. Elle ne comprenait pas les gens qui prétendaient trouver la paix dans les églises. Alors que dans la forêt, et dans la montagne…

Au moment précis où elle se faisait cette réflexion, une araignée minuscule descendit d'un fil suspendu dans l'air.

Bonjour à toi, petit filou, pensa Ragnhild en accueillant l'araignée sur le dos de sa main. D'où viens-tu ? Comment diable arrives-tu à survivre ici ?

Un dieu fait araignée, songea-t-elle. Pas un lion, mais un petit seigneur qui tisse secrètement sa toile de bonté et la fixe aux points douloureux de la vie.

J'irai voir Rebecka, se dit Ragnhild. Je lui parlerai de Virpi.

Cette pensée la remplit aussitôt de sérénité.

Bientôt nous serons tous morts, songeait-elle. L'existence de cette planète tout entière ne dure que le temps d'un clin d'œil. Douleur, peur. Laisse-les advenir.

Ragnhild posa la main sur le dossier du banc devant elle afin que l'araignée s'y transporte.

Ils chantèrent le psaume « Nul n'atteindra le repos éternel » puis chacun s'avança près du cercueil pour y déposer sa rose et prendre congé du défunt.

Quand elle se leva, Ragnhild eut l'impression de ne plus être la même. Elle s'approcha lentement du cercueil pour ne pas faire fuir son sentiment.

Encore un peu, s'adressa-t-elle à Dieu. Reste encore un peu.

Lorsqu'ils regagnèrent leurs places, Börje lui prit la main et elle le laissa faire. L'organiste joua le psaume de sortie « Magnifique est la terre ». Ragnhild baignait dans une mer de paix intérieure. Une mer d'humus de couleur brune, mais pure. Vivre, seulement un bref instant. Puis être incinéré et retourner à la terre. « Tu retourneras dans la poussière », était-il écrit.

L'Ancien Testament ne discourt pas sur la vie éternelle, pensa-t-elle.

Les paroles du prophète Isaïe lui vinrent à l'esprit. « Toute chair est comme l'herbe, et tout son éclat comme la fleur des champs. L'herbe sèche, la fleur tombe. »

C'est réconfortant. N'exister que le temps d'un clin d'œil, n'être qu'un grain de poussière ne doit pas nous angoisser. Je suis assise sur ce banc d'église, une herbe. Dans le cercueil se trouve une herbe sèche, morte. Börje rentrera peut-être à Älvsbyn après les obsèques, mais en cet instant il tient ma main dans la sienne.

L'absence totale de sens et le sens le plus profond sont-ils une seule et même chose ?

Börje et elle sortirent de l'église main dans la main.

Elle ouvrit le hayon de la voiture. À l'intérieur, Villa remua la queue. Ragnhild lui donna une friandise et lui mit sa laisse.

« Gentille fille, dit Börje quand la chienne sauta du véhicule.

— Oui, dit Ragnhild, elle est très brave. Elle commence à se faire à l'idée que nous ne lui voulons pas de mal.

— Tu es notre petite fifille, hein ? » dit Börje Ström.

« Notre ». Ragnhild sourit à Börje. Les cloches se mirent à sonner.

Sisu-Sikke arriva dans son fauteuil roulant, accompagné de Nyrkin-Jussi. Leur taxi était déjà là.

Airi, la compagne de Sven-Erik, se dressa sur la pointe des pieds pour donner l'accolade à Börje. Après les embrassades, Börje reprit la main de Ragnhild. Au vu de tous. Personne ne fit de commentaire. C'était bien.

Sven-Erik les invita à passer chez lui et Airi à l'occasion, ils pourraient les aider à déblayer le potager.

Comme si nous étions déjà un vieux couple, pensa Ragnhild.

Elle s'attendait à ce que ça se rebiffe en elle à cette idée, mais sa main resta dans celle de Börje. Ses réflexes rebelles avaient pris de grandes vacances, apparemment.

« Vous venez à la collation, n'est-ce pas ? » s'assura Börje avant que tous regagnent leurs voitures.

Ils répondirent oui, naturellement.

« Comment te sens-tu ? lui demanda Ragnhild une fois qu'ils furent en route pour la maison paroissiale.

— Je suis heureux qu'il y ait eu tant de monde, malgré tout, dit Börje. Et Nyrkin-Jussi qui a porté le cercueil, pas mal pour un bonhomme de plus de quatre-vingts ans. »

La neige collait au pare-brise, Ragnhild actionna les essuie-glaces.

« Quelle aurait été ma vie s'il n'avait pas disparu ? dit Börje Ström. Je ne serais certainement pas devenu boxeur. La mort est une conclusion pour le défunt. Pour son entourage, c'est un nouveau chapitre qui commence. »

Septembre 1972

« Le diable, l'ayant élevé, lui montra en un instant tous les royaumes de la terre. »

En dépit de son surnom de Big Ben, le manager de boxe Ben O'Shaughnessy est un homme trapu. Sa chemise est constellée de taches de sueur, ses bretelles pendouillent, son pantalon est distendu aux genoux. Il doit tout de même avoir un minimum de coquetterie, car de toute évidence il se teint les cheveux, enfin le peu qu'il lui reste. Lorsque Börje pénètre dans la suite de Big Ben, à l'hôtel, le manager s'incline exagérément en arrière et lève les yeux vers lui comme s'il se trouvait au pied d'un phare.

« Apportez-moi une échelle, que je puisse saluer la star ! » demande-t-il en plaisantant à une petite assemblée d'hommes en costume et de jolies femmes en robe courte assis dans des fauteuils. Ils boivent du whisky au milieu de la matinée et rient chaleureusement. Se lèvent tous en même temps.

Mr O'Shaughnessy propose un cigare cubain à Börje, qui lui ressort dans son anglais boiteux une plaisanterie entendue la veille en fin de soirée.

« *No thanks. I smoked a Cuban yesterday. It's enough for me*[1]. »

Les complets-cravates rient et Big Ben O'Shaughnessy lui donne une grande tape dans le dos.

« Marrant, s'exclame-t-il en désignant Börje du pouce. Un type marrant, j'adore, surtout s'il frappe comme un grizzly. Et décroche la médaille d'or aux JO ! »

Et en parlant de *big*, Börje en a déjà vu, des chambres d'hôtel, mais celle-là ! Elle a la taille d'un spacieux trois-pièces. Moquette, lambris en bois

1. « Non merci. J'ai fumé un Cubain hier. Ça me suffit. »

sombre poli et cuivre jaune. Lourds rideaux, épais brouillard de fumée dans la pièce. Börje serre la main aux complets-cravates : un promoteur de Miami, le P-DG d'un groupe de sponsors – dont il ne saisit pas le nom –, son assistant, un représentant de la fédération internationale de boxe WBA – qui est juste venu le féliciter – et un avocat. Les jolies femmes lui font un petit signe lorsqu'elles lui sont présentées, chacune par son prénom.

Big Ben a beau avoir une allure repoussante, il est l'un des hommes d'affaires les plus puissants dans le milieu de la boxe aux États-Unis. Il a mené des boxeurs jusqu'aux championnats du monde, en catégorie poids légers, poids plumes et poids welters. Il aimerait beaucoup avoir un champion du monde dans la catégorie poids lourds. Mais poids lourds-légers, ça ne serait pas mal non plus. Pas mal du tout même.

« En outre, poursuit-il dans un nuage de fumée une fois que les galantes dames se sont éloignées et qu'eux se sont rassis pour discuter, tu es encore très jeune. Tu vas continuer à développer tes muscles. Je vais d'abord faire de toi un champion du monde poids lourds-légers, puis poids lourds. Marciano était un petit mec, ça ne l'a pas gêné. Le public va t'adorer. Il leur faut un type blanc maintenant. »

Oui, l'Américain blanc de la rue voudrait un champion du monde poids lourds blanc. Big Ben O'Shaughnessy tire rageusement sur son cigare et traite Mohamed Ali de *clay pigeon*. Le temps des pigeons d'argile est révolu, dit Big Ben. Après sa défaite contre Frazier, Ali a fait des matchs d'exhibition un peu partout dans le monde. Et c'est très bien comme ça.

Tout ce qu'il sait faire, c'est sauter et danser à reculons, cet enfoiré de musulman, cet agitateur objecteur de conscience. Quant à Frazier ! Mr O'Shaughnessy a un haussement d'épaules résigné. Le championnat du monde l'a cassé, apparemment.

Börje essaie de réfléchir à cette histoire de nom. Ali a abandonné le sien, Cassius Clay, arguant que c'était son nom d'esclave. Börje pense à sa mère qui, à l'instar de nombreux Tornédaliens, a traduit son nom finnois en suédois parce que le finnois était dénigré. Les locuteurs finnois étaient moins bien considérés. Du début du XXe siècle jusque après la Première Guerre mondiale, il était impossible d'être embauché durablement à la mine si l'on appartenait à cette minorité. Les emplois étaient réservés aux « vrais Suédois ». Börje et sa mère s'appellent Ström, qui est la traduction de Niva, le patronyme du reste de la famille. Börje a entendu dire que les autorités suédoises avaient attribué de nouveaux noms aux Sames, qui traduisaient le plus souvent un défaut physique ; un aveugle, par exemple, était nommé Blind. On peut avoir un nom d'esclave ou être exposé à un tel mépris que l'on en vient à haïr son propre nom.

Börje doit interrompre ses cogitations, car un contrat est apparu sur la table. Big Ben lui en explique le contenu en soufflant des petites bouffées de fumée. Personne ne proposera à Börje de meilleures conditions. Un contrat pour cinq ans. Quarante pour cent de la bourse. C'est beaucoup, mais Börje a remporté une médaille d'or aux JO, même si c'était à un cheveu. Et puis peu d'amateurs réussissent la transition vers une carrière professionnelle. La boxe professionnelle, c'est complètement différent, tout le monde le sait. Big Ben O'Shaughnessy veut saisir l'occasion avec Börje. Il croit en lui.

Börje se dit que le pigeon d'argile agitateur a commencé comme amateur, lui aussi. Idem pour Frazier et Foreman. C'est pour cette raison que Mr O'Shaughnessy est venu en Allemagne de New York et qu'il était dans le public pendant les JO.

Big Ben O'Shaughnessy demande à Börje de ne rien révéler de ce deal à Madame O'Shaughnessy, sinon elle lui fera une vie infernale. Le contrat est bien trop généreux. Bon sang, ça revient cher d'être marié. Börje est-il marié ? Ah bon, plus maintenant ? Oui, oui, Big Ben sait ce que c'est. Il en est à sa cinquième. Il existe une seule chose qui coûte plus cher qu'une femme, c'est une ex-femme. Mais que peut-on y faire ? Enfin, sa nouvelle, elle a un cul, un véritable fruit du paradis.

Les complets-cravates pouffent en chœur. Ah ah ah !

« Et mes entraîneurs, demande Börje, le stylo en main, qu'est-ce qui se passe pour eux ?

— Il ne se passe rien, mon garçon », dit Mr O'Shaughnessy.

Mr O'Shaughnessy s'occupe de boxe professionnelle, explique-t-il. Il a sa propre salle d'entraînement et ses propres entraîneurs.

« En outre, dit-il en regardant amoureusement son cigare, en outre je n'aime pas les *fruitcakes*. »

Il ne faut que quelques secondes à Börje Ström pour comprendre que Big Ben ou l'un des complets-cravates a parlé avec l'entraîneur de Stockholm. Les gens sont vraiment dégueulasses.

Il signe. Il est venu ici pour signer. Tout cela ressemble quand même à un rêve merveilleux. Durant une seconde, il a un pincement au cœur de n'avoir personne à qui téléphoner pour partager sa joie. Pas de femme, pas sa mère, pas Nyrkin-Jussi ou Sisu-Sikke, qui vont être cruellement déçus qu'il devienne professionnel, qu'il les quitte au moment où il a réussi.

« Emmenez le gamin acheter quelques vêtements élégants, ordonne Mr O'Shaughnessy à l'une des charmantes femmes. Et une montre en or. Si tu n'es pas marié, il faut que tu impressionnes les femmes, hein ? Tu n'as quand même pas envie de me ressembler ? Allez, file, mon gars, ce soir on fait la fête ! »

Au retour, dans la voiture, Airi et Sven-Erik chantèrent à tue-tête le psaume des funérailles.

« La porte est étroite et le chemin aussi, la grâce du Seigneur dépend de ton choix, mais c'est là qu'il faut se frayer un chemin, oui, se frayer un chemin, pour accéder au ciel. »

Il avait toujours une belle voix qu'Airi appréciait. Il la voyait sourire à côté de lui. Elle-même était plus douée pour mémoriser les paroles.

Tout à coup il eut un déclic. Il se tut subitement.

« Qu'est-ce qui se passe ? demanda-t-elle en scrutant à travers le rideau de neige. Des rennes ? »

Heureusement qu'il conduisait avec prudence.

« Non, dit-il. J'ai juste pensé à quelque chose.

— Quoi donc ?

— Je te raconterai plus tard. Je te ramène et je retourne en ville.

— Oui, oui, mais surtout roule doucement. »

Elle le laissa s'enfoncer dans son silence et alluma la radio. Il la déposa, attendit qu'elle soit entrée dans la maison. On ne savait jamais, la serrure pouvait avoir gelé. Puis il fit demi-tour et repartit.

Très bien, pensa Airi. C'est comme ça que je l'aime.

Une heure plus tard, Sven-Erik arrivait au Brittsommargården. Il aperçut un balai-brosse contre le mur et en profita pour dégager l'entrée de la neige tout en rassemblant ses idées sur l'air de « mais c'est là qu'il faut se frayer un chemin, oui, se frayer un chemin ». C'était ce verset qui lui avait mis la puce à l'oreille.

Il secoua la neige de son pantalon et de ses chaussures puis entra.

Sisu-Sikke et Nyrkin-Jussi venaient de finir de déjeuner. Ils lui proposèrent du café. En même temps, il perçut en eux une sorte de vigilance, ou de certitude, ils savaient que quelque chose allait se passer.

Ils prirent leur temps, ils n'étaient pas pressés. Ils parlèrent de la tempête de neige, des funérailles, et de Börje qui s'était mis avec Ragnhild Pekkari apparemment, ça alors…

« Écoutez, dit enfin Sven-Erik Stålnacke en se lissant la moustache. J'ai pensé à une chose. »

Nyrkin-Jussi hocha la tête. Sisu-Sikke écarquilla les yeux. Il avait le regard d'un cheval écumant, cabré devant un obstacle terrifiant.

« Il y a un an et demi, la société mère des Pekkari, la Bergsäk SA, a émis des actions et accueilli un nouvel associé, annonça Maria Taube. Une espèce de société d'investissement étrangère, le MOGI Capital Group. Si tu cherches sur Internet, tu trouveras un peu de baratin sur la *global growth*, mais le groupe n'est mentionné dans aucun forum sérieux sur l'économie ni dans aucun journal financier. »

Sivving faisait la vaisselle du brunch. Les autres femmes rassemblaient leurs affaires. D'après les prévisions météo, les chutes de neige devaient cesser. La petite bande allait pouvoir monter à Riksgränsen. Son téléphone sur haut-parleur, Sophie commanda un hélicoptère pour les emmener sur les pistes.

« Continue, dit Rebecka en saupoudrant de sucre et de cannelle sa troisième crêpe.

— Un mois plus tard, l'entreprise a fait un *lease back*, c'est-à-dire qu'elle a vendu tous ses actifs à une autre société étrangère, et maintenant ils louent les machines. Après l'émission d'actions, ils ont investi le prix d'achat et l'excédent de capital dans un projet minier en Ouganda, mais je n'ai trouvé que très peu d'informations sur le projet en question. Cette année, les gains du premier trimestre ont chuté de quatre-vingts pour cent par rapport à l'an dernier. »

Rebecka prit une profonde inspiration et souffla bruyamment.

« Tiens, on dirait ta grand-mère, remarqua Sivving depuis l'évier. Elle en poussait, de ces soupirs ! À propos, tu as un rendez-vous pour le contrôle technique, aujourd'hui. N'oublie pas !

— Quoi ? s'écria Rebecka. Je ne peux pas conduire, aujourd'hui. Tu pourrais me demander, avant de prendre des rendez-vous.

— Ça va se terminer par une interdiction de rouler, dit Sivving. Il faut que tu y ailles ! J'ai envoyé un message à Krister, il passera te chercher et t'y emmènera. »

Maria lança un regard plein de sous-entendus à Rebecka.

« Non, marmonna Rebecka, c'est la cata.

— Pas du tout, dit Maria. Fais-le. C'est très bien que vous puissiez enfin vous revoir normalement. Toujours est-il que la Bergsäk SA a racheté deux acteurs importants du secteur de la mine, ici à Kiruna, une entreprise de forage et une autre spécialisée dans les tunnels, la démolition et le démontage. Je ne peux pas dire s'ils les ont achetées à leur juste valeur. Mais j'ai regardé sur Facebook, aucun des propriétaires précédents n'est resté dans l'entreprise. »

Rebecka nota dans son téléphone les noms des deux sociétés et de leurs dirigeants.

« En général, les personnes qui détiennent les compétences continuent à travailler dans la boîte, au moins pendant une période de transition. Mais ces deux-là sont partis sur-le-champ, poursuivit Maria. Et ensuite ils ont quitté la ville. Ce ne sont que des suppositions, mais en général quand on a subi des pressions pour vendre, on se taille.

— Donc les gains chutent de manière vertigineuse et on échappe à la taxation en Suède, dit Rebecka. Et ceux à qui on rachète quittent la ville ensuite.

— Il y a trois ans, Bergsäk était une entreprise familiale qui réinvestissait ses bénéfices dans l'affaire, dit Maria. Ils ont complètement changé de style.

— Le style tour de passe-passe avec l'argent et les responsabilités, dit Rebecka. Mais rien qui soit passible de poursuites.

— Bergsäk avait manifestement des difficultés avant cette émission d'actions, poursuivit Maria. Ils n'avaient pratiquement plus aucune liquidité. Et deux choses encore… Oh, bonjour toi ! »

Ces derniers mots étaient adressés au Morveux qui avait bondi près d'elle sur la banquette. Bella grogna en signe d'avertissement. Il n'avait pas intérêt à s'approcher de sa moufle.

« Non, descends ! ordonna Rebecka. Pas question que mon chien s'assoie à table.

— Je l'autorise à s'asseoir à côté de moi, dit Maria. Tu viendras me voir à Stockholm, mon Morveux, et je t'emmènerai au bistrot manger un plateau de fruits de mer. »

Le Morveux enfonça sa tête sous le bras de Maria et évita de croiser le regard de sa maîtresse.

« Je renonce, dit Rebecka. Tu disais, deux choses encore ?

— Une curieuse acquisition : une petite imprimerie. Pourquoi l'ont-ils achetée ? Et puis, quelque chose qui devrait t'intéresser : la société possède un mobil-home blanc, ce n'était pas…

— Si, s'exclama Rebecka avec une telle vivacité que le Morveux sauta par terre. Les Russes sillonnaient la région dans un camping-car blanc avec les prostituées.

— C'est un diesel, or il n'y a pas une seule facture de diesel parmi les pièces comptables.

— Ah merde, dit Rebecka. Alors qu'est-ce qu'ils ont fabriqué avec ce véhicule ? Et il est où ? »

Elle se pencha en arrière sur sa chaise.

« De toute façon, ce n'est plus mon enquête. Il va bien falloir que je transmette ça à von Post. Encore qu'il ne va pas bouger le petit doigt. Il ne veut pas se brouiller avec toute cette clique d'entrepreneurs. Et le mobil-home, ils peuvent toujours prétendre l'avoir prêté sans savoir que c'était pour un usage illégal. Je crois que j'en ai fini avec cette ville. J'en ai marre de me tuer au boulot pour rien. »

Maria Taube lança un regard en coin à Sivving qui essuyait et rangeait la vaisselle.

« Viens avec moi une minute, dit-elle à Rebecka. On va en griller une. »

Elles sortirent sur le perron couvert et regardèrent la neige, il ne tombait plus que quelques flocons.

« Mais tu ne fumes pas, il me semble, dit Rebecka en tendant à tout hasard son paquet de cigarettes à Maria qui refusa d'un geste de la main.

— Je vais partir de chez Meijer & Ditzinger, annonça-t-elle sans détour. Nous… »

Elle fit un mouvement de la tête vers la maison de Rebecka, incluant Sofi, Sophie et Clara.

« Nous allons monter notre propre cabinet.

— Tu plaisantes !

— Non, ça va être les vaches maigres pour Sofi et moi pendant un moment, mais ce n'est pas grave. Le frère de Sophie est riche comme un troll et nous financera au début. Bureaux dans la Kommandörsgatan.

— Eh bien, félicitations ! Tu l'as dit à…

— Non, mon Dieu. N'en souffle pas un mot à Måns. Il va me tuer. Dès qu'il l'apprendra, il me jettera comme une malpropre. Tu veux être de l'aventure ?

— De l'aventure, comme salariée ?

— Comme associée. Tu ne t'imagines tout de même pas que ce matin on a épluché tes cartons pour le plaisir ? On voulait te racoler, tiens !

— Et c'est pour Carl von Post que vous avez travaillé par erreur, dit Rebecka avec un sourire sans joie.

— Bah ! Mais qu'est-ce que tu en dis ? Måns s'en remettra. Vous pourrez continuer à coucher ensemble. Et tu pourras revenir ici tous les quinze jours si tu veux. Et travailler d'ici de temps en temps, nous sommes souples. »

Rebecka aspira une profonde bouffée. Voilà donc pourquoi Maria avait cessé d'insister pour qu'elle revienne chez Meijer & Ditzinger. Et pourquoi elles étaient venues lui rendre visite.

« Elles t'apprécient. Et elles savent que tu es imbattable en matière de fiscalité des groupes de sociétés.

— Depuis combien de temps est-ce que vous avez ça en tête ? »

Maria haussa les épaules.

« On a commencé à en parler il y a un an. Tu connais la chanson, on se plaint, on râle. Tout le monde se tue au boulot et n'en peut plus.

— Mais tu es associée, désormais. Tu dois gagner…

— Je sais, mais quand même. Alors, qu'est-ce que tu en dis ? »

Rebecka éteignit sa cigarette dans l'épaisse couche de neige sur la rambarde.

« Je vais réfléchir, dit-elle. Je n'ai pas envie de rester au parquet. En fait je ne cherchais pas à y entrer à tout prix, mais je n'avais rien d'autre, après mon séjour en psychiatrie.

— Réfléchis-y sérieusement, s'il te plaît, dit Maria en joignant les mains. Ah, et puis je voulais te dire aussi… Mais tu ne te fâches pas, hein ?

— Tu as peur que je me batte avec toi dans la neige ?

— Oui. »

Elles rirent toutes les deux.

« Je suis ton amie, dit Maria. Je t'aime beaucoup. Et je crois que tu devrais aller voir quelqu'un. »

Rebecka sentit son estomac se nouer. Elle se concentra pour garder un visage détendu.

« Tu penses que je suis une amie fatigante ? dit-elle sur un ton bien moins léger qu'elle l'aurait souhaité.

— Oh, Rebecka, pas du tout. La preuve, je viens de m'agenouiller devant toi pour que tu t'associes avec nous. Tu te souviens comme on aimait travailler ensemble ? »

Non, pensa Rebecka. Je ne m'en souviens pas. J'ai toute une équipe de tournage dans la tête, qui monte mes pires moments, mes échecs et mes hontes. Ensuite, ils me repassent le film en boucle. Même ce qui a eu lieu quand j'avais quatorze ans.

« Je te trouve vraiment très déprimée, c'est tout. Je suis inquiète.

— Pardon, dit Rebecka. Je ne veux pas que tu t'inquiètes pour moi. »

Douce à l'extérieur, froide à l'intérieur. Et cela fonctionna. Finies, les remarques pleines de gravité. Elle avait horreur d'être une personne pour laquelle on s'inquiète.

« D'accord, dit Maria avec un air triste malgré son sourire. Merci pour l'excellente soirée et le petit déjeuner. On remonte avant que Sophie se soit fiancée avec Sivving ?

— Alors là, il y aura une vraie bagarre dans la neige », ricana Rebecka.

« Ça m'est soudain venu à l'esprit quand j'ai repensé à cette bicoque, là où Raimo Koskela avait emmené Börje », dit Sven-Erik qui sentait revenir ses brûlures d'estomac à force de boire du café.

Ils en étaient à leur troisième tasse. Sisu-Sikke n'avait touché ni à son mug à bec ni au paquet de biscuits devant lui.

« Raimo était à moto, avec Börje derrière lui, poursuivit Sven-Erik. Or c'est une voiture que Börje a entendue arriver et repartir ce soir-là, avant que Raimo ne disparaisse.

— Oui, dit Nyrkin-Jussi.

— Juste un détail, continua Sven-Erik en se frottant la moustache. La femme qui leur avait loué la maison était une parente à vous, Sikke. Elle avait mis une barrière à l'entrée du chemin de la forêt. C'est ce qu'a dit… »

Il sortit son téléphone pour vérifier les informations envoyées par Rebecka – Dieu bénisse cette gamine consciencieuse et organisée.

« … Mervi Johansson. »

Nyrkin-Jussi remua sa cuillère dans sa tasse. La porcelaine tintait, telle une petite cloche. Qui battait comme le cœur d'un animal aux aguets.

« On peut contourner une barrière quand on est à moto, mais pas en voiture. Ils devaient avoir une clé. Vous aviez une clé, Sikke ? »

Sikke secoua la tête.

« Mais vous saviez où elle habitait… »

Il consulta à nouveau ses notes.

« … cette Olga Palo, la belle-sœur de votre tante, qui louait la maison. »

Sisu-Sikke saisit la main de Nyrkin-Jussi.

« Tu veux que je lui raconte ? » demanda Nyrkin-Jussi.

Sisu-Sikke secoua la tête. Ils restèrent un moment sans rien dire. Sven-Erik attendait. Précipiter les choses était rarement utile. Il fallait parfois laisser le silence régner.

Puis Sisu-Sikke balbutia :

« La tab… tab… »

Nyrkin-Jussi lui tendit sa tablette alphabétique et Sisu-Sikke épela son récit :

« Le Roi des airelles a demandé
où Raimo était allé avec son gosse
j'ai dit il a loué
chez Olga à Kurkkio
il a demandé où elle habitait
après Raimo avait disparu
une semaine plus tard le Roi a voulu voir son casier au club
il n'y avait rien de particulier dedans
il m'a dit

de le prévenir si j'avais des nouvelles de Raimo
je savais qu'il voulait me leurrer
je sentais que Raimo ne reviendrait jamais
mais ensuite je me suis dit
tu inventes
mais
en fait je savais »

« Vous savez, on ne posait pas de questions, dit Nyrkin-Jussi avec un air torturé. Le local appartenait au Roi des airelles, il en possède toujours les murs, mais à l'époque il fournissait aussi l'essentiel de l'équipement. Certains gars du club travaillaient pour lui, à l'occasion. On était au courant. Mais nous, on s'occupait de nos propres affaires, on essayait de rester en dehors… »

Il s'interrompit.

« Voilà que je cherche à nous disculper.

— Moi, indiqua Sisu-Sikke sur sa tablette, j'avais pas dit à Jussi que le Roi était passé.

— Non, mais j'y pensais, moi aussi, évidemment, dit Nyrkin-Jussi. Parce que ça jasait à propos d'une histoire d'argent.

— Ça jasait ? demanda Sven-Erik.

— Raimo n'était pas un acolyte du Roi, ça non. Même s'il faisait des petits boulots pour lui, menuiserie et tout ça, beaucoup de courses aussi. Le Roi savait que c'était un mec réglo, qu'on pouvait lui faire confiance. Raimo allait très souvent récupérer de l'argent pour le Roi. Chez des gens qui avaient des dettes, pour toutes sortes de choses, alcool, came, mais aussi des loyers, des objets volés, bref il lui rendait divers services, si on peut dire. L'argent lui était remis dans des sachets en plastique.

— Ah bon ?

— Il y avait deux gars, au club. La veille de la disparition de Raimo, ils se sont pointés tous les deux avec les jointures des doigts écorchées. On n'a pas posé de questions, mais on a entendu les conversations. Visiblement, il manquait un sachet avec l'argent d'une berline vendue en Allemagne. Ils avaient tabassé le type qui avait emmené la voiture et reçu l'argent. Après l'avoir bien cogné ils s'étaient finalement laissé convaincre que le type avait livré comme il se doit un sac d'argent liquide et non de papier-toilette.

— Et ensuite Frans Mäki cherche Raimo, n'est-ce pas ? Après sa disparition, il vient fouiller dans son casier. Et d'un seul coup, la rumeur se répand que Raimo aurait trempé dans une affaire de faux billets et été tué par la mafia soviétique.

— Hhouais, fit Nyrkin-Jussi.

— Peut-être bien que le Roi cherchait un sac d'argent dans le casier de Raimo.

— Hhouais.

— Peut-être bien qu'il demande où est Raimo et laisse courir la rumeur de son exécution par la mafia soviétique pour faire diversion.

— Hhouais.

— Peut-être bien que Frans Mäki a tué Raimo Koskela. L'île où on l'a retrouvé se trouve à moins d'un kilomètre de la maison où il était avec Börje. Et Frans Mäki connaissait Henry Pekkari.

— Mais on ne savait pas, éclata Nyrkin-Jussi. Pour nous, Raimo Koskela avait disparu. Il pouvait très bien s'être fait la malle. On n'était pas copains, il venait faire de la boxe au club, c'est tout. »

Sa voix était implorante. Mais il réfuta ensuite d'un geste des deux mains ses propres paroles de justification. Comme si elles n'avaient aucune valeur.

« Olga Palo est morte depuis longtemps, dit Sven-Erik pensif. On ne sait pas si elle leur a prêté les clés et a gardé le silence quand Raimo a disparu.

— Ou bien s'ils sont entrés chez elle et ont pris les clés, dit Nyrkin-Jussi. Les gens ne fermaient jamais, à l'époque. Il était tard, elle dormait peut-être.

— Merci d'avoir répondu franchement, dit Sven-Erik en se levant.

— Vous allez raconter ça à Börje ? demanda Nyrkin-Jussi.

— Oui, je suis bien obligé.

— Comment demande-t-on pardon pour une chose pareille ? »

Sven-Erik repensa à l'époque où il en avait voulu à mort à Anna-Maria. Après la tuerie à Regla.

« Nous sommes tous de vieux bonshommes, dit-il. Et la vie passe sacrément vite. »

Nyrkin-Jussi tenait la main droite de Sisu-Sikke entre les siennes. Dans les coupures de journaux sur les murs, Börje Ström les regardait.

« On s'est occupés de lui en tout cas, dit Nyrkin-Jussi. Il est devenu champion du monde. Ça aurait mené à quoi d'aller voir la police ? On aurait été renvoyés du club, c'est tout. Et qui se serait occupé de Börje ? Qu'est-ce qu'on aurait pu faire d'autre ?

— Ce… ce… ce qu'il… fa… fallait faire », répondit Sisu-Sikke.

Rebecka reçut un message de Krister juste après le déjeuner. Ses invitées étaient parties, Sivving et Bella rentrés chez eux, elle-même s'était ressaisie et avait fait une longue promenade avec le Morveux. Allongée sur la banquette de la cuisine, elle surfait sur son téléphone.

« Coucou, écrivait Krister, Sivving m'a appelé, il paraît que tu n'es pas en état d'aller toute seule au garage après ta fiesta d'hier. Tu veux que je t'y emmène ? »

Elle se redressa pour rédiger sa réponse.

« Ce serait vraiment… »

Elle écrivit d'abord « gentil », mais effaça. Bon Dieu, elle n'allait pas se mettre à parler comme les copines de Maria Taube. Elle testa un tas d'autres adjectifs et, pour finir, elle écrivit « sympa ».

« J'arrive, répondit-il. Tu as rendez-vous à treize heures trente. »

Elle retourna sous la douche, son corps exhalait les excès de la veille telle une machine à vapeur. Elle choisit un vieux pull de son père et laissa ses cheveux détachés, Krister ne devait pas s'imaginer qu'elle faisait des efforts pour lui. Elle se regarda plusieurs fois dans la glace. Ça palpitait dans son ventre.

Quand il arriva, elle eut un mal fou à empêcher le Morveux de bondir dans la cour. Elle ferma la porte sur ses aboiements indignés.

Krister n'avait pas amené ses chiens. Autrefois, quand tout était dans l'ordre des choses, le Morveux,

Tintin et Roy se seraient ébattus joyeusement dans la cour, puis ils seraient restés dans la maison. Krister et elle auraient dîné ensemble.

Il posa son regard sur la porte d'entrée. Elle posa le sien sur la cage de transport vide, dans sa voiture.

« On y va ? » dit-il.

Il avait déjà déblayé la neige sur la voiture. Rebecka se sentit curieusement calme lorsqu'elle prit place à côté de lui et lui tendit la clé. Au moins, là, il n'était pas avec Marit.

Il recula le siège, ajusta le rétroviseur.

Elle-même n'avança pas le siège passager que Sivving avait reculé à fond la dernière fois qu'il était monté avec elle. C'était très bien. De sa position, elle put observer Krister pendant tout le trajet sans qu'il s'en aperçoive.

Dommage qu'il ait gardé son manteau, elle aimait ses avant-bras. Elle contempla tout son saoul ses poignets et ses mains.

Ses belles mains sur le volant. Il n'y avait pas un endroit de son corps à elle qui n'ait été caressé, empoigné par ces doigts-là. Ses baisers, en même temps qu'il lui pinçait le lobe de l'oreille et promenait une main sur ses seins.

« Quelle neige ! dit-il. J'espère qu'aucun idiot n'aura l'idée d'aller skier dans la poudreuse quand ça va s'arrêter. Il y aura des risques d'avalanche partout. »

Les pensées de Rebecka volèrent aussitôt vers le sauvetage en montagne et, de là, le saut jusqu'à Marit était ridiculement court.

Que faisait-il avec elle ? Est-ce qu'il lui pinçait aussi l'oreille en l'embrassant et en lui caressant les seins ?

Elle ne pouvait pas s'imaginer cela. Et en même temps, c'était tout à fait concevable. Insupportable.

Elle se rendit compte qu'elle pensait sans arrêt à lui. Oui, tous les petits gestes du quotidien la ramenaient à lui : sortir avec le chien dans la forêt, chausser ses skis, plier comme lui les briques de lait vides afin qu'elles prennent le moins de place possible dans la poubelle. Quand elle se brossait les dents. Sa brosse à dents, qu'elle n'avait jamais laissée chez lui mais remportait systématiquement.

Si seulement elle n'avait pas couché avec Måns.

Elle ne se rappelait même pas pourquoi elle l'avait fait, comment Måns et elle avaient décidé de dîner ensemble.

Pourquoi ? Et pourquoi l'avait-elle raconté à Krister ? De cette façon-là. Ses pensées se brouillèrent, elle n'arrivait pas à s'y retrouver.

Elle était allée chez Krister directement de l'aéroport. Elle lui avait tout dit, en vrac, sur le pas de la porte. Elle ne s'était même pas déchaussée. Elle savait comment ça se passerait. Peut-être avait-elle souhaité que ça se passe ainsi d'ailleurs. Il l'avait mise dehors sans un mot. Et c'était fini.

Ils approchaient de la ville. Krister roulait doucement sur la neige poudreuse. Le ventilateur tournait à fond, les vitres étaient couvertes de buée. Il aurait été de mise qu'elle fasse quelques commentaires sur le temps, elle aussi. Mais les mots restaient coincés.

Lorsqu'il avait refermé la porte derrière elle, ce soir-là, elle avait senti qu'il lui manquait déjà. Enfin, non. Elle avait d'abord éprouvé du soulagement. Elle était rentrée seule avec le chien à Kurravaara et s'était sentie libre. Cela faisait mal, mais c'était bien. Le soulagement avait duré une bonne semaine.

Ensuite elle avait commencé à penser à lui. Le manque s'immisçait. Mais elle n'avait rien fait et, un beau jour, voilà que Marit et lui étaient en couple. Elle n'avait rien vu venir. Au travail, tout le monde parlait d'eux et se réjouissait, sans comprendre combien chaque mot lui faisait mal.

Alors elle affichait une mine ravie et proférait des banalités telles que « Elle a l'air de lui convenir » ou « C'est un type tellement bien », qui lui donnaient ensuite envie de se rincer le gosier à l'eau de Javel.

Ils n'eurent pas à attendre. Son numéro d'immatriculation apparut sur l'écran et ils avancèrent la voiture pour le contrôle.

Rebecka prit un café au distributeur, Krister n'en voulait pas. Il sortit sous la neige, remonta sa capuche et passa un coup de fil.

À elle, évidemment.

Déprimée, Rebecka se balançait sur sa chaise en plastique blanc sale. Un miracle qu'elle ne soit pas encore tombée.

Qu'est-ce que je vais faire de ma peau ? se disait-elle. Je ne peux pas être avec Måns, je n'ai pas su rester avec Krister, je ne supporte pas d'être toute seule, je ne peux plus continuer au boulot. Il y a quelque chose qui cloche complètement chez moi. Je fais tout foirer.

Elle regarda les types du garage tester les freins, surélever la voiture. Elle jeta un coup d'œil à son téléphone. Pas de message.

Le dos de Krister sous la neige.

De quoi étaient-ils en train de parler ? « Qu'est-ce qui te ferait plaisir pour le dîner ? — Toi. — Moi aussi j'ai envie de toi. » Marit était-elle allongée en train de se caresser pendant qu'il lui susurrait des saletés à l'oreille ? Et qu'elle-même restait là à regarder en buvant un mauvais café dans un gobelet en plastique.

Elle paya le contrôle technique.

Lorsqu'elle toqua à la vitre, Krister rangea son téléphone.

« Ça a été ? demanda-t-il en s'engageant sur la départementale.

— Oui, dit-elle. Alors… tu as eu Marit au téléphone ? Tu devais faire un rapport ? »

Elle aurait voulu s'arracher la langue.

Il lui adressa un regard dur.

« Pardon, s'empressa-t-elle de dire, je plaisante. Putain, qu'est-ce que je suis lourde. »

Il ne répondit pas tout de suite.

« C'est Marit qui a insisté pour que je vienne t'aider, finit-il par dire. Quand Sivving m'a appelé. Elle a pitié de toi. Moi aussi. »

Voilà le danger, avec ceux qui sont amoureux, pensa Rebecka, la vue brouillée par la neige. Ils savent les mots qui tuent. Et ils les balancent sans crier gare.

Pendant tout le trajet du retour, elle compta combien de jours de congé et de RTT il lui restait à prendre. Presque assez pour couvrir son délai de préavis.

Assis dans la cuisine chez Ragnhild, Börje Ström appela Taggen Mäki. Il n'y avait pas à tortiller. Il fallait entrer directement dans le ring.

Ragnhild lisait, allongée sur le canapé du séjour.

« Il faut que je voie ton père, dit Börje. Si ce n'est pas lui qui a tué le mien, il sait qui l'a fait. »

À l'autre bout du fil, Taggen recula et para le coup.

« C'est une sacrée accusation, ça, dit-il. Je sais bien que papa n'est pas un enfant de chœur, mais qu'est-ce qui te fait dire qu'il…

— Peu importe. Il faut que je lui parle. De deux choses l'une : soit j'y vais tout seul et je campe devant chez lui jusqu'à ce qu'on me laisse entrer, soit tu m'aides à obtenir un rendez-vous. Je veux seulement savoir ce qui s'est passé, merde. Je n'ai pas l'intention de me venger ou de faire du grabuge. »

Taggen se taisait. Börje l'entendit mâcher quelque chose et déglutir.

Dans le séjour, Ragnhild tourna la page de son livre.

« Je vais t'arranger un rendez-vous, dit finalement Taggen. Il n'est pas en bonne santé. Mais ne va pas là-bas tout seul. »

Il raccrocha. Börje rejoignit Ragnhild.

« Alors ? demanda-t-elle tout bas pour ne pas effrayer Villa qui avait pointé le museau de derrière le canapé. Qu'est-ce qu'il a dit ?

— Il va organiser un rendez-vous.

— Tu crois que Frans Mäki va avouer, si c'est lui ?

— Je ne sais pas, mais il faut tenter jusqu'au bout.

— Hum. Et qu'est-ce que tu comptes faire si tu apprends que c'est lui ? Mettre le feu à sa maison ?

— Non, dit Börje en riant. À quoi ça servirait ?

— Moi j'aimerais mettre le feu à celle d'Henry. Le problème, c'est que c'est aussi la mienne, ma maison d'enfance. »

C’est comme ça, avec la vengeance, se dit Börje. Il faut faire gaffe à ce qui brûle.

1972-1974

Le New York de Börje Ström n’est pas très étendu. Börje loge à Hell’s Kitchen, dans l’ouest du quartier irlandais. Là-bas, les gens sont pauvres comme Job, les rues grouillent de gamins. Il plane en permanence une odeur de chou bouilli et d’ordures en décomposition.

Tôt le matin, Börje descend l’étroit escalier en quelques souples enjambées, il fait son jogging puis va prendre son petit déjeuner au Sunshine Diner, à deux pâtés de maisons. Œuf sur le plat et saucisse, et deux mugs de café… enfin, ici le café c’est une autre histoire, plutôt une eau brunâtre tirée d’une tourbière.

Le local d’entraînement de Big Ben se trouve à Brooklyn, dans un immeuble en briques de cinq étages. Le rez-de-chaussée est occupé par un entrepôt, la salle est au deuxième étage. Une belle salle, propre et bien aérée, avec de grandes fenêtres que l’on peut ouvrir, tout le matériel est neuf.

Encore maintenant, il arrive à Börje de s’arrêter sous les fenêtres ouvertes, juste pour écouter le claquement des punching-balls et des cordes à sauter, les coups réguliers des gants de cuir sur les sacs de sable. Le local est sa demeure.

Quand il fait trop chaud dans l’appartement, le soir, il monte sur le toit de l’immeuble, *tar beach*, la plage de goudron, comme ils disent. Parfois le vent lui apporte la rumeur de la foule qui converge vers le Madison Square Garden. Il entend les klaxons des taxis et les sirènes, toujours des sirènes, les gens qui affluent. Un jour, il boxera là-bas.

Son entraîneur est un gentil pépé originaire de Paris, Texas, que tout le monde appelle Paris. Sa carrière a pris fin précocement à cause d'un décollement de la rétine. Exactement comme le père de Börje.

Pour l'instant, Börje ne se bat que contre des losers et des vétérans sur le retour. Paris dit qu'il faut être patient.

« Tu vas te faire un nom grâce à eux, annonce-t-il dès le début en grattant les plaques d'eczéma sur ses bras et le dos de ses mains constamment irrités. Tu étais encore un amateur il y a peu. Tout le monde sait que tu as gagné aux Jeux olympiques, tous t'ont à l'œil, mais la boxe professionnelle, c'est autre chose. Les grands matchs viendront une fois que tu auras une série de victoires à ton actif. »

Paris est satisfait, Börje n'est pas un flemmard, il est assidu et discipliné, l'entraînement c'est toute sa vie, il saute à la corde aussi vite que le vent.

« *Keep it up*, continue comme ça, dit-il. Tu vas avoir besoin de cette forme physique-là. »

Börje gagne tous les matchs qu'il dispute. Bientôt, il a des concurrents plus solides. Il continue de gagner. Sur le ring, il est implacable, il frappe fort. Les journaux parlent de lui. Ils se mettent à l'appeler le Viking suédois, l'Ours blanc, rivalisent d'invention pour lui trouver un surnom qui accroche.

Börje n'est pas drôle, il ne sait pas causer et faire son show comme nombre d'autres boxeurs, mais il est blond, il a la peau claire et les yeux bleus. La James Bond girl suédoise Britt Ekland parle de son compatriote en ces termes aux journaux : « Non, il n'est pas bavard. Mais Börje Ström n'a pas besoin de baratiner pour culbuter une fille. »

Le 13 octobre 1974, Börje dispute un match contre Jim Jones, un vieux boxeur de trente-cinq ans.

« Mais ne le sous-estime pas, dit Paris. Il a encore une droite explosive et il est toujours resté debout, dans tous ses matchs. »

Le public est venu nombreux. Big Ben et sa clique sont assis au premier rang. Les journalistes sont rassemblés, une caméra a été montée près du ring.

La femme de Jim Jones est assise au premier rang elle aussi, avec leur fils aîné.

D'emblée, Börje frappe avec force. Il sait que Jones est coriace, mais il le fait bouger, le déséquilibre. Pas question de le laisser s'enraciner dans le sol, il ne doit pas récupérer sa stabilité et de la puissance dans sa droite.

Les deux hommes parviennent à porter quelques coups, mais principalement sur les bras et les mains. Börje Ström vise le septième round. Il ne va pas bâcler le travail. Au septième, Jones sera fatigué. D'ici là Börje lui fait faire de l'exercice, sérieusement, il le pousse d'un angle à l'autre, sans lui laisser aucun répit.

Quand la pin-up du ring, vêtue de quelques bouts de ficelle, arrive en se dandinant sous la lumière des projecteurs avec son panneau annonçant le septième round, Börje entend Big Ben dire à ses amis :

« S'il n'est pas capable de battre ce petit mec, comment va-t-il faire contre les grands ? »

Le public aussi est impatient. Les gens sifflent et crient. Le gong sonne le septième round. Börje sait qu'il l'emporte au nombre de points, mais aujourd'hui, ça ne suffit pas.

Il fait monter la pression. Il vise le knock-out. Jones n'a plus beaucoup de carburant, il essaie d'atteindre le sourcil fragile de Börje. De son côté, Börje s'emploie à saper l'équilibre de Jones, qui est obligé de se déplacer jambes écartées et de rétrécir son allonge.

Börje fait un pas chassé vers la gauche, envoie un uppercut du droit, enchaîne avec un crochet tout en évitant la droite de Jones qui lui effleure à peine l'oreille. Avant que Jones ait eu le temps de retrouver ses appuis, Börje lui assène une jolie combinaison de coups sur le corps.

Maintenant, Jones est dans les cordes. Börje tire des missiles, Jones résiste courageusement, se tord, se dérobe, évite le coup définitif, mais il souffle comme un bœuf. Börje est un vrai feu d'artifice. L'assistance se lève et hurle. Börje redoute le coup de gong autant que Jones l'espère sans doute. Il ne faut pas qu'il y ait un round de plus ; il lui décoche deux coups puissants dans la mâchoire. Les jambes de Jones cèdent, le gars ne tient plus que sur deux spaghettis trop cuits, sa garde est retombée et Börje le frappe à la tête.

Jones s'écroule au tapis comme un cheval abattu. L'arbitre compte.

Il lève la main de Börje. Celui-ci s'aperçoit alors qu'il est à bout de souffle. Et que son oreille saigne. Le public rugit.

Jones est toujours par terre. Ses jambes tressautent comme deux poissons sortis de l'eau. Quelqu'un met la cape sur les épaules de Börje, et il quitte l'arène. Les infirmiers sont déjà dans le ring.

Dans le vestiaire, Big Ben et sa suite viennent le féliciter avant même que Paris lui ait ôté ses gants.

« Et Jones ? demande Börje.

— Tu es mon petit Blanc, rigole Big Ben. Et mon petit Blanc a envoyé le petit Noir à l'hôpital. C'est comme ça que ça doit être. Comme ça, putain ! »

Dans la cantine du commissariat, Anna-Maria Mella finit les derniers restes du poulet au riz que sa famille avait mangé la veille, quand elle était chez Rebecka. Ils lui avaient laissé de quoi emporter une gamelle pour son déjeuner, enfin surtout du riz et de la sauce. Et elle n'aurait pas dû mettre la salade avec au micro-ondes.

Elle avait un peu mal sur le côté mais essayait de faire en sorte que cela ne se remarque pas. Elle avait dû se froisser un muscle en se battant avec Rebecka. Qu'elle aille au diable, celle-là !

Anna-Maria regarda par la fenêtre. La voiture de Rebecka n'était pas là. Tant mieux, se dit-elle, sinon je l'aurais obligée à souffler dans le ballon.

« Salut, tu t'es blessée ? demanda Magda Vidarsdotter qui venait de réchauffer ses nouilles.

— J'ai glissé sur la neige hier. »

Ce n'était pas tout à fait faux.

« Oh, ma pauvre !

— Rien de grave, juste quelques bleus.

— Mais quel temps, aussi ! dit Vidarsdotter. D'après la météo, il devrait s'arrêter de neiger aujourd'hui. »

Anna-Maria haussa les épaules. Elle pressa le bouton de la machine à café qui se mit à bourdonner et afficha son message lumineux, auquel Anna-Maria lança un regard haineux.

Karzan Tigris entra, il avait posté sur Instagram une photo de lui sous la neige, son mug de café à la main. « Café des flics, regardez un peu comme il neige ! » Dans le reste du pays, les gens postaient des photos de cerisiers en fleur.

« Au moins, les voyous restent chez eux, dit-il. Y a personne ici aujourd'hui ? »

Anna-Maria haussa les épaules. Tommy Rantakyrö était chez lui jusqu'à la fin de la semaine. En tout cas, aucune plainte n'avait été déposée à cause de cette histoire de portable bousillé à Riksgränsen.

À cet instant, le sien sonna. C'était Tommy.

« Bonjouur, fit-elle avec une gaieté exagérée.

— C'est toi… Anna-Maria… »

Voix rauque de Tommy. Presque un cri.

L'inquiétude s'abattit sur elle comme un couperet.

« Tommy, comment vas-tu ?

— J'en peux plus, Anna-Maria, je vais pas y arriver.

— Quoi ? Attends ! Une seconde ! »

Elle saisit son gobelet de café, fit un geste d'excuse vers Vidarsdotter et Tigris et se précipita dans son bureau.

« Je vais me tuer, dit-il. J'ai mon arme de service et je… je… »

L'alarme se déclencha à l'intérieur d'Anna-Maria. Putain de bon Dieu de merde ! Il était complètement en dessous de zéro. Depuis des mois. Et elle… elle n'avait rien fait. Que dalle.

Elle prit une profonde respiration.

« Tommy, dit-elle calmement. Tu es adulte, tu fais ce que tu veux. Mais d'abord on va parler, tous les deux, tu m'entends ? »

Son téléphone émit un signal d'appel : Rebecka Martinsson ! Elle l'ignora.

« Tommy ? »

Bon sang, ils avaient été coupés ?

« Tommy ? Tu es toujours là ? »

Il gémit, comme s'il avait été piqué.

« Je suis là.

— Où es-tu ? J'arrive. Ne fais rien, d'accord ? J'arrive ! »

Krister se gara dans l'allée devant sa maison. Il avait blessé Rebecka, il le savait, en lui disant que Marit et lui avaient pitié d'elle, que c'était la raison pour laquelle il l'avait emmenée au contrôle technique.

« Quel con ! » se dit-il tout haut à lui-même.

Être capable d'une telle cruauté le mettait très mal à l'aise. Il se demanda ce que sa sœur dirait de tout cela. À coup sûr des choses qu'il préférait ne pas entendre.

Par la fenêtre de la cuisine, il vit Marit assise à table, la tête dans les mains. Les chiens étaient déjà à la porte et aboyaient. D'habitude, Marit les laissait sortir lui faire la fête, sinon ils mettaient la pagaille dans les chaussures. Mais là elle ne bougeait pas. Il s'approcha de la maison avec appréhension.

Il dit bonjour aux chiens et, avant même de se déshabiller, passa la tête dans l'embrasure de la porte.

« Comment ça s'est passé ? demanda-t-elle.

— Ben, sa voiture a passé le contrôle, dit-il. Ça va ?

— Moyen, répondit-elle. Il faut qu'on parle. Tu veux du thé ? J'ai fait un gâteau. »

Sa voix était fêlée.

Il ordonna aux chiens de se coucher et s'assit en face d'elle. Attendit, silencieux.

Elle servit du thé. Il pensa à toutes les fois où elle avait pesté contre cette théière qui versait mal.

Elle lui tendit une part de gâteau à la banane. Il le goûta, hocha la tête pour dire qu'il était bon, mais laissa le reste sur son assiette.

« Je n'ai plus envie de ça, dit-elle.

— Plus envie de quoi ?

— Nous. »

Il respira profondément. Tintin vint aussitôt poser la tête sur ses genoux.

« Parce que j'ai emmené Rebecka là-bas ? » demanda-t-il.

Mais elle l'arrêta d'un geste.

« Bien sûr que non. Mais… »

Elle le regardait dans les yeux et il se demanda quelle expression adopter, ce qu'elle attendait de lui.

« … c'est injuste, poursuivit-elle. Je trouve que je suis mieux qu'elle.

— Tu es mieux qu'elle. »

Il essaya de lui prendre la main, mais elle se déroba. Tintin leva la tête et lui gratta la jambe avec sa patte.

« Je suis gaie, dit Marit. Presque tout le temps. Je range la maison. J'ai des amis. J'organise des trucs. Au lit, ça marche bien…

— Super bien, chuchota-t-il.

— … quand l'occasion se présente. En fait, il ne s'agit pas d'elle, oublie-la. Il s'agit de moi. Je ne me sens pas aimée. J'estime que j'ai le droit de me sentir aimée.

— Je t'aime, dit-il, et il réprima violemment le sentiment de colère qu'elle avait fait jaillir en lui à lui arracher ces mots de la bouche.

— Tu dis que tu m'aimes. Mais le mot est tellement… »

D'un geste de la main, elle fit mine d'essayer de retenir quelque chose d'insaisissable, du sable coulant entre ses doigts.

« C'est elle que les chiens préfèrent », poursuivit-elle.

Puis elle se mit à rire. D'elle-même, de ses propos aussi puérils. Il resta impassible. Elle avait les larmes aux yeux. Lui aussi.

« C'est la vérité, reprit-elle en remuant bruyamment sa petite cuillère dans sa tasse. Pourquoi ne pas le dire puisque c'est vrai ?

— Je ne suis pas à la place de mes chiens », dit-il.

Elle ne répondit pas, coupa son gâteau en morceaux avec sa cuillère, recoupa les morceaux, sans rien manger.

« Je mérite mieux, répéta-t-elle, renforçant son propos d'un hochement de tête. Je mérite de me sentir aimée. Quoi qu'aimer veuille dire.

— Tu le mérites.

— Peut-être que ça ne va pas bien là-dedans, tout simplement, dit-elle en se tapotant la tête avec sa cuillère. Mais qu'est-ce que ça peut faire, finalement ?

— Oh, mon Dieu », dit-il d'un ton malheureux.

Il lui saisit les mains avant qu'elle les retire à nouveau, les pressa si fort qu'elle fit une petite grimace de douleur. Il serra moins fort.

« Je ne comprends pas, dit-il. Tu m'aimes ? Moi je t'aime. Donne-moi encore une chance. Je vais m'améliorer. »

Elle secoua la tête. Il se demanda si ça aussi c'était de la cruauté. Si elle se consolait à le voir souffrir.

Il voulait lui dire qu'elle était trop bien pour lui ; il le lui avait souvent dit. Mais il ravala ses paroles. Il avait toujours éprouvé de la reconnaissance. Elle était trop belle pour lui. Trop… Tout le monde ne l'adorait peut-être pas, mais elle était populaire. Aux yeux de tous, il était, lui, un vrai veinard.

Ça ne l'enchantait pas d'être un veinard. D'être toujours celui qui doit se sentir reconnaissant. Ça vous place dans une position d'infériorité qui vous ronge. La culpabilité s'installe, on essaie de compenser. Et l'amour se transforme. Devient peut-être de la dépendance.

Il pensa à la dure existence des chiens qui se situaient au plus bas dans la hiérarchie de la meute. Il pensa à Rebecka. Il l'avait aimée bien avant qu'ils soient ensemble. Mais il ne l'avait jamais placée sur un piédestal.

« Je suis insatisfaite, dit Marit. Et cette personne insatisfaite, je la déteste. »

Elle retira ses mains. Se leva.

Il laissa ses mains sur la table.

« Je rentre, dit-elle. Marcus est chez Isak, il faut aller le chercher à sept heures. Je lui parlerai. Mais pas maintenant. »

Il acquiesça.

« Sois prudente sur la route », dit-il d'une voix rocailleuse.

Elle regarda la neige qui tombait encore.

« Je t'enverrai un message quand je serai arrivée. Inutile de répondre. J'éteindrai mon téléphone après. »

Elle avait déjà mis ses affaires dans un sac IKEA. Tandis qu'elle enfilait son manteau et ses chaussures, il caressa la tête et les oreilles de Tintin, lui gratta le poitrail. La chienne frappait doucement le sol de la queue.

Marit Törmä roulait sous la neige, elle sentait les pneus patiner, entendait le crissement nerveux des essuie-glaces.

Le pire dans cette rupture était presque le risque que Krister et Rebecka se remettent ensemble. Comment le supporterait-elle ?

Elle ne saisissait pas bien Rebecka. À première vue, c'était une personne posée, une procureure brillante, décontractée. Qui avait le sens du devoir, une sorte de passion pour la justice sociale. Et puis elle aimait la nature et les chiens. Marit avait cependant l'impression que Rebecka était aussi habitée par une foule de contradictions. Elle était intelligente, presque sage, et en même temps dépourvue de tout discernement. Gentille autant qu'égoïste et sans égards. Maîtresse d'elle-même et déchaînée. Équilibrée et détraquée. Marit devinait une sorte de désillusion en elle, un gâchis.

Lors de brèves rencontres à diverses occasions, Rebecka et elle n'avaient tissé aucun lien d'amitié, ni même vraiment sympathisé. Marit s'était sentie passée au crible par Rebecka. Celle-ci l'écoutait attentivement tout en arborant un air absent, avant de l'expédier, la trouvant trop légère.

Marit était en colère. Contre Krister aussi. Pourquoi toutes ces complications ? C'était incompréhensible.

Elle eut un sentiment de honte en pensant au nombre de fois où elle avait essayé d'amener leurs conversations vers l'ex-petite amie de Krister.

Pourquoi est-ce que je pense autant à elle ? se demandait Marit. C'est toxique.

De retour chez elle, elle enfila des vêtements doux et confortables et se fit du thé. Elle prit un selfie, écrivit sur son compte Instagram qu'elle était très très triste et conclut ainsi : « *In a world where you can be anything, be kind*[1]. »

Elle éteignit son téléphone. Tous ces cœurs la fatiguaient.

« Tous les abrutis de prestataires qui font du déneigement vont être dans le rouge, maintenant, se réjouit Taggen. Ils avaient sûrement déjà rangé les machines pour cette année. »

Ils se dirigeaient vers la route d'Esrange. Taggen avait appelé Börje : le Roi des airelles acceptait

1. « À choisir, autant se montrer gentil, dans la vie. »

de le rencontrer. Prévenu par Börje, Sven-Erik avait affronté la neige pour les rejoindre en ville.

Sven-Erik Stålnacke était assis à l'arrière de la voiture. Il n'avait pas informé Rebecka de ce rendez-vous avec le Roi des airelles. Avant d'être assassiné, Henry Pekkari avait téléphoné à son frère Olle, qui avait à son tour appelé Frans Mäki.

Et maintenant, lui-même allait parler à Mäki du meurtre de Raimo Koskela. Qu'on avait retrouvé dans le congélateur d'Henry Pekkari. Une véritable histoire de fous.

Rebecka comme ses anciens collègues n'apprécieraient pas qu'il se rende là-bas. Ils n'avaient pas de motif suffisant pour soumettre les Russes à un interrogatoire. Ni sur le meurtre d'Henry Pekkari, ni sur les deux pauvres filles écrasées par un scooter, ni sur cette Galina Machin-truc à Riksgränsen.

Et le voilà qui venait perturber leur enquête avec ses propres investigations. Les Russes seraient plus que jamais sur leurs gardes.

Mais je ne suis plus en activité, se dit-il en passant les doigts dans sa moustache. Je me suis chargé d'enquêter à titre privé et je respecte mes engagements.

Finalement, c'était une chance que Rebecka ait été écartée de l'enquête : il préférait se brouiller avec von Post.

Un coup de frein brutal de Taggen l'arracha à ses réflexions et tous furent projetés en avant.

« *Sorry*, les gars », dit Taggen.

Ils étaient arrivés. Un chien de combat sans oreilles se jeta sur la grille du chenil et la mordit avec acharnement.

Les deux Russes les firent entrer. Sven-Erik comprit ce qui avait effrayé Rebecka et Anna-Maria. Il y avait des muscles là-dessous, ça ne faisait aucun doute. Les hommes passèrent si prestement les mains sur les vêtements de Sven-Erik et de Börje que ceux-ci mirent un instant à se rendre compte qu'ils avaient été fouillés. Ils durent laisser leurs téléphones. Ce n'était pas le moment de protester.

La femme du Roi des airelles était absente. Ils furent conduits jusqu'à la chambre de Frans Mäki, où ils se retrouvèrent assez à l'étroit. Sven-Erik se plaqua contre la cloison, en face d'un grand écran de télévision mural.

Dans un angle, une môme était vautrée sur un fauteuil, le nez plongé dans son portable. Elle portait une jupe courte en tissu noir brillant. Son chemisier à moitié transparent, avec des manches bouffantes roses, laissait apparaître son soutien-gorge en dentelle noir. Elle avait d'épais faux cils, comme les jeunes actuellement. Sven-Erik eut un pincement au cœur. Quel âge avait-elle ? Et qu'est-ce qu'elle fichait là, bon sang ?

Quant au Roi des airelles, il était calé au milieu de gros coussins dans un lit médicalisé. La télécommande pour régler la hauteur et l'inclinaison du sommier pendait à côté de lui. Près du lit se trouvait un fauteuil roulant.

« Voyez-vous ça, un visiteur de marque ! dit le Roi des airelles à Börje Ström. Approche un peu, que diable, ne reste pas planté là comme une barrique ! »

Börje ne l'aurait pas reconnu. À la place de sa chevelure brune il n'avait plus sur le crâne que quelques mèches grises et ternes. Ses bras pointaient de son T-shirt comme des cure-dents et ses joues étaient creuses, mais bien rasées. Sa respiration était rapide et superficielle. On aurait dit une pauvre plante maintenue en vie grâce à un éclairage artificiel et de l'engrais.

Börje prit avec précaution la main frêle qu'il lui tendait.

Sven-Erik le salua également.

Depuis son coin, Taggen lui dit bonjour, mais le Roi lui accorda à peine un regard et fit une moue dédaigneuse.

« Tu n'as pratiquement pas changé, dit le Roi des airelles à Börje. Tu continues la boxe ?

— J'entraîne quelques groupes, chez moi à Älvsbyn. Oui, on essaie de garder la forme. »

Börje n'avait que sa question en tête. Il aurait dû se préparer, demander à Ragnhild de l'aider à la formuler.

Ils parlèrent un peu de boxe, mais ni Taggen ni son père n'étaient plus vraiment dans le coup. Ils se rappelèrent les anciens *fighters*, ah, la boxe amateur ! C'était mieux avant, les galas mixtes c'était tellement rasoir, et puis plus personne ne sortait du lot, d'ailleurs les journaux n'écrivaient plus une ligne sur ce sport. Börje fut soudain écœuré, c'était toujours le même refrain.

Merde, qu'est-ce qu'on vieillit ! pensa-t-il.

« Non, il faudrait qu'il y ait plus de types comme nous à l'époque, dit Taggen à Börje. Tu te souviens, quand on allait se battre contre les Finlandais ?

— Mais bordel, ferme-la, espèce de tas de graisse ! hurla le Roi à Taggen. Des “types comme nous à l’époque” ! Pour qui tu te prends, minable ? Qui se souvient de toi ? Avec tes mains en peau de chatte. »

Un silence tomba.

« Tu avais une demande », dit le Roi des airelles à Börje Ström.

Il était fatigué, l’audience prendrait bientôt fin.

« Oui, dit Börje. Comment dire… Mon père a été retrouvé dans le congélateur d’Henry Pekkari. Tué par balle. Tu as quelque chose à voir là-dedans, Frans ? C’est toi qui… ?

— Ton père m’avait volé de l’argent, dit le Roi des airelles. Plus de quarante mille. Beaucoup, pour l’époque. On ne fait pas ça impunément.

— Les choses sont ce qu’elles sont, dit Sven-Erik avec le plus grand calme. Pouvez-vous nous raconter comment ça s’est passé ? Juste pour que Börje sache. Ce n’est plus une affaire judiciaire, le cas est prescrit depuis longtemps. »

Le Roi des airelles frottait la couverture de sa main fanée.

« Raimo avait fait une tournée pour moi. Avec la Ford Taunus Transit, tu te souviens ?

— Bien sûr, dit Taggen. Elle…

— C’était simple, à l’époque, poursuivit le Roi. On mettait l’argent dans un sac en plastique avec un bout de papier indiquant qui avait payé. Or dans un des sacs, il n’y avait que du papier-toilette. Voilà, ensuite ça a été la routine habituelle. On a causé à celui qui avait remis le sac, il était catégorique : le sac était bien rempli d’argent. Il n’y avait que moi et ton père à avoir la clé de la voiture. Et c'est ton père qui avait fait la tournée. Alors… »

Il s'interrompit, se racla la gorge.

« Tonya ! »

La fille dans le fauteuil leva les yeux. Le Roi désigna une brique de jus de fruits à côté du lit. Elle glissa les pieds dans ses escarpins à talons aiguilles, trottina jusqu'au lit, détacha la paille de la brique et l'enfonça dedans, fit boire le vieillard, sans sourciller lorsqu'il lui caressa les fesses. Puis elle retourna à son téléphone, dans le fauteuil.

Sven-Erik avait assisté à la scène avec un sentiment d'impuissance et de dégoût. Quel âge avait-elle ? Quinze ans ? Vingt ? Qu'est-ce qu'elle fichait là ?

« Alors on est allés le chercher, reprit le Roi.

— On ? » demanda Sven-Erik Stålnacke.

Il aurait voulu prendre la gamine par le bras et la tirer d'ici.

« Moi et deux de mes gars. Mauri Kaatari et Toivo Lahti. Oui, ils sont morts depuis longtemps. Nous sommes allés chez Henry Pekkari, pour avoir une petite conversation en privé. Il habitait dans le coin, sur cette île. On se connaissait, Henry Pekkari et moi, il traînait au club quand il venait à Kiruna.

— Que s'est-il passé ?

— Eh bien, Raimo a nié. Ensuite il a été menaçant alors je l'ai descendu. »

Sven-Erik se passa la main dans la moustache.

« D'où provenait votre arme ? demanda-t-il.

— Putain, je sais plus, dit le Roi des airelles. Sûrement d'un de mes types qui l'avait sur lui. Ce n'était pas la mienne. Je n'avais pas l'intention de lui griller la cervelle. Vous pouvez y aller maintenant, j'ai d'autres choses à faire. »

Il dévora Tonya des yeux.

Les deux Russes leur firent signe de sortir. L'entrevue était terminée.

« *How old is she, Tonya ?* demanda Sven-Erik quand ils furent dans le couloir.

— *Nineteen*, répondit l'un des Russes. *She has passport. Nothing illegal here*[1]. »

« Eh ben merde alors », dit Sven-Erik une fois dans la voiture.

Il y avait des univers parallèles. Tandis que lui s'occupait de ses patates et lisait le journal en caressant ses chats, des gens vivaient dans un tout autre monde, armés, ils abusaient des femmes, le crime était leur métier.

Taggen et Börje se taisaient.

Börje regardait les flocons de neige fondre sur le pare-brise. Eh bien voilà. À présent il savait.

À quoi bon vouloir tuer le Roi des airelles ? Pour ce qu'il en restait. Et quand bien même. Il avait déjà tué un homme, une fois. Ça suffisait.

1. « Quel âge elle a, Tonya ? — Dix-neuf. Et elle a des papiers. Tout est légal. »

Octobre 1974

Jim Jones reste trois jours à l'hôpital et meurt d'une hémorragie cérébrale. À l'entraînement, Börje apprend par un des autres boxeurs que la veuve n'a pas les moyens de payer l'hôpital.

Trois enfants, pas de travail, plus de mari.

Dans leurs papiers sur le match de la mort, les journaleux écrivent que la boxe est certes un sport dangereux, mais qu'en réalité il est plus dangereux de prendre sa voiture tous les jours pour aller travailler, or on n'interdit pas la voiture pour autant. Les boxeurs savent tous à quoi ils s'exposent lorsqu'ils montent sur le ring. Tous les journaux espèrent que, malgré l'accident, Börje Ström poursuivra sa carrière si bien amorcée, jusqu'à la ceinture de champion mondial catégorie poids lourds-légers.

Börje refuse de donner des interviews. Il va voir Big Ben O'Shaughnessy et lui demande de payer la facture d'hôpital pour la veuve de Jim Jones.

Big Ben en fait presque tomber son cigare.

« Tu déconnes ou quoi ? gueule-t-il. Et pourquoi est-ce que je devrais payer ? »

Il prend à témoin l'un de ses complets-cravates. Celui-ci hausse les épaules.

« Parce que vous en avez les moyens, dit Börje. Cette famille n'a pas d'argent.

— Pas question ! Tu te rends compte du signal que ça enverrait ? Que nous sommes coupables de sa mort, que tu es coupable, toi. Tu as gagné ! Tu as fait ton job dans le ring et tu as gagné.

— Dans ce cas, c'est moi qui paierai, dit Börje Ström. J'ai rapporté un tas de fric l'année passée, maintenant j'aimerais en toucher une partie. »

Big Ben s'enfonce dans son fauteuil. Börje le trouve tellement ridicule derrière son gigantesque bureau qu'il en rirait presque. Mais là, Big Ben s'est fait un visage de béton. Il claque des doigts et, comme si elle lisait dans ses pensées, sa secrétaire sort de la pièce aussi rapidement que le lui permet sa jupe étroite. Elle revient une minute plus tard avec un classeur étiqueté au nom de Börje.

« Là ! dit Big Ben en ouvrant le classeur avec un claquement sec. Voilà toute la comptabilité jusqu'à aujourd'hui. La part de tes revenus dans cette colonne et mes dépenses pour toi dans celle-là. »

Börje parcourt les chiffres des dépenses, il y a les frais d'entraînement, d'habillement, l'utilisation de la salle de sport, une multitude de droits à payer pour les matchs, droits dont il ignorait l'existence, les déplacements, les dîners, le loyer de l'appartement, la voiture…

« Mais je n'ai pas de voiture, dit-il faiblement.

— Bien sûr que si, dit Big Ben en tirant sur son cigare. Si tu as choisi de ne pas aller la chercher, c'est ton problème. »

Il pointe la ligne de comptes attestant que Börje Ström loue une Rambler American. Börje trouve les frais sacrément élevés pour une bagnole merdique avec un moteur de machine à coudre.

« Mais je ne peux pas…

— Tu ne peux pas quoi ? Assumer les dépenses ? Tout est dans le contrat. Tu m'appartiens, tu piges ? »

Börje n'a pas l'habitude de la paperasse, mais les chiffres parlent d'eux-mêmes. Il doit à Big Ben O'Shaughnessy presque dix mille dollars.

Soudain, Big Ben éclate de rire et referme le classeur.

« Ne t'inquiète pas, mon gars. Tout ça, tu l'auras bientôt gagné. Et largement plus même. Tu as deux matchs en décembre, un en janvier, et avant le mois de juin tu disputeras un match pour la ceinture. Après, tu pourras t'acheter une villa avec piscine. Te choisir une nana et lui passer un gros diamant au doigt. La presse va adorer. »

Les complets-cravates se mettent à rire eux aussi, comme s'ils étaient commandés par un interrupteur.

« Tu as bon cœur, dit Big Ben, rien de mal à cela. Mais moi, je fais du business, point. C'est comme ça que je me suis élevé jusqu'au sommet, et c'est aussi comme ça que je t'amènerai au sommet. »

Les nuits suivantes, Börje Ström rêve qu'il prend part à une « bataille royale ». Ce sont les planteurs du sud des États-Unis qui ont introduit ce sanglant divertissement : ils parquaient des esclaves et ceux-ci devaient se battre jusqu'à ce qu'un seul reste debout. Entre quatre et trente hommes, presque exclusivement des Noirs, se battaient jusqu'à perdre connaissance, souvent à l'aveuglette, les yeux bandés. On laissait tomber une pluie d'argent sur le dernier à rester sur pied.

Börje rêve qu'il est poussé dans le ring malgré ses protestations : « Vous vous trompez ! » Il se réveille en sueur avec dans la tête des images d'hommes entassés à terre, leurs jambes tressaillant comme des poissons. Dans le rêve, il a la bouche pleine de sang. Un collier de fer autour du cou, tel un chien enchaîné.

La « bataille royale » a été pratiquée jusque dans les années trente, il le sait.

Ça continue de nos jours, se dit-il.

Un voisin cogne contre la cloison en beuglant : « Silence ! » Un enfant pleure. Börje a dû crier tout haut dans son sommeil.

Anna-Maria Mella roulait vers le chalet de Tommy Rantakyrö. Les essuie-glaces tournaient à fond, mais la neige collait sur le pare-brise. Elle dut sortir et la gratter à la main. Sur la dernière portion du trajet, elle avança au pas, la peur au ventre de croiser un poids-lourd venant de Narvik. La Toyota de Tommy était garée dans un renfoncement déneigé. Anna-Maria se serra juste derrière, peut-être un peu trop près du bord de la route, mais elle n'en avait pas pour longtemps. Restait à espérer que personne ne heurterait la voiture par manque de visibilité : elle avait déjà disparu sous un manteau neigeux.

Anna-Maria essaya de joindre Tommy, il ne répondait pas.

On distinguait encore les traces de ses pas formant des petits creux dans la neige. Le chalet ne se trouvait pas très loin de la route.

Elle ferma la voiture à clé, remonta son écharpe jusque sous ses yeux. Elle suivit les traces, qui n'allaient pas tarder à être totalement recouvertes. Ses chaussures se mouillèrent. Il faudrait qu'elle s'achète une paire de bottes solides et les laisse dans la voiture.

Elle traversa un terrain marécageux à découvert où le vent se fit sentir avec davantage de violence. La neige entrait dans ses yeux, une croûte gelée se forma sur son bonnet. Mais elle n'avait pas froid, car la progression était difficile.

Il y avait à peine un kilomètre. Et encore. Elle mit toutefois plus de vingt minutes à le parcourir.

C'était un chalet des années soixante, type sports d'hiver. Sur l'un des côtés, la neige s'était accumulée jusqu'au rebord de la fenêtre. Anna-Maria jeta un coup d'œil derrière elle ; même si une tempête se levait, elle devrait retrouver son chemin sans problème. Pourvu seulement que la voiture puisse ressortir.

« Tommy ! » appela-t-elle une fois près de la maison. Mais le son de sa voix fut emporté par le vent.

Elle avait la main sur la poignée quand il ouvrit de l'intérieur. Elle sursauta.

« La vache, tu m'as fait peur, dit-elle essoufflée. Mais qu'est-ce qui se passe ? »

Il pleurait. Elle ne l'avait jamais vu dans cet état. Il avait l'air complètement bouleversé. Les cheveux gras, ébouriffés. Le nez qui coulait, comme un gosse. Une couverture synthétique jetée sur les épaules, pardessus son manteau.

« Anna-Maria », dit-il.

Il leva les bras vers elle comme pour une embrassade, mais les laissa retomber. La couverture glissa par terre.

Elle le poussa à l'intérieur, ramassa la couverture et referma la porte.

La pièce était meublée à l'économie. Des lits superposés, deux chaises et une table à abattants. Le vent forçait sur les minces parois du chalet.

« Tu n'as pas fait de feu ? demanda Anna-Maria. Qu'est-ce qui t'arrive ? C'est à cause de Milla ? Elle va avoir un enfant de son nouveau mec ?

— Non, non ! »

Il s'effondra sur la couchette du bas, les coudes sur les genoux.

« Je me suis grillé, Anna-Maria. Complètement grillé. »

Il éclata en sanglots. Pleura bruyamment. Impossible de lui tirer une parole sensée.

Anna-Maria dénicha une bouteille de Jägermeister dans le placard sous l'évier et lui en versa un grand verre. Il était manifestement déjà beurré, un verre de plus ne changerait pas grand-chose. L'essentiel était qu'il puisse marcher jusqu'à la voiture.

« Bois, lui ordonna-t-elle. Ensuite je te reconduis chez toi. Bois ça, pendant que je fais du feu. »

Elle ouvrit la trappe de tirage, le vent siffla dans le conduit de cheminée. Elle fit brûler quelques boules de papier journal et un carton de muesli pour évacuer le bouchon d'air froid, cassa du petit bois et ajouta de belles bûches de bouleau. Le feu prit immédiatement.

Elle s'assit sur l'une des chaises.

« Maintenant tu vas me raconter ce qui se passe, dit-elle. Je ne peux pas deviner. Tu es accro au jeu ? »

Il secoua la tête.

« Je suis foutu. Tu sais, quand Milla m'a quitté, je suis beaucoup sorti et je me suis pas mal bituré. »

Oui, elle le savait. Elle se souvenait des fois où il était arrivé au travail le teint verdâtre et suant comme un vieux sac-poubelle.

« Je suis allé un soir au Scandic Ferrum, il y avait un groupe de musiciens. J'avais pas mal bu et les autres étaient rentrés chez eux. Une fille m'a abordé. Elle avait une chambre dans l'hôtel. Je croyais que c'était une hôtesse de l'air ou quelque chose du genre, elle était super canon. »

Il vida son verre. Sa respiration était encore entrecoupée de sanglots, mais son récit tenait debout.

« Je ne pensais pas être en état, j'étais bourré comme un coing. Mais… bref, tu n'as pas besoin de savoir tous les détails. En tout cas, ça a marché. Mais après, elle a réclamé de l'argent. J'ai dit non, évidemment. On n'avait pas… Je n'aurais jamais accepté. Mais quand j'ai voulu partir, deux types étaient là, dans l'entrée. C'étaient eux. Ceux que Rebecka et toi… »

Anna-Maria fut traversée d'un frisson.

Elle ajouta deux bûches. Ça tirait bien quand il y avait du vent.

« *Shit*, dit-elle.

— Exactement. *Shit*. Ils n'avaient pas l'intention de me laisser partir sans payer. J'ai dit que je n'avais pas d'argent, ils ont répondu : "Swish[1]." Pas un mot de plus. Swish. En montrant la fille. Et elle a répété : "*You fuck, you pay*[2]." Assez fort. Ensuite elle a crié qu'elle allait appeler la police. Et moi… tu sais, j'étais

---

1. Système de paiement mobile utilisé en Suède.
2. « Tu tires ton coup, tu paies. »

dans un de ces brouillards. Mais je me suis dit que toi ou Fredde alliez venir, ou un autre que je connais. C'était pas possible. Alors j'ai sorti mon téléphone et j'ai swishé.

— Putain, Tommy !

— Je sais ! »

Il plaqua les deux mains sur son visage.

« Tu sais que je ne suis pas très malin, Mella. »

Une pensée s'enracina dans l'esprit d'Anna-Maria. Une pensée qui devint un arbre noir.

« C'était l'une d'elles ? Une des mortes de Kurkkio ?

— C'est possible. Peut-être celle qui avait la figure arrachée. En tout cas elle était blonde. Et c'est de ma faute. »

Anna-Maria voulut formuler une question pour l'encourager à parler. Mais rien ne lui venait. Elle avait envie de hurler, serrait les dents à en avoir des élancements dans les mâchoires.

« Une semaine plus tard, poursuivit Tommy, ces types ont sonné à ma porte. Ils avaient filmé. Il devait y avoir des caméras dans la salle de bains et à côté du lit. J'ai regardé le film. Je me suis vu entrer dans la chambre en titubant avec la fille. Dégueuler dans la baignoire, je ne m'en souvenais même pas. Et on a baisé. On me voit sortir de la chambre puis rentrer et payer. Après m'avoir montré le film, ils m'ont dit : "*Maybe we show this to your boss ?*" Ils voulaient savoir si la police prévoyait une opération. Si l'objectif était la prostitution ou la drogue. »

Anna-Maria ne pouvait pas tourner les yeux vers lui. Elle laissa errer son regard sur des choses insignifiantes dans la pièce, éclats d'écorce de bouleau et débris devant le poêle, une peau de renne roulée dans un coin.

Oh, mon Dieu, pensa-t-elle. Non, non.

« Ils ne rigolaient pas, continua Tommy. Ils se sont pointés encore une fois. M'ont obligé à prendre un téléphone.

— Tu as eu un téléphone ? À eux ? »

Anna-Maria savait précisément de quoi il retournait. Des portables coûteux vendus par des fabricants spécialisés, avec un cryptage que la technologie NFC ne pouvait pas cracker.

« Ils venaient et insistaient, disant qu'ils commençaient à s'impatienter. Des trucs comme ça. Et puis, il y a un mois, j'ai croisé la clique des mœurs de Luleå, qui dînait au Mommas. Tu sais, Anja Häggroth. Elle et moi on s'est retrouvés au lit, parfois.

— Mais elle est mariée, dit Anna-Maria, se sentant aussitôt ridicule.

— Je sais. Mais on s'est vus plus tard dans la soirée, on a pris un verre, et une chose en amenant une autre… Elle m'a dit qu'ils prévoyaient une intervention contre des prostituées dans un mobil-home. Ils les avaient repérées.

— Ouais, fit Anna-Maria tout bas. On a su par l'informateur de Sven-Erik que le véhicule n'était pas au rendez-vous le jour prévu. Sur le parking près des baraques de la zone industrielle.

— J'ai pensé c'est bon je le fais, poursuivit Tommy. Juste cette fois. Je ne voulais pas vous emmerder vous, mais ceux de Luleå. Et je me disais que la police les pincerait une prochaine fois. Je ne pouvais pas savoir qu'ils les emmèneraient à Palosaari. Et que quelqu'un leur roulerait dessus en scooter. Qu'est-ce qu'ils sont allés foutre là-bas, aussi ? Qu'est-ce qui s'est passé, à ton avis ?

— Je ne sais pas », dit Anna-Maria.

Elle ne lui parla pas de la conversation téléphonique avec l'ami anonyme de Galina Kirejevskij. Ce n'était pas le moment.

« Et ils ne t'ont rien dit…

— Non ! Ils ne me disent rien. Mais ils m'ont posé des questions sur l'enquête, évidemment, et…

— Qu'est-ce que tu as raconté ?

— Rien, en fait. Rien d'important. Que Rebecka avait demandé à Pohjanen de réexaminer le rapport d'autopsie. Qu'on savait qu'Henry Pekkari avait été assassiné. C'est de ma faute. Si je n'avais pas… elles seraient encore en vie.

— Où est ce téléphone ?

— Je l'ai laissé chez moi. Je n'y réponds plus. Depuis qu'elle… Galina, à Riksgränsen.

— Oh, Tommy, tu leur as parlé d'elle ? Tu as dit que tu étais allé là-haut ? »

Il la regarda, effaré.

« Non ! Bien sûr que non ! »

Elle hocha la tête. Il disait la vérité. Elle le connaissait. C'est quelqu'un d'autre qui leur avait refilé le tuyau. Un bon père de famille qui était retourné chez lui, près de sa femme et de ses enfants, après sa journée de travail. Kristoffer Westman, qui lui avait hurlé dessus au téléphone. Ou un autre.

« Tu dois être affreusement déçue. »

Il se remit à pleurer.

Anna-Maria regarda par la fenêtre. Le temps ne s'améliorait pas. Il ne restait plus beaucoup de bois et il brûlait comme de l'amadou.

« Il faut partir d'ici tant que c'est encore possible, dit-elle. On va au commissariat et je prends ta déclaration. Puis on commencera à partir de là. Une chose à la fois. »

Elle se rapprocha de lui et posa les bras sur ses épaules.

« Tu es dans la merde, dit-elle. On va débrouiller ça. Je ne te laisserai pas tomber, d'accord ? »

Il y a d'autres métiers, pensa-t-elle. D'autres vies. Il est jeune. Il retombera sur ses pieds.

Il approcha ses lèvres du visage d'Anna-Maria et les colla sur sa bouche dans une tentative maladroite de l'embrasser. Elle le repoussa.

« Non, mais tu déconnes ? siffla-t-elle.

— Excuse-moi, bêla-t-il. Je suis complètement… »

Elle appela Robert. Pas de réponse. Elle appela Jenny. On pouvait compter sur les ados, ils avaient toujours un œil sur leur téléphone. Jenny ne répondit pas non plus.

« Réponds MAINTENANT ! IMPORTANT », écrivit-elle, et elle rappela. Jenny décrocha à la cinquième sonnerie.

« Bon, j'espère que c'est vraiment important, ronchonna-t-elle, je suis en cours de maths.

— Bonjour, ma chérie, dit Anna-Maria. Ne t'inquiète pas pour l'instant, mais est-ce que tu peux joindre papa et lui dire que je suis dans le chalet de Tommy Rantakyrö près du Tiansbäcken ? Je me suis garée sur le bord de la route. Si je ne rentre pas à la maison, c'est que je n'ai pas réussi à dégager la voiture. Alors on restera dedans en attendant qu'il vienne nous chercher. Je suis avec Tommy, il n'y a pas de danger. Mais préviens papa, d'accord ? Attends une seconde… »

Anna-Maria tendit l'oreille vers la porte. Non, ce n'était que le vent. Les craquements de la maison.

À cet instant, la poignée tourna et la porte s'ouvrit.

Les deux hommes que Rebecka et elle avaient rencontrés chez le Roi des airelles entrèrent dans un tourbillon de neige. Elle les reconnut immédiatement.

Ils regardèrent Tommy. Puis Anna-Maria. La reconnurent aussi. En une demi-seconde, ils comprirent que Tommy avait parlé.

L'un des hommes fit deux grands pas en avant. D'un seul coup, un pistolet apparut dans sa main. Le cerveau d'Anna-Maria ne saisit pas comment il y était arrivé.

Tommy hurla. Elle-même n'eut pas le temps de respirer. La détonation. Tommy retombant en arrière sur le lit.

Elle eut juste le temps de penser : S'ils m'autopsient et trouvent la salive de Tommy sur ma bouche, que va croire Robert ?

C'est tout. La seconde balle lui traversa la tête.

Pour parler avec sa mère, Jenny était sortie dans le couloir. Le cri et les deux coups de feu la firent sursauter, elle lâcha son téléphone. Il rebondit sur le sol et alla se perdre sous un radiateur.

En se baissant précipitamment pour le rattraper, elle se cogna la tête. L'écran s'était fendu. Il était noir.

Il n'y avait personne dans le couloir, la plupart des cours étaient terminés. Toujours à quatre pattes, Jenny essaya de rallumer son téléphone, mais il bourdonnait et affichait obstinément un écran noir.

« Maman ! cria-t-elle. Maman ! »

Son professeur de mathématiques ouvrit la porte de sa salle.

« Jenny ? » appela-t-elle.

À ce moment-là Jenny sentit le sang couler entre ses sourcils jusqu'au bout de son nez. Elle s'était ouvert le front. Elle brandit le téléphone devant son professeur comme si c'était un objet très dangereux, une bombe à retardement. Et quelque chose commença à s'effondrer en elle, ce fut comme un glissement de terrain.

« Ma mère », murmura-t-elle d'une voix à peine audible.

Elle se releva, les jambes vacillantes, il fallait qu'elle garde son sang-froid. Tenir la terreur à distance. Une chose à la fois. Pour l'instant, du calme. La panique, plus tard.

« Il s'est passé quelque chose. Il faut… que vous m'aidiez. Appelez… le 112. »

« Vous avez avalé quelque chose, aujourd'hui ? »

La technicienne Anna Granlund pointa la tête dans la pièce de repos. Assis dans son canapé boulocheux, le légiste Lars Pohjanen fixait son téléphone, l'air abattu.

« Oui oui, grinça-t-il avec un geste exaspéré de la main.

— Vous n'avez rien mangé, dit-elle d'un ton autoritaire. Je vais fermer la boutique. Tout est nettoyé et rangé ici. Mais vous ! Soit vous avalez quelque chose, soit j'appelle votre femme.

— Alors donnez-moi quelque chose, répondit Pohjanen, bourru. N'appelez pas ma femme ! Si c'est pour qu'elle m'oblige comme l'autre jour à regarder des échantillons de tissu pour les rideaux…

— Ça ne vous ferait pas de mal pourtant, dit Anna Granlund en ouvrant le petit frigo. On ne peut pas regarder uniquement des tumeurs cancéreuses ou des boîtes crâniennes défoncées. »

Elle posa une gaufrette au chocolat et une brique de jus de fruits sur la table devant lui.

« Rentrez chez vous, le supplia-t-elle. Vous voulez que je vous appelle un taxi ?

— Voilà, dit Pohjanen en se raclant la gorge. Je mange, vous voyez. Asseyez-vous et tenez-moi compagnie ! »

Il ouvrit l'emballage de la gaufrette, en mit un morceau dans sa bouche.

Anna Granlund s'assit et retira son manteau.

« J'ai parlé avec Börje Ström, dernièrement, dit Pohjanen. Ils sont allés chez le Roi des airelles, Frans Mäki. C'est lui qui aurait liquidé son père, m'a dit Börje. Il était complètement chamboulé.

— Oh, mon Dieu, dit Anna Granlund. Et pourquoi Mäki l'a-t-il tué ?

— Il le soupçonnait de lui avoir volé de l'argent. C'est peut-être vrai. »

Pohjanen s'appuya en arrière dans le canapé. Il avait besoin de reprendre son souffle après le biscuit et tous les mots qu'il avait prononcés. Il fut pris d'une quinte de toux. Anna Granlund attendit patiemment que cela passe.

« Mais tant mieux, tout de même, dit-elle. Qu'il ait pu enfin savoir. Vous avez bien fait. »

Pohjanen lui adressa un regard torturé.

« C'était la moindre des choses, dit-il. Vous savez, mon père et la mère de Börje étaient cousins. Les oncles de Börje, Erkki, Daniel et Hilding étaient des salauds. Dieu dans la bouche et Satan dans le cœur. Hilding était même prédicateur, lui. Il avait pris Börje chez lui, le gamin avait quatorze ans, pour le dresser comme on disait. Ça s'est mal terminé, je crois. Il a dû se passer quelque chose, parce que cet été-là… »

Pohjanen toussa bruyamment dans son mouchoir et but une gorgée de jus de fruits avant de poursuivre :

« La mère de Börje possédait une petite maison, le seul bien qui lui était revenu après le partage de l'exploitation. Un bel endroit, pas la maison en soi, mais la forêt autour. Or, l'été 66, les frères l'ont coupée à blanc. Ils ont tout abattu, il ne restait plus un bout de bois. Tout était dévasté. La mère de Börje n'y est jamais retournée. Chaque fois qu'elle venait chez mes parents, elle ne faisait que pleurer.

— Oh, mince alors…, dit Anna Granlund, touchée.

— Et mon père n'a jamais dit quoi que ce soit. Il voulait rester en bons termes avec Hilding, Erkki et Daniel. Moi non plus, je n'ai jamais rien dit.

— Mais vous étiez un enfant…

— J'avais dix-sept ans ! Je savais parler, il me semble. Ce qui m'a le plus dégoûté dans ce métier, c'est quand on nous envoyait des femmes et des enfants. Et qu'on était sûr que les voisins, les collègues… les adultes savaient ce qui se passait. Mais ils fermaient leur gueule. Des lâches qui ne veulent se fâcher avec personne et ne prennent jamais position, voilà le pire que je connaisse.

— Écoutez, dit Anna Granlund d'un ton sévère, vous êtes souvent un emmerdeur de première, dans votre genre. Mais vous n'êtes pas un lâche. »

Il lui fit un sourire las.

« Merci, dit-il. Merci, Anna.

— Ah, mais là vous m'inquiétez, essaya-t-elle de plaisanter. S'il vous plaît, aboyez-moi dessus, que je vous reconnaisse. Allez, je vous raccompagne chez vous.

— Non, dit-il. Commandez-moi un taxi pour dans une heure. J'ai besoin de me reposer un peu. »

Anna Granlund s'exécuta puis rentra chez elle. Elle était célibataire, n'avait pas d'enfant, son lieu de travail respirait la mort, mais son deux-pièces respirait la vie. Au milieu d'une jungle de plantes en pots, elle avait de grands aquariums, deux lapins dans une cage spacieuse et quatre perruches.

Pohjanen s'allongea sur le canapé.

C'est ce que je voulais, songea-t-il. Aider Börje à apprendre la vérité. C'est fait. Maintenant, on peut lâcher prise.

Il attrapa son téléphone pour écouter un peu de musique. Mais l'appareil et les écouteurs restèrent sur son ventre.

Sa tête s'emplit de bruits. Il est un petit garçon, de six ans peut-être. Son père rame sur le fleuve, ils vont relever des filets. Le soleil du soir scintille à la surface, comme des écailles de poisson. Bourdonnement des moustiques. Clapotis de l'eau quand la pagaie y plonge. Grincements des dames de nage. Gouttelettes se détachant des rames que l'on relève. Gargouillements contre le plat-bord. Sur la rive opposée, les vaches mugissent dans la ferme voisine. Elles attendent la traite du soir.

Pohjanen prit une dernière courte respiration. Puis il entra dans le repos éternel.

L'ambulance des urgences et les policiers Fred Olsson et Karzan Tigris atteignirent le chalet de Tommy Rantakyrö à dix-sept heures trente-deux, le vendredi. La neige tombait dru et le vent soufflait à vingt-quatre mètres par seconde. Karzan Tigris passa devant.

Anna-Maria Mella et Tommy Rantakyrö avaient tous les deux reçu une balle dans la tête. Tommy Rantakyrö gisait à terre, sur un tapis de chiffon ensanglanté. Il avait un pistolet dans la main.

Le médecin constata le décès de Tommy Rantakyrö.

« Impossible, dit Fred Olsson. Il ne peut pas avoir fait ça ici. C'est impossible.

— Elle est vivante », dit l'infirmière qui prenait le pouls d'Anna-Maria.

Anna-Maria était inconsciente mais, aussi incroyable que cela pût paraître, elle était vivante. L'infirmière lui prit la tension. Ils l'étendirent sur une bâche et, unissant leurs forces, la portèrent à travers la tempête jusqu'à l'ambulance au bord de la route.

Il aurait fallu l'emmener à Umeå, mais c'était à six cents kilomètres et aucun avion ni aucun hélicoptère ne pouvaient décoller par ce temps. On décida de miser sur l'hôpital de Gällivare, à cent trente kilomètres de là.

Avant qu'ils démarrent, le médecin urgentiste l'intuba dans le véhicule et la plaça sous respiration assistée.

L'ambulancière-infirmière conduisait très habilement. Elle connaissait la route et maintenait une vitesse d'au moins quatre-vingt-dix à l'heure en dépit de la neige poudreuse et de la visibilité quasiment nulle.

À huit kilomètres au sud de Skaulo, ils durent s'arrêter. Cinq voitures étaient immobilisées sur la route.

La conductrice sauta dans la neige et cogna à la vitre du véhicule devant eux. On l'informa qu'un grumier avait dérapé un peu plus loin. Le camion s'était renversé, répandant son chargement qui bloquait maintenant le passage.

Cinq minutes plus tard, une ambulance quittait Gällivare pour venir à leur rencontre de l'autre côté de l'accident.

Pendant ce temps-là, le pouls d'Anna-Maria Mella ralentissait et sa tension artérielle s'élevait.

Le médecin vérifia ses pupilles. L'une d'elles était dilatée.

« Œdème cérébral, dit-il. Il faut la mettre sous Mannitol. »

À vingt heures trente-quatre, Anna-Maria fut prise en charge à l'hôpital de Gällivare. On lui fit passer un scanner et on procéda à une trépanation pour soulager la pression intracrânienne.

Une heure plus tard, la tempête de neige se déplaça vers l'est et le temps se calma.

Börje arriva chez Ragnhild. Il lui raconta sa visite chez le Roi des airelles. Que celui-ci s'était reconnu coupable du meurtre de son père. Il lui parla du chien sans oreilles.

Villa était couchée devant la porte du balcon entrouverte, dans le séjour. Un peu de neige s'infiltrait et fondait sur le parquet.

« Il fait trop chaud pour elle dans l'appartement, dit Ragnhild. Elle a l'habitude d'être dehors. Comment te sens-tu ? »

Les coudes sur la table, Börje mit les mains devant ses yeux.

« Je ne sais pas, dit-il. Je me sens plutôt… »

Il cherchait ses mots, aurait aimé en avoir davantage à sa disposition. Un mélange de vide et de profonde lassitude.

Elle rapprocha sa chaise et ils s'enlacèrent. Elle l'embrassa sur la tempe.

Il fut pris de désir pour elle, l'embrassa à son tour. La toucha de manière explicite.

« Maintenant ? demanda-t-elle. Tu es sûr ? »

Il fit signe que oui.

Elle se leva et l'emmena vers la chambre.

Ils se déshabillèrent chacun de son côté, il fut nu le premier. Il n'avait pas de caleçon. Cela la fit rire.

« Beaucoup de boxeurs n'en portent pas, dit-il.

— Les hommes », dit-elle.

Qu'entendait-elle par là ?

Il s'approcha tout près d'elle et finit de la déshabiller. S'agenouilla, lui retira sa culotte, embrassa ses fesses. Se releva, dégrafa son soutien-gorge. Regarda par-dessus son épaule ses seins nus. Elle se mit à trembler.

Ils n'étaient pas pressés. Elle le laissa enlever les élastiques rouges de ses tresses et libérer ses cheveux. Il l'embrassa dans le petit creux derrière les oreilles.

Embrassa ses omoplates, pressa les muscles de ses épaules larges et fortes, le petit rond, le grand rond, le grand dentelé. De dos, on l'aurait presque prise pour un homme.

« Qu'est-ce que tu es belle ! Et d'où te vient cette force ? chuchota-t-il.

— Le ski avec un lourd sac à dos », dit-elle.

Il aimait beaucoup le sourire dans sa voix. Il lui faisait du bien.

Le ski avait également développé son muscle grand glutéal.

« Joli cul », dit-il tout haut, en la caressant de ses paumes de mains rugueuses. Toutes ces années les mains bandées, ça les avait usées. Elles étaient devenues comme du papier de verre. Il changea ses paumes rêches pour la douceur du bout de ses doigts. Les laissa vaguer jusqu'au buisson crépu.

Ils s'allongèrent sur le côté, face à face. Il était heureux qu'elle ne veuille pas se glisser sous la couette.

« Laisse-moi te regarder », dit-il.

Elle aussi le regardait. Il était fier de son érection. Aussi dure et imposante que dans sa jeunesse. Pas besoin de médicaments.

La contemplant de face, il fut presque surpris par tant de féminité, l'arrondi de son ventre, ses seins moelleux, il voulait en sentir le poids dans sa main. L'ample touffe sur le mont de Vénus, plus grise que brune. Pareille à de la mousse qui se serait détachée d'un vieux pin robuste et l'aurait attendu, telle une nymphe des bois.

Il lui était reconnaissant d'être si libre, de n'éprouver aucune gêne ni de ne poser aucune question sur les parties de son corps qui devraient être plus grandes, plus petites, plus fermes. Son métier l'avait rendue familière de tout ce qui relevait du corps. Comme lui.

Ils s'étreignirent, s'embrassèrent, se caressèrent. Il voulait la toucher partout.

Lentement, son sexe se mouilla.

« On n'a plus cinquante ans », dit-elle tout bas.

Sa respiration était lourde et belle. Il l'écoutait attentivement, elle se faisait parfois plus intense et courte, lorsqu'il touchait un endroit qui augmentait son plaisir.

Dieu merci, ils n'avaient plus cinquante ans, se disait-il. Et Dieu merci, il ne l'avait pas rencontrée plus tôt. Ils étaient comme deux vieux lynx pleins de cicatrices. Encore souples et forts. Ils voulaient encore jouer. Savaient qu'il y avait mieux que de se précipiter vers l'orgasme.

Il avait le temps, ne se pressait pas. Ses tétons, le pli de ses coudes.

Elle le prit dans sa bouche, mais il fut obligé de se retirer. Il ne voulait pas jouir comme un gamin.

Il la retourna sur le ventre. Se coucha sur elle, pesant de tout son poids. Il comprit qu'elle aimait se sentir petite, totalement entourée par lui. Il avait lové son sexe dans la raie de ses fesses. Elle se cambra, accueillant ses tressaillements de petit animal aveugle qui furète, pousse et veut entrer.

À la force des avant-bras, elle se tourna sur le dos.

Il frotta son membre sur son pubis.

Il se souleva au-dessus d'elle, en appui sur les mains et les genoux. Elle saisit son sexe, d'une main à la fois souple et ferme. Une main aussi rugueuse que les siennes. Elle écarta les jambes. L'introduisit en elle.

« Attention, dit-elle, je mords.

— Mords tant que tu veux, dit-il. Tu crois que j'ai peur d'un chaton comme toi ? »

Ils ne se quittaient pas des yeux. Elle lui entourait la taille de ses jambes fortes comme des perches de bouleau. Elle avait pris ses testicules dans une main et les doigts de l'autre naviguaient entre ses fesses.

Il fut le bienvenu en elle, un frisson le parcourut. Il était tellement touché par sa vitalité sexuelle, bien qu'il eût depuis longtemps perdu le compte de toutes les femmes qu'il avait eues. Il eut presque les larmes aux yeux lorsqu'il arriva tout au fond. Elle était un flot de jouissance qui déferlait sur lui comme une rédemption. Il n'était pas perdu, pas complètement. Il pouvait encore être sauvé.

Puis les considérations philosophiques s'évaporèrent.

Elle n'était pas du genre silencieux. Lui non plus.

Après, ils se glissèrent sous la couette. Continuèrent à se caresser, plus distraitement, toujours les yeux dans les yeux. Il contempla les lignes et les taches de son visage hâlé. Elle suivit ses cicatrices, ses arcades sourcilières malmenées, la paroi nasale déviée.

« Pourquoi as-tu arrêté la boxe ? demanda-t-elle. Si je peux te poser la question.

— Tu peux me poser toutes les questions que tu veux », dit-il.

Il lui raconta l'histoire du match funeste contre Jim Jones.

« Et après, il y a eu le match aux Catskill Mountains, là, ça a été la fin, que je l'aie voulu ou non. »

Novembre 1974 – mars 1975

Après le match mortel, Börje change.

Big Ben dit que Börje lui appartient, mais Börje n'est pas un esclave, du moins pas dans le ring. Mohamed Ali vient de mettre au tapis Foreman au Zaïre. Aux journaux, Börje a dit qu'il allait « danser, danser », mais il a secrètement entraîné sa garde en position immobile. Ali a choisi de combattre sous son nom et à sa manière.

« Je ne suis pas le "Viking suédois", dit Börje à Paris, son entraîneur. Ce sont les journaux qui nous donnent tous ces surnoms. Le "Bombardier", le "Petit Tueur", le "Chien furieux". Parce qu'ils aiment les "killers", les "brutes", les "torpilles". »

Paris acquiesce en marmonnant. Il est tôt, ce matin-là, Börje a sauté le jogging et le petit déjeuner. Il n'y a personne dans la salle de sport, excepté son entraîneur et lui, et deux jeunes boxeurs dans le ring, qui font du sparring.

« J'avais mis Jones dans les cordes, dit Börje. Il était coincé.

— On est tous acculés dans les cordes, dit Paris en se grattant les mains et les avant-bras. D'une manière ou d'une autre. Regarde ça, j'adore… »

Il désigne les deux jeunes en train de combattre.

« … mais tout ce qui se passe à l'extérieur du ring, c'est le diable qui en décide. L'argent, les contrats, les managers, qui ont toujours écrasé toute tentative des boxeurs de s'organiser. Du sabotage.

— Comment peut-on supporter ça ? demande Börje.

— Qu'est-ce qu'on ferait, sinon ? Traîner sur le port en espérant trouver un petit boulot ? J'ai fait ça pendant trois ans, après avoir perdu mon œil. Puis ils m'ont fait venir ici. Je remercie Dieu pour chaque jour que je peux passer dans ce local, chaque boxeur que je peux former. Pour chaque moment où mon dos résiste et où mes boxeurs peuvent taper dans mes gants. Le reste, faut pas y penser. Moi je pense seulement à la boxe, je respire la boxe. »

Dans le ring, le plus grand des gars tourne autour du plus petit. Ce dernier est manifestement le meilleur, il tient le centre, laisse l'autre envoyer ses coups mais les évite, pare avec sa garde, frappe, le déséquilibre.

« Ça c'est de la boxe, hein ? dit Börje. Matin, midi, soir ?

— Ouais, dit Paris en joignant les mains, moins par piété que pour éviter de se gratter. Et puis on a le droit de penser un peu aux filles aussi. Pendant les pauses. »

Börje pense à la boxe. Il retourne au gymnase et s'entraîne, comme d'habitude, mais il envisage la boxe différemment. Un seul match suffit pour que la presse et le public comprennent qu'il a changé.

Il combat avec plus de douceur qu'avant. Comme si son adversaire était son frère et qu'il ne voulait pas lui infliger de grave blessure.

Ne pas tout de suite chercher à terrasser l'adversaire, mais plutôt lui laisser un temps de réflexion, est un style de combat plus risqué, c'est comme si Börje lui demandait : « Alors, qu'as-tu appris, là ? » Tout au long des derniers rounds, le public mécontent le hue, criant qu'il a payé pour voir de la boxe.

Börje emporte la victoire aux points, mais il perd quand même.

Dans les semaines qui suivent, les journaux palabrent sur la santé psychique de Börje Ström. Ils écrivent que le décès de Jim Jones l'a brisé, qu'extérieurement il paraît fort, mais qu'il est faible à l'intérieur. Börje Ström serait-il tombé dans des préoccupations religieuses ? Méprise-t-il son public ? A-t-il les qualités requises ? À cette dernière question ils répondent non.

Big Ben O'Shaughnessy est furieux. Il n'entend pas envoyer une bonne femme disputer un match pour le titre. Que Börje se le tienne pour dit.

Börje ne répond pas. Dans le ring, c'est lui qui décide, c'est une affaire entre lui et l'autre boxeur. Quant à Big Ben, sa place est derrière son putain de bureau.

Börje participe encore à deux matchs. Il continue imperturbablement à combattre avec son nouveau style.

« Tu exaspères le patron, lui dit Paris. Il est habitué à ce qu'on lui obéisse.

— Tu penses que je ne fais pas ce qu'il faut ? demande Börje. Je gagne pourtant.

— Ah, mon gars, dit Paris, ces trois matchs ! Ton style était tellement beau que ça donne envie de pleurer. Mais le public ne comprend pas. Il veut des brutes et du sang. »

En mars 1975 a lieu le match aux Catskill Mountains.

Börje ne se méfie pas. Pas avant qu'ils soient sur place. Mais là, il est trop tard.

Après coup, Börje se dit qu'il aurait dû se douter que quelque chose de louche se tramait. Quand Big Ben a cessé de pousser des cris de putois et s'est apparemment résigné à son nouveau style de boxe. Quand Paris a disparu de la circulation deux semaines avant le match pour « raisons familiales », remplacé par un autre entraîneur. Il aurait dû deviner, déjà au nom des Catskill Mountains, que l'endroit était en altitude et qu'on n'y arrive pas la veille au soir, il faut le temps de s'habituer à l'air raréfié.

Son adversaire est une fausse patte de Mexico, José Luis Pérez. Il est moins bien classé que Börje et n'a qu'un an de plus. Il est grand, avec une allonge redoutable. Lui aussi pourrait développer sa musculature et passer dans la catégorie de poids supérieure.

Il ne devrait pas y avoir de problème, estime Börje. Mais il ne sait pas que Big Ben s'est déjà entendu avec le manager de Pérez pour le racheter.

« Fatigue-le, dit le nouvel entraîneur. Il baisse sa garde, quand il est fatigué. »

Börje le sait déjà. Il n'aime pas recevoir de conseils de quelqu'un qui ne le connaît pas. Autour de lui, il n'y a que des nouveaux, y compris son *cutman*. Ils lui font tous de la lèche, lui prédisent trop facilement une victoire facile. Il essaie de faire abstraction.

Dès le premier round, il sent que quelque chose ne va pas. Il n'arrive pas à respirer correctement. Quand le gong retentit, il s'assoit dans le coin et essaie de retrouver son souffle. Inspire profondément, expire, se détend. Mais dès que le match reprend, il est essoufflé.

Il ne parvient pas à maintenir Pérez en face de lui, à occuper le centre. Au contraire, c'est lui qui est obligé de tourner autour du Mexicain. Cela le fatigue énormément. Son cerveau ralentit, il fait un pas dans la mauvaise direction et Pérez lui assène un gauche à l'arcade sourcilière, qui s'ouvre et se met aussitôt à saigner. Il ne répond pas comme il le faudrait aux assauts de son adversaire, et les coups deviennent plus durs.

Son *cutman* répare l'entaille à son sourcil, mais la solution d'adrénaline est d'un jaune pisseux, et le sang ne cesse pas de couler. Le flacon était ouvert depuis longtemps, le produit est périmé. Tout cela, Börje le réalisera après coup, et il comprendra aussi que c'était voulu. Mais comment le prouver ?

Au septième round, Börje a du mal à maintenir sa garde. Le Mexicain le mitraille. Börje essaie de contrer, mais sa respiration ne suit pas, il n'a plus de jus. Son sourcil gauche saigne, lui brouille la vue, il doit tourner la tête du mauvais côté.

Il ne voit pas venir le coup qui le met au tapis. Ne s'en souviendra pas non plus après. Soudain, ses jambes se plient, il se relève à la neuvième seconde.

Pérez gagne aux points.

« Il ne faut pas se laisser abattre, lui dit le nouvel entraîneur. Parfois on perd.

— Pas de veine, c'est tout, renchérit quelqu'un d'autre. Le Mexicain était dans un bon jour. »

Börje ne dit rien. Les doigts du masseur s'enfoncent profondément dans ses muscles meurtris.

À la presse qui l'attend dehors, il dit qu'il a été moins bon que son adversaire, aujourd'hui. Ce qui est vrai.

Ils vont dîner. Des femmes en robe décolletée se joignent à eux. On le convainc de prendre une bière, il en prend deux.

Puis tout devient très flou autour de lui. Il ne se souvient pas du moment où ils ont quitté le restaurant ni où ils sont allés.

Il lui revient des images d'une boîte de nuit : la fumée des cigares, des femmes qui dansent sur une scène, des filles à peine vêtues qui servent des cocktails.

Quand il se réveille le lendemain après-midi, il met un certain temps à comprendre qu'il est dans son propre lit, à Hell's Kitchen. Il est malade comme un chien. Son corps, douloureux du combat de la veille, semble vouloir se tordre en tous sens pour expulser ses entrailles.

Il ne prend connaissance des articles de journaux que le soir. Voit les photos de lui, des filles sur les genoux, une bouteille de champagne à la main.

« MATCH SABOTÉ ! »

« Il arrose la défaite ! »

« Le tricheur Börje Ström mène la grande vie après un match scandaleux ! »

« J'étais fini, dit Börje Ström à Ragnhild en caressant ses lèvres du bout des doigts. Mon contrat me liait encore deux ans à Big Ben, mais c'est là-bas et à ce moment-là qu'il m'a laissé tomber. Quand je me suis réveillé le lendemain, j'étais devenu un fantôme. Plus d'entraînement, plus de matchs, viré de mon appartement sans un sou en poche. Ils m'ont suspendu pour sabotage. Big Ben avait des relations partout.

— Je me souviens de ce qu'écrivait la presse à l'époque en Suède, dit Ragnhild, bien que je ne sois pas vraiment portée sur le sport. Que s'est-il passé ensuite ?

— J'ai été sauvé par une femme. Une des serveuses, là où je prenais mon petit déjeuner, m'a hébergé. J'ai travaillé sur le port, sur des chantiers, posé de l'asphalte. »

Les paupières de Ragnhild clignèrent plusieurs fois.

« Dors, lui dit-il tendrement. On aura tout le temps de se raconter nos vies. »

Ils sombrèrent lentement dans le sommeil, elle la première. Avant de s'endormir, Börje observa quelques minutes ses cils clairs, ses larges sourcils. Elle était incroyablement belle.

Quand Ragnhild se réveilla, une heure plus tard, Börje dormait profondément à côté d'elle. Elle apprécia qu'il ne ronfle pas.

Villa s'était installée par terre, près du lit.

« Tiens, bonjour toi ! » dit Ragnhild de sa voix la plus douce.

La chienne dressa les oreilles, elle n'était pas sur ses gardes, juste attentive. Confiante, elle resta couchée, le museau sur les pattes.

Dehors, il avait cessé de neiger. Toute la ville reposait en silence, comme elle et Börje, sous une couverture.

Ragnhild ferma les yeux, étonnée de se sentir si sereine.

L'ocytocine et l'endorphine, évidemment. Du lourd. Et sans ordonnance.

Elle se tourna face à Börje, saisit son majeur, à la manière d'un nourrisson, et se rendormit.

L'histoire des deux policiers abattus dans un chalet à dix kilomètres au nord de Kiruna avait filtré dans les médias avant même l'admission d'Anna-Maria Mella à l'hôpital de Gällivare.

Cinq collègues policiers du Norrbotten se mirent en route pour Kiruna. Von Post lança les recherches après les Russes et envoya une patrouille chez le Roi des airelles. Là-bas, ils ne trouvèrent que le Roi et son épouse qui, d'après son passeport et le registre des autorités, s'appelait Maria Mäki. Et aussi une jeune femme, une certaine Tonya Litvinovitj.

L'épouse et Tonya furent emmenées au commissariat et soumises à un interrogatoire.

L'épouse déclara que les deux Russes qui habitaient dans la maison étaient des locataires. Le contrat qu'elle montra sur son téléphone était signé par Jegor Babitskij et Jurij Jusjenkov. Quelle était leur activité ? Elle ne le savait pas. Ils travaillaient peut-être sur un chantier routier au sud de la ville.

La police procéda à une perquisition dans le bâtiment latéral où habitaient Jegor Babitskij et Jurij Jusjenkov. Ou plutôt : avaient habité. Il ne restait plus rien, hormis deux cadres de lit sans matelas, un four à micro-ondes sur une petite table, deux chaises. Le logement était sans fenêtres. Karzan Tigris et son collègue de Kalix se demandaient quel genre d'individus pouvaient bien vivre dans un endroit pareil.

Des traces de pas conduisaient de la maison à ce qui ressemblait aux restes d'un feu de Walpurgis[1], un peu plus loin. On fit venir les techniciens qui étaient encore dans le chalet de Tommy Rantakyrö, et un premier examen leur permit de dire qu'il s'agissait de deux matelas, de divers textiles et du corps d'un chien tué par balle, carbonisé.

Au commissariat, Maria Mäki déclara qu'elle répondrait aux questions qui suivraient en présence de son avocat. Elle voulait rentrer. Son mari était resté seul à la maison, or il avait besoin de quelqu'un auprès de lui en permanence.

Sans motif pour la retenir, on la laissa repartir avec Tonya qui s'était avérée à l'interrogatoire aussi ignorante qu'elle sur Jegor Babitskij et Jurij Jusjenkov. Lorsqu'on lui avait demandé si l'un des deux était son petit ami, ou si elle avait couché avec eux ou même travaillé pour eux d'une manière ou d'une autre, elle avait répondu que ces deux vieux types n'étaient pas son style. Pas plus que ceux présents dans la pièce, d'ailleurs.

---

1. Nuit de Walpurgis : du 30 avril au 1er mai, où l'on célèbre l'arrivée du printemps par des chants et de grands feux.

Deux collègues de Gällivare furent mis en faction sur la route, près de la maison. Il fallait garder ces deux femmes à l'œil.

Le commissariat fut assailli par les journalistes. À vingt et une heures trente, Carl von Post tint une très brève conférence de presse. Il confirma que des tirs avaient visé deux policiers, l'un était mort et l'autre se trouvait dans un état critique. Il ne répondit à aucune question.

À vingt-trois heures dix ce vendredi soir, le Morveux se leva d'un bond et se mit à aboyer comme un possédé. L'instant d'après, on frappa à la porte chez Rebecka.

En écartant le rideau de la cuisine, elle distingua la voiture de Carl von Post.

Non, pas ça, se dit-elle. Qu'est-ce qu'il veut ?

Elle descendit lourdement l'escalier. Ce n'était pas la première fois que von Post se déplaçait en personne pour lui chercher querelle. Il voulait peut-être seulement récupérer la comptabilité des Pekkari.

Garçon de courses, pensa-t-elle avec mépris.

Il n'aura qu'à se les trimballer lui-même dans l'escalier, les cartons.

Mais lorsqu'elle ouvrit, c'est un Carl von Post méconnaissable qui apparut devant elle. La mine défaite. Des poches sous les yeux, le teint blafard d'une vieille plaque de glace. Ratatiné, en quelque sorte. Le regard abattu, sans défense.

Rebecka eut un mauvais pressentiment.

« Je peux entrer ? demanda-t-il.

— C'est pour quoi ?

— Vous n'êtes pas au courant ? J'ai essayé de vous appeler. Fred Olsson aussi. Vous avez éteint votre téléphone.

— Oui, je l'ai éteint parce que… »

Elle l'avait éteint pour ne pas être tentée d'aller sur le compte Instagram de Marit Törmä. Pour ne pas écrire à Krister qu'il était un connard.

« Peu importe, reprit-elle. Que s'est-il passé ? »

Il raconta. Dans la lumière du printemps reflétée par la neige fraîche, ses lèvres pâles relatèrent des choses absolument odieuses, impensables.

« Ils ont voulu faire croire que Tommy avait d'abord tiré sur Anna-Maria avant de se tuer lui-même, conclut-il. Il avait le pistolet à la main. Ils ne savaient pas qu'elle était en ligne avec sa fille. Elle a dû lâcher son téléphone lorsqu'ils sont entrés puis s'écrouler dessus. Ils ne l'ont pas vu.

— Jenny, dit Rebecka.

— Oui, c'est terrible. Mais en même temps, c'est notre petite chance. Anna-Maria lui aurait dit : "Attends une seconde", comme si quelque chose avait attiré son attention.

— Comme lorsqu'on entend du bruit derrière la porte, dit Rebecka.

— Oui, peut-être. Ensuite Jenny a entendu Tommy crier : "*Please, no !*" ou seulement : "*No !*" Et puis deux coups de feu. Là, son téléphone lui a échappé des mains et s'est cassé en tombant par terre. La petite a drôlement assuré, on peut le dire. Elle a de qui tenir. »

Rebecka eut sans doute un mouvement involontaire, haussement de sourcils ou hochement de tête, que von

Post remarqua. C'était la première fois qu'elle l'entendait faire l'éloge d'Anna-Maria Mella.

« Je sais, dit-il. Erika, ma femme, dit que je suis un salaud. Elle a raison. Elle… »

Il s'éclaircit la voix.

« Ahh, elle veut divorcer. J'ai eu des journées de merde, Martinsson. »

Son visage se plissa, sa bouche tressaillit.

« Mais on s'en fout, dit-il. C'est Mella qui compte, pour l'instant. Et Tommy… évidemment.

— Anna-Maria. Comment… »

La voix de Rebecka resta coincée dans sa gorge.

« Eh bien, on ne sait rien. Ils lui ont percé la boîte crânienne pour soulager la pression, mais elle est dans le coma. On ne connaît pas la gravité des lésions et on ne sait pas si elle va survivre. Ils sont en train de la transférer en hélicoptère à Umeå, je crois.

— Mais Tommy…

— Oui. Lui est mort sur le coup.

— Je ne comprends pas, dit-elle. Pourquoi ?

— Il faut que je vous dise quelque chose à propos de Tommy, dit-il. Je ne sais pas par où commencer. »

Rebecka s'essuya le visage avec le dos de la main.

« Entrez, dit-elle. Vous avez vraiment une sale tête. Vous n'avez rien mangé ? »

Elle réchauffa l'omble de la veille, passa les petites pommes de terre à la poêle et y ajouta le reste de la sauce de Sophie. Von Post mangea tel un affamé. Le Morveux se casa sous la table et s'endormit comme une masse. Il avait eu une vie agitée, ces derniers temps, autant avec les bipèdes qu'avec les quadrupèdes. Entre deux bouchées, von Post le regardait remuer les pattes dans son sommeil et pousser de petits jappements en se rêvant roi de Kurravaara, terreur des lièvres et favori des chiennes.

« La personne de Luleå qui est en charge des délits de prostitution et de traite d'êtres humains m'a contacté le mercredi 27, dit von Post avant d'avaler une gorgée de bière sans alcool. Au sujet d'une intervention prévue à Kiruna, et de Tommy Rantakyrö. Extrêmement délicat. Ceux de Luleå avaient été informés que le mobil-home avec les prostituées devait venir dans la zone industrielle le 7 avril. Mais ce soir-là, il n'est pas venu. Et depuis il a disparu de la circulation.

— D'accord… Et comment Tommy Rantakyrö se retrouve-t-il là-dedans ?

— L'opération prévue était très serrée, ils bossent de manière autonome. Personne en dehors de ce groupe n'était au courant. Mais l'inspectrice Anja Häggroth a dit à son chef d'équipe qu'elle en avait parlé à Tommy Rantakyrö. Apparemment, elle et Tommy se voyaient de temps en temps et… »

Il termina sa phrase par un hochement de tête lourd de sous-entendus.

« Vous plaisantez.

— Malheureusement non. Comme le véhicule et les filles s'étaient volatilisés, l'équipe a soupçonné que quelqu'un les avait prévenus. Le groupe et les enquêteurs travaillent ensemble depuis longtemps. Anja Häggroth a pensé que Tommy était le mouchard. Elle l'avait trouvé nerveux. Alors ils ont demandé une mise sur écoute de son téléphone.

— C'est mince comme soupçon pour justifier une mise sur écoute.

— Oui, mais vachement sérieux.

— Le jeudi 28, j'ai dû me charger d'une de vos audiences au pied levé, dit Rebecka. C'était ça ?

— Hmm, je suis allé à Luleå et j'ai pris secrètement la décision de mise sur écoute. Encore une fois, c'était extrêmement… "Délicat" n'est qu'un euphémisme. Après, on a retrouvé ces prostituées mortes. »

Rebecka dut se lever. Elle débarrassa la table et fit couler de l'eau chaude dans l'évier. Y plongea ses mains gelées. Le cerveau fonctionnait mieux quand on avait les mains occupées. Le Morveux se réveilla et se chargea du prélavage.

« Je vous en ai voulu à mort de m'avoir refourgué cette audience, dit-elle. Je pensais que vous étiez parti à Riksgränsen faire du ski.

— Vous avez un tas d'autres raisons d'être furieuse, dit von Post. Ils ont été obligés de m'informer : si Tommy…

— Oui, oui, dit Rebecka, je comprends. Si c'est lui qui avait fuité, il était important de vérifier ce qu'il savait ou pas.

— Si seulement j'avais fait arrêter les Russes quand Anna-Maria me l'a demandé… », dit von Post.

Au moins vous ne vous êtes pas battu avec elle, la dernière fois que vous l'avez vue, pensa Rebecka.

« Et Tommy ? demanda-t-elle. Il a appelé quelqu'un après avoir parlé à Anna-Maria ? Qui savait qu'il était dans son chalet ? »

Von Post secoua la tête.

« Fred Olsson va voir si quelqu'un, dans sa famille ou parmi ses amis, a cherché à le joindre.

— Il a été souvent en arrêt maladie ces derniers temps, réfléchit Rebecka à voix haute. Il semblait assez instable, mais sa copine l'avait quitté, alors tout le monde pensait que ça venait de là. Il allait probablement très mal. Il était en lien avec les Russes. Et finalement il a appelé Anna-Maria pour lui cracher le morceau. C'est une mère pour tout le monde.

— Ils savaient que Tommy était là-bas, j'imagine, mais ne s'attendaient pas à trouver aussi Anna-Maria, dit von Post.

— Vous les avez coffrés ?

— Non, nous sommes allés à Esrange, mais ils n'y étaient plus. Il n'y avait que Frans Mäki, la gamine, et la femme de Mäki, Maria… Berberova de son nom de jeune fille. D'après l'état civil.

— Ou Elena Litova.

— Hmm, j'ai envoyé une demande de renseignements concernant Elena Litova, mais on nous répond seulement qu'elle a émigré. Même pas une photo d'identité.

— Ça m'a tout l'air de quelqu'un qui a payé pour que ses traces soient effacées.

— Mais comment pourra-t-on prouver quoi que ce soit ? J'ai lancé un avis de recherche pour les hommes. Qui qu'elle soit, la femme de Frans Mäki nous a donné deux noms, quand nous l'avons interrogée. »

Carl von Post consulta son téléphone.

« Jegor Babitskij et Jurij Jusjenkov. Aussi crédible que Laurel et Hardy. Ils ont disparu.

— Côté techniciens ? demanda Rebecka.

— Ils passent le chalet au peigne fin. Et on fait surveiller Maria Mäki. Des collègues de Gällivare planquent dans une voiture. Ils la suivront si elle part. C'est la seule route, alors… »

Von Post gratta le Morveux derrière les oreilles et rit à le voir tituber de plaisir.

« Je tenais beaucoup à avoir la main sur l'enquête, dit von Post. À cause de cette histoire avec Tommy, bien sûr. Mais même sans ça, de toute façon. Je ne vous apprécie pas particulièrement.

— Je ne vous apprécie pas non plus, dit Rebecka. Vous voulez un dessert ? »

Rebecka dénicha les bottes de son père dans un placard et ils allèrent faire un tour de village avec le Morveux. Il était plus de minuit. Les nuages s'étaient dissipés. Carl von Post s'émerveilla de la lumière rose au-dessus de l'horizon, des ombres bleu pâle et de la neige fraîche qui enveloppait le village dans une beauté virginale. Il sortit son téléphone et essaya de capturer l'instant où une légère brise souleva dans l'air un scintillement de neige.

« Bientôt, tout ça va fondre et ce sera un vrai bourbier, dit Rebecka.

— Quelle boute-en-train vous êtes ! dit von Post. Bon. Que pensez-vous du lien entre le Roi des airelles et Olle et Anders Pekkari ? Telle que je vous connais, vous avez déjà regardé la comptabilité.

— Il y a un an et demi, la société d'Olle et Anders Pekkari, la Bergsäk SA, a accueilli un nouvel associé, dit Rebecka en décidant de taire qu'on l'avait aidée à étudier les documents comptables. Ils avaient des problèmes de solvabilité. Suite à cela, ils ont changé de style de management. Ils ont fait un *lease back* des machines à lourd investissement. Ainsi ils ont pu racheter deux acteurs significatifs dans le secteur minier. Les deux vendeurs ont quitté la ville après la cession des sociétés. Une part importante des fonds a fui hors du pays : des investissements dans une compagnie minière étrangère, qui peuvent concerner n'importe quoi. En outre il y a un achat de société que je ne comprends pas : une imprimerie. Et puis l'entreprise possède un mobil-home blanc !

— Pardi !

— Mais ça ne prouve rien.

— Non, non, je sais, dit von Post. Mais dites-moi ce que vous en pensez, peu importe ce qu'on peut prouver.

— Je crois qu'Elena Litova était assise sur une montagne de fric, sa part après le détournement d'actifs. Elle a accès à un réseau qui peut l'aider à monter des opérations financières tellement complexes qu'il est difficile juridiquement d'en identifier les relations. Elle se marie à un entrepreneur véreux sur le déclin.

— Le Roi des airelles, Frans Mäki.

— Exact. Une fois qu'elle a un pied dans la ville, la deuxième étape est de prendre le contrôle sur une entreprise renommée bien établie.

— La Bergsäk SA des Pekkari, dit von Post.

— Tout à fait. Par ce biais, vous rachetez plusieurs entreprises. Vous faites en sorte d'avoir une force d'intimidation, ces fameux gros bras. Puis vous commencez à travailler le marché ; par le chantage et la menace vous vous assujettissez des personnes clés parmi les donneurs d'ordre, en l'occurrence la LKAB, compagnie des mines de Kiruna, et la ville. Ensuite c'est un jeu d'enfant de rafler des contrats de construction et d'aménagement. Dix, vingt ans plus tard, quand les ponts s'écroulent, que les tunnels doivent être consolidés et les routes refaites, quand les toits s'effondrent et que les bâtiments sont pleins de moisissure, les sociétés ont déjà été liquidées ou mises en faillite, et l'argent est parti à l'étranger par des circuits tellement complexes qu'il est impossible d'en suivre le parcours ni de le récupérer. Ceux qui se sont enrichis ont aussi disparu de la circulation depuis longtemps. Les contribuables paient la facture.

— Et on poursuivra éventuellement des fonctionnaires et certaines personnes parmi les commanditaires.

— Ce n'est pratiquement jamais le cas ! En Suède, la fraude et la malfaçon dans le bâtiment coûtent à la société plus de cent milliards de couronnes chaque année. Les médias en font rarement état, parce que les décideurs responsables tiennent à garder leurs positions. Personne ne poursuit. Il n'y a jamais ni plainte ni enquête. Et s'il y en a, elles sont classées, c'est tellement inextricable. Voilà ce qui va se passer, à mon avis. Laurel et Hardy ont pris le contrôle du marché de la drogue et de la prostitution, un bonus pour eux. Et ils ne vont pas lâcher maintenant qu'ils ont la ville en main. Vous vous souvenez d'Ohlsson Maskin et de la SA Entreprenad ?

— Non.

— La valeur intégrale de la société, un peu plus de dix millions, résidait dans des machines, des chariots élévateurs, des tractopelles, ce genre de trucs. Le nouveau propriétaire était une société d'investissement. Tous les actifs ont été vendus et transportés par bateau hors du pays. La société n'a payé aucune taxe sur la plus-value. Une fois que les services des impôts ont eu fini leurs investigations, l'argent avait disparu. La société d'investissement hollandaise avait été liquidée, son propriétaire était un gardien de but. Le fisc nous a demandé d'entamer des poursuites, mais j'ai classé. À l'adresse de la société mère à Amsterdam figuraient une trentaine d'autres sociétés, mais sur place il n'y avait rien, juste un bâtiment d'usine vide. D'après la police hollandaise, le gardien de but était un pauvre type échoué sur un banc public. Le précédent P-DG et propriétaire, à Kiruna, a déclaré avoir agi en toute bonne foi lors de la vente, et c'est peut-être vrai. On n'avait personne à poursuivre en justice. Mais j'ai toujours eu le sentiment que… »

Elle s'interrompit pour chercher le mot juste.

« … qu'il avait peur, comme tout un chacun quand les flics frappent à la porte, mais lui n'avait pas seulement peur de nous. Voilà mon impression.

— Mais alors, il y avait un lien avec Bergsäk ou Litova ?

— Non, mais ça vous donne drôlement envie de vérifier, hein ? »

Ils étaient de retour à la maison grise en fibrociment. Rebecka regarda von Post aiguillonner le Morveux, qui disparut dans la poudreuse et revint aussi sec en courant comme un fou. Von Post lui cria : « Je vais t'attraper », et lança une boule de neige que le chien intercepta en l'air.

« J'ai recherché la Bergsäk SA dans le registre du commerce, dit Rebecka. Ils ont un nouveau membre au conseil d'administration, un certain John Berg, domicilié à Fortaleza, au Brésil.

— Eh bien, qu'est-ce que ça vous inspire ? demanda von Post.

— Rien de réjouissant, dit Rebecka. On ne prendrait pas un whisky ? Je pense sans arrêt à Anna-Maria, ça me rend dingue.

— Non merci, je conduis, dit von Post en regardant sa montre. Je vais à l'hôtel cette nuit.

— Vous pouvez dormir ici, proposa Rebecka à sa propre surprise. L'ancien appartement de mon père, au rez-de-chaussée, est inoccupé. »

Von Post la regarda fixement.

« Qu'est-ce qui vous prend, Martinsson ? Vous qui me détestez.

— Je sais, dit-elle. Ça doit être à cause d'Anna-Maria. Quelle importance, toutes ces conneries ? »

Rebecka ralluma le feu dans le poêle de la cuisine et servit à chacun un whisky. Ils trinquèrent, burent le premier verre cul sec, et elle en resservit un.

« Je suis absolument persuadée que Bergsäk a été victime d'un détournement d'entreprise, dit Rebecka. Les choses se précipitent, parfois. L'entreprise emprunte un fric dingue, on liquide tous les actifs et on disparaît. Cela peut se faire en six mois. Mais si on considère la situation spécifique de Kiruna, je crois qu'ils ont un plan à plus longue échéance.

— Le vieux Kiruna va être rasé et remplacé par un nouveau Kiruna, les projets et les contrats de construction vont affluer, dit von Post.

— Exact. On parle ici en milliards. Et le temps presse pour les chantiers. Kiruna est l'hôte idéal pour un bon gros parasite.

— Et la mine là-dessus, dit von Post.

— Ouais. Si la LKAB sous-traite les travaux dangereux pour échapper à la responsabilité, et si les dirigeants des entreprises ne sont pas sérieux, qu'ils n'assurent pas bien la maintenance du matériel et ne contrôlent pas la sécurité… »

Carl von Post pensa à ses frères rotariens qui, avec les années, évoquaient de plus en plus ouvertement leur manière de frauder le fisc, les dessous-de-table, la main-d'œuvre non déclarée. Ça se tapait allègrement dans le dos et partait en vacances aux Seychelles. Von Post ressentit un certain dégoût de lui-même pour toutes les fois où il avait fait semblant de ne pas entendre, de ne pas comprendre leurs plaisanteries.

« Malhonnêteté généralisée, dit-il. On se justifie par un "Tout le monde le fait" ou un "Il y en a qui font pire", puis on est victime de chantage ou de menaces, on tombe dans la criminalité économique, la corruption, le sabotage de chantier, la drogue, le commerce du sexe.

— Et la violence, dit Rebecka. Il y a toujours quelqu'un qui essaie d'escroquer l'escroc, qui ne paie pas, qui refuse de vendre, ou qui tente de noyauter le commerce de stupéfiants par exemple. Puis on se retrouve avec des coups de feu, des meurtres commandités, des incendies. Et personne n'ose témoigner.

— Surtout maintenant, dit von Post. L'assaut sur Rantakyrö et Mella était une démonstration de force. Ils ont prouvé qu'ils ne se limitent pas à tuer quelques prostituées. »

D'un geste de la tête, von Post refusa un verre supplémentaire. Rebecka sentait aussi qu'elle avait eu sa dose.

« Si on en est là, dit lentement von Post, c'est que Kiruna est gangrenée par le cancer.

— Et nous réagissons tellement lentement, dit Rebecka.

— Qu'est-ce qu'on peut... Nous devons faire quelque chose », dit von Post.

Rebecka plongea les yeux dans son verre vide.

Pas moi, pensa-t-elle. On ne pourra jamais dégager les moyens nécessaires pour couper tous les tentacules de ce monstre. Il ne se rend pas compte de l'ampleur du travail, du nombre d'heures que cela prend. On m'a proposé un job, je vais vendre et partir. Je n'ai pas l'intention de rester ici à regarder les choses se produire.

Un sentiment coupable de soulagement l'effleura. Ce n'était plus son enquête. Tout cela était répugnant, mais ce n'était pas son problème.

« Il est très tard, dit-elle. Vous avez une longue journée, demain. »

Von Post se leva et s'étira. Il chercha le regard de Rebecka.

« Nous ne perdons pas espoir pour Mella, dit-il. Si quelqu'un doit s'en tirer après avoir reçu une balle dans la tête, c'est bien elle. »

En se réveillant, Robert Mella éprouva une impression brève mais intense de libération, puis il refit surface et se souvint qu'il se trouvait à l'hôpital.

Il était couché sur un lit d'appoint, à côté d'Anna-Maria. Elle n'était plus sous oxygène. L'écran du moniteur affichait sa courbe verte régulière.

Il était trois heures et quart du matin. La chambre était plongée dans l'obscurité. On entendait les pas et les voix étouffées du personnel de nuit dans le couloir.

Il prit la main d'Anna-Maria dans la sienne. Ses doigts étaient chauds, mais flasques et sans vie, ils ne répondaient pas. Il avait demandé s'il pouvait la toucher. « Autant que vous le souhaitez », avait répondu l'infirmière. Il fallait lui parler, aussi. La recherche avait établi que les patients dans le coma réagissaient souvent à la voix de leurs proches.

Alors il lui parla. Jusqu'à en avoir mal à la gorge et la bouche sèche. Il repoussa la terreur que rien en elle n'enregistrait sa présence. Qu'il l'avait perdue à jamais.

Pas de cette manière, pensait-il. Non, pas de cette manière.

Il faut pouvoir se dire adieu. Les enfants doivent d'abord grandir.

Les enfants étaient chez sa sœur. Il ne voulait pas qu'ils viennent, avait eu des mots avec Jenny à ce propos. Elle avait hurlé : « C'est ma mère ! »

La question s'était réglée d'elle-même : une seule personne de la famille pouvait monter dans l'hélicoptère. Ils étaient arrivés in extremis. Le beau-frère de Robert avait roulé à toute allure dans la poudreuse pour parcourir les quatre-vingt-deux kilomètres de Kiruna à Gällivare.

Un grumier qui bloquait la route avant leur passage venait juste d'être dégagé.

Quand il avait reçu l'appel téléphonique, il avait pleuré. Cinq minutes, peut-être. Puis ce fut comme si ses larmes s'étaient taries. En lui tout était sec. Un désert.

Maintenant, il n'osait pas pleurer. De peur de perdre les pédales.

La fois où elle avait failli être tuée, à Regla, et où Sven-Erik Stålnacke avait été obligé d'abattre un homme, une peur atroce l'avait saisi, après coup. Une peur et une colère immenses. Il n'arrivait plus à travailler, s'était retrouvé un mois en arrêt.

Il lui fallait toujours tenir cette frayeur à distance. Qu'Anna-Maria tombe dans un guet-apens mortel. Qu'un cinglé défoncé sorte un couteau. Qu'un agresseur dément ait une arme. En même temps, il se disait que non, statistiquement ça ne pouvait pas arriver. Le risque était inexistant. A fortiori à Kiruna.

Et l'impensable se produit. Le monde entier éclate en mille morceaux.

Il essaya de changer de position. Il était perclus de douleurs.

Il lui caressa les bras, sentit le duvet soyeux de sa peau sous le bout de ses doigts.

Il était traversé par tant de souvenirs. Quand elle était enceinte de Petter et mangeait du papier, arrachant distraitement les bouts de son bloc-notes restés dans la spirale pour les mâchouiller, et lui qui la mettait en garde, on ne sait pas ce qu'il y a là-dedans, ce n'est peut-être pas bon pour le bébé. Quand ils étaient jeunes, avant les enfants, et qu'ils habitaient dans ce studio glacial, l'hiver, rue des Charpentiers, ils suspendaient le linge au grenier et ça mettait une éternité à sécher parce que d'abord tout gelait. Sa mine radieuse, quand elle avait été admise à l'école de police, et lui qui avait en permanence une peur bleue qu'elle rencontre quelqu'un d'autre. Et à leur mariage, quand tout le monde avait compris qu'elle était enceinte parce qu'elle n'avait pas bu d'alcool, elle était tellement heureuse qu'elle avait dansé éperdument et avait passé la journée au lit le lendemain. Et le père de Robert, qui n'avait jamais été aussi saoul et lui avait dit : « Celle-là, tu y fais gaffe. »

Robert pressa la main molle d'Anna-Maria contre ses lèvres.

« Il faut que tu reviennes près de moi, chuchota-t-il. Ma belle Anna-Maria, s'il te plaît, reviens. Je veux pouvoir te dire que je t'aime. Te le répéter encore souvent. Que je t'aime. »

Samedi 7 mai

Carl von Post réveilla Rebecka Martinsson peu après trois heures du matin. Telle une ombre sur le pas de la porte de la cuisine, il frappa doucement sur le chambranle. Le Morveux lui tourna autour joyeusement, c'était peut-être l'heure du petit déjeuner.

Rebecka se redressa dans son lit. Elle eut immédiatement l'esprit clair, mais ses paupières lourdes et tous ses muscles lui rappelèrent cruellement sa dette de sommeil.

« Pardon, Rebecka, c'est moi, dit von Post. J'ai pensé à un truc…

— Faites sortir le chien. Je prépare du café. »

Elle enfila ses vêtements de la veille, mit le percolateur en route et alluma le poêle de la cuisine.

Quand elle remonta les stores, la lumière du printemps envahit la pièce, bien qu'on fût encore au beau milieu de la nuit.

Von Post revint avec le Morveux au bout de dix minutes, de la neige sur son pull et son pantalon.

« On jouait et j'ai glissé », avoua-t-il.

Sacré petit thérapeute, pensa Rebecka en grattant le Morveux entre les oreilles.

Ils prirent chacun leur tasse de café et le Morveux eut droit à un petit déjeuner largement anticipé.

« Je n'arrivais pas à dormir, dit von Post. J'ai repensé à une formation dispensée par le NFC, le Centre national de forensique, l'an dernier, sur la criminalité liée aux stupéfiants. Vous vous êtes étonnée de l'acquisition d'une imprimerie par l'entreprise des Pekkari.

— Oui.

— Le papier peut servir au trafic de cocaïne. Celle-ci se dissout très facilement dans l'eau et l'alcool. Donc, on fait tremper le papier dans un bain avec la cocaïne dissoute, puis on le met à sécher. Le destinataire le coupe en lanières, en extrait la cocaïne par décantation. C'est très simple, vous n'avez pas besoin de labo, un banal produit lave-glace suffit et ensuite vous laissez le liquide s'évaporer. Il vous reste la cocaïne.

— La cocaïne est produite en Colombie, dit Rebecka pensive. Elle est souvent introduite en Europe par des porte-conteneurs et arrive en Suède par transport routier via les Balkans, n'est-ce pas ?

— Oui, mais avec le changement climatique, il faut désormais prendre aussi en compte l'océan glacial Arctique comme voie de transport.

— C'est-à-dire que la marchandise pourrait être déchargée dans le nord de la Norvège ou dans un port russe.

— Et bénéficier d'un joli canal de distribution vers la Suède et au-delà, la Scandinavie, l'Europe. La surveillance est assez lâche aux frontières entre la Suède et la Norvège, de même qu'en Finlande ou sur le pont de l'Öresund. Et puis du papier… qui va contrôler du papier ?

— S'il en est ainsi, dit Rebecka, on comprend que ces deux types ne veuillent pas lâcher ce territoire. Ça vaut le coup de tuer deux policiers. »

Elle alla chercher dans les cartons entreposés par terre les classeurs contenant les pièces comptables.

Elle les feuilleta rapidement tout en continuant à parler.

« Je pensais seulement qu'ils se servaient de l'imprimerie pour blanchir de l'argent, dit-elle. Ce qui est peut-être aussi le cas, d'ailleurs. Leurs clients sont tous à l'étranger, on dirait. Ils impriment des manuels d'utilisation pour les machines à café, ce genre de choses. Mais c'est vrai, les recettes sont maigres… Ça donne envie d'aller y voir de plus près.

— Comment ça "envie" ? demanda von Post. J'ai ordonné une perquisition. Benny Serrures & Alarmes sera sur place dans… »

Il consulta sa montre.

« … dans vingt minutes. Vous voulez venir ?

— Ben, quelle question ! » dit Rebecka en se levant.

Enfin une piste sérieuse. Elle adressa à von Post un regard de considération.

Le Morveux se leva lui aussi, plein d'espoir.

« Pas toi, pépère, dit Rebecka. Vous avez donné quel motif pour la perquisition ?

— Laissez tomber, Martinsson, dit von Post désabusé. Pour l'instant une seule chose compte : les coffrer. On me condamnera pour faute professionnelle. Peu importe laquelle, je m'en fous. »

Von Post donna les clés de sa voiture à Rebecka et s'installa sur le siège passager.

Elle comprit qu'il avait continué à boire tout seul, durant la nuit. Il avait sans doute emporté une bouteille dans ses affaires. Elle ne posa aucune question sur sa femme.

On n'est pas devenus copains, merde, pensa-t-elle.

Ils arrivèrent à l'imprimerie à quatre heures et quart. C'était un bâtiment de plain-pied en tôle ondulée, situé dans la zone industrielle.

Rebecka accéléra et s'engagea en trombe sur le parking enneigé. La neige gicla, les essuie-glaces ne servirent à rien, en une seconde le pare-brise fut occulté. Rebecka écrasa la pédale de frein, Carl von Post poussa un cri et chercha à s'accrocher à quelque chose. La voiture fit un tête-à-queue puis s'immobilisa. Il jura et Rebecka éclata de rire. Ils descendirent de voiture. La neige leur arrivait presque aux genoux.

« Comment va-t-on sortir de là, vous y avez pensé ? demanda-t-il en considérant l'amas devant le véhicule.

— Vous avez une pelle dans le coffre, non ? »

Elle déchiffra son regard.

« Sérieusement ? fit-elle. Ça fait combien de temps que vous vivez à Kiruna ? »

Benny en personne, de Benny Serrures & Alarmes, arriva une minute plus tard. Il eut la sagesse de se garer sur le bord de la route et rejoignit prudemment les deux procureurs, équipé de hautes bottes en caoutchouc. Sa démarche était raide, il s'arrêtait souvent pour poser sa caisse à outils qui disparaissait presque entièrement dans la neige.

« Ça va ? demanda Rebecka lorsqu'il les eut rejoints.

— Ah, putain, soupira-t-il. Amenez-moi directement à l'abattoir ! J'ai fait une chute en scooter cet hiver, en voulant passer sur un remblai. Par pur réflexe, vous savez, on pose la jambe pour rester en équilibre. Et clac ! Le ligament a craqué. »

Il coupa court aux protestations d'empathie des procureurs.

« Bah, ça va, il faut juste que j'y aille piano piano. »

Tout en crochetant la serrure, il commenta les nouvelles qu'il avait lues sur Internet à propos d'Anna-Maria Mella et de Tommy Rantakyrö.

« Qu'un truc pareil puisse se passer dans cette ville… », dit-il en rabattant son bonnet à oreilles sur sa nuque.

Fort de son expérience, il ne demandait plus si la tâche qu'il était en train d'exécuter avait un rapport avec les faits.

« J'espère que vous les aurez », dit-il chaleureusement.

Pas un mot sur un surcoût pour l'intervention en dehors des horaires. Il prit congé avec un signe de tête et retourna à son véhicule en marchant dans ses propres traces.

Rebecka et von Post trouvèrent les interrupteurs. Les tubes au néon se mirent à grésiller et projetèrent leur lumière froide dans le local sans fenêtres. Celui-ci se composait d'un seul espace. Il y avait une porte, qui semblait mener à des toilettes, un bureau entièrement vitré. Aucun dossier, rien qui témoigne d'une quelconque activité commerciale.

« Et aucun matériel d'imprimerie, constata Rebecka. Curieux, non ?

— Très curieux », confirma von Post.

Contre le mur, des paquets de papier étaient entassés sur des chariots élévateurs.

« J'appelle le NFC, dit von Post. Il faut qu'ils viennent jeter un coup d'œil. On fait venir un chien renifleur ?

— Oui, dit Rebecka. Mais on va vérifier nous-mêmes aussi.

— Quoi donc ? »

Rebecka haussa les épaules, et avec un canif elle entailla le plastique autour de la marchandise, grimpa sur le bord du chariot et retira un paquet.

« Je ne sais pas, dit Rebecka en soupesant le paquet, mais il ne serait pas un peu lourd ? »

Carl von Post le prit en main.

« Oui, c'est possible », dit-il.

Le paquet contenait du papier ordinaire format A4. Rebecka feuilleta une ramette avec le pouce.

« Regardez, dit-elle. Il y a une différence… vous voyez la couleur ? »

Les dix premières feuilles étaient blanches. Les suivantes avaient de légers reflets mauves.

« Louche », dit von Post.

Ils comparèrent le poids des feuilles.

« Il me semble que les colorées sont un peu plus lourdes, dit von Post. Mais c'est peut-être parce que je voudrais qu'elles le soient. »

Rebecka examina les palettes, tentant par un rapide calcul mental d'en estimer le poids.

« Ça fait combien de papier, tout ça ? Cinq cents kilos ?

— Trente à quarante pour cent du poids pourrait être de la cocaïne, dit von Post. Dans les deux cents kilos. Et un gramme dans la rue…

— … vaut plus de mille couronnes. Deux cents millions. Belle petite somme, même s'il faut payer les intermédiaires.

— La saisie au port de Göteborg, il y a quelques années, c'était quelle quantité ? demanda von Post.

— Une tonne, dit Rebecka. Mais là aussi, c'est énorme si… »

À cet instant, ils entendirent un bruit de moteur à l'extérieur. Un gros véhicule. Coup de frein, arrêt.

Rebecka et von Post se regardèrent, toute parole était inutile.

Ce sont eux, pensa Rebecka. Ils viennent récupérer leur merde. Et nous…

Von Post chercha des yeux une issue qui n'existait pas. Pas de fenêtre. Aucune ouverture à l'arrière. Les grandes portes d'accès pour les chariots étaient près de l'entrée.

Dans son film intérieur, Rebecka voyait les deux hommes sauter d'un camion et s'approcher du bâtiment. Devant la voiture garée et les traces de pas dans la neige, ils échangeaient un regard, sortaient leurs armes de sous leurs manteaux.

Pas le temps d'appeler du secours. Elle avait les jambes en coton. À la lumière des néons, le visage de Carl von Post était d'une pâleur cadavérique, presque bleuâtre. Sa respiration, haletante et saccadée, lui rappela celle d'un élan blessé par un chasseur.

Paralysés, ils virent la poignée de la porte s'abaisser.

Kerstin Simma était au volant de la déneigeuse depuis deux heures du matin. Il était plus facile de tout déblayer avant la reprise de la circulation matinale, et à sept heures elle serait rentrée, elle réveillerait son mari pour qu'il parte au travail. Puis elle prendrait tranquillement une tasse de thé, pendant que les enfants dormaient encore. Les samedis matin étaient ce qu'elle préférait.

Elle avait écouté un documentaire sur une secte et se sentait plutôt en forme. Elle s'acquittait de sa tâche scrupuleusement. Aucune congère ne devait masquer les carrefours, les piétons devaient pouvoir traverser au passage protégé sans être obligés de gravir des montagnes de neige.

En arrivant à l'un des parkings de la zone industrielle, elle lança une bordée de jurons. Une voiture était garée de travers, en plein milieu. Les gens étaient dingues ou quoi ?

Mais il n'y avait pas de neige sur le capot de la voiture et des traces de pas fraîches menaient au bâtiment. Elle releva la pelle de la déneigeuse, pénétra dans le parking et s'arrêta. Elle allait prier la personne qui avait eu son permis dans une pochette-surprise de bouger son véhicule. Non pas qu'elle eût peur de l'érafler, elle était habile et prudente, mais laisser une surface non dégagée au milieu du parking heurtait son sens de l'ordre.

Elle pataugea jusqu'à la porte, saisit la poignée. C'était ouvert.

« Bonjour, cria-t-elle à la cantonade tout en tapant des pieds contre le mur extérieur pour faire tomber la neige de ses chaussures. Hou hou, il y a quelqu'un, ici ? Je vais déblayer le parking, alors ce serait bien que vous déplaciez la voiture qui est au milieu du chemin. »

La porte des toilettes s'ouvrit, deux personnes pointèrent la tête. Elle reconnut tout de suite la femme. C'était Rebecka Martinsson, la procureure. Elle l'avait vue dans les journaux et à la télé. L'autre était un homme du même âge, un snob avec un manteau long qui avait dû coûter un mois de salaire. Tous les deux la fixaient comme si elle était une revenante.

« Le déneigement ? demanda Rebecka Martinsson.

— Oui », dit Kerstin Simma en ôtant son bonnet.

Qu'est-ce qu'ils foutaient là ? Ils baisaient dans les toilettes ?

Et là, Rebecka Martinsson partit d'un grand rire. L'homme qui l'accompagnait en fit autant. Ils ne pouvaient presque plus respirer, tellement ils se tordaient. Le type au manteau chic dut carrément s'asseoir par terre, il pleurait de rire.

« Oh, putain, oh, putain », était tout ce qu'il arrivait à articuler.

Appuyée contre un mur, Rebecka Martinsson se tenait les côtes. Les larmes coulaient sur ses joues.

« Je vais déplacer la voiture, parvint-elle à dire en titubant vers la porte.

— Vous pouvez vous garer sur la route devant l'entrée, dit Kerstin Simma. Vous êtes sûre d'être en état de conduire ? »

Rebecka Martinsson sortit un paquet de cigarettes de son sac. Adossés au bâtiment, Carl von Post et elle fumaient, les mains tremblantes. Ils regardèrent la déneigeuse dégager le parking et saluèrent la femme dans la cabine quand elle releva la pelle et repartit.

« J'ai eu la peur de ma vie, dit von Post. Nous allons faire surveiller l'entrepôt. »

Nous, nous, pensa Rebecka l'humeur sombre.

Ils étaient presque de retour à Kurravaara quand leurs deux téléphones bipèrent simultanément.

Rebecka crispa les doigts sur le volant. Carl von Post extirpa son portable de sa poche.

« Anna-Maria ? » demanda Rebecka pendant qu'il lisait.

Il était cinq heures et demie du matin. Cela ne pouvait être que ça, à une heure pareille. Oh non, pas ça. Pas ça.

Von Post secoua la tête.

« Non, dit-il. C'était Anna Granlund. Pohjanen est mort cette nuit. Ou hier soir. Il s'est endormi sur son canapé, à l'hôpital. »

Rebecka était déboussolée. Son esprit tournait en rond de manière insensée, comme un lagopède, blanc sur blanc dans la neige.

Le soleil était haut dans le ciel à présent, il éclairait la journée à venir avec tout ce qu'elle comportait de redoutable. Les branches des arbres ployaient sous la neige. Les bouleaux étaient enveloppés de givre.

Elle leva le pied de l'accélérateur, de peur d'écraser machinalement la pédale et de sortir de la route. Elle prit à très faible allure le long virage qui descendait au village.

« Je vais arrêter Anders et Olle Pekkari, les interroger sur cette imprimerie et sur le mobil-home, dit von Post une fois qu'ils furent arrivés devant chez Rebecka. Merci pour le dîner et l'hébergement. »

Et pour l'imprimerie, pensa Rebecka, morose. Il a déjà oublié que c'est moi qui l'ai trouvée.

Carl von Post observait Rebecka Martinsson. Combien de fois n'avait-il pas souhaité la voir ainsi, comme éteinte intérieurement. Mais là, il aurait voulu retrouver cette fichue collègue qui lui mettait les nerfs à vif. Ses emportements. Son regard qui fusait et cette dureté au coin des lèvres. Sa capacité de travail considérable, qu'il lui enviait, son acharnement, malgré la fatigue.

« Vous venez au bureau, aujourd'hui ? » demanda-t-il.

Elle secoua la tête.

Leur vieille mésentente se raviva comme lorsque l'on souffle sur un feu presque éteint.

On a tiré sur deux policiers, se dit von Post, mais madame préfère rester chez elle et jouer les victimes.

Je ne suis pas sa petite assistante, pensait Rebecka Martinsson.

Von Post haussa les épaules. Il n'avait pas envie de se disputer. Pas avec Rebecka. Ni avec personne. Il regarda l'écran de son téléphone. Aucun signe d'Erika. Elle allait le quitter.

Qu'elles fassent ce qu'elles veulent, toutes les deux. Quant à lui, il essaierait seulement de survivre à cette journée.

À sept heures et quart, Carl von Post et l'inspecteur Fred Olsson allèrent chercher Anders Pekkari et son père Olle pour les interroger.

Lorsque Anders Pekkari ouvrit sa porte à Carl von Post qui l'invita à le suivre, il aperçut deux voitures. Dans l'une, son père était assis sur la banquette arrière. Le vieil homme scrutait avec des yeux furieux l'appuie-tête devant lui. Il n'accorda pas un regard à Anders.

Carl von Post lui demanda son téléphone.

Anders Pekkari le lui tendit puis resta planté devant les manteaux suspendus dans l'entrée. Incapable de reconnaître le sien.

Carl von Post finit par en décrocher un :

« Celui-là ? »

Anders Pekkari acquiesça, l'air absent.

Carl von Post lui posa doucement une main sur le dos et ils rejoignirent la voiture.

Anders Pekkari avait une telle peur qu'il fut pris de hoquet. Il redoutait ce moment depuis très longtemps. Il en faisait des cauchemars. Parfois, allongé à côté de sa femme endormie, il l'avait appelé de ses vœux, pour que tout cela se termine enfin.

Il avait caressé l'idée de tout perdre, la considération, ses amis, l'entreprise, sa famille. Purger une peine de prison et repartir de zéro. Louer un studio et trouver un boulot, n'importe lequel. Ou se mettre à boire, pourquoi pas.

Mais tout cela ne lui procurait aucun soulagement. C'était juste un pas de plus dans le cauchemar permanent qu'était devenue sa vie.

Il était reconnaissant que son père et lui soient emmenés dans des voitures différentes.

Au commissariat, il n'y avait personne à l'accueil ni dans la salle d'attente. De toute façon il se fichait pas mal de ce que les gens pensaient. Quelqu'un qui portait son nom mais habitait dans une autre galaxie avait un jour trouvé ces choses-là importantes. Son hoquet s'était amplifié. Un policier lui apporta de l'eau dans un gobelet en plastique.

Le hasard est le pseudonyme de Dieu lorsqu'il ne veut pas signer. Börjc se réveilla dans le lit de Ragnhild Pekkari. Ils étaient allongés en cuillère, lui derrière, le nez dans la nuque de Ragnhild. Elle se réveilla elle aussi, se tourna vers lui et ils refirent l'amour. Prendre ainsi son temps était nouveau pour lui.

Ensuite, elle réclama une omelette. Et du jus de fruits. Mais il n'y avait pas grand-chose dans le frigo. Börje s'habilla pour aller faire des courses à la supérette de la station-service, au croisement d'Adolf Hedinsvägen et de Malmvägen.

Sous le soleil matinal, la ville ressemblait à une carte postale. La blancheur de la neige avait recouvert la bouillasse grise. Les arbres étincelaient, il vit même des traces de lièvres en pleine ville. Il aimait la disposition aérée de Kiruna. L'espace entre les maisons.

Il marcha jusqu'à la boutique, posa un bouquet de tulipes dans son panier. Devant la vitrine réfrigérée, quelqu'un lui tapa sur l'épaule en lui lançant un aimable : « Mais c'est Börje Ström, n'est-ce pas ? »

Il ne pouvait pas le nier. Le type était un peu plus vieux que lui, il s'appelait Harry Svonni, avait fait de la boxe au club Nordpolen. Ils tirèrent les fils de leurs souvenirs communs, connaissances et matchs. Börje ressentit à nouveau une joie tranquille d'être de retour à Kiruna. Ragnhild, c'était un miracle. Mais ça aussi : retomber sur d'anciennes connaissances par hasard.

« Oui, monsieur, je me souviens quand tu es arrivé au club, un petit gars que Jussi et Sikke ont pris sous leur aile. Ils avaient bien vu que tu étais sacrément doué. »

Ils rirent des matchs en Finlande. De tous les coups qu'ils prenaient, là-bas.

« C'est bien que le club existe toujours, dit Harry Svonni. Mais je ne sais pas qui est propriétaire du local aujourd'hui. Le Roi ? Il vit toujours ?

— Oui, dit Börje Ström, il vit sur la route d'Esrange.

— Eh ben dis donc ! Le fiston, lui, n'était pas bon boxeur. Taggen Mäki, l'Épine. On avait le même âge, dit Harry Svonni. Le Roi le forçait à aller sur le ring. On n'osait pas le cogner trop fort, on ne voulait pas être en bisbille avec son père. Oui, ça ne devait pas être facile pour lui. On était voisins à Piilijärvi.

— À Piilijärvi ? s'étonna Börje Ström, et quelque chose en lui tressaillit, comme lorsqu'un poisson mord à l'hameçon.

— Oui, sa mère s'est séparée du Roi assez tôt et remariée avec un monteur de Piilijärvi qui avait sa maison de famille là-bas, avec ses frères et sœurs. Ils y allaient l'été. Et nous, on est de là-bas aussi, du côté maternel. Alors l'Épine et moi, en fait, on jouait ensemble aux cow-boys et aux Indiens quand on avait six-sept ans. Mais après, il est devenu un peu compliqué. Il traînait dans un tas de… »

Harry Svonni termina sa phrase par un hochement de tête attristé.

« Enfin, il s'en est bien tiré malgré tout, dit-il. À part son poids. Tu l'as croisé ? Il pèse bien ses deux cents kilos. Pas comme toi, tu as l'air en forme. Tu boxes encore ? »

Börje s'entendait répondre, mais ne saisissait que des bribes de la conversation, comme si parmi les rayons une tempête s'était levée, qui balayait tous les mots. Du fin fond de son esprit, il espérait que ses propos restaient à peu près sensés. Harry Svonni finit par remarquer qu'il avait la tête ailleurs.

« Je ne te retiens pas, dit-il gentiment. Ah, c'était vachement sympa de te revoir. Dis donc, on n'était pas peu fiers, toutes ces années, d'appartenir au même club que toi ! »

Ils se dirent au revoir et Börje se dirigea vers la sortie.

« Tes courses ! lui cria Harry Svonni. Tu ne prends pas tes courses ? »

Mais Börje Ström abandonna son panier, passa devant les caisses et quitta la boutique.

Piilijärvi, se répétait-il. Sven-Erik Stålnacke lui avait parlé d'un type à qui on avait volé, non, emprunté son pistolet, il était de Piilijärvi.

Von Post entra dans sa cuisine. Erika n'était pas là. Sa voiture n'était pas dans le garage. Le pain, le fromage suintant et le fond de margarine à moitié fondue, abandonnés sur l'évier, montraient qu'elle ne s'était pas absentée juste pour un instant.

Il essaya de la joindre, tomba sur le répondeur. Une fois de plus.

À l'étage, les garçons criaient comme des sauvages et rigolaient. Il entrouvrit leur porte, ils lui dirent bonjour sans lever les yeux du jeu de massacre qui se déroulait sur leur écran.

« Et alors, vous n'êtes pas à l'école ? demanda-t-il.

— On est samedi », l'informèrent ses fils.

Il les laissa entre eux. Visiblement, ils s'étaient levés tard, avaient fait le tour du cadran, comme ils disaient. Erika ne les avait sûrement pas mis au courant. Est-ce qu'elle était allée dormir chez une amie ? Avait-elle passé la moitié de la nuit à lui tailler un costard devant une bouteille de vin ?

Il prit une douche rapide. Il espérait qu'Erika rentrerait. Ne l'espérait pas.

Il s'habilla. Son téléphone sonna, mais c'était Fred Olsson. Sans doute des problèmes avec les Pekkari.

« Il s'est passé quelque chose ? demanda-t-il en descendant à la buanderie pour s'éloigner des hurlements et du carnage à l'étage.

— Olle et Anders Pekkari sont prêts à parler, dit Fred Olsson. Enfin, Anders en tout cas.

— Vous plaisantez ?

— Non, Anders Pekkari est complètement effondré.

— Ils ont réclamé un avocat ?

— Non, c'est vrai ! Est-ce que je leur demande si…

— Non, non, surtout pas. J'arrive. »

Börje appela Ragnhild et lui expliqua pourquoi il s'était attardé. Elle ne s'en doutait pas, mais cela était pour lui un signe de profonde métamorphose : il n'avait pas l'habitude de communiquer avec les femmes qui partageaient sa vie. Un jour que l'une d'elles s'était plainte, il lui avait dit : « Quel genre de rapports veux-tu que nous ayons ? Tu as envie que je t'appelle "le gouvernement" ? » Ils avaient rompu peu après.

En racontant à Ragnhild sa rencontre à la supérette, Börje prit conscience qu'il n'avait pas rapporté les provisions. Ils en rirent un instant, puis la gravité s'imposa.

« Il faut que je parle à Taggen, dit-il. Je retournerai faire les courses après, sans les oublier cette fois.

— Je sors avec Villa, en attendant, dit-elle.

— Alors tu t'es décidée pour son nom ? demanda-t-il. Villa ?

— Oui, dit-elle. Aucun autre nom ne lui convient. »

Arrivé dans l'immeuble où habitait Taggen, Börje prit l'ascenseur et le regretta avant même que la porte se referme. La cabine montait lentement, puait l'urine, et les murs étaient maculés de vieux graffitis mal nettoyés dont il restait des traces pâles.

Taggen ouvrit, le regard errant. Son grand T-shirt blanc était taché, juste au milieu de la poitrine. Börje s'efforça de détourner les yeux.

« Börje ! s'exclama Taggen. Eh ben dis donc… Qu'est-ce qui t'amène ? »

Il regarda l'heure, jeta un coup d'œil derrière lui. L'appartement n'était pas dans l'état idéal pour recevoir de la visite.

« Je peux entrer ? »

Taggen recula. Börje pénétra dans le vestibule et referma la porte.

Dans le séjour, la télévision était allumée et projetait une pâle lueur sur deux gros fauteuils en cuir. Par terre, à côté d'un des fauteuils, traînaient deux sachets de chips vides et une bouteille en plastique qui avait contenu du soda de Pâques. Pas de tapis. Pas de rideaux. Persiennes baissées. Börje comprit que Taggen n'était pas en train de regarder la télé, mais qu'elle était allumée en permanence.

L'appartement révélait une immense solitude et Börje déclina l'invitation de Taggen à venir s'asseoir dans la cuisine. Cela sentait le renfermé, il planait une odeur de vieille pizza, de chips, de pet et de transpiration nocturne.

« Ça va aller vite, commença Börje.

— Dit la bonne au curé », badina Taggen. Mais la plaisanterie tomba à plat.

« Tu allais à Piilijärvi, l'été, quand tu étais petit, dit Börje sans préambule. Le pistolet avec lequel mon père a été abattu appartenait à un type de Piilijärvi. L'arme a disparu de sa voiture précisément au moment du meurtre, et elle a été rendue après. C'est toi qui l'avais prise, n'est-ce pas ? Et tu l'as donnée à ton père. C'est pour cela qu'il n'a pas répondu quand on lui a demandé d'où il tenait cette arme. »

Taggen demeurant muet, Börje continua :

« Je n'irai pas le crier sur les toits, tu peux compter sur moi. Je veux seulement savoir.

— Ça fait tellement longtemps », pleurnicha Taggen.

Börje se mit à hurler.

« Non ! Aujourd'hui, hier, j'ai vécu tous les jours sans mon père ! Sans jamais savoir, toujours à l'attendre ! »

Ses cris s'entendaient jusque dans la cage d'escalier, mais rien ne lui était plus indifférent.

Taggen s'épongea le front du revers de la main, la sueur lui coulait dans les yeux.

« Oui, dit-il résigné. C'est moi qui ai pris le pistolet. Tu sais comment était mon père, il voulait m'endurcir. Alors il m'emmenait parfois, quand il fallait remettre les pendules des gens à l'heure. Ce jour-là, il a appelé et m'a ordonné d'aller en mobylette jusqu'à la bifurcation vers Vittangi. Là j'ai pris le pistolet.

— Et après ?

— Ah, mon Dieu. Après il m'a arraché le pistolet des mains et m'a fichu une beigne. Mais ensuite l'arme a été utile, si on peut dire.

— Tu étais là quand c'est arrivé ? »

Taggen acquiesça en silence. Puis il secoua la tête.

« Mais je ne veux pas parler de ça. Ça s'est passé comme papa l'a raconté. »

Son regard se durcit.

« Tu as quand même eu une belle vie, non ? Regarde-toi ! Regarde un peu ! Et maintenant regarde-moi ! Mon père est vivant, est-ce que ça me rend heureux ? Allez, fous le camp ! Bute-moi si tu veux ! Mets une annonce dans le journal si ça peut te faire du bien ! J'en ai rien à foutre. »

Taggen s'interrompit, hors d'haleine, comme s'il avait couru.

« Il faut que je m'assoie », dit-il, et il gagna la cuisine d'un pas titubant et s'effondra sur une chaise, le visage grimaçant. Ses genoux devaient le sentir passer, vu son poids.

Börje considéra Taggen penché sur la table, pantelant et lourd. Pourvu qu'il ne meure pas d'un infarctus maintenant.

Il tourna les talons et sortit de l'appartement.

« J'avais quatorze ans, dit Taggen derrière lui. J'avais seulement quatorze ans. »

Börje claqua la porte. Taggen l'entendit descendre l'escalier. Il voulut poser son front sur la table mais, gêné par son ventre, il se redressa.

« Je n'ai rien dit, chuchota-t-il dans le vide. Je ne lui ai pas raconté. »

Börje dévala l'escalier comme s'il voulait sortir d'une maison en flammes. Il retourna à grandes foulées à la station-service. Son panier était toujours là où il l'avait abandonné.

« Tu as quand même eu une belle vie, non ? Regarde-toi ! Regarde un peu ! »

Est-ce que j'ai eu une belle vie ? se demanda-t-il. Tout ce qui m'a importé dans la vie, c'est la boxe.

Mars 1977

Au tintement de la porte du *diner* où elle travaille, Nancy, la femme de Börje, se redresse. Assis à une table, Börje est en train de prendre son petit déjeuner, avant de rejoindre son chantier, entre Broadway et Mercer Street. Il charrie du béton dans une brouette. Temps idéal aujourd'hui, quand on fait ce genre de boulot : beau et chaud, mais pas aussi caniculaire que ça peut l'être en été.

Paris, l'ancien entraîneur de Börje, franchit le seuil. Nancy lance son :

« *Hello handsome, take a seat. I'll bring you a menu*[1]. »

Elle a vingt et un ans. Elle est si jolie que souvent les clients lui demandent si elle est actrice. Alors elle rit. Comme s'ils avaient dit une ânerie. Elle économise pour faire des études, mais ça, elle ne le raconte pas. « *I'm happy right here*[2] », a-t-elle coutume de dire, et elle met les pourboires sur son compte d'épargne.

Börje se lève. Paris l'aperçoit et affiche un grand sourire.

« Voilà mon petit gars », dit-il.

Certes, il appelle tout le monde « mon petit gars », sauf Big Ben qu'il a toujours appelé « boss ». Mais il a vraiment l'air content de voir Börje.

Il commande du café, du jus d'orange et des œufs au plat sur des toasts.

Assez vite, il informe Börje qu'il n'est plus entraîneur.

« J'en ai eu assez. »

Il raconte que ces quatre dernières années il avait entraîné un jeune boxeur noir prometteur. Tempérament sanguin, pas dans le ring, mais à la moindre

1. « Salut beau gosse, je t'apporte la carte. »
2. « Je suis assez heureuse ici. »

difficulté il voulait toujours déclarer forfait et s'en aller. Par exemple quand il n'arrivait pas à avoir la bonne rotation avant de frapper.

« Bon sang, qu'est-ce qu'on s'est engueulés. Mais dès que j'ai découvert qu'il ne plaçait pas tout à fait bien son pied arrière, là il s'est mis à bosser comme un dingue, la sueur coulait jusque dans la rue. Tu te souviens de lui ? Il s'entraînait en même temps que toi. »

Börje dit qu'il ne s'en souvient pas. Paris a l'air un peu déçu.

« C'est une bonne chose que je t'aie eu, dit Paris. Un petit gars blanc. Comme ça, je pouvais aider mes gars à moi. Si tu vois ce que je veux dire. »

Börje acquiesce.

« Il était encore jeune, poursuit Paris. J'avais dit à Big Ben que le garçon n'était pas prêt à disputer des matchs importants. Mais tu sais ce qu'il en est, il est facile de convaincre un gamin à peine sorti de l'œuf et qui habite encore chez sa mère : "Il faut que tu fasses cinquante, soixante matchs avant de pouvoir prétendre à un match pour le titre. Quand est-ce que tu vas t'y mettre à la fin ? Quand tu auras eu ton premier petit-fils ?" »

Paris lui parle de son jeune poulain qui enchaîne désormais les matchs contre des types qui sont en train de construire leur réputation. Il prend raclée sur raclée.

« Ce n'est plus de la boxe qu'il fait, dit Paris, maintenant il se précipite dans le ring la tête la première, comme un taureau, et il encaisse des coups qui vont l'envoyer à la retraite avant ses vingt-cinq ans. »

Nancy apporte le petit déjeuner de Paris et celui-ci étale soigneusement des serviettes en papier sur ses genoux.

« Il savait décrypter ses adversaires, reprend Paris. Il était agile, mais avait besoin de plus de technique, on a travaillé son explosivité. Sacrément vif, quand il était tout près. Mais maintenant… c'est plus qu'un putain de punching-ball. Il est fini. Vingt et un ans. J'ai demandé à Big Ben de le ménager. Je suis allé le voir à son bureau et je l'ai supplié. »

Paris cligne des yeux vers le plafond plusieurs fois.

« Alors j'ai arrêté. Je ne pouvais plus voir ça. Chaque entraînement, chaque match, un enterrement permanent. Et puis ce que Big Ben t'a fait… Enfin, voilà, c'est pour ça que je suis là, en fait. Ton contrat avec lui est arrivé à terme maintenant, hein ? »

Börje confirme, mais aucun manager ne voudra s'occuper de lui. Aucun promoteur ne l'invitera à un match. Personne ne veut se brouiller avec Big Ben. Börje est sur la liste noire et il a du noir sous les ongles, maintenant.

Avec un sourire, il montre à Paris ses mains d'ouvrier.

« Tu peux boxer en Europe », dit Paris en s'adossant à sa chaise.

Nancy s'approche pour leur resservir du café et demande à Paris s'il a tout ce qu'il lui faut.

« Je suis bien ici, dit Börje.

— Je vois ça, mon petit gars, répond Paris en tournant les yeux vers Nancy. Mais je vais te dire une chose. José Luis Pérez… »

Börje sent son visage se crisper. Le match contre Pérez aux Catskill Mountains lui revient en mémoire. Le lendemain, sa vie était finie. Après ce match, Pérez a signé avec Big Ben et en novembre il remportait la ceinture de champion du monde de la WBA, catégorie poids lourds-légers.

« Pérez fait une tournée en Europe en ce moment, dit Paris. Big Ben tient absolument à ce qu'il conserve la ceinture. Il ne le laisse pas rentrer affronter des adversaires dignes de ce nom. C'est l'argent qui compte. Plus il disputera de matchs en tant que "champion invaincu", plus il y aura de fric provenant des galas et des sponsors, fait-il en frottant son pouce contre l'index et le majeur. Pérez est un bon boxeur, tu le sais aussi bien que moi, et un bon boxeur doit rencontrer de bons boxeurs. Pour l'instant, il participe à des matchs où il lui suffit pratiquement de tendre le bras. Il va bientôt se croire immortel. »

Paris se tait, laissant ses paroles faire leur effet.

Börje regarde sa montre, un modèle bon marché – il a dû vendre sa montre en or. Il est l'heure de partir au travail.

« Écoute, dit Paris avec un regard matois, en juillet Pérez doit disputer un match à Hambourg. J'ai des contacts, là-bas. Et toi, tu m'as l'air en bonne forme, tu n'as pas grossi. Tu t'entraînes ?

— Ben, je n'ai plus de salle où aller. Mais je cours tous les matins. Sinon, je deviendrais dingue.

— Bon pour la rapidité. Tu crois que tu as toujours ta réactivité ? Un aussi beau style que quand tu as arrêté ? »

Börje rit.

« Je ne sais pas. Je joue au ping-pong avec des Irlandais, trois soirs par semaine. Ils ont une table, dans la cave du pub. Plus aucun d'entre eux ne me bat, maintenant. »

Paris émet un petit sifflement de surprise et paraît jauger cette information : est-elle assez satisfaisante pour lui ? Il a quelque chose sur le cœur, qui attise la curiosité de Börje. Il tourne sa cuillère dans son café et finit par demander :

« Si je peux m'arranger pour que tu participes à ce match à Hambourg, tu serais d'accord ? Tu tiendrais le coup avec un entraînement d'enfer, d'ici là ? Tu battrais Pérez ? »

Paris regarde Börje par-dessus son mug de café. Il y a quelque chose dans ses yeux, que Börje a toujours apprécié. Il a de l'expérience. C'est un vieux renard. Si Börje n'a aucune idée de la manière dont Paris va s'organiser pour qu'il puisse combattre à Hambourg, il sait une chose : Paris n'est pas un baratineur.

Cela faisait longtemps que Börje n'avait pas éprouvé ce singulier mélange de joie, d'espoir, de rage de vaincre et de colère : un désir de revanche.

Pohjanen est mort, pensait Rebecka Martinsson.

Elle aurait voulu pleurer, mais ne ressentait aucune tristesse.

Assise à la table de la cuisine, elle contemplait dehors le soleil sur la neige. Le Morveux était couché à ses pieds.

Je n'ai pas toujours été comme ça, se disait-elle. Petite, quand grand-mère vivait, je débordais de sentiments et de sensations. Je passais mon temps à humer des odeurs, forêt de pins chauffée par le soleil, chiens mouillés, vieille étable. Depuis quand n'ai-je pas frotté des bourgeons de bouleau entre mes doigts pour en sentir le parfum ? Enfant, j'étais sensible à toutes les odeurs, maintenant je ne les remarque même plus.

À la fin de l'été, mes plantes de pied étaient si fermes que je pouvais courir sur des pommes de pin sans avoir mal. Je plongeais et nageais sans effort dans l'eau froide du fleuve. Un vieux leurre de pêche trouvé au fond de l'eau était un trésor. Je me coulais tel un chat entre les hautes herbes, parmi les fleurs d'été et les touffes de trolle des montagnes. Je cueillais des pieds-de-chat, m'émerveillais. Je grimpais aux arbres, j'avais les genoux constamment couronnés, les ongles noirs, des piqûres de moustiques partout sur le corps, et les cheveux emmêlés.

L'hiver, mes moufles étaient pleines de grains de neige. Je les mangeais et j'avais des fibres de laine plein la bouche. Mon nez coulait. J'ai léché du fer et ma langue est restée collée. Ça, on n'essaie qu'une fois. Les larmes étaient si froides qu'elles faisaient mal.

Je pétillais de vie, se disait-elle. Comment est-ce devenu si vide en moi ?

Les paroles assassines de Krister : « Marit a pitié de toi. Et moi aussi. »

Elle s'aperçut qu'elle n'avait pas fait de randonnée depuis sa rupture avec Krister. Pas de vraie randonnée, en tout cas.

Elle ouvrit la fenêtre. Quelque part, sur l'autre rive, quelqu'un sciait des bûches.

Senteur de la neige. Tout était vide et pur. Rebecka sentit ses narines se dilater, ses lèvres tressaillir, comme chez un animal. Elle fut soudain remplie d'un désir de montagne, immense et irrépressible.

Ce fut comme un appel : Viens !

Elle devait partir. Chausser ses skis et entrer dans le vaste silence.

Il était neuf heures du matin quand Rebecka se gara sur le bord de la route à l'arrêt de bus de Låktatjåkka. Elle ferma la voiture, mit son sac sur son dos et chaussa ses skis. Le soleil blanc dardait ses rayons sur les montagnes couvertes de neige fraîche. Même avec ses lunettes, elle dut plisser les yeux. Il faudrait qu'elle s'en achète des bonnes, couvrant aussi les côtés.

Elle parcourut une centaine de mètres puis s'arrêta pour tester la neige avec son bâton retourné. Il s'enfonça facilement dans la mince croûte friable qui s'était déjà formée à la surface et pénétra dans l'épaisse couche de poudreuse au-dessous. Puis il buta sur la strate granuleuse qui est gelée à la fin de l'hiver. Belle neige. Dangereuse, aussi.

Devant elle, nulle trace de ski. Ni de scooter. Seulement elle.

Elle se mit en route. Bruissement doux des skis sur la neige. En avant ! Il fut un temps où les montagnes étaient pointues, saillantes, dures. Au bout de quatre millions d'années, leurs formes s'étaient arrondies. Elles s'élevaient autour de Rebecka telles de grandes créatures, des louves au vaporeux pelage blanc, mollement assoupies, avec des pattes puissantes, l'oreille aux aguets. À travers leurs yeux fendus, elles la regardaient s'approcher.

À mi-chemin de Låkta, elle s'arrêta pour boire de l'eau dans la gourde Nalgene que Krister lui avait offerte. Il faudrait qu'elle en rachète une.

Leurs excursions en forêt ou dans la montagne. Avec lui, elle s'était toujours sentie elle-même. Ils s'acquittaient ensemble des choses pratiques sans avoir à parler. L'un faisait du feu, l'autre coupait en morceaux la pâtée à chien gelée. Quatre mains et un cerveau pour planter la tente, préparer les repas. L'amour. Se réveiller dans la nuit, se blottir contre lui et se rendormir.

Elle appuya un peu plus fort sur ses bâtons. Elle n'avait pas voulu lui faire de mal, et elle lui avait fait du mal. Elle voulait que les gens lui fassent confiance, mais on ne pouvait pas lui faire confiance. Elle brisait tout ce qu'elle touchait, quelque chose clochait en elle. Quelque chose était cassé, coupant, et blessait les autres.

Il lui arrivait de réveiller Krister en pleine nuit. Parle-moi. Et il lui parlait. Des chiens, de la forêt, des parties de pêche quand il était enfant. Il lui caressait les cheveux et elle s'apaisait.

Dans le col entre Låktakjåkka et Kärketjärro, elle avança plus lentement qu'elle aurait souhaité. Elle accéléra la cadence en abordant la dernière ascension avant le refuge de Låkta. La pente était raide et une grande quantité de neige s'était accumulée.

Ne pas s'arrêter maintenant, ne pas raccourcir les mouvements, bander les muscles des cuisses, propulser la hanche en avant et appuyer sur le milieu du ski, afin d'optimiser l'efficacité des peaux de phoque. Ignorer l'acide lactique. La douleur n'est qu'une faiblesse qui quitte le corps, comme avaient coutume de dire les vieux de Kiruna.

Haletante, elle s'approchait du sommet de la côte, et le refuge de Låtka apparut. En cette saison il était fermé. La neige récente avait formé des congères le long de ses murs, on ne voyait plus que la partie supérieure des fenêtres aux châssis rouges. Enfin ! Cela faisait presque deux heures qu'elle était en route.

Jambe droite en avant, jambe gauche en avant. Elle soufflait, la sueur lui coulait dans les yeux. Quelque chose la gênait dans l'œil droit, un cil sans doute.

Parvenue à la hauteur du refuge, elle s'arrêta pour boire.

À sa gauche, dans ce qu'on appelait la côte de Pumpus, elle aperçut la roue de la vieille remontée mécanique abandonnée depuis longtemps.

Elle engouffra quelques poignées de mélange du chasseur – chocolat, raisins secs et noix. Mâcha bien, avala avec de l'eau. Il fallait qu'elle fasse le plein.

Déshydratée et avec une glycémie basse, elle n'arriverait pas au bout de l'excursion.

Au bout de l'excursion ? l'interrogea une des louves géantes. Jusqu'où as-tu l'intention d'aller ?

Elle regarda dans la direction du sentier d'été.

En elle, la peur se mit à battre des ailes. Zone à risque d'avalanches, elle le savait.

Prends garde, disaient les louves. Fais demi-tour, petite fille.

Alors elle sut qu'elle devait emprunter ce chemin.

Attrapez-moi, pensait-elle. Je m'en fiche. Ça fait longtemps que ça m'est égal.

Elle continua. Maintenant il ne fallait pas dévier, mais suivre le sentier d'été non balisé qui menait aux deux petits lacs à l'entrée de la vallée encaissée, entre

Kuoblatjårro et Latnjatjåkka. Passer le col au-dessus de Kuobla au bon endroit.

Çà et là, elle distinguait des traces de perdrix des neiges. Des petits sillons qui se croisaient en tous sens, et des creux, là où les oiseaux s'étaient couchés.

Elle craignait de manquer les deux petits lacs, à cause des importantes chutes de neige de ces derniers jours. Distinguer leurs contours sous la neige profonde était plus difficile qu'on ne croyait. Elle se remémora une séance de pêche à la trembleuse avec son père ; convaincu qu'ils étaient sur un lac, il avait commencé à percer et était arrivé droit dans la terre. Chignole cassée et fierté blessée. « On ne dira rien à personne. De toute façon, je voulais en acheter une neuve. »

Sous le soleil brûlant et les rayons lumineux qui fusaient comme autant de volées de flèches, ses yeux pleuraient. Mais elle aperçut avec soulagement la forme allongée du premier lac. Il y avait bien longtemps, quelqu'un lui avait appris le moyen de se repérer : en suivant la courbe intérieure de la banane et le bord supérieur du petit pois, tu arrives juste au col qui te mène au lac d'en haut, puis aux pentes du Biran. En fait, elle avait toujours trouvé que comparer de beaux lacs de montagne à une banane et un petit pois témoignait d'un fâcheux manque d'imagination, mais en voyant leurs contours se détacher sur la neige, elle jugea finalement que ce moyen mnémotechnique remplissait bien sa fonction. Elle suivit la courbe du lac, le bruissement de ses skis augmenta. Gauche en avant, droite en avant.

Elle allait passer le point d'intersection entre la banane et le petit pois, quand une assez grande élévation du terrain lui indiqua qu'elle était sur la terre ferme. Dans ces lacs, on ne pêchait pas, donc cela ne pouvait pas être une tente de pêcheur oubliée. Plutôt un gros rocher. Sur le côté, elle voyait les deux sommets du Kuoblatjårro, il fallait qu'elle mette le cap sur celui de droite.

Elle but encore un peu d'eau. Elle aurait dû en emporter davantage, il ne lui en restait presque plus.

Immobile, elle guettait chaque bruit, mais le silence entre les versants montagneux était sensible, un silence de nef d'église. À l'époque où Måns l'accompagnait en excursion et qu'elle réussissait à l'entraîner dans de tels endroits, dans la forêt ou en montagne, cette quiétude paraissait toujours l'effrayer, d'une certaine manière. Il devenait extrêmement volubile, jacassait presque. Sur elle, le silence avait l'effet l'inverse, il l'apaisait. Elle se déplaçait avec plus de douceur, marchait prudemment.

La montée dans le col, maintenant. Les muscles de ses cuisses protestaient. Elle négligea la technique, se pencha en avant, porta le poids de son corps sur les bâtons afin de décharger ses jambes. Elle le paya cher, car les peaux de phoque n'avaient plus d'adhérence sur la neige et les skis reculaient à chaque pas, elle perdit le rythme, sa progression devint irrégulière et encore plus fatigante.

Elle se sermonna : Redresse le haut du corps, accepte que cela fasse mal comme si on t'entortillait les muscles autour du fémur, épaules en arrière pour mieux remplir tes poumons ! Avance, grimpe, garde le cap vers la droite !

Quand elle eut enfin dépassé les deux sommets, elle transpirait tellement qu'elle sentait les filets de sueur brûlants couler le long de son dos et à l'arrière de ses cuisses. Elle avait mal aux yeux, comme si elle les avait frottés avec du gravier.

Sa bouteille d'eau était vide. Sa langue, sèche. Elle enfonça une poignée de neige dans sa bouche tout en balayant les alentours du regard. Elle était en haut. Au sud-est s'élevait le Biran. Et là, entre le Biran et l'un des sommets du Kuobla commençait la descente vers Kårsavagge, la destination qu'elle voulait atteindre. Les deux versants étaient abrupts. Avec des conditions favorables, les skieurs hors piste ou les jeunes en scooter de sport à chenille cloutée pouvaient tracer leurs sillons entre les deux. Le problème était qu'ici les conditions n'étaient presque jamais favorables. Risques d'avalanche quasi omniprésents. C'était de la folie pure. Elle en avait vaguement conscience. Elle avança sur le premier replat. Elle voulait passer du côté du Biran ; les habituels vents d'ouest y avaient chassé d'importantes masses de neige. Quand elle atteignit la partie abrupte par laquelle elle devait descendre, elle hésita. Jusque-là, elle s'était sentie en sécurité. En théorie, elle pouvait faire demi-tour.

Les louves s'étaient dressées sur leurs pattes. Elles la regardaient. Leur souffle chaud léchait la neige. Alors, tu nous montres comment tu te débrouilles ?

Elle joignit ses skis et sauta sur place, écoutant le bruit que produisait la neige. Aucun signe alarmant. D'une poussée énergique sur ses bâtons, elle s'élança vers le bas. La neige était plus profonde que prévu, virer était difficile, son ski droit dérapa, elle faillit tomber. Effet conjugué de la neige abondante et de ses muscles épuisés. Sentiment affreux de perdre le contrôle, que le corps ne parvenait pas à se rétablir lorsque le sol changeait. Elle était encore debout, mais il s'en était fallu de peu. Elle s'arrêta pour reprendre son souffle.

Une fois son pouls calmé, elle regarda autour d'elle, obligée de mettre sa main en visière. Plisser les yeux était douloureux. Lunettes pourries.

Quelle idiote ! pensa-t-elle. Tu es vraiment bouchée, ma parole.

Maintenant, il fallait longer par le bas la partie la plus escarpée du Biran, à l'endroit où le versant s'aplatissait légèrement et s'élargissait de manière bien plus aimable que l'à-pic au-dessus. La majeure partie de la neige s'était accumulée en bas du versant, à l'abri du vent d'ouest. Mais les précipitations avaient été telles que même ces deux cent cinquante mètres en amont étaient largement recouverts. Le soleil avait fait fondre la couche supérieure, il restait une croûte fine qui portait. Une chance qu'elle ait gardé les peaux de phoque, les carres en acier lui donnaient de l'adhérence sans qu'elle ait besoin d'exercer une forte pression sur la croûte fragile.

Au bout de trois cents mètres environ, elle entendit le bruit. Comme si l'un de ses spectateurs avait poussé un profond soupir. Une seconde plus tard, elle sentit la neige bouger sous ses skis. Pas grand-chose, mais c'était net et elle s'arrêta.

Cela n'était pas bon signe. À cette altitude et pour un skieur isolé, la neige aurait dû être stable.

Elle leva les yeux vers le Biran. Trois lemmings détalèrent vers les hauteurs, dans la lumière du soleil. Elle se remémora un vieil adage : « Lemmings filant en amont sur la neige annoncent des ennuis en aval. »

Et cette fissure, au-dessus, près de la crête, avait-elle toujours été là ? Ou venait-elle de se former ?

Danger ! Mais aussitôt, elle s'adressa une sévère remontrance : Chimères ! Il n'y a aucun danger. Cette histoire de lemmings, c'est une croyance imbécile, et la fissure, juste une petite ligne. Tu ne vois rien, avec ces mauvaises lunettes de soleil, et tu n'as pas les idées claires.

Elle continua. Ses gestes se firent machinalement plus prudents. Poussées très légères sur les bâtons. Elle était aux aguets. Et bientôt, elle l'entendit à nouveau. Ce n'était pas une chimère. Cette fois le bruit était plus intense, de long soupir il s'était transformé en grondement sourd.

De toute évidence, la neige bougeait sous elle. Elle se glaça, son pouls s'accéléra. Elle tourna lentement la tête, essayant de maintenir le reste de son corps immobile. Malgré la forte intensité lumineuse, elle distingua nettement la fente qui s'était ouverte dans la couche neigeuse, à la naissance de l'escarpement.

C'est en train de lâcher, pensa-t-elle. Tout le versant va lâcher et provoquer une énorme avalanche.

Elle demeura figée, tel un animal sauvage ébloui par des phares, ses bâtons en l'air, tétanisée à l'idée que deux nouveaux petits trous pourraient déclencher la catastrophe qui l'ensevelirait sous des tonnes de neige.

C'était moins la mort elle-même que la façon dont elle allait mourir qui la terrorisait.

Bras et jambes pris dans la neige comme dans du ciment. Enterrée vivante, lucide, agonisant lentement. De la neige plein la bouche, plein les narines. Étouffant peu à peu en essayant de crier.

Elle avait appris que si l'on était emporté par une avalanche, il fallait mettre les mains devant son visage afin de créer une petite poche d'air. Jusqu'à ce que les secours arrivent. Grâce à cela et au ralentissement des fonctions vitales par grand froid, des skieurs avaient survécu plusieurs heures sous la neige. Krister et son chien précédent, Zack, avaient pu sauver quelques personnes dans ce cas.

Mais Krister et ses chiens ne viendraient pas la sauver, elle. Personne ne viendrait. Personne ne savait qu'elle était là.

Elle respirait avec tant de précautions que sa cage thoracique bougeait à peine. Les bâtons toujours levés, elle essaya de rassembler ses idées.

Faire demi-tour était exclu. Cela l'obligerait à passer sous la zone où s'était déjà formée une fissure.

L'idée très tentante de simplement tourner un peu ses skis et de descendre en ligne droite pour s'éloigner de l'escarpement était en réalité un piège. Si l'avalanche se déclenchait, elle risquait de se trouver en plein sur sa trajectoire. De plus, la neige ayant tendance à s'étaler en cône, la zone à risque serait de plus en plus large. Restait la possibilité de s'écarter par le côté. Là, elle avait en tout cas une petite chance de pouvoir descendre de biais, si le pire advenait. Mais comment avancer, alors qu'elle osait à peine respirer et encore moins se servir de ses bâtons ?

Avec une extrême prudence, elle déplaça un ski, sans trop peser dessus. Puis l'autre. Tout aussi précautionneusement. Bouger était très dangereux, elle ne souhaitait qu'une chose : que tout reste le plus tranquille possible. Que les grandes louves se calment, se couchent et s'endorment. Son seul salut était d'avancer. Un peu à la fois.

Après l'avoir aidée, les peaux de phoque sous ses skis devinrent un problème. Elles ralentissaient sa progression, l'empêchaient de glisser avec légèreté.

Au bout de cinq cents mètres d'une marche qui ressemblait plutôt à de lents mouvements de tai-chi, elle se risqua à effleurer la neige de ses bâtons. Puis à les planter pour de bon.

Elle s'arrêta pour écouter. Essuya les larmes sous le bord de ses lunettes. Plissa ses yeux douloureux vers la fissure. Plus large ? Elle ne savait pas.

Elle craignait l'instant où le sol se déroberait. Comme un tapis que l'on retire.

Continuer à avancer, prudemment. Les mouvements de la neige ne cessaient pas.

La sueur coulait sous ses aisselles. Non pas à cause de l'effort, mais de la peur. Elle sentit l'odeur aigre de transpiration mêlée d'adrénaline.

Au bout d'un interminable cheminement à pas de loup, elle s'estima hors de danger. En contrebas du Biran, le terrain devint plus plat, elle était loin des pentes escarpées du Kuoblatjårro et du Latnjatjåkka.

Le piège mortel était derrière elle.

Ses jambes plièrent et elle tomba sur les fesses, puis sur le dos, genoux de côté dans la neige, ses chaussures toujours fixées à ses skis. Elle ôta ses lunettes, se protégea les yeux et sentit les larmes sur la paume de sa main.

Les louves se couchèrent. Désormais indifférentes.

Elena Litova qui, d'après l'état civil et son passeport s'appelait maintenant Maria Mäki, venait de passer vingt-quatre heures à nettoyer la maison avec Tonya. Elles n'avaient pas dormi, leurs mains étaient rouges et gercées. Mais c'était fait. Elles avaient dressé une liste et, avec un mélange de liquide vaisselle et d'eau de Javel dilués, lavé tout ce qu'elles avaient touché : poignées et montants des portes, ampoules électriques, interrupteurs, ustensiles de ménage, de cuisine, étagères, plateaux de tables, banquettes, brosse des toilettes… Tout. Elles avaient sûrement oublié quelque chose, mais ce serait difficile à trouver. Elena avait brûlé leurs vêtements en plusieurs fois dans la cheminée. Aujourd'hui elle avait brûlé leurs draps.

Elle regarda l'heure. Tonya grattait le vernis de ses ongles en faisant des petits bruits de rongeur. Elle payait des sommes insensées, uniquement pour racler ensuite l'épaisse couche de vernis, jusqu'à ce que ses ongles soient tout écaillés.

« Quand ? » demanda-t-elle, un ongle entre les dents.

Tonya avait déjà enfilé sa doudoune dorée. Au moins une fois par semaine, elle recevait des colis de Net-à-Porter. Mettre de l'argent de côté en cas de coup dur n'était pas son truc. Lorsque ses vêtements de luxe avaient été dévorés par les flammes, elle avait pleuré comme sur un enfant mort.

« Dans un quart d'heure, répondit Elena. Combien d'épaisseurs de pantalons as-tu sur toi ?

— Trois, ça ne se voit pas. Je suis mince. »

Elena aurait dû ordonner à Tonya de retirer les couches en trop. Mais elle était épuisée, arrivait à peine encore à mettre un pied devant l'autre. Deux ans plus tôt, elle avait possédé un million d'euros. Aujourd'hui elle n'avait plus rien.

Quand l'avocat anglais l'avait contactée, après le détournement d'entreprise à Novosibirsk, le plan semblait trop beau pour être vrai. Quatre ans, cinq, maximum. Mariage avec un Suédois. Achat de quelques acteurs économiques. En deux-trois ans rafler un tas de contrats. Siphonner l'argent des projets, vider quelques entreprises. Et ensuite, disparaître avec au moins dix millions d'euros dans la poche. Il lui avait dit qu'elle était un atout. Elle avait fait des études d'économie à l'université, même si elle n'avait pas eu les moyens de passer les examens. Il l'avait félicitée pour ses notes. Lui avait dit ce qu'elle pensait elle-même, à savoir qu'un million d'euros était certes beaucoup d'argent, mais qu'on ne pouvait pas en vivre jusqu'à la fin de ses jours. Surtout quand les services de sécurité vous recherchaient pour fraude fiscale envers l'État russe. Il lui avait promis une nouvelle identité. Avant et après Kiruna.

« J'étais comme vous, il avait dit, intelligent mais seul au monde. » Il lui avait montré des photos de ses chevaux, avec en arrière-plan une maison qui ressemblait à un château. Il savait qu'elle regarderait seulement le château. « Je dois pouvoir emmener ma sœur », avait-elle dit.

Ce n'était pas un problème. Il lui avait expliqué comment procéder. Elle pouvait le contacter à tout moment. Il fallait qu'elle se procure des gros bras, pour sa sécurité. Il l'avait orientée vers une société.

« *They believe in you upstairs*[1] », avait-il dit dans son anglais irréprochable.

Upstairs, cet étage supérieur qui lui inspirait la plus grande crainte. Peuplé d'ombres puissantes et effrayantes, que personne ne pouvait approcher, mais qui pouvaient toucher tout le monde.

Si seulement Zory et Dima n'avaient pas emmené les putes sur cette île. Si elle n'avait pas fait appel à eux dès le départ. Si… Elle était épuisée de se retourner sur le passé pour essayer de comprendre ce qu'elle aurait dû faire et à quel moment.

Ce soir-là, Olle Pekkari l'avait appelée. « Est-ce que tu peux m'expliquer ce que mon fils fout avec tes gorilles et une bande de putes chez mon frère ? » Elle ne pouvait pas. Il était furieux et son discours pas très cohérent. Mais il en était ressorti qu'un certain Henry, son frère, menaçait d'appeler la police et les médias. Elle avait appelé Zory, qui avait tout de suite répondu. Un pro. Elle avait fait court : ils devaient démêler les embrouilles qu'ils avaient créées. Immédiatement. Anders Pekkari lui était indispensable. Est-ce qu'ils comprenaient ce qui se passerait s'il faisait l'objet d'une enquête de police pour proxénétisme ?

Ensuite on avait retrouvé Henry Pekkari mort. Et les femmes dans la neige. Elena avait alors essayé de renvoyer Zory et Dima. Mais ils avaient refusé.

1. « On croit en vous en haut lieu. »

« Tu crois que tu es notre employeur ? avaient-ils dit. Tu achètes nos services, ce n'est pas la même chose. »

Ils s'étaient déjà débarrassés de la plupart de leurs concurrents dans leur secteur d'activité. Ils gagnaient beaucoup d'argent. Ils refusèrent de déménager. Les rapports de force s'inversèrent. Ils commencèrent à entrer dans la maison. S'installaient dans la cuisine. Lorgnaient Tonya.

Elena avait contacté la société de sécurité. Mais eux servaient exclusivement d'intermédiaires entre commanditaires et prestataires, lui avait-on déclaré. Elle s'était adressée à l'étage supérieur. Avait appelé l'avocat, qui s'était montré glacial. Vos employés, votre responsabilité.

À présent, elle ne savait absolument pas où étaient passés Zory et Dima. Et elle devait s'estimer heureuse qu'on l'aide à s'enfuir. Ces douze dernières heures, elle avait payé des factures élevées à quatre sociétés de Kiruna. Cela finirait par être découvert, c'était juste une question de temps.

Frans appela de la chambre.

« Hou hou ! Hé ! Hooooo ! »

Elle tira la manche de son pull sur sa main et ouvrit le robinet de la cuisine, laissa couler l'eau glacée, but à grandes lampées – les calmants lui desséchaient la bouche.

Il avait envie de pisser. Furieux d'être obligé de crier et que personne ne se précipite à son chevet, il avait jeté à terre ce qui se trouvait sur sa table de nuit. Détestable petit homme. Elle lui dit gentiment qu'elle allait chercher le bassin, lui demanda s'il avait besoin d'autre chose. Sourit.

Il n'y avait aucun téléphone dans la maison. Il ne pourrait contacter personne. Tonya aurait voulu le tuer, évidemment. Comme si l'une d'entre elles en était capable. Mais il n'y avait pas de raison d'ailleurs. Il ne savait rien. Et puis, à sa décharge, il n'était pas du genre à parler inutilement. Non, elle n'avait pas l'intention d'être poursuivie pour meurtre.

Elle alla chercher son manteau et son sac. Le vieux n'avait qu'à se pisser dessus.

Tonya regarda dans le rétroviseur la route qui traversait Jukkasjärvi en ligne droite.

La Volvo V60 grise, précédemment garée dans un renfoncement sur la route d'Esrange, les suivait. Des policiers en civil. Elena respectait la limitation de vitesse, tout en veillant à ne pas rouler trop lentement non plus.

Elle s'attendait à ce qu'ils mettent le gyrophare sur le toit du véhicule d'un instant à l'autre. Après chaque virage elle redoutait de tomber sur un barrage. Elle avait peur de causer un accident, de renverser quelqu'un.

Rien de cela ne se produisit. Elle bifurqua sur l'Österleden vers le centre commercial et se gara devant le magasin Coop. La Volvo banalisée s'arrêta un peu plus loin.

Elena et Tonya descendirent de voiture et se dirigèrent vers l'entrée du magasin sans se retourner.

Je suis une ressource précieuse, se disait Elena à elle-même. J'ai fait des études. Je ne me drogue pas.

Elle espérait être envoyée quelque part où le climat était plus favorable. De préférence au bord de la mer. Boire un pastis en terrasse au soleil couchant, bercée par le léger bruit des vagues en arrière-plan.

Toutefois elle était consciente que l'argent investi dans ce projet par « l'étage supérieur » était désormais perdu. Et qu'elle avait braqué les projecteurs sur leurs autoroutes financières.

Elle espérait être encore en vie dans quarante-huit heures.

Les inspecteurs Gunnar Paulsson et Petter Autio suivirent les deux femmes jusqu'au grand parking du centre commercial sur l'Österleden. On les avait fait venir de Gällivare pour surveiller la maison du Roi des airelles. Ils avaient le dos moulu et le cul dur comme du béton à être restés assis aussi longtemps dans leur véhicule.

« On les suit ? demanda l'inspecteur Gunnar Paulsson quand les deux femmes entrèrent chez Coop.

— Euh, dit Petter Autio, son cadet de vingt ans, en s'étirant avec force soupirs. Il y a un Frasses Hamburger, là-bas. On pourrait en profiter pour becter, non ? Deux menus avec frites et oignons ? Il vaut mieux garder un œil sur leur voiture.

— Pas un hamburger, putain, se lamenta Gunnar Paulsson. Tu sais le nombre de calories qu'il y a dans cette merde ?

— Allez, oublie un peu tes bonnes résolutions ! En tout cas, moi, il faut que je mange. Tu n'as qu'à aller t'acheter une branche de céleri chez Coop. Un hamburger, ça va pas te faire de mal ! Tu es déjà maigre comme un clou, tu as perdu combien ?

— Vingt-cinq kilos ! Je peux à nouveau voir ma bite, ça faisait des années. »

Et il lança aussitôt un « Eh ! Eh ! », sentant que Petter allait lui demander s'il y avait tant de choses à voir que ça. Ils rirent et Gunnar céda.

« D'accord ! Je te rembourse par Swish, alors. Mais si tu caftes à Loisan, tu auras des ennuis. »

Petter Autio fit la queue chez Frasses pendant dix-neuf minutes. Ils avalèrent leurs hamburgers et leurs sodas géants en un quart d'heure. Puis un gars d'Oinakkajärvi, un ancien entraîneur de hockey, reconnut Petter, et ils se replongèrent dans de vieux souvenirs de jeunesse. L'homme était amusant, les deux inspecteurs qui s'étaient copieusement ennuyés auparavant ne virent pas le temps passer.

Von Post s'assit en face d'Anders Pekkari dans la salle d'interrogatoire.

« Désolé de t'avoir fait attendre », dit-il.

Il avait dû faire un point avec deux policiers de la brigade criminelle. Après les attentats terroristes à Bruxelles, les enquêteurs étaient débordés. En plus d'être surmenés, ils avaient tendance à beaucoup parler. Mais le meurtre d'un policier n'en demeurait pas moins une priorité. On avait retrouvé un téléphone dans une poubelle, chez Tommy Rantakyrö. Il avait été saisi, mais la brigade criminelle ne se faisait aucune illusion. Il s'agissait selon toute vraisemblance d'un V-smart vietnamien, dont le système Android était très certainement bidon. Avec ce genre de portable, on ne pouvait pas passer de communications ordinaires ni se connecter au Wi-Fi. L'appareil était probablement pourvu d'un système de chiffrement maximal. Il n'avait pas non plus de GPS.

« Maintenant on ne peut plus pister ni mettre sur écoute le crime organisé », avait dit l'un des policiers avec un haussement d'épaules résigné.

Sous la voiture de Tommy Rantakyrö on avait découvert un traceur GPS, un de ces modèles grand public utilisés sur les bateaux et scooters convoités par les voleurs. C'est sans doute par ce moyen qu'ils avaient trouvé la voiture sur le bord de la route, et ensuite ils avaient suivi les traces de pas jusqu'au chalet.

Les enquêteurs avaient refusé la proposition d'assister à l'interrogatoire d'Anders Pekkari, mais ils voulaient l'enregistrement. À supposer qu'il en sorte quelque chose.

Carl von Post espérait qu'Anders Pekkari était toujours décidé à parler.

Fred Olsson monta la caméra, vérifia les batteries, le micro et la carte mémoire. Von Post ne s'agaça pas de cette minutie. En attendant, il essaya d'échanger avec Anders Pekkari quelques propos banals sur les intempéries et le café de la machine, mais l'homme était peu disert et le silence s'installa entre eux.

Au bout d'un moment, Anders Pekkari demanda :

« Elle est allumée ? On peut commencer ? »

Il n'avait pas touché au sandwich sous plastique posé devant lui. Ses yeux étaient bordés de larges cernes bleuâtres.

Fred Olsson leva brièvement le pouce.

« Nous sommes samedi 7 mai, il est onze heures vingt-trois, dit von Post avec le plus de naturel possible. Interrogatoire d'Anders Pekkari. Sont présents l'inspecteur Fred Olsson et moi-même, Carl von Post, procureur principal suppléant. »

Anders Pekkari respira profondément.

« Puisque tu t'es déclaré prêt à coopérer avec la police, tu peux commencer, dit von Post.

— Oui, par où commencer ? dit Anders Pekkari en se passant la main sur le visage. Nous n'étions plus solvables.

— Nous ? Et à quand cela remonte-t-il ?

— Nous la société. La Bergsäk SA. Il y a deux ans. Ça coinçait entre papa et moi, je ne vais pas le cacher. C'est lui qui a monté l'entreprise de toutes pièces, mais il n'a pas cherché à s'accroître. Et moi je pense que l'argent doit travailler. Alors j'ai investi notre capital dans une entreprise de forage norvégienne et fait un emprunt. Notre chiffre d'affaires a augmenté, mais ensuite notre commanditaire, une société minière finlandaise, a eu des problèmes et a suspendu ses paiements. Ça nous a complètement… »

Il fit un geste de la main vers le bas.

« On était dans la merde avec cette acquisition d'entreprise, le parc de machines, les salaires impayés et les intérêts. Bref, on connaissait Taggen Mäki depuis longtemps, on lui avait acheté des bungalows de chantier. Il nous a dit qu'il pouvait nous mettre en contact avec un investisseur désireux d'entrer dans le marché de la construction en Scandinavie. Nous n'avions pas trop d'espoirs, la construction et l'extraction minière, ce sont deux choses différentes. Mais les premiers échanges ont été étonnamment positifs. Encore qu'il a fallu convaincre papa, il ne débordait pas d'enthousiasme. Mais nous n'avions pas d'autre option.

— Je comprends, dit von Post. Tu veux boire quelque chose ? Nous avons le temps. »

Il se sentait fatigué, déprimé, son esprit était préoccupé par Tommy Rantakyrö, Anna-Maria Mella et sa femme.

Pourtant, sans se l'expliquer, il n'en menait que mieux l'interrogatoire. Il apparaissait comme un homme abîmé. Rien d'emporté ni de menaçant en lui. Aucune prétention. Il ne se plaçait pas d'emblée du côté de l'équipe gagnante. Il était simplement là, tel un prêtre avec l'espoir fêlé que la confession apportera une forme de libération.

Fred Olsson sortit chercher des boissons. Planté devant le distributeur de la salle de pause, il essayait de trouver les mots pour définir ce nouveau Carl von Post.

« Le projet était simple, poursuivit Anders Pekkari. Un emprunt de dix millions trois. Et une nouvelle émission. Ils prenaient quarante pour cent de la société. On ne pouvait pas refuser. Trop beau pour être vrai.

— Qu'est-ce que c'était, cette société ? Avec qui étais-tu en contact ?

— William Ainsworth. Conseiller juridique dans un cabinet d'avocats. Je n'ai jamais rencontré le P-DG de la société. Le type parlait comme un Anglais sorti d'une grande école privée. Très agréable. Tant qu'on faisait ce qu'il voulait. Il nous avait dit de continuer à mener nos activités normalement. Les investisseurs souhaitaient rester en retrait, ils auraient un rôle “consultatif”. L’épouse russe de Frans Mäki, Maria, assistait à nos rendez-vous. Ils la connaissaient depuis longtemps et avaient confiance en elle. De son côté, elle avait confiance en nous. Bla, bla, bla.

— Et ensuite, comment ça s’est passé ? » l’encouragea von Post.

Anders Pekkari souffla par le nez.

« Ils ont tout de suite imposé leur management. D’abord concernant l’ensemble du parc de machines. Ils nous ont poussés à vendre et à louer, afin de débloquer des capitaux pour des investissements. Nous avons accepté, j’ai réussi à négocier une option de rachat, surtout pour papa. Ils voulaient qu’on s’agrandisse, disaient-ils. Oui, moi aussi je le souhaitais. Le business est florissant à Kiruna en ce moment. La ville est à construire. La LKAB marche au mieux, prospecte pour de nouvelles exploitations minières. Ensuite, d’un seul coup, il a été question d’investir dans un projet minier en Afrique. Là, j’ai essayé de m’opposer. Ils sont immédiatement passés à l’offensive. L’avocat s’est pointé avec deux Russes. Ils nous ont menacés d’exiger le remboursement de l’emprunt. Une certaine clause stipulait que le capital emprunté ne devait pas dépasser le montant des actifs de la société, et comme nous avions vendu les biens meubles… Je ne maîtrisais pas ce genre de finesses techniques. Les chiffres, c’est pas mon truc, bordel. Et notre abruti de comptable, il n’a rien compris avant qu’on se retrouve à poil. On n’avait plus qu’à les laisser agir à leur guise. Alors j’ai essayé de me persuader moi-même que cet investissement était légal. Parce que je voulais y croire. Je n'avais pas le choix. »

Fred Olsson rapporta trois Coca.

Anders Pekkari pressa la canette sur son front et continua :

« La femme de Frans Mäki a commencé à faire des apparitions au bureau avec les deux Russes. Ils m'ont obligé à signer divers papiers, j'ai appelé l'avocat anglais, qui m'a conseillé de coopérer. Je me suis donc retrouvé pieds et poings liés. Quant à Maria Mäki, elle disait que l'Office de lutte contre la délinquance économique et financière serait très intéressé par l'investissement dans le projet minier à l'étranger. J'étais dans la merde. C'était moi le fondé de pouvoir, mon nom figurait sur tous les documents. C'est comme dans un documentaire que j'ai vu à la télé, sur des fourmis porteuses d'un champignon qui modifie leur cerveau ; elles sortent au soleil et meurent, puis le champignon se développe en dehors de leur tête. Eh bien moi j'étais une de ces saletés de fourmis. Putain, Carl, je ne dors pratiquement plus depuis plus d'un an. J'ai une de ces trouilles en permanence…

— Est-ce qu'on peut rembobiner jusqu'au soir où Henry Pekkari a appelé ? proposa von Post.

— Oui, absolument, dit Anders Pekkari. Mais j'aimerais passer aux toilettes, c'est possible ? »

On l'y autorisa. Fred Olsson l'informa aimablement qu'elles ne fermaient pas à clé, qu'il n'y avait pas de fenêtre et que le miroir était incassable. Carl von Post et lui attendirent tous les deux devant la porte. Au bruit des intestins d'Anders Pekkari en train de se vider, ils tournèrent la tête chacun dans une direction, en faisant mine de ne pas être là. Puis le rouleau de papier n'en finit pas de se dérouler. Il devait bien y en avoir cent mètres. Deux fois la chasse d'eau, la brosse, le type était bien élevé. Le robinet du lavabo coula pendant une éternité.

Enfin il sortit. Le visage et les cheveux mouillés.

« On peut continuer ? » demanda von Post.

Anders Pekkari acquiesça de la tête.

« Le soir du 8 avril, ils ont débarqué chez moi, déclara Anders Pekkari une fois de retour dans la salle d'interrogatoire. Ces deux Russes. Quand ils m'ont dit que la police surveillait leurs filles, j'ai tout de suite compris, vu qu'ils avaient acheté un mobil-home par la société. Ils voulaient que je les cache. Seulement pour une nuit ou deux. »

De l'index, il essuya la condensation de la canette de Coca, qu'il n'avait toujours pas ouverte.

« Ils auraient pu se débrouiller sans moi, en fait. Ils ont fait ça uniquement… pour montrer leur pouvoir… peut-être pour me coincer encore plus, mais surtout pour que je reste à ma place. Oui, alors je me suis contenté d'obéir, j'ai accroché la remorque derrière la voiture et embarqué le scooter et la luge. Ils m'ont suivi avec le mobil-home. Je me disais que chez l'oncle Henry, c'était tranquille. Il n'y avait aucun passage. La police était loin. Mais Henry, lui… »

Anders Pekkari ouvrit son Coca, la boisson chuinta. Il en avala une longue goulée puis reposa bruyamment la canette sur la table.

« Nous avons transporté le scooter jusqu'à l'île. Les filles ont été expédiées à l'étage avec leurs sacs et les petits matelas du mobil-home. Mais Henry, donc, est devenu complètement dingue. Il gueulait comme un putois qu'on n'était pas dans un hôtel de passe. Il a commencé à invoquer grand-mère et grand-père, comme s'il… »

Il partit d'un rire sans joie et secoua la tête.

« … comme s'il devait défendre l'honneur de la famille. Il a téléphoné à papa, poussant les hauts cris, disant qu'il allait appeler les journaux et la police. Que son fils merveilleux véhiculait des putes la nuit. Alors papa a appelé Frans Mäki. »

Von Post jeta un œil discret sur son portable. Aucune nouvelle de Mella. Ni d'Erika.

« Papa est tombé sur Maria. Il est allé droit au but et a exigé des explications, poursuivit Anders Pekkari. Il vous dira lui-même en quels termes. Avec Maria il parlait anglais. En tout cas, il ne leur a pas demandé de tuer Henry. Il n'a pas fait ça. Henry était son frère, quand même.

— Prenons les choses dans l'ordre, dit von Post calmement, songeant que sur ce dernier point Anders Pekkari ne pouvait rien savoir. Raconte-nous ce que tu as vu, tu ne savais pas que ton père avait appelé Frans Mäki, juste qu'Henry a téléphoné chez ton père. Ces Russes, connais-tu leurs noms ?

— Non, papa et moi les appelons les bouledogues, c'est tout. Je leur ai bien demandé, un jour. Mais ils ont répondu : Appelez-nous Sven et Sven. »

Sven et Sven, pensa von Post. Aussi crédible que Jegor Babitskij et Jurij Jusjenkov.

« Qu'est-ce qui s'est passé au moment où Henry a téléphoné à Olle ?

— L'un des deux Sven m'a demandé ce qu'il faisait. Je lui ai dit qu'il appelait mon père. J'étais complètement retourné. Moi qui avais essayé de tenir papa le plus possible à l'écart de tout cela ! Un des bouledogues a arraché le combiné des mains d'Henry et a raccroché. Peu après, un de leurs téléphones a sonné. L'échange a été très bref. Le bouledogue n'a presque rien dit. Enfin… »

Von Post se redressa imperceptiblement. Sans bouger la tête, Fred Olsson détourna les yeux de l'écran de la caméra pour regarder Anders Pekkari fouiller sa mémoire.

« Après avoir raccroché, il a prononcé un mot en russe, mais je ne connais pas le russe.

— Essaie de te rappeler. Ferme les yeux, si ça peut t'aider. »

Anders Pekkari ferma les yeux. Von Post et Fred Olsson ouvrirent la bouche pour respirer silencieusement.

« Il a remis son téléphone dans sa poche. A regardé l'autre. Et il a dit : "litova". Comme s'il transmettait un ordre. Après il a poussé Henry dans le canapé. Il a… putain, l'enfoiré, il s'est assis sur lui. Assez haut, presque sur sa tête. Il a pris un coussin, le lui a appuyé sur la figure. Et Henry, lui, il s'est un peu débattu, il a agité les bras, mais ça a été très, très vite. Après il n'a plus bougé. J'ai à peine compris ce qui s'était passé. Ensuite… »

Il se tut.

« Litova, tu es sûr que c'est ce qu'il a dit ?

— Oui.

— Très bien », marmonna von Post tout en envoyant un message pour ordonner l'arrestation immédiate d'Elena Litova, alias Maria Mäki. Maintenant ils la tenaient. Pas pour incitation au meurtre, évidemment, les preuves étaient trop minces. Mais pour détournement de l'entreprise Bergsäk, chantage, menaces illicites. C'était déjà quelque chose.

« On est sur la bonne voie, dit-il. Continue ! Nous ferons une pause plus tard.

— Ensuite, une des putes est apparue à la porte, poursuivit Anders Pekkari. Elle a poussé un petit cri en voyant Henry, oui, et le bouledogue était toujours à cheval sur lui, avec le coussin. Elle est remontée en courant dans l'escalier. J'ai entendu les filles crier à l'étage. Les bouledogues ont échangé quelques mots en russe. Moi j'étais assis par terre, à ce moment-là. Je n'arrivais pas à me relever. Le type est resté sur Henry. L'autre est monté, puis redescendu. Je l'ai entendu fouiller parmi les clés accrochées dans l'entrée. Il est sorti. Le scooter d'Henry a démarré, et il est parti. L'autre m'a ordonné de me relever. Je ne pouvais pas. Il est allé chercher les affaires des filles et a pris le coussin aussi. Il a essuyé le téléphone et peut-être d'autres choses. Au bout d'un moment, le premier est revenu. On a quitté l'île avec mon scooter. Ils m'ont dit de la fermer, rien de plus. Qu'on croirait qu'Henry était mort naturellement. Ils ont rigolé en ajoutant que j'avais de la chance qu'ils m'aient obligé à laisser mon téléphone chez moi. Les leurs n'étaient pas pistables. »

Von Post pensa au téléphone dans la poubelle chez Tommy.

« J'étais tellement terrorisé que mes dents claquaient, dit Anders Pekkari. Et je le suis encore. Je n'aurais jamais pensé qu'on pouvait avoir aussi peur. Je n'ai même pas raconté tout ça à Carina, mais elle se doute qu'il y a quelque chose. À papa non plus. Enfin, il a vite appris qu'Henry avait été assassiné, quand Rebecka Martinsson est allée chez lui… Je suis complètement brisé. Au bureau, je ne fais que remuer des papiers. Je n'arrive même pas à penser.

— On va s'arrêter là pour l'instant, dit von Post. Et nous verrons ton père plus tard.

— Il faut que vous alliez chercher Carina et les garçons, éclata Anders Pekkari. Et maman ! Pour qu'ils ne… parce que je vous ai parlé !

— On s'en occupe, dit von Post. Mais nous sommes quasi sûrs qu'ils ont quitté le pays. »

Quelque part dans le monde, pensa von Post, il y a des gens qui cherchent des endroits comme Kiruna. Ils étudient les cartes, ont des informations. Analysent et prennent des décisions. Trouvent des lieux où s'infiltrer et rafler de l'argent. Ils échafaudent des plans et envoient des personnes qui ont des capacités et des relations.

Il oscillait comme un pendule entre l'effroi et le sentiment de virer à l'hystérie conspirationniste.

Les inspecteurs Petter Autio et Gunnar Paulsson bavardèrent longuement avec l'homme d'Oinakkajärvi. Ils évoquèrent Esrange, sans toutefois dévoiler qu'ils avaient été en planque sur la route pour surveiller Maria Mäki et Tonya Litvinovitj. La conversation tourna plus généralement autour de Kiruna, du tourisme, de la mine et de la base de lancement d'Esrange.

« Qu'est-ce qu'ils font là-bas, au juste ? demanda Gunnar Paulsson.

— Ils envoient dans l'espace des chiens d'attelage à la retraite », suggéra Petter Autio.

Le gars d'Oinakkajärvi, un ancien professeur de physique, les éclaira un peu sur le sujet – la belle-sœur de sa sœur travaillait là-bas. Kiruna était apparemment numéro un mondial dans la fabrication d'instruments de mesure des flux ionique et neutronique.

« Ah ah, ce genre de trucs ! » ricana Petter Autio.

Le gars d'Oinakkajärvi expliqua qu'il ne s'agissait pas de recherche appliquée avec des objectifs pratiques, mais de recherche fondamentale, juste pour découvrir comment le monde était fichu. La recherche pour la curiosité.

Avaient-ils entendu parler du prix Ig-Nobel ? s'enquit ensuite le bonhomme. Ce prix récompensait des recherches qui paraissaient loufoques mais s'avéraient souvent plus significatives qu'on ne le pensait. Par exemple, des mathématiciens avaient obtenu le prix pour avoir calculé combien de photos d'un groupe il fallait prendre afin d'en obtenir une où personne n'avait les yeux fermés. Réponse : au moins sept si le groupe comporte moins de vingt personnes. L'Ig-Nobel de la paix 2006 avait été décerné à un Gallois pour son invention du Moustique, un appareil qui émet des sons désagréables à une fréquence très élevée seulement perceptible par les adolescents, et qui contribue donc ainsi à la paix dans le monde.

Les inspecteurs s'accordèrent à dire que ça, c'était une véritable recherche, d'une utilité incontestable pour la société. Peut-être un truc qu'on pourrait monter sur le capot à la place du gyrophare, tiens.

Petter Autio rassembla les cartons, gobelets, sachets et serviettes qui jonchaient le sol de la voiture après leur repas, et il alla les jeter.

Son téléphone tinta, c'était un SMS du procureur Carl von Post, pour le moins concis : « Arrêtez Maria Mäki. »

Il enfonça les détritus dans la poubelle du parking déjà pleine à ras bord et regagna le véhicule.

« Au boulot ! » dit-il à son collègue.

Puis, s'adressant au type d'Oinakkajärvi :

« C'était sympa de faire un brin de causette, mais maintenant on doit aller défendre la loi et l'ordre. »

Il désigna le magasin Coop de la tête. Gunnar Paulsson descendit du véhicule et le verrouilla. L'homme d'Oinakka leur adressa un rapide au revoir, impressionné que leur travail écourte de manière si abrupte la conversation.

Ils se frayèrent un passage parmi les clients venus faire leurs courses du samedi, des habitants de Kiruna et des villages environnants qui poussaient des caddies surchargés ; ils sillonnèrent toutes les allées du supermarché, vérifièrent à la pharmacie, à la cafétéria, et à nouveau dans le supermarché.

Petter Autio sortit en courant sur le parking. La voiture de Maria Mäki était toujours là.

Au bout de cinquante minutes de recherches, ils abandonnèrent et firent leur rapport.

Maria Mäki et Tonya Litvinovitj avaient disparu.

Tantôt assise, tantôt couchée dans la neige, Rebecka Martinsson s'était installée le mieux possible sur son sac à dos et son petit tapis isolant. Elle était complètement épuisée, n'avait plus que de la gelée dans les bras et les jambes. Le soleil brûlait comme un haut-fourneau.

Elle comprit que le rayonnement lumineux lui avait provoqué une cécité des neiges. Elle avait l'impression qu'on lui frottait du sable sur la cornée.

Je vais me reposer un peu, se dit-elle. Puis je rejoindrai Abisko par Kårsavagge. L'itinéraire est sûr, tranquille et agréable, je ne risque pas de me perdre. Je mettrai le temps qu'il faudra.

La déshydratation due à sa transpiration abondante pendant son périple à skis, au soleil et au manque d'eau lui donnait des maux de tête épouvantables. Sa langue était comme un gros bloc rugueux dans sa bouche, hérissée de papilles raides, elle ne pouvait s'empêcher de la coller à son palais, ce qui ne faisait qu'accentuer cette sensation désagréable.

Elle continua à manger de la neige, vaguement consciente que l'absence de sels minéraux et donc de sodium augmentait sa nausée.

L'ombre d'une buse pattue passa sur la neige, mais elle ne parvint pas à lever les yeux pour la regarder. Le cri du rapace lui traversa le cerveau comme une scie sauteuse.

Il était deux heures passées. Largement temps de…

Elle se releva, tenait à peine debout. Sa tension avait chuté.

Ça, c'est pas bon, pensa-t-elle en se rallongeant, sans vraiment savoir s'il s'agissait dans son esprit de son état ou de cette stupide expédition.

Non, ce n'était pas une stupide expédition.

Je suis partie en randonnée, se dit-elle, avec obstination. Toute seule. J'ai réussi. Je suis passée entre le Biran et le Kuobla.

Folie. D'accord, elle avait skié entre les grandes pattes de loup de la mort. Elle avait eu peur de mourir ensevelie sous une avalanche, prise en étau, de la neige plein la bouche.

Mais vivre comme ça, toujours à tendre sa sébile, c'était encore pire, pensa-t-elle. Qu'attendait-elle donc que les autres y déposent ?

Quelque chose s'était détaché en elle. Elle se sentait… libérée.

Ça n'a plus aucune importance, tout ça, songea-t-elle.

Ce qu'elle ressentait était indéfinissable, elle n'aurait pu le formuler ni l'affirmer clairement. Mais son sentiment l'aida à se relever.

Elle mit son sac sur ses épaules, chaussa ses skis. La croûte de glace s'étant ramollie, elle passait à travers à chaque pas. Restait affalée sur ses bâtons qui s'enfonçaient profondément dans la neige.

Avant même d'avoir parcouru deux cents mètres, elle déclara forfait. Elle était trop malade. Trop faible. Elle n'y arrivait pas.

À ce moment-là, elle entendit un bruit de scooter.

« Rebecka Martinsson, dit le bonhomme quand il s'arrêta. C'est toi qui te promènes par ici ? »

Elle plissa les yeux.

« Nisse ? »

Il était vêtu de sa combinaison de scooter Ski-Doo avec les bandes jaunes, la même que d'habitude, il portait une ceinture à cabochons blancs, bleus et rouges, très serrée autour de la taille, et des chaussures montantes à bouts relevés ; son éternel bonnet en peau de renard couvrait une partie de son visage hâlé et ridé comme une feuille de tabac.

Ils se connaissaient depuis longtemps. Niilas Skårpa, dit Nisse, était le deuxième fils d'une famille d'éleveurs de rennes. Son frère aîné, Anden-Heikka, avait été désigné depuis sa naissance comme héritier de la marque de leur troupeau[1], si bien que tout lui tombait dans le bec naturellement, comme disait Nisse.

Pour sa part, Niilas n'avait pas vraiment trouvé sa place dans le monde. Il avait certes hérité une marque de rennes de son grand-père maternel, mais celui-ci étant un pauvre diable porté sur la bouteille et les jolies touristes de Stockholm, son troupeau s'était peu

1. Chaque éleveur de rennes possède une marque distinctive qui est incisée dans l'oreille de ses bêtes et lui permet de les reconnaître parmi un grand troupeau.

à peu réduit à quelques rennes qu'il avait dû mettre en garde chez un cousin. Par un curieux hasard, le troupeau du cousin, lui, devint de plus en plus gros, et à la fin le grand-père de Niilas ne possédait plus que deux malheureuses bêtes ; avec la nouvelle loi sur l'élevage des rennes, sa marque fut jetée aux orties par la préfecture.

Dans sa jeunesse, Nisse avait nourri un espoir en la jolie Risten Poidnakk, de Dellik, qui n'avait d'yeux que pour lui. C'était l'aînée d'une famille d'éleveurs où il n'y avait que des filles et beaucoup de rennes. Elle était belle, avait les cheveux noirs. Un jour qu'il l'avait aidée à enrouler un lacet défait autour de sa cheville, elle avait posé sa main sur son épaule. Au bal same de Giron[1], cet automne-là, Nisse était arrivé vêtu d'un kolt traditionnel orné d'argent et un sourire jusqu'aux oreilles. Mais Risten était partie au bras de son frère aîné. Qu'y a-t-il de mieux, en effet, que de posséder un grand troupeau de rennes ? En posséder un immense, bien entendu.

Son frère et Risten s'étaient mariés. Nisse supportait mal de voir son aîné avec tout ce dont il avait lui-même rêvé : Risten, des enfants et des rennes. Il venait pour le marquage des bêtes et la séparation des troupeaux, à part cela il les évitait.

Rebecka n'eut pas besoin de lui dire combien elle était heureuse et reconnaissante de le voir, il comprit tout de suite. Il lui tendit une bouteille thermos de jus de cassis, une gaufrette au chocolat et une pomme verte qu'il coupa en quartiers.

---

1. Giron : nom same de Kiruna.

« Mange ! dit-il avec un geste de refus quand elle voulut lui donner la moitié du biscuit au chocolat. Et bois ! Tout ! Pas la peine d'en laisser. »

Nisse se débrouillait tant bien que mal depuis de nombreuses années en faisant des petits boulots dans le tourisme, il réparait des passerelles en bois pour le département, livrait du gaz et du bois de chauffage dans les chalets de vacances. Sa vie tenait dans deux caisses : quelques chemises à carreaux, des foulards qu'il fixait autour de son cou à l'aide d'un anneau en corne de renne, des sous-vêtements de laine, deux ou trois jeans et des pantalons de peau. Il achetait ses caleçons par paquets de douze chez Coop et les jetait au fur et à mesure.

Rebecka vit le regard de Nisse suivre la trace de ses skis qui se perdait dans le col, vers le nord.

« Tu es venue de Låkta ? »

Elle opina, à quoi bon mentir, d'ailleurs elle n'en avait pas envie.

Quelles que furent ses pensées, Nisse s'abstint de tout commentaire. Il préféra baisser les yeux vers le couteau qui pendait à la ceinture de Rebecka, et devina aussitôt quel artisan l'avait sculpté.

« Dis donc, je peux voir ta main ? » demanda-t-il une fois qu'elle eut vidé la thermos, léché les dernières miettes de chocolat dans le papier et mangé les morceaux de pomme.

De ses gros doigts, il lui pinça la peau sur le dos de la main. Le pli demeura longtemps.

Elle se sentit bête : déshydratée et aveuglée par la neige en pleine montagne. Elle avait toujours très soif, mais n'osait pas lui demander s'il avait encore quelque chose à boire.

C'était un homme profondément gentil. Ils avaient fait connaissance à Nutti Sámi Siida, un village same ouvert aux touristes à Jukkasjärvi, lors d'une fête organisée pour le personnel par le parquet du Norrbotten.

Quand elle en avait eu assez des jérémiades sur les mauvais avocats (il était inconcevable que pour leurs plaidoiries certains soient payés avec l'argent public, les justiciables s'en tireraient mieux sans leurs exposés et leurs questions), sur les mauvais juges (certains gobaient les objections les plus aberrantes, alors autant cesser les poursuites lorsqu'on voyait qui aurait le marteau en main), sur les projets de vacances ruinés à cause d'un procès en appel, la charge de travail démesurée, les mauvaises rémunérations, les policiers incompétents, quand elle en avait eu assez de ces rengaines, elle s'était éclipsée jusqu'à l'enclos des rennes hongres. C'est là qu'elle avait rencontré Nisse qui s'apprêtait à leur donner leur ration de granulés et de lichen. Il avait accepté qu'elle le suive dans l'enclos.

Il lui avait montré comment les approcher, il fallait leur parler tout doucement et sans interruption, pour qu'ils sachent où l'on se trouvait. Lorsqu'elle lui avait demandé si elle devait se méfier d'un animal en particulier, qui aurait mauvais caractère, il avait répondu qu'il suffisait de bien les traiter pour que tous ou presque soient des compagnons agréables.

Ils s'assirent ensuite autour d'un feu, burent du café et mangèrent des pommes vertes, le péché mignon de Nisse.

Tous les deux appréciaient la solitude, Nisse lui avait raconté qu'il logeait ici et là, qu'en ce moment il était obligé de travailler à Nutti avec les touristes parce qu'il avait accumulé une grosse dette envers les impôts. Plus de quinze mille couronnes. Il avait mis son vieux Ski-Doo Elan à la casse, malgré sa probable valeur d'antiquité, et s'était acheté un Ski-Doo Tundra. Le problème était qu'il avait dépensé tout son argent pour le nouveau scooter et qu'il ne restait plus rien pour les impôts. Il n'ouvrait même plus les courriers de l'administration fiscale. Et maintenant, le percepteur le harcelait.

Finalement, Nisse était allé chercher un sac en papier rempli de reçus et autres documents. Après y avoir jeté un rapide coup d'œil, Rebecka lui avait proposé de tout emporter chez elle, avec un pouvoir qu'ils rédigèrent au dos de la carte du restaurant.

Une semaine plus tard, elle était revenue avec un classeur dans lequel elle avait tout trié. Elle avait demandé un réexamen du montant à payer, exigé un abattement pour des frais divers, et la dette avait été réduite de moitié. Elle avait aussi obtenu un délai et présenté un plan pour les remboursements.

Il lui avait simplement dit : « Ah bon. » Mais depuis ce temps-là, il lui apportait régulièrement du poisson fumé ou de la très bonne viande séchée.

Elle achetait parfois des pommes vertes, alors qu'elle n'en consommait pas. Juste parce qu'au rayon fruits et légumes, elle pensait à Nisse.

« Qu'est-ce que tu fais là ? » demanda Rebecka.

Elle n'arrivait pas à garder les yeux ouverts. Elle sentait ses larmes couler à travers ses cils.

Il cherchait des traces de perdrix des neiges.

« Mais on n'a pas le droit de chasser en ce moment, dit-il avec cette voix suave qui semblait toujours sur le point d'entamer un *vuolle*, un joik très doux. Ni de faire du scooter, alors il vaut mieux que je rentre. Et je crois que je vais te ramener. Mais on va prendre un autre chemin », ajouta-t-il en montrant de la tête la direction d'où elle était venue.

Rebecka était assise derrière lui, les bras autour de sa taille. À trois mois près, il avait l'âge qu'aurait eu son père.

Une fois qu'ils furent arrivés à la voiture, à l'arrêt de bus de Låkta, il décida de la raccompagner chez elle. Elle s'installa sur le siège passager, reconnaissant qu'elle n'était pas en état de conduire.

Il fit halte à Björkliden, lui emprunta sa carte de crédit pour acheter de l'eau et un sachet de chips.

Il avait visiblement plaisir à conduire la belle voiture de Rebecka. Il lui demanda combien elle avait coûté, tout en réglant la radio sur P4 Norrbotten qui passait de la musique d'ambiance.

Elle lui dit le prix de la voiture et s'endormit. Quand elle se réveilla, ils étaient arrivés dans sa cour.

« Mais tu vas rentrer comment ? demanda-t-elle.

— Ne t'inquiète pas, la rassura Nisse. J'ai appelé ma cousine, elle vient me chercher. »

Anna-Maria Mella sortit du coma à cinq heures et quart, l'après-midi du 7 mai. Robert s'était assoupi à côté d'elle.

Dans ses rêves, il avait prononcé son nom, et il émergea du sommeil en entendant sa voix.

« Tu as porté les chaussures de Jenny chez le cordonnier ? »

Robert ouvrit les yeux, croyant que son cerveau lui jouait un mauvais tour.

Mais elle le regardait de son œil unique. C'était bien Anna-Maria. Elle prononça son nom.

« Robert. »

Puis elle s'exclama :

« Mon Dieu, quelle tête tu as ! On dirait que tu viens d'enterrer ta vie de garçon ! »

Elle rit, mais d'un seul coup son visage se crispa. Ses mains fusèrent vers sa figure recousue.

Il avait la tête tellement pleine des catastrophes de ces dernières vingt-quatre heures que le mot « hémorragie cérébrale » hurla sous son crâne telle une sirène d'alarme. Il pressa la sonnette, se rua dans le couloir : « Elle va mourir ! Elle va mourir ! »

Derrière lui, Anna-Maria s'étonna : « Mais qu'est-ce que tu fais ? Tu n'es pas bien ? »

Et tout de suite après, la voix tremblant de peur : « Je suis où ? »

Une infirmière arriva, suivie d'une aide-soignante.

Un médecin traversa le couloir en toute hâte. Robert tenta de rentrer dans la chambre, mais fut refoulé.

Il attendit à l'extérieur, figé comme une statue de sel, répétant tout bas inlassablement : « Doux Jésus, doux Jésus, doux-Jésus-doux-Jésus-doux-Jésus. »

Comme si réciter à toute vitesse une telle litanie pouvait augmenter les chances d'Anna-Maria.

Elena Litova avait disparu. Tonya Litvinovitj aussi. Les collègues de Narvik postèrent une patrouille à la frontière, ceux de Gällivare en envoyèrent une sur la E-10, au nord de Svappavaara, après l'embranchement avec la E-45 vers l'est. La police de Kiruna dressa même un barrage vers l'ouest, bien qu'il n'y ait par là que des montagnes et aucune voie menant hors du pays. La police des frontières finlandaise fut avertie et fit venir du renfort.

Les caméras de surveillance montraient qu'Elena Litova et Tonya Litvinovitj avaient traversé le magasin Coop, puis étaient passées par le local du personnel derrière la charcuterie pour rejoindre l'entrepôt, où il n'y avait pas de caméras. Elles s'étaient ensuite probablement échappées par l'arrière en empruntant la sortie du personnel. Il fallait un code pour entrer mais pas pour sortir.

La veille, la caméra de surveillance de la zone de déchargement, derrière le magasin, avait été détruite par un jet de pierre. Les traces de pneu qui sillonnaient le sol à cet endroit étaient tellement nombreuses qu'on ne pouvait pas déterminer quelle sorte de véhicule avait embarqué les deux femmes.

Où étaient-elles allées ? On ne pouvait faire que des suppositions. Après concertation avec les collègues de la brigade criminelle, on décida de survoler les environs en hélicoptère. Les Russes avaient un camping-car de la marque Kabe. Avait-il servi à récupérer les deux femmes ? Possible, mais peu crédible.

On arrêta un camping-car blanc à la frontière norvégienne. Une famille de Hollandais en route vers les Lofoten pour un safari baleine. Le véhicule était bien de marque Kabe, mais le modèle et les plaques d'immatriculation n'étaient pas ceux qu'on recherchait.

Cela n'empêcha pas les collègues de le fouiller minutieusement et d'effrayer les enfants avec leurs voix sévères. Les Hollandais furent autorisés à reprendre la route au bout de trois quarts d'heure.

On sollicita Europol et Interpol pour faciliter la traque de Maria Mäki alias Elena Litova.

Du personnel de l'hôpital se rendit chez Frans Mäki, le Roi des airelles. Il fut admis dans une maison de retraite.

Curieusement, il ignorait tout des deux femmes en cavale.

Tonya Litvinovitj était employée chez lui comme infirmière sans formation. Que savait-il d'elle ? Qu'elle changeait son lit et vidait son bassin. Et sinon ? Qu'elle n'était même pas capable de faire cuire un œuf. Les deux Russes ? Des locataires qui travaillaient sur un chantier routier, à sa connaissance.

Et son épouse : le nom Elena Litova lui était totalement inconnu.

« Elle s'appelait Maria Berberova », déclara-t-il aux enquêteurs de la Criminelle.

Elle avait souhaité acquérir l'une de ses entreprises – il était un éminent homme d'affaires, au cas où ils ne seraient pas au courant. Une chose en entraînait une autre.

Taggen Mäki fut interrogé lui aussi. Il déclara avoir des contacts très sporadiques, voire inexistants avec son père. Il n'avait même pas été invité au mariage. Maria Berberova l'avait approché pour l'acquisition d'une entreprise dans le secteur du bois, qui produisait principalement des bungalows de chantier. C'était certes Taggen qui dirigeait l'entreprise, mais son père en était toujours le propriétaire. Taggen les avait donc mis en relation.

« On peut dire qu'elle l'a pris au collet », conclut-il.

Cela ne menait nulle part. Les enquêteurs de la brigade criminelle tout comme Carl von Post et l'ensemble des policiers sur le front étaient depuis longtemps capables de faire la différence entre ce que l'on savait et ce que l'on pouvait démontrer. Carl von Post fit tout de même saisir la comptabilité de la boîte de bungalows.

Ils diffusèrent dans les médias des photos des Russes et des femmes. Ils n'avaient rien à perdre.

Sivving s'essuya méticuleusement les pieds sur le paillasson avant de monter chez Rebecka Martinsson. L'escalier était raide et il savait qu'une chute pourrait signifier le début de la fin.

Je vais me briser les os, pensa-t-il en serrant plus fort la rampe quand Bella et le Morveux, impatients d'arriver en haut, se faufilèrent entre ses jambes.

Il remarqua avec irritation que toutes les marches étaient mouillées de neige fondue. La jeune dame ne pouvait-elle prendre la peine de s'essuyer correctement les pieds, des fois ! Par égard pour lui, au moins.

Sa voiture était dans la cour, mais elle n'était pas venue chercher le Morveux, et lorsqu'il avait sorti les chiens, il avait noté que les stores étaient baissés à chaque fenêtre. C'était inhabituel. Et cela l'inquiétait.

Il entra sans frapper, prêt à lui faire des remontrances pour la neige dans l'escalier. Mais il se ravisa. Aucune lampe n'était allumée. Dans la clarté printanière qui pénétrait le long des stores baissés, il vit

Rebecka étendue sur le dos, sur la banquette de la cuisine, un torchon plié recouvrant ses yeux. Elle n'avait pas retiré son anorak. Ni ses chaussures.

Les chiens se bousculèrent pour aller lui lécher le visage et les mains, qu'elle avait croisées sur son ventre. La queue raide de Bella martelait le pied de la table.

« Ma petite fille, comment vas-tu ? demanda Sivving en se retenant de lui signaler qu'il avait essayé de la joindre toute la journée.

— Ça va bien, ça va », dit-elle.

Évidemment, il entendit à sa voix qu'elle mentait.

En s'approchant de la table, il se prit le pied dans le tapis, se rattrapa au dossier d'une des chaises à barreaux.

Il s'assit et poussa un soupir de soulagement comme s'il était enfin hors de danger, sur un radeau de sauvetage.

« Couchez ! » ordonna-t-il aux chiens.

Ceux-ci l'ignorèrent superbement, préférant renifler dans tous les coins comme s'ils avaient découvert un nouveau terrain de chasse. Puis ils revinrent vers Rebecka, et le Morveux posa la tête sur son ventre. Elle le caressa entre les oreilles. Bella le fixait dans l'ombre.

Qu'y a-t-il ? semblait-elle se demander.

Sivving passa la main sur le plateau de la table. Une table à rabats fabriquée par le beau-frère de Theresia. Combien de fois s'était-il assis à cette table ? Toutes ces époques envolées à jamais.

Son enfance et l'amitié entre ses parents et les grands-parents de Rebecka. L'époque où Mikko, le père de Rebecka, était un petit bambin et où il y avait encore des vaches dans l'étable, où l'on s'inquiétait du temps, l'été, à cause du foin qui devait sécher avant d'être rentré dans la grange.

Celle où Theresia et Mikko habitaient ici, tirant le diable par la queue parce que l'entreprise de Mikko marchait si mal. Il avait du travail, mais c'était toujours toute une histoire pour se faire payer.

Quand Virpi avait emménagé avec lui au rez-de-chaussée, l'entreprise commença à mieux tourner. C'était elle qui appelait et bataillait pour que le travail fourni par Mikko soit réglé. Et pas en voitures dont il fallait « juste changer la boîte de vitesses », mais en argent sonnant et trébuchant, merci bien.

Toutes les larmes, autour de cette table. À la mort d'Albert, à celle de Mikko, à celle de Virpi. Quand sa Maj-Lis à lui était tombée malade et qu'elle était morte, elle aussi.

Theresia n'avait jamais fait une observation sur le fait qu'il se soit installé en bas, dans la chaufferie, et y soit resté. Pourtant les villageois jasaient. Lui s'en fichait pas mal.

Sivving se souvenait de Rebecka revenant pour l'enterrement de Theresia, ses vêtements noirs avaient dû coûter cher. Il était assis à cette place, exactement, et il lui avait dit : « Ne vends pas. On ne sait jamais. »

Il s'était inquiété pour elle, quand elle rentrait de Stockholm sans énergie, surchargée de travail, des cernes sous les yeux.

Et puis lorsqu'elle s'était retrouvée en psychiatrie et avait perdu la boule. Les électrochocs. Il ne savait même pas que ça se pratiquait encore.

Son bonheur de la voir rentrer chez elle. Sa joie secrète quand elle avait pris un chien : c'était une ancre, elle ne pouvait pas retourner à Stockholm avec un chien… *des* chiens, d'ailleurs. Il y avait eu Vera aussi, un bref laps de temps. Ah là là, pauvre Vera. Ça aussi.

Il avait passé du temps avec Rebecka, parlé avec elle, il s'était inquiété pour elle. Plus que pour ses propres enfants. Eux se débrouillaient très bien.

Être nécessaire à quelqu'un est une bénédiction, songea-t-il, philosophe.

En son for intérieur, dans un recoin interdit, il savait que Rebecka lui était plus chère que n'importe qui d'autre sur la terre, ses enfants et petits-enfants compris. Enfin, c'était différent, voilà tout.

Les chiens s'étaient couchés sous la table. On n'entendait plus que leurs respirations, la pendule murale et les faibles craquements de sa chaise.

« C'est dur, de devenir vieux, dit-il. Le corps qui fatigue et n'est plus fiable. Ce bras, là. Et puis on devient confus, on n'arrive plus à raccrocher les wagons. Mais le pire, c'est quand les gens vous effacent de l'ardoise. On se rend compte qu'ils n'écoutent plus ou qu'ils sont embarrassés parce qu'on raconte deux fois la même chose, ou bien ils vous trouvent trop embrouillé. Mais ils ne vous le disent même plus. Tu veux que je fasse un peu de café ? »

Il s'attendait à ce qu'elle refuse. Mais elle répondit :

« J'aimerais bien une tasse de thé. Avec trois sucres. Il y a un morceau de viande séchée au frigo. Si tu pouvais le sortir. »

Sa demande le remplit de joie. Il comprit à ses faibles gémissements lorsqu'il manipula bruyamment la bouilloire qu'elle souffrait d'horribles maux de tête. Il fit attention, laissa couler l'eau en un mince filet, déchira avec précaution l'emballage des sachets de thé.

Il attendit en silence que l'eau bouille, remplit les mugs. Il dut faire trois voyages jusqu'à la table, un mug à la fois avec une seule main valide, et un verre Duralex pour les sachets utilisés.

« Raconte-moi, dit-il. Sinon, autant que je sois mort. »

Il aurait voulu appeler Krister, mais c'était hors de question.

« J'ai skié toute la journée, dit-elle. Mauvaises lunettes de soleil. J'ai été aveuglée. »

Il était loin d'être bête. Il avait fait des études, était devenu ingénieur civil. D'où son surnom, forgé sur l'abréviation de son titre dans l'annuaire téléphonique : *civ.ing.* s'était transformé en Sivving dans la bouche des gens du village. Une incitation à ne pas se faire plus grand qu'on ne l'est.

Elle disait la vérité, mais pas toute la vérité. Pourquoi s'était-elle lancée dans une randonnée à skis alors qu'Anna-Maria Mella et Tommy Rantakyrö s'étaient fait tirer dessus et que tout le monde, elle aussi sûrement, était requis sur le pont ?

« C'est à cause de Pohjanen ? » demanda-t-il.

Un peu plus tôt dans la journée, Sven-Erik l'avait informé par SMS que Pohjanen avait passé l'arme à gauche. Pas surprenant. Mais c'était triste quand quelqu'un s'en allait.

Rebecka avait un souffle court et superficiel. Comme Maj-Lis, dans ses derniers moments, qui pressait ses mains sur son ventre, comme dévorée de l'intérieur.

Il resta assis à la table, à endurer son impuissance.

Mais il avait peur. On avait fait des électrochocs à Rebecka une fois. Cela pouvait se reproduire. Cela n'était pourtant pas une de ses habituelles périodes sombres.

Il aurait aimé la toucher, ou lui dire qu'il l'aimait. Mais il n'y avait jamais rien eu de cette nature entre eux et cela aurait paru déplacé. Il fut content que le Morveux saute sur la banquette et se love dans un coin, la tête sur les jambes de Rebecka.

Une demi-heure plus tard, il envoya depuis les toilettes un SMS à Sven-Erik Stålnacke. Rebecka souffrait d'une cécité des neiges. Il lui fallait une pommade et un collyre, mais où trouver ça un samedi soir ?

Ragnhild et Börje éteignirent la radio et ses informations, mettant entre parenthèses les meurtres de policiers et la traque des suspects, qui semblait de toute façon sans espoir.

Ils préparèrent le dîner ensemble. Tout en hachant des oignons, Börje la félicita pour ses couteaux aiguisés. Elle mit de la chapelure à gonfler dans un peu d'eau et fit une confiture d'airelles en attendant. Ils causèrent boulettes de viande. Sa mère à elle utilisait des pommes de terre bouillies à la place du pain et roulait de petites boulettes parfaitement rondes.

« Elles savaient tout faire, les femmes de cette époque, dit-elle.

— Pas ma mère, objecta-t-il. Mais elle savait couper les cheveux. Elle faisait des pains de viande, parce que ça allait plus vite. Et elle ne changeait pas les rideaux à Noël et à Pâques, c'était presque un scandale. Les autres gamins me balançaient des méchancetés à cause de cela. Pas de père et pas de rideaux de Noël.

— Ça m'a tout l'air d'avoir été une enfance affreuse. »

Villa ne put résister au fumet. Assise près du plan de travail, elle suivait attentivement chaque geste des bipèdes. Ragnhild lui donna un petit morceau de viande d'une main en lui caressant la tête de l'autre.

« Je suis en train de lui apprendre à mendier, dit-elle.

— Bah, tu lui apprends que nous sommes gentils et qu'elle est bien ici. »

Ragnhild l'embrassa sur la joue. Il posa son couteau et la prit dans ses bras.

« Tu n'as pas terminé, dit-elle.

— Il faut prendre des pauses », marmonna-t-il dans ses cheveux.

Elle aperçut le ticket rose du pressing près de la bouilloire et se souvint qu'elle devait aller chercher son manteau.

Son téléphone sonna, Börje relâcha son étreinte et retourna à ses oignons.

C'était Sven-Erik Stålnacke. Ragnhild et lui échangèrent d'abord quelques mots sur les terribles événements de ces dernières vingt-quatre heures. À part cela, il avait un service à lui demander. Il savait qu'elle était retraitée, maintenant, comme lui. Mais voilà, Rebecka Martinsson souffrait d'une cécité des neiges et il se demandait si Ragnhild pouvait lui apporter les médicaments nécessaires.

Le regard de Ragnhild tomba sur la bible posée sur la table.

« Tu es têtu », dit-elle à l'intention de Dieu.

En entendant Sven-Erik dire « Quoi ? » à l'autre bout du fil, elle se rendit compte qu'elle avait parlé tout haut et prétendit s'être adressée au chien.

Elle promit d'aller chez Rebecka, assura à Sven-Erik que cela ne la dérangeait pas.

Les chiens se mirent à aboyer dès que sa voiture pénétra dans la cour de Rebecka Martinsson. Elle était déjà venue ici, à Kurravaara, pour les vingt-cinq ans de Virpi. Rebecka en avait alors six. Elle avait apporté un cadeau, se souvenait du paquet, mais pas de ce qu'il contenait. Une plante, peut-être.

Virpi s'était montrée réservée et assez sèche. Sans Theresia – « Tu boiras bien quelque chose, hein ? » – Ragnhild n'aurait même pas eu droit à une tasse de café. Elle était donc restée une demi-heure à bavarder avec Theresia pendant que Virpi fumait, le visage dur.

Ragnhild craignait que Rebecka ressemble à sa mère. Les sentiments actuels étaient alimentés par les anciens.

Maintenant tu dois m'aider, dit-elle à Dieu en pensée tandis qu'elle montait l'escalier.

Un vieil homme lui ouvrit. Elle remarqua tout de suite qu'il avait fait un AVC, une moitié de son corps était à la traîne. Quand elle le salua, elle se décala par réflexe légèrement dans la direction du côté faible, afin de voir si sa vue était affectée. Mais il n'eut pas besoin de tourner la tête. Bien. Il se présenta : Sivving, le voisin.

Rebecka était allongée sur la banquette de la cuisine. Les stores étaient baissés. Les chiens accueillirent Ragnhild comme le père Noël.

Elle prit le temps de leur dire bonjour et sentit le regard de Sivving changer. Son hostilité latente envers elle disparut. Tout en se déchaussant dans l'entrée, elle loua le tapis de chiffon.

« C'est Theresia qui l'a tissé ? » demanda-t-elle.

Il n'en fallut pas davantage pour désamorcer complètement l'antipathie de Sivving. Ragnhild n'était plus une Pekkari. Enfin, pas seulement.

« Bon, dit Sivving en montrant Rebecka de son bras valide. La patiente est là.

— C'est Sivving qui a téléphoné à Sven-Erik, expliqua Rebecka de sous son torchon. Tu n'avais pas besoin de te déplacer. Ce n'est rien.

— Bien, dit Ragnhild de sa voix d'infirmière. Maintenant je suis là et j'ai apporté du gel ophtalmique, alors autant que je jette un coup d'œil. »

Elle versa quelques gouttes de gel dans les yeux rougis de Rebecka.

« Tu peux mettre le flacon au frigo, la sensation de froid fait du bien. »

Rebecka la remercia. Ragnhild perçut dans sa voix un écho du pont de neige. Elle fut submergée par un désir d'aider Rebecka, qui lui parut suspect.

En elle, Paula susurrait : « Florence Nightingale. »

Mais non, il n'y avait aucun mal à s'occuper des autres. Son dévouement n'avait rien de pathologique, elle avait parfaitement le droit d'être une bonne infirmière.

« Ça ira mieux demain, dit-elle.

— Tu veux du thé ? demanda Sivving. Ou du café, si tu en bois le soir. Certaines personnes disent que ça les empêche de dormir si... »

Il poursuivit son petit exposé sur les effets de la caféine qui changent avec l'âge et sur une de ses connaissances qui buvait trois tasses de café avant d'aller se coucher.

Elle accepta. Pour avoir une raison de s'attarder.

« Merci, répéta Rebecka. J'ai l'impression d'être une *drama queen*.

— Tu es malade, rétorqua Ragnhild. Et je suis contente d'avoir eu une raison de venir. De toute façon, j'avais l'intention de te contacter. Parce que je veux parler de ta mère avec toi. »

Et voilà. C'était dit.

Ragnhild entendit Sivving suspendre ses gestes, devant la cuisinière.

« Pourquoi ? » demanda Rebecka.

Ce n'est qu'à ce moment-là que Ragnhild comprit pourquoi. Elle regarda les mains de Rebecka, croisées sur son ventre. Ces mêmes mains qui tambourinaient sur le sein de Virpi pendant la tétée, ce jour-là, à la clinique. La petite main pleine de vigueur pour survivre. La capacité instinctive à faire couler le lait. Les premiers mots de la confession des péchés lui revinrent à l'esprit : « Moi, pauvre pécheur qui reçoit en partage les péchés et la mort des générations. » Elle avait toujours trouvé cela oppressant.

En fait, c'était libérateur au contraire, songea-t-elle. Une religion pour nous qui avons le sentiment d'être des merdes. Qui savons que nous avons merdé. Les autres, avec leur auréole sur la tête, ils peuvent toujours aller méditer sur une montagne.

« Parce que je veux te demander pardon, dit-elle, mais tu n'es absolument pas obligée de me pardonner, toi. Je veux seulement pouvoir te le dire.

— Je ne comprends pas, dit Rebecka. Tu ne m'as jamais rien fait de mal. On ne se connaît même pas.

— Oui, concéda Ragnhild, mais… »

Mais cela continue de nous hanter, pensa-t-elle. L'héritage des générations. Les crimes de nos pères.

Elle tourna la tête et croisa le regard de Sivving. Il lui fit un signe presque imperceptible.

« Les chiens ont besoin de sortir, dit-il. Je vais faire un tour avec eux. »

L'AVC n'avait pas affecté ses capacités cognitives, pensa Ragnhild avec gratitude.

Elle l'entendit exhorter les chiens dans l'escalier : « Doucement avec le vieux bonhomme, maintenant ! »

D'une certaine manière, il était aussi bien que Rebecka ne puisse pas la regarder dans les yeux. Allongée, elle écouta sans broncher tout le récit de Ragnhild.

« Virpi avait trois ans quand elle est arrivée chez nous, commença-t-elle. Moi j'en avais huit. Nous menions une vie libre, dans la nature. Nous avons joué ensemble comme des folles dès le début, alors qu'elle était toute petite. Papa disait que je m'étais entichée d'un feu follet, une *tuiskusapara*, elle me suivait partout mais ne me laissait pas toujours décider. Nous ne rentrions pratiquement que pour manger et dormir. Nous grimpions aux arbres, nous partions souvent en barque pour toutes sortes d'expéditions, c'est moi qui ramais, et quand nous revenions avec des pantalons déchirés et tachés par la résine ou des gilets hérissés de paille de la grange, äiti soupirait : "Faut-il que vous rapportiez la moitié de la création divine dans la cuisine ?" Mais elle réparait et lavait, et nous, nous n'avions qu'une idée en tête : ressortir. »

Ragnhild laissa durer un moment le souvenir de Virpi flottant dans des bottes et des vêtements pas à sa taille. Les efforts de Virpi pour éloigner la barque du rivage, son visage rouge comme une pivoine. La force dans ce corps de petite fille. Et Ragnhild en commandeuse, à la rame : « Allez, monte ! » Alors Virpi se hissait de justesse dans le bateau avant qu'il ne dérive trop loin, et ce sans perdre ses bottes. Si elle n'y arrivait pas, Ragnhild pourrait partir sans elle, l'abandonner sur la rive. Cela s'était produit.

« Maman m'avait raconté que vous aviez une chienne, dit Rebecka. Elle s'appelait Villa, n'est-ce pas ?

— Oui, dit Ragnhild. Villa. »

Présent et passé tournoyaient en Ragnhild. Elle avait la poitrine serrée.

« Bref, poursuivit-elle, nous avons déménagé pour la ville quand j'avais douze ans et Virpi sept. L'idée était de donner à Henry une chance de se ressaisir en reprenant la ferme. Cela n'a été bon pour personne. »

Elle palpa la nappe tissée à la main, et bien repassée. Elle s'émut de constater que Rebecka prenait soin de la maison de sa grand-mère.

« Maman, reprit-elle, est tombée dans la dépression, dirait-on aujourd'hui. Mais à l'époque, personne n'employait ces mots-là. En tout cas aucun d'entre nous. Elle est devenue maniaque du ménage, c'était effrayant. Elle ne connaissait personne, n'osait même pas adresser la parole à la caissière lorsqu'elle allait faire les courses, tellement son suédois était mauvais. Quand je ramenais quelqu'un à la maison après l'école, je lui disais : "Ne parle pas !" Je ne voulais pas que mes camarades entendent son : "*Halvaks leipää ?* Vous voulez une tartine ?" »

Ragnhild pensa au sourire craintif d'äiti. À sa volonté, étouffée, pour contenter les autres. Dans cet appartement, äiti était devenue transparente.

« Moi je voulais m'adapter, dit Ragnhild. La première année, je suis restée silencieuse. Je m'entraînais à parler sans accent finnois. Mais Virpi, elle, se battait. Dès qu'on la traitait de sale Finlandaise, dans la cour de récréation, les coups partaient. Et cela arrivait souvent. »

Rebecka eut un semblant de rire.

« Ensuite j'ai commencé à traîner avec des mecs. La nuit. On habitait au rez-de-chaussée, il était facile de se carapater. Quand je ne filais pas assez discrètement, Virpi se réveillait et me suivait. J'avais beau lui dire que je ne voulais pas l'avoir dans les pattes, rien n'y faisait. Elle avait neuf ans, au début. Elle s'incrustait parmi les plus vieux en les faisant rigoler. »

Viens-en au fait, se disait Ragnhild à elle-même. Inutile de lui raconter qu'on se saoulait, que Virpi n'était qu'une gamine.

« Tous les quinze jours, äiti retournait au village pour faire le ménage chez Henry. Elle lui préparait des repas qu'elle congelait. Au printemps et pendant l'été 1967, elle a eu un ulcère de l'estomac. Olle est venu chez nous pour discuter de la situation : Henry avait besoin d'aide. Moi je venais d'obtenir un petit boulot à l'hôpital, je ne pouvais pas m'occuper de lui. Virpi avait quatorze ans, Olle estimait qu'il était temps qu'on la mette à contribution. Elle irait passer l'été chez Henry et se chargerait des tâches ménagères. Elle a tenté de refuser, en vain, Olle n'a pas cédé. Aucun d'entre nous ne s'y est opposé non plus. J'étais contente d'échapper à la corvée. Le premier jour des vacances d'été, nous avons mis Virpi dans le bus. »

L'odeur du diesel et des sièges poussiéreux, les sacs avec le pain et les repas préparés par äiti, à côté de la petite valise de Virpi ; l'expression obstinée sur son visage blême qui fixait le vide devant elle et ne nous accorda pas un regard lorsque nous lui fîmes au revoir de la main.

« Deux semaines plus tard, elle a appelé en pleine nuit. Elle pleurait et chuchotait dans le téléphone. “Je ne reste pas ici, vous devez venir me chercher”, disait-elle. Isä m'a arraché le combiné des mains. Leur échange n'a pas été long. “Qu'est-ce qui s'est passé ?” s'est inquiétée äiti ensuite. Mais isä ne savait pas. Il a téléphoné à Olle, qui est venu chez nous dès le lendemain matin. Selon lui, Virpi devait apprendre à être responsable, elle avait toujours été gâtée parce qu'elle était la plus jeune. À l'âge de douze ans, isä et äiti, eux, travaillaient déjà. S'ils cédaient à présent et la laissaient rentrer à la maison sous prétexte qu'elle trouvait la tâche fatigante ou ennuyeuse, ou pour quelque autre raison que ce soit – Virpi n'avait rien dit de précis, seulement répété qu'ils devaient venir la chercher –, elle deviendrait une flemmarde incapable de se débrouiller dans la vie. Nous n'avons pas protesté, là non plus. Olle a parlé à Henry et à Virpi au téléphone. Il les a sermonnés en leur rappelant à tous les deux qu'äiti était malade. Tout cela lui causait beaucoup d'inquiétude, cela suffisait. Le soir, Henry a téléphoné, Virpi était partie. "Elle va revenir", a dit Olle. Est-ce qu'il avait vraiment cherché partout ?

« Henry était en colère. On l'avait laissé seul avec l'entière responsabilité de la ferme et tout ce qui s'ensuit. Virpi était un souci supplémentaire, rien d'autre. Il fallait peut-être qu'il joue les nounous, en plus ? Elle n'était pas partie avec l'un des bateaux, puisqu'il avait retiré le câble des bougies d'allumage, débranché le tuyau d'alimentation et rangé les rames. La débâcle avait été tardive, l'eau n'atteignait même pas les dix degrés. »

Ragnhild dut faire une pause pour reprendre son souffle. Raconter cette histoire, c'était partir vers un nouveau lieu. Quand on regardait en arrière, les points de repère familiers avaient un tout autre aspect. Olle avait toujours été le personnage méchant de l'histoire, celui qui dirigeait tout. À présent, elle se voyait elle-même, elle voyait äiti et isä. Des falaises noires et dures qui n'offraient aucune possibilité de mettre pied à terre.

« Virpi est réapparue deux jours plus tard. Elle avait quitté l'île à la nage. Un miracle qu'elle ne se soit pas noyée, dans cette eau froide. Puis elle avait gagné la ville en auto-stop. Olle l'a engueulée, nous autres, nous nous taisions. Il l'a traitée de "tête de mule". Elle n'a pratiquement rien dit. Mais elle n'avait pas l'intention d'y retourner. "Vous ne pouvez pas me forcer." Alors Olle a déclaré que si elle s'imaginait être logée et nourrie pour rien chez nous et pouvoir se comporter en parfaite égoïste elle se trompait. Dans cette famille, chacun avait des obligations. Elle a donc rassemblé quelques vêtements.

— Elle avait quatorze ans, à l'époque, dit tout bas Rebecka.

— Elle n'a pas terminé le collège, poursuivit Ragnhild. Elle a vécu chez différents types. Une putain pour le gîte et le couvert, disait Olle. »

Insupportable, pensait Ragnhild. Ces gens qui témoignaient de la compassion pour notre famille : nous qui avions tout fait pour Virpi ! Quand on en venait à parler d'elle, Olle évoquait l'hérédité. Personne ne savait rien sur ses parents biologiques. La merde coule vers le bas, disait-il. Quant à moi, j'étais entrée en dernière année de lycée. Je ne voulais pas croiser Virpi, alors j'ai arrêté de sortir et de picoler. Cet automne-là, papa est allé sur l'île pour abattre les vaches.

« Finalement elle a rencontré Mikko. Et tu es née.

— Et elle est partie, dit Rebecka. Un autre homme, un autre enfant.

— Un mois avant sa mort, elle m'a appelée, dit Ragnhild. Elle envisageait de quitter son mari et de revenir à Kiruna avec son gamin. Elle m'a demandé si nous avions de la place pour elle. M'a parlé de toi, aussi. Mais ma vie était tellement… »

Ragnhild repensa à Todde et à Paula. Lui restait éveillé toute la nuit et l'empêchait de dormir. Ensuite il passait la journée à ronfler sur le canapé.

« Non, dit-elle. Je ne vais pas mettre ça sur le compte de ma vie compliquée. Je ne l'ai pas accueillie chez moi parce que je lui en voulais encore. »

Les mains de Rebecka bougèrent légèrement.

« Pouquoi lui en voulais-tu ?

— Parce que j'aurais dû avoir honte. Moi, äiti, isä et Olle. Henry aussi, évidemment, mais lui, j'ai du mal à le considérer comme un être humain. Nous aurions dû avoir honte, tous autant que nous sommes. Mais nous avons choisi de la mépriser et de la rejeter.

— Tu crois qu'Henry… »

Ragnhild attendit, mais Rebecka ne formula pas sa question jusqu'au bout.

« Oui, je le crois. Bon sang, traverser le fleuve à la nage ! À quatorze ans ! À cet âge-là, les filles sont des fleurs à peine écloses. »

Ragnhild ressentit une irrépressible envie de se lever, de faire la vaisselle, mettre le flacon de collyre au frigo, nettoyer les carreaux, lessiver le plafond.

Elle se força à rester assise et à méditer sur la douleur qu'elle avait infligée à Virpi, sur sa trahison.

« Pardon, dit-elle à Rebecka. J'aurais dû me ranger du côté de ta mère, contre Olle. J'aurais dû l'accueillir chez moi.

— Mais je ne suis pas ma mère, dit Rebecka. Je ne pense jamais à elle, d'ailleurs. »

Ragnhild ne fit aucun commentaire. Au bout d'un moment, elle déclara qu'elle devait y aller. Elle aurait voulu proposer à Rebecka de lui remettre des gouttes dans les yeux, mais elle n'aurait pas supporté un éventuel refus. Elle rassembla quand même son courage pour lui demander :

« Est-ce que je peux t'appeler demain pour prendre de tes nouvelles ? »

Allongée sur sa banquette, Rebecka haussa les épaules. C'était peut-être le geste qui causait la plus grande douleur à toutes les mères du monde, songea Ragnhild.

Dans la voiture, l'idée que Börje l'attendait lui réchauffa le cœur. Elle pensa aux photographies de Paula qu'elle avait rangées dans le tiroir de son bureau quand elle avait fait son ultime ménage.

Je vais les montrer à Börje, se dit-elle. Toutes. Et si je me mets à pleurer comme une Madeleine, eh bien tant pis.

Rebecka entendit la voiture de Ragnhild s'éloigner. Sivving réapparut à peine cinq minutes plus tard. Elle le pria de la laisser dormir.

Est-ce qu'elle voulait qu'il emmène les chiens ? Elle accepta même si, en réalité, elle aurait préféré garder le Morveux auprès d'elle. Mais après tout, autant qu'il n'ait pas à la supporter.

Le fait d'avoir un chien lui parut soudain absurde. Les humains retenaient d'autres animaux prisonniers, en faisaient leurs esclaves et les traitaient selon leur bon plaisir. Tout cela était répugnant.

Elle promit à Sivving de remettre du gel ophtalmique. De l'appeler dès qu'elle se réveillerait. De se déshabiller et de se coucher dans son lit, sous la couette.

Quand il fut parti, elle resta allongée à la même place.

Elle tenta de passer en revue les événements de la journée. Quand elle était rentrée à Kurravaara avec von Post, Anna Granlund leur avait écrit que Pohjanen était mort. L'idée absurde d'aller skier dans une zone à risque d'avalanche lui était venue à ce moment-là.

Tant de choses s'étaient bousculées. Tout cela était d'une puérilité sans nom. Stupide. Dangereux.

Elle pensa à Pohjanen.

Pourquoi est-ce que je ne pleure pas ? se demandait-elle.

Elle repensa également au jour où elle était descendue à Stockholm et avait couché avec Måns, provoquant ainsi sa rupture avec Krister.

Sa manière d'agir sur des coups de tête incompréhensibles, sans avoir rien décidé, l'effrayait.

Elle ne voulait pas mourir. Vraiment ?

Le capitaine de ce bateau n'était pas fiable et il méprisait la mort. Il mettait le cap sur les falaises, et sous le pont rien n'était arrimé, tout glissait d'un bord à l'autre et heurtait la coque. Rebecka était presque reconnaissante pour cette douleur lancinante dans les yeux.

Mais elle ne voulait pas réduire son expédition à skis à une simple folie.

J'ai regardé la mort dans les yeux, se dit-elle. Maintenant je suis capable de tout.

Machinalement, elle sortit son téléphone pour appeler Krister, mais la lumière de l'écran lui fit si mal que ses larmes coulèrent et elle se ravisa.

Non, se dit-elle. Pas ça. Parce que c'est fichu. J'ai cassé ça aussi. Et je ne peux pas le réparer, pour l'instant. Peut-être jamais.

Elle se méprisait tellement que, se rendant compte qu'elle était malgré tout capable de s'attendrir sur elle-même, elle partit d'un rire rauque.

Elle en vint à penser à sa thérapeute. Elle avait suivi quelques séances, à son retour de l'hôpital psychiatrique, après la mort tragique de Lars-Gunnar Vinsa et de son fils Nalle, puis elle avait arrêté.

La thérapeute s'appelait Agnes Stoor. Rebecka avait observé ses chaussures, ses vêtements, et trouvé matière à critiquer : son pull jaune safran, le bijou en forme d'oiseau. Sans qu'Agnes Stoor ait jamais rien dévoilé d'elle-même, Rebecka était persuadée qu'en privé elle était insupportablement parfaite.

Ayant toujours son numéro, Rebecka lui écrivit un bref message. Cela prit un certain temps. Elle baissa la luminosité de l'écran, ses yeux lui faisaient mal et larmoyaient.

> Bonjour, c'est Rebecka Martinsson. Je suis venue vous voir plusieurs fois il y a quelques années. Je ne sais pas si vous vous souvenez de moi. J'aimerais reprendre. Si vous êtes toujours en activité et avez du temps pour moi.

Elle hésita avant d'envoyer son message. On était samedi soir.

La thérapeute ne répondrait sans doute qu'en début de semaine. Lundi peut-être, ou mardi.

Il faut absolument que je la voie, pensa Rebecka. Parce que je n'en peux plus.

Elle sentit que c'était la seule chose sensée dont elle était capable.

Vingt minutes plus tard, son téléphone vibra :

Bonjour Rebecka, bien sûr que je me souviens de vous. Appelons-nous lundi pour fixer un rendez-vous.

Rebecka posa le téléphone sur la table et replaça le torchon sur ses yeux.

Elle éprouva une immense reconnaissance envers cette femme qui en plein week-end lui répondait sur-le-champ.

Juin

Le début de l'été arriva d'un seul coup, vêtu de sa robe vert tendre. Le jour de l'enterrement de Tommy Rantakyrö, les eaux de la Torne se libérèrent. Les plaques de glace flottantes se dressèrent et partirent furieusement à l'assaut des berges, déplaçant de sept mètres un chalet d'été, faisant tomber des arbres. Cela grondait si fort près du caveau de famille, au cimetière de Poikkijärvi, que le pasteur dut élever la voix.

Mella pleurait de son œil unique, soutenue de chaque côté par Robert et Jenny.

Pour des « raisons d'enquête », les soupçons de délits concernant Tommy avaient été mis sous le boisseau. On avait informé les médias, les parents et le public avide de sensations que lui et Anna-Maria avaient été la cible des criminels parce qu'ils occupaient une position clé dans une enquête pour meurtre, trafic de drogue et proxénétisme. Lors d'un tapissage photographique, Anna-Maria avait reconnu les deux Russes respectivement nommés Jegor Babitskij et Jurij Jusjenkov dans cette enquête.

Les noms figuraient sur le contrat de location qu'ils avaient passé avec Elena Litova, mais il s'agissait très probablement de fausses identités. On ne pouvait pas les poursuivre en justice vu qu'ils étaient toujours en fuite. Selon toute vraisemblance, ils avaient quitté le pays. Ils étaient signalés par Interpol et Europol, un beau jour, quelque part, ils se feraient peut-être pincer pour autre chose. L'identité d'Elena Litova n'était pas établie non plus. Les autorités de sa ville d'origine avaient certes fait savoir que Litova avait émigré, mais elles ne pouvaient fournir aucune photo d'elle. On n'avait trouvé nulle part, dans les registres d'état civil, de Maria Berberova épouse Frans Mäki. En tout cas, elle était recherchée pour chantage, menace illégale et fraude fiscale.

L'enquête sur les meurtres de Tommy Rantakyrö, Henry Pekkari, Galina Kirejevskij, Adriana Mohr et la troisième femme toujours non identifiée restait ouverte, bien que les moyens fussent coupés. On savait ce qu'il en était : pour la police, l'affaire était classée.

Rebecka n'avait pas vu Anna-Maria depuis son retour de l'hôpital. Après l'inhumation, elle s'approcha d'elle.

Elle était très nerveuse. À cause du fiasco de la soirée et de leur bagarre dans la neige. Et parce que cette femme qui avait l'apparence d'Anna-Maria ne devait plus être la même.

« Bonjour, dit-elle. Je suis contente de te voir.

— Rebecka », dit Anna-Maria avec un bref sourire légèrement coupable, comme s'il était indécent d'éprouver de la joie dans ces tristes circonstances.

Anna-Maria ouvrit les bras et y accueillit Rebecka. Elles se tinrent longtemps serrées. Se parlèrent doucement à l'oreille.

« Je suis vivante, dit Anna-Maria. J'en suis tellement reconnaissante.

— Moi aussi, moi aussi, répondit Rebecka.

— Tu sais, dit Anna-Maria, je crois que tout le monde peut faire des conneries sans en soupçonner les conséquences. On jette un œil une seconde sur son téléphone en conduisant et on renverse un… Et on a foutu sa vie en l'air.

— Je sais, je sais, la berça Rebecka. Il restera toujours notre Tommy. Ne sera jamais quelqu'un d'autre.

— Oui, mais je parlais de moi. Tu sais, j'ai bien vu qu'il allait mal. J'étais sa cheffe.

— Ah, Anna-Maria ! Non, non et non.

— Et puis je suis tellement triste qu'on n'ait pas pu identifier cette fille, poursuivit Anna-Maria. Je pense tout le temps à elle. Où est sa mère ? Est-ce qu'elle avait des enfants ? Est-ce qu'elle était seule au monde ? Comment peut-on tenir le coup dans ce boulot ? »

Anna-Maria s'interrompit pour s'essuyer le nez du revers de la main.

« Il paraît que tu arrêtes, reprit-elle. Tu ne vas pas retourner au parquet ?

— Je travaille à mi-temps, je n'ai pas encore complètement disparu de la circulation. J'aide à démêler cet embrouillamini. Mais je ne sais pas. Je ne crois pas pouvoir. Enfin, je n'en ai pas envie, plutôt.

— Là, je vais devoir me bagarrer avec toi, murmura Anna-Maria. Tu comprends, hein ? »

Elles se séparèrent avec douceur. Tout allait un peu mieux.

Une semaine plus tard, les bouleaux déployèrent leurs petites feuilles et on enterra Pohjanen. L'affliction fut moindre, sans grandes effusions. Les collègues évoquèrent sa compétence professionnelle. Son fils tint un discours préparé et posé.

Ce soir-là, Krister se rendit chez Rebecka.

Elle faisait brûler des branchages sur la berge. Un crachin tiède flottait dans l'air. Krister huma l'odeur du bois en train de flamber, l'acidité des feuilles de bouleau, qui rappelait le sucre caramélisé.

La débroussailleuse était posée un peu plus loin sur le ponton. Rebecka alimentait le feu, et avant qu'elle remarque sa présence, Krister put l'observer, toute à elle-même et au feu, le regard absorbé par les flammes. La poussière et la sueur sur son visage, après le travail à la débroussailleuse, ses joues rougies par la chaleur du feu. Ses cheveux détachés, l'élastique autour de son poignet. Elle avait l'air d'être singulièrement heureuse.

Il fut obligé de détourner les yeux un instant. Repousser le désir de poser les doigts sur ses lèvres. De lécher sa peau salée.

Une fraction de seconde, il songea à repartir, à la laisser tranquille, mais à ce moment-là, elle l'aperçut.

« Salut, fit-elle simplement.

— Salut. »

Ils restèrent tous les deux immobiles, comme s'il ne fallait pas effrayer un animal qui avait surgi dans la forêt.

Tant de choses avaient cédé en lui. Il ne voyait plus qu'elle. Toute cette histoire avec Måns, c'était tellement loin.

Sa sœur lui avait dit : « Tu vois, je ne crois pas qu'elle ait couché avec lui parce que tu ne signifiais rien pour elle. Au contraire. »

Il s'était renfermé en lui-même. Avait fait la moue, incommodé par cette psychologie de pacotille.

Alors elle s'était reprise : « Ce n'est pas une excuse, je ne voulais pas dire ça. On n'a pas le droit d'agir ainsi. »

Ils avaient changé de sujet, mais les mots étaient restés gravés en lui. Il ne savait pas si aujourd'hui il comprenait ou s'il éprouvait un espoir puéril et vain. En tout cas, il était là. Légèrement essoufflé. Il déposait les armes, sachant que c'était elle. Et elle seule.

Il chercha en lui cette douleur. La sonda, comme on presse une ampoule sur la plante du pied pour voir si on peut continuer à marcher.

« Sivving n'est pas là pour veiller à ce que tu fasses tout comme il le faut ? » demanda-t-il.

Elle ricana.

« Il était persuadé que j'allais me scier les jambes avec la débroussailleuse, alors il est rentré. Je vais lui écrire que je suis hors de danger. Où sont tes chiens ?

— Dans la voiture.

— Lâche-les, dit-elle. Je vais faire sortir le Morveux. Je ne voulais pas l'avoir dans les pattes quand je travaillais. »

Elle désigna fièrement de la tête la vue dégagée sur le fleuve.

« Joli », dit-il.

En lui, les mots abondaient. Mais dans sa bouche ils sonnaient comme du papier froissé, alors il s'en tint là.

Ils remontèrent presque à la hâte vers la maison. Krister libéra Tintin et Roy. Rebecka ouvrit au Morveux qui sortit comme une flèche.

Les chiens se coururent après, labourant le sol humide de ce début d'été.

Rebecka ne put s'empêcher de rire.

« On n'aura plus qu'à planter des pommes de terre, après ça. »

Ils se regardèrent. S'accrochant au regard l'un de l'autre comme des grimpeurs à la roche.

« J'ai promis à Sivving de mettre en route le sauna après avoir débroussaillé, dit-elle. Tu veux te joindre à nous ?

— Oui », dit-il.

Cela paraissait simple. Facile, non, cela ne le serait sans doute jamais.

Mais simple, naturel, évident.

Rebecka Martinsson passait maintenant beaucoup de temps au cimetière de Kiruna. Chaque mardi, après sa séance chez la psychologue, elle s'y rendait à pied et restait un moment devant la tombe de son père et de sa grand-mère.

Elle avait retiré des mauvaises herbes minuscules et planté des œillets d'Inde, une des fleurs préférées de sa grand-mère.

Le cimetière était l'endroit idéal pour réfléchir à différentes choses. Elle marchait toujours d'un pas lent dans les allées de gravier ratissées, prenait le temps de lire les inscriptions sur les tombes. Ici reposaient ceux qu'on avait perdus irrévocablement. Les dates évoquaient sommairement des vies trop courtes, des parents en deuil de leurs enfants, ou l'inverse. Elle s'étonnait parfois du départ de deux époux dans un intervalle très bref. Le second lâchait-il prise quand le premier s'en était allé ?

C'était une journée d'été fraîche, seulement treize degrés à l'ombre. Pas de doute, on vivait dans une région de montagne.

On entendait clairement le vacarme du chantier du nouvel hôtel de ville et du quartier environnant. Mais les petits bruits du cimetière étaient perceptibles, eux aussi, les griffes d'un écureuil fuyant entre les pins, les doigts distraits du vent à travers les arbres.

Rebecka s'essuya les mains sur son jean, elle le mettrait à la machine ce soir. Elle consulta son téléphone, resté en mode silencieux. Il y avait un message de Maria Taube. Elle la rappela.

« Je t'ai envoyé des photos de nos nouvelles étagères, cria Maria. Elles sont super belles. Ça donne envie d'habiter au bureau.

— Vous bossez, parfois, ou bien vous passez votre temps à vous installer ?

— On s'installe et on boit du vin. »

Dans le fond, Rebecka entendit la voix de Sofi :

« Moi je bosse. Salut !

— Je voulais juste avoir des nouvelles, dit Maria. Ça avance ?

— Lentement, dit Rebecka. Mais sûrement. Nous avons recensé toutes les sociétés qui ont été de près ou de loin en relation d'affaires avec les entreprises de Frans Mäki ou d'Olle et Anders Pekkari. Nous nous servons de l'article 29, paragraphe 5, du Code pénal.

— Allègement de peine. Je pensais qu'on ne l'utilisait pas en Suède.

— Rarement, en effet. Mais ça amène les gens impliqués à parler. En leur promettant qu'ils n'écoperont que de travaux d'intérêt général et qu'on ne réclamera pas d'interdiction professionnelle, on obtient toujours des renseignements. On apprend qu'ils ont conclu sous la menace des contrats avec des sous-traitants qu'ils ne connaissaient pas, ou bien été contraints de ne pas contester des factures deux fois plus élevées que prévu, des livraisons de matériel de mauvaise qualité, béton médiocre, poutres trop fragiles, barrières anti-humidité défectueuses, ce genre de choses. Parfois, on se demande s'ils ont vraiment été victimes de menaces ou s'ils ont simplement saisi une occasion de gagner de l'argent rapidement. Enfin, hier nous avons pris un gros poisson. Une nouvelle société par actions à laquelle la commune a prêté trente millions. L'argent évaporé dans les honoraires des consultants. Ça va être marrant d'aller regarder de plus près les services de ces consultants.

— On aurait dû devenir consultant, c'est clair. Vous allez inculper un gros voyou alors ? Prison ? Au pain sec et à l'eau ?

— On aurait bien aimé, en tout cas on peut se réjouir que ceux qui tiraient les ficelles ne soient plus là. Nous fermons les vannes.

— Et puis tout le monde saura que le parquet surveille les entreprises d'un œil de lynx.

— D'un œil vigilant, du moins.

— Mais tu ne reprends pas à plein temps ? Je ne voudrais pas insister en répétant que tu devrais venir travailler avec nous…

— Tu peux insister, comme ça je me sens aimée. Allez, je vais raccrocher, voilà Krister et Sivving.

— Krister, dit Maria, du soleil plein la voix. Ça avance avec lui ?

— Lentement, dit Rebecka. Mais sûrement. »

Krister et elle s'étaient beaucoup vus, depuis l'enterrement de Pohjanen. Ils n'avaient pas couché ensemble. Parfois, quand ils se retrouvaient seuls tous les deux, ils se caressaient les mains, mêlaient leurs doigts, ou se regardaient longuement dans les yeux, sans parler, jusqu'à ce que le rire les prenne. C'étaient des moments d'une grande intimité. Elle ne raconterait cela à personne. Excepté à sa thérapeute, évidemment. Elle disait tout à Agnes Stoor.

Elle prit congé de Maria. Ses deux hommes approchaient, entre les tombes. Sivving marchait lentement. À côté de lui, Krister gardait la main ouverte, prêt à le rattraper s'il trébuchait.

« Tu as terminé ? lui cria Sivving sans attendre d'être arrivé près d'elle. Les chiens sont dans la voiture. C'est pas qu'il fasse chaud, ils ont prévu des gelées, les nuits à venir. On se demande ce que ça va donner pour les fleurs de mûres polaires. »

Krister et Sivving la complimentèrent sur ses plantations d'œillets d'Inde et tous trois regagnèrent la voiture à petits pas.

À mi-chemin, Rebecka aperçut un homme, deux allées plus loin, qu'elle reconnut immédiatement d'après les photos de l'enquête : Taggen Mäki, le fils du Roi des airelles. Debout devant une tombe, il leva les yeux un court instant, mais les détourna aussitôt puis se dirigea vers l'autre sortie du cimetière. Elle comprit qu'il l'avait également reconnue.

« Attendez-moi juste une minute. Il faut que j'aille vérifier un truc », dit Rebecka lorsqu'ils furent arrivés à la voiture.

Ils n'avaient aucun motif de poursuites concernant Taggen Mäki. Celui-ci n'avait été qu'un simple employé dans l'entreprise de son père. Il n'avait signé aucun document, n'avait aucune connaissance de la situation économique de la boîte. Il ne voyait pratiquement jamais son père ni sa belle-mère. Il ne savait rien. Avait-il dit.

Rebecka observa le large dos de Taggen, ses pieds amplement tournés vers l'extérieur, son corps massif qui avançait vers la grille en se balançant. Il jeta quelques fleurs fanées dans la poubelle.

Elle se dirigea d'un pas rapide vers la tombe qu'il venait de quitter. À qui Taggen rendait-il visite ? À sa mère, peut-être. Pourquoi cela l'intriguait-il ? Un sentiment, c'est tout. La façon dont il avait quitté les lieux dès qu'il l'avait aperçue.

Vous et vos sentiments, entendait-elle dire Pohjanen.

La tombe était banale, grise. Sans fioritures. Elle l'observa un moment. Il y avait un bouquet de fleurs fraîches dans le petit vase fiché en terre. Des fleurs achetées dans une station-service, visiblement. Bon marché. D'une couleur rose bonbon peu naturelle. Sur la tombe était écrit :

Inger Ström
1931-2001
Qu'elle repose en paix

Inger Ström ? s'interrogea Rebecka. La mère de Börje Ström. Pourquoi ?

Mais ses réflexions n'aboutirent nulle part.

Elle retourna à la voiture. Sivving parla d'aller cueillir des baies, lui rappela qu'elle devait refaire le drainage autour de la maison.

Taggen Mäki jeta les fleurs fanées dans la poubelle devant le mur du cimetière et monta péniblement dans sa voiture. La douleur dans ses genoux, le soulagement de se retrouver sur son cul. Il faudrait qu'il achète une nouvelle voiture, plus spacieuse. Le volant lui rentrait dans l'estomac alors qu'il avait reculé le siège jusqu'à la limite qui lui permettait d'atteindre les pédales.

Cette procureure l'avait vu. Mais ça n'avait pas d'importance. Rien n'avait vraiment d'importance. Il n'était jamais ni gai ni triste. Pendant les interrogatoires de police, il n'avait pas eu peur. Quand il était jeune, il avait peur en permanence, cela lui manquait presque.

En regardant en arrière – il avait soixante-huit ans –, il lui semblait que sa vie était un vieux filet de pêche emmêlé. Des fils gris, identiques, impossibles à distinguer les uns des autres.

D'un seul coup, il se retrouva garé devant son immeuble. Il dut regarder autour de lui pour vérifier que sa voiture était sur le bon emplacement. Comment avait-il fait pour conduire depuis le cimetière sans avoir gardé aucun souvenir du trajet ? Une chance qu'il n'ait pas eu d'accident.

Dans ce filet de pêche gris, il y avait un unique point de couleur. Il avait alors quatorze ans. Cela aurait pu être hier. Le temps qui s'était écoulé depuis était pareil au trajet qu'il venait de faire en voiture : fané, vieilli, décomposé, mort.

Mai-juin 1962

Taggen a quatorze ans, il en aura quinze dans un mois. Il est seul dans le local du club de boxe, tard, un soir de mai. Il frappe sur des sacs, transpire à grosses gouttes. Dans une semaine, il aura terminé sa troisième. Il n'atteint pas la moyenne dans la plupart des matières. Il s'en fout, de toute façon il n'a pas l'intention de devenir gratte-papier.

Il est déjà un délinquant bien connu, en ville. Son père le charge de petites missions, comme casser des vitres, donner des coups de masse dans des voitures, ce genre de choses. Taggen ne demande pas pourquoi, il ne faut jamais poser de questions. Sans doute des gens qu'on doit intimider ou punir. Il a foutu le feu à deux maisons. L'une d'elles a complètement brûlé, c'était dans le journal le lendemain. Taggen ne dit jamais non, pourtant son père le traite sans arrêt de *knapsu* et de couille molle. Pas devant n'importe qui. Vis-à-vis de l'école, du club de boxe, en société, Taggen est son fiston et aucun connard n'a intérêt à le critiquer. Mais quand il n'y a que ses copains les plus proches, son agacement chuinte par tous ses pores.

Il est déçu que Taggen n'ait pas l'étoffe d'un boxeur. Il le trouve chétif et répète à l'envi qu'il est le petit garçon à sa maman. Devant ses potes, il dit en plaisantant à moitié : « À se demander s'il est de moi. » Les gnons sont toujours prêts à partir.

Le nouveau mec de sa mère est complètement différent, mais Taggen a pour lui autant de mépris que son père. Le type est gardien à la piscine et le père de Taggen l'appelle « ce nageur de petit bain ».

Taggen recherche la compagnie de son père, il veut lui ressembler, être à la hauteur, mais prend des baffes sans arrêt.

Il fait semblant d'être un dur à cuire, personne ne lui cherche de noises. Les gens osent à peine regarder dans sa direction. En réalité, il a constamment peur. Surtout de son père. Mais pas seulement. Il a aussi une trouille bleue du noir, de l'hôpital et des araignées. Il ne supporte pas d'être assis tournant le dos à une porte. Il a peur des matchs de boxe, et ça, personne ne doit le savoir. Devant les autres, il se moque de tous ceux qui montrent la moindre faiblesse.

Taggen s'entraîne assidûment, c'est important pour son père. Il a renoncé à l'espoir de devenir une star du ring. À ses copains, il dit que les règles, ce n'est pas pour lui. En revanche, il est de plus en plus souvent mêlé à des bagarres dans les bals ou lors de ses rares apparitions à l'école. L'entraînement lui a au moins servi à quelque chose. Il frappe tellement fort qu'il ne peut pas viser la mâchoire : les os du visage sont très durs et sans gants il risquerait de se briser la main. Il envoie ses coups dans les parties molles du corps, et quand ses adversaires sont à terre il les achève à coups de pied.

Tandis qu'il est en train de taper sur le sac dans le local, on frappe à la porte.

C'est une femme. Taggen pense d'abord que c'est une vieille, mais après avoir essuyé la sueur de ses yeux, il voit qu'elle est très belle. Jupe et pull-over moulant. Comme sortie d'un film.

« Je cherche Raimo Koskela, dit-elle. Il est là ?

— Non », répond Taggen en s'efforçant de détourner les yeux des seins de la femme – son short a beau être large, il ne l'est pas tant que ça.

« Mais c'est ici qu'il s'entraîne, hein ? » demande-t-elle, et elle regarde à l'intérieur du local par-dessus l'épaule de Taggen.

Il fait oui de la tête.

« Il n'y a personne, dit-il. Enfin, moi je suis là. Évidemment. Il n'y a personne d'autre, je veux dire. »

Il se tait. Il se sent idiot.

Pourtant elle ne le regarde pas comme un idiot. Son menton tremble, elle va se mettre à pleurer.

« Raimo est mon ex, dit-elle. On a un petit garçon… Börje… et Raimo ne paie pas. Il n'a pas le téléphone, je ne peux même pas le joindre. »

Soudain, les larmes coulent sur son visage. Taggen ne sait pas quoi faire. Il n'a jamais eu de nana. Bien sûr, il ment à ses copains à ce sujet, mais en vérité il n'a jamais eu de petite amie, jamais embrassé une fille. Il ignore comment on parle aux femmes et sait encore moins ce qu'il faut faire quand elles pleurent.

Si seulement il avait eu un mouchoir ou un bout de papier à lui donner pour qu'elle essuie ses larmes. Il agite la main dans un geste confus, comme pour en faire apparaître un.

Tout à coup, elle le dévisage avec il ne sait quoi dans les yeux, de la colère peut-être. Et de la faim. Comme si elle allait le dévorer. Il n'a pas le temps d'avoir peur, elle lui agrippe la main et l'attire à elle. Entre eux, l'air est si chargé d'électricité qu'il en a les oreilles qui sifflent, comme sous une ligne à haute tension. Son cœur se met à battre la chamade. Le sang pulse dans ses veines. L'instant d'après, elle presse ses lèvres contre les siennes et enroule sa main autour de sa nuque.

Plus tard, le souvenir de ce moment se métamorphosera. Dans sa mémoire, c'est lui qui aura essuyé ses larmes, lui qui se sera penché vers elle, qui aura fait le premier pas.

En une seconde, sa queue est dure. À son tour il embrasse la femme, maladroitement.

Elle l'entraîne à l'intérieur du local, la porte se referme derrière eux.

Elle saisit son sexe à travers le short, le frotte, il est au bord de l'évanouissement. Sous le pull, ses seins ballottent, il les prend à pleines mains, les serre. Putain, qu'est-ce qu'il est chaud !

Elle le pousse sur un banc d'entraînement où les boxeurs s'allongent d'habitude pour soulever des poids, lui retire son short et relève sa jupe tout en se dégageant de ses bas. Il aperçoit sa culotte qui vole sur le sol, puis elle est à califourchon sur lui.

C'est fini en un rien de temps. Il est soudain totalement satisfait et détendu, son cœur cesse de tambouriner.

Quand il se redresse, elle a déjà renfilé sa culotte et ses bas.

Elle n'avait même pas ôté son manteau.

Elle remet ses chaussures à talons. Avant de partir, elle lui caresse la joue du dos de la main. Elle a un sourire triste, cligne lentement des yeux, ses cils noirs de poupée toujours humides de larmes. Puis elle s'en va sans un mot.

Les semaines qui suivent, il pense à elle sans arrêt. Il ne raconte à personne ce qui s'est passé. Ses copains ne le croiraient pas. Ou bien ils le harcèleraient, lui demanderaient s'il a envie de baiser leurs mères aussi ou certaines profs à l'école. Il les imagine le pousser devant la maison de retraite et lui suggérer d'aller se servir.

Mais le souvenir de son corps réchauffe en lui un lieu jusqu'alors complètement désolé. Il parvient à apprendre son nom en posant quelques questions anodines sur Raimo, qui travaille pour son père. Inger Ström. Il rêve qu'il la retrouve, dans un bal, dans un magasin. Leurs regards se croisent, ils savent. Corps enlacés chez elle, dans son lit, et à présent ce n'est plus aussi rapide, il est le jeune amant infatigable dont elle a toujours rêvé.

Il se masturbe tellement, durant ces semaines-là, que la peau de son sexe lui fait mal. Son imagination invente des scénarios de plus en plus grandioses, où Inger Ström et lui se rencontrent, font l'amour, elle lui chuchote à l'oreille qu'il est le seul, l'unique, il emménage chez elle, devient un père pour son petit garçon.

Dans l'obscurité froide de sa vie, entre exactions, beuveries et violence, penser à elle est la seule chose qui le réchauffe.

Mais comment pourvoir à leurs besoins ? Qu'a-t-il à offrir ? Il a encore une année d'école à faire, aucun job d'été en perspective. Son père lui donne un peu de monnaie de temps en temps, mais ça suffit tout juste pour l'alcool et l'essence de sa mobylette.

C'est là que l'occasion se présente.

Un samedi soir, il va voir son père, car sa mère et le nageur de petit bain ont invité les voisins à dîner et ne veulent pas de lui dans la maison. Il est à pied, le câble d'accélérateur de sa mobylette s'est cassé, au ras du carburateur évidemment, sinon il aurait arraché la gaine et démarré en tirant sur le bout de câble. Maintenant il doit marcher jusqu'à Tuolla.

La camionnette de son père, une Ford Taunus Transit rouge, est garée dans la cour, à côté de quatre autres véhicules. On entend de la musique et des voix provenant de l'intérieur de la maison. Papa est avec ses copains. Ils picolent et, en général, se cuisinent quelque chose de simple, boulettes de viande toutes prêtes et macaronis à la béchamel, hot-dogs. Ils sont en train de jouer aux cartes. Taggen a l'estomac noué, de faim et de peur. Il mangerait bien une ou deux saucisses, mais quand son père boit il est encore plus sévère. Taggen a appris à la mettre en veilleuse. Il en a assez d'être soumis à des épreuves de force, d'être obligé de casser des bras, d'encaisser les insultes.

Il s'approche de la camionnette. Elle est fermée à clé. Donc il y a de l'argent à l'intérieur. Par la vitre latérale, il aperçoit sur le sol un tas de sachets en plastique noués. Du fric à gogo.

Il monte à pas de loup le perron de la maison et ouvre la porte. Personne ne l'entend. Il subtilise le trousseau de clés dans la poche droite du manteau de son père et repart sans un bruit vers le Transit rouge en courant dos courbé. À mi-chemin il se ravise et fonce à l'oblique jusqu'à la cabane des W-C.

Sur une étagère est posé un gros paquet de papier-toilette. Il en retire deux rouleaux et retourne au véhicule. Il attrape le sachet en plastique au sommet du tas, le dénoue, bourre ses poches et l'intérieur de son pull de liasses de billets, fourre les rouleaux de papier dans le sachet, le referme et le lance dans le Transit.

À peine a-t-il terminé que la porte de la maison s'ouvre. Il se retient de hurler de frayeur, se jette à terre et roule sous la camionnette. Un type descend l'escalier sur des jambes chancelantes et se dirige vers les cabinets. Taggen ne voit pas bien qui c'est. Peut-être Toivo. Oui, personne n'est aussi grand. En traversant la cour, il lâche un pet phénoménal, un vrai pet de cheval. Une fois que Toivo est entré dans la cabane, Taggen court vers la maison.

Toivo va chier. Pour pisser, les gars restent dehors dans la cour. Taggen espère que Toivo est constipé. Il remet discrètement les clés dans la poche du manteau paternel.

Puis il s'enfuit comme s'il avait la mort aux trousses. Les mains plaquées sur le bas de son pull pour que les billets ne s'échappent pas, il cavale, évacue sa frayeur par les jambes. À la fin, il n'en peut plus, il tombe à quatre pattes, à bout de souffle.

Il comprend à peine ce qu'il vient de faire. Mais lorsqu'il se relève, il n'a pas peur. Il est un homme. Son pull est rempli de liasses de billets imprégnées de sueur, les élastiques lui pincent la peau.

Il va cacher son magot dans un endroit sûr. Il pense vaguement à aller trouver Inger Ström. À lui proposer… oui, quoi au juste ? Il doit d'abord compter les billets.

Une semaine plus tard, Taggen reçoit un appel de son père. Il a enveloppé l'argent dans une toile cirée et l'a enterré dans la forêt. Il regrette de l'avoir volé, sur un coup de tête. Son père était fou furieux quand il s'en est aperçu. Taggen sait qu'ils ont sérieusement tabassé le mec qu'ils soupçonnaient d'avoir remplacé les billets par des rouleaux de papier-toilette. Il est terrorisé à l'idée que son père découvre un jour qui a piqué l'argent. Il faudrait qu'il le déterre et le jette au feu, mais il n'ose même pas aller dans la forêt, à l'endroit marqué d'une énorme pierre qu'il a eu tant de mal à bouger. Quelqu'un pourrait le voir.

Quand son père l'appelle, Taggen est avec sa mère chez le nageur de petit bain, à Piilijärvi.

« Tu as réparé ta mobylette ? lui demande-t-il sèchement. Alors viens à l'embranchement vers Vittangi. On te récupère là-bas.

— Pour quoi faire ? demande Taggen en essayant de paraître calme.

— Ne pose pas tant de questions, répond son père. Si je te dis d'aller là-bas, tu y vas, compris ? »

Taggen parvient à peine à reposer le combiné sur le boîtier du téléphone. Ils l'ont démasqué. Son père a compris, d'une manière ou d'une autre. Il va l'emmener dans la forêt et lui mettre une raclée. Demander à ses gars de le cogner jusqu'à ce qu'il chie dans son froc. Il en a mal au ventre et reste plié en deux un moment. Il n'a pas le choix, mais comment trouvera-t-il le courage d'y aller ?

Comme le nageur de petit bain est maniaque et lui a interdit de rouler à mobylette dans la cour, Taggen pousse sa machine jusqu'à la route en traversant la cour du voisin. Quand il passe devant la voiture de celui-ci, il jette un œil à travers la vitre.

Il y a une arme sur le siège. Sans hésiter, Taggen ouvre la portière, s'empare de l'arme et la fourre dans la poche de son blouson.

À la bifurcation vers Vittangi, il laisse sa mobylette dans le fossé, monte dans la Buick de son père. Toivo occupe la moitié de la banquette arrière. Son crâne blond de crétin finlandais touche presque le plafond.

C'est Pessan-Mauri qui est au volant. Dans le temps, il faisait de la boxe au Nordpolen. Il a des yeux marron et s'adresse systématiquement à lui comme à un chien : « Regarde ailleurs ! Pousse-toi de là ! »

Papa est assis à côté du conducteur. À peine Taggen est-il entré dans la voiture que Toivo lui tend une flasque.

« On va causer un peu avec Raimo Koskela, dit son père.

— Ah bon », dit Taggen qui sent la lampée d'alcool embraser son estomac et poser une main apaisante sur ses entrailles tourmentées.

Raimo, ils croient que c'est Raimo qui a fauché l'argent de papa, se dit-il tandis que la voiture roule le long du fleuve dans la clarté du soir d'été. Il en pleurerait presque de soulagement, obligé de tourner les yeux vers la fenêtre.

À Kurkkio, ils s'arrêtent au bout du village et Pessan-Mauri entre dans une maison. En ressortant il balaie les alentours du regard, aucun chien n'a aboyé. Il revient rapidement à la voiture, une clé à la main.

Elle ouvre une barrière. Ils roulent lentement sur le chemin forestier sablonneux, slaloment entre les racines et les trous, papa tient à sa Buick.

Quand ils arrivent à la bicoque, Raimo Koskela est assis sur les marches du perron.

« Où est ton gamin ? demande le père de Taggen.

— Börje dort chez un copain, répond Raimo. Il vient demain. »

Pessan-Mauri procède à une inspection rapide et efficace de la maison et des affaires de Raimo. Pas d'argent. Il fait aussi un tour dehors, descend jusqu'à la berge, regarde sous le bateau.

« On veut juste causer un peu, dit le père de Taggen en offrant une cigarette à Raimo. Sans être dérangés. »

Raimo est inquiet, mais il les suit. Il se coince à l'arrière de la voiture entre Toivo et Taggen.

Ils retournent au village et Henry Pekkari vient les chercher avec son bateau. Il habite sur une île au milieu du fleuve. Taggen l'a vu plusieurs fois au club. Ce n'est pas un boxeur, il traîne avec les autres types, c'est tout. Quand il s'installe dans l'embarcation près du moteur hors-bord, Henry a les jambes flageolantes. Il a bu davantage que ne le laissent supposer les rares mots qu'il prononce. Il salue Raimo sans le regarder.

En remontant derrière eux de la berge vers la maison, Raimo a l'air affolé. Taggen tâte le pistolet dans la poche de son blouson.

Ils discutent dans le séjour, chez Henry. Raimo soutient qu'il n'a pas pris l'argent. C'était lui qui conduisait la voiture, dit papa, et il était le seul à avoir la clé.

« C'est moi qui ai pris l'argent, peut-être ? demande papa. Je me suis volé moi-même pendant mon sommeil ? »

Pessan-Mauri tient Raimo et Toivo le bourre de coups. Quelques-uns atteignent le visage et le ventre. Mais Raimo persiste à dire qu'il n'a rien pris. Taggen sent que son père le regarde du coin de l'œil. Il comprend la raison de sa présence ici : il doit apprendre à supporter. À ne pas être une tapette. Taggen affiche un visage neutre, un petit sourire au coin des lèvres. Il supporte. Il veut que son père le voie.

Rencogné dans un fauteuil, Henry Pekkari détourne les yeux.

Pessan-Mauri et Toivo se relaient, maintenant c'est Toivo qui tient Raimo et Pessan-Mauri qui cogne. Mais Raimo continue obstinément à nier le vol.

Il a le visage en bouillie. Son nez et ses lèvres éclatées saignent, il halète et grimace de douleur. Pessan-Mauri lui a vraisemblablement cassé une côte. Taggen se dit qu'il aurait pu se trouver à la place de Raimo, son père ne l'aurait pas davantage ménagé sous prétexte qu'il est la chair de sa chair. Bien au contraire.

Toivo lâche Raimo et secoue les bras. Pessan-Mauri interroge le patron du regard. Et maintenant ?

Taggen perçoit le léger doute dans les yeux de son père, qui commence à envisager que ce n'est peut-être pas Raimo.

« Maintenant ça suffit ! dit celui-ci en crachant sur le sol un long jet de salive mêlée de sang. Si vous remettez ça, vous allez en prendre quelques-uns vous aussi, vous pouvez compter là-dessus. J'ai pas piqué ton fric, Fransi. Ça fait combien d'années que je bosse pour toi ? Alors tu dois me croire sur parole. »

Si le paternel décide que ce n'est pas Raimo, il remontera facilement jusqu'à Taggen. Il n'y a qu'une clé, il va se demander qui la lui a empruntée.

Taggen sort le pistolet de sa poche.

« Arrête de mentir ! » crie-t-il en dirigeant l'arme vers Raimo.

Réaction immédiate des hommes dans la pièce. Henry le poivrot bondit de son fauteuil comme s'il avait de la braise sous le cul, bouche ouverte mais muet. Papa se met à jurer. Toivo et Pessan-Mauri font chacun un pas de côté pour s'écarter de la ligne de tir.

Taggen est traversé d'un sentiment qui le fait presque décoller de terre. Ils ont peur. Ils ont peur, tous, comme des mioches. Même papa a pâli, sur sa chaise.

« Pose ce pistolet, dit Raimo d'une voix rocailleuse. C'est pas moi qui… »

Il n'a pas le temps de terminer, le coup part. Taggen lui-même est surpris. Le recul lui fait lâcher l'arme, qui roule sur le sol.

Raimo s'affale en arrière. Une tache rouge s'étend sur sa poitrine. Tous se précipitent, sauf Henry et Taggen.

« Putain, gamin ! » éclate Pessan-Mauri.

Raimo respire par à-coups, avec des sifflements de gorge. Au bout d'un moment, des bulles roses sortent de sa bouche. Mais il continue de respirer.

Taggen ne supporte pas ce bruit abominable.

« Assieds-toi ! » lui dit son père. Il ramasse le pistolet. « D'où sors-tu ce truc, bordel ? »

Taggen obéit, il s'assoit et raconte. Pessan-Mauri et Toivo s'assoient eux aussi.

Henry braille parce que la balle a traversé Raimo et s'est fichée dans le mur, au-dessus du canapé. Le paternel se moque d'Henry et de ses jérémiades de bonne femme sur son petit intérieur. Il n'aura qu'à accrocher le tableau un peu plus bas, raille-t-il, et il lui ordonne d'aller chercher à boire. Une bouteille de gnôle et cinq verres arrivent bientôt sur la table.

Ils boivent en silence, tandis que Raimo agonise lentement par terre. Taggen avale l'alcool à grandes goulées, on lui remplit son verre. Il sent le regard de son père peser sur lui. Le sentiment de puissance qu'il éprouvait à l'instant s'est volatilisé. Taggen est à nouveau un gringalet bon à rien qu'il faut éduquer. Endurcir à coups de gargouillements d'agonie, pour en faire un homme. Il se demande si ça va durer toute la nuit. Raimo va-t-il enfin se décider à mourir ?

Cela ne dure pas toute la nuit. Au bout d'une petite demi-heure, Raimo expire.

« Espèce de petit con, dit le père à Taggen. Comment je vais savoir où il a planqué l'argent maintenant ? Tu y as pensé ? »

Taggen ne répond pas. Les râles de Raimo étaient horribles, mais le silence le remplit d'une terreur qu'il n'a encore jamais éprouvée.

Son père donne ses instructions. D'abord, tous doivent la fermer. Le premier qui parle finira comme Raimo. Et ça vaut aussi pour Taggen. Qu'il n'aille pas pleurnicher chez sa mère ni s'épancher dans les bras d'une nana. Henry se débarrassera du corps.

« Non, je peux pas faire ça ! tente de protester Henry. Pourquoi moi… »

Papa dit à Henry de fermer sa gueule.

« Tu comprends bien qu'on ne peut pas éliminer le corps maintenant ! Il fait jour vingt-quatre heures sur vingt-quatre. N'importe qui peut nous voir le charger dans le bateau et le larguer dans le fleuve. On va le mettre dans le congélateur, et cet automne, quand il fera nuit, tu l'enrouleras dans une chaîne et tu le feras couler là où c'est profond.

— Mais putain, le congélo est tout neuf », se lamente Henry.

Papa ne veut rien entendre. Soit Henry fait ce qu'on lui demande, soit quatre personnes ici pourront témoigner que c'est lui qui a descendu Raimo.

Toivo et Pessan-Mauri vident le congélateur et y basculent le corps. Quand Taggen constate que deux gars costauds ont déjà un mal fou à soulever Raimo et à le faire entrer dans le congélateur, il se demande comment Henry pourra ressortir le cadavre gelé, le charger dans le bateau puis le descendre dans l'eau avec des chaînes. Il sera obligé de le dépecer comme un animal.

Taggen se sent tellement mal à cause de l'alcool et de la peur qu'il tient à peine debout. Sur le chemin du retour, ils doivent s'arrêter deux fois pour qu'il aille vomir sur le bas-côté. Son père se moque de lui.

Ils le laissent au croisement et il rentre à Piilijärvi en mobylette. En arrivant, il doit essuyer les moustiques morts collés partout sur son visage, ses cheveux et ses vêtements.

Il se faufile jusqu'à la voiture du voisin et remet le pistolet là où il l'a trouvé. Comme le lui a ordonné son père.

Puis il entre à pas de loup dans la maison. Maman et son bonhomme dorment profondément. Il entend leurs ronflements dans la chambre à coucher. Cela sent la pâtisserie. Dans la cuisine, il y a deux plaques de four avec des petits pains à la cannelle. Il en engloutit un. Puis un deuxième. Il en mange dix. La masse molle dans son estomac a un effet apaisant.

C'est le seul remède. Manger. Toutes les années à venir, lorsqu'il se réveillera la nuit avec des sueurs froides, après des cauchemars de sang et de râles. Quand la solitude l'étreindra telle une nuit de gel l'été. Quand il tremblera comme une feuille dès qu'il apercevra une voiture de police.

Un vendredi soir de fin juillet, il sort et picole toute la nuit. Vers six heures du matin, il rentre, seul, et ses pas devraient le mener chez lui, mais il se retrouve soudain devant chez Inger Ström, rue des Conducteurs. Il a trouvé son adresse dans l'annuaire, il est déjà passé plusieurs fois devant l'immeuble en mobylette, sans jamais la croiser. Elle est coiffeuse, dans un salon pas très loin. Il l'a déjà aperçue là-bas, mais n'est jamais entré, évidemment.

La porte est ouverte. Les lettres sur la liste des noms se dédoublent, il est obligé de se masquer un œil pour lire. Elle habite au premier étage.

Il se hisse jusqu'en haut de l'escalier en s'accrochant à la rampe. Le nom est inscrit sur une des portes. Malgré son intention de frapper tout doucement, ses coups résonnent dans toute la cage d'escalier.

Elle ouvre au bout de quelques secondes seulement, vêtue d'une chemise de nuit et d'une robe de chambre matelassée bleu ciel.

Il n'a pas pensé à ce qu'il allait dire. Il ne sait pas ce qu'il veut, en fait.

« Qui êtes-vous ? » demande-t-elle, mais il voit qu'elle l'a reconnu.

Tout ce qu'il a sur le cœur s'échappe de lui, par bribes.

« Tu veux…, dit-il d'une voix plus balbutiante qu'il ne le souhaite. J'ai pensé que… J'ai de l'argent… »

Aïe, il se rend compte de sa bévue.

« Non, non, se reprend-il. Ton mari, ton ex, je… »

Sa main veut mimer un pistolet, mais son doigt tourne en rond dans l'air.

Elle ne comprend peut-être rien. Ou bien elle comprend tout.

« Qui êtes-vous ? » crie-t-elle tellement fort que tous les voisins ont dû se réveiller, si tôt un samedi matin. « Dégage ! Fiche le camp ou j'appelle la police ! »

Elle le pousse en arrière, il chancelle.

« Fiche le camp ! répète-t-elle. Fiche le camp et ne t'avise pas de remettre les pieds ici, sale petit merdeux ! »

Il a le cerveau embrumé, mais le message qu'elle hurle traverse la brume.

Il descend l'escalier et sort en vacillant. Un voisin ouvre sa fenêtre et le voit bifurquer vers la rue Hjalmar Lundbohm, les mains dans les poches. C'est une matinée estivale, radieuse et calme, l'air est doux. Il n'y a aucune circulation, mais une multitude d'oiseaux qui s'activent. Il ne les remarque pas. Il a faim. Il veut manger des saucisses avec des frites. Des biscuits Mariekex beurrés, des tartines de fromage et de crème aux œufs de poisson.

Un soir du mois d'août, Börje Ström entre dans le club. Contrairement à ce que croyait Taggen, ce n'est pas un bébé. Nyrkin-Jussi et Sisu-Sikke le prennent sous leur aile. Quand il fait du sparring avec lui, Taggen cogne autant qu'il peut. Börje progresse bien, mais sans grande puissance de frappe. Une fois qu'il l'a acquise et commence à bien boxer, Taggen raccroche.

L'argent restera à l'endroit où il l'a enterré dans la forêt. Taggen ne retournera jamais là-bas. Il pensera souvent à Inger Ström. Le reste reviendra tel un mauvais rêve. Parfois affreusement clair, comme le jour où il se retrouvera avec Sven-Erik Stålnacke et Börje Ström dans la chambre de son père, ignorant ce que celui-ci dirait. Mais la plupart du temps, ce sera comme si cela n’avait jamais eu lieu.

« Vous allez avoir beau temps », dit Krister, et il fit le tour de la voiture pour ouvrir à Sivving.

« Beau comme un camion », répondit Börje Ström en plissant les yeux vers le fleuve.

Rebecka descendit et balaya les alentours du regard. C'était là que l'on construisait l'hôtel de glace de Jukkasjärvi, l'hiver. L'endroit était joli, avec tous les petits chalets et le nouveau bâtiment ouvert toute l'année ; avec ses chambres et un bar tout de glace.

Un groupe de visiteurs, des Japonais sans doute, passèrent devant eux en babillant. Ils sortaient apparemment de l'atelier de sculpture sur glace. Pendant la basse saison, le lieu était un peu endormi, comme s'il se reposait de l'afflux de touristes.

L'eau bleue de la Torne, le fleuve familier de Rebecka, scintillait au soleil. À une dizaine de kilomètres en amont se trouvait sa maison grise en fibrociment. Un vent léger tenait les moustiques à distance. Sur l'autre rive, à Poikkijärvi, étaient enterrés le petit Nalle et son père. Et Tommy.

Ça va, pensa Rebecka sans détourner son regard du village, en face. C'est bien que ce lieu soit lié à mon histoire. Je n'oublierai pas. Oublier quelque chose ne signifie pas que cela disparaît.

Ragnhild était en train d'amarrer leur paquetage au bateau. Elle s'interrompit pour faire sortir Villa de la voiture.

« Elle ne va sûrement pas s'échapper, dit Ragnhild. Elle fait partie de la famille, maintenant. »

Dans la voiture de Rebecka, les chiens se mirent aussitôt à aboyer et à gémir.

« Allez, on les laisse se dire bonjour », décida Rebecka.

Elle lâcha Tintin, Roy, Bella et le Morveux.

Les bipèdes considérèrent un moment le cérémonial des salutations canines, leur jeu entrecoupé de pauses raides, babines retroussées, jusqu'à ce qu'entre eux la hiérarchie soit établie.

« Et comme d'habitude, toi tu es tout en bas, dit Rebecka au Morveux.

— Ça va bien se passer, dit Sivving à Ragnhild. C'est Bella la cheffe.

— Je ne m'inquiète pas, dit Ragnhild. Je suis contente que Villa reste un peu avec d'autres chiens.

— Et elle, elle sera contente de retourner sur l'île, dans deux jours », dit Rebecka.

Elle se tourna vers la chienne qui jouait déjà avec le Morveux et ajouta :

« Tu survivras chez nous, petite.

— Pourvu que vous surviviez, vous ! dit Sivving en scrutant vers l'aval. C'est vraiment une folie. »

Le regard de Ragnhild rencontra furtivement celui de Rebecka. Ragnhild s'était mise à prier pour elle. Et pour Paula. Ni l'une ni l'autre ne soupçonnaient combien grâce à cela Ragnhild s'était rapprochée d'elles.

Elle n'était pas persuadée qu'une puissance supérieure l'entendait. Mais cela fonctionnait.

Elle avait vendu son appartement et racheté à Olle sa part de la maison de l'île. Son frère et Anders étaient très occupés par les investigations en cours sur leur entreprise. Ils s'en tireraient bien. Au début, quand la société avait changé de propriétaire, ils avaient agi en toute bonne foi. Ensuite, lorsqu'elle avait clairement versé dans l'illégalité, ils se trouvaient sous la menace. Ragnhild était soulagée de ne plus avoir affaire à eux. Olle n'avait pas exigé un prix exorbitant pour la maison. D'une certaine façon, tout était lié. Le Dieu araignée tissait entre les clous noirs de la vie une toile de belles choses.

Elle aperçut Krister effleurer discrètement la main de Rebecka.

Börje et elle grimpèrent dans le bateau. D'une poussée, Krister et Rebecka aidèrent l'embarcation à s'éloigner du ponton.

Villa aboya, inquiète.

« Tu es sûre de te rappeler comment on fait ? demanda Börje d'un ton badin, et il rangea son casque sous le banc, il serait utile plus tard.

— J'espère que ça va me revenir », ironisa-t-elle à son tour.

Elle prit les avirons et rama avec des impulsions régulières et stables jusqu'au sillon au milieu du fleuve.

Börje Ström glissait d'un bord à l'autre du bateau et pagayait en suivant les commandements de Ragnhild. Leurs amis sur la berge leur faisaient signe de la main.

Il se sentait jeune, vivant. Se réjouissait de la vigueur de son corps. Debout derrière lui, Ragnhild dirigeait.

Après le match de Hambourg, il avait cru que c'était la fin. Qu'il ne sentirait plus jamais son sang bouillonner dans ses veines.

Juillet 1977

Le Volksparkstadion de Hambourg est en ébullition. Quand Börje arrive avec Paris et son *cutman*, le deuxième match préliminaire est déjà en cours. Du stade s'élève une clameur. Quelqu'un a réussi à mettre K-O son adversaire.

« Tout va bien, garçon ? » demande Paris à Börje tandis qu'il lui bande les mains dans les vestiaires.

Paris est très habile. Il sait parfaitement comment protéger les os fragiles de la main, mais il ne serre pas non plus trop fort pour ne pas entraver les sensations. Börje n'a auprès de lui que Paris et leur *cutman* allemand. Cela lui suffit. Il ne veut pas avoir une foule de gens dans son coin du ring, qui bavassent et lui crient de bons conseils.

Il répond d'une voix lointaine que tout va bien. Il est plongé en lui-même.

Il a peur. Mais c'est normal. Il faut être stressé avant de combattre. L'essentiel est que les émotions ne prennent pas le dessus et vous empêchent de penser.

Il est impatient aussi, impatient d'entrer dans le ring. C'est le meilleur endroit au monde. Mieux que le lit d'une femme. Mieux qu'une cuite qui plonge tout dans la ouate. Le ring est une planète dans une autre galaxie, à laquelle très peu ont accès. Les autres ne pourront jamais comprendre.

Ces derniers mois, il s'est entraîné très intensément. Il a couru comme s'il s'était coincé les génitoires, dix kilomètres en moins de quarante minutes malgré son poids, il a monté et descendu des escaliers interminables, avec des sprints explosifs. Paris a levé comme par enchantement une petite armée de gauchers qui sont discrètement venus faire du sparring avec lui, très tôt le matin et tard le soir. Ces boxeurs rendent service à Paris mais ne veulent pas que cela remonte aux oreilles de Big Ben. Ils se rencontrent dans une petite salle de sport du Bronx. « Ma parole, on dirait que tu connais tout le monde », a dit Börje à Paris. Avec un haussement d'épaules, celui-ci a répondu : « Ça fait trente ans que je suis un type sympa dans ce métier. Ça paie. »

L'arbitre arrive dans les vestiaires pour rappeler les règles. C'est une formalité, personne ne l'écoute. Il ne s'agit pas d'un match pour le titre, alors il y aura dix rounds.

Quelqu'un vérifie les bandages, les valide par une croix sur chaque main. Paris noue les gants de Börje et applique le ruban adhésif, cela aussi est validé. C'est bientôt l'heure. On lui met une veste de ring sur les épaules.

Börje sautille légèrement sur place, frappe quelques coups dans le vide. Il élimine un peu d'acide carbonique.

De la glace dans le cerveau, du feu dans le cœur. Pas l'inverse.

Initialement, José Luis Pérez, qui avait battu Börje aux Catskill Mountains, devait rencontrer un Brésilien.

Paris avait appris que la femme du Brésilien était enceinte de leur premier enfant et accoucherait au moment du match en Allemagne. L'homme n'avait donc pas voulu partir. Paris avait conclu un accord financier avec lui et son manager. Puis il avait fait jouer ses relations, et une semaine avant la rencontre, le Brésil annonçait que son boxeur, s'étant fait une déchirure musculaire dans le mollet lors d'un entraînement, se voyait contraint de renoncer. Toutefois, le match ne devait pas être annulé. Quelque part dans le contrat était stipulé en petits caractères que l'organisateur avait le droit de remplacer le challenger, en cas de défection pour cause de maladie ou de décès – le sien ou celui d'un proche. Trois jours avant le match, la nouvelle est tombée que le remplaçant du Brésilien serait Börje Ström.

De l'autre côté de l'Atlantique, Big Ben O'Shaughnessy a vu rouge. Les costumes-cravates ont dû montrer qu'ils valaient leur salaire, mais la rupture de contrat aurait été sanctionnée par une forte amende et le promoteur ouest-allemand demeurait intraitable. Big Ben a cédé.

Les journaux se sont jetés sur le sujet. Ils ont écrit que le Suédois voulait prendre sa revanche, mais qu'il n'avait évidemment aucune chance. Börje n'a pas lu les journaux. Les billets se sont vendus jusqu'au dernier.

Nancy a misé la moitié de ses économies sur Börje. Quand il lui a demandé si elle était devenue folle, elle a rétorqué : « Tu vas là-bas pour gagner, non ? » Paris était d'accord, Börje allait gagner.

Et maintenant, il est en train de gravir les marches du ring, talonné par Paris. Il n'écoute que lui.

« Vas-y et fais ton job, mon gars ! dit Paris. Tu es prêt. »

Au moment où il pénètre dans le ring, l'angoisse disparaît. Maintenant c'est la guerre.

Il procède à son rituel. Appuie son dos contre les cordes, sur les quatre côtés du ring, en levant le poing en l'air. Me voilà.

Puis il va s'asseoir sur le tabouret dans son angle. Il ne pose pas les bras sur les cordes, contrairement à d'autres boxeurs. Paris dit que cela coupe la circulation sanguine, alors il laisse ses mains reposer sur ses cuisses.

José Luis Pérez entre. Il fait son manège, rejoint son angle.

Börje embrasse Paris. L'arbitre invite les boxeurs à avancer au milieu du ring. Tous les autres descendent, on retire les tabourets. Les projecteurs sont braqués au-dessus des combattants comme un soleil au zénith. Voix feutrées du public, une montagne dans l'ombre, de chaque côté du ring.

« *Touch gloves* », dit l'arbitre, et Börje cogne légèrement ses mains contre les gants de Pérez.

Le gong retentit.

Pérez commence plus doucement que Börje n'aurait cru. Tout le monde a dû lui dire d'y aller mollo avec le Suédois, qui n'a pas disputé un match depuis sa défaite contre lui aux Catskills.

Mais Pérez sait que, dans le ring, ces commentaires ne lui seront d'aucune utilité. Il est seul à se battre. Et maintenant il veut savoir quelle résistance il va rencontrer.

Durant les deux premiers rounds, ils se testent. Grâce à toutes ses séances de sparring avec des gauchers, Börje n'est pas déstabilisé par les longs coups du gauche de Pérez. Il bloque et contre-attaque rapidement, répond lui aussi par quelques semi-crochets du gauche. Quand il regagne son coin, il est calme. Sa respiration est stable.

Au troisième round, Pérez rentre dans le ring avec un regard de bulldozer s'apprêtant à raser intégralement un bâtiment. Il ancre ses pieds dans le sol et de sa terrible gauche assène des coups puissants. Mais Börje n'a pas l'intention de le laisser prendre racine. Il contre son jab directement sur le gant et trottine vers le côté, de sorte que Pérez est obligé de se décaler vers la gauche en déplaçant d'abord son pied arrière. L'inquiétude se lit sur les traits de Pérez. Ce bâtiment qu'il avait pensé réduire en miettes est en train de lui tomber dessus. Börje le force à bouger et contrecarre tous ses jabs.

Pendant la pause avant le quatrième round, les types dans le coin opposé hurlent leurs bons conseils. Sans doute recommandent-ils à Pérez de déplacer d'abord le pied avant vers la droite. Mais personne ne lui dit comment.

Le quatrième et le cinquième round se passent. Pérez réussit parfois à avancer son pied, et son long gauche part avec une détente de pistolet d'abattage, mais grâce à ses jabs rapides, Börje ne lui laisse pas le temps d'effectuer des combinaisons. Et il sauve son sourcil des coups. Il en porte plusieurs à Pérez, profitant de ses ouvertures pour l'arroser de combinaisons, enchaînant souvent un direct du droit sur le corps puis deux crochets à la tête. Pérez ne sait pas comment interrompre cette série. Il encaisse les coups et est obligé de bouger pour esquiver. Cela le fatigue.

Au sixième round, le visage de Pérez commence à ressembler à une vulgaire tambouille de gargote. Il perd son souffle et entreprend de retenir Börje. L'arbitre devrait les séparer, mais il met un peu trop de temps à le faire. Le public hue et siffle. Börje frappe des coups brefs et durs sur le corps.

« Pourquoi est-ce qu'il ne lui met pas un avertissement ? demande Börje assis sur son tabouret avant le septième round. C'est un vendu ?

— Ne pense pas comme ça, mon gars », répond Paris en rinçant le protège-dents de Börje.

Mais Börje le pense quand même. Big Ben était fou furieux. Qui sait ce qu'il a inventé ? Non, maintenant ça suffit, le catéchisme, décide Börje.

Paris lui dit de respirer, mais ses pensées sont haletantes.

Le fair-play est vraiment loin de régner dans tous les matchs. Il n'est pas rare que les arbitres attribuent des points aux boxeurs qui viennent du même pays qu'eux. Ils dépendent eux-mêmes de personnes influentes dans leur branche. Il leur arrive d'accepter de l'argent. Parfois les médecins interrompent le match pour une petite entaille, juste pour que l'adversaire remporte la victoire. Pour la première fois, Börje envisage que les tentacules de Big Ben s'étirent jusqu'en Europe. Ce n'est pas impossible.

Dans l'angle opposé, l'entraîneur de Pérez fait tomber sa bouteille d'eau. La pause se prolonge le temps d'essuyer le sol. Évidemment, l'incident était volontaire. Le public siffle à nouveau.

« Ne laisse pas ta tête dans le coin du ring », dit Paris en remettant à Börje son protège-dents.

Börje aborde le septième round avec la ferme intention de s'attaquer à l'œil gauche déjà sérieusement abîmé de Pérez. Il veut le mettre au tapis. Mais après sa petite pause supplémentaire, Pérez a repris du poil de la bête. À la quinzième seconde, Börje décoche un coup du droit qui ne porte pas. Il recule. Pérez le suit comme un partenaire de tango, le jab de Börje fuse, Pérez le reçoit du gauche par en haut, repousse le poing de Börje et lui lance un crochet du droit vif comme l'éclair, qui atteint sa tête à découvert. Börje se plie et, avant de toucher le tapis, il encaisse le redoutable crochet du gauche de Pérez.

L'instant d'après, Börje plisse les yeux, aveuglé par les lumières du plafond. De côté, il voit l'arbitre s'approcher. Celui-ci est obligé de se pencher vers Börje car le public s'est levé et rugit comme au Colysée. L'arbitre compte, Börje voit ses doigts au-dessus de lui.

À la neuvième seconde, il est debout.

« Tu peux continuer ? » demande l'arbitre.

Börje répond oui.

À quelques mètres, Pérez attend de se jeter sur lui ; dans le coin, ses supporters hurlent pour que le match continue. Mais l'arbitre lève la main pour les calmer.

« Éloigne-toi de trois pas puis reviens ici », dit-il à Börje.

Celui-ci s'exécute et le match reprend.

Pérez lui fonce dessus comme une tornade pour le mettre en pièces. Börje part en défense. Il tourne un peu au ralenti aussi, deux fois il commet l'erreur de trop ramasser sa garde près de son visage, alors quand Pérez frappe de toutes ses forces dans ses gants, il les prend en pleine figure. Mais il s'en tire, se baisse très bas, recule, tient la tornade en respect. Au coup de gong, il se réfugie dans son coin.

Au huitième round, Börje n'oublie pas d'emporter sa tête. Il se replie dans les cordes et pare le déluge de coups, laissant Pérez se fatiguer. Celui-ci rate totalement un canon du gauche et Börje le voit grimacer. Il s'est fait mal à l'épaule.

Alors Börje s'avance et fatigue un peu plus Pérez par une salve de coups rapides sur le corps.

Il le pousse devant lui, parvient à enchaîner quelques très jolies séries. Les sourcils de Pérez ressemblent à deux chaînes de montagnes dans la lumière rouge du couchant.

Trente secondes avant la fin du round, Börje voit le coagulant couler du sourcil de son adversaire. Pérez cligne de l'œil. Fatigué, il baisse sa garde.

Börje lui assène un crochet du gauche dans la mâchoire. Il est si solidement enraciné dans le sol que c'est un miracle si le béton des fondations du stade n'explose pas. Ses coups viennent de sous la terre. Il poursuit par plusieurs uppercuts du droit contre le plexus solaire de Pérez et un canon dans son menton, sans appel. Tout le côté gauche de Pérez est paralysé, il chancelle, son corps se tord et heurte les cordes avant de s'effondrer à terre.

Il ne se relève pas. Le décompte de l'arbitre ne traîne pas.

Börje a gagné.

Le public est debout et crie. L'arbitre lève la main de Börje. Paris et le *cutman* prennent son corps en sueur dans leurs bras. Mais le cœur de Börje s'arrête de battre jusqu'à ce que Pérez soit à nouveau sur pied.

Les deux boxeurs se donnent l'accolade.

« Beau match, dit Pérez à l'oreille de Börje. Big Ben m'envoie me battre seulement là où il est sûr que je vais gagner. Moi je veux aller à des matchs pour le titre. Mais là, beau combat ! »

Paris donne une tape à Pérez sur l'épaule en signe de son estime. D'accord, dans les premiers rounds il a essayé de verrouiller les bras de son gars. Mais c'est oublié maintenant. Et puis Pérez n'a pas agi bassement, par exemple en envoyant des coups de boule ou en visant sous la ceinture.

Tandis que Börje est allongé sur la table de massage, l'arbitre entre dans le vestiaire. Il répond aux questions de quelques journalistes qui ont été autorisés à pénétrer dans le saint des saints.

« Quand il était à terre, j'ai vu qu'il me suivait des yeux », dit-il aux journaleux qui grattent dans leurs blocs-notes comme s'il y allait de leur vie. Quelques flashs se déclenchent. « Il avait replié une jambe. Quand un boxeur est complètement fini, il a les deux jambes à plat sur le sol. Et il était capable de marcher et de faire demi-tour. Je vais sûrement avoir des emmerdes pour ces quelques secondes supplémentaires. Mais je ne renvoie pas au combat un gars qui est tombé à terre s'il n'est pas physiquement et mentalement en mesure de se défendre.

— Et vous, vous étiez super content qu'il n'ait pas interrompu le match, n'est-ce pas ? » demande un journaliste à Börje.

Börje part d'un grand rire et confirme que son seul et unique désir était de se relever et de prendre peut-être encore quelques coups.

Juges et journalistes le regardent comme s'il était une pièce de musée.

Ensuite, tous le félicitent une fois de plus pour sa victoire, et sur le seuil de la pièce prennent les dernières photos.

Börje se rhabille. Pendant qu'il enfile ses chaussettes, il entend Paris parler au téléphone à sa femme, qui semble en pleurs.

« Qu'est-ce qu'elle avait ? demande-t-il quand Paris a raccroché.

— Bah, grommelle Paris. Elle était soulagée, c'est tout. J'ai hypothéqué la maison et misé l'argent sur toi. Me regarde pas comme ça ! Tu as gagné, non ? »

Le lendemain du match, avant le petit déjeuner, Börje va courir dans le Volkspark. Il est assez vaste, on se perd facilement dans les sentiers qui sinuent entre les hêtres et les sapins. Il y a un cimetière, mais ni château ni édifice pompeux bâti pour la noblesse. Le parc a été créé pour le peuple.

Courir ici est agréable. Cela sent bon, presque comme en forêt. À l'extérieur du parc, en ville, l'air est mauvais. On rentre chez soi avec un col de chemise crasseux et on mouche noir. Les canaux regorgent de rats morts, l'industrie et les usines de peinture puent.

Ses muscles sensibles se réchauffent doucement, son corps a besoin de se remettre après l'entraînement acharné et le match.

Il longe un court de tennis sur lequel un père crie après son fils. Le garçon doit avoir onze ans, il fixe le sol, tête basse. Son père est tout rouge.

De l'autre côté du filet, un autre papa crie lui aussi, mais visiblement c'est contre son homologue qu'il est en colère. Près de lui se tient un deuxième petit garçon, la raquette pendant dans sa main comme une branche morte. La balle est abandonnée sur le terrain.

Un peu plus loin, une bande de gamins d'âges divers jouent au football. Il n'y a pas d'adulte avec eux. Ils courent comme des chiens fous après la balle et se préoccupent peu de stratégie. Ils rient, se fichent royalement des corners et des hors-jeu et continuent à se disputer le ballon bien au-delà des limites.

Börje fait des étirements contre un arbre.

Il y a deux semaines, il n'était personne. Aujourd'hui, le monde entier lui ouvre grand les bras.

Il repense au match de la veille, encore présent telle une boule de bonheur dorée dans sa poitrine.

Pourtant, il n'arrive pas à chasser le sentiment que cette fois était la dernière. Il s'assoit sur un banc pour réfléchir.

Il a toujours adoré la boxe, et rien d'autre. Cette sensation, lorsqu'on frappe le sac, dans la salle d'entraînement. La sueur qui coule sur tout le corps.

Les nouvelles actions que l'on apprend et répète jusqu'à ce qu'elles soient imprimées dans la moelle épinière. Le sentiment qu'on éprouve en montant dans le ring.

Mais il y a tellement de corruption dans le sport. C'est l'argent qui dirige tout, magouilles et combines règnent en maîtres.

Il songe à tous ces jeunes qui arrivent dans les clubs, la tête pleine de rêves de succès, ou juste avec l'espoir de gagner assez pour se loger et se nourrir. La plupart ne perceront jamais, resteront toujours des sacs de frappe.

Les années passant, quand ils se retirent, on les retrouve à balayer quelque part, tremblants et bégayants, pouvant à peine aligner deux idées. Börje en a croisé assez, de ces retraités du ring, anciennes graines de champions ou sportifs médiocres.

Rares sont ceux qui s'enrichissent. Et pourtant, eux aussi demeurent impuissants. Même Ali a été attaqué : quand il a refusé de partir faire la guerre au Vietnam, toutes les arènes des États-Unis l'ont banni du jour au lendemain.

Le soleil est à présent plus haut dans le ciel matinal, ses rayons filtrent à travers les feuillages.

Börje ne peut plus faire partie de ce jeu-là, son amour de la boxe est mort. Il est sans doute mort cette nuit, quand il dormait le corps meurtri. Il le pleure comme on pleure sur une tombe, puis quitte son banc et rentre à petites foulées à son hôtel. Dire que rien de tout cela ne se voit de l'extérieur… Les porteurs de bagages autour des taxis, devant l'hôtel, dans leur uniforme mal ajusté, le saluent comme un vainqueur. Les filles à la réception lui crient : « *Great match !* »

Il leur fait un signe de la main. Bien qu'en lui presque tout soit mort.

Après s'être douché, il prend son petit déjeuner en compagnie de Paris. Dans la salle de restaurant se trouve l'habituel mélange d'hommes en costume, de couples entre deux âges et de quelques familles avec enfants qui dévorent des crêpes à la chantilly et à la confiture.

Paris l'écoute sans l'interrompre.

« Tu devrais peut-être y réfléchir encore un peu, dit-il ensuite.

— Bien sûr. »

Mais la décision pèse lourd en lui, comme une ancre qu'il n'aura jamais la force d'arracher du sol.

Sur la table, les journaux sont ouverts. Börje poing en l'air et gros titres accrocheurs. On dirait que les gens ont oublié tous les persiflages, les articles de jadis sur le match des Catskills au résultat prétendument convenu d'avance.

Il prend un billet d'avion pour la Suède. L'argent du match lui suffira comme apport initial pour l'achat d'un petit immeuble de location à Älvsbyn. Naturellement, le club de boxe local nagera dans le bonheur et viendra lui rendre visite. Aidé par les hommes du village, il apprendra entre autres à cintrer des tuyaux et à réparer une toiture. Il finira par s'installer là-bas.

La Torne prend sa source vers Unna Allakas et Sjangeli, au sud-est du grand lac Torneträsk, long de soixante-dix kilomètres.

De tout temps, les hommes ont désiré dompter ses eaux. Dans les archives des centrales électriques, des projets et des épures attendent leur heure.

Mais pour l'instant, elle est toujours libre et sauvage.

Börje et Ragnhild glissaient sur les eaux calmes de Talvimaa vers Pauranki. Le rapide, derrière un coude de la rivière, n'était pas encore visible. Néanmoins il était temps de resserrer les courroies de leurs gilets de sauvetage et de mettre leurs casques.

Börje ressentit un frisson, sans vraiment connaître encore la raison de sa nervosité.

Ils arrivèrent au tournant, le rapide était devant eux.

Börje ne comprit pas tout de suite ce qu'il voyait. Droit devant lui, à hauteur d'œil, apparurent des cimes de sapins.

C'est la hauteur de la chute, réalisa-t-il. Bon Dieu, nous allons droit vers un précipice !

Il serra très fort la pagaie, ses articulations blanchirent.

Ragnhild lui cria de continuer à pagayer. Ils devaient maintenir une vitesse plus élevée que l'eau, faute de quoi ils ne pourraient pas maîtriser leur direction à l'entrée dans le rapide.

Une rame devant elle et l'autre derrière, Ragnhild luttait pour orienter l'avant du bateau à tribord, elle déchiffrait le courant, cherchant à discerner le sillon principal, dans lequel ils devaient rester.

Le niveau de l'eau est trop élevé, pensa Börje. Trop de neige fondue provenant des montagnes.

L'aspiration autour du canoë augmenta. L'écume jaillissait devant Börje. On ne pouvait plus revenir en arrière. Aucune chance de s'extraire du courant qui les emmenait droit dans la cataracte.

En une seconde ils furent sur la tête du rapide, à Nikaspauranki. Et se précipitèrent dans sa gueule écumante.

« En arrière ! » cria Ragnhild.

Börje l'entendit à peine, au milieu du fracas des masses d'eau. Assis tout au bord de l'embarcation, il pagayait comme un forcené.

Ils bataillaient pour rester à bâbord et suivre la bonne ligne de chute. L'écume les fouettait par tous les côtés.

À présent ils avaient sur leur droite le « Rouleau japonais », une vague refluante centrifuge qui devait son nom à un touriste qui n'avait pas pu s'empêcher de se lever pour prendre une photo à cet endroit.

Ce rouleau est dangereux, l'avait prévenu Ragnhild. Il faut l'éviter, viser la « Petite Porte ». Elle avait aussi évoqué un camarade de rafting qui s'était noyé dans une vague analogue. Le tourbillon l'avait emporté vers le fond. La flottabilité de son gilet était insuffisante pour le ramener à la surface. Son père était resté dix jours devant le rapide avant que le corps soit enfin rejeté par les flots.

Il s'en fallut d'un cheveu. Börje sentit la peur lui comprimer les côtes. À leur passage près de la vague refluante, Ragnhild leva in extremis ses pagaies pour que la droite ne se brise pas comme une simple brindille. Ils s'accrochèrent désespérément aux poignées du bateau.

Le canot se cabra. Ils avaient amarré leurs bagages à l'avant afin de faire contrepoids. Börje s'imagina être projeté hors de l'esquif dressé et rester coincé dessous lorsqu'il chavirerait.

La vague faisait gicler sur eux ses flots bouillonnants, le bateau n'était plus qu'un fétu de paille.

Puis le « Rouleau japonais » fut dépassé. Ils se remirent à ramer. Ragnhild hurla « *Päälle vain !* Du nerf ! » par-dessus le grondement. Ils slalomèrent entre les rochers pointus qui menaçaient de réduire l'embarcation en morceaux.

Tout se déroula très vite, et soudain le fleuve s'apaisa. Le rapide était derrière eux.

Devant s'étalaient les eaux calmes et lisses.

Börje se retourna. Il savait que le rapide faisait deux kilomètres de long. Comment était-ce possible ? Tout cela n'avait-il pas duré que quelques secondes ?

Il regarda Ragnhild, une souveraine à la manœuvre, trempée jusqu'aux os.

Ils éclatèrent de rire. Laissèrent le canot dériver. Leurs bras et leurs jambes tremblaient d'épuisement. Ils avaient à peine la force de s'éponger le front. Ragnhild pointa le doigt vers la cabane du club de pêche au lancer, sur le versant sud.

Börje s'étonna des sensations qu'il éprouvait, son cœur qui se remettait à battre tranquillement. Le calme et le bonheur. Un peu comme après un match.

Il n'avait jamais été enclin aux longues réflexions et à la rumination. Il s'était certes demandé une fois ou deux ce qu'aurait été sa vie s'il était retourné aux États-Unis et avait continué la boxe.

Toutes ces vies que, par nos choix grands ou petits, nous n'avons pas vécues.

Mais maintenant il était là, avec elle. Elle l'emmenait sur son île.

Ragnhild promène son regard le long de la rive. Vert argenté des saules sur les berges. Têtes jaunes des soucis d'eau tournées vers le soleil. Forêt mixte sur le dévers nord, queues de pie vert feutré des sapins traînant dans l'eau. Fûts raides des pins secrètement reliés aux champignons sous la terre.

Ils passent devant le poteau indiquant la limite des terres cultivées. Ils seront bientôt à Pirtilahti où ils accosteront pour faire du feu. Il faut qu'ils mettent des vêtements secs.

Dans deux jours, ils seront sur l'île. Cet été, Börje l'aidera à réparer le toit. Il prétend être adroit de ses mains. Elle lui a dit en plaisantant qu'elle demandait à voir, mais qu'il lui servirait bien à quelque chose de toute façon.

Le pont de neige a fondu, mais il demeure une possibilité parmi d'autres.

Si je peux vivre ainsi, songe-t-elle, de temps en temps pagayer à corps perdu dans les flots agités, laisser Villa s'ébattre librement sur l'île, travailler physiquement, restaurer la ferme. Alors d'accord pour être encore un moment de la partie.

Börje sort son téléphone des deux sachets congélation dans lesquels il l'a soigneusement emballé. Il prend des photos qu'il envoie à Nyrkin-Jussi et Sisu-Sikke. Sans doute aussi à sa fille, suppose Ragnhild.

Quelque part, Paula vit sa vie. Avec son mari et ses enfants, que Ragnhild ne connaît pas. Elle fait les courses, paie des factures, range des jouets.

Cette perte est un marais sans fond dans le cœur de Ragnhild. Elle ne sait pas si elle est capable de vivre avec ce plus jamais. Mais bientôt fleurira l'odorant piment royal dans la forêt. Puis les jolies clochettes de la linnée boréale envahiront la mousse tel un chuchotement. Les myrtilles mûriront, elle les mangera sitôt cueillies, au milieu des buissons.

Je veux faire cela encore une fois en tout cas, se dit-elle.

Elle aspire à retrouver l'odeur de résine des vieux pins chauffés par le soleil, sur l'île. Ceux qui étaient des jeunots efflanqués lorsque la reine Christine a abdiqué. Ceux-là, elle veut les revoir.

Elle lavera les tapis d'äiti. Si elle peut en sauver quelques-uns qui ne soient pas usés jusqu'à la corde, elle les récurera sur le ponton jusqu'à en avoir des crampes.

Puis une première fine couche de glace recouvrira le fleuve, comme du verre.

La neige se mettra à tomber. Et loin au-dessous, dans les profondeurs, le fleuve continuera de couler.

Ensuite je verrai, songe-t-elle. Chaque chose en son temps.

Elle sourit à Börje. Pour cela, on ne peut pas savoir non plus. Ils en sont encore à la saison des amours. Que se passera-t-il quand le quotidien s'installera, quand la dopamine, la noradrénaline et la sérotonine auront quitté leurs corps ? Eh bien, oui, ils verront.

Mais pour l'instant, il lui sourit. Insouciant. Le visage baigné de soleil.

Elle lui sourit elle aussi et demande :

« Du café et un sandwich ? »

Épilogue

Au revoir, Rebecka Martinsson. Je t'ai créée. Et ensuite tu m'as façonnée, disons ce qui est. Tu as subvenu à mes besoins et à ceux des enfants, tu m'as apporté des amis et des liens dont je ne rêvais même pas quand j'ai commencé à écrire sur toi.

J'éprouve une telle mélancolie à la perspective de notre séparation que je ne parviens pas à me prendre au sérieux. Merci pour cette tranche de vie, ma petite Rebecka. Merci pour ta ténacité. Merci de ne pas avoir lâché prise, malgré tout ce que je t'ai fait subir. Ton entêtement a été à la fois ta force et ta faiblesse ; j'ai aimé ta brusquerie et ton côté poil à gratter, ta conscience professionnelle, ta délicatesse envers les animaux et les vieux bonshommes, ta capacité à construire des relations profondes et une vie plutôt agréable alors que toi-même tu te sentais en miettes. Les pertes font partie de la vie, on peut continuer quand même.

Les noms que je m'apprête à citer maintenant, j'ai mis du temps à en dresser la liste et j'en ai certainement oublié. Si c'est le cas, qu'on me pardonne.

Donc merci à : Peter Löwenhielm, Jan Lindberg, Therese Kärrman, Janne Ejeklint, Birgitta Fernlund, Kajsa Östergren, Curt Persson, Peter Johansson, Kjell

Fredriksson, Mikael Svonni, Christer Rattis Strandberg, Petra Östergren, ma mère Gunhild Larsson, Ulrika Ljung Faxén, Karin Arrhenius, Karin Larén Hallström, Oskar Söderlund, Per Fredriksson, Leif Fredriksson, Lena Andersson, Fredrik Andersson, Anna-Lena Edlund, Anders Lindberg, Emma Lindberg, Loveina Hofwander Khans, Christiane Hagström, Ahti Aasa, Maria Törmä Lindmark. Avec vous, j'ai parlé de pétéchies, du métier d'infirmière, d'élans et de saules, de boxe, du métier de policier, des travailleuses du sexe, de mobylettes, d'armes, d'exploitation minière, de la peine et du deuil, de l'amour et du sexe, du fait d'être une femme de grande taille, de Dieu, des avalanches, entre autres.

Merci à mes amis sur FB. Dans mon petit espace de détente numérique, je peux poser n'importe quelle question et trouver des réponses ou des fils de discussion amusants.

S'il y a des erreurs, ce sont les miennes. Je comprends parfois les choses de travers et mon métier est de broder des histoires. Beaucoup d'éléments sont vrais cependant, comme le fait que la fraude dans le bâtiment coûte chaque année entre quatre-vingt-trois et cent onze milliards de couronnes à la société suédoise. Cela mérite réflexion.

Merci à Maria Ernestam qui a lu mon manuscrit très tôt et m'a apporté de précieux commentaires (durant cinq heures d'affilée !). Merci à Nina Skårpa pour sa lecture et son aide en ce qui concerne le ski en montagne, le Niilas Skårpa du roman, les soins médicaux et bien d'autres choses encore.

Merci à mon éditrice Eva Bonnier, à ma correctrice Rachel Åkerstedt et à toutes les personnes des éditions

Albert Bonnier. Merci à Anna Tillgren, ma conseillère en communication. Merci à Astri von Arbin Ahlander, Kaisa Palo, Christine Edhäll et à toutes les personnes d'Ahlander Agency. Merci à Lena Callne, qui m'avait interviewée, il y a de nombreuses années. Dans le studio de la radio se trouvait aussi un boxeur, Pasi Haapala. Il avait de nombreux tatouages. « Si tu devais écrire un livre sur Pasi, avait dit Lena Callne, quel en serait le sujet ? » Merci à ma famille, à Tintin, à Leo, à mes toutous et à Ola. Maintenant je m'en retourne sur mes jambes fatiguées.

Åsa

DE LA MÊME AUTRICE :

Aux Éditions Albin Michel

LE SANG VERSÉ, 2014
LA PISTE NOIRE, 2015
TANT QUE DURE TA COLÈRE, 2016
EN SACRIFICE À MOLOCH, 2017

Aux Éditions Gallimard

HORREUR BORÉALE, 2006 ; nouvelle édition : LES NOUVEAUX PROPHÈTES, Le Livre de Poche, 2020

Le Livre de Poche s'engage pour l'environnement en réduisant l'empreinte carbone de ses livres. Celle de cet exemplaire est de :
350 g éq. CO_2
Rendez-vous sur www.livredepoche-durable.fr

PAPIER CERTIFIÉ

Composition réalisée par PCA

Achevé d'imprimer en janvier 2024 en France par
MAURY IMPRIMEUR – 45330 Malesherbes
Dépôt légal 1re publication : novembre 2023
Edition 02 - janvier 2024
N° d'impression : 274953
LIBRAIRIE GÉNÉRALE FRANÇAISE
21, rue du Montparnasse – 75298 Paris Cedex 06

83/3721/9